KB113178

셰익스피어 4대 비극

셰익스피어 4대 비극

윌리엄 셰익스피어 지음 | 김민애, 한우리 옮김

더스토리

목차

Contents

햄릿
Hamlet

| 등장인물 |

햄릿(덴마크 왕자)
유령(햄릿의 아버지의 혼령)
클로디어스(덴마크 왕, 햄릿의 숙부)
거트루드(왕비, 햄릿의 어머니, 숙부의 아내)
폴로니어스(재상)
레어티즈(폴로니어스의 아들)
오필리어(폴로니어스의 딸)
레이날도(폴로니어스의 하인)
바나도(궁정의 근위대)
마셀러스(궁정의 근위대)
프란시스코(궁정의 근위대)
호레이쇼(햄릿의 친구)
볼티맨드(덴마크의 사절)
코넬리어스(덴마크의 사절)
포틴브라스(노르웨이 왕자)
영국 사신
두 광대
배우들
신사

제1막

제1장

엘시노어 성벽의 감시 초소

(두 보초, 프란시스코와 바나도 등장)

바나도 게 누구냐?

프란시스코 아니, 내 말에 대답하라. 서라. 누군지 밝혀라.

바나도 국왕 만세!

프란시스코 바나도인가?

바나도 그래.

프란시스코 교대 시간에 딱 맞춰 왔군.

바나도 막 12시를 쳤어. 가서 눈 좀 붙이게. 프란시스코.

프란시스코 고맙네. 끔찍하게 추운 날씨야. 마음까지 울적해지네.

바나도 보초 근무 중 이상 없었나?

프란시스코 쥐새끼 한 마리도 얼씬거리지 않았네.

바나도 그럼. 가 보게. 호레이쇼와 마셀러스를 만나거든
빨리 오라고 하고. 나와 같이 보초를 서기로 했다네.

(호레이쇼와 마셀러스 등장)

프란시스코 오는 소리가 들리는데. 멈춰라. 거기 누구냐.

호레이쇼 이 나라의 친구.

마셀러스 덴마크 왕의 충복이오.

프란시스코 그럼 수고들 하시게.

마셀러스 잘 가게, 프란시스코. 누가 교대했지?

프란시스코 바나도일세. 밤새 무사하게.

(프란시스코 퇴장)

마셀러스 여보게, 바나도!

바나도 여기 있네, 호레이쇼도 왔나?

호레이쇼 그렇다네.

바나도 잘 왔네, 호레이쇼. 어서와, 마셀러스.

호레이쇼 그게 오늘 밤에도 나타났나?

바나도 아직 아무것도 못 봤네.

마셀러스 호레이쇼는 그게 우리의 환상에 불과하다며
우리가 두 번이나 본 그 무서운 광경을 믿으려 하질 않네그려.
그래 내 오늘밤 우리와 같이 철저히 망을 보자고 간청했네.
그 유령이 또 나타나면 우리의 눈을 믿어 줄 것이고

말이라도 걸어 볼 수 있겠지.

호레이쇼 나 참, 나타나지 않을 걸세.

바나도 좀 앉게나.

자네의 그 틀어 막힌 귓속을 다시 한 번 공격해 봐야겠어.

우리가 이틀 밤이나 본 걸 말해 줄 테니 들어 보게.

호레이쇼 그럼 앉아 보세. 바나도의 말을 들어 보자고.

바나도 바로 어젯밤,

북두칠성에서 서쪽으로 보이는 저 별이

지금 반짝이는 길을 따라 하늘을 밝히며

마셀러스와 나를 비추었을 때

마침 종이 1시를 쳤는데…….

(유령 등장)

마셀러스 이것 봐. 조용히. 그게 또 나타났어!

바나도 서거하신 국왕의 모습 그대로야.

마셀러스 자네는 학자니까, 호레이쇼. 말을 걸어 봐.

바나도 선왕의 모습 그대로가 아닌가? 잘 보라고. 호레이쇼.

호레이쇼 꼭 닮았어. 두렵고 놀라워 간담이 서늘해지는데.

바나도 말을 걸어 주길 바라는 것 같아.

마셀러스 말해 보게, 호레이쇼.

호레이쇼 이 야심한 시각에 나타난 네 정체가 뭐냐?

이미 승천하신 선왕께서 진군하실 때의 모습으로
늠름하게 무장까지 하고.
하늘을 걸고 명령하니 답하라.

마셀러스 기분이 상했나 봐.

바나도 저런, 뒷걸음질 치는데.

호레이쇼 멈춰라! 대답해라, 대답해. 명령이다.

(유령 퇴장)

마셀러스 가 버렸어. 대꾸하지 않을 거야.

바나도 저런, 호레이쇼. 자네 얼굴이 창백해져 떨고 있군.
이래도 환상에 불과하다고 할 텐가?
자, 어떻게 생각하는가?

호레이쇼 정말이지, 이 두 눈으로 똑똑히 보지 않았다면
신에게 맹세코 믿을 수 없었을 거야.

마셀러스 선왕의 모습 그대로가 아닌가?

호레이쇼 자네가 자네를 닮은 것처럼 똑같네.
선왕께서 저 야심만만한 노르웨이 왕과 싸웠을 때
입었던 갑옷 그대로더군. 그리고 그 찌푸린 표정,
담판 중에 진노하여 썰매를 탄 폴란드 병사들을
빙판 위에 때려눕혔을 때
그 표정 그대로였어. 이상한 일이군.

마셀러스 그 유령은 벌써 두 번씩이나
만물이 잠든 바로 이 시각에 진군하듯

우리 초소를 지나갔네.

호레이쇼 뭐라 짚어서 말할 수는 없지만

대충 내 마음에 떠오르는 생각으로는

이 나라에 무슨 변고가 일어날 징조 같네.

마셀러스 자, 이제 앉아서 얘기나 좀 해 주게.

무엇 때문에

밤마다 이리 엄격하고 철저히 경계해 백성을 괴롭히고

날마다 쇳물을 부어 대포를 만들고 외국에서 무기를 사들이나.

왜 조선공들을 징발해서 쉬는 날도 주지 않고 혹사를 시키는 건가?

무엇 때문에

이리 밤낮을 가리지 않고 땀 흘리며 서두느냔 말일세.

아는 사람은 얘기를 좀 해 주게.

호레이쇼 내가 말해 주겠네. 어쨌든 소문은 이렇다네.

방금 우리 앞에 나타난 선왕께서는 자네들도 알다시피

노르웨이의 포틴브라스 왕이 오만불손하게 도전해 오자

당당히 맞서 싸우셨지.

그 전투에서 용맹스러운 우리 햄릿 선왕께서

포틴브라스 왕을 베어 버렸단 말이야.

그리고 기사도의 법과 관례에 따라 맺은 계약대로

그의 목숨과 그가 소유한 영토는 승자에게 몰수당했지.

상호 간에 명백히 결정한 조약에 따라

그쪽 땅은 선왕에게 넘어온 거야.

그런데 죽은 노르웨이 왕의 아들 젊은 포틴브라스가
버릇이 없고 혈기에 넘쳐 노르웨이 변방 여기저기서
먹을 것만 주면 무슨 짓이든 할 무뢰배들을 긁어모아
흉계를 꾸미고 있다는 거야. 속셈은 뻔하지.
부친이 잃은 땅을
무력을 통해 되찾겠다는 의도가 분명하다는 말일세.
이것이 우리가 전쟁을 대비하는 동기요,
망을 보는 원인이자, 온 나라가 부산하게 법석이는 이유라네.

바나도 나도 그것 말고는 다른 이유가 없다고 보네.
선왕의 모습으로 보초를 선 우리 앞을 지나간
그 불길한 형체가 틀림없이
과거와 지금 이 두 전쟁과 관계가 있는 것 같아.

호레이쇼 티끌 하나로도 마음의 눈을 어지러이 한다더니.
화려한 로마의 전성기 위대한 카이사르가 쓰러지기 직전에도
무덤은 그 주인을 잃고 수의를 걸친 유령들이 삐걱대고 중얼대며
로마의 거리에 쏟아져 나왔다는 거야.
별들은 불꼬리를 달고
핏빛 이슬이 내리고 태양은 빛을 잃었다지.
바다의 신 넵튠을 지배하는 달도 말세라는 듯 병이 들었다네.
운명을 알리는 전령처럼 흉조의 서곡처럼
하늘과 땅이 이 나라와 백성들에게 보여 준 거야.

(유령 재등장)

쉿, 저길 보게! 그게 다시 나타났네!

길을 막아 보세! 내가 산산조각이 나더라도.

(유령이 양팔을 벌린다)

말할 수 있거나 소리를 낼 수 있다면 말하라.

너의 마음을 진정시키고 내게도 도움 줄 수 있다면 말하라.

미리 알면 피할 수도 있는 이 나라의 운명을

혼자 간직하고 있다면 말하라!

아니면 생전에 땅속 깊이 묻어 둔 재물을 찾아

방황하는 거라면 말하라!

(닭이 운다)

멈춰라! 말을 하라니까! 마셀러스! 길을 막게!

마셀러스 이 창으로 찌를까?

호레이쇼 그러게, 서지 않는다면.

바나도 여기다!

호레이쇼 여기다!

(유령 퇴장)

마셀러스 사라졌어! 우리가 잘못했네.

그렇게 위풍이 당당한 분을 난폭하게 대했으니.

공기처럼 해칠 수 없는 존재인데

우리의 헛된 공격만 꼴사납게 되었네.

바나도 막 입을 열려고 했는데 수탉이 울었어.

호레이쇼 닭이 울자 무서운 호출을 받은 죄인처럼 놀라더군.

새벽을 알리는 나팔수인 닭이 그 높고 날카로운 목소리로

태양신을 깨운다는 말을 들었네, 그 소리에

바다와 불, 땅과 공중을 헤매던 유령들이

황급히 거처로 돌아간다더니

눈앞에서 바로 그 증거를 보았네.

마셀러스 닭이 울자 사라졌어.

구세주의 탄생을 축복하는 철이 되면

새벽닭이 운다지. 그러면 어떠한 유령도 감히

나타나지 못하고 밤은 안전하게

어떤 별도 변덕을 부리지 못하고

요정도 요술을 못 부리고

마녀도 마법의 힘을 상실한다는 게야.

성스럽고 자비로운 계절이지.

호레이쇼 나도 들은 얘기지만

반만 믿었지. 저기를 보게.

아침이 붉은 도포를 걸치고

저 높은 동쪽 언덕의 이슬을 밟으며 걸어오네.

보초는 그만 서게. 내 생각엔 오늘밤

우리가 본 것을 햄릿 왕자님께 전하세.

그 유령이 우리에게는 침묵을 지켰지만

왕자님께는 말을 할 거야.
동의를 하겠지만 말씀드리는 것이
우리의 우정이요, 의무가 아니겠는가?

마셀러스 그렇게 하세. 아침에 어디에서 왕자님을 쉽게 뵐 수 있는지
내가 아네.

(모두 퇴장)

제2장

성안

(클로디어스 왕, 왕비 거트루드, 폴로니어스와 그의 아들 레어티즈, 볼티맨드, 코넬리어스, 햄릿, 궁신과 시종 등장)

왕 친애하는 과인의 형님 햄릿 선왕의 기억이 아직도 생생한바
모두 가슴에 슬픔을 안고
온 왕국이 비탄의 주름살을 짓는 것이 마땅하지만
과인은 분별심으로 애끓는 마음을 이겨 내
지혜로운 슬픔으로 선왕을 애도하면서도
우리의 일도 생각하였소.
그래서 한때는 형수요, 지금은 왕비이며
당당한 이 나라의 왕권을 나와 같이 이어 갈 사람을
아내로 맞이했으니, 이지러진 기쁨이라 해야 할지

한 눈에는 행복을 담고, 한 눈에는 눈물을 담아

축복으로 장례식을, 슬픔으로 결혼식을 거행하니

기쁨과 슬픔을 꼭 같이 저울질하는 심정이오.

이 일에 대해서는 경들의 슬기로운 충고를 막지 않았고

경들 모두 흔쾌히 동의해 주었으니

이 모든 일에 감사할 뿐이오.

다음 일은 경들도 알 것이오.

젊은 포틴브라스는 우리를 얕잡아 보아

선왕의 서거로 이 나라가 혼돈에 빠질 거라 생각했는지

자신이 우월한 입장에 있다는 허황한 꿈을 안고

법조문에 의해 그의 부친이 가장 용맹한 나의 친형에게

빼앗긴 영토를 반환하라는 서신을 보내

우리를 괴롭히고 있소.

그자에 대해선 이만하기로 하고

과인은 이 자리에서 다음과 같이 일을 처리하려 하오.

여기 젊은 포틴브라스의 숙부가 되는 분으로

쇠약하여 요양 중이어서 조카의 음모를 거의 모르고 있는

노르웨이 왕에게 보낼 친서가 있소.

노왕으로 하여금 포틴브라스의 모병과 군사 훈련을

제압해 달라고 적었소.

여기 코르넬리우스 경과 볼티맨드 경을

친서를 전하는 사신으로 파견할 테니

회담에 임하고, 친서에 명시되어 있는
사항 이상의 권한은 부여되지 않았음을 명심하시오.
잘 가시오. 서둘러 임무를 완수하시오.

코넬리어스, 볼티맨드 분부하신 대로,
어떤 일에도 충성을 다하겠습니다.

왕 믿어 의심하지 않겠소. 진심으로 잘 가시오.

(코르넬리우스, 볼티맨드 퇴장)

자, 그럼 레어티즈, 무슨 일인가?
청이 있다 했는데, 그것이 무엇인가?
레어티즈. 이치에 맞는 말이라면
덴마크의 왕이 들어주지 않을 리 없지.
네가 원하는 것이 있다면 간청하지 않아도
자진해서 들어줄 것이다.
머리와 심장이 하나이고 손과 입이 단짝이라 한들
덴마크의 왕좌와 너의 아버지와의 관계보다는 못할 게다.
청이 무엇인가, 레어티즈?

레어티즈 황공하오나
소신을 프랑스로 돌아가게 허락해 주십시오.
폐하의 대관식에 참관하고자 왔고 그 의무를 다했으니
신의 마음은 이미 프랑스를 향하고 있습니다.
관용으로 소신의 출국을 허가해 주십시오.

왕 부친의 허가는 받았는가? 어떻습니까, 폴로니어스?

폴로니어스 그러하옵니다. 폐하.

계속되는 간청에 마지못해 승낙하였습니다.

자식이 떠날 수 있도록 허락해 주시기를 간청합니다.

왕 마음껏 즐기도록 해라, 레어티즈.

시간은 네 것이니 네 뜻대로 써라.

그건 그렇고,

나의 조카이자 아들인 햄릿—

햄릿 (방백) 친척보단 가깝고 혈육보단 멀지.[1)]

왕 어찌하여 아직도 구름에 싸여 있느냐?

햄릿 아닙니다. 오히려 태자라 태양빛을 너무 쬐고 있습니다.

왕비 햄릿, 밤처럼 어두운 그림자를 버리고

친구의 눈으로 정답게 덴마크 왕을 보도록 해라.

계속 눈을 내리깔고 지하에 묻힌 고귀한 아버지만을 찾으려 말고.

너도 알겠지만 모든 생명은 죽기 마련이고

이승을 거쳐 영원으로 가는 것은 흔한 일이다.

햄릿 예, 왕비 마마. 흔한 일이지요.

왕비 그것이 왜 네게는 유독 유별하게 보이느냐?

햄릿 보인다고요, 어머니? 아닙니다. 유별난걸요.

저는 '보인다'는 말은 모릅니다.

이 검은 외투, 격식을 갖춘 엄숙한 상복,

---

1) 원문 "A little more than kin, and less than kind"이다. 햄릿은 첫 대사부터 냉소적으로 동음이의어를 통해 이중적인 의미를 내포한 말을 함으로써 앞으로 두 인물 간에 벌어질 신경전과 복수를 암시한다. 그는 숙부 클로디어스가 자신의 아버지가 된 상황을 못마땅해하고 있다.

억지로 토해 내는 듯한 한숨, 줄줄 흐르는 눈물,
실의에 빠진 표정, 슬픔의 상징이라 할 모든 형식과
기분과 모양새를 다 합쳐도
저의 진심은 표현할 수 없습니다.
그런 것은 정말 '보이는' 것들이죠.
그건 누구나 꾸며낼 수 있는 행동이니까요.
그러나 제 속에는 겉으로 보여 줄 수 없는 것들이 있습니다.
이런 건 비통의 옷이고 장신구일 뿐입니다.

왕 아버지의 죽음에 애도의 의무를 성실히 수행함은
왕자의 본성이 어질고 훌륭한 탓이다.
그러나 너의 아버지도 아버지를 잃었고
그 아버지도 또 그 아버지를 잃었다.
살아남은 아들이 얼마간 애도를 표하는 것은
자식으로서 효성을 다하는 일이지만 완고하게
애도를 고집하는 일은 불경하게 고집부리는 일이요,
사내답지 못한 슬픔이다.
그것은 하늘을 거역하는 일이고 마음 약하고 조급한 소치며
우둔하고 배우지 못한 행위라고 볼 수밖에 없구나.
피할 수 없고 누구나 다 아는 흔해 빠진 것을
어째서 고집을 부려 가슴에 간직하려 안달하느냐?
그건 하늘과 망자와 자연을 거스르는 일이고
이성에 비추어 보아도 불합리하다.

이성은 최초의 주검부터 오늘 죽은 자까지
죽음은 어쩔 수 없는 일이라 불러오지 않았느냐?
그러니 그 부질없는 슬픔을 땅에 내던지고
나를 아버지로 대해 다오.
온 세상에 알리는바,
너는 나의 왕권을 계승할 것이며,
친아버지 못지않은 고귀한 사랑을 네게 주마.
비텐베르크 대학으로 돌아가겠다는
너의 소원은 나의 뜻과는 어긋나니
제발 여기에 머물러 나의 가장 중요한 중신으로, 조카로, 그리고
아들로, 우리의 눈에 기쁨과 위로가 되어 다오.

왕비 네 어머니의 기도를 헛되게 하지 말아 다오.
햄릿, 제발 우리와 함께 머물러 다오.
비텐베르크에는 가지 말고.

햄릿 성의를 다해 어머니 뜻에 따르겠습니다.

왕 참 기특하고 훌륭한 대답이다.
덴마크에서 편히 지내도록 해라. 자, 왕비. 가십시다.
햄릿이 이리 부드럽고 순순히 승낙하니
내 마음은 기쁘오.
이 기쁨을 나누기 위해 주연을 열어
덴마크의 왕이 축배를 들 때마다 구름을 향해 축포를 터뜨려,
하늘이 천둥으로 메아리쳐 왕의 주연을 알리게 합시다.

자, 갑시다.

(나팔 소리. 햄릿만 남고 모두 퇴장)

햄릿 아, 이 더럽고 더러운 살덩어리가 녹아 흘러

한 방울의 이슬이 될 수 있다면!

하늘이 자살을 금지하는 계명을 정해 놓지 않으셨다면!

오, 하느님! 하느님! 이 세상만사가 어쩌면 이토록

내게는 지루하고 김빠지고 단조롭고 부질없게만 보이는구나.

아, 역겹다! 역겨워! 잡초만이 무성하게 자라 퇴락하는 정원처럼

썩고 더러운 열매가 득실거리는 판이구나.

이렇게 되다니.

서거하신 지 불과 두 달. 아니지. 두 달도 채 못 되었어.

그렇게 훌륭하신 왕이셨는데.

그분이 태양의 신이라면 현재의 왕은 반인반수의 괴물이지

어머니를 그처럼 사랑하셔서 행여 바람이 거칠까

얼굴을 스쳐 가지 못하게 하셨지.

천지신명이시여. 제가 그런 일까지 기억을 해야 합니까?

어머니도 먹으면 먹을수록 그 음식이 탐이 나듯

잠시도 아버지 곁을 떠나지 않으셨어.

그러던 어머니가 채 한 달도 못 되어—더 이상 생각하지 말자.

약한 자여, 그대 이름은 여자로다.

한 달도 못 되어, 니오베처럼 울며불며

아버님 시신을 따라갈 때 신었던 그 신발이 채 닳기도 전에

어째서 어머니는, 왜 어머니는—

아, 신이시여. 분별심이 없는 짐승도 그보다는 오래 애도했을 거야

—숙부와 결혼하셨을까? 아버지의 동생이지만 전혀 닮지 않았어.

내가 헤라클레스와 닮지 않은 것처럼.

한 달도 못 되어 그 거짓 눈물의 소금기로 충혈된 흔적이

채 가시기도 전에 결혼을 하시다니.

참, 더럽게 빠르구나.

그토록 능란하게 근친상간의 잠자리로 달려가다니!

좋지 않아. 좋게 될 수도 없는 일.

그러나 가슴이 터지는 한이 있어도 입을 다물고 있어야 해.

(호레이쇼, 마셀러스, 바나도 등장)

호레이쇼 안녕하셨습니까, 왕자님.

햄릿 건강한 모습으로 만나서 기쁘군. 호레이쇼 아닌가?

아니라면 내가 정신이 없나?

호레이쇼 제가 맞습니다. 변함없는 왕자님의 하인이죠.

햄릿 이보게, 친구. 나도 자네의 하인이 되겠네. 호레이쇼, 그런데

비텐테르크에서 무슨 일로 돌아왔나? 마셀러스 아닌가?

마셀러스 예, 왕자님.

햄릿 만나서 반갑네. (바나도에게) 저런, 자네도 반갑네—

그런데 무엇 때문에 비텐베르크를 떠났는가?

호레이쇼 게으른 탓이지요, 왕자님.

햄릿 자네의 원수가 그런 말을 해도 안 듣겠네.

하물며 스스로 욕하는 말로 내 귀를 괴롭히도록 두지 않겠네.

게으름뱅이가 아닌 줄로 아네. 자, 무슨 일로 엘시노어에 왔는가?

떠나기 전에 잔뜩 취하는 법을 가르쳐 주겠네.

호레이쇼 선왕의 장례식에 참석하고자 왔습니다.

햄릿 제발 나를 놀리지 말게, 학우여.

내 어머니의 결혼식을 보러 왔겠지.

호레이쇼 정말이지, 왕자님. 연달아 있었지요.

햄릿 호레이쇼, 절약이라네, 절약. 장례식에 요리한 고기를

식혀 결혼 잔칫상에 올려놓았지. 그런 꼴을 보느니

차라리 저승에서 원수를 만나는 편이 나을 거야.

호레이쇼, 아버지— 내 아버지를 본 것 같아.

호레이쇼 어디서요? 왕자님.

햄릿 호레이쇼, 내 마음속의 눈에서라네.

호레이쇼 저도 한 번 그분을 뵈었습니다. 훌륭한 왕이셨죠.

햄릿 정말 훌륭한 분이셨지. 다시는 그렇게

우러러볼 분을 뵐 수는 없을 거야.

호레이쇼 왕자님, 어젯밤 제가 그분을 뵌 것 같습니다.

햄릿 누굴 봐?

호레이쇼 왕자님의 아버님이신 선왕 말입니다.

햄릿 선왕, 나의 아버지를?

호레이쇼 잠시 진정하시고 귀를 기울여 주십시오.

이 두 사람들의 증언과 함께 그 기이한 일을 전해 드리겠습니다.

햄릿 제발 들려주게나!

호레이쇼 이틀 밤이나 여기 이 마셀러스와 바나도가

쥐죽은 듯 고요한 한밤중에 만났답니다.

선왕의 생전 모습 그대로 머리에서 발끝까지 완전 무장을 하고 나타나

엄숙하고 천천히 당당하게 이들 곁을 지나갔답니다.

세 번씩이나 이들의 당황하고 겁에 질린 눈앞에

움직이면 지휘봉이 닿을 만큼 가까이 지나갔답니다.

그동안 이 사람들은 공포에 질려 멍하니 선 채

말 한마디 건네지 못했답니다.

이 엄청난 비밀을 저한테만 얘기해 주기에

저도 사흘째 밤에 함께 보초를 섰는데 바로 그 자리에서

이들이 말한 그대로, 같은 시간에 같은 형체로,

그 유령이 나타났습니다.

저는 왕자님의 아버님을 잘 압니다.

흡사 저의 두 손이 닮은 것보다 더 선왕과 닮았습니다.

햄릿 그 장소가 어딘가?

마셀러스 보초를 서는 망루 위였습니다.

햄릿 말을 걸어 봤나?

호레이쇼 말을 걸었지만 대답이 없었습니다.

제 생각입니다만 그 유령은 머리를 들고 마치 말을 할 것처럼

보였는데, 바로 그때 새벽닭이 요란하게 울자,

그 소리에 놀란 듯이 황급히 저희들 시야에서 사라졌습니다.

햄릿 그것 참 이상하구나.

호레이쇼 제가 살아 있는 것이 틀림없는 사실이듯

왕자님, 이 일은 사실입니다.

이 일을 왕자님께 말씀드리는 것이

저희의 의무라는 생각이 들었습니다.

햄릿 그렇고말고. 그러나 심상치 않은 일일세.

오늘 밤에도 보초를 서는가?

모두 네, 왕자님.

햄릿 무장을 했다고?

모두 무장을 했습니다.

햄릿 머리에서 발끝까지?

모두 네, 머리에서 발끝까지.

햄릿 그럼 얼굴을 못 보았나?

호레이쇼 보았습니다, 투구의 면갑이 열려 있더군요.

햄릿 그래? 찌푸린 표정이었나?

호레이쇼 노했다기보다는 슬픈 얼굴이었습니다.

햄릿 얼굴은 창백하던가, 아니면 붉었나?

호레이쇼 아주 창백했습니다.

햄릿 자네를 쳐다보던가?

호레이쇼 뚫어지게 보던걸요.

햄릿 나도 그 자리에 있었더라면.

호레이쇼 왕자님도 많이 놀라셨을 겁니다.

햄릿 그랬을 테지.

오래 머물러 있었나?

호레이쇼 보통 속도로 백을 셀 정도였지요.

마셀러스, 바나도 그것보다는 길었네.

호레이쇼 내가 봤을 때는 그 정도였네.

햄릿 수염은 반백이던가?

호레이쇼 생전에 뵈었던 것처럼 은빛이 섞인 검은 수염이었습니다.

햄릿 오늘밤 나도 망을 봐야겠다. 그게 또 나타날지 모르니까.

호레이쇼 분명 나타날 겁니다.

햄릿 그것이 내 아버지의 모습 그대로라면

지옥이 아가리를 벌려 입을 다물라 한대도 말을 걸어 보겠네.

여태 모두 이 일을 숨겨 둔 것처럼

앞으로도 이 일을 침묵 속에 묻어 주게.

그리고 오늘밤 무슨 일이 일어나건

마음속으로 간직할 뿐 입 밖에 내진 말아 주게.

자네들의 노고에 대해서는 후에 보답할 테니.

그럼 잘들 가게. 11시에서 12시 사이에 그 망루로 찾아갈 테니.

모두 의무를 다 하겠습니다.

햄릿 의무가 아니라 우정이네. 잘 가게.

(햄릿만 남기고 모두 퇴장)

아버지의 혼령이 나타났다고! 무장을 하고!

심상치 않아. 흉계가 있는지 모르지.

어서 밤이 왔으면!

그때까지는 조용히 있자, 흉측한 일은 아무리

땅속 깊이 파묻어도 사람의 눈에 드러나는 법.

(퇴장)

제3장

폴로니어스의 집

(레어티즈와 누이동생 오필리어 등장)

레어티즈 내 짐은 배에 다 실었다. 잘 있어라, 동생아.
바람이 잔잔해 선편이 있거든 잠만 자지 말고
소식이나 들려 다오.

오필리어 안 그럴까 봐서요?

레어티즈 햄릿 왕자의 조그만 호의는
유행이자 젊음의 객기로 받아들여라.
이른 봄에 핀 제비꽃처럼 일찍 피었지만 일찍 시들고,
향기도 오래가지 못하니,
한순간의 향기일 뿐 그 이상은 아니다.

오필리어 그뿐이라고요?

레어티즈 그뿐이라 생각해라.

사람의 성장이란 근육이나 덩치만 커지는 것 아니고

몸과 더불어 마음과 영혼의 확대도 동반하는 법이다.

지금은 왕자께서 너를 사랑하실 테지. 그러나

아직은 악의나 속임수가 그의 순결한 뜻을 더럽히지 않았을 테니.

그러나 명심해라.

그분의 높은 신분은 그의 뜻대로 하지 못하게 하니 말이다.

타고난 신분에 얽매여 보잘것없는 이들처럼

원하는 대로 행동할 수 없으니.

그분의 결정에 일국의 안위가 걸려 있는 거야.

그러니 배필을 선택함에 있어서도

그분이 머리라면 몸이라 할 수 있는 백성들의 승낙에

이끌려 갈 수 밖에 없단다.

그분이 너를 사랑한다 해도 왕자 신분의 범위 내에서

덴마크 사람들이 찬성하는 만큼만

하신 말씀만 믿는 것이 현명한 처사다.

그러니 그분의 노래를 곧이곧대로 믿고 넋을 잃거나

또는 막무가내 간청에 못 이겨 보석 같은 정조를 내주면

어떤 불명예를 당할지 모르니 조심해라, 오필리어. 조심해.

애정에서 멀리 떨어져 욕정의 화살 거리밖에 있도록 해라.

정숙한 처녀는 그 아름다운 얼굴을

달에게 보여도 방탕하다는 말을 듣는 법

정숙 그 자체도 악담은 피하지 못한다.

봄철 어린 꽃도 흔히 그 봉오리가 싹트기 전에

벌레한테 먹히는 수가 있고,

청춘이라는 아침 이슬은 독기 찬 공기에 더욱 쉽게 병에 걸리니.

그러니 조심해라. 조심하는 게 상책이야.

청춘은 옆에 누구 하나 없어도 스스로 유혹에 빠지니까.

오필리어 이 귀중한 가르침을 마음의 파수꾼으로 간직하겠어요.

그렇지만 오빠, 타락한 목사처럼 제게는

천당에 이르는 험한 가시밭길을 가리키면서

자기는 방탕하고 무절제한 바람둥이처럼

자기 설교는 잊어버리고 환락의 꽃길을 걷는

그런 사람이 되지는 마세요.

레어티즈 아, 내 걱정은 마라!

너무 지체했구나.

(폴로니어스 등장)

아버지가 오시는군.

축복이 두 배면 은혜도 두 배겠지.

운이 좋아 또 한 번 인사를 드리게 되었구나.

폴로니어스 레어티즈, 아직 여기 있었느냐!

어서 배를 타지 않고!

바람을 안은 돛이 너 때문에 지체하고 있구나.

자, 내 축복을 받아라.

몇 마디 충고를 할 테니 네 기억 속에 새겨 둬라.

생각한 바를 쉽사리 입 밖에 내지 말고

설익은 생각을 선불리 행동에 옮기지 마라.

친절하되 천박하게 굴지는 마라.

겪어 보고 친구를 사귀되 한번 사귄 친구는

쇠사슬로 묶어서라도 놓치지 말고,

그렇다고 햇병아리 풋내기 친구들과 손잡고

노닥거리느라 손바닥이 닳아서도 안 되고,

싸움판에는 끼어들지 말 것이며 일단 말려들거든

상대방에게 네가 어떤 존재라는 걸 명심하게 해라.

모든 이에 귀를 기울이되 네 말은 삼가야 한다.

남의 의견은 존중하되 네 판단은 선불리 입 밖에 내지 마라.

주머니 사정이 허용하는 한 비싼 옷을 입되

야단스러운 차림은 안 된다. 고급스럽되 천박하지 않게 입어라.

의복은 인격을 말해 주기 때문이다.

프랑스의 지위도 계급도 높은 이들은

가장 세련되고 고상한 차림을 한단다.

돈은 꾸지도 말고 빌려 주지도 마라.

빌려 주면 돈과 친구를 한꺼번에 잃기 쉽고

빌리면 절약의 습성이 무디어진다.

무엇보다도 자기 자신에 충실해라. 이것만 지키면
밤이 낮을 따르듯 자연히 너는 남을 거짓으로
대할 수 없을 것이다. 잘 가거라.
부디 내 말을 명심해라.

레어티즈 그럼 이만 떠나겠습니다.

폴로니어스 시간이 너를 재촉하는구나.
가 봐라, 하인들이 기다리고 있으니.

레어티즈 잘 있어라, 오필리어.
내가 한 말을 잘 명심해라.

오필리어 그 말씀을 제 기억 속에 자물쇠로 채워 둘 테니
열쇠는 오빠가 간직하세요.

레어티즈 잘 있어.

(레어티즈 퇴장)

폴로니어스 오필리어, 오빠가 너한테 무슨 얘기를 하더냐?

오필리어 햄릿 왕자님에 관한 얘기예요.

폴로니어스 마침 참 잘되었다.
듣자니 요즘 왕자께서는 자주 내밀히 너를 방문하고
너도 아무 때나 그분의 얘기를 흔쾌히 들어 준다더구나.
그게 사실이라면—내게 조심하라고 귀띔해 주는 이도
있다마는—네게 분명히 해 둘 것은
너는 내 딸답게, 정숙한 처자로서 처신을 똑바로 못 하고 있다.
둘이 어떤 사이냐? 사실대로 말해라.

오필리어 아버지, 최근 그분께서 제게 여러 번

애정 고백을 하셨어요.

폴로니어스 애정? 허어! 너는 위험이란 전혀 모르는

새파란 애송이 철부지처럼 말하는구나.

너는 그 애정 고백을 약속이라고 믿는 게냐?

오필리어 어떻게 생각해야 할지 저도 모르겠어요.

폴로니어스 이거야 원, 내가 가르쳐 주마.

공수표 같은 그런 고백을 진짜 돈으로 여긴

너 자신을 어린애로 여겨라.

좀 더 값비싸게 처신하란 말이야.

그렇지 않으면—말을 돌려 하면—

너는 이 아버지를 바보 취급당하게 만들 거다.

오필리어 아버지, 그분은 점잖은 방식으로 사랑을 말씀하셨어요.

폴로니어스 '방식'이라고, 잘한다, 잘해.

오필리어 신성한 맹서와 함께 진실 되게 말씀하셨어요,

폴로니어스 그게 바로 새를 잡는 덫이란 말이다. 알겠느냐.

피가 끓으면 마음은 함부로 혀가 맹서를 하게 두는 법,

얘야, 타는 불은 환히 빛을 내지만 열은 없어.

약속이라는 것도 다짐하는 동안 빛도 열도 꺼지기 쉬우니

그런 걸 약속이라고 생각하면 안 된다.

앞으로는 처녀답게 몸가짐을 더욱 신중히 하고

만나자고 해서 함부로 응할 것이 아니라

좀 더 도도하게 굴도록 해라. 햄릿 왕자는

젊은 분이고 너보다는 자유롭게

행동하실 수 있는 분이니.

오필리어, 그의 맹세를 믿지 마라.

사내의 맹세란 중매쟁이같이,

속이기 위해서 고상하고 경건한 척하는 거란다.

이게 결론이다. 분명히 말해 두지만

이 순간부터는 햄릿 왕자에게 글을 보내거나 말을 해선 안 된다.

내 명령이니 명심해라. 자 가자.

오필리어 말씀에 따르겠어요.

(퇴장)

제4장

성벽의 감시초소

(햄릿, 호레이쇼, 마셀러스 등장)

햄릿 바람이 매섭게 부니 몹시 춥구나.

호레이쇼 정말 살을 에는 듯한 바람입니다.

햄릿 지금이 몇 시인가?

호레이쇼 아직 12시는 못 되었습니다.

마셀러스 아니, 12시를 쳤는걸요.

호레이쇼 그래? 듣지 못했는데.

그럼 유령이 전처럼 나타날 시간이 다 되었군.

(나팔 소리 이어 대포가 두 발 발사된다)

무슨 일입니까? 왕자님?

햄릿 왕이 오늘 밤 늦도록 주연을 열어

마시고 비틀거리며 광란의 춤을 추고 있다네.

왕이 독일산 포도주 잔을 비울 때마다

북치고 나팔 불며 요란하게 축하하지.

호레이쇼 그게 관례인가요?

햄릿 그렇다네.

그러나 내 비록 이 나라 태생이라 이런 습관에 젖어 있지만

저런 습관은 지키기보다는 깨는 것이 명예로울 것 같네.

저렇게 머리가 터지도록 퍼마시니 동서를 막론하고

우리를 술주정뱅이라고 부르고 돼지라 몰아세우지.

그러니 애써 이룩한 공적도 명성의 알맹이는 사라지고 마는 걸세.

개인도 마찬가지라네.

태어날 때부터 결점이 있다고 하면 그건 그 사람의 잘못은 아니지

태어날 때 마음대로 천성을 선택할 수는 없으니까.

또는 어떤 한 가지 기질이 지나쳐

이성의 울타리와 성벽을 무너뜨리기 때문에

도를 넘어 예의를 해칠 때는

그것이 자연의 선물이건 운명의 장난이건

그 외의 장점이 제아무리 순수하고 무한할지라도

바로 그 결점 때문에 비난받을 수밖에 없네.

티끌만 한 악 때문에 모든 고상한 미덕이

비난을 받는다는 말일세.

(유령 등장)

호레이쇼 보십시오, 왕자님 나타났습니다.

햄릿 천사와 수호신이여, 이 몸을 지키소서!

그대가 선한 정령이든 저주받은 악령이든

천상의 바람을 타고 왔든 지옥의 돌풍을 몰고 왔든

네 의도가 악하든 자비롭든 간에

질문 가능한 모습으로 왔으니 난 네게 말을 걸겠다.

내 그대를 햄릿, 선왕, 아버지, 덴마크 왕으로 부르겠다.

대답하라. 갑갑해서 내 심장이 터질 지경이다.

신성한 장례식을 거쳐 매장된 몸이 왜 수의를 찢고 나타났는가?

무덤은 왜 그 육중한 대리석 아가리를 벌려

그대를 다시 뱉어 냈는가?

무슨 뜻이 있어 이미 죽은 시체가 다시 완전무장을 하고

구름 사이 달빛 아래 나타나 이 밤을 스산하게 만드느냐?

자연에 우롱당하는 나약한 인간의 생각으로는

도저히 미치지 못할 불가사의로

정신을 뒤흔들어 놓는 이유는 무엇인가?

무엇인가? 무엇 때문인가? 어떻게 하라는 건가?

(유령이 햄릿에게 손짓한다)

호레이쇼 같이 가자고 왕자님을 부르는데요,

뭔가 왕자님께만 드릴 말이 있다는 듯.

마셀러스 보십시오. 아주 정중한 태도로
외딴곳으로 가자고 손짓합니다.
그렇지만 같이 가셔서는 안 됩니다.

호레이쇼 안 됩니다. 절대로.

햄릿 여기서 말하지 않을 걸세. 따라가야겠어.

호레이쇼 가시면 안 됩니다.

햄릿 아니, 두려울 게 뭐가 있는가?
바늘 하나 가치도 없는 이 목숨,
내 영혼이야 저 유령만큼 불멸인데
무슨 짓을 할 수 있겠나.
또 손짓을 하는군. 따라가야겠다.

호레이쇼 저것이 왕자님을 급류나
바닷가의 무서운 절벽 꼭대기로 유인하고 나서
어떤 끔찍한 형태로 돌변해 이성을 앗아가 미치게 하면
어쩌시렵니까? 조심하십시오.
그런 곳에서 파도 소리 요란한 바다를 내려다보노라면
이렇다 할 이유 없이도 뛰어내리고 싶은 절박한 충동에
사로잡히니까요.

햄릿 아직도 나를 부르고 있어. 그래, 따라가겠다.

마셀러스 가시면 안 됩니다. 왕자님

햄릿 이 손 치워라.

호레이쇼 진정하십시오. 가시면 안 됩니다.

햄릿 운명이 나를 부른다.

이 몸의 모든 근육이 네메아의 사자 힘줄처럼 단단해졌다.

아직도 나를 부르고 있어. 이 손 놓으라니까.

맹세컨대, 나를 막는 자는 유령으로 만들겠다.

비켜라! 앞서 가라, 너를 따르겠다.

(유령과 햄릿 퇴장)

호레이쇼 허깨비에 홀리셨군.

마셀러스 따라갑시다. 이렇게 복종해선 안 되지.

호레이쇼 뒤따라가자. 이 일이 어떻게 될까?

마셀러스 이 나라 덴마크의 무언가가 썩고 있어.

호레이쇼 하늘이 인도하시겠지.

마셀러스 그만하고, 왕자님을 쫓아갑시다.

(퇴장)

제5장

성으로부터 외떨어진 곳

(유령과 햄릿 등장)

햄릿 어디까지 끌고 갈 셈이냐. 말하라. 더 이상은 가지 않겠다.

유령 들어라.

햄릿 그러지.

유령 시간이 거의 다 되었다.

내가 고통스런 유황불에 몸을 맡겨야 할 시간이.

햄릿 불쌍한 유령이구나!

유령 동정은 집어치우고 이제 내가 하는 말을 명심해서 들어라.

햄릿 말해라. 들을 준비는 다 되었다.

유령 듣고 나면 반드시 복수를 해야 한다.

햄릿 뭐라고?

유령 나는 네 아비의 혼령이다.

밤에는 얼마간 돌아다니다가

낮에는 불에 갇혀 굶어야 할 운명이다.

생전에 지은 죄, 타서 씻어질 때까지

내가 갇힌 곳의 비밀을 말하는 것이

금지되어 있지만 않다면 단 한마디로도

네 영혼은 전율하고, 젊은 피는 얼어붙게 하며

두 눈은 제자리를 벗어난 별처럼,

땋아 묶은 머리채를 풀어헤쳐

성난 고슴도치의 털처럼 곤두세울 것이다.

그러나 저 세상의 비밀은 육신을 가진

인간에게는 들려줄 수 없는 일,

들어라, 오 들어라, 네가 진정 아비를 사랑한 적이 있었다면—

햄릿 오, 하나님!

유령 그 가장 더럽고 비열한 살인자에게 복수를 해 다오.

햄릿 살인!

유령 모든 살인은 더럽지만 이것이야말로 가장 더럽고 비정하고

비열한 살인이다.

햄릿 어서 말해 주시면, 명상처럼

아니면 사랑의 상념처럼 빠르게 날아가 복수하겠습니다.

유령 그러겠지.

내 말을 듣고도 꼼짝하지 않는다면

너는 저승 망각의 강가에 멋대로 뿌리내린

무성한 잡초보다도 둔할 것이다.

자, 햄릿, 들어 봐라, 내가 정원에서 낮잠을 자다

독사에게 물려 죽었다고 되어 있지.

그 조작된 보고에 덴마크 온 백성의 귀가 야비하게

속고 있다. 그러나 내 아들아, 알아 둬라.

네 애비를 문 그 독사가 지금 왕관을 쓰고 있다는 것을.

햄릿 아, 내 예감이 맞았어! 숙부가!

유령 그렇다. 그 짐승같이 불륜과 간통을 일삼는 바로 그놈이다.

요술 같은 간계와 반역의 재주로—

오, 사악한 기지와 재주의 선물로 유혹하다니—

가장 정숙해 보이던 왕비의 마음을

수치스런 욕정의 품으로 끌어갔다.

아, 햄릿. 이 얼마나 끔찍한 타락이냐.

결혼 서약을 지키며 기품 있게 사랑한 나를 버리고

나보다 천성이 덜 떨어지는 그놈의 품에 안기다니

정조란 음탕함이 천사의 모습으로 유혹을 해도 동하지 않지만

음탕한 여자는 천사와 짝이 되어도 그 천상의 잠자리에 싫증 내고

쓰레기 더미를 파먹는구나.

가만, 새벽의 공기를 맡은 것 같다.

간단히 얘기하마. 내 오후의 습관처럼

그날도 정원에서 낮잠을 자고 있었는데

네 숙부가 편히 쉬고 있는 틈을 타
사리풀 독즙 병을 들고 들어와
내 귓가에 그 살을 썩히는 액체를 들이부었다.
이 독약은 피와는 상극이라,
수은처럼 재빨리 몸의 혈관을 돌며
마치 우유에 떨어뜨린 식초 방울처럼
삽시간에 맑은 피를 엉기어 굳게 만드니
내가 이 꼴을 당했다.
내 몸은 순식간에 부스럼으로 뒤덮여
문둥이처럼 끔찍하고 저주받을 꼴이 되었다.
이리하여 잠든 사이에 생명도, 왕관도, 왕비도
한꺼번에 빼앗기고 내 죄가 한창일 때 죽어
임종의 성유도 생전의 죄악에 대한 고해도 못하고
수많은 죄를 머리에 뒤집어쓴 채
심판대에 끌려갔구나.
아, 무섭다! 정말 무섭다!
네게 효성이 있다면 이 일을 참지 마라.
덴마크 왕의 침실을 음란하고 저주받을
근친상간의 소굴이 되게 두지 마라.
그러나 일을 서두르면서도 마음이 흐려지거나
어머니를 해치는 일이 있어서는 안 돼.
어머니는 하늘의 심판에 맡기고

마음속 가시에 찔려 아픔을 겪도록 내버려 둬라.

어서 작별하자.

반딧불이 희미해지고 하늘이 훤해지니

새벽이 가까워진 모양이다

잘 있어라, 잘 있어! 햄릿, 나를 잊지 마라.[2)]

햄릿 오, 하늘의 모든 정령이시여, 대지여! 또 무엇이 있나?

지옥도 불러낼까? 쓸데없는 소리! 진정해라, 심장아.

근육아, 시들지 말고 굳게 버텨라.

잊지 말라고? 그래, 불쌍한 유령아.

제아무리 혼란한 머리이지만 기억력이 남아 있는 한.

잊지 말라고? 그래, 내 기억의 수첩에서

소소한 것일랑 싹 지우고, 온갖 책의 격언,

어릴 때 보고 기록한 모든 사상 따윈 없애 버리고

네 그 명령만을 내 뇌리 속에 남길 거야.

하늘에 맹세코 그러겠다!

아 사악한 여인이여!

아, 악당, 악당. 미소 짓는 저주받을 이 악당!

---

2) 이 장면에서 유령은 자신이 살해당한 경위를 햄릿에게 설명하고 그 살해의 부당성을 강조하며 복수를 부탁하고 있다. 이때 유령은 자신이 고해성사를 하거나 기름 바름 등의 종부성사를 받지 못하고 급작스럽게 죽음을 맞이한 것을 강조하며, 연옥의 고통에 묶여 있어야 하는 자신의 모습을 강조한다. 특히 이렇게 갑작스러운 죽음은 햄릿을 포함한 당시 관객들에게는 큰 공포(nightmare)로 작동했을 것이다. 당시 대중들은 햄릿의 부친의 유령이 복수를 명할 만큼 자신을 연옥으로 보낸 동생에게 원한에 사무쳐 있음을 이해해 줄 뿐 아니라 공감할 수도 있었을 것이다. 따라서 이 장면은 복수 비극《햄릿》의 중요 장면 가운데 하나이다.

수첩에 기록해 두는 것이 좋겠다.

아무리 미소를 지어도 악당일 수 있음을.

최소한 덴마크에서는 그럴 거다. (글을 쓴다)

자, 숙부, 바로 이게 내 좌우명이다.

"잘 있어라, 잘 있어. 나를 잊지 마라."

나는 여기에 맹세했다.

마셀러스, 호레이쇼 (안에서) 왕자님, 왕자님!

마셀러스 (안에서) 햄릿 왕자님.

호레이쇼 (안에서) 하늘이시어, 왕자님을 보호하소서.

햄릿 (방백) 제발 그러길.

호레이쇼 (안에서) 훠이, 훠이! 왕자님!

햄릿 훠이, 훠이! 여보게. 여기야, 여기 있네.

(호레이쇼와 마셀러스 등장)

마셀러스 어떻게 됐습니까, 왕자님!

호레이쇼 뭡니까, 왕자님!

햄릿 놀라운 일이네!

호레이쇼 말씀해 주십시오.

햄릿 안 돼, 말이 새어 나갈 테니까.

호레이쇼 절대 그렇지 않을 겁니다.

마셀러스 저도 마찬가집니다.

햄릿 어떻게 생각하나,

사람이 감히 이런 일을 생각해 낼 수 있을까? 비밀은 지키겠지?

호레이쇼, 마셀러스 하늘에 대고 맹세합니다, 왕자님.

햄릿 덴마크에 사는 악당치고 극악무도하지 않은 놈은 없다 하더군.

호레이쇼 유령이 그런 말을 하려고 무덤을 뛰쳐나왔을 리 없습니다.

햄릿 아, 그렇지. 옳은 말이야.

그러니 빙빙 돌려 말할 필요 없이 악수나 하고 헤어지는 게 좋겠네.

자네들도 일이 있을 테니.

모든 사람이 제각기 일과와 용무가 있는 법이지.

보잘것없는 나도 마찬가지고, 자, 나는 기도나 하러 가겠네.

호레이쇼 말씀에 조리가 없으십니다. 왕자님.

햄릿 내 말에 화가 났다면 정말 미안하군. 정말이네.

호레이쇼 화가 난 것이 아닙니다, 왕자님.

햄릿 아니야, 호레이쇼. 성 패트릭을 걸고 맹세코, 있네.

그 유령은 정직한 유령이었어. 이 말만은 할 수 있네.

무슨 일이 있었는가 알고 싶겠지만 좀 덮어 주게.

자, 친구들, 친구로서, 학자로서 그리고 군인으로서

내 청을 들어주게.

호레이쇼 뭡니까, 왕자님? 물론입니다.

햄릿 오늘밤 자네들이 본 것을 절대 입 밖에 내지 말게.

호레이쇼, 마셀러스 절대 내지 않겠습니다, 왕자님.

햄릿 아니, 맹세를 해 주게.

호레이쇼 절대 입 밖에 내지 않겠습니다.

마셀러스 저도 마찬가지입니다. 왕자님.

햄릿 내 검에 대고 맹세를.

마셀러스 이미 맹세했습니다.

햄릿 이 검에 대고 맹세하라니까.

(유령이 무대 아래서 소리친다)

유령 (아래에서) 맹세하라.

햄릿 하, 하, 자네도 말하는가?

거기 있나, 친구?

자, 땅 밑에 있는 친구의 말 들었겠지.

맹세한다고 하게.

호레이쇼 맹세의 말을 얘기해 주십시오.

햄릿 자네들 본 것을 절대 말해선 안 되네. 내 검에 대고 맹세하게.

유령 (아래에서) 맹세하라. (그들이 맹세한다)

햄릿 있지 않은 곳이 없구나.

우리도 장소를 옮겨 보세.

자네들 이리 오게.

내 검에 손을 얹고 이제

들은 것을 절대 말하지 않겠다고 맹세해 줘.

유령 (아래에서) 맹세하라. (그들이 맹세한다)

햄릿 말 잘했다, 두더지 영감!

땅속을 어떻게 그렇게 빨리 파나?

훌륭한 광부로군. 여보게, 다시 한 번 자리를 옮겨 보세.

호레이쇼 참말이지 기이한 일이군요!

햄릿 그러니, 손님인 양 저것을 환영해 주게.

호레이쇼, 이 천지간에는 인간의 철학으로

꿈도 못 꿀 수많은 일이 있다네,

자, 아까처럼 절대 말을 않는다고 약속해 주게.

앞으로 내가 필요에 따라 어떤 이상하고 기이한 짓을 하건

내 모습을 보고 팔짱을 끼거나 머리를 흔들면서

"흠, 흠, 우리는 알지."라거나 "알려면 알 수 있지."

또는 "말을 해도 좋다면 할 사람도 있지." 등

의미 있는 듯 말을 하거나,

애매한 얘기로 나의 본심을 아는 체하지 말게.

그럼 자네들에게는 은총과 자비가 따를 거야.

유령 (아래에서) 맹세하라. (그들이 맹세한다)

햄릿 진정하고, 쉬어라. 불안한 유령아.

자, 친구들 내 모든 우정을 걸고 자네들에게 신의를 다짐하겠네.

이 햄릿, 보잘것없는 위인이지만 신이 허락하는 한

신의와 우정으로 보답하겠네.

자, 함께 들어가세.

항상 손가락은 입술에 대고 비밀을 지켜 주게.

뒤틀린 시대로다. 저주받은 내 운명이여,

그걸 바로잡기 위해 내가 태어나다니!

아니, 자, 같이 가세.

(퇴장)

제2막

제1장

폴로니어스 집의 방

(폴로니어스와 레이날도 등장)

폴로니어스 이 돈과 편지를 전해다오, 레이날도.

레이날도 네, 나리.

폴로니어스 레이날도, 빈틈없이 일을 처리해야 하네.

내 아들을 만나기에 앞서

행실을 알아내기 위해선 말이네.

레이날도 나리, 저도 그럴 생각이었습니다요.

폴로니어스 옳지, 그래, 그래. 들어 보게.

우선 파리에 사는 덴마크인들을 알아봐.

어떻게 거기에 살게 됐으며 그자가 누구이며

돈은 어떤 수단으로 구하는지.

또 어떤 사람들과 어울리며 씀씀이는 어떤지 알아 보게.
빙 돌려 물어보다가 그들이 내 아들을 안다 하거든
자세히 질문하기보다는 핵심을 찌르는 거야.
이를테면 그에 대해 대강 알고 있다는 듯이
"제가 그 사람 아버지와 친구를 알죠.
그 사람도 조금 알고요." 알겠나, 레이날도.

레이날도 네, 잘 알겠습니다. 나리

폴로니어스 "조금 알죠, 그렇지만" 하고 나서
"잘은 모릅니다만, 그 사람이 난폭하고
이러저러한 버릇이 있죠."라는 식으로 말하는 게야.
그 버릇은 자네가 적당히 둘러대고.
그렇지만 명예를 떨어트릴 정도로 심한 것은 말고.
—이 점에 유의하게—자유분방한 젊은이에게 흔히 따라붙는
방종이나 실수 같은 것은 말해도 좋아.

레이날도 도박 같은 것 말씀이죠.

폴로니어스 그렇지. 주정, 칼부림, 욕설, 싸움질, 오입질도 있지.
이 정도까지는 좋네.

레이날도 나리, 그런 것은 명예를 해칠 것 같은데요.

폴로니어스 천만에. 말하기 나름이지.
그러나 난봉꾼이라는 등 추문을 더해선 안 되네.
내 의도는 그런 게 아니니까.
그러나 아들의 결점을 교묘하게 말해.

그게 누구나 한 번은 저지르는

자제력의 결여이고, 혈기왕성한 젊음의 폭발이며

길들지 않은 무례라는 하는 인상을 주란 말이다.

레이날도 대감님, 그렇지만—

폴로니어스 뭣 때문에 이런 일을 하느냐고?

레이날도 네, 나리.

폴로니어스 내 본 뜻은 이렇다네.

묘안이라고 생각하네만.

내 아들의 사소한 결점을 헐뜯으면서

가끔 때 묻은 것이 나오듯 우연히 튀어나오게 말해 두면,

상대방이 아들의 그런 행실을 현장에서 목격했다면

이렇게 맞장구 칠거야.

"선생께서"라든가

"이보게"나 "이 양반" 식으로,

그 지방 말투와 신분에 따라 부르겠지만,

레이날도 그렇겠지요, 나리.

폴로니어스 이렇게 되면,

그 사람이—그는— 내가 무슨 말을 하려던 참이지?

분명 무슨 말을 하려고 했는데, 어디서 멈췄지?

레이날도 "맞장구를 칠거야." 하고, "이보게" "이 양반"까지요.

폴로니어스 "맞장구를 친다." 그렇지.

그 사람은 이렇게 말할 거야.

"나도 그분을 압니다. 어젠가 그젠가 만났죠.

혹은 이때 저때에. 이러저러한 사람과 가는 것을 봤는데,

당신 말마따나 노름을 하고, 술에 곯아떨어지고,

경기 중에 싸움판을 벌였죠." 혹은 "그 사람

홍등가로 들어가던데요."라고 할지도 모르지.

갈보집 말이다. 이런저런 말을 할 거야.

이제 알겠지— 거짓 미끼로 진짜 잉어를 낚으란 말이야.

우리처럼 지혜와 통찰력이 있는 사람은

정도를 피하고 옆길을 우회해

간접적인 방법으로 목적을 달성하는 법이다.

그러니 내 가르침과 충고에 따르면

자식 놈의 행실은 쉽게 알 수 있을 거야. 내 뜻을 알아듣겠나?

레이날도 잘 알겠습니다, 나리.

폴로니어스 조심히 잘 가거라.

레이날도 다녀오겠습니다.

폴로니어스 네 눈으로 직접 아들의 행실을 봐야 한다.

레이날도 알겠습니다.

폴로니어스 하고 싶은 대로 하게 놔두고.

레이날도 네, 나리.

폴로니어스 가 봐라.

(레이날도 퇴장)

(오필리어 등장)

왜 그러느냐, 오필리어? 무슨 일이냐?

오필리어 아, 아버지, 아버지, 너무 무서웠어요.

폴로니어스 도대체 뭣 때문에 그러느냐?

오필리어 아버지, 제가 방에서 바느질을 하고 있을 때

햄릿 왕자께서 웃옷 앞가슴을 풀어헤치고

모자도 안 쓰시고 더러운 양말은

대님이 풀려 발목까지 흘러내려 족쇄처럼 걸렸고

얼굴은 종잇장처럼 창백하고

두 무릎은 서로 부딪치듯 떨며 느닷없이 나타나셨어요.

그분의 표정은 마치 지옥에서 막 풀려나

그 끔찍한 사연을 얘기하시려는 듯 비참한 표정이셨어요.

폴로니어스 네 사랑 때문에 미친 게 아니냐?

오필리어 아버지, 저는 모르겠어요.

그렇지만 그런 것도 같네요.

폴로니어스 뭐라고 하더냐?

오필리어 제 손목을 잡고서 세게 끌어안으시더니

팔 길이만큼 거리를 두고선

한 손은 이마에 얹고 마치 저의 모습을 그리려는 듯

제 얼굴을 유심히 보셨어요.

그렇게 한참 계시더니

마침내 제 팔을 조금 흔들어 보고, 머리를 아래위로 세 번 흔드시고는
마치 온몸이 산산조각이 나고 목숨이 끊어질 듯
처량한 한숨을 쉬셨어요.
그러시더니 제 팔을 놓아 주시고는
보지 않고도 나가는 길을 안다는 듯
어깨 너머로 고개를 돌려 저를 보면서
그대로 문밖으로 나가셨는데
끝까지 저에게서 시선을 떼지 않으셨어요.

폴로니어스 자, 같이 가자.
왕을 뵈야겠다. 이게 바로
상사병이라는 거다.
이 병이 난폭하게 발작하면 자신을 망치고
걷잡을 수 없는 행동으로 몰아가느니.
우리의 천성을 괴롭히는
하늘 아래 모든 열정이 그렇듯이.
최근에 왕자님께 좀 심한 말을 한 적은 없느냐?

오필리어 아니요.
그렇지만 아버님 분부하신 대로
그분의 편지를 돌려드리고 가까이 오시지 못하게 했어요.

폴로니어스 그래서 실성하셨구나.
내가 좀 더 조심스럽게 살필 것을 잘못했다.
한때의 장난으로 너를 망치면 어떡하나 걱정만 했으니

노파심이 지나쳤나 보다. 젊은이는 분별심이 없어 탈이지만

우리 늙은이는 지나치게 걱정해 탈이다.

자, 왕께 가야겠다. 감춰 두었다가

나중에 통탄하시는 것보다는

전말을 알리고 꾸중을 듣는 편이 나을 게다.

(퇴장)

제2장

성안

(왕, 왕비, 로젠크란츠와 길든스턴 및 시종 등장)

왕 잘 왔네, 로젠크란츠와 길든스턴.
전부터 만나 보고 싶었는데
경들의 힘을 빌려야 할 일이 생겨 이리 급히 부르게 되었네.
이미 들어서 알겠지만 햄릿이 변했네.
외적으로나 내적으로나 이전과는 전혀 달라졌다는 말이네.
무엇이 그토록 지각을 잃게 했는지
선친이 돌아가셨다는 이유 이외엔 도무지 짐작이 가질 않으니.
그래서 두 사람에게 부탁하니,
어렸을 때부터 같이 자랐고 왕자의 기질에도 익숙할 터이니
잠시 이 궁에 머물면서 같이 어울려 그를 오락으로 이끌고

기회가 닿는 대로 왕자를 괴롭히는 것이
무엇인가를 찾아내 주게. 원인이 밝혀지면
치료도 가능할 테지.

왕비 왕자가 두 사람에 대해 여러 번 얘기했다네.
왕자가 그처럼 가깝게 여기는 이는 두 사람뿐이라 생각하네.
그러니 여기서 한동안 머물면서 우리가 바라는 대로
돕는다면 왕께서도 알맞은 보답을 하실 것이네.

로젠크란츠 두 분 폐하께서는 소신들에 대해
군주의 권한으로 명령하심이 마땅한데
부탁이라 하시니 황송합니다.

길든스턴 저희들은 분부대로 충성을 다해
이 몸을 폐하의 발밑에 바칠 것이옵니다.

왕비 고맙네. 로젠크란츠.
그럼 자네들은 너무나 변해 버린 내 아들을
만나 보도록 하시오. 자네들 중 몇 사람은
이분들을 왕자가 있는 곳으로 모시도록 하라.

길든스턴 하늘이시여, 저희들이 왕자님께
즐거움과 도움을 줄 수 있기를.

왕비 그렇게 되길.

(로젠크란츠, 길든스턴, 시종과 함께 퇴장)

(폴로니어스 등장)

폴로니어스 폐하, 노르웨이에 파견했던 사신들이

희소식을 갖고 돌아왔습니다.

왕 경은 언제나 희소식의 근원이구려.

폴로니어스 그렇습니까? 소신은 제 영혼을 지키듯

신과 자비로운 폐하를 위해 주어진 임무를 다하고 있을 뿐입니다.

그래서 생각에—소신이 틀렸다면,

이전과 달리 제 머리가 국사의 흐름을

더 이상 좇지 못한다는 말이 되겠지요.

햄릿 왕자님이 실성하신 그 원인을 발견했습니다.

왕 오, 말해 보시오. 어서 듣고 싶소.

폴로니어스 먼저 사신들을 맞이하십시오.

저의 소식은 성찬 뒤의 후식이 될 것입니다.

왕 직접 가서 그들을 정중히 맞아 데려오시오.

(폴로니어스 퇴장)

거트루드, 그가 당신 아들이

실성한 원인을 찾아냈다고 하오.

왕비 주요한 원인 외에 뭐 다른 게 있겠습니까?

아버지의 죽음과 우리의 갑작스런 결혼 말입니다.

왕 글쎄, 함께 알아봅시다.

(폴로니어스, 볼티맨드와 코넬리어스와 함께 재등장)

수고가 많았소. 볼티맨드.

노르웨이 왕이 뭐라 회답하시던가?

볼티맨드 더할 나위 없는 좋은 회답을 받아 왔습니다.

신들의 요청을 듣자마자 왕은 사람을 보내

조카의 모병을 중지시켰습니다.

왕은 폴란드와의 전쟁을 대비하기 위해 모병하는 것으로 아셨던 것

같습니다.

그런데 자세히 들여다보니 실은 폐하에 대한 도발임을 알게 되어

자신이 쇠약해 병상에 있어 그리 기만당했다며 분개하시고는

포틴브라스에게 중지를 명령하셨습니다.

그는 명령에 따라 노르웨이 왕의 힐책을 받고

숙부인 왕 앞에서 앞으로는 절대 폐하께

무력 도발을 않겠다고 맹세했습니다.

노르웨이의 노왕은 기뻐하시며, 그에게

삼천 크라운의 연금을 내리시고

이미 모병한 군대는 폴란드 정벌에

동원할 권한을 내렸습니다.

자세한 것은 이 서신에 적혀 있습니다만 (서신을 바치며)

이 출병을 위해 노르웨이 군대가

폐하의 영토를 통과할 수 있도록

허락을 구하셨습니다.

왕 만족스럽구려.

이 일은 좀 더 심사숙고하고 검토한 후에 회신하겠소.

아무튼 충성 어린 노고에 감사하오.

가서 쉬도록 하시오, 저녁에는 축연을 베풀 것이니.

귀국을 진심으로 축하하오.

(볼티맨드와 코넬리어스 퇴장)

폴로니어스 이 일은 훌륭히 마무리되었습니다.

두 분 폐하, 왕권은 무엇이며 신의 의무는 무엇인지

왜 낮은 낮이며 밤은 밤인지

또한 왜 시간은 시간인지를 논의하는 것은

곧 밤과 낮과 시간의 낭비 외에는 아무것도 아닙니다.

그러니 간결은 지혜의 핵심이며, 장황함은 겉치레에 불과하니

간단히 말씀드리면 왕자님은 미치셨습니다.

감히 그리 말씀드리는 것은

진짜 미쳤다는 정의는 미쳤다는 것 이외는

아무것도 없기 때문입니다. 그건 그렇다 치고,

왕비 말재간은 그만 부리고 핵심을 말하시오.

폴로니어스 왕비 마마,

소신은 말재간을 부리고 있는 것이 아닙니다.

왕자는 미쳤습니다. 이건 사실이며 애석한 일입니다.

애석한 일이지만 사실입니다.

어리석은 말이니 그만두지요.

저는 말재간을 부리는 것이 아니니까요.

우선 미쳤다고 인정합시다.

그럼 남는 것은 그 결과의 원인, 아니

그 결함의 원인을 파악하는 일입니다.

원인이 있어야 이런 결함 있는 결과가 생깁니다.

이리하여 문제가 남았는데 그 남은 문제는 이러합니다.

신중히 고려하시기를.

소신에게는 딸이 있사온데, 하기야 곁에 있을 동안만이지만

그 딸이 공손하고 순종하여, 이걸 보십시오.

이것을 저한테 보여 주었습니다. 들어보시지요. (읽는다)

"천사와 같은 내 영혼의 우상, 가장 미화된 오필리어에게"

이건 문장이 안 되었어, 서툴군. "미화된"이라니 서툴러.

하여튼, 들어 주십시오. (읽는다)

"그대의 아름다운 흰 가슴에 이 글을—"

왕비 햄릿이 오필리어에게 보냈단 말이오?

폴로니어스 왕비 마마, 잠시만 기다려 주십시오.

충실히 읽어 드릴 테니. (읽는다)

"별이 불덩이임을 의심하고

태양이 도는 것을 의심하고

진실을 거짓이라 의심해도

의심 마시오, 내 사랑을.

오, 오필리어.

나는 시에 서툴고, 내 연정을 운율로 표현할 재주가 없소.

그러나 믿어 주오. 내가 그대를 가장 많이 사랑한다는 사실을.

안녕. 이 몸이 살아 있는 한 가장 사랑하는 여인이여,

영원히 그대의 것인 햄릿으로부터."

제 딸은 이 글을 순순히 저에게 보여 주었을 뿐 아니라

왕자님이 언제 어디서 어떻게 구애하셨는지

낱낱이 저의 귀에 털어 놨습니다.

왕 오필리어는 햄릿의 사랑을 어떻게 받아들였는가?

폴로니어스 폐하께서는 소신을 어떻게 생각하십니까?

왕 충실하고 명예로운 인물이지.

폴로니어스 그런 인물이길 바랍니다.

허나 폐하가 저를 어떻게 생각하셨을까요?

이 열렬한 사랑이 날개를 펴는 꼴을 보았을 때

—실은 제 딸이 말하기 전부터 눈치를 채고 있었고

이걸 말씀 드려야 겠습니다만은—

제가 책상이나 공책처럼 입을 닫고

이 사랑을 모르는 채 눈감고 있었다면

두 분 폐하께서는 소신을 어떻게 생각하셨을까요?

소신을 즉시 손을 써 딸에게 이렇게 타일렀습니다.

"그분은 왕자의 신분이시니 너하고는 거리가 멀다.

이런 일이 있어서 되겠느냐?"고요. 그러고서는

왕자님이 찾아오시면 문을 잠그고

그분의 심부름꾼을 멀리하고

선물도 받지 말라 일러두었더니
제 딸이 그 말을 잘 지켰습니다.
그러자 거절당한 왕자께서는
간단히 말씀드리면 슬픔에 빠져
음식을 전폐하시고 불면증에 쇠약증에
어지럼증에 이어 그것이 악화된 끝에 지금처럼
광증에 이르렀으니 애통할 일입니다.

왕 왕비도 그렇게 생각하오?

왕비 그럴 것 같아요. 그럴 듯합니다.

폴로니어스 여태껏 소신이 "그렇다." 하고 단언한 것이
그렇지 않은 적이 있습니까?

왕 내가 아는 한은 없었지.

폴로니어스 제 말이 틀렸다면, 제 머리를 몸뚱이에서 떼 버리십시오.
단서만 잡힌다면 진상을 밝히겠습니다.
설사 그것이 지구 한복판에 숨겨 있대도 찾아내고 말겠습니다.

왕 어떻게 더 알아볼 수 있겠소?

폴로니어스 아시다시피 왕자께서는 가끔
이 복도를 여러 시간 거니십니다.

왕비 참 그렇소.

폴로니어스 그런 때를 보아
제 딸을 왕자님께 풀어놓겠습니다.
폐하와 소신은 벽의 휘장에 숨어서

두 사람이 만나는 것을 살펴보기로 하지요.
만약 왕자께서 딸년을 사랑하지 않고
그 때문에 이성을 잃은 것이 아니라면
국사를 보필하는 자리를 물러나
마차나 끌며 농사나 짓겠습니다.

왕 그럼 해 봅시다.

왕비 저것 봐요. 불쌍한 애가 우울하게 책을 읽으며 오는군요.

폴로니어스 자, 두 분께선 자리를 피하시지요.
제가 곧 말을 걸어 보겠습니다.

(왕과 왕비 퇴장)

(햄릿 책 읽으며 등장)

안녕하셨습니까, 왕자님?

햄릿 잘 있네, 고맙군.

폴로니어스 왕자님, 저를 아십니까?

햄릿 알다 뿐인가, 자네는 생선 장수가 아닌가?

폴로니어스 아닙니다. 왕자님.

햄릿 그럼 그 사람만큼만 정직하다면 좋겠군.

폴로니어스 정직이라니요? 왕자님.

햄릿 아아, 선생님. 요즘 세상 같아서야
정직한 사람이 만 명에 한 명이나 될는지.

폴로니어스 옳으신 말씀입니다.

햄릿 태양 빛도 썩어 빠진 시체에 입을 맞추면

죽은 개에도 구더기가 생기는 법

자네 딸이 있던가?

폴로니어스 있습니다, 왕자님.

햄릿 햇볕을 쬐면서 다니지 못하게 하게.

머릿속의 지식이 부푸는 것은 좋은 일이지만

딸의 배가 부풀어서야 되겠는가? 조심하게.

폴로니어스 (방백) 내가 뭐라든? 아직도 내 딸 타령이네.

그런데도 처음엔 나를 몰라봐 날더러 생선 장수라고 했겠다.

돌아도 너무 돌았어. 사실, 나도 젊었을 때는

사랑 때문에 몹시 시달렸지. 이 양반 못지않게.

다시 말을 걸어 볼까—무엇을 읽고 계십니까, 왕자님?

햄릿 말이야, 말, 말.

폴로니어스 무엇에 관한 겁니까?

햄릿 누구라고?

폴로니어스 읽고 계시는 내용 말입니다.

햄릿 험담이야. 곧잘 비꼬는 녀석이 한 말인데

늙은이란 허연 수염에 얼굴은 쭈글쭈글

눈에서는 송진 같은 누런 눈곱이 주렁주렁

머리는 텅 비었고 허벅지는 허약하다는 거야.

나도 이 말을 통감하네만 이렇게까지 쓰는 것은 점잖지 못한 일이야.

당신도 나처럼 나이가 들 테니까.

만약 게처럼 뒷걸음질을 할 수 있다면 말이야.

폴로니어스 (방백) 미치긴 했지만 말에는 조리가 있어.

바람을 쐬지 마시고 안으로 들어가시죠, 왕자님?

햄릿 내 무덤으로 말이지.

폴로니어스 정말, 거긴 정말 바람이 없을 테죠.

(방백) 가끔 의미심장한 말을 하신단 말씀이야!

멀쩡한 사람도 그렇게 꼭 맞는 말을 할 수 없을걸.

미친 사람은 가끔 적절한 표현으로 정곡을 찌른단 말이야.

이제 여길 떠 당장 내 딸과 만나도록 방법을 꾸며야겠어.

왕자님, 소신, 이제 물러가도록 허락해 주십시오.

햄릿 뭐든지. 내 기꺼이 허락하네.

내 목숨, 내 목숨, 목숨만은 빼놓고 말이야.

폴로니어스 안녕히 계십시오, 왕자님.

햄릿 지겨운 멍청한 늙은이 같으니.

(로젠크란츠와 길든스턴 등장)

폴로니어스 햄릿 왕자님을 찾으신다면, 저기 계시네.

로젠크란츠 (폴로니어스에게) 안녕히 가십시오.

(폴로니어스 퇴장)

길든스턴 존경하는 왕자님.

로젠크란츠 경애하는 왕자님.

햄릿 반가운 친구들이 나타났군!

잘 있었나, 길든스턴?

아, 로젠크란츠도! 어떻게 지냈나?

로젠크란츠 보통 사람처럼 그럭저럭 지냈습니다.

길든스턴 행복하지만 지나치게 행복한 것도 아니고,

행운의 여신이 쓰는 모자의 꼭대기에까지는 가지 못했습니다.

햄릿 그렇다고 여신의 신발 밑창은 아닐 테지?

로젠크란츠 그렇지도 않습니다.

햄릿 그럼 자네들은 그녀의 허리 부근에 매달려서

중간 정도의 호의를 받으며 살고 있나?

길든스턴 실은 허리 조금 아래에 삽니다.

햄릿 여신의 은밀한 곳에 산다고?

사실 그럴 테지. 그녀는 창녀니까. 좋은 소식이라도 있나?

로젠크란츠 없습니다. 왕자님. 세상이 정직해졌다는 사실 외에는.

햄릿 그럼 세상이 종말에 가까웠군.

그렇지만 자네의 말은 틀렸어. 좀 구체적으로 묻겠네만

자네들은 운명의 여신한테 무슨 잘못을 저질렀기에

이런 감옥으로 쫓겨 왔나?

길든스턴 감옥이라니요? 왕자님.

햄릿 덴마크는 감옥이야.

로젠크란츠 그럼 온 세계가 다 그렇겠죠.

햄릿 큼직한 감옥이지. 그 안에 독방도 있고 토굴도

있는데 덴마크가 제일 심해.

로젠크란츠 저희들은 그렇게 생각지 않습니다, 왕자님.

햄릿 그래, 그렇다면 자네들에겐 아니로군.

세상엔 좋고 나쁜 것이 없어.

다만 생각이 그렇게 정해 줄 뿐이야.

나에겐 감옥이야.

로젠크란츠 그건 왕자님의 포부가 너무 커서 그러시겠죠.

이 나라가 왕자님의 뜻을 펴기에는 너무나 협소하니까요.

햄릿 이것 참, 나는 호두 속에 틀어박혀 있어도

무한한 공간의 주인으로서 만족할 수 있는 몸이야.

꿈자리만 사납지 않다면 말이야.

길든스턴 그 꿈이 실은 야망일 겁니다.

그 야망의 실체란 것은 꿈의 그림자에 불과하니까요.

햄릿 꿈 그 자체가 그림자에 불과하네.

로젠크란츠 그렇습니다.

야망이란 공기처럼 허무해 가치가 없는 것,

그림자의 그림자에 불과한 겁니다.

햄릿 그럼 거지는 실체이고

왕과 야심만만한 영웅들이 거지의 그림자 격이겠군.

궁전에 들어갈까? 사실이지 나는 이치를 따지는 일엔 서툴러.

로젠크란츠 길든스턴 저희들이 모시겠습니다.

햄릿 그럴 수야 없지. 자네들을 하인처럼 취급할 수는 없네.

정직하게 말하면 나는 하인들의 시중에 지긋지긋하다네.

그런데 우리의 우정으로 묻겠네만 엘시노어에는 왜 왔지?

로젠크란츠 왕자님을 뵈러 왔을 뿐, 다른 이유는 없습니다.

햄릿 나는 거지 신세라 보답이 궁색하네만 고맙네.

하기야 내 보답은 반 푼어치도 못되겠지만.

자네들은 누가 불러서 왔겠지?

자발적으로 왔나? 자유로운 방문인가?

자, 정직하게 말해 보게. 자, 어서 말 좀 해 봐.

길든스턴 뭐라고 말씀드려야 할지, 왕자님?

햄릿 뭐든 좋아. 요점만 빼놓고는.

누가 불러서 왔지 않은가? 얼굴에 쓰여 있는걸.

자네들은 그걸 감출 정도로 교활하지는 못해.

왕과 왕비가 불렀다는 것쯤은 나도 알고 있으니까.

로젠크란츠 무엇 때문에요, 왕자님?

햄릿 그걸 나에게 일러 주게.

우리 우정의 권리와, 젊은이의 의기투합,

영원한 우정의 의무를 생각해 보게.

말주변이 좋다면 더 멋지게 호소할 그것으로

엄숙히 물을 테니, 솔직히 털어놓게.

누가 불러서 왔지? 안 그런가?

로젠크란츠 (길든스턴에게 방백) 어떻게 하지?

햄릿 (방백) 안 되지. 내가 지켜보고 있는걸—

자네들이 나를 아낀다면 감추지 말게.

길든스턴 왕자님, 실은 부르셔서 왔습니다.

햄릿 그럼 그 이유를 내가 말해 주겠네.

그럼 자네들이 털어놓기 전에 내가 앞질러 말한 꼴이 되니

왕이나 왕비께 몰래 맹서한 신의에도 손상은 가지 않을 테니.

나는 요즘, 왠진 모르겠지만 매사에 흥미를 잃었고

평소 하던 무술도 집어치웠다네.

정말이지 마음이 몹시 우울해,

이렇게 아름다운 지구도 나에게는 황량한 불모지처럼 보이고

이 기막히게 아름다운 하늘도, 좀 보게,

이 머리를 뒤덮은 찬란한 하늘, 황금의 별로 수놓은 장엄한 천장도

내게는 더럽고 병균으로 오염된 수증기 덩어리로 보일 뿐이네.

인간은 참으로 조화로운 걸작이 아닌가!

고결한 이성에 무한한 능력!

훌륭한 자태와 감탄할 만한 거동!

그 행동은 천사와 같고 신과 같은 지혜를 갖춘 인간!

이 세상 아름다움의 극치요, 만물의 영장!

그런데 이것이 나에게는 쓰레기처럼 보이니

인간이 흥미롭지가 않아. 여자도 마찬가지이고.

근데 자네들은 웃는 걸 보니 그렇지 않은 모양이군.

로젠크란츠 그런 뜻은 없었습니다.

햄릿 그럼 왜 내가 "인간이 흥미롭지 않다."라고 했을 때 웃었지?

로젠크란츠 인간이 흥미 없으시다면

배우들이 얼마나 푸대접을 받을까 하는 생각이 들었기 때문입니다.

저희들은 오는 길에 배우들을 앞질러 왔는데,

왕자님께 연극을 보여 드리러 이리 오는 중입니다.

햄릿 왕의 역을 맡는 친구는 환영해 주지.

내 그에 걸맞은 찬사를 해 주겠네.

용맹스런 기사 역은 칼과 방패를 마구 휘두르게 해 주고,

연인 역에겐 사랑의 탄식이 헛되지 않게 보상해 주지.

변덕쟁이 역을 맡는 친구는 싸움질 않고 역을 끝내게 해 주겠어.

광대 역에게는 건드리기 무섭게

허파가 끊어져라 웃는 관객을 대 줄 것이고,

귀부인 역은 속마음을 마음껏 말하게 해 주겠네.

안 그러면 대사가 끊어질지도 모르니까.

그 배우들은 어떤 사람들이지?

로젠크란츠 한때 왕자님께서 좋아하셨던 수도의 비극 배우들입니다.

햄릿 어째서 지방 순회공연에 나섰지?

수도에 눌러 있는 것이 명성이나 수입 면에서도 나을 텐데.

로젠크란츠 최근에 무슨 사건이 있어

수도에서는 공연이 금지당한 모양입니다.

햄릿 내가 수도에 머물렀을 때만큼 그들의 인기가 아직 여전한가?

지금도 구경꾼들로 떠들썩한가?

로젠크란츠 아닙니다. 이젠 그렇지 않습니다.

햄릿 어째서 그런가? 연기가 녹이 슬었나?

로젠크란츠 아뇨, 여전히 열심히 하고는 있지만

새끼 매 같은 소년 극단이 생겨

목이 터져라 외치고 있는데

이게 요란스러운 박수갈채를 받고 있습니다.

이것이 요즘 유행인지라 '대중 무대'라는 것을—

그 애들이 그렇게 부르는데—시들해졌고

칼을 찬 신사 나리들도, 저쪽 작가의 붓이 무서워

이쪽에는 감히 접근할 생각을 못한답니다.

햄릿 뭐, 소년 배우라고? 누가 끼고 도나?

보수는 어떻지? 변성기 전까지만 연기를 하나?

후에 나이 먹어 성인 연기자가 되면

—달리 생계가 마련되면 또 몰라도 그럴 게 뻔한데—

자기 장래 직업을 헐뜯은 결과밖에 되지 않으니

작가들을 원망하지 않겠나?

로젠크란츠 그래서 양자 간에 시비도 많았습니다.

세상 사람들도 양 싸움에 부추겨도 나쁠 것 없다고 하고요.

한동안은 작가와 배우들 사이의 싸움 장면이 없으면

연극이 팔리지 않을 정도였습니다.

햄릿 그게 정말인가?

길든스턴 네, 정말 대단했지요.

햄릿 소년 극단이 이겼는가?

로젠크란츠 그렇습니다. 헤라클레스 상징을 단

글로브 극장이고 뭐고 다 휩쓸었습니다.

햄릿 이상할 것도 없지.

내 숙부가 덴마크의 왕이 되니, 선친이 살아 계실 때는 그렇게도

숙부를 두고 이러쿵저러쿵 하던 친구들이 이제는

손바닥만 한 숙부의 초상화를 두고 수십 수백 냥의 금화를 주고 사고 있으니 말이야.

정말이지, 이런 자연스럽지 못한 일은

학문이 어떻게 설명하겠나.

(나팔 소리)

길든스턴 배우들이 왔습니다.

햄릿 친구들, 엘시노어에 잘 왔네. 손을 잡아 보세.

환영에는 정중한 격식과 예절이 어울리는 법.

이 악수로 예의를 표하겠네. 배우들을 정중하게 환영하는 것은

자네들에 대한 환영보다 더 융숭하다는 오해를 받을 것 같으니.

잘 왔네. 자네들도.

그렇지만 나의 숙부인 아버지와 숙모가 된 어머니는 속으셨어.

길든스턴 속으셨다니요, 왕자님?

햄릿 나는 북북서풍이 불 때만 미쳐.

남풍이 불 때는 나도 매와 톱쯤은 분간할 수 있거든.

(폴로니어스 재등장)

폴로니어스 안녕들 하시오. 두 분.

햄릿 이봐, 길든스턴. 그리고 자네도.

양쪽 귀를 세워서 잘 듣게.

저 큰 갓난애는 아직 기저귀 신세를 면치 못하고 있어.

로젠크란츠 아마 두 번째로 기저귀를 차신 걸 겁니다.

늙으면 도로 갓난애가 된다고 하지 않습니까?

햄릿 내 예언하겠네만

저 친구는 배우들 얘기를 하러 왔을 거야. 잘 보게,

안녕하시오. 정말 그때가 월요일 아침이었지.

폴로니어스 왕자님, 아뢰올 소식이 있습니다.

햄릿 왕자님, 아뢰올 소식이 있습니다.

로스키우스가 로마에서 배우로 있을 때 .

폴로니어스 배우들이 이리로 오고 있습니다.

햄릿 옳거니, 옳거니.

폴로니어스 소신의 명예를 걸고—

햄릿 배우들이 나귀를 타고—

폴로니어스 천하의 명배우들입니다.

비극, 희극, 역사극, 전원극, 전원적 희극,

역사적 전원극, 비극적 역사극,

비극적—희극적— 역사적— 전원극,

장면에 변화가 없는 것 또는 있는 것 등

무엇이든 할 수 있는 배우들입니다.

세네카의 비극도 무겁지 않고

플라우투스의 희극도 경박하지 않게 해내죠.

삼일치법의 엄격한 극이건

자유로운 즉흥극이건 척척 해낼 수 있는 유일한 배우들입니다.

햄릿 아, 이스라엘의 명재판관 에프타 님,

그대는 얼마나 소중한 보물을 간직하였다고요.

폴로니어스 무슨 보물을 가졌단 말씀이시죠, 왕자님?

햄릿 있잖소. "더없이 귀여운 외동딸이라,

부친은 끔찍이 사랑했으니."

폴로니어스 (방백) 아직도 내 딸 타령이군.

햄릿 내가 틀리진 않았지, 늙은 에프타?

폴로니어스 소신을 에프타라 부르신다면,

소신도 끔찍이 사랑하는 딸이 있사옵니다.

햄릿 아니, 그렇게 되지 않아.

폴로니어스 그럼 어떻게 됩니까, 왕자님?

햄릿 그걸 몰라? "신만이 아는 운명처럼" 다음엔

이렇게 "세상사 다 그렇듯 일이 났구나."

그 뒤는 성가의 첫 소절을 보면 알 수 있어.

저것 보게, 기분 좋은 친구들이 나타나는군.

(네다섯 명의 배우 등장)

잘 왔네. 여러분 모두 환영하오. 건강하니 기쁘군.

반가워 친구들, 아, 자네도 왔군!

요전에 봤을 때와는 달리 얼굴에 수염투성이야.

나한테 수염 자랑하려고 덴마크에 왔나?

여어, 이건 귀여운 아가씨 아닌가?

아가씨의 키가 요전보다는 하늘에 더 가까워졌으니

구두 굽이 더 높아진 모양이군.

목소리가 못쓰게 된 금화처럼 금이 가지 않게 조심하게.

잘 왔소. 자네들. 우리 프랑스의 매 사냥꾼마냥

닥치는 대로 한번 매를 날려 보자고.

당장 대사 하나 듣고 싶네.

자, 멋진 솜씨를 좀 보여 주게.

어서, 격정적인 대목을 읊어 보게.

배우1 어떤 대목 말씀입니까, 왕자님?

햄릿 언젠가 들려준 장면이 있지.

무대에서는 한 번도 공연이 안 됐지만

공연이 되었어도 한 번 이상은 안 됐을 거야.

내 기억으로는 그 연극은 대중에게 인기가 없었어.

돼지에 진주 목걸이 격이지

그렇지만 그 대사는 내 보기엔—물론 나보다

극에 대해 더 권위 있는 사람들의 귀에도 훌륭했다네.
장면에 짜임새가 있고 기교가 있으면서도
이를 알맞게 억제한 극이야.
누군가가 얘기한 것이 기억나네.
그 작품은 강한 맛을 위해 지나치게 양념을 친 것도 아니고
작가가 그럴싸한 멋을 위해 과장된 대사를 나열한 것도 아니고
정직한 방식으로 달콤하면서도 건전한
이를테면 화려하기보다는 우아한 작품이라는 거야.
그중 한 구절이 특히 좋았네.
아이네이아스가 디도에게 하는 말인데,
특히 프리아모스 왕의 시해 장면을 말하는 대목이지.
아직 기억이 생생하다면 이 구절부터 시작해 보게.
가만 있자, 뭐였더라.
"험상궂은 피로스는 히르카니아의 호랑이처럼"
그렇지 않아. 피로스부터 시작하는데,
"험상궂은 피로스가 검은 갑옷 차림으로
시커먼 마음을 품고 재난을 몰고 올 목마 속에 잠복하니,
그 검은 용모에 간담이 서늘하다.
이제 그 험악하고 시커먼 몸에 끔찍한 문양을 덮었더라.
머리부터 발끝까지
아버지들과 어머니들, 딸들과 아들들의 피로 검붉은 피범벅이더라.
화염은 거리를 불태우고, 그 잔인하고 치명적인 불빛은

제 나라 왕의 죽음을 비추는구나.
피는 엉겨 아교처럼 굳어져
분노와 화염으로 그슬리고
온몸을 피로 뒤집어쓰고
두 눈은 홍옥처럼 붉어
지옥의 악마처럼 피로스는
노왕 프리아모스을 찾더라.
계속해 보게.

폴로니어스 참 잘하십니다, 왕자님.
억양도 좋고 전달도 좋습니다.

배우1 마침내 발견되는 프리아모스 왕.
노왕의 낡은 칼을 그리스군을 향해 휘둘러도
힘없는 팔은 허우적거리다 칼을 땅에 떨어뜨리고 만다.
적수가 되지 않는 싸움이지만
피로스는 프리아모스을 몰아세워 분노의 칼을 휘두르니
공기를 가르는 칼바람에 노쇠한 노왕은 쓰러졌으니
무심한 트로이 성도 일격을 당한 양, 불타던 누각과
바닥으로 쓰러지니, 이 무서운 굉음에
피로스의 귀가 얼어붙더라.
보아라! 노왕의 백발 머리를 내려칠 듯하던
그의 칼이 허공에서 얼어붙고
그림 속의 폭군처럼

피로스는 어찌할 바를 모르는 듯
우뚝 서 있을 뿐.
다가올 폭풍에 앞서 가끔 그렇듯,
하늘은 고요하며 구름은 미동도 않고
거친 바람도 잠잠하고 아래 대지는
죽은 듯 적막한데, 이내 하늘을 찢는 끔찍한 천둥소리가
천지를 뒤흔들더라.
잠시 망설이던 피로스도
다시 복수심에 불타 날뛰며
키클롭스가 마르스의 무적 갑옷을
벼리려 망치를 내치는 듯
피로스는 피 묻은 칼을 들어
무자비하게 프리아모스을 향해 내려치더라.
꺼져라, 꺼져, 이 창녀 같은 운명의 여신이여!
신들이여, 뜻을 모아 이 여신의 힘을 빼앗아
여신의 수레바퀴에서 살과 테를 부수고
그 축을 하늘 산 밑으로 던져
악마가 들끓는 지옥의 밑바닥으로 굴러 떨어지게 하소서!

폴로니어스 이건 좀 긴데요.

햄릿 그럼 이발소에 보내 영감의 그 수염과 함께 짧게 다듬지.
제발 계속하게나.
이 사람은 우스갯소리나 음담패설이 아니면 조는 자이니.

자, 이번에 헤카베 왕비의 장면을.

배우1 오, 머리를 싸맨 여왕을 본 자 누구인고.

햄릿 머리를 싸맨 여왕?

폴로니어스 좋은데. "머리를 싸맨 여왕"이라니 좋군.

배우1 화염 불길을 끄려는 듯 억수 같은 눈물 흘리며

맨발로 허둥지둥 뛰는 여왕이여, 왕관을 썼던 머리에

헝겊을 두르고 자식을 낳느라 뼈만 남은 허리에

걸친 옷이라곤 엉겁결에 두룬 담요 한 장이니

이 모습에 누군들 운명의 여신에게 독설을 보내지 않을 수 있으리.

그러나 그때 신들이 왕비를 보았다면

피로스의 칼이 남편의 사지를 난도질할 때

그 모습 눈앞에서 본 왕비가 지른 끔찍한 비명은

하늘에서 별들마저 그 가련함에 눈물 흘리고

인간사의 무심한 신들마저

탄식케 했으리라.

폴로니어스 보십시오, 저 배우의 안색이 변하고 눈물을 글썽입니다.

이제 그만하시지요.

햄릿 수고했소. 나머지 대사는 후에 또 부탁하겠네.

폴로니어스 경, 배우들을 잘 돌봐 주시오. 알겠소? 잘 대접해요.

배우야말로 시대를 요약한 역사니까. 죽어서 고약한 묘비명을 얻는

게 나을 거요.

살아서 이들의 악담을 듣는 것보다야.

폴로니어스 그들의 신분에 알맞게 대우하겠습니다.

햄릿 나, 이런 참! 더 좋은 대우를 하란 말이오.

제 분수에 맞게 대우한다면야 누군들 회초리를 피하겠소.

그러니 경의 명예와 위엄에 어울리게 대우하시오.

저들의 자격이 부족할수록 그만큼 경의 선심이 빛나는 법이니.

안으로 모시게.

폴로니어스 갑시다.

햄릿 같이 가시오. 내일 연극을 보도록 하겠소.

(배우1만 남고 나머지 배우들은 폴로니어스와 함께 퇴장)

할 얘기가 있는데 〈곤자고의 암살〉을 공연할 수 있겠나?

배우1 네, 왕자님.

햄릿 내일 밤 그걸 해 주게. 내가 열댓 줄 정도 대사를 더 넣으려 하니

그걸 사전에 연습할 수 있겠나?

배우1 네, 왕자님.

햄릿 잘됐네, 그럼 저 양반을 따라가게.

그 사람을 너무 놀려 먹지 말도록.

(배우1 퇴장)

자, 친구들 이따 밤에 만나세.

엘시노어에 잘 돌아왔어.

로젠크란츠 안녕히 계십시오, 왕자님.

햄릿 잘들 가게.

(로젠크란츠와 길든스턴 퇴장)

이제야 혼자구나! 나라는 인간은 어쩌면 이렇게 한심하고 비열할까?

참으로 놀랍지 않은가? 아까 그 배우는

그저 꾸며낸 이야기에 공감하여

안색은 창백해지고, 눈물을 흘리며, 넋이 나간 표정에,

목이 메어, 온몸이 상상의 인물과 일치하지 않는가?

이 모든 것이 실체도 없는 헤카베를 위해서라니!

도대체 그 배우에게 헤카베가 무엇이기에!

헤카베에게 그는 무엇이기에 그토록 울어댈 수 있단 말인가?

만약 내 마음속에서 들끓은 격정의 원인과 실마리를

그 배우에게 주었다면

그는 과연 어떻게 행동했을까?

무대는 눈물로 흘러넘칠 것이요,

무서운 대사로 관객의 고막을 뒤흔들고,

죄 있는 자는 미치게, 착한 자는 공포에 떨게

무지한 대중을 당황케 해서

눈과 귀를 마비시켰을 것임에 틀림없어.

그런데 나처럼 둔하고 미련한 놈은

몽상하듯 서성이며 아무 말도 못하고 있으니. 아무 말도.

왕권도 귀중한 생명도 잔인하게 빼앗긴 선왕을 두고

입을 다물고 있으니.

나는 비겁한 인간이란 말인가?

나를 악당이라 부르고, 머리통을 후려갈길 자 없는가?

이 수염을 뽑아 내 얼굴에 내 던지고, 코를 비틀고 거짓말쟁이라고

소리 지를 자가 없는가? 누구 이런 짓을 할 놈이 없는가?

아, 빌어먹을 이 모욕을 감수할 수밖에.

비둘기처럼 간도 쓸개도 없이 굴욕을 당하는 놈이니.

그렇지 않다면 벌써 그 비열한 놈의 시체를 뿌려

하늘의 매가 살찌게 했을 거야.

그 흉악하고 음탕한 악당. 잔인하고 간사하고 추잡한 악당!

아, 복수다! 정말이지 난 얼빠진 놈이야.

사랑하는 아버지가 살해당했는데,

하늘과 지옥이 복수하라고 독촉하는데도

매춘부처럼 혓바닥만 놀려 신세타령이나 하고

저주나 지껄이고 있으니

창피한 줄 알아라! 참! 정신 차리자.

흠, 들은 얘기가 있어.

죄 지은 자가 연극을 보던 중에 교묘한 공연에

마음속 깊이 뒤흔들려

그 자리에서 자기의 죄를 고백했다지.

살인의 죄는 혀가 없지만 이상하게도 스스로 말하는 수가 있거든.

배우들에게 지시해 아버지의 살인과 흡사한 연극을

숙부 눈앞에서 공연하자.

놈의 표정을 살펴 급소를 낚아채야지.

놀라는 기색이 보이면 내 할 일은 분명해진다.

내가 본 유령은 악마인지도 몰라.

악마는 그럴 듯하게 변신하는 힘이 있다니까.

그래, 아마 나의 나약함과 우울증에 파고들어

이런 기질을 가진 자에겐 특히 강한 힘을 발휘하는 것이 악마이니

나를 속여 지옥에 떨어뜨리려 하는지도 몰라.

좀 더 확실한 증거를 찾아야겠어.

연극이야말로 왕의 본심을 들춰내는 유일한 방법이야.

(퇴장)

제3막

제1장

성안

(왕, 왕비, 폴로니어스, 오필리어, 로젠크란츠, 길든스턴 등장)

왕 그래, 경들이 아무리 말을 돌려 물어도

왕자가 뭣 때문에 그런 광증을 부리며

조용해야 할 나날을

소란하고 난폭하게, 미친 것처럼 떠도는지,

그 이유를 알 길이 없단 말이지?

로젠크란츠 스스로도 이상해졌다고 고백하셨습니다만

그 원인을 말씀하려 들지 않으셨습니다.

길든스턴 누가 원인을 알길 원치 않으시는 듯,

그 진상을 털어 놓게끔 몰고 가면

은근슬쩍 실성한 체 하시면서 피해 버리십니다.

왕비 자네들은 잘 대해 주던가?

로젠크란츠 점잖게 맞아 주셨습니다.

길든스턴 허나 내키지 않은 일을 억지로 하시는 듯 보였습니다.

로젠크란츠 질문은 안 하셨지만
저희들이 물으면 거침없이 대답해 주셨습니다.

왕비 여흥을 좀 즐기도록 권유는 해 봤는가?

로젠크란츠 네. 이리로 오는 도중에 어떤 배우들을 앞질러 왔는데
그 소식을 전했더니 퍽 기뻐하시는 것 같았습니다.
배우들은 지금 이 궁정 어딘가에 있는데
오늘 밤 왕자님 앞에서 연극을 하도록 지시를
받은 걸로 알고 있습니다.

폴로니어스 사실입니다. 왕자님이 제게 양 폐하께서도
관람하시도록 해 달라고 부탁하셨습니다.

왕 기꺼이 응하겠소. 왕자가 만족한다니
내 마음도 기쁘오. 경들도 왕자의 기분을 더욱 돋워
그런 오락에 몰두할 수 있도록 몰아가게.

로젠크란츠 네, 폐하.

(로젠크란츠와 길든스턴 퇴장)

왕 거트루드, 자리를 좀 비켜 주오.
실은 비밀리에 햄릿을 이리로 오게 하여 우연히 오필리어와
마주친 것처럼 해 놓았기 때문이오.
그 애 아비와 내가 합법적인 염탐꾼으로서

몸을 감춰 보이지 않게 숨어서 보면서

그들의 만남을 잘 판단해

왕자의 행동을 보고 왕자의 고통이 과연

사랑의 고민 때문인가 아닌가를 알아낼 생각이오.

왕비 말씀대로 하겠어요. 오필리어, 나는 네 미모가

햄릿의 광기의 행복한 원인이라면 정말 좋겠구나.

그래서 너의 착한 성품으로 그 애를 다시 제정신으로 되돌려

두 사람 모두 행복해졌으면 좋겠어.

오필리어 왕비 마마, 저도 그렇게 되길 바랍니다.

(왕비 퇴장)

폴로니어스 오필리어, 너는 여기를 거닐고 있어라.

폐하께서도 황공하옵니다만, 저와 함께 몸을 숨기시지요.

(오필리어에게) 이 책을 읽고 있어라. 기도문을 읽고 있다면야 혼자

있어도 구실이 되지.

이런 속임수는 비난받겠지만,

신앙심이 두터운 표정에 경건한 척하는 행동으로

악마라도 감쪽같이 속이는 일이 다반사라는 것은 흔히 입증된 사실

이지요.

왕 (방백) 아, 그건 정말 옳은 말이다.

이 말이 내 양심을 매섭게 채찍질을 하는구나,

분을 처발라 단장한 창녀의 뺨의 본색도

그럴싸한 말로 위장한 내 행동보다 더 추하진 않을 것이다.

오, 이 무거운 짐!

폴로니어스 왕자께서 오십니다. 몸을 숨기시지요, 폐하.

(왕과 폴로니어스 퇴장)

(햄릿 등장)

햄릿 사느냐, 죽느냐, 그것이 문제로다.

어느 쪽이 더 고상한가?

가혹한 운명의 돌팔매와 화살을 참고 맞는 것과

밀려드는 역경에 대항하여 맞서 싸워 끝내는 것 중에.

죽는다는 건 곧 잠드는 것. 그뿐이다.

잠이 들면 마음의 고통과 몸을 괴롭히는

수천 가지의 걱정거리도 그친다고 하지.

그럼 이것이야말로 열렬히 바랄 만한 결말이 아닌가?

죽는다는 건 자는 것. 잠이 들면 꿈을 꾸지.

아, 그게 걸리는 구나. 현세의 번뇌를 떨쳐 버리고

죽음이라는 잠에 빠졌을 때, 어떠한 꿈을 꿀 것인가를 생각하면,

여기서 망설이게 돼.

이게 바로 지긋지긋한 인생을 그처럼 오래 끌고 가는 이유야.

그렇지 않다면야 그 누가 견디겠는가? 시간의 채찍과 모욕을,

폭군의 횡포와 건방진 자의 오만,

버림받은 사랑의 고통, 질질 끄는 재판,

관리의 무례함, 훌륭한 사람이 소인배들에게 당하는 수모를 참는

신세를 뭣 때문에 감수한단 말인가?

단검 한 자루면 조용하고 편안해지는데.

누가 무거운 짐을 지고

피곤한 인생에 신음하며 땀을 흘리겠는가?

다만 죽음 다음에 겪을 어떤 것에 대한 두려움 때문에

결심을 못하는 것이 아닌가?

어떠한 여행자도 돌아오지 못한 미지의 나라,

우리가 알지 못하는 저 세상으로 날아가기보다는

차라리 현세의 익숙한 재앙을 참는 편이 낫다는 생각 때문이야.

이렇게 우유부단함이 우리를 비겁하게 만들어,

혈기 왕성한 결단은 창백하게 질려 병들어 버리고

천하의 웅대한 계획도 흐름이 끊겨

실천하지 못하게 되는 법.

가만, 저기 아름다운 오필리어가 아닌가,

요정 같은 그대여, 그대가 기도할 때 잊지 말고 나의 죄를 빌어 주시길.

오필리어 왕자님, 그동안 안녕히 지내셨는지요.

햄릿 고맙군. 좋아, 잘 있네.

오필리어 왕자님, 여기 제가 오래전부터 되돌려 드리고 싶었던

왕자님의 선물을 가져왔습니다. 제발 받아 주세요.

햄릿 아니오. 안 받겠소. 난 그대에게 아무것도 준 것이 없소.

오필리어 왕자님이 더욱 잘 아시고 계실 텐데요.

선물에 향기로운 말씀도 써 주셔서 더욱 빛이 났지만
이제는 그 향기가 사라졌으니 받아 주십시오.
고귀한 마음에게는 귀중한 선물도 주신 분이 무정해지면 초라하게 보입니다.
여기요, 왕자님.

햄릿 하, 하! 그대는 정숙한가?

오필리어 네?

햄릿 그대는 아름다운가?

오필리어 무슨 말씀이신지요?

햄릿 정숙하고 아름답다면 그대의 정숙함이
그대의 미모와 가까이 해선 안 된단 말이오.

오필리어 아름다움이란 정숙과 가장 잘 어울리지 않습니까?

햄릿 아, 그렇지. 정숙함이 미모를 정숙하게 만들기보다
미모가 정숙함을 음란하게 타락시키는 게 더 쉽지.
이전엔 이 말이 궤변에 불과했지만 오늘날엔 상식이 되었네.
한때 나는 그대를 사랑했었소.

오필리어 왕자님, 저도 정말 그렇게 믿었습니다.

햄릿 나를 믿어선 안 됐는데. 오래된 그루터기에 제아무리 미덕의 싹을 접목시켜 봤자 본색이 드러나기 마련이니.
난 그대를 사랑한 적이 없소.

오필리어 그럼 저는 더욱 속은 꼴입니다.

햄릿 수녀원으로 가시오. 뭣 때문에 죄인을 낳으려 하시오?

내 스스로 꽤 괜찮은 인간이라고 생각하지만
그래도 이런저런 죄를 지었으니 차라리
어머니가 나를 낳지 않으셨다면 좋았을 뻔했소.
나는 오만하고 복수심에 불타고
야심을 품은 놈이오. 그래서 마음만 먹으면
지금까지 생각하고 상상하고 실행에 옮긴 것보다
더 많은 죄악을 저지를 수 있단 말이요.
나 같은 놈들이 하늘과 땅 사이에 기어 다녀서 뭘 하겠소?
사내란 형편없는 악당이오. 누구 하나 믿을 것이 못 돼.
수녀원으로 가시오. 아버지는 어디에 있소?

오필리어 집에 계십니다.

햄릿 밖에 못 나오게 문을 꼭 잠그고 있으라고 하시오.
집 안에서는 몰라도 밖에서 바보짓을 못하게 말이오.
잘 가시오.

오필리어 오, 자비로운 하늘이시여, 이분을 도우소서.

햄릿 만일 그대가 결혼을 한다면 지참금으로 이 저주를 선물하지.
제아무리 얼음같이 정숙하고 백설처럼 순결해도
세간의 악담은 면할 수 없을 거요. 수녀원으로 가시오. 잘 가오.
그래도 결혼을 하려거든 바보와 하시오.
현명한 남자라면 누구나
여자가 자기를 어떤 괴물로 만들어 놓을지 잘 알기 때문이오.
수녀원으로 가시오. 그것도 빨리. 안녕.

오필리어 하늘의 신들이시여, 저분을 제정신으로 돌려주세요.

햄릿 당신네들의 화장술도 익히 들었소.

신은 여자들에게 하나의 얼굴을 주었지만

여자는 또 하나의 얼굴을 만들어 낸다던데.

꼬리를 치고 건질 않나 혀 짧은 소리를 내고

하나님의 창조물에 별명을 붙이질 않나

음탕한 짓을 하고선 몰라서 그랬다고 잡아떼고.

집어치워. 더 이상 참을 수 없소.

그런 짓이 나를 미치게 했다고.

결혼 같은 건 없어져야 해.

이미 결혼한 놈들은 한 놈만 빼놓고 다 살려 주지.

나머지 친구들은 그대로 독신을 지켜야 해.

가시오. 수녀원으로.

(퇴장)

오필리어 아, 그처럼 고상한 마음씨가 이렇게 무너질 줄이야.

귀족, 무인, 학자의 식견과 구변, 용맹을 갖추고

이 나라의 희망이요, 꽃이며 풍속의 거울이자 예절의 본보기로서

만인이 우러러보던 분이셨는데. 이제는 완전히 변해 버리셨으니.

그리고 이 몸은, 그분의 아름다운 꿀 같은 맹세를 빨아 마시던 나는,

여인들 가운데 가장 초라하고 불쌍한 신세가 되었으니.

고운 종소리처럼 울리던 고상하고 성스러운 그분의 이성이

거칠게 깨지는 소리를 들어야 하다니.

비할 바 없는 그 모습, 꽃같이 젊은 자태가

광기에 시들어 가는 것을 보게 되었구나.

아, 가엾은 내 신세여.

예전의 그분의 모습이 눈에 선한데, 이제 와서 이런 꼴을 보다니!

(왕과 폴로니어스 등장)

왕 사랑이라고! 왕자의 마음은 그쪽으로 향해 있지는 않네.

말도 다소 두서없기는 하지만 미친 소리 같지는 않소.

그의 마음속에 뭔가가 도사리고 있고 우울증이 그걸 품고 있네.

그것이 부화해 알을 깨고 나오면 분명 위험해질 게야.

그걸 막기 위해 나는 급히 이렇게 결단하겠소.

왕자를 속히 영국으로 보내 밀린 조공을 독촉할 참이오.

아마 바다와 색다른 이국적 풍물을 접하면

왕자의 마음속에 맺힌 응어리가 풀릴 수 있지 않겠소.

그의 생각을 뒤흔들어 실성하게 만들어 버린 그것 말이오.

어찌 생각하오?

폴로니어스 좋은 생각이십니다. 그렇지만 소신은 아직도

왕자님의 상심의 원인은 상사병이라고 믿습니다.

괜찮으냐, 오필리어. 햄릿 왕자님이 하신 말씀을 보고할 필요는 없다, 죄다 들었으니까.

폐하, 원하시는 대로 하시지요. 허나, 괜찮으시다면

연극 공연이 끝난 뒤 왕비께서 왕자님을 따로 부르셔서

수심의 원인이 무엇인지 알아보도록 하는 것이 어떻습니까?

왕비 마마가 물어보시는 동안, 허락하신다면

소신이 숨어 두 분의 말씀을 엿듣겠습니다.

왕비께서 원인을 찾지 못하신다면 왕자님을 영국에 파견하거나

폐하께서 적절하다고 생각하는 장소에 감금하시지요.

왕 그렇게 합시다. 지체 높은 자의 광기는

그대로 방치해서는 아니 되오.

(퇴장)

제2장

성안

(햄릿과 배우 세 명 등장)

햄릿 부탁인데, 대사를 내가 해 보인 것처럼
혀를 매끄럽게 놀려 자연스럽게 읊어 주게. 그러지 않고
많은 배우들처럼 과장해서 소리나 지를 바에야 차라리
거리의 포고꾼에게 부탁하겠어. 또 손을 이렇게 과장되게
허공에 대고 자주 휘두르지 말고, 모든 것을 적당히 하라고.
이를테면, 격류나 폭풍우, 회오리바람처럼
감정이 북받치는 순간일수록
이를 자제해서 부드럽게 표현하란 말이오.
아, 머리에 가발을 쓴 난폭한 녀석이 삼등석 관객,
기껏해야 뭔지도 알 수 없는 무언극이나

소음밖에 모르는 관객들의 귀가 찢어져라 하고
마구 소리를 질러 격정적인 대사를
갈가리 찢어 내뱉는 꼴을 보면 내 영혼까지 불쾌해.
터머건트[3]를 빰치고 폭군 헤롯 왕을 넘어설 정도로
과장된 연기를 하는 친구는 채찍으로 후려갈기고 싶단 말이야.
제발 그런 연기는 삼가 주게.

배우1 명심하겠습니다.

햄릿 그렇지만 대사가 너무 맥이 빠져도 안 돼. 분별력 있게 하라고.
동작을 대사에, 대사를 동작에 맞추되
특히 지켜야 할 일은 자연의 절도를 넘어서는 안 된다는 것이야.
무엇이든 도를 넘으면 연기의 목적에서 멀어지는 것이니까.
연극의 목적이란 예나 지금이나
이를테면 자연에 거울을 비추듯이
선한 것은 선한 모습 그대로, 추한 것은 추한 대로,
이 시대와 이 시절의 참다운 모습을 명료하게 보여 주는 데 있다네.
그러니 이것이 지나치거나 모자라게 하면
식별력 없는 놈은 좋아라 웃겠지만
안목이 있는 사람은 실망할 거네.
자네들은 안목이 있는 사람의 평가가
극장을 가득 메운 사람들 전체보다 더 비중 있게 받아들여야 하네.

---

3) 터머건트(Termagant)는 이슬람교의 신 가운데 하나로 시끄럽기로 유명하며, 현대 영어에서는 '고집대로 하려는 여자'라는 의미로 사용되기도 한다.

오, 내가 어떤 배우들의 연극을 본 적이 있는데—

다른 사람들은 칭찬을 했지만, 그것도 크게 칭찬을 하던데

내 말이 좀 지나칠지는 몰라도 그 배우들은

기독교인다운 말씨도 보여 주지 못했고

기독교건 이교도건 아니 도대체 인간 이라는 것이 저런 꼴로

걷고 소리 지르는가 할 정도로 보였으니

난 조물주의 조수 몇 명을 시켜 인간을 빚다가 서툴게 빚었구나

생각했어.

그만큼 인간을 흉측하게 모방했단 말이야.[4)]

배우1 저희들은 그 점을 꽤 많이 바로잡았다고 생각합니다만.

햄릿 철저히 바로잡아 주게. 그리고 광대역을 하는 배우에게는

주어진 대사 이외의 것은 못하게 하게.

그들 중에는 머리가 둔한 관객을 웃기려고 자기가 먼저 웃는 자도

있으니까.

그 사이에 연극의 중요한 부분은 다 잊어 먹는단 말이야.

그건 한심한 일이지.

그런 짓을 하는 광대는 가장 딱한 야심을 보여 주는 거야.

자, 어서 가서 준비하세.

---

4) 이 장면에서 햄릿은 연극의 목적이 "자연에 거울을 비추듯" 사물들의 모습을 있는 그대로 그리는 것이라고 강조한다. 이 비유는 일반적으로 극이 현실을 모방하고 반영한다는 의미로 받아들여지고 있다. 현실의 상황을 비추는 거울은 '틀'이 되어 현실을 재현하는 것이다. 햄릿이 이러한 연극론을 펼친 후 극중극을 꾸며 숙부의 죄의 증거를 잡고자 한다. 이때 극중극은 동생이 형을 죽이고 왕위를 차지한 썩어빠진 덴마크의 현실을 비추는 거울로 기능한다.

(배우들 퇴장)

(폴로니어스, 로젠크란츠 그리고 길든스턴 등장)

햄릿 폴로니어스 경! 왕께서도 연극을 보신답니까?

폴로니어스 네, 왕비께서도 관람하시겠답니다, 곧 나오십니다.

햄릿 배우들더러 서두르라고 하시오.

(폴로니어스 퇴장)

자네들도 좀 재촉해 주게.

로젠크란츠, 길든스턴 네, 저하.

(로젠크란츠, 길든스턴 퇴장)

햄릿 이보게, 호레이쇼.

(호레이쇼 등장)

호레이쇼 부르셨습니까, 왕자님.

햄릿 호레이쇼, 내 여태껏 사귀어 온 사람들 중에서

자네만큼 올바른 사람은 없었네.

호레이쇼 아, 무슨 말씀을. 저하

햄릿 아냐, 아첨이라고 생각지 말게.

겨우 먹고살 재산과 훌륭한 성품 이외엔 없는 자네인데

자네에게 그런 말을 한다고 내가 덕 볼 것이 어디 있겠나.

가난뱅이에게 무엇 때문에 아첨을 해.
아냐, 달콤한 혓바닥 핥기를 좋아하는 일은
허식에 찬 바보에게 맡기게.
아첨을 해서 이득이 있다면
무릎 관절을 자유자재로 움직이며 굽실거리라고 하지.
알겠나?
내 영혼이 선택할 수 있는 주체가 되고 사람을 알아볼 수 있는
분별력을 갖게 된 이래, 내 사람이라고 점찍은 것은 자네뿐이야.
왜냐하면 자네는 숱한 고난 속에서도 아픔을 나타내지 않고
운명의 여신으로부터 타격을 받건 혜택을 받건 똑같이 감사하는 마
음으로 대하는 것이 자네니까.
감정과 이성이 잘 조화되어 운명의 여신이 부는 피리에 맞춰
마음대로 조작해 내는 소리에 놀아나지 않는 사람은 행복한 거야.
감정의 노예가 되지 않은 사람이 있다면 알려 주게,
그런 사람이라면 나는 그대처럼, 암, 내 마음속 깊이 마음의 끝까지
간직할 거야.
너무 말이 많았네. 오늘밤 왕 앞에서 연극이 있을 거야.
그중 한 장면이 자네에게 얘기한 부친의 사망 경위와 흡사한 장면이
있네. 부탁인데,
그 장면이 진행되는 동안 온 정신을 집중해서 내 숙부를 관찰해 주게.
만약 어떤 한 대사 중에서도 숙부의 숨은 죄악이 드러나지 않는다면,
우리가 본 유령은 악마일 것이고,

내 상상력은 화신 불칸의 대장간처럼 탁하고 더러워진 거야.
숙부를 주의해서 보게.
나도 눈을 그 얼굴에 못 박듯 지켜 볼 테니까.
후에 우리 의견을 나누어 숙부의 거동에 대해 판단을 내려 보세.

호레이쇼 알겠습니다. 공연 도중 왕께서 신을 속여 감시를 피한다면
그 도둑맞은 부분에 대한 책임을 지지요.

(나팔수와 고수 등장, 요란한 음악을 연주한다)

햄릿 연극을 보러 오는군. 난 실성한 척해야겠어.
자네는 자리를 잡게나.

(나팔 소리. 왕, 왕비, 폴로니어스, 오필리어, 로젠크란츠, 길든스턴 그리고 다른 산하들과 시종들이 횃불을 든 왕의 근위병과 함께 등장)

왕 우리 조카 햄릿은 어떻게 지내고 있느냐.

햄릿 훌륭합니다. 카멜레온처럼 공기만 먹고 살죠.
약속으로 가득 찬 공기를 먹고 있죠.[5)]
거세한 수탉도 이런 모이로는 기를 수 없을 겁니다.

왕 무슨 말인지 모르겠구나. 햄릿, 그건 나하곤 관계없는 대답이다.

---

5) 카멜레온은 공기만 먹고 산다는 설이 있다. 여기서 "약속으로 속을 채운 공기"란 왕위 계승에 관해 클로디어스가 한 약속(1막 2장)을 암시한다.

햄릿 네, 이젠 저하고도 관계없죠.

(폴로니어스에게) 경이 대학에서 한때 연극을 하셨다지요?

폴로니어스 그렇습니다. 왕자님, 좋은 배우라는 칭찬을 받았죠.

햄릿 무슨 역을 맡았습니까?

폴로니어스 율리우스 카이사르 역을 했는데

카피톨 신전에서 살해당했죠. 브루투스 손에.

햄릿 이런 바보를 의사당에서 죽이다니 좀 잔인하군.

배우들은 준비가 됐는가?

로젠크란츠 네, 저하. 지시를 기다리고 있습니다.

왕비 이리로 오거라, 내 아들 햄릿, 내 곁에 앉으려무나.

햄릿 아뇨, 어머님. 여기 더 끌리는 것이 있습니다.

(햄릿이 오필리어 곁으로 간다)

폴로니어스 (왕에게) 허, 들으셨지요?

햄릿 아가씨 무릎 사이에 들어가도 될까요?

오필리어 안 됩니다, 왕자님.

햄릿 아니, 무릎을 좀 베자는 말이오.

오필리어 네, 왕자님.

햄릿 내가 무슨 상스런 짓이라도 할 줄 알았소?

오필리어 전 아무 생각도 안 했습니다, 왕자님.

햄릿 처녀 다리 사이로 들어간다는 건 즐거운 것이오.

오필리어 어째서요?

햄릿 비어 있으니까.[6]

오필리어 명랑하십니다, 왕자님.

햄릿 누가, 내가?

오필리어 네, 왕자님.

햄릿 오, 이런. 난 당신의 어릿광대거든,

인간이 명랑하지 않고서야 무얼 하겠나.

보라고, 우리 어머님이 얼마나 유쾌한 얼굴을 하고 계신지.

아버님이 돌아가신 지 두 시간 만에 말이오.

오필리어 아닙니다. 두 달의 갑절은 되지요. 왕자님.

햄릿 벌써 그렇게 됐나?

아님 그럼 악마더러 보통 상복을 입으라고 해야겠어.

나는 가죽 상복을 입을 테니. 오, 맙소사,

돌아가신지 두 달인데, 아직도 잊히지 않는다니!

그렇다면, 영웅의 이름은 넉넉히 반년 이상 남아 있겠는걸.

허나, 아가씨. 그는 분명 교회를 여러 채 지어야 할 거요.

안 그러면 망각될 테니까, 춤추는 목마와 함께.

왜냐하면 그 말의 묘비명이 '오! 오! 목마는 잊혀졌다'이니까.

---

6) 원문은 "nothing"으로 히바드(Hibbard)는 이를 'no-thing'으로 풀이하여 햄릿이 '페니스(penis)'를 의미하는 '것(thing)'이 없는 상태를 말하려 했다고 본다. 그러나 스펜서(T. J. B Spenser)는 "nothing"이 숫자 0을 말하며, 햄릿의 역을 연기하던 배우가 엄지와 검지로 원을 만들어 여성의 음부를 암시하는 동작을 취했을 것이라고 본다. 이 대사를 어느 쪽으로 이해하든 성적인 암시가 짙은 대목임은 부정할 수 없다.

(나팔 소리. 무언극이 시작된다)

(왕과 왕비가 등장. 서로 다정히 포옹한다. 왕비가 무릎을 꿇고 왕에게 사랑을 맹세하는 모습을 보인다. 왕이 왕비를 일으켜 머리를 숙여 그녀의 목에 머리를 기댄다. 왕은 꽃이 만발한 들판에 눕고, 왕이 잠든 것을 보고 왕비가 나간다. 이어 한 사내가 들어와 왕의 왕관을 벗기고 거기에 입을 맞춘 후, 왕의 귀에 독약을 붓고 나간다. 왕비가 돌아와 왕의 죽음을 보고 격렬한 몸짓을 한다. 독살자가 무언극 배우 서너 명을 데리고 다시 나타나 왕비와 더불어 애도하는 척 한다. 시체가 옮겨지고, 독살자가 예물을 들고 왕비에게 구애한다. 왕비는 한동안 차갑게 구는 것처럼 보이나 결국 그의 사랑을 받아들인다)

(모두 퇴장)

오필리어 왕자님, 저게 무슨 뜻입니까?

햄릿 글쎄, 이건 〈미칭 말리코〉라 부르는 데

은밀한 악행이라는 뜻이오.

오필리어 이제 시작할 연극의 주제를 전달하는가 보군요.

(설명 역을 맡은 배우 등장)

햄릿 저 친구가 알려 주겠지. 배우란 비밀을 못 지키거든.

다 털어놓을 거요.

오필리어 무언극의 의미도 알려 주겠죠?

햄릿 그야 물론. 어떤 것이든 아가씨가 보여 주기만 한다면.

아가씨가 보여 주길 부끄러워하지만 않는다면,
그도 부끄러움 없이 죄다 설명해 줄 거야.

오필리어 그런 망측한 말씀을, 망측해. 저는 연극이나 구경하겠어요.

설명 역 〈우리 극단을 위해 그리고 비극을 위해 관대하신 여러분께 허리 굽혀 간청하오니 마음을 푸시고 끝까지 들어 주시기를 빕니다.〉

(퇴장)

햄릿 저게 서두인지, 또는 반지에 새긴 짤막한 글인지 모르겠군.

오필리어 정말 짧군요.

햄릿 여자의 사랑처럼 말이오.

(왕과 왕비로 분장한 두 배우 등장)

배우 왕 그간 태양신의 불 마차가 해신의 거친 바다 물결과
대지의 신의 둥근 땅을 돌기를 열두 달씩 삼십 년.
달도 빛을 빌려 열두 달씩 서른 번을 이 세상을 비춰 주었소.
사랑의 신이 우리의 마음을 합쳐 주시고
우리의 손을 신성한 서약으로 묶어 주신 이래로.

배우 왕비 태양과 달이 우리의 사랑이 끝날 때까지
그 이상의 수만큼 더 여행해 주시기를. 그러나 요즘 전 우울해요.
최근 폐하가 병색이 보이시어
이전과는 달라진 용태에 근심이 앞섭니다.
허나 근심이 앞선다고 해서 폐하께서 상심하지 마시옵기를.

여자란 사랑이 깊어지면 그만큼 근심도 많아지는 법이니
사랑과 근심은 전혀 없든가, 극단적으로 많은 법이지요.
저의 사랑은 이미 아실 테니,
제 사랑이 큰 만큼 큰 근심의 정도도 아실 테지요.
조그만 의심도 큰 사랑은 근심하고,
조그만 근심이 자라는 곳에서 사랑은 강해지는 법입니다.

배우 왕 부인, 사실이지 나는 그대를 두고 떠나야 하오.
그것도 멀지 않은 날에.
내 기력이 점점 쇠약해지고 있소.
그러나 왕비는 이 아름다운 세상에 살아남아 존경과 사랑을 받으시오.
혹시 부드러운 좋은 이를 만나 남편으로

배우 왕비 아, 나머지 말씀은 하지 마세요.
그러한 사랑은 저의 마음에는 반역과 다름이 없어요.
두 번째 남편을 맞이할 바에야 저주를 받겠어요.
두 번째 남편을 맞는 것은 첫 번째 남편을 살해한 여자나 할 일.

햄릿 (방백) 쓰디쓴 말이구나.

배우 왕비 재혼의 동기는 사랑이 아니라 이기적이고 천한 욕심입니다.
두 번째 남편과 이불 속에서 입 맞추는 일이란
죽은 남편을 또 한 번 죽이는 일이고요.

배우 왕 당신이 한 말은 나도 믿는 바요,
그러나 우리는 마음에 결심한 일을 자주 깨뜨리기도 하오.
결심이란 기껏해야 기억의 노예 같은 것이어서

탄생은 요란하지만 그 힘은 미약하오.

흡사 과일처럼 열매가 파랄 때는 나무에 매달려 있지만,

익으면 흔들지 않아도 떨어지고 말지.

마음에 짊어진 부채를 갚는 일은 잊기 쉬운 일이요.

격정에 휩쓸려 결심한 마음이란

격정이 끝나면 희미해지는 것이고

슬픔과 기쁨이 격렬하다 해도, 행동으로

옮겨지는 과정에서 그 감정은 소멸되어 버리는 것이요.

기쁨이 극도에 달하는 곳에서 슬픔도 더욱 커지고

별것 아닌 일에 슬픔은 기쁨으로,

기쁨은 슬픔으로 변하게 마련이요.

이 세상은 무상한 것 그러니 사랑이 운명과 더불어 변한다고 해서

이상할 것이 어디 있겠소.

사랑이 운명을 이끌어 가는지 또는 운명이 사랑을 이끌어 가는지는

아직 누구도 밝힐 수 없는 문제로 남아 있소.

권세가 있는 자가 쓰러지면 그의 덕을 입던 자들은 도망가고

보잘 것 없는 자도 출세를 하면 적들이 친구가 되는 법.

이처럼 사랑도 운명이 변하는 대로 따라가는 거요.

부자에게는 친구가 몰려들지만

가난한 자가 친구를 찾을 때는 오히려 상대를 적으로 모는 법이오.

아무튼 시작한 말의 매듭을 짓는다면,

우리의 결심과 운명은 그처럼 모순된 방향으로 달리기 때문에

우리의 계획은 늘 뒤집히는 법이오.

우리의 생각은 우리 것이지만 그 결과는 아니라오.

그러니 두 번째 남편은 얻지 않겠다 하지만

첫 번째 주인이 죽으면 그런 생각도 죽을 거요.

배우 왕비 제게 먹을 것을 주는 이 대지와

빛을 주는 저 하늘을 앗아가시고

낮의 즐거움과 한밤의 휴식을 없애시고

믿음과 희망을 절망으로 변하게 하시고

감옥에 갇혀 은둔자의 고행을 하게 하시고

행복했던 얼굴을 창백하게 만드는 갖은 고난이 닥쳐와

이 몸이 간직했던 모든 것이 파괴되어도

그 고난이 현세에서 저승까지 악착같이 쫓아오게 하소서.

만약 제가 과부가 된 다음, 다시 다른 사내의 아내가 된다면.

햄릿 만약 그녀가 저 맹서를 깨뜨린다면!

배우 왕 굳은 맹서를 했구려. 여보, 잠시 혼자 있게 해 주오.

몸도 고단하고 무료한 날을 잠으로 잊고 싶소이다.

(잠이 든다)

배우 왕비 잠으로 머리를 식히세요.

어떠한 불행도 우리 둘 사이에 일어나지 않을 거예요!

(퇴장)

햄릿 어머니, 이 연극 마음에 드십니까?

왕비 내 생각엔 왕비의 맹세가 좀 지나치구나.

햄릿 아, 그렇지만 약속을 지킬 겁니다.

왕 연극의 내용을 들은 적이 있는가? 거기 무슨 악의는 없겠지?

햄릿 예, 예, 그저 농담입니다. 독이 든 농담이랄까?

전혀 악의는 없습니다.

왕 이 연극의 제목은 무엇이냐?

햄릿 〈쥐덫〉이라고 합니다. 기막힌 비유 아닙니까?

비엔나에서 있었던 살인 사건을 그린 것인데

공작의 이름이 곤자고입니다. 그 부인은 밥티스타이고요.

곧 아시게 되겠지만 흉측한 사건이죠.

그렇지만 무슨 상관있겠습니까?

폐하나 저희들처럼

깨끗한 마음을 갖고 있는 사람들을 건드리지 못하지요.

피부가 곪은 망아지가 아파서 날뛴다고

우리의 몸이 가려울 리는 없으니까요.

(루키아누스 역의 배우 등장)

햄릿 루키아누스라고 하는 친구인데 왕의 조카죠.

오필리어 설명 역처럼 환히 알고 계시네요, 왕자님.

햄릿 아가씨와 애인의 관계도 설명할 수 있지.

인형극처럼 만약 두 사람이 희롱하고 노는 꼴을 본다면.

오필리어 날카롭군요. 왕자님, 날카로워요.

햄릿 내 칼날이 들어갈 땐 신음께나 할 거요.[7)]

오필리어 점점 더 나아지면서 나빠지십니다.[8)]

햄릿 나쁘다면서도 여자들은 그런 사내들을 남편으로 삼겠지.

자, 시작해라. 살인자야.

그 저주받을 낯짝을 찡그리지 말고 어서 시작하라고.

'복수하라고 외치는 까마귀 소리'부터.

루키아누스 검은 마음, 날쌘 손, 약효는 적중할 것이고,

시간도 알맞다.

시간까지 나와 공모하여 주위에는 보는 사람 하나 없다.

한밤중에 캐낸 이 독초를 삶은 극약이여.

마녀 헤카테가 세 번 저주의 주문을 걸어

세 번 독기를 주입한 독약이여.

마법의 힘과 끔찍한 독성으로 건강한 생명을 순식간에 앗아가라.

(자는 사람의 귀에 독을 부어 넣는다)

햄릿 왕관을 차지하기 위해 정원에서 독살을 한다.

왕의 이름은 곤자고,

이것은 실화로 그 기록이 고상한 이탈리아어로 쓰여 있지요.

곧 저 살인자가 어떻게 곤자고 아내의 사랑을 얻는지

보시게 될 겁니다.

---

7) 여기서 '칼날'은 성기의 비유이고, '신음'은 여자가 처녀성을 잃을 때 내는 소리이다.

8) 원문은 'Still better, and worse.'로 햄릿이 자신의 말꼬리를 잡아 이야기하는 모습에 오필리어는 그가 실성한 사람이 아니라 정상인과 가깝게 더 '나아지고' 있지만 그의 말이 점점 모질어지고 있음을 지적하고 있다.

오필리어 폐하께서 일어나십니다.

햄릿 저런, 가짜 불길에 놀라기라도 했나?

왕비 괜찮으십니까, 폐하?

폴로니어스 연극을 중지하라.

왕 불을 밝혀라. 돌아가겠다.

일동 불, 불, 불을 켜라!

(햄릿과 호레이쇼만 남고 모두 퇴장)

햄릿 그래, 얻어맞은 사슴은 울어라.

성한 수사슴은 뛰어놀 테니.

어떤 놈은 깨어 있고 어떤 놈은 잠자니

세상만사는 그렇고 그런 것.

여보게,

내 팔자가 엉망이 되면, 배우들 틈에서 한몫할 수 있지 않을까?

새털이 무성한 모자나 뒤집어쓰고

줄무늬 구두에 장미꽃 리본쯤 달기만 하면 말이야.

호레이쇼 반몫은 할 수 있겠지요.

햄릿 완전한 한몫이라니까, 나는.

알지 않나, 내 친구여. 오, 다몬,[9]

허물어진 이 세상도 한때는 조브의 것이었으나

---

9) '다몬'은 그리스 전설에 등장하는 인물로 '다몬과 핀티아스(Damon and Pythias)'는 목숨을 걸고 신의를 지킨 두 친구, 둘도 없는 친구를 의미한다.

이제는 허영 넘치는 한 마리 공작새가 다스리고 있는 것을.[10)]

호레이쇼 아예 음을 붙여 노래를 하시지요.

햄릿 여보게, 호레이쇼.

내 그 유령의 말을 천 파운드를 내고 사도 아깝지 않아.

분명히 보았지?

호레이쇼 네, 분명히.

햄릿 그 독살 장면도?

호레이쇼 똑똑히 보았습니다.

햄릿 하, 하! 음악을 연주하라! 자, 피리를 불어!

왕이 희극을 싫어하신다면 그건 싫어하시라고 해야지.

자, 음악을 연주하라.

(로젠크란츠와 길든스턴 재등장)

길든스턴 왕자님, 황공하오나 한 말씀 여쭙고자 합니다.

햄릿 하게. 세계 역사 전부라도 말하게.

길든스턴 실은 폐하께서—

햄릿 그래 왕께서?

길든스턴 들어가신 후 심기가 불편하십니다.

햄릿 과음을 하셨나?

---

10) 여기서 '조브(jove)'는 로마 신화에서 최고의 신인 주피터를 가리키며 선왕 햄릿을 의미한다. 이와 반대되는 현재 왕인 클로디어스는 다음 행에서 허영이 넘치는 '공작새(pajock)'로 비유되었다.

길든스턴 아니오. 화가 나셨습니다.

햄릿 그렇다면 의사를 부르는 게 자네의 지혜가 더 돋보이지 않겠나.
내가 그의 화를 치료하다간
도리어 그를 더 깊은 울화통에 처박아 버릴걸.

길든스턴 왕자님. 말씀에 체계를 좀 잡으시고
제가 드리는 말씀에서 벗어나지 마십시오.

햄릿 네, 공손히 듣지요. 어서 말하시오.

길든스턴 왕비께서 크게 걱정하시어 저희를 여기로 보내셨습니다.

햄릿 잘 오셨소. 환영하오.

길든스턴 폐하, 그 인사 말씀은 이 자리에 적절치 않습니다.
폐하께서 이치에 닿는 대답을 해 주신다면
어머님의 분부를 전해 드리겠지만
그렇지 않으면 황송하오나 신의 의무는 이것을 마지막으로
물러나겠습니다.

햄릿 그건 못 하네.

길든스턴 뭘 말입니까, 저하?

햄릿 이치에 맞는 답변 말이네. 내 정신이 병이 들었네.
그렇지만 내가 할 수 있는 정도의 답변이라면 해 주지.
아니, 자네 말대로, 어머님 분부대로 하겠네.
그러니 그만 따지고 본론에 들어가지. 어머님이 어떻다는 겐가?

로젠크란츠 왕비께서 말씀하시길,
왕자님의 거동에 너무도 놀라셨다고 하십니다.

햄릿 어머니를 실색케 하다니 기막힌 자식이군.

그래 놀라신 다음에는? 아무 말씀 없으셨나?

로젠크란츠 주무시기 전에 왕자님께 조용히 하실 말씀이

있다고 하십니다.

햄릿 그 뜻에 따르겠네.

지금보다 열 곱절 더 어머니 노릇을 하시더라고 말이야.

더 용무가 있는가?

로젠크란츠 왕자님께선 예전엔 절 참 아껴 주셨습니다.

햄릿 지금도 그렇지. 버릇 나쁜 이 두 손을 걸고 맹세하네.

로젠크란츠 그렇다면 왕자님께서 근래 울적해하시는 원인을

말씀해 주십시오.

친구에게 슬픔을 털어놓지 않는다면

스스로에 족쇄를 채우시는 것이 되지 않겠습니까?

햄릿 출세를 못 해 그러네.

로젠크란츠 당치 않은 말씀이십니다.

폐하께서 직접 덴마크 왕위의 계승자로서 왕자님을 언명하지 않으셨습니까?

햄릿 그렇긴 하지만, 속담에도 있듯이

'풀이 자라기를 기다리는 동안'[11]—케케묵은 속담이지만.

(배우들 피리를 들고 등장)

---

11) 이 속담의 뒷부분은 '말이 굶어 죽는다.'이다.

오, 악단이 왔군. 피리 좀 이리 줘 보게.

(길든스턴에게) 나 좀 보세.

어찌하여 자네는 이렇게 나를 몰아세우는가?

마치 나를 덫에 몰아넣으려는 것처럼?

길든스턴 뜻밖의 말씀을, 아닙니다. 왕자님.

제 행동이 지나쳤다면 왕자님에 대한 저의 충성이 과한 탓입니다.

햄릿 무슨 말인지 모르겠네. 이 피리나 좀 불어 보게.

길든스턴 왕자님, 불 줄 모릅니다.

햄릿 부탁이야.

길든스턴 정말 못 붑니다.

햄릿 간청하네.

길든스턴 전혀 손도 댈 줄 모릅니다.

햄릿 거짓말보다 하기 쉬운 걸세.

구멍을 손가락으로 막고 입으로 이렇게 불기만 하면 되네.

자, 보게, 이게 구멍이야.

길든스턴 허나 그것들을 조화로운 소리로 내지 못할 겁니다.

제게는 그런 재주가 없습니다.

햄릿 아니, 여보게. 그렇다면 자네는 여태

나를 이 피리만도 못한 물건으로 생각했단 말인가!

자넨 지금 나를 조종해 연주하려 들지 않았나.

내 비밀의 핵심을 끄집어내고 싶어 안달을 하던데.

내가 마치 피리인 양 최저음에서 최고음까지 내보려 했지 않은가?

이 조그만 악기에는 많은 음악과 절묘한 소리가 들어 있지만
자넨 그걸 불 줄 몰라. 빌어먹을. 그래.
내가 이 피리보다 다루기 쉬울 줄 아는가?
자네가 나를 무슨 악기로 보든 간에,
아무리 기를 써도 나를 다룰 순 없을 걸세!

(폴로니어스 등장)

어서 오시오. 폴로니어스 경.

폴로니어스 왕비 마마께서 하실 말씀이 있다고 하십니다.
지금 바로 들라 하십니다.

햄릿 저기 저 흡사 한 마리 낙타와 같은 형상을 한 구름이 보이십니까?

폴로니어스 아이고, 저럴 수가— 정말 낙타 모양이군요.

햄릿 아니, 족제비 같아 보이는데.

폴로니어스 등이 족제비같이 생겼군요.

햄릿 고래 같기도 하고.

폴로니어스 정말 고래네요.

햄릿 그렇다면 어서 어머니께 가 봐야겠군.
(방백) 이자들이 나를 갖고 노는 꼴을 더 이상 참을 수 없어.

—내 곧 가겠네.[12]

폴로니어스 말씀대로 아뢰겠습니다.

햄릿 '곧'이라고 말하기는 쉽지.

(폴로니어스 퇴장)

자네들도 물러가게.

(햄릿만 남기고 모두 퇴장)

밤이 깊었구나. 지금은 마귀가 활개를 치는 때,

무덤은 크게 입을 벌리고 지옥은 독기를 내뿜는다.

낮이면 사지가 떨릴 무시무시한 일이라도 지금은 해낼 것도 같구나.

허나 가만 있자. 우선 어머니부터 뵙고 와야지.

마음아, 본성을 잃지 말아 다오.

이 확고한 가슴속에 네로[13]의 영혼을 들이지 말자.

가혹하게 굴더라도 천륜에 어긋나는 짓은 하지 말아야지.

이 일에 있어서만큼은 내 혀와 마음이 서로 속여

혀끝을 단도 삼아 내 어머니의 가슴을 찌르더라도 정작 단도는 써서는 안 된다!

(퇴장)

---

12) 이 장면을 통해 우리는 미친 척 연기를 통해 자신을 위장하면서도 재담으로 신뢰할 수 없는 자신의 주변 인물들을 요리하는 햄릿의 지성을 엿볼 수 있다. 햄릿은 자신의 주변을 맴돌며 염탐하여 정보를 빼내려 노력하는 길든스턴에게 자신을 악기 마냥 마음대로 주무를 수 있다고 생각지 말라며 일갈하고, 아첨쟁이 폴로니어스에게는 말을 바꿔 그를 바보로 만들어 버린다. 반면에 호레이쇼가 가진 분별력과 이성적 능력을 높이 평가하고 있는 햄릿은 시종일관 호레이쇼에게 진심으로 대함으로써, 그를 자신을 감시하거나 염탐하기만 하는 주변 인물들과는 구분한다.

13) 로마를 불태우고 자기 어머니를 죽인 악명 높은 로마의 황제.

제3장

성안

(왕, 로젠크란츠, 길든스턴 등장)

왕 나는 왕자가 마음에 들지 않네. 점점 심해지는
햄릿의 실성한 행동을 그냥 방치해 두면
국가의 안전에 무슨 위험이 올지 모르는 일 아닌가?
그러니 자네들도 채비를 하게. 내가 친서를 써 줄 터인즉
자네들은 왕자를 데리고 영국으로 가도록 하라.
끊임없이 곁에서 자행되는 방자한 행동으로
우리의 안위가 위협받고 있으니 말이다.

길든스턴 지체 없이 채비하겠습니다.
폐하께 의지해 살아가는 뭇 백성들을 안전하게 지키는 일은
가장 신성한 임무이옵니다.

로젠크란츠 한 명의 개인의 삶도 위험에 빠지지 않게
전심전력을 다해야 하거늘,
하물며 많은 목숨이 의지하고 머무는 옥체는
더욱더 그래야 합니다. 국왕의 서거는
개인적인 사건이 아니라 소용돌이처럼
주변의 것들을 끌어들이니까요. 혹은
언덕 꼭대기에 고정된 거대한 수레바퀴와 같습니다.
커다란 바큇살마다 무수히 작은 존재들이 달라붙어 있어,
수레바퀴가 떨어지면 요란한 파괴와 함께
모든 작은 부속품의 하찮은 삶도 파괴됩니다.
왕이 한숨을 쉬면, 백성들은 신음을 내지요.

왕 자네들은 속히 출발을 준비하게,
지금 제멋대로 날뛰는 이 걱정거리에 족쇄를 채우고 말테니.

(두 사람 퇴장)

(폴로니어스 등장)

폴로니어스 폐하, 지금 왕자가 왕비의 내전을 향해 가고 있습니다.
제가 휘장 뒤에 몸을 숨기고 대화를 들어보겠습니다.
물론 왕비께선 단단히 꾸중하실 줄 압니다만,
폐하의 현명한 말씀대로,
어머니가 아닌 제삼자가 대화를 엿들을 필요가 있습니다.

모성은 편파적일 수 있으니 말입니다.

이만 물러가겠습니다. 주무시기 전에 폐하께 들러

들은 바를 고하겠습니다.

왕 고맙소, 수고해 주시오.

(폴로니어스 퇴장)

아, 내가 지은 더러운 죄악, 그 악취가 하늘을 찌르는구나.

그건 인류 최초의 죄, 형제를 죽인 저주 때문이지.

이제 난 기도를 드릴 수도 없다.

그렇게 하고픈 마음이야 간절하지만,

무거운 죄의식이 의지를 꺾어 버리니

나는 두 가지 일에 메어 있는 사람처럼

어느 쪽을 먼저 할지 망설이다가

둘 다 못 하는구나. 형의 피가 두껍게 굳어 있는

이 저주 받은 손을 눈처럼 희게 씻어 줄 빗물이

저, 자비로운 하늘에는 없는가? 죄인을 바라봐 주지 않는다면

자비가 다 무슨 소용인가? 기도를 하는 것은 죄를 짓기 전에

미리 막아 주든가, 죄를 지은 후에는 사해 주는 이중의 힘 때문이라

고 하지 않던가?

그렇다면 나도 고개를 들자.

내 잘못은 과거의 일이다.

아, 그렇지만 어떤 기도를 드려야 할까?

"내 더러운 살인을 용서하소서?" 그럴 수는 없어.

그 살인으로 빼앗은 것을 아직도 손아귀에 쥐고 있지 않은가?
이 왕관과 야망 그리고 왕비.
죄 지어 얻은 것을 쥔 채로 죄를 용서받을 수 있을까?
이 부패한 속세에서는 죄 있는 자가
손에 들린 황금으로 정의를 밀어내고
사악한 이득으로 법을 매수할 수 있지만
천국에서는 그럴 수가 없어. 거기는 속임수는 통하지 않으니
만사가 있는 그대로 나타나고 우리가 범한 죄가
속속들이 드러나거든.
그렇다면 이제 어쩐다? 무슨 방도가 남았나?
뉘우치는 시늉이라도 내 보자. 그게 소용이 있을까?
도저히 참회할 수 없는데 그게 무슨 소용이 있겠어?
아, 비참한 신세여! 오, 죽음처럼 검은 이 마음!
그물에 걸린 영혼, 벗어나려 애쓸수록 더욱 심하게 옭아매는구나!
천사들이여, 도우소서! 어디 한번 해보자!
꿇어라, 이 뻣뻣한 무릎아. 강철을 감은 심장아,
새로 태어난 아기의 힘줄처럼 부드럽게 펴져라!
모든 일이 잘되겠지. (무릎을 꿇고 기도한다)

(햄릿 등장)

햄릿 기회가 왔구나! 그가 기도를 하고 있어. 지금이다. (칼을 빼 든다)

그러면 놈은 천당엘 가고 나는 복수를 할 수 있다.

아니, 이건 좀 다시 생각해 봐야겠는데.

이 악당은 내 아버지를 살해했어. 그 대가로

외아들인 나는 이 악당을 천국에 보낸다?

아니, 그건 일을 했다고 상을 주는 격이지 복수가 아니잖아.

놈은 아버지가 육욕에 빠지고

죄가 오월의 꽃들처럼 무성하고 한창일 때 무참하게 살해했어.

아버지가 받을 심판은 하늘 외에 누가 알겠나?

하지만 속세의 생각으로는 아버지의 죄는 무거울 거야.

그런데 놈이 영혼을 정화하고 저승에 갈 차비를 완전히 끝냈을 때

죽이는 것이 복수가 될 수 있을까?

아냐, 멈춰라, 칼이여. 좀 더 끔찍스러울 때가 있을 거다.

만취해 잠에 곯아떨어졌거나 화를 낼 때,

잠자리의 음란한 쾌락에 빠졌을 때

도박과 폭언, 구원의 기미가 전혀 없는 행위에 몰두할 때

이때를 잡아 일격을 가하면

놈의 발뒤꿈치는 하늘 박차고 그 더러운 영혼은

저주받아 시커멓게 물들어 지옥으로 곤두박질칠 게 아닌가?

어머니가 기다리신다.

네놈이 기도해 봐야 고통의 날이 연장될 뿐이다.

(퇴장)

왕 (일어서면서) 말은 허공으로 날아가고 마음은 아래에 남는구나.

마음에 없는 말이 천국에 가 닿을 리 없지.

(퇴장)

제4장

왕비의 내실

(왕비와 폴로니어스 등장)

폴로니어스 왕자님이 곧 오실 겁니다. 엄하게 꾸짖으셔야 합니다.

장난이 참을 수 없을 정도로 지나쳤고

폐하의 역정을 왕비님께서 겨우 막아 내셨다고 말씀하십시오.

소신은 여기에 숨어 있겠습니다.

직설적으로 힐책하십시오.

햄릿 (안에서) 어머니! 어머니! 어머니!

왕비 내 그리 할 테니 걱정 마시오.

물러나시오. 그가 오는 소리가 들리니.

(폴로니어스 휘장 뒤에 숨는다)

(햄릿 등장)

햄릿 어머니, 무슨 일이십니까?

왕비 햄릿, 네가 아버지를 몹시 화나게 만들었다.

햄릿 어머닌 제 아버지를 몹시 화나게 만드셨죠.

왕비 저런 저런, 쓸데없이 입을 놀려 대꾸하는구나.

햄릿 이런 이런, 사악하게 입을 놀려 질문하시는군요.

왕비 이게 무슨 일이냐, 햄릿?

햄릿 대체 무슨 일이죠?

왕비 내가 누군지 잊었느냐?

햄릿 천만에요. 그럴 리 있겠습니까?

당신은 이 나라 왕비이시고, 남편 동생의 아내이시며,

또, 아니라면 좋았겠지만, 저의 어머니이시죠.

왕비 정 그렇게 나온다면, 너와 말이 통할 이를 불러오마.

햄릿 자, 그냥 앉아 계시지요. 꼼짝 마시고요.

제가 거울을 보여 드릴 테니

어머님의 속을 들여다보시기 전까지는 못가십니다.

왕비 무슨 짓이냐? 나를 죽이려 하느냐? 오, 사람 살려라!

폴로니어스 (휘장 뒤에서) 허, 큰일 났네! 사람 살려!

햄릿 (검을 빼 들고) 이건 뭐냐? 쥐새끼냐? 죽어라. 죽어!

(휘장 속으로 칼을 찌른다)

폴로니어스 (휘장 뒤에서)

어이구, 내가 죽는구나! (쓰러져 죽는다)

왕비 이럴 수가, 무슨 짓을 저지른 게냐?

햄릿 저도 모르겠습니다. 왕입니까?

(휘장을 들쳐서 폴로니어스의 시체를 발견한다)

왕비 이 무슨 경솔하고도 끔찍스런 짓이냐?

햄릿 끔찍한 짓이라고요, 그렇죠. 어머니,

왕을 죽이고, 그 동생과 결혼한 것만큼 끔찍하지요.

왕비 왕을 죽이다니?

햄릿 네, 그렇습니다. 왕비 마마.

(폴로니어스를 보며) 이 한심한 인간아.

경거망동하고 주제넘은 광대 같더니, 잘 가시오.

그대의 상전인 줄 알았소. 팔자려니 생각하시오.

쓸데없이 참견하는 것이 얼마나 위험한 줄 이제는 아셨겠지.

(왕비에게) 손을 그만 쥐어짜시고, 여기 앉으시지요.

이제 내가 어머니의 심장을 쥐어짜 드리지요.

그 마음에 무언가가 파고들 여지가 남아 있다면 말이죠.

그 마음이 악습에 젖어 아무런 감정도 느끼지 못하는 놋쇠처럼 굳어 버리진 않으셨을 테죠.

왕비 대체 내가 무얼 했기에

네가 이토록 무엄하게 구는 것이냐?

햄릿 어머니는 정숙한 여인의 품위와 수줍음을 흐려 놓고

미덕을 위선으로 만들고, 순진한 사랑의 아름다운 얼굴에서

장미꽃을 앗아 가는 대신 그 자리에 창녀의 낙인을 찍어 넣으며,

백년해로의 혼인 서약을
노름꾼의 거짓 맹세처럼 뒤집어 버리셨잖습니까?
오, 그런 행위야말로 혼인식에서 알맹이를 뺀 것과 같고
종교의식을 한낱 말잔치로 만드는 것과 같지요.
하늘도 얼굴을 붉히고 이 단단한 땅덩어리도
심판의 날을 맞이한 듯 흥분하고 두려워 떠는
그런 소행이지요.

왕비 네가 어디 내 앞에서 그따위 무례한 말을 소리 높여 내느냐?

햄릿 이 그림을 보시지요. 그리고 또 이걸 보시고요.
이것은 두 형제의 얼굴을 그린 초상화지요.
이분의 이마 위에 서린 기품을 보시라고요.
태양신 히페리온의 곱이치는 머리카락과 주피터의 이마를 닮고
군신 마르스의 눈빛으로 사방을 호령하는 듯하고
하늘까지 치솟은 언덕에 막 내려선 전령신 머큐리를 닮은
늠름한 자태를.
모든 신들이 도장을 찍어
인간의 본보기라고 보증해 주신 듯이 보이는 이분을요.
이분이 바로 어머니 남편이셨죠.
그런데 이제 저것을 좀 보십시오. 저것이 현재의 당신 남편입니다.
보리 이삭을 말려 죽이는 벌레처럼 건강한 형을 썩혀 죽인 자,
눈이 있으시면 보세요! 이 아름다운 산을 마다하고
이 더러운 늪에 내려와 포식을 하고 있지 않습니까?

하! 눈이 있으시면 보세요!
사랑 때문이라고는 하지 마세요.
그 나이가 되면 욕정의 불도 꺼져 분별을 따르기 마련이거늘
무슨 놈의 분별이 여기서 이리로 가게 합디까?
물론 감각이야 있겠지요. 그렇지 않으면 거동도 못 하실 테니.
그렇지만 그 감각은 마비된 것이 분명합니다.
미치광이도 이런 실수는 안 할 겁니다. 제아무리
감각이 환각에 빠졌어도 다소 선택의 여지는 남아 있을 테니까요.
도대체 어떤 귀신에 홀렸기에 장님처럼 이런 실수를 하셨답니까?
촉각이 없으면 눈으로, 눈이 안 보이면 촉각으로,
손이나 눈이 없어도 귀가 있으면,
그 모든 것이 없어도 냄새 맡을 수 있다면
아니 어느 감각이라도 병든 한 조각만 남아 있다면
이런 미련한 짓을 하지 않았을 겁니다.
아, 수치심아! 어디로 숨었느냐?
빌어먹을 욕정아, 네가 중년 여성의 반란을 일으킨다면
타오르는 청춘 앞에 정조가 양초처럼
녹아 버리는 것은 당연한 일
억제할 수없는 열정이 날뛸 때에는 수치심을 말할 것도 없지.
머리가 반백이 되어서도 스스로 불타고
이성이 욕정의 앞잡이가 되는 판국이니까.

왕비 오, 햄릿, 그만해라.

네 말을 듣고 비로소 들여다보이는 내 영혼,

아무리 하여도 지워지지 않을 시커먼 얼룩이 있구나.

햄릿 아니, 그러고도 기름에 절고 땀에 젖은 이부자리 속에 들어가

타락에 허우적대며, 그 추잡한 돼지와 희희낙락하시죠.

왕비 그만! 제발 그만!

너의 말이 비수처럼 날아와 내 귀를 찌르는구나.

제발 햄릿, 그만해 다오.

햄릿 살인자, 악당,

전 남편의 백분의 일만도 못한 놈.

악한 왕의 본보기고, 선반 위의 물건 집듯

귀중한 왕관을 훔쳐 제 주머니에 처넣은

나라와 왕위의 소매치기.

왕비 제발 그만!

햄릿 쓰레기 같은 놈의 왕—

(유령 등장)

햄릿 오, 천사들이시여, 날개로 이 몸을 보호해 주소서.

폐하께서 어찌하여 이곳에—

왕비 왕자가 미쳤구나!

햄릿 게으른 아들을 꾸짖으러 오셨습니까?

시간을 지체하고 결의를 방치한 채

지엄한 엄명을 속히 실행치 못한 저를.

말씀만 하십시오.

유령 잊지 마라. 내가 온 것은

네 느슨해진 결심을 벼리어 주기 위함이다.

헌데 보아라, 네 어미가 놀라 망연자실해 있구나.

어서 어머니의 영혼의 고통을 덜어 주어라.

망상은 심약한 몸일수록 강하게 괴롭히는 법이다.

어머니에게 말을 걸어라, 햄릿.

햄릿 어머니, 괜찮으십니까?

왕비 오, 너야말로 괜찮으냐?

허공을 바라보며 실체도 없는 공기와

이야기를 하더구나. 정신이 나간 듯

두 눈을 부릅뜨고 자다가 비상에 걸린 군인 마냥

머리칼이 쭈뼛하게 곤두섰구나.

오, 착한 내 아들아.

끓어오르는 네 광기를 좀 진정시키려무나.

어디를 그리 보고 있는 게냐.

햄릿 저분, 저분을 보십시오. 저 창백한 얼굴!

저 가슴에 엉킨 원통한 사연을 들으면 돌덩이라도 울 것입니다.

—절 그렇게 보지 마십시오.

아버님의 애처로운 표정은 저의 철석같은 결심을 둔하게 만듭니다.

피 대신 눈물을 흘린다든지요.

왕비 누굴 보고 그런 말을!

햄릿 안 보이십니까?

왕비 아무것도—

햄릿 아무것도 들리지 않으시고요?

왕비 우리 둘의 말소리 외에는.

햄릿 아니, 저길 봐요. 바로 지금 스르륵 빠져나가시는데!

아버님이 살아 계실 때와 꼭 같은 차림으로!

자, 보세요! 바로 지금 문간을 넘어가고 계시잖아요!

(유령 퇴장)

왕비 그건 네 머릿속에 만들어 낸 환상이다.

있지도 않은 것을 있는 듯이 만들어 내는 것이 광증의 증상이지.

햄릿 광증이라고요?

제 맥박은 어머니만큼은 건강하게 뛰고 있어요.

제가 한 말은 광증 때문이 아닙니다. 시험해 보세요.

제가 말한 것을 되풀이해 보죠. 미쳤다면

엉뚱한 소리를 할 겁니다. 어머니.

제발 자기 양심에다 기만적인 약을 바르지 마세요.

나는 잘못이 없고 제가 미친 소리를 한다고요.

그건 곪은 곳을 겉만 치료해

썩은 고름이 보이지 않게 전신에 퍼지는 것과 같아요.

하늘에 고백하세요.

지난 일을 참회하고 앞으로 다가올 일을 삼가세요.

잡초에 거름을 퍼부어서 더욱 무성하게 만들지 마세요.
요즘처럼 타락한 세상에선
미덕이 악덕에게 용서를 비는 것도 모자라
잘해 줘도 좋다는 허락을 구해야 할 판이죠.

왕비 오, 햄릿. 네가 내 심장을 두 쪽으로 쪼개 놨구나.

햄릿 그럼 나쁜 쪽을 버리시고,
남은 반쪽으로 순결하게 사십시오. 안녕히 주무세요.
그러나 숙부의 침대에 들어가진 마세요.
정조가 없거든, 있는 척이라도 해 주세요.
습관이란 괴물은 악습에 무감각하게도 만들지만
천사 같은 면이 있어,
선행을 자주 하면 새로 맞춘 옷이 그러하듯
차츰 몸에 배기 마련이죠.
오늘밤을 삼가시면 내일은 한결 참기 쉽고,
그다음은 더욱 쉬워지는 법이니.
이렇게 습관은 천성을 바꿀 수도
악마를 누르고 기적처럼 몰아낼 수도 있기 때문이죠.
자, 안녕히 주무세요. 신의 축복을 받길 원하시면
저도 기도하겠습니다. 이 양반의 죽음은 안됐지만
그것도 하늘의 뜻이겠죠. 하늘은 이것으로 저를 벌하시고
제 손을 빌어 이 늙은이를 처벌하신 겁니다.
시체는 제가 처리하고 그에 대한 책임은 모두 제가 지겠습니다.

그럼 다시, 안녕히 주무세요.

제가 이리 가혹하게 군 것은 충정 때문입니다.

이건 불행의 시작이고 더 끔찍한 일이 남아 있습니다.

어머니, 한 말씀만 더 드리지요.

왕비 내가 어떻게 해야겠느냐?

햄릿 이것만큼은, 부디 하지 마세요.

그 비곗덩이 왕이 이끌거든 잠자리로 가

능글맞게 뺨을 꼬집고 "귀여운 내 생쥐."라 부르고

역겨운 키스를 하거나, 그 저주받을 손가락으로

당신의 목을 애무해 준 대가로

이 일을 다 폭로하시는 거요.

제가 진짜로 미친 게 아니라 미친 척만 하고 있다고요.

차라리 그자에게 알리는 게 나을지 모르죠.

어찌 아름답고 정숙하고 지혜로운 왕비께서

이런 중대사를 그 두꺼비 박쥐, 수고양이 같은 놈한테 감추시겠소?

아니죠, 분별이고 나발이고.

저 유명한 원숭이처럼 지붕에서 새장을 열어

새들을 날려 버리고 저도 한 번 날겠다고

새장에 들어가 뛰어내리다가 목이 부러지는 꼴이 되겠죠.

왕비 걱정 마라, 숨을 쉬어야 말이 나오고

숨을 쉬는 것이 살아 있는 것이라면,

난 더 이상 산목숨이 아니니 네 말을 누설할 리 없다.

햄릿 전 영국으로 가야 할 겁니다. 아시지요?

왕비 그래, 내 깜박 잊었구나. 그렇게 결정되었다더구나.

햄릿 이미 왕의 친서도 준비되었고,

제겐 독사나 다름없는 두 동창이 어명을 받았다지요.

제 앞길을 쓸어 함정으로 몰아넣겠다는 수작인데

어디 한번 해 보라죠. 제 손으로 묻은 폭탄에 걸려

나가떨어지는 것도 재미있는 구경일 테니까요.

이쪽에선 놈들이 파고 든 구멍보다 한 자 더 깊이 파

놈들을 저 달나라까지 날려 보낼 겁니다.

두 간계가 정면으로 충돌하면 멋질 겁니다.

이 영감 때문에 바쁘게 되었군요.

시체는 옆방으로 옮기지요.

어머니, 안녕히 주무세요. 정말 이 영감이

이토록 조용하고 은밀하고 엄숙하게 보이다니.

생전에는 멍청한 수다꾼이었지.

자, 영감, 같이 일을 끝내 주셔야겠어.

안녕히 주무세요, 어머니.

(햄릿, 폴로니어스의 시체를 끌고 퇴장. 왕비는 혼자 남는다)

제4막

제1장

성안

(왕과 왕비, 로젠크란츠와 길든스턴 등장)

왕 이처럼 한숨짓고 깊이 탄식하니 무슨 이유요.

말해 보오. 과인도 알아야겠소. 당신 아들은 어디에 있소?

왕비 잠시 자리를 비켜 주게.

(로젠크란츠와 길든스턴 퇴장)

아, 오늘밤 제가 당한 일은 끔찍했어요!

왕 거트루드, 무슨 일이오? 햄릿은 어찌 되었소?

왕비 미쳐 날뛰는 모습이 마치 거센 바다와 바람이 힘을 겨룰 때처럼

걷잡을 수 없었어요.

햄릿이 휘장 뒤에서 뭔가 움직이는 소리를 듣자

칼을 꺼내 "쥐새끼다, 쥐새끼!"라고 소리 지르며

숨어 있던 영감을 찔러 죽였어요.

왕 그럴 수가! 내가 그 자리에 있었다면 같은 변을 당했을 거요.

더 이상 내버려 두면 모두가 위험해.

당신도 나도 모두가 말이요.

아, 이 끔찍한 일을 어떻게 변명한담?

모든 책임은 과인에게 돌아올 것이오.

진작 알아차려 이 실성한 젊은이를 묶어 두고

나다니지 못하게 했어야 했는데

그 애에 대한 지나친 사랑으로 적절한 조치를 취하지 못했으니.

몹쓸 병에 걸린 환자가 그렇듯이 사실을 감추기만 하다가

생명을 잃어버린 꼴이야.

그는 어디에 있소?

왕비 제 손으로 죽인 시체를 끌고 나갔는데

실성한 와중에도 보잘것없는 광맥 속의 한 줄기 황금처럼

순진한 마음을 보여 자기가 저지른 짓에 눈물을 흘리더군요.

왕 아, 거트루드, 갑시다!

해 뜨기 무섭게 그 애를 배에 태워 떠나보내겠소.

이 불상사는 국왕의 권위와 수단을 동원해

적당히 처리할 수밖에 없어.

여보게, 길든스턴!

(로젠크란츠와 길든스턴 등장)

두 사람은 몇 사람을 더 불러 도움을 청하라.

햄릿이 광기에 휘말려 폴로니어스를 죽여

왕비의 방에서 시신을 끌고 나갔다네.

왕자를 찾아보게. 부드러운 말로 타일러

시체를 성당에 모시도록 해 주게. 서두르게.

(로젠크란츠와 길든스턴 퇴장)

자, 거트루드, 이제 현명한 신하들을 불러

앞으로 취할 조치와 이 불상사에 대해 알려야겠소.

비방이 일더라도 세상 반대쪽으로 향하게 해야겠소.

쑥덕임이 포탄이 정통으로 표적을 맞히듯 독화살처럼

과녁을 향해 날아가겠지만

내 이름을 피해 허공을 날다 떨어질 것이요. 자, 갑시다.

마음이 뒤숭숭하고 불안하오.

(두 사람 퇴장)

제2장

성안

(햄릿 등장)

햄릿 무사히 처리했군.

로젠크란츠, 길든스턴 (밖에서) 왕자님! 햄릿 왕자님!

햄릿 가만, 저 소리는?

누가 나를 부르는가?

아, 저기 오는군.

(로젠크란츠와 길든스턴 등장)

로젠크란츠 왕자님, 시신은 어떻게 하셨어요?

햄릿 흙에 섞었지. 서로 친척 간이니.

로젠크란츠 어디 있는지 말씀해 주시지요. 성당에 모셔야 합니다.

햄릿 믿지를 말게.

로젠크란츠 무엇을요?

햄릿 내가 내 생각을 버리고 자네의 말을 따를 것이란 생각을 말이네.
그뿐인가, 스펀지 같은 자들의 물음에 국왕의 아들이 어떻게 답하겠는가?

로젠크란츠 제가 스펀지라는 말씀이십니까, 왕자님?

햄릿 물론이네, 왕의 총애, 보상, 권력을 빨아들이는 스펀지 말일세.
그렇지만 이런 신하들이야말로 왕에겐 가장 요긴한 존재이지.
원숭이가 사과를 먹는 격이랄까?
왕은 그런 자들을 입속 한구석에 넣었다가 나중에는
삼켜 버리거든.
왕이 자네가 주워 모은 것을 써야 할 땐 쭉 짜기만 하면 되지.
그럼 이 스펀지는 이전처럼 메말라 버리는 거야.

로젠크란츠 무슨 말씀인지 모르겠습니다.

햄릿 반가운 일이군.
험담도 어리석은 귀에는 들리지 않는 법이니.

로젠크란츠 왕자님, 시신이 어디 있는지 말씀해 주시고,
저희와 함께 왕께 가시지요.

햄릿 몸은 왕과 있으나, 왕은 몸과 함께 있지 않네.
왕이란 것은—.

길든스턴 것이라뇨, 왕자님.

햄릿 아무것도 아니네. 왕에게 안내하게.

여우야 꼭꼭 숨어라, 찾으러 간다.

(모두 퇴장)

제3장

성안

(왕과 신하들 함께 등장)

왕 왕자를 찾아 시체가 어디 있는지 알아보도록 사람을 보냈소.

그를 이대로 두었다가는 얼마나 위험해지겠소.

그렇다고 해서 엄한 법으로 다스릴 수도 없는 일이고,

왕자는 어리석은 군중의 사랑을 받고 있소.

군중이란 판단력이 아니라 눈에 보이는 대로 움직이는 존재.

그러니 왕자에 가해지는 형벌만이 문제가 되고

지은 죄는 놓치게 될 거요.

만사를 원만하게 처리하기 위해서는

그를 급히 해외로 보내되,

심사숙고 후 결정한 결과인 듯 보이게 해야 하오.

난치병은 무모한 치료법을 사용해서 고치든지,

아니면 포기하는 수밖엔 없소.

(로젠크란츠, 길든스턴 외 일행 등장)

그래, 어떻게 됐나?

로젠크란츠 시체를 어디에 감추셨는지 말씀을 안 하십니다.

왕 왕자는 어디에 있는가?

로젠크란츠 밖에 계십니다.

분부를 내리실 때까지 감시병을 붙여 두었습니다.

왕 불러들여라.

로젠크란츠 여보게, 왕자님을 모시고 오게.

(햄릿과 감시병들 등장)

왕 자, 햄릿, 폴로니어스는 어디 있느냐?

햄릿 식사 중입니다.

왕 식사? 어디서?

햄릿 먹고 있는 게 아니라 먹히고 있는 중이지요.

구더기 같은 정치가 무리가 모임을 열고

폴로니어스를 파먹고 있습니다.

구더기는 먹는 일에 관한 왕이죠,

인간은 살찌기 위해 다른 동물을 살찌게 하지만

결국 구더기를 위해 우리가 살찌는 격이죠.

살찐 왕이나 메마른 거지나 맛은 다를지 몰라도

같은 식탁에 오른 두 가지 요리일 뿐이죠. 그게 끝입니다.

왕 허, 이럴 수가!

햄릿 왕을 먹은 구더기로 물고기를 낚고,

그 구더기를 먹은 물고기를 먹기도 하지요.

왕 그게 무슨 뜻이냐?

햄릿 아무것도 아닙니다.

다만 왕이 어떻게 거지의 배 속으로 행차하실 수 있는지

말씀드렸을 뿐입니다.

왕 폴로니어스는 어디 있느냐?

햄릿 천국에요. 그리 사람을 보내 보시지요.

거기 없으면 친히 다른 장소를 찾아보시든지요.

그래도 이번 달 내에 찾지 못하시면,

복도로 나가는 계단을 오르다가 냄새를 맡게 되실 겁니다.

왕 (시종들에게) 그곳을 찾아보아라.

햄릿 그대들이 갈 때까지 기다리고 있을게요.

(시종들 퇴장)

왕 햄릿, 네가 저지른 일이 심히 유감스럽지만,

과인은 너의 안전을 무엇보다도 염려하고 있으니

네가 급히 여길 떠나는 것으로 조치하겠다.

떠날 차비를 해라.

배는 마련되어 있고 바람도 잔잔하며 수행원들도 대기 중이니

곧 영국으로 떠나거라.

햄릿 영국이라!

왕 그렇다, 햄릿.

햄릿 좋습니다.

왕 나의 본의를 알아주니 고마운 일이다.

햄릿 그 본의를 알아차리는 천사가 눈에 보이는 것 같군.

자, 가 봅시다. 영국으로! 안녕히 계세요, 어머니.

왕 아버지라고 해야지, 햄릿.

햄릿 어머니죠. 아버지와 어머니는 남편과 아내이고,

남편과 아내는 일심동체이니 어머니라고 할밖에.

자, 가지. 영국으로.

(퇴장)

왕 그의 뒤를 밟게. 재빨리 배에 타도록 유인해.

지체해서는 안 되네. 오늘 밤 안에 출발하도록 하게. 어서!

모든 절차는 다 완료되었으니, 어서 서둘러 주게.

(로젠크란츠와 길든스턴 퇴장)

영국의 왕이여, 그대가 나의 호의를 조금이라도 감사히 여긴다면

우리 덴마크 검이 준 상처는 아직도 생생해 우리의 힘을 잘 알고

자진해서 충성할 것이니. 나의 명령을 거절하지는 않을 것이야.

친서에 적힌 대로 즉시 햄릿을 죽이라는 명령 말이야.

영국의 왕이여, 그 명령을 꼭 실행하라.

햄릿이 열병처럼 내 핏속에서 날뛰고 있으니

이것을 치료하는 것이 영국 왕 그대의 임무요.

이 일이 끝날 때까지는 어떤 행복이 와도

내 마음이 결코 즐겁지 않을 것이야.

(퇴장)

제4장

덴마크의 평야

(포틴브라스가 그의 군대를 이끌고 등장)

포틴브라스 부대장, 가서 덴마크 왕에게 안부를 전하게.

왕께서 허가하고 약조해 준 대로 포틴브라스가 군대를 이끌고

영토를 통과하고자 한다고 전해라.

다시 만날 장소는 알고 있을 테지.

만약 왕께서 나를 보시고자 하시면

내가 직접 찾아뵙고 경의를 표하겠다고 하시오.

부대장 분부대로 하겠습니다.

포틴브라스 조용히 진군해라.

(부대장을 제외한 전원 퇴장. 햄릿과 로젠크란츠, 길든스턴, 시종들 등장)

햄릿 여보시오, 저건 누구의 군대요?

부대장 노르웨이 군대입니다.

햄릿 출정의 목적이 무엇이요?

부대장 폴란드의 한 지역을 공격할 겁니다.

햄릿 지휘관은 누구요?

부대장 노르웨이 선왕의 조카이신 포틴브라스입니다.

햄릿 진군해 가는 곳이 폴란드의 본토요, 아니면 변방이오?

부대장 사실을 말씀 드리자면 우리는 아무 실익도 없는 이름뿐인
한 뙈기 땅을 얻으러 가고 있습니다. 저라면 오 두카트,
단돈 오 두카트만 내라고 해도 소작하지 않을 그런 땅입니다.
노르웨이 왕이나 폴란드 왕이라도
그 이상의 값은 받지 못할 겁니다.

햄릿 그렇다면 폴란드 왕도 애써 그 땅을 방어할 생각이 없겠군요.

부대장 아닙니다. 이미 수비대가 배치되어 있습니다.

햄릿 이천 명의 생명과 이만 두카트를 써도
이 하찮은 문제를 해결할 수는 없을 거야.
이거야말로 태평성대의 종기로,
내부는 곪아터져 밖에서 보기엔 멀쩡해서
왜 사람이 죽는지도 알 수 없는 거지. 그럼, 고맙소.

부대장 안녕히 가십시오.

(퇴장)

로젠크란츠 그만 가시지요, 왕자님.

햄릿 곧 따라 갈 테니 먼저 가 보게.

(햄릿을 제외하고 모두 퇴장)

모든 것이 나를 힐책하고 내 무딘 복수심에 박차를 가하는구나.
인간이 일생 동안 먹고 자기만 한다면 인간은 뭐란 말인가?
짐승과 다를 바 없지.
신은 우리에게 앞뒤를 살필 수 있는 분별력을 주었지만
그 능력, 신성한 이성을 쓰지 않고 녹슬게 하라고 준 것이 아니야.
그런데 나는 짐승처럼 망각에 빠졌는지,
비겁하게 망설이며 사태를 지나치게 세밀히 생각하는지.
생각을 네 조각내면 지혜란 한 조각일 뿐
나머지 세 조각은 비겁함이니.
나는 왜 이 일은 해야 한다고 말하면서도 아무 일도 못하고 있는 거지?
해야 할 일에 대한 명분도, 의지도, 힘도, 수단도 있으면서 말이야.
이 큰 사례가 내게 훈계하는 구나. 저처럼 막대한 인원의 군대가
저 가냘픈 젊은 왕자에 의해 통솔되고 있으니.
저 왕자는 신성한 야심에 가슴 부풀어
예측할 수 없는 미래를 겁냄 없이
자신의 생명을 운명과 죽음, 위험 속에 내던지고 있지 않는가?
그것도 고작 달걀 껍데기만 한 땅덩어리 때문에.
진실로 위대한 것은 대의명분이 없으면 미동도 하지 않는 게
아니라 명예가 걸렸을 때 지푸라기 하나를 위해서도

일어나 싸우는 일이야.

그런데 나는 뭔가? 아버지는 시해되고 어머니는 더럽혀졌으니

이성과 피가 들끓어야 할 텐데 그저 잠자코 있으니.

부끄럽게도 이만의 병사들이 신기루 같은 명예를 위해

흡사 잠자리로 달려가듯 죽음의 길로 달려가고 있지 않는가?

그것도 양 군대가 마음 놓고 싸울 수도 없으며

쓰러진 자들을 묻을 묘지로도 부족한 조그만 땅덩어리를 위해서.

아, 이 순간부터 나의 생각은 피비린내가 나야 한다.

그렇지 않으면 가치가 없어.[14]

(퇴장)

---

14) 《햄릿》을 분석하는 수많은 비평가들은 끊임없이 복수에 대해 고민하면서도 정작 실행에 나서지 않는 햄릿의 '늑장 부림'에 대해 끊임없이 논의해 왔다. 신역사주의적 비평가인 바우어스와 프로서는 엘리자베스 시대의 법과 종교가 복수라는 행위가 신의 권위에 도전하는 불경스러운 일이라고 가르치고 있었음에 주목한다. 그러나 이들은 당시 일반 대중들은 특정한 상황에서 행해진 복수에 대한 동정심을 가지고 있었음 또한 지적하는데, 특히 죽은 아버지에 대한 복수는 자식으로서의 신성한 의무라고까지 여겨지기도 했다. 따라서 극에 드러나는 햄릿의 복수 지연은 그 시대 관중들이 처한 도덕적 딜레마를 드러낸다는 것이다.

제5장

성안

(왕비, 호레이쇼, 신하 한 명 등장)

왕비 만나고 싶지 않네.

신하 간청을 하고 있습니다. 아주 실성을 했는지 가련합니다.

왕비 어쩌란 말인가?

신하 줄곧 아버지 얘기를 하고 있사온데,

이 세상에 음모가 있다는 말을 들었다느니, 헛기침에,

자기 가슴을 치고,

사소한 일에 화를 내며, 알 듯 말 듯한 말을 합니다.

아가씨의 말은 아무 의미도 없지만 종잡을 수 없는 그 말이

듣는 사람을 동하게 해 멋대로 추측하게 하니

아가씨가 눈짓하고 끄덕이고 몸짓을 할 때마다

확실치는 않아도 불행한 사연을 짐작하게 합니다.

호레이쇼 말씀을 나눠 보시는 게 좋을 것 같습니다.

좋지 않은 생각을 하는 무리들이

위험한 풍문을 뿌리고 다닐지도 모릅니다.

왕비 불러 오도록 하시오.

(호레이쇼 퇴장)

죄지은 인간이 그렇듯 병든 내 마음엔 하찮은 일들마저

더 큰 재난을 예고하는 서곡처럼 느껴지는 구나.

죄악이란 어리석은 의심이 많아

감추려 해도 밖으로 쏟아져 나오는 법.

(호레이쇼, 오필리어와 재등장)

오필리어 덴마크의 아름다운 왕비님은 어디 계시나요?

왕비 어찌된 일이냐? 오필리어.

오필리어 (노래한다)

그대가 진정 내 사랑하는 이인 줄 내 어찌 알까요?

조가비 모자에 지팡이 짚고 샌들을 신은

순례자 차림이 나의 사랑.

왕비 저런, 가엾게도. 그 노래는 무슨 뜻이냐?

오필리어 뭐냐고요? 잘 들어보세요. (노래한다)

님은 죽어 떠나 버렸네, 아가씨.

님은 죽어 떠나 버렸네.

머리에는 푸른 잔디

발치에는 묘석이. (한숨 쉰다)

왕비 아, 오필리어, 얘야.

오필리어 좀 더 들어 줘요. (노래한다)

그분의 수의는

산에 쌓인 눈처럼 희고

(왕 등장)

왕비 오 폐하, 이것 좀 보세요.

오필리어 (노래한다) 달콤한 꽃송이에 파묻혀

사랑의 눈물 소나기 되어

무덤으로 가시지 못했어요.

왕 잘 있었느냐, 오필리어야.

오필리어 감사해요. 사람들 말이 올빼미는 빵장수 딸이었대요.

지금은 알지만 내일은 어떻게 될지 모르지요.

신이 함께하시길!

왕 아버지 생각을 하는군.

오필리어 그 얘긴 하지 마세요.

그렇지만 누가 까닭을 묻거든 이렇게 말해 주세요. (노래한다)

내일은 성 밸런타인데이.

이른 아침 일어나

나는 당신 창가에 선 처녀

나의 당신의 밸런타인.

님은 일어나 옷을 걸치고

방문을 열어 주겠죠.

들어갈 적엔 처녀이나

나올 땐 처녀가 아니라네.

왕 가련한 오필리어.

오필리어 정말이지 여러 말 말고 끝을 맺어야겠어요.

(노래한다) 아아, 이런 이제 어쩌나

부끄럽고 슬퍼

젊은 사내는 하겠지, 기회만 있으면

그것, 사내들은 나빠요.

그녀가 말하네,

'당신이 나를 쓰러뜨릴 때는

결혼한다 약속했죠.'

그가 대답하길,

'해를 두고 맹세하길, 그럴 작정이었다오.

그대가 나의 잠자리로 오지 않았다면.'

왕 언제부터 저랬는가?

오필리어 다 잘될 거에요. 우린 참아야 해요.

그렇지만 사람들이 그분을 차가운 땅속에 눕혔다는 생각을 하니 울지 않을 수가 없어요. 오빠도 알게 될 거에요.

친절한 말씀 고마워요.

마차를 대령하세요. 안녕히 계세요. 숙녀 분들. 안녕. 숙녀 분들.

안녕, 안녕히 계세요.[15)]

(퇴장)

왕 저 아이 뒤를 따라가 잘 감시해 주게.

(호레이쇼 퇴장)

아, 깊은 독소 같은 비탄이 저렇게 만들었군.

모두 부친의 죽음에서 연유된 일.

아, 거트루드, 거트루드,

슬픔이 엄습할 때는 하나씩 오는 것이 아니라

떼를 지어 몰려온다오.

그 애 아비가 살해당하고 당신 아들이 사라지고.

하기야 자초한 일이지만은.

국민들은 폴로니어스의 죽음에 관해 억측하고

뜬소문으로 수군대고 있소.

우리도 경솔하게 일을 처리했지.

쉬쉬하며 너무 서둘러 매장을 했으니까.

가련한 오필리어는 실성을 하여 분별력을 잃었구려.

---

15) 실성한 오필리어가 부르는 노래를 두고 몇몇 비평가들은, 오필리어와 햄릿이 성관계를 맺었을 뿐 아니라 이것이 오필리어로 하여금 자신이 아버지를 거역했다는 죄책감에 시달리게 했다고 설명한다. 그녀가 부르는 노래를 살펴볼 때, 전반적으로 오필리어는 연인인 햄릿과 아버지를 혼동하고 있으며, 자신이 이미 햄릿의 왕자비가 된 것으로 상상하고 있는 것으로 보인다.

그것이 없으면 허상인지 짐승인지 알 수 없지.
마지막으로, 이에 못지않게 중요한 일이
그 애의 오라비가 몰래 프랑스에서 돌아와
의구심에 싸여 모습을 보이지 않은 채 헛소문을 퍼뜨려
그의 귀에 독을 붓는 자들과 가까이 하고 있다는 것이오.
그래, 근거 없는 말로 이 사람 저 사람 귀에 대고 나를 모략하겠지.
오, 거트루드, 모략이 엽총처럼 내 온몸 곳곳에
치명상을 입을 듯싶소. (밖에서 소란한 소리가 들린다)

왕비 아니, 게 무슨 소란이냐?

왕 근위병은 어디 있는가? 문을 단단히 지키라고 해라.

(전령 등장)

무슨 일이냐?

신하 폐하, 자릴 피하십시오.
바닷물이 둑을 넘어 순식간에 해안을 집어 삼키듯
젊은 레어티즈가 폭도들을 이끌고 근위병들을 밀어내고
이리로 오고 있습니다.
폭도들은 그를 국왕이라고 부르며 이제 개벽이라는 듯
모든 질서의 기준 될 전통도 잊고 관습도 무시한 채
"우리는 레어티즈를 국왕으로 선출한다."라고 외칩니다.
모자를 던지고 박수를 치며 목청껏

"레어티즈를 국왕으로! 레어티즈 왕!"이라고

부르짖고 있습니다.

왕비 냄새도 잘못 맡은 채 기세 좋게 짖는 꼴이란,

반대 방향이란다. 이 어리석은 덴마크의 개들아.

왕 문이 부서졌구나.

(무장한 레어티즈가 추종자들과 등장)

레어티즈 국왕은 어디 있나? 여러분, 밖에서 기다리게.

추종자들 아니요. 우리도 들어갑시다.

레어티즈 부탁이오. 자리를 비켜 주시오.

추종자들 알겠소, 그렇다면.

레어티즈 고맙소. 문을 지켜 주시오.

(추종자들 퇴장)

이 더러운 왕. 아버지를 내놔라.

왕비 진정해라, 레어티즈.

레어티즈 진정할 수 있는 피가 한 방울이라도 남아 있다면

나는 아버지 자식이 아니오, 내 아버지는 바람난 아내의 남편이고,

진실하신 나의 어머니의 순결한 이마에

창녀의 낙인을 찍는 꼴이 될 것이오.

왕 레어티즈, 무엇 때문에 이처럼 소란을 피우느냐.

거트루드, 그냥 둬요. 이 몸을 근심할 필요는 없어.

국왕은 신성한 울타리에 싸여 있는 존재.

반역자는 아무리 역모를 노려도 울타리 사이만 기웃거릴 뿐

손을 대지 못하는 법이오.

말해 봐라, 레어티즈.

무엇 때문에 격분했는지. 거트루드, 그를 놓아주오.

자, 어서 말해 보거라.

레어티즈 내 아버지는 어디에 있소?

왕 죽었네.

왕비 왕께선 관련이 없으시다.

왕 마음껏 물어보게 놔두시오.

레어티즈 어떻게 돌아가셨소? 속일 생각은 마시오.

충성 따윈 지옥으로 떨어져라.

군신 간의 맹세는 끔찍한 악마에게나 주라지.

양심이고 신앙이고 지옥 끝으로 곤두박질 쳐라.

난 천벌도 두렵지 않다. 이승이고 저승이고 무슨 소용이야.

무슨 일이 닥쳐와도 내 반드시 아버지의 원수를 갚을 것이오.

왕 누가 막는다고 하더냐?

레어티즈 이 세상에서 나의 결심을 막을 수 있는 건 없소.

내 힘이 미력하나마 적절히 사용해 반드시 해 내고야 말 것이오.

왕 레어티즈, 네 아비의 죽음의 진상을 알고 싶은 심정은 알겠다만

친구도 적도, 승자도 패자도 모두 닥치는 대로 해치우겠다는 게

너의 복수란 말이냐?

레어티즈 목표는 아버지의 원수뿐이다.

왕 그럼, 그게 누군지 알고 싶은가?

레어티즈 아버지의 친구에 대해선 이렇게 양팔을 벌려 맞이하겠소.

제 피를 뽑아 새끼를 기른다는 펠리컨처럼

나도 내 피를 짜내어 주며 보답하겠소.

왕 이제야말로 진정한 효자답고 귀족다운 말을 하는구나.

나는 너의 부친의 죽음과는 무관할 뿐 아니라

그의 죽음을 가장 뼈아프게 느끼고 있다.

이는 네 눈에 비친 대낮처럼 분명하게 보일 것이다.

(밖에서 들리는 목소리) 그녀를 들여보내라.

레어티즈 무슨 일이냐, 무슨 소리야?

(오필리어 재등장)

오, 격분이여. 내 뇌를 바싹 태워라.

눈물이여. 일곱 배로 짜게 변해 이 눈을 태워 다오.

하늘에 맹세코 너의 실성에 대한 복수를 몇 배로 갚아 주겠다.

오, 오월의 장미, 내 소중하고 귀여운 동생. 어여쁜 오필리어!

하늘이시어, 젊은 처녀의 영혼이 늙은이의 목숨처럼

이리 시들어 버리는 것이 가능하단 말입니까?

인간의 사랑은 미묘한지라 세상을 떠난 자를 그리는 나머지

자신의 가장 귀중한 것을 바치고 그분을 좇는구나.

오필리어 (노래한다) 내 님은 얼굴도 채 가리지 못하고 관에 실려 갔네.

헤이 논 노니노니 헤이 노니

님의 무덤에 비처럼 쏟아진 눈물

안녕, 소중한 내 님.

레어티즈 네가 멀쩡한 정신으로 복수를 부탁한다 한들

이처럼 나의 마음을 움직이지는 못했을 거다.

오필리어 노래를 불러요. '아— 아래에, 아— 아래에'

그를 두고 '아— 아래에— 아'라고 부르세요.

후렴이 잘 들어맞는 노래야.

주인집 딸을 훔친 건 나쁜 청지기에요.

레어티즈 이 공허한 말이 더욱 뼈아프게 느껴지니.

오필리어 이 로즈마리 꽃은 기억에 좋아요.

님이여, 제발 나를 잊지 말아요.

여기 이 팬지 꽃은 생각에 좋아요.

레어티즈 실성한 말에도 교훈이 있어. 기억과 생각은 꼭 맞는 말이야.

오필리어 이 회향초과 메발톱꽃은 당신에게 드릴게요.

운향초은 당신 것, 이건 내 것.

이 꽃은 안식일의 은혜초라고 해요.

오, 당신이 건 운향초은 다른 뜻이 있지요.[16]

들국화도 있어요. 오랑캐꽃도 드릴게요.

---

16) 로즈마리와 팬지는 연인에게 주는 꽃으로, 오필리어는 레어티즈를 연인으로 착각하고 있는 것으로 보인다. 회향초는 아첨을, 메발톱꽃은 부정한 기혼자를 의미하는데, 오필리어는 이 꽃들을 왕인 클로디어스에게 줄 것이다. 오필리어가 왕비에게 건넨 운향초는 회환과 슬픔을 의미한다.

그렇지만 아버지가 돌아가시자 다 시들어 버렸어.

아버지는 훌륭히 돌아가셨대요.—

(노래한다) 사랑스럽고 예쁜 새 로빈은 나의 기쁨.

레어티즈 슬픔과 번민, 지옥 같은 고통마저 동생은 기쁘고 아름다운 것으로 만들어 내는구나.

오필리어 (노래한다) 님은 다시 안 오실까?

이젠 다시 안 오실까?

아냐, 아냐, 님은 가셨네.

너도 죽을 자리로 가거라.

그분은 영영 안 오시니.

님의 수염은 눈처럼 희고

머리는 모시처럼 희네.

님은 갔네, 님은 갔어.

한탄을 해도 소용이 없지.

신이여, 그분에게 자비를.

그리고 모든 기독교인 여러분들의 영혼에도. 안녕히 계세요.

(퇴장)

레어티즈 저 모습을 다 보셨죠?

왕 레어티즈, 너의 슬픔을 같이 나누어 갖겠다.

거부하지 말거라. 물러나서 네가 옳다고 생각하는 사람들을 청해

네 말과 나의 말을 듣게 하자.

직접이건 간접이건 이번 일에 내가 관여한 사실이 드러나면

이 왕국과 왕관, 나의 생명 그리고 내 모든 것을 아낌없이

네게 주마.

그러나 그렇지 않으면 진정하고 내 말을 들어 다오.

나도 네 복수를 돕기 위해 힘을 모아 주겠다.

레어티즈 그렇게 하겠습니다.

아버님이 어떻게 돌아가셨는지,

어째서 은밀하게 장례를 치렀는지

비석도, 검도, 문장도 없이 장엄한 의식도,

격식에 맞는 예식도 없었다 하니

망자가 땅을 대고 절규하는 소리가 생생합니다.

이 진상은 꼭 밝히고 말겠습니다.

왕 그렇게 해야지. 죄가 있는 곳에 단죄의 도끼를 내리치도록 하라.

자, 함께 가자.

(퇴장)

제6장

성안의 다른 방

(호레이쇼와 하인 등장)

호레이쇼 나에게 얘기하고 싶다는 자가 누구냐?

하인 선원들입니다. 편지를 가져 왔답니다.

호레이쇼 들어오라고 해라.

(하인 퇴장)

햄릿 왕자님이 아니라면,

이 세상 어디에서 내게 편지가 오겠는가?

(선원들 등장)

선원1 안녕하십니까?

호레이쇼 잘들 왔네.

선원1 고맙습니다, 나리. 여기 편지를 가져 왔습니다.

호레이쇼 님이 맞으시지요? 영국에 가시던 사절께서 보낸 겁니다.

호레이쇼 (편지를 읽는다)

호레이쇼, 이 편지를 읽고 난 다음

이 친구들을 왕 앞에 안내해 주게.

이 친구들은 왕에게 보내는 편지를 가지고 있으니.

출항해서 이틀도 채 되기 전에 무장한 해적선이 추격해 왔다네.

우리 배가 느려 어쩔 수 없이 용기를 내 그들과 싸웠네.

그러던 중 나는 해적선에 옮겨 탔는데, 그때 우리의 배가 멀어져

나 홀로 포로가 됐다네.

해적들은 의협심을 발휘해 나를 예우해 주었는데

나를 이용해 덕을 보려는 요량이지.

내가 보낸 편지를 국왕에게 전해 주게.

그리고 자네는 날아오듯 곧 나한테 와 주게.

은밀히 할 얘기가 있는데 들어보면 기가 막힐 거야.

말로는 할 수 없는 중대사네.

이 친구들이 내가 있는 곳으로 자네를 안내할 걸세.

로젠크란츠와 길든스턴은 영국을 향해 항해 중이지만

그 친구들에 대해서도 할 말이 많네.

잘 있게. 자네의 친구. 햄릿으로부터.

자, 자네들이 가져온 편지의 임자를 찾도록 해 주겠네.

될 수 있는 대로 빨리 폐하고

이 편지를 보낸 분께로 나를 안내하게.

(퇴장)

제7장

성안의 다른 방

(왕과 레어티즈 등장)

왕 이제는 자네도 진심으로 결백함을 확인했으니
나를 자네의 마음의 친구로 대해 주게.
자네는 총명하니 잘 알겠지만, 자네의 선친을 살해한 자가
내 목숨도 노리고 있다는 걸 알았을 게야.

레어티즈 분명히 알겠습니다. 그러나 제가 알고 싶은 것은
어째서 그처럼 흉악하고 극형에 처해야 마땅할 행위에 대해
어떤 조치도 취하지 않으셨는가 하는 겁니다.
폐하의 안전과 권위, 식견, 그 모든 것으로 보아
강력하게 대처하셨어야 했을 텐데요.

왕 아, 두 가지의 특별한 이유 때문이네.

자네에게는 아닐지 모르겠지만 나로서는 중대한 일이야.

그 애의 어머니인 왕비는 자식의 얼굴을 보는 낙으로 산다네.

내게는 이것이 미덕인지 화근인지는 몰라도

왕비는 나의 생명과 영혼과 일체가 되었으니,

별이 그 궤도에서 벗어날 수 없듯 나도 왕비가 없이는 살지 못하네.

또 한 가지 이유, 즉 어째서인지 그놈은 대중으로부터 굉장한 사랑을 받고 있단 말이야.

그놈의 어떤 결점도 대중의 애정 속에서

흡사 나무토막을 돌로 바꿔 놓는 샘물처럼

그의 발에 족쇄를 채우면 오히려 영예의 상징인 양 떠들어 댈 게야.

이 판국에 가벼운 화살을 쏘아 봐야 그 거친 바람에 휘몰려

오히려 내 쪽을 향해 되돌아 날아올 것이 분명하네.

레어티즈 그래서 저는 아버지를 잃었고 누이동생은 실성해 버렸습니다.

이제 칭찬해 봐야 소용이 없지만 누이동생은

시대를 막론하고 나무랄 데 없는 완벽한 여성이었지요.

내 꼭 이 복수를 하고야 말겁니다.

왕 그 때문에 잠을 설치지는 말게.

나도 위험이 다가와 내 수염을 쥐어뜯는 데도 그것을

장난으로 받을 정도로 유야무야하는 성격은 아니야.

차차 자세한 얘기를 해 주지.

나는 네 부친을 총애했고 내 자신도 아끼는 바이니

이만하면 너도 상상이 가겠지만—

(전령 등장)

무엇이냐? 무슨 소식이야?

전령 햄릿 왕자님의 편지입니다. 이것은 폐하 앞으로 온 것이고 이것은 왕비님 앞으로 온 것입니다.

왕 햄릿으로부터라니? 누가 가져 왔느냐?

전령 전령 듣자니 선원들이라는데 소신은 아직 만나지 못했습니다. 클라우디오로부터 편지를 받았는데 그가 이 편지를 가져온 자로부터 받았다 합니다.

왕 레어티즈, 읽을 테니 들어보게. 물러가라.

(전령 퇴장)

폐하, 소신 맨몸으로 왕국에 상륙했습니다.
내일 폐하를 직접 알현하고자 합니다.
허락해 주신다면 급작스럽고 이상한 저의 귀국에 대해
말씀 올리겠습니다. 햄릿.

이게 무슨 일인가?
나머지 일행들도 다 돌아왔는가?
그렇지 않으면 무슨 속임수인가?

레어티즈 필적을 알아보시겠습니까?

왕 그의 글씨네. 맨몸이라고! 추신에는 '혼자서'라고 적혀 있네.

짐작이 가나?

레어티즈 저도 뭐가 뭔지 모르겠습니다. 그렇지만 올 테면 오라죠.

그놈의 얼굴에 "네놈을 죽여 버릴 테다!"라고

소리 지를 생각을 하니

이 마음속 원한이 다 누그러지는 듯합니다.

왕 돌아온다면 말이야, 레어티즈— 어떻게 돌아올 수 있지?

그럴 리가 없는데— 내가 하라는 대로 하겠는가?

레어티즈 네, 폐하. 마음을 평온히 먹으란 말씀만 안 하신다면.

왕 자네 원대로 해 마음을 평온히 해 주려는 거네.

만일 그놈이 항해를 중단하고 돌아온 데다 다시 떠나길 거부한다면

내게도 방법이 있다. 이건 아주 빈틈없는 계략이니

그놈은 꼼짝없이 걸려들 테고 쓰러질 수밖에 없을 게야.

그놈의 죽음에 대해선 비난의 소리가 추호도 없을 것이며,

심지어는 그놈의 어미도 의심치 않고 사고라고 생각할 거다.

레어티즈 폐하, 분부대로 하겠습니다.

계략을 세우시면 제가 그 도구가 되겠습니다.

왕 좋다. 자네가 외지에 있는 동안

자네의 그 특출한 재주에 대한 평판은 대단했다네.

햄릿도 너에 대한 말을 들었겠지.

네 다른 재주를 다 합친 것보다도 특히 한 가지 재주에

햄릿은 시기하고 있다네. 그 재주란 너에겐 별것이 아니겠지만.

레어티즈 무슨 재주 말씀입니까, 폐하?

왕 젊은이의 모자를 장식하는 리본 정도지만 필요한 재주이기는 하지.
젊은이에게 가볍고 아무렇게나 걸치는 옷이 어울리듯이
늙은이에게는 검은 수달피 코트가
그의 번영과 품위에도 알맞은 법.
두 달 전에 노르망디 출신의 신사가 한 분 왔다네.
나 또한 많은 프랑스인을 만났고 전투도 해 봤는데,
그들은 승마에 능하지.
그렇지만 이 신사는 승마에 있어서는 마술 같은 솜씨를 지녔더군.
말안장에 뿌리박듯 앉아 말을 모는데
흡사 사람과 짐승이 한 몸이 되어
그의 몸의 절반은 그 말로 변한 듯이 보였다네.
그의 연기는 내 상상을 넘어서 보지 않고서는 나로서는
믿을 수 없을 정도였다네.

레어티즈 노르망디 사람이었습니까?

왕 그렇네.

레어티즈 분명 라모르일 겁니다.

왕 그 사람이야.

레어티즈 그 사람을 잘 알고 있습니다. 과연 그는 프랑스의 보배입니다.

왕 그가 자넬 안다고 말하더군.
특히 자네의 검술이 이론과 실제에 통달해
특히 세검을 쓰는 데는 명수라 너의 상대가 나타난다면
그거야말로 구경거리가 될 거라 했네.

자기 나라의 검객들은 동작, 방어 자세, 안색 등에 있어
너와 대항할 만한 자가 없다는 거야.
이 얘기를 듣자 햄릿은 시기에 불타
네가 빨리 돌아와 한판 겨루기를 애타게 기다리고 있었다네.
그러니 말이다.

레어티즈 그래서요, 폐하?

왕 레어티즈, 그대는 진정으로 부친을 사랑했는가?
그렇지 않으면 슬픔을 묘사한 그림처럼
겉치레로 슬픈 얼굴을 한 것인가?

레어티즈 왜 그런 말씀을 하십니까?

왕 그대가 부친을 사랑하지 않았다고는 생각지 않네.
그러나 사랑에도 때가 있어, 내 경험으로는
그 시간이라는 것이 사랑의 불꽃과 불길을 좌우하네.
사랑의 불이 타는 중에도 심지 찌꺼기 같은 것이
불길을 약하게 하지.
그 어느 것도 좋은 상태로 지속될 수는 없는 법.
좋은 일도 지나치면 그 과도함 때문에 죽기 쉽거든.
그러니 우리가 하고 싶은 일은 생각이 들 때 해치워야 해.
세상에는 방해되는 일도, 손도, 사건도 많으니
해야겠다는 생각은 사그라지고 약해지고 지체되어
결국 이 해야 한다는 생각도 부질없는 탄식처럼
일시 위안은 되겠지만 몸을 상하게 한다네.

그럼 문제의 핵심을 말하자면, 햄릿이 돌아왔네.
자기 부친의 자식임을 말이 아니라 행동으로 나타내기 위해
자네는 무슨 일을 하겠나?

레어티즈 놈의 목을 베겠습니다. 교회 안일지라도.

왕 어떤 장소도 그런 살인자를 보호할 수는 없을 거다.
복수에 무슨 장소의 제한이 있겠는가?
그렇지만 레어티즈, 복수를 하고 싶거든 집 안에 꼭 붙어 있거라.
햄릿이 돌아오면 자네가 귀국했음을 알려 주마.
너의 재주를 칭찬하는 자들을 부채질하고
그 프랑스인이 네게 준 명성에 더해 너를 빛나게 해 주겠다.
결국 너희 둘을 시합에 끌고 가 승부를 내게 하마.
햄릿은 조심성이 없고 관대해 술책이란 꿈도 꾸지 못할 테니
시합용 칼을 점검하지도 않을 게다.
그러니 쉽사리 또는 슬쩍 농간을 부려
날이 무디지 않은 칼을 잡아 시합 중에 일격을 가해
부친의 원수를 갚도록 해라.

레어티즈 하겠습니다. 복수를 위해 칼끝에 독약을 칠하겠습니다.
실은 돌팔이 의사한테 독약을 조금 샀는데
치명적인 맹독이라 칼로 스쳐 피 흘리게 하면
달밤에 채취한 약초의 기묘한 성분으로 만든 약으로도
목숨을 구할 수 없는 약입니다. 이 독약을 칼끝에 발라
그놈의 살갗을 살짝 스치기만 해도 죽어 버리게 만들겠습니다.

왕 그 일에 대해서는 좀 더 생각해 보세.

언제 그리고 어떤 방법을 써서 실행할지 심사숙고해야겠다.

만에 하나라도 실패하거나 수가 서툴게 탄로 날 바에야

손을 대지 않는 편이 낫지. 또 이 계획이 실패할 경우에 대비해

다음 수단을 강구해야 한다. 잠깐, 어디 보자.

두 사람에게 공정하게 내기를 걸지.

그렇지. 시합을 하다 보면 몸이 달아오르고 목이 마를 것이니,

그렇게 되겠군. 맹렬하게 놈을 다그치게.

그럼 그놈이 물을 청할 테고 내가 미리 준비한 물 잔을 주겠다.

한 모금만 마시면 너의 독을 칠한 칼은 면할지라도

우리 뜻대로 되는 거야. 그런데, 무슨 소란이지?

(왕비 등장)

무슨 일이요?

왕비 재앙이 꼬리를 물고 다급하게 몰려드니, 레어티즈.

너의 누이동생이 익사했다.

레어티즈 익사라니, 아, 어디서요?

왕비 개울가에 비스듬히 서서 서리처럼 흰 잎이

거울 같은 수면에 비치는 버드나무가 있는 곳에서.

오필리어는 미나리아재비 쐐기풀, 들국화

그리고 자줏빛 난초로 엮어 만든

희한한 화환을 들고 거기에 나타났다는 거야.
버릇없는 목동들은 상스러운 이름으로 부르지만
정숙한 처녀들은
죽은 사람의 손가락이라고 부르는 꽃도 엮어 만들었단다.
그 화환을 늘어진 버들가지에 걸려고 나무에 올라가던 중에
심술궂은 나뭇가지가 꺾여 화환과 함께 오필리어는
흐느끼는 강물 속에 떨어졌다네. 옷자락은 수면 위에 활짝 퍼져
그 힘으로 잠시 인어처럼 떠 있었는데 그동안 그 애는
옛날 찬송가의 구절구절을 노래했다 하네.
마치 자기의 불행을 모르는 사람처럼.
또는 물에서 태어나 물에 익숙한 생물처럼.
그렇지만 그것도 오래 가지 않고, 옷자락이 물을 머금어 무거워지자
가엾은 그 애의 노래는 물밑 진흙 속으로 빨려 들어갔단다.

레어티즈 가엾게도, 그래서 익사했나요?

왕비 익사라네, 익사했어.

레어티즈 불쌍한 오필리어.
이제 물은 충분할 테니 내 눈물은 흘리지 않겠다.
그러나 인간의 천성은 어찌할 수 없구나.
세상은 비웃을지 모르겠지만 울고 나면 여자 같은 이 마음도
사라지겠지.
물러가겠습니다, 폐하.
불길처럼 마음속의 말을 쏟아 놓고 싶지만

바보 같은 눈물이 삼켜 버리는군요.

(퇴장)

왕 뒤따라갑시다. 거트루드.

저 사람의 격분을 진정시키느라 얼마나 애를 썼는데

이 일 때문에 격분이 재발할까 두렵구려.

그러니 따라가 봅시다.

(퇴장)

제5막

제1장

묘지

(두 명의 광대가 등장. 첫 번째 광대가 삽과 곡괭이를 들고 있다)

광대1 자기가 좋아서 세상을 하직한 여자를 기독교 예식으로 매장을 해도 좋은가 말이야.

광대2 그렇다는구먼. 그러니 무덤 구멍이나 파.
검시관이 조사하고 기독교식 장례를 한다 했으니까.

광대1 어떻게 그럴 수 있어. 정당방위로 물에 빠져 죽은 것도 아닌데 말이야.

광대2 그렇게 됐다니까 그래.

광대1 정당 공격일거여, 틀림없어. 문제는 이런 거야.
내가 알고도 물에 빠졌다고 하자. 이건 하나의 행위야.
근데 이 행위라는 건 세 가지로 나눌 수 있다고.

즉, 한다, 행한다, 해치운다, 이거야.

고로 그 여자는 알면서도 빠져 죽었어.

광대2 아니 그렇지만, 이 묘지기야—

광대1 내 말 좀 들어보라고. 여기 물이 있다고 치자. 좋아,

여긴 사람이 서 있어. 좋아, 이 사람이 물속에 몸을 던지면

좋건 싫건 자가가 좋아서 한 짓이야. 그렇지.

그렇지만 이 물이 이 사람 쪽으로 다가와 빠지게 했다면,

이건 그 사람이 몸을 던진 게 아니야.

그럴 때만 그 사람은

자기 목숨을 끊은 데에 무죄라 할 수 있는 거야.

광대2 그게 법이야?

광대1 법이지. 검시관의 법이야.

광대2 내 사실을 말해 줄까? 이 여자가 귀족 딸이 아니었으면

이런 기독교식 장례는 어림도 없어.

광대1 그것 참 맞는 말이야. 그게 딱한 일인데

높으신 분들은 물에 빠져도 목을 매달아도 상놈보다는

편리하단 말씀이야. 자, 내 삽이나 주라고.

유서 깊은 양반들도 따져 보면 조상들은 정원사,

도랑파기, 무덤 파기라니까.

아담이 하던 일을 계속하는 거라고. (땅을 판다)

광대2 그 아담도 귀족이야?

광대1 최초로 수족을 거느린 어른이지.

광대2 웬걸, 빈털터리였다던데.

광대1 뭐여, 너 이교도 아니냐? 성경도 제대로 못 읽었냐?

성경 말씀에 말이야. 아담을 땅을 팠다 이거여.

근데 연장도 없이 어떻게 파겠나?

또 한 가지 물어보지. 대답을 못하겠으면 "나 무식해요." 하고 자백하시고.

광대2 집어치워.

광대1 석공이나 조선공 또는 목공보다

더 튼튼한 걸 만드는 게 누구겠나?

광대2 교수대 만드는 사람. 그건 천 명이 써도 끄떡없거든.

광대1 그 기지 마음에 드는데. 교수대는 좋은 대답이여.

왜냐, 나쁜 짓 하는 놈들에게 잘해 주니까.

그런데 교수대가 교회보다 튼튼하다고 하는 건 나쁜 거여.

고로 자넨 교수형 감일지도 몰라. 자, 다시 대답해 보라고.

광대2 석공이나 조선공 또는 목공보다

더 튼튼한 걸 만드는 게 누구냐고?

광대1 그래, 맞히고 쉬라고.

광대2 아, 알았다.

광대1 말해 봐.

광대2 아이고, 모르겠는데.

(햄릿과 호레이쇼 멀리서 등장)

광대1 더 이상 빈 머리 짜내지 말라고.

너 같이 느린 말을 때려 봐야 빨리 뛰겠냐고.

누가 다시 묻거든 '무덤 파기꾼'이라고 해.

무덤꾼이 만든 집은 최후의 심판 날까지 가니까 말이다.

자, 요한 네 집에 가서 술이나 한 병 받아 오라고.

(광대2 퇴장. 광대1 무덤을 파며 노래한다)

(노래) 젊었을 땐 사랑했네, 사랑을 했네.

사랑은 달콤하다 생각했는데

시간을 온통 사아-랑에만 오— 쏟았지

오, 그런데 아무것도 남지 않더라.

햄릿 저 친구 자기 하는 일에 아무것도 느끼질 않나,

무덤을 파면서 노래를 부르다니.

호레이쇼 습관이 되어 자신의 일에 무심해졌나 봅니다.

햄릿 과연, 그럴 거야. 쓰지 않는 손의 감각이 더 예민한 법이니.

광대1 (노래) 나이란 놈이 도둑 발로 슬며시 다가와

억세게 이 몸을 움켜쥐어

마치 옛 시절이 없었던 것처럼

나를 땅속에 내던졌네. (해골을 던진다)

햄릿 저 해골에도 혀가 있었고, 한 때는 노래도 했을 텐데.

저 친구 해골을 마구 내던지는군. 마치 인류 최초의 살인을 한

카인의 턱뼈라도 되는 것처럼.

지금은 저 광대한테 마구 당하지만

저건 어떤 정치가의 머리였었는지도 몰라.

하나님마저 속이려 든 작자 말이네. 안 그런가?

호레이쇼 그럴지도 모르죠, 왕자님.

햄릿 입만 열면

"안녕하십니까, 각하? 별일이 없으십니까, 각하?" 하던

궁중 귀족의 것인지도 모르고. 아니면 아무개 귀족의 말이 탐나

달라는 뜻으로 그 말을 칭찬하던 아무개 귀족의 것일지 모르고.

호레이쇼 네, 왕자님.

햄릿 분명 그럴 거야. 그런데 이제는 턱뼈는 빠지고

구더기 마나님 밥이 되어 무덤 파기꾼의 삽에 얻어맞고 있으니.

우리들이 보는 눈이 있다면, 여기서 세상의 이치를 보겠구먼.

저 뼈들을 키우기 위해 들인 수고가 내던져지기 위해서밖에 더 있나?

생각하면 내 뼈가 쑤셔 오네.

광대1 (노래) 곡괭이 하나에 삽 한 자루, 삽 한 자루

수의도 한 장 필요하고

오, 땅속에 움막 파서

손님을 맞기엔 안성맞춤 (해골을 또 하나 내던진다)

햄릿 또 나오는군. 저런, 저건 어떤 법관의 것일지도 모르지 않나?

그 고상한 궤변과 사건과 그 소유권 주장과

그 모략은 어디로 갔단 말인가?

지금 저 무식한 놈한테 더러운 삽으로 골통을 얻어맞고도

왜 폭행죄로 고소를 못할까?

흠! 이 친구는 생전엔 땅도 많이 사들였을 거야.

담보 증명, 차용 증서, 이전 증서, 이중 증인, 양도 확인,

온갖 수단을 써서 말이야. 담보물로 가득하던 골통을

이제 흙이라는 담보물로 가득 채우고 있으니.

이게 그의 담보물 중 최고의 담보물이며,

양도 확인 중 마지막 양도 확인인가?

증인소환으로 보증된 토지구매가 이중증인에도 불구하고

가로세로 계약서 한 장 크기밖에 안 된단 말인가?

저 무덤에는 자기 땅의 땅문서도 다 못 들어갈 판이니,

매입자는 더 소유해서는 안 된다, 그건가?

호레이쇼 그것뿐이겠죠, 왕자님.

햄릿 계약 증서란 양가죽으로 만드는 게 아닌가?

호레이쇼 네, 그렇습니다. 송아지 가죽으로도 만들죠.

햄릿 그런 증서에서 소유권을 찾으려는 자들은

양이나 송아지 같은 놈들이야.

저 친구한테 말이나 걸어 보자. 여봐라, 이게 누구의 무덤이냐.

광대1 제 것입니다, 나리.

(노래한다) 오, 땅속에 움막 파서

손님 맞기엔 안성맞춤.

햄릿 네 무덤임에 틀림없구나, 그 속에 들어가 있는 것을 보니.

광대1 나리는 밖에 계시니 나리 것은 아니죠.

저는 이 속에 누워 있지는 않지만, 그래도 역시 제 무덤이죠.

햄릿 그 안에 있고 제 무덤이라니 자넨 그 안에 누워 있는 거야.

그렇지만 이 무덤은 산 사람 것이 아니고 죽은 사람의 것이니 자네 말은 거짓말이네.

광대1 그건 살아 있는 거짓말이죠. 나리. 다음 말을 이어받으시죠.

햄릿 어떤 사내의 무덤을 파는가?

광대1 사내가 아닙니다, 나리

햄릿 그럼 여자인가?

광대1 여자도 아니죠.

햄릿 그럼 누가 매장되는가?

광대1 한때는 여자였는데, 애석하게도 이젠 죽었습죠.

햄릿 아주 까다로운 놈이군. 말을 정확하게 해야지

애매하게 했다가는 본전도 못 찾을걸. 정말이지, 호레이쇼,

요 수삼 년간 주의해서 지켜보았는데 세상이 어찌나 변했는지

농사꾼의 발가락이 귀족의 발뒤꿈치까지 바싹 따라왔다니까.

무덤 파기는 언제부터 했는가?

광대1 일 년의 수많은 날 중에서 돌아가신 햄릿 대왕이

포틴브라스를 정복했던 날부텁니다.

햄릿 그럼 몇 년짼가?

광대1 그걸 모르십니까? 바보들도 아는데.

왕자가 태어난 바로 그날이죠.

지금은 미쳐서 영국으로 추방됐다죠.

햄릿 그렇군. 왜 영국으로 추방됐지?

광대1 그야, 미쳤으니까요. 거기 가면 제정신이 든다나요.

설사 병이 낫지 않아도 거기서야 무슨 문제가 되겠습니까?

햄릿 어째서인가?

광대1 거기서야 사람의 눈에 띄지 않을 테니까요.

거기 사람들은 다 미쳤거든요.

햄릿 왕자가 왜 미치게 되었나?

광대1 사람들 말이 참 묘하게 미쳤다 합디다.

햄릿 어떻게 묘해?

광대1 그거야 정신을 잃어버렸으니까요.

햄릿 정신을 어디다 두고?

광대1 글쎄, 여기 이 덴마크에요.

전 이곳에서 교회지기로 다 합쳐 삼십 년 동안 무덤을 파고 있습죠.

햄릿 흙 속에서 사람이 썩는 데 얼마나 걸리는가?

광대1 그거야 죽기 전에 썩지만 않으면

요새는 매독으로 죽는 놈들이 많아

파묻기 전에도 썩어 있습죠 한 팔구 년쯤 걸리죠.

가죽을 만지는 피혁공은 구 년이 걸릴 겁니다.

햄릿 그는 왜 오래 걸리지?

광대1 무두질을 하도 해 살가죽이 반질반질하니 물을 막아 내니까요.

물이라는 게 시체를 썩게 하거든요.

이 해골 좀 보세요.

이건 이십 년하고도 삼 년 더 땅속에 있었던 겁니다.

햄릿 누구의 것인가?

광대1 형편없이 미친놈이죠. 누구일 것 같습니까?

햄릿 글쎄, 모르겠는걸.

광대1 미친 놈, 잘 뒈졌지.

이놈이 한 번은 제 머리에 포도주 한 병을 몽땅 부었습죠.

이 해골바가지는 나리, 바로 요릭이라는 임금님의 광대 겁니다.

햄릿 이게?

광대1 그렇다니까요

햄릿 어디 보자.

(해골이 든다) 불쌍한 요릭.

내 이 사람을 아네. 호레이쇼. 기상천외하고 기막힌 재담꾼이었지.

그가 수천 번이나 그의 등에 나를 업었는데,

지금은 생각하니 소름이 끼치네! 구역질이 나.

여기에 내가 수없이 키스한 입술이 매달려 있었겠지.

늘 식탁을 떠들썩하게 하던 그 익살, 야유, 노래,

그 신명나는 여흥은 다 어디로 갔지? 전처럼

이빨을 드러내고 비꼴 이가 아무도 없나.

말 그대로 턱이 떨어져 나갔나? 마님 방에 가서

이렇게 고하라고.

"아무리 화장을 두껍게 해 봤자 이 꼴이 됩니다."라고.

마님들을 웃겨 보라고.[17]

부탁이야, 호레이쇼, 하나만 말해 주게.

호레이쇼 무엇입니까, 왕자님?

햄릿 알렉산더 대왕도 흙속에서 이런 꼴이 되었을까?

호레이쇼 물론이지요.

햄릿 이렇게 썩은 냄새도 나고? 퉤! (해골을 놓는다)

호레이쇼 그렇겠죠.

햄릿 사람이 죽어 흙이 되면 얼마나 천한 쓰임새로 돌아가는가?

알렉산더의 고귀한 유골이, 추적하면 결국 술통 마개가 된다고

상상할 수 있지 않을까?

호레이쇼 그건 좀 지나친 생각같이 느껴집니다.

햄릿 아니지, 아니야. 과장 없이 뒤를 밟아 보면

그럴 가능성도 있는 거라고. 알렉산더는 죽었다,

알렉산더는 매장된다, 알렉산더는 흙으로 돌아간다,

흙은 진흙이야, 진흙을 반죽한다. 그러니 알렉산더는

반죽이 되어 맥주 통 마개로 변한다고 생각할 수 있지 않은가?

---

17) 이 장면에서 햄릿은 자신이 어릴 때 잘 알고 있었던 인물의 죽음과 그 구체적인 증거(해골)를 손에 들고 인류 보편의 문제, 죽음에 대해 사색하고 있다. 그가 어릴 적 수천 번이고 어깨에 매달리고 키스를 했던 광대 요릭은 죽어 해골로 손안에 들려 있다. 이때 죽음은 저 멀리 떨어진 추상적인 존재가 아니라 가까이 서 있는 일상적이고 친근한 것이 된다. 햄릿은 이 장면에서 무덤 파기꾼과 나누는 대화를 통해, 요릭의 해골을 통해 얻을 깨달음을 통해 자신의 죽음을 기정사실로 받아들이고 죽음이 주는 두려움에서 벗어난다. "죽을 것이냐, 살 것이냐."를 두고 고민했던 햄릿은 사실 숙부 클로디어스를 죽이고 난 후 어떻게 살아남을 것인지, 생존할 것인지를 두고 고민했다면, 이제 요릭의 해골을 들고 햄릿은, 어차피 죽을 목숨인 인간으로서의 자신을 받아들인다. 그는 복수 이후의 자신의 운명(죽음)을 예견한 것처럼 또는 죽기를 각오하고 클로디어스와 정면 대결을 펼칠 것을 결심하는 듯 보이며, 5막에서의 급격한 파국의 진행을 알린다.

황제 카이사르도 죽으면 진흙이 되어

바람을 막기 위해 구멍을 땜질하고

아, 세상을 풍미하던 그 흙도

겨울철 바람을 막으려 벽 구멍이나 때우다니.

허나, 잠깐. 잠깐. 조용히! 왕이 오는군.

(햄릿, 호레이쇼와 함께 피한다)

(오필리어의 관을 멘 사람들을 따라 사제, 레어티즈, 왕, 왕비, 조신들 등장)

왕과 왕비에 귀족까지. 누구의 장례지? 이처럼 초라하게?

이건 죽은 자가 절망한 나머지 스스로 목숨을 끊은 것 같아.

상당히 높은 신분이었을 거야. 잠시 숨어서 살펴보세.

레어티즈 이외에 예식은 이것뿐이요?

햄릿 저건 레어티즈야, 훌륭한 청년이지. 잘 보게.

레어티즈 예식은 이것뿐이요?

사제 이 예식은 교회의 규칙이 허용하는 한 최선을 다한 겁니다.

사인이 의심스러워 국왕의 명령으로 관례를 굽혔기에 망정이지,

아니었다면 시체는 부정한 땅에 묻혀 최후의 심판

나팔 소리가 들릴 때까지 그대로 방치되었을 겁니다.

자비로운 기도 대신에 사금파리, 부싯돌, 자갈을 맞았을 운명이었소.

그렇지만 이번엔 특별히 처녀에 어울리는 화환을 바치고

꽃을 뿌려 조종까지 울려 주는 배려가 주어진 거요.

레어티즈 더 이상은 바랄 수 없다는 말이오?

사제 없습니다. 조용히 이 세상을 떠난 사람들처럼

엄숙한 진혼가를 부른다면 그건 장례 예배를 모독하는 겁니다.

레어티즈 묻도록 하시오.

이 아름답고 청순한 육체에서 오랑캐꽃이 피어날 거야.

이 매정한 사제야. 네놈이 지옥에서 아우성칠 때

내 누이는 저 하늘의 천사가 될 것이다.

햄릿 뭐라고, 아름다운 오필리어가!

왕비 (꽃을 뿌린다)

아름다운 사람에게 아름다운 꽃을.

잘 가거라. 네가 햄릿의 신부가 되길 바랐는데.

너의 신방을 장식하려던 꽃을 네 무덤에 뿌리게 되었으니.

레어티즈 아, 이 세 배의 고통이 열 배의 또 세 배가 되어,

너의 고귀한 이성을 흉악하게 앗아간

그 저주받을 햄릿이란 놈의 머리에 떨어져라.

잠깐, 흙을 거두어라. 한 번만 더 내 품에 안고 싶다.

(무덤 속에 뛰어든다) 자, 흙을 덮어

산 사람, 죽은 사람을 함께 묻어라.

평지가 산이 되도록 쌓아 올려 펠리온 산보다 더 높이,

하늘을 찌르는 저 푸른 올림포스 정상보다

더 높이 쌓아 올려라.

햄릿 (앞으로 나서며) 그렇게 요란을 피우며 슬퍼하는 자는 누구냐?

그 비탄에 찬 아우성으로 하늘의 별들이 그 소리에 혼란하고 놀라

정지하게 만드는 자가 누구냐?

난 덴마크의 왕, 햄릿이다. (무덤 속으로 뛰어든다)

레어티즈 (햄릿을 움켜쥔다) 이 지옥에 떨어질 놈아!

햄릿 기도 치곤 좋지 않은데.

제발 내 목에서 손가락을 치우라고.

나는 화가 나 있지 않고 난폭하지도 않지만,

그러나 내게는 위험한 그 무언가가 있어 건드리면 터진다.

손을 놓으라니까.

왕 저 둘을 떼어 놓아라.

왕비 햄릿, 햄릿!

일동 자, 두 분

호레이쇼 진정하십시오, 왕자님.

햄릿 아니, 난 이 일을 위해 저자와 싸우겠다.

내 눈에 흙이 들어갈 때까지.

왕비 오, 아들아, 이 일이란 뭐냐?

햄릿 저는 오필리어를 사랑했습니다.

수만 명의 오빠의 사랑을 다 합쳐도

저의 사랑엔 미치지 못할 겁니다.

너는 오필리어를 위해 무엇을 한다는 거야.

왕 왕자는 미쳤다, 레어티즈.

왕비 제발 참아 다오.

햄릿 빌어먹을, 무엇을 할지 보여라.

울 테냐, 싸울 테냐, 굶을 테냐, 네 몸을 찢을 테냐?

식초를 마시거나 악어를 먹을래? 그런 건 나도 하겠다.

훌쩍거리려고 여기에 왔냐?

나를 위협하려 동생 무덤 속에 뛰어 들어?

같이 생매장당하겠다고? 나도 하마.

네가 산이 어쩌고 하면 우리 위에 수억 톤의 흙을 덮자.

그 흙더미의 높이가 태양으로 그을릴 만큼 높고,

오사 산의 꼭대기가 사마귀처럼 보일 지경으로 높게 말이야.

그래, 네가 큰 소리 친다면 나도 짖어 대겠다.

왕비 이건 광기일 뿐이다. 잠시 저렇게

발작이 지속되다가 곧 암비둘기가

금빛 새끼 한 쌍을 깠을 때처럼

조용하게 침묵하며 가라앉을 거라네.

햄릿 내말 좀 듣게나. 나를 이렇게 대하는 이유가 뭔가?

나는 항상 너를 좋아했어. 그러나 이제 상관없다.

헤라클레스가 제아무리 애를 써 봤자

고양이는 야옹하고 울 것이요 ,

개는 자기 좋은 일이나 할 테니까.

(햄릿 퇴장)

왕 부탁이다, 호레이쇼, 그를 돌봐 주거라.

(호레이쇼 퇴장)

(레어티즈에게) 어젯밤에 얘기 했듯이 침착해져라.
내 당장 그 일을 행동으로 밀고 나가야겠다.
거투르드, 당신 아들을 철저히 감시해야겠소.
이 무덤에는 영구히 남는 기념비가 세워질 것이다.
머지않아 평화스러운 때가 곧 찾아올 것이다.
그러나 그때까지는 신중히 일을 진행해야겠지.

(모두 퇴장)

제2장

성안

(햄릿과 호레이쇼 등장)

햄릿 이 일은 그쯤하고. 또 다른 일이 있네.

전후의 사정은 다 기억하고 있겠지?

호레이쇼 기억하고말고요, 왕자님.

햄릿 내 마음속에는 일종의 전쟁이 일어나고 있어.

잠을 이룰 수가 없었다네. 누워도 내가 반란을 일으키다

발목이 쇠사슬로 묶인 죄수 신세 같다는 생각뿐.

무모하게, 하기야 무모한 것도 경우에 따라 칭찬할 만해.

가끔 심사숙고한 계획이 실패할 땐

무모함이 도움이 되는 수가 있으니까 말이야.

고로 배우게 돼. 일은 인간이 벌였지만

마무리하는 것은 신의 뜻임을.

호레이쇼 분명 그렇습니다.

햄릿 선실에서 일어나, 선원 옷을 대충 걸치고

어둠 속을 더듬거리며 그걸 찾았네.

내 뜻이 이뤄져 그들의 꾸러미를 훔쳤어. 다시 내 방으로 돌아와

대담하게 예의도 잊은 채 그 왕의 서한을 뜯어보았네.

거기서 본건, 호레이쇼, 아, 왕의 흉계!

엄중한 지시더군, 덴마크 왕과 영국 왕의 안전을 위한다면서

이러저러한 변명을 잔뜩 나열하고, 나를 살려 두면

악마같이 나쁜 짓을 할 터이니 편지를 보는 즉시

도끼날을 갈 시간도 주지 말고

지체 없이 내 목을 치라는 말이었네.

호레이쇼 어떻게 그럴 수가?

햄릿 (서한을 건네주며) 여기 지령이 있으니

시간이 있을 때 읽어 보게.

이제 내가 어떻게 행동했는지 듣겠나?

호레이쇼 간청합니다.

햄릿 이렇게 악당들의 그물에 꼼짝없이 걸려들어

내가 각본을 짜기도 전에 그들이 벌써 연극을 시작했네.

나는 자리에 앉아서 새로운 국왕의 친서를 꾸며 냈지.

글씨도 깨끗이 써서.

한때는 나도 정치가들처럼 매끈한 필체를 속되다고 여기고

이미 배운 것을 잊으려 애를 쓴 적이 있었네만,

이제는 그게 굉장한 도움을 줬어.

내가 쓴 내용을 알고 싶겠지?

호레이쇼 물론입니다, 왕자님.

햄릿 덴마크 왕으로부터 간곡한 부탁이지.

영국은 충실한 속국이며 양국 간의 우정은

종려나무가 번성하듯 두터워지고

평화의 여신이 항상 풍요의 화환을 쓰고

양국을 맺어 주는 역할을 한다는 식의

격식을 갖춘 말들을 늘어놓고서는,

이 글을 읽는 즉시 지체하지 말고

이 글의 지참자들을 죽기 전 참회의 여유도 주지 말고

처형하라고 했네.

호레이쇼 국서의 봉인은 어떻게 하셨습니까?

햄릿 그것조차 신의 뜻이었지. 마침

덴마크 옥쇄의 원형인 아버지의 인장을

내 지갑 속에 갖고 있었거든.

난 그 서찰을 같은 형태로 접고 서명하고 도장을 찍어

몰래 감쪽같이 갖다 뒀지.

헌데 다음 날 해적들과의 싸움이 일어났고,

그 뒤의 일은 자네가 알고 있는 바와 같네.

호레이쇼 그러니 길든스턴과 로젠크란츠는 죽었겠군요.

햄릿 그거야, 그 친구들이 자청한 것이 아닌가?

내 양심에 거리낄 것이 없네.

그 친구들의 파멸은 그들이 초래한 결과니까 말이야.

하찮은 놈들이 두 거물이 주고받는 칼싸움에 끼어든다는 건

위험한 일이지.

호레이쇼 허, 이런 왕이 있을 수가?

햄릿 그러니 자네 생각에 내가 임무로써 선왕을 시해하고

어머니를 더럽혔으며, 당연히 왕위에 오를 나의 앞날을 막고

나의 목숨마저 노리고 온갖 속임수를 쓰는 이놈을 처리하는 것이

완전히 양심에 따른 행위가 아니냐 말이야.

게다가 이런 암적인 존재를 그대로 내버려 두어

못쓸 짓을 계속하게 한다는 것이야말로 저주받을 일이 아니겠나.

호레이쇼 영국에서 그쪽 일의 결과가 어떻게 되었는지

머지않아 알려 올 것입니다.

햄릿 곧 오겠지. 그러나 그 사이, 시간은 내 것이야.

인간의 삶이란 '하나'라고 말 하는 사이에 사라지는 것.

허나 이보게, 호레이쇼. 레어티즈에게

이성을 잃은 것은 내가 지나쳤네.

내 처지로 미뤄 보아 그 친구의 심정도 알 수 있으니,

내 용서를 구하겠어. 그가 지나치게 애통해하니까

내 감정도 격해진 거야.

호레이쇼 잠깐, 저기 누가 오는 것 같습니다.

(신하 오즈릭 등장. 모자를 벗으며)

오즈릭 왕자님의 귀국을 충심으로 환영합니다.

햄릿 참으로 고맙소. 자네, 이 똥파리를 아는가?

호레이쇼 모릅니다, 왕자님.

햄릿 모른다니 다행이군. 그를 안다는 자체가 죄악이야.

이 친구는 아주 비옥한 땅이 많아. 짐승 같은 놈들도

가축만 많이 갖고 있으면 자기 여물통을 궁중에 끌고 와서

왕과 같이 밥을 먹으려고 하거든.

까마귀같이 말만 많은 놈이 땅만은 널찍하게 가졌어.

오즈릭 왕자님, 시간이 괜찮으시다면 폐하의 분부를 전해 드릴까 해서.

햄릿 들어 봅시다. 정신을 곤두세워 듣겠소.

그 모자는 본래의 위치에 갖다 놓으시지요.

그건 머리에 쓰는 거니까.

오즈릭 황송합니다. 왕자님. 굉장히 더워서.

햄릿 무슨 말씀을 굉장히 추운걸. 북풍이 불고 있잖소.

오즈릭 사실 상당히 추운 것 같습니다. 폐하.

햄릿 헌데 내 체질엔 굉장히 뜨겁고 무더운 걸.

오즈릭 네, 굉장히 폐하 굉장히 무덥고 글쎄,

뭐라 표현해야 할지 모르겠습니다.

폐하, 폐하께서는 폐하에게 굉장한 내기를 거셨으니

이 사실을 전해 드리라는 분부였습니다. 그 내용인즉—

햄릿 제발 잊지 말고. (햄릿은 그에게 모자를 쓰도록 손짓을 한다)

오즈릭 아니요, 폐하. 실은 이것이 편합니다.

폐하, 최근에 레어티즈가 궁정에 돌아 왔는데 참말이지

그는 완벽한 신사요, 기가 막힌 재주가 가득하고

대인 관계도 좋고 위풍도 당당합니다.

정말로 그분이야말로

신사도의 지침서에, 안내서라고 할 수 있지요.

신사로서의 소양을 한 몸에 전부 지니고 있으니 말입니다.

햄릿 잘도 명세서 마냥 묘사하시니 그 친구는 손해를 볼 것이 없겠소.

그러나 그렇게 장점을 낱낱이 세분하니 기억하기 어렵겠어.

빠른 돛을 단 배도 그의 미덕을 열거하기는 부족할 거요.

사실대로 말해, 레어티즈는 대단한 인물이오.

그는 소중하고 보기 드문 자질을 가진 이라 진실하게 표현하면

그 사람과 비슷한 인물은 거울에서나 찾아 볼 수 있을 뿐,

그를 쫓을 수 있는 사람은 그의 그림자뿐일 거야.

오즈릭 추호도 빈틈이 없는 옳은 말씀입니다, 왕자님.

햄릿 무슨 심사요? 어째서 그 신사를

그렇게 무례한 말로 추어올리는 거요?

오즈릭 네?

호레이쇼 좀 더 알기 쉬운 말로 하면 못 알아듣소?

쉬운 말이 나오실 텐데.

햄릿 그 신사의 이름을 끄집어내는 저의가 뭐냔 말이오.

오즈릭 레어티즈 말씀입니까?

호레이쇼 (햄릿에게 방백) 저 양반의 말 주머니가 벌써 비었나 봅니다.

그 번드레한 말이 말라 버린 모양이지요.

햄릿 그렇소, 레어티즈 말이오.

오즈릭 이 일을 모르실 리 없다고 생각하지만,

햄릿 그렇게 생각해 주시오.

하기야 그렇게 생각해 준다고 해서 나에게 큰 칭찬은 못되겠지만,

그래서요?

오즈릭 레어티즈가 얼마나 훌륭한지 모르시지 않으시지요.

햄릿 그 사람을 어찌 감히 안다고 하겠소.

그 사람하고 우열을 가릴 생각은 없소이다.

내 자신도 모르는데 어찌 다른 사람을 알 수 있겠소.

오즈릭 신의 말씀은 왕자님, 그 사람의 검술 말입니다.

사람들 말로는 그 분야에 있어서는 그 명성이 대단해

비길 만한 사람이 없다고 합니다.

햄릿 그가 무슨 검을 다루는가?

오즈릭 세장검과 단검입니다.

햄릿 그 두 가지를 다루는구먼, 좋네. 그래서?

오즈릭 국왕 폐하께서는 바바리산 명마 여섯 필을 거셨고,

레어티즈는 프랑스제 세검과 단검 여섯 자루에

혁대와 검고리 등 부속품 일체를 걸었습니다.

특히 검가는 보기에도 오묘해 칼자루와 잘 어울리는 데다가

가장 우아하고 섬세하게 만든 걸작입니다.

햄릿 검가가 뭔가?

호레이쇼 (햄릿에게 방백) 주석이 붙지 않고선
저 사람의 말은 이해할 수가 없을 겁니다.

오즈릭 검가란 검을 거는 고리입니다.

햄릿 허리에 대포를 차고 다니면 몰라도 그 말 참 과하구먼.
그때까지는 그냥 칼 고리로 부르는 게 좋겠소.
어쨌든 바바리산 말 여섯 필에 프랑스제 검 여섯 자루,
그 부속품에 가장 우아한 칼 고리 셋이라,
이건 프랑스 대 덴마크의 전쟁이군.
왜 이런 내기를 하신다는 거요?

오즈릭 국왕 폐하께서는 왕자님과 레어티즈가
십이 회전 시합을 할 경우,
레어티즈 경이 왕자님을 석 점 이상 이기지 못할 것이라는 데 거셨습니다.
레어티즈 경은 십이 대 구로 이기는 것에 거셨고요.
왕자님께서 도전을 받아 주신다면 시합은 당장 시작될 것입니다.

햄릿 내가 싫다고 대답하면?

오즈릭 제 말은 시합의 상대를 해 주십사 하는 겁니다.

햄릿 좋소. 그것이 폐하의 뜻이라면
난 여기 복도를 걷고 있을 테니 처분대로 하시라지.
지금이 마침 운동할 시간이니, 시합용 칼을 갖고 오시오.

상대방이 원하고 왕의 의향도 그렇다면 왕을 위해 될 수 있는 대로

이겨 보겠소.

이기지 못한다 해도 망신을 좀 당하고 얻어맞을 뿐이겠지.

오즈릭 그렇게 말씀을 전해도 괜찮겠습니까?

햄릿 뜻을 전하되 표현은 당신 뜻대로 마음대로 장식해도 좋소.

오즈릭 이만 실례하겠습니다.

햄릿 오히려 이쪽으로 부탁하네.

(오즈릭 퇴장)

자기가 자기를 칭찬할 친구야,

누구 하나 자기를 봐 주지 않으면 말이야.

호레이쇼 저 햇병아리는 알껍데기를 머리에 뒤집어쓴 채

뛰어다니는군요.

햄릿 저놈은 제 어미 젖을 빨기 전에 젖에 대고 절부터 할 친구야.

저자와 비슷한 놈들이 많아.

이 경박한 세상에서 세풍에 장단 맞추어

겉치레뿐인 사교술이나 배우고,

거품 같은 장광설로 비판을 잘도 피하지만,

저런 것들의 교양이란 훅 불면 거품처럼 날아갈 거야.

(신하 등장)

신하 왕자님,

폐하께서 왕자님이 복도에서 폐하를 기다리시겠다는 말씀을
오즈릭으로부터 보고 받으시고는, 왕자님께서 레어티즈 경과
지금 시합을 하실 의향이 있으신지, 아니면 잠시 연기하실 것인지
알아보라는 어명이십니다.

햄릿 나의 의향에는 변함이 없소. 폐하의 뜻대로 할 테니
왕께서 좋으시다면 나는 언제든지 준비가 되어 있으니
이 몸이 지금처럼 잘만 움직여 준다면, 지금이든 언제든 좋소.

신하 폐하와 왕비님 그 외 다른 분들께서 이리로 오고 계십니다.

햄릿 잘되었군.

신하 왕비께서는 시합을 하기 전에
왕자님께서 레어티즈 경께 화해의 말씀을 하라는
분부가 있으셨습니다.

햄릿 옳은 말씀이지.

(신하 퇴장)

호레이쇼 이번 내기에 지실 것 같습니다, 왕자님.

햄릿 나는 그렇게 생각지 않네.
레어티즈가 프랑스에 간 뒤로 꾸준히 연습을 해 왔으니.
시합에 이길 걸세.
그러나 자네는 모르겠지만 마음이 좀 심란하군.
허나 상관없어.

호레이쇼 안 됩니다, 왕자님.

햄릿 바보 같은 생각이야. 여자나 느낄 불안감이지.

호레이쇼 마음이 좋지 않으시면 그만두셔야 합니다.

제가 가서 일행의 행차를 막고

왕자님이 시합에 응하실 수 없다고 말씀 드리지요.

햄릿 그럴 필요 없네. 나는 예감이라는 걸 믿지 않으니까.

참새 한 마리가 떨어지는 데에도 신의 특별한 섭리이니,

죽음이란 지금 오면 앞으론 오지 않을 테고

지금 오지 않는 대도 언젠가는 올 것이야.

각오할 뿐이네.

이 세상에 죽을 때를 아는 이는 아무도 없는데

일찍 죽는 것이 대수인가?

순리를 따르세.

(왕, 햄릿, 레어티즈, 귀족들, 오즈릭과 시종들이 검을 갖고 등장)

왕 자, 햄릿, 와서 이 손을 잡아라. (레어티즈의 손을 햄릿 손에 쥐어 준다)

햄릿 용서하게. 내가 무례했어. 신사답게 용서해 주게.

여기 계시는 분들도 아시고 자네도 들었을 거야.

내가 심신 착란으로 얼마나 고통을 받았는가를.

내가 한 짓이 자네의 마음과 명예,

그리고 감정을 몹시 상하게 했을 줄은 알지만

그건 모두 내 광증 탓이네.

레어티즈에게 난폭한 짓을 한 것이 햄릿인가?

그건 절대 햄릿이 아니야. 햄릿이 미쳐 자기가 자기가 아닐 때

레어티즈를 괴롭혔다면

그건 햄릿이 한 짓이 아냐. 햄릿이 스스로 부정을 하네.

그럼 누가 한 짓인가? 그의 광기네.

광기가 불쌍한 햄릿의 적이라네.

그러니 여러분이 계신 앞에서 내가 저지른 잘못이

고의적으로 해를 끼치려 한 것이 아님을 밝히니

관대한 마음으로 받아 주게.

지붕 너머로 쏜 화살이 오히려 형제를 상하게 했다고 생각해 주게.

레어티즈 복수심에 불탄 것이 이 자리에 나온 동기이지만

말씀을 들으니 제 마음이 누그러졌습니다.

그러나 제 명예에 관한 한 양보할 수 없습니다.

명망 있는 어른들께서

화해를 해도 신의 이름이 더럽혀지지 않는다는

의견이나 선례를 말씀해 주시기 전에는 말입니다.

그러나 왕자님의 호의는 받아들이고

그 뜻을 욕되게 하지는 않겠습니다.

햄릿 그 말을 기꺼이 받아들이겠네.

그럼 형제간의 시합처럼 깨끗이 응하겠네. 자, 검을 주시오.

레어티즈 자, 이쪽에도 하나.

햄릿 나는 자네의 장식이 되지. 레어티즈.

미숙한 내 솜씨에 비해 자네의 기량은 밤하늘의 별처럼 빛날 테니.

레어티즈 놀리지 마십시오.

햄릿 아니, 진심이라네.

왕 오즈릭, 두 사람에게 검을 줘라.

햄릿, 내기에 관해 알고 있는가?

햄릿 잘 알고 있습니다, 폐하. 약한 쪽을 유리하게 해 주셨다고요.

왕 염려하는 건 아니다. 너희 두 사람의 솜씨는 잘 알고 있다.

다만 레어티즈 쪽이 좀 나았다기에 몇 점을 두었을 뿐이다.

레어티즈 이 검은 좀 무거운데, 다른 것을 봅시다.

햄릿 이게 좋구나. 이 검은 길이가 다 같은가?

오즈릭 네, 폐하.

(그들이 시합 준비를 하는 동안 포도주 병과 잔을 든 하인들이 등장)

왕 술잔을 저 탁자 위에 놓아라.

햄릿이 일회전 또는 이회전에서 득점을 하거나

삼회전에서 점수를 만회하면

성벽의 모든 대포를 발사해 축포를 터뜨리도록 해라.

국왕도 햄릿의 건투를 위해 축배를 들것이요,

덴마크의 사 대를 걸친 왕의 왕관을 장식하던 것보다

더 귀중한 진주를 술잔에 넣겠다.

자, 술잔을 이리로.

그리고 북을 쳐서 나팔수에 알리고

나팔수는 성 밖의 포수에게 알려,

대포는 하늘에, 하늘은 대지에 전하도록 해라.

"이제 국왕은 햄릿을 위해 건배를 한다."라고.

자, 시작해라.

(나팔 소리가 들린다)

너희들 심판관도 눈을 똑바로 뜨고 살피어라.

햄릿 자 덤벼라.

레어티즈 먼저 덤비시지요.

(두 사람이 시합한다)

햄릿 일 점.

레어티즈 아니요.

햄릿 (오즈릭에게) 심판!

오즈릭 일 점, 분명히 일 점입니다.

레어티즈 자, 다시.

왕 잠깐, 술을 다오.

햄릿, 이 진주는 네 것이다.

너의 건강을 위해.

(나팔 소리와 포성이 들린다)

햄릿에게 이 잔을 전하라.

햄릿 먼저 경기부터 끝내겠습니다. 잔을 거기에 둬라.

자, (시합을 한다) 또 일 점. 어떤가?

레어티즈 스쳤어요. 스쳤어요. 인정합니다.

왕 우리 아들이 이길 것 같군.

왕비 땀이 나고 숨이 찬 모양이야.

자, 햄릿. 이 손수건으로 이마를 닦아라.

내가 네 행운을 위해 축배를 들겠다.

햄릿 고맙습니다.

왕 거트루드, 마시지 마오.

왕비 마시겠어요. 미안해요.

왕 (방백) 독이 든 잔인데, 이미 늦었다.

(왕비가 독 잔을 들어 마시고 햄릿에게도 권한다)

햄릿 어머니, 전 아직 마시지 않겠습니다. 조금 뒤에 마시겠어요.

왕비 이리 오렴, 얼굴을 닦아 주마.

레어티즈 (왕에게 방백) 폐하, 이번에 찌르겠습니다.

왕 (레어티즈에게 방백) 그렇게 안 될걸.

레어티즈 (방백) 그렇지만 양심에 걸리는데.

햄릿 자, 삼회전을 하자. 레어티즈, 일부러 늦추는 것 같아.

좀 맹렬히 덤벼 보게, 나를 애송이 취급하지 말고.

레어티즈 그렇게 생각하신다면야, 자.

(계속 시합한다)

오즈릭 양쪽 동점.

레어티즈 자, 간다.

(레어티즈가 햄릿에게 상처를 낸다. 이어 혼전 끝에 검이 바뀌고 햄릿이 레어티즈를 찌른다)

왕 두 사람을 떼어 놓아라. 너무 흥분했다.

햄릿 아닙니다. 다시 덤벼라.

(왕비가 쓰러진다)

오즈릭 아니, 왕비님을 보십시오, 저런!

호레이쇼 양쪽이 다 피를 흘리다니. 괜찮으십니까, 왕자님?

오즈릭 괜찮으십니까, 레어티즈 경?

레어티즈 제 덫에 걸린 도요새 꼴이네, 오즈릭.

내 음모에 내가 다쳐 죽게 되었으니.

햄릿 어머니는 어떻게 되신 건가?

왕 피를 보고 실신했다.

왕비 아냐, 아냐, 저 술, 저 술이—

오! 내 아들 햄릿! 술, 술이! 난 독살당했다.

(왕비가 죽는다)

햄릿 오, 끔찍한 음모다!

여봐라, 문을 잠가라. 반역이다! 범인을 찾아라!

레어티즈 범인은 여기 있습니다, 햄릿 왕자님.

왕자님도 곧 목숨을 잃습니다.

이 세상의 어떤 약도 효과가 없을 겁니다.

이제 반시간 정도 남으셨습니다.

반역의 도구는 왕자님의 손에 쥐여 있어요.

칼끝이 날카롭고 독이 칠해져 있습니다.

이 흉계는 제게 되돌려졌군요. 보십시오.

저는 두 번 다시 일어날 수 없습니다.

왕비께서도 독살당하셨고, 저는 더 이상—

저 왕, 왕의 짓입니다.

햄릿 칼끝에 독을? 그렇다면, 독이여, 네 할 일을 다해라. (왕을 찌른다)

일동 반역이다, 반역!

왕 오, 여봐라. 나를 지켜 다오. 내 상처는 아직 가볍다.

햄릿 자, 이 음탕하고 잔학한 살인자, 저주받을 덴마크의 왕아.

이 독약을 마셔라.

(햄릿이 왕에게 강제로 술을 마시게 한다)

이게 너의 진주냐?

어머니 뒤를 따라가라.

(왕이 죽는다)

레어티즈 그는 당연한 천벌을 받은 겁니다.

자기가 탄 독약을 마셨으니. 햄릿 왕자님, 우리 서로 용서합시다.

저의 죽음도, 아버지의 죽음도, 왕자님의 죄가 아니니

왕자님의 죽음도 저의 죄가 아니기를. (죽는다)

햄릿 하늘이 그대의 죄를 용서할 테니. 나도 자네를 따를 거야.

나는 죽네, 호레이쇼. 불쌍한 어머니, 안녕히.

이 참변을 보고 창백하게 떨고 있는 여러분,

벙어리처럼 이 모습을 보는 여러분께

나에게 시간이 있다면—냉혹한 죽음의 사신이

매정하게 독촉하지만 않는다면—오, 말씀드릴 수도 있지만—

그러나 그냥 두자. 호레이쇼, 나는 죽네.

자네는 살아남아, 모르고 있는 이들에게

나와 나의 사정을 올바로 전해 주게.

호레이쇼 제가 그럴 거라 믿지 마십시오.

덴마크 인으로 살아남기보다는 옛 로마인이 되겠습니다.

여기 독배가 아직 남아 있습니다.

햄릿 그래도 자네가 사낸가?

잔을 이리 주게. 손을 놔. 이리 달라니까?

오, 신이시여. 그 얼마나 오명인가?

일이 알려지지 않고 이대로 끝난다면 말일세,

자네가 진정 나를 마음에 둔 적이 있다면,

천상의 은총은 잠시 미루고

이 험한 세상에서 고통 속에 숨을 쉬며

내 얘기를 전해 주게.

(멀리서 군대의 행진 소리. 이어 포성이 들린다)

저 전투 소리는 뭐요?

오즈릭 노르웨이의 왕자 포틴브라스가

폴란드를 정복하고 돌아오는 길에

영국의 사신을 만나 쏘는 예포의 소리입니다.

햄릿 아, 나는 죽네. 호레이쇼.

무서운 독에 내 기력은 마비됐어.

영국에서 올 소식도 듣지 못하고 죽는구나.

그러나 예언하건대 다음 국왕으로 선출될 사람은 포틴브라스야.

이게 내 유언이네.

지금까지의 자초지종을 그에게 전해 다오.

남은 건 침묵뿐이다. (햄릿은 긴 한숨을 내쉬고 죽는다)

호레이쇼 이제 고상하신 목숨도 스러졌구나.

편히 쉬십시오. 어진 왕자님.

모여드는 천사의 노래를 들으며 안식하시길!

왜 북 소리가 가까워지는가?

(행군 소리와 함께 포틴브라스, 영국 사신들 그리고 그 외 사람들 등장)

포틴브라스 그 일은 어디서 일어났소?

호레이쇼 무엇을 보고 싶으시다는 말씀이시오?

비통하고 애절한 광경을 보려거든 여기 말곤 없을 겁니다.

포틴브라스 이 무참한 시체 더미가 대참사를 말해 주고 있구나.

오, 거만한 죽음의 신이여, 너 무슨 연회를 열었기에

이처럼 많은 왕족들을 처참히 죽여 버렸는가?

사신1 처참한 광경입니다. 영국에서 가져온 보고는 너무 늦었군요.

어명이 집행되어 로젠크란츠와 길든스턴이 처형되었다는

보고를 들을 귀는 이제 감각을 잃었군요.

우리의 수고에 고맙다는 치사를 어디서 들을까요?

호레이쇼 그 말, 저 입으로부터는 들을 수 없을 게요.

국왕이 생존했다 하더라도 말입니다.

국왕은 그들의 처형을 명령한 적이 없습니다.

그러나 왕자님은 폴란드에서, 당신은 영국에서 여기에 도착한 이상,

이 시체들을 사람들이 잘 볼 수 있는 단상에 높이 모시도록

명령을 내려 주십시오.

그러면 제가 아무것도 모르는 세상 사람들에게

어떻게 이런 일이 생겼는지 이야기하겠습니다.

여러분은 간음과 유혈이 낭자한 비정한 행위, 우발적이고

교활하나 부득이한 살인 그리고 결과적으로 빗나간 흉계가

그 음모자의 머리에 어떻게 떨어졌는가 하는

여러 사정을 남김없이 알 수 있을 것입니다.

포틴브라스 당장 듣고 싶소. 중신들을 불러 주시오.

나는 애통한 마음으로 나의 운명을 맞이하겠소.

나는 이 왕국의 왕위 계승권을 잊지 않고 있소.

이 기회에 그 권리를 청할 생각입니다.

호레이쇼 그 일에 대해선 저도 말씀 드릴 것이 있습니다.

그것도 왕자님의 입에서 나온 말씀이지요.

그렇지만 방금 말씀드린 일부터 처리해야겠습니다.

민심이 소란하여 음모와 오해가 어떤 불상사를 몰고 올지 모르니.

포틴브라스 부대장 네 명이 군인답게 예의를 갖추어

햄릿 왕자를 단상으로 모셔라.

왕위에 오르셨다면 가장 군주다운 군주가 되셨을 분이다.

이분의 서거를 애도하여 군악을 울리고

조포를 쏘아 세상에 알려라. 시체들을 치워라.

이런 광경은 전쟁터에는 어울리지만 여기에는 어울리지 않는다.

가서 병사들에게 조포를 쏘라고 명령하라.

(병사들 시체를 메고 나간다. 모두 퇴장. 잠시 후, 조포가 울린다)

오셀로
Othello

| 등장인물 |

오셀로(무어인. 베니스의 장군)
브러밴쇼(데스데모나의 아버지. 베니스의 의원)
캐시오(충직한 부관. 오셀로의 부하)
이아고(악당. 오셀로의 기수)
로더리고(베니스의 신사)
베니스 공작
베니스 의원들
로도비코(베니스 귀족. 데스데모나의 사촌)
그라시아노(베니스 귀족. 데스데모나의 숙부)
데스데모나(오셀로의 아내이자 브러밴쇼의 딸)
에밀리아(이아고의 아내)
비앙카(매춘부. 캐시오의 정부)
몬타노(사이프러스의 총독)
사이프러스의 신사들
광대
선원
전령관
전령
장교들
신사들
음악가들
시종들

제1막

제1장

베니스의 어느 거리

(로더리고와 이아고 등장)

로더리고 첫! 어찌 그런 소릴 하나? 참으로 불쾌하네.

여태까지 내 금고도 이아고 자네 것인 양

마음대로 주무르지 않았나?

그런데 어찌 그 일을 모른다고 하나?

이아고 이것 참, 말을 해도 믿질 않을 테니 그랬지요.

꿈에라도 그 일은 몰랐습니다.

이 상황에서 시치미라도 떼면 그게 어디 사람입니까?

로더리고 자네도 내심 그놈이 싫다고 하질 않았나?

이아고 아니라면 절 짐승 취급하십시오.

글쎄 그 도시에서 내로라하는 세 사람이

그에게 직접 찾아가 나를 부관 삼아 달라고
머리까지 조아렸고, 내 분명 그만한 자격도 되고,
그만한 자리에 앉을 만한데도
건방지고 제 고집만 부리는 그놈이
군사 작전이 어쩌네, 저쩌네 하면서
어물쩍 피하려고 허세만 부렸다지 뭡니까?
그러더니 결국은,
저를 추천하던 사람들 말에 고개를 설레설레 저으면서
"내 벌써 부관으로 삼을 사람을 확실히 정해놓았소."
라고 했다지요.
그 자가 뭐하는 자냐?
나 참, 잘난 이론가라지요.
피렌체에서 온 마이클 캐시오라는 자인데,
예쁜 계집 하나도 감당 못하고 질질 끌려 다니는 데다
전장에서 작은 분대라도 거느려 보길 했나,
딱히 제대로 아는 용병술이 있나,
딱 시집 못 간 계집과 다를 바 없는 놈이지요.
책으로 익힌 이론에만 빠삭할 뿐.
토가를 걸친 베니스 의원들이 논할 법한 얘기나 하겠지.
아는 게 딱 그 정도지요.
실행도 못하고 입만 나불거릴 게 뻔해요.
그깟 놈에게 덥석 자리를 내어주다니.

그놈과 달리 나는 로즈 섬에서도, 사이프러스에서도,
기독교인의 전투, 이교도의 전투 할 것 없이
수많은 전장에서
내 실력을 똑똑히 보여 줬는데도 말입니다.
나 같은 사람이 장부나 쓰는 그런 놈에게 밀려
출셋길이 막힌 채 잠자코 있어야 하다니.
그 약삭빠른 놈은 적시에 부관 자리를 꿰차고,
나는 무어인의 기수 노릇이나 하게 되었지 뭡니까요,
염병할!

로더리고 나라면 분명 그놈의 목을 매달았을 걸세.

이아고 어쩌겠습니까, 뾰족한 수가 없으니.
군인에게 내려진 저주입지요.
차례대로 승진하는 예전의 방식을 따르지 않고
추천장이나 호감 따위로 직위를 끌어올려야 하니.
자, 이제 생각 좀 해 보십쇼.
이 와중에 제가 무어 자식을
좋게 생각할 리가 있겠습니까?

로더리고 아니, 나라면 그런 놈을 따르지 않겠네만.

이아고 아! 진정하십시오.
그를 따르는 건 단지 잇속을 차리기 위함입니다.
모든 이가 주군이 될 수 없듯
주군이라고 죄다 충직한 부하를 거느릴 순 없으니까요.

주군에게 충성을 다해 굽실대는 부하들이 있긴 있지요.

겸손한 노예처럼 구는 일이 좋고

고작 여물이나 먹으며 사는

당나귀처럼 인생을 보내는 놈들입니다.

결국은 늙어서 파직당하고 말지요.

저라면 그리 착해 빠진 자들은 실컷 패 주겠습니다.

하지만 속으로는 자신만 생각하면서도

겉으로는 제 소임을 다하며

행실을 가다듬는 부하들도 있지요.

주군을 섬기는 척하면서 잇속도 차리고,

부정하게 제 주머니도 채우고 자기를 치켜세우죠.

이런 사람이야말로 제정신인 겁니다.

바로 저 같은 사람이지요.

선생은 분명 로더리고란 사람이지요.

마찬가지로 제가 무어면 이아고는 절대 아닌 셈이지요.

그를 따르는 척하지만 사실은 제 자신만을 따르지요.

제가 정 많고 충성스러운 부하가 아니라는 사실은 하늘이 아시지요.

저는 그저 원하는 바를 이루기 위해 가식을 떨 뿐입니다.

속에 감춰진 진짜 본심을

고스란히 드러내면 얼마 못 가서

소매 끝에 달린 심장을

갈까마귀가 쪼아 먹는 꼴이 될 테니까요.

결국 나라는 사람은 진짜 내가 아닌 게지요.

로더리고 그 입술만 두툼한 무어 녀석이 이번 일을 잘 넘기려면

운이 필요하겠지.

이아고 그 여자의 아비를 부르세요.

깨워서 그놈을 뒤쫓게 해서 무어 놈이 한참 재미 보고 있을 때 초를

칩시다.

동네방네 떠들썩하게 소문도 내고

그 여자의 친척들도 열 받게 하자고요.

그놈이 한창 기분 좋게 일을 치를 때쯤

파리 떼가 들이닥치게 하는 겁니다.

그놈의 시커먼 피부가 허옇게 질리도록 서서히 괴롭힙시다.

로더리고 여기가 그녀의 부친이 사는 저택이구만.

큰 소리로 불러보지.

이아고 야밤에 부주의로 사람이 가득 들어찬 도시에

불길이 번지고 있는 양 겁을 잔뜩 집어먹은 사람처럼

목이 터져라 고함쳐 보세요.

로더리고 여보시오! 브러밴쇼 님! 내 말 좀 들어보십쇼.

브러밴쇼 의원님!

이아고 일어나세요! 여기요! 브러밴쇼 님!

도둑이야, 도둑! 도적놈이다!

집안 곳곳 뒤져 보시고,

따님도, 금고도 확인해 보세요.

도둑이야, 도둑!

(위층 창가에 브러밴쇼 등장)

브러밴쇼 웬 야단법석이냐! 무슨 일이냐!

로더리고 의원님, 가솔들이 한 명도 빠짐없이 집에 계신지요?

이아고 문은 잘 잠겨 있습니까?

브러밴쇼 왜 그러느냐? 뭣 때문에 그런 걸 물어본단 말이냐?

이아고 아이쿠, 의원님, 도둑 맞으셨습니다.

민망하니 얼른 옷부터 걸치시지요.

속이 터지시겠습니다. 영혼의 반쪽을 잃었으니까요.

지금 이 순간에도, 지금, 바로 이 시각에도,

늙고 새카만 숫양이

의원님이 기른 하얀 암양을 덮치고 있습지요.

얼른, 정신 좀 차려 보십시오!

종을 울려 다른 베니스인 모두를 깨우세요.

그 발정난 놈이 의원님 외손자를 만들고 있단 말입니다.

아 어서요!

브러밴쇼 뭐라! 네놈이 정신이 나간 게냐?

로더리고 존경하는 의원님, 제 목소리를 기억하시겠습니까?

브러밴쇼 자네가 누구라고 기억하겠나?

로더리고 로더리고입니다.

브러밴쇼 그렇다면 막 대해도 되는 놈이로구나.

우리 집 대문에 얼씬도 말라지 않았더냐.

네놈에게 딸을 내어 주지 않겠다고

분명 단호하게 일렀을 터인데.

그래서 이리 미쳐서 날뛰는 게냐?

배불리 처먹고 술 한 잔 죽 들이키고

악의만 잔뜩 품고 와선

온 집안을 시끄럽게 해!

로더리고 의원님, 저기…….

브러밴쇼 어찌됐든 명심해라.

네놈에게 쓴 맛을 보여 줄 만큼

내 결단력도 있고 힘깨나 쓴다는 사실을.

로더리고 고정하십시오, 어지신 의원님.

브러밴쇼 도둑이라니 무슨 소리냐?

여기가 외딴 농가도 아니고 이 베니스 한복판에서.

로더리고 근엄하신 브러밴쇼 님,

저는 어떤 불순한 의도도 없이 의원님 댁을 찾았습니다.

이아고 나 참! 의원님께서는 악마가 빌면

하느님도 저버릴 분이십니다.

의원님을 도우러 온 저희들을 불한당 취급하시니

시커먼 말이 의원님의 따님을

덮쳐 버릴지도 모르겠습니다요.

말처럼 오용지용 우는 후사를 보실지도,

날쌘 준마를 친척으로 두실지도,

스페인 조랑말과 혈연을 맺게 되실지도 모르겠네요.

브러밴쇼 감히 날 모독하는 쥐새끼만도 못한 네놈은 또 누구냐?

이아고 의원님, 저로 말할 것 같으면

무어 녀석이 꼭 짐승마냥

따님 등에 올라타려고 한다는 사실을

전하러 온 사람입지요.

브러밴쇼 이런 악랄한 놈을 보았나!

이아고 저런 의원님을 보았나!

브러밴쇼 로더리고, 자네는 나와 아는 사이이니,

자네에게 책임을 묻겠네.

로더리고 얼마든지 그리하십시오. 허나 청하건대,

의원님이 진정 원하시고 허락하신다면 그리하겠습니다.

물론 저는 거의 그렇다고 확신합니다.

어여쁜 따님께서는 이 야심한 밤 감시가 소홀한 틈을 타

변변치 못한 뱃사공의 그저 그런 안내를 받아

그 음탕한 무어 놈의 썩은 내 나는 품에

안겨 버린 것입니다.

이 일을 미리 아시고 동의까지 하셨다면

저희는 결코 용서받지 못할

끔찍한 실수를 저지른 것입니다만,

만약 처음 들으시는 얘기라면,
제가 지켜온 관습을 따져봤을 때,
저희는 의원님께 억울하게 욕을 먹은 셈이지요.
정중히 부탁드리건대,
제가 근본 없는 놈처럼
의원님께 장난이나 칠지도 모른다는 생각은
거두어 주십시오.
의원님께서 따님에게 그런 일을 허락하신 적이 없다면,
감히 아뢰옵건대, 따님께서는 의원님의 뜻을
온전히 거역해 버린 것입니다.
따님은 자신의 의무와 미모, 지성과 운명을
헤프기 짝이 없고 정처 없이 떠도는 이방인에게
통째로 걸어 버린 셈입니다. 당장 눈으로 확인해 보십시오.
혹여 침소나 이 집 어딘가에서 따님을 찾으신다면
의원님께 거짓을 고한 죄로
베니스 법의 심판을 받아도 좋습니다.

브러밴쇼 여봐라, 당장 불을 밝혀라!
작은 초를 다오! 하인들을 모조리 깨워라!
꿈에서 본 일과 크게 다르지 않구나!
갈수록 그런 생각이 나를 짓누르는구나.
불 좀, 냉큼 불을 밝히지 못할까!

(위층에 있던 브러밴쇼 퇴장)

이아고 이만 가야겠소.

내게 돌아올 이득도 딱히 없을 듯하고,

더 있다가는 무어 놈에게

등 돌릴 일이 생기고 말 거요. 상황이야 불 보듯 훤하지요.

의회가 무어 놈을 추궁하고 억울하게 몰아세우겠지만

쉽게 파직할 수는 없을 것입니다.

의원들이 발등에 불을 끄려고

지금 치러지고 있는 사이프러스 전쟁에

무어 놈을 출정시키기로 했기 때문입지요.

의원들도 무어 녀석을 보내는 것이 썩 내키지 않겠지만

아무리 뒤져봐도

그자만큼 이번 일을 잘 처리해 줄 놈은 없으니까요.

내가 비록 무어 녀석을 보느니

차라리 지옥 불에 살을 지지는 게 나을 듯하오만

산 입에 풀칠은 해야 하니

좋아하는 척 가식은 떨어야 하지 않겠습니까?

그놈 행방을 찾는 건 어렵지 않을 터이니

꾸려진 수색대를 이끌고 쌔지터리 여관[1]으로 가십시오.

저는 거기서 무어 놈과 함께 있겠습니다. 그럼 이만.

---

1) 간판에 켄타우로스가 그려진 여관. 켄타우로스는 상반신은 인간이지만 하반신은 말.

(브러밴쇼와 횃불을 든 하인들, 아래층에서 등장)

브러밴쇼 심히 불길하다. 내 딸이 없어졌어.

내 이제 사람들에게 괄시나 받으면서

지독한 고통 속에서 살날만 남았구나. 로더리고,

내 딸년이 어디 있는지 말해 주게. 오, 우리 가엾은 딸!

지아비가 될 놈이 무어인이라 했나?

내 딸과 그런 사이라는 것은 어찌 알았나?

딸년이 나를 속일 줄은 상상도 못했어.

그 아이가 뭐라 하던가? 양초를 더 가져오라니까!

친척들도 모두 깨워라!

혹시 혼인도 해 버린 건가? 어찌 생각하나?

로더리고 분명 식을 치른 듯합니다.

브러밴쇼 오, 하늘이시여! 어찌 빠져나간 게야?

자식 놈에게 배신을 당하다니!

아비들이여, 딸년 행실이 괜찮아 보인다고

속마음까지도 괜찮다고 착각하지 말기를.

젊고 순수한 처녀가 마술에 홀리기라도 한 것 아닌가?

자네 혹시 어딘가에서 그런 얘기를 읽어 본 적이 있는가?

로더리고 물론입니다, 읽어 보았지요.

브러밴쇼 내 아우를 불러다오.

오, 로더리고 자네에게 내 딸을 줄 걸 그랬네!

몇몇은 이쪽을, 다른 몇몇은 저쪽을 살펴라.
내 딸년과 그 무어 녀석을
어디서 잡을 수 있는지 자네는 아는가?

로더리고 찾을 수 있을 겁니다.
출중한 경비병 몇 명만 붙여 주시면 같이 가 보겠습니다.

브러밴쇼 부디 앞장서서 그리 해 주게나.
집집마다 사람들을 부르겠네.
대부분 내 명을 따를 것이네. 여봐라, 무기를 들라.
야간병을 준비시켜라.
가세나, 선량한 로더리고. 내 자네에게 톡톡히 포상하지.

(퇴장)

제2장

다른 거리

(오셀로, 이아고, 횃불을 든 시종들 등장)

이아고 내 비록 전쟁을 치르면서 살생을 저질렀지만
간계를 꾸며 살인을 저지를 만큼
양심이 없지는 않지요. 악의가 없다 못해
내 밥그릇도 못 챙겨 먹을 판입니다.
그저 그놈 갈비뼈 사이에
단검을 찔러 넣을 생각만 숱하게 했을 뿐입죠.

오셀로 찔러 넣지 않아 다행이군.

이아고 네, 허나 그놈이 장군님의 명예를 더럽히는 말을
마구 내뱉는 겁니다.
제 부족한 인격으로 그걸 참느라 아주 혼이 났지요.

한데 장군님, 백년가약을 맺으신 게 사실인지요?
알아 두실 것이 있습니다.
브러밴쇼 의원은 인맥도 넓고 공작님보다
무려 두 배나 더 영향력 있는 결정권을 가졌습니다.
의원님은 자신에게 주어진 모든 법적인 권한을 동원해
두 분을 파혼시키고
장군님의 손발을 묶고 괴롭힐 것입니다.

오셀로 갈 때까지 가보라지.
내가 원로원을 위해 세운 공로만으로도
그의 불평에 충분히 반박할 수 있을 것이네.
자랑도 미덕으로 여겨지는 때가 따로 있는 법이라
내가 왕족 출신이라는 사실도
아직 만방에 알리지 않았지.
그들에겐 참으로 안된 일이지만
그간 내가 이룬 업적 정도면
그처럼 엄청난 행운을 누릴 만하지. 여보게, 이아고.
내가 다정한 데스데모나를 사랑하지만 않는다면
바다에 빠진 보물을 모두 줘도
구속과 굴레에 불과한 집과
맘껏 떠돌 수 있는 자유를 바꾸진 않을 것이네.
한데, 저 멀리 보이는 빛은 무엇인가?

(횃불을 든 캐시오와 장교들 등장)

이아고 정신이 번쩍 든 아버지와 동료 의원들입니다.

어서 안으로 드시지요.

오셀로 숨다니! 보란 듯이 나타나 주지.

이 정도 자질과 지위, 온전한 마음가짐이면

내가 누군지 제대로 증명할 수 있을 것이네.

그렇지 않은가?

이아고 야누스[2]에 맹세코, 아니지요.

오셀로 공작님의 부하들인가? 내 부관까지?

깊은 밤 다들 평안하길 바라네.

한데 무슨 일인가?

캐시오 우선 공작님을 대신해 인사드립니다, 장군님.

공작님께서 한시의 지체도 없이

급히 와 달라고 요청하셨습니다.

오셀로 짐작 가는 일이라도 있는가?

캐시오 제가 알기로는 사이프러스에 관한 소식입니다.

초를 다투는 일입니다. 이 한밤중에

군함에서 먼저 온 전령의 뒤꿈치가 땅에 닿기도 전에

연이어 다른 전령들을 보내왔습니다.

---

2) 로마의 신. 머리 앞뒤로 두 얼굴을 지니고 있다.

그래서 공작님의 거처에는 이미

여러 베니스 의원들이 회동을 한 상태입니다.

급히 참석하라는 분부십니다.

장군님께서 거처에 계시지 않자

원로원에서 세 무리의 수색대를 꾸려

장군님을 찾도록 지시했습니다.

오셀로 자네가 날 찾아서 다행이네.

안에 들어가서 한마디만 전하고

함께 가보도록 하세. (퇴장)

캐시오 기수, 자네가 여긴 어쩐 일인가?

이아고 그러게 말입니다,

장군님께서 오늘 밤 큰 보물선에 올라타셨는데[3)]

포획한 물건에 대한 소유권을 인정받으면

영원히 품게 될 것이지요.

캐시오 무슨 소린지 모르겠네.

이아고 결혼하셨단 소리지요.

캐시오 누구랑?

이아고 누구냐 하면…….

(오셀로 재등장)

---

3) 성적인 암시

장군님, 이제 출발하시겠습니까?

오셀로 준비됐네.

캐시오 장군님을 찾는 또 다른 수색대가 당도했습니다.

(브러밴쇼와 로더리고, 장교들이 횃불과 무기를 들고 등장)

이아고 브러밴쇼입니다. 장군님, 조심하십시오.

작정하고 온 겁니다.

오셀로 멈추시오. 거기 서시오!

로더리고 의원님, 무어 녀석입니다.

브러밴쇼 저 도둑놈을 쓰러뜨려라!

이아고 로더리고 이놈! 이리 와 보거라. 네놈은 내가 상대하지.

오셀로 검을 거두시오. 이슬에 녹이 슬겠소.

너그러우신 의원님, 칼보다는

연륜으로 다스리시지요.

브러밴쇼 이 음흉한 도둑놈! 내 딸은 어디에 있느냐?

속이 시꺼먼 악마 같으니라고!

네놈이 주술로 내 딸의 혼을 빼 놓았구나.

지각을 지닌 만물들에게 물어보아라.

주술을 부린 게 아니라면

그리도 점잖고 순결하고 아무 불만도 없던 처녀가,

결혼 따위는 절대 하지 않겠다며

부자인데다 용모도 출중한 베니스 사내들은

다 마다한 그 아이가,

아비의 보호막에서 도망쳐 호감은커녕 소름만 끼치는

너 같은 놈의 시커먼 품에 안겨

온 세상의 비웃음을 살 리가 있겠느냐?

네가 내 딸에게 추악한 주술을 부리고

약과 독을 먹여 온몸에 힘을 빼고는

여린 처녀의 청춘을 욕보인 게 어김없는 사실이 아니라면

내 세상의 심판을 받아도 좋다. 진상 조사를 해 보겠지만

이는 충분히 가능한 일이며 너무나 자명하기까지 하다.

고로 천하의 사기꾼이며

금지된 불법 주술까지 행한 네놈을 체포하겠다.

저놈을 잡아라.

저항하면 무력으로 제압해도 좋다.

오셀로 모두 멈춰라.

내 편이든 누구 편이든 모두 다!

싸움이 언제 필요한지는 그 누구보다

내가 가장 잘 안다. 의원님께서 물으시는 죄에 대해

해명을 하려면 어디로 가야 합니까?

브러밴쇼 감옥으로.

법이 정한 때와 올바른 절차가 준비되면

출두 명령을 내리겠다.

오셀로 말씀을 따른다면 어찌 되는 것입니까?

공작님의 뜻은 어찌 따르겠습니까?

베니스에 닥친 시급한 일로 공작님께서 저를 데려오라고

이렇게 사람을 보내셨는데 말입니다.

장교 그렇습니다. 존경하는 의원님,

공작님께서는 회의에 참석중이시며

의원님께도 분명 사람을 보냈을 것입니다.

브러밴쇼 어째서? 공작께서 회의에 참석중이라니?

그것도 이리 야심한 밤에? 그를 끌고 가자.

꼭 짚고 넘어가야 할 문제다.

공작님도, 다른 동료 의원들도

제 일처럼 나서서 이 일이 분명 잘못되었다고 할 것이다.

의원들이 노예나 이교도가 아니고서야

어찌 저놈의 행실을 문제 삼지 않고 넘어가겠는가?

(퇴장)

제3장

대회의실

(탁자를 둘러싸고 앉아있는 공작과 의원들, 이들을 수행 중인 장교들 등장)

공작 이 전갈들의 내용이 일관되지 않소.

원 믿을 수가 있어야지.

의원 1 그렇습니다. 내용이 모두 다릅니다.

제가 받은 전갈에는

107척의 갤리선이라고 되어 있습니다만.

공작 내 것에는 140척이라고 되어 있소.

의원 2 제 것에는 200척이라는군요.

허나 이런 상황에서는 어림잡아 보고를 하니

내용이 다를 수밖에요. 중요한 것은 모두가 말한 것처럼

터키 군함이 사이프러스로 향하고 있다는 것이지요.

공작 그렇군. 생각해보니 그 말이 맞는 듯하오.

오차가 있다고 보고 내용도 거짓이라 할 순 없지.

전령들이 전한 말에는 의심의 여지가 없소만

참으로 걱정이오.

선원 (안에서) 계십니까? 계십니까? 안에 계십니까?

장교 군함에서 소식이 왔나 봅니다.

(선원 등장)

공작 무슨 일이냐?

선원 터키 함대가 로즈 섬을 향하고 있습니다.

안젤로 경의 명으로 이 소식을 전하러 왔습니다.

공작 상황이 바뀌었소, 이젠 어떻게들 생각하시오?

의원 1 그럴 리가요?

사실일 리가 없습니다. 우리를 교란하려는

속임수입니다. 생각해 보십시오.

터키에게 사이프러스는 중요합니다.

로즈 섬보다는 사이프러스의 방어력이 더욱 취약하니

그들 입장에선 점령하기 더 쉽다는 점도 기억하십시오.

이런 상황을 충분히 고려하면,

터키군이 그저 무능해서 가장 원하는 땅은 제쳐 두고

그저 그런 곳을 먼저 점령하려 한다고

넘겨짚을 문제가 아닙니다.

가치도 없고 더 큰 위험을 감수해야 할 땅을 얻으려고

이점도 많고 점령하기도 쉬운 땅을 내버려 두다니요.

공작 그렇지요.

터키군이 로즈 섬을 향하고 있다고 속단해선 안 되지요.

장교 다른 전갈이 왔습니다.

(전령 등장)

전령 존경하는 공작님과 의원님,

오토만 제국[4]의 군함들이 로즈 섬으로 향하던 중,

다른 군함이 그들 무리에 합류했다고 합니다.

의원 1 옳지, 예측했던 바로군. 몇 척쯤 되더냐?

전령 30척입니다. 그러더니 그놈들이 다시

뱃머리를 돌려 원래 향했던

사이프러스로 오고 있다고 합니다.

의원님의 용맹스런 충복이신 몬타노 총독께서

이 사실을 전하고

도시를 구출해 줄 병력을 보내 달라고 요청하셨습니다.

공작 그렇다면 사이프러스로 향하는 게 분명하군.

---

4) 지금의 터키

마커스 루치코스는 근처에 있느냐?

의원 1 지금 피렌체에 있습니다.

공작 서둘러 서한을 보내라, 한시가 급하다.

의원 1 브러밴쇼 의원님과 용맹스러운 무어인이 오십니다.

(브러밴쇼와 오셀로, 캐시오, 이아고, 로더리고와 장교들 등장)

공작 용감한 오셀로여, 그대를 우리 최대의 적인

오토만 제국과 싸우도록 속히 전장으로 보내야겠소.

(브러밴쇼에게) 미처 보지 못했소. 어서 오시오, 의원.

오늘 밤은 그대의 분별력과

도움이 필요했던 자리였는데 말이오.

브러밴쇼 저도 오늘 밤 공작님이 필요했습니다. 송구합니다만,

저는 전쟁 소식을 듣거나 베니스의 안위가 염려되어

이 야심한 밤에 이부자리를 박차고

여기까지 온 것이 아닙니다. 저의 사사로운 슬픔이

수문 너머로 범람하고 여기저기를 쑤시고 다녀서

슬픔이란 슬픔은 모두 에워싸고 삼켜 버렸습니다.

다른 일은 이제 전혀 슬프지 않습니다.

공작 어허, 그것이 무엇이오?

브러밴쇼 제 딸에 관한 일입니다! 오, 내 딸!

의원 1 죽기라도 했소?

브러밴쇼 제게는 죽은 거나 다름없습니다.

누군가 주술을 부리고

사기꾼 약장수가 준 약을 제 딸에게 먹여

속이고 납치해서는 욕보였습니다.

그 아이는 모자라거나 눈 멀지도 않았고 눈치도 빠릅니다.

주술에 넘어가지 않고서는

그런 실수를 범할 아이가 아닙니다.

공작 그대의 딸을 속여서 납치한 놈이 누구든 간에

그처럼 파렴치한 짓을 저지른 놈은 대가를 치를 것이오.

의원께서는 사형 선고와 관련된 법령을 읽고

최고의 극형을 내릴 수 있는 방법을 찾아서

직접 판단하여 형을 선고하시오.

놈이 내 아들이라도 그대의 뜻대로 형벌을 내리겠소.

브러밴쇼 존경하는 공작님, 고개 숙여 감사드립니다.

바로 이 무어 놈입니다. 나랏일로

공작님의 특별한 명을 받들려고

여기 온 것으로 아옵니다만.

모두들 아, 이것 참 유감이군요.

공작 (오셀로에게) 그대는 뭐라 변호를 하겠소?

브러밴쇼 사실이란 말 외에 무슨 말을 더 할 수 있겠느냐?

오셀로 제가 존경하고 있는 고귀하시고 명예로우신 의원 여러분.

저는 이 분의 따님을 빼앗았습니다.

이 사실은 한 치의 어긋남도 없습니다.
단, 전 따님과 혼인했습니다.
오직 이 말로만 저를 변호하겠습니다.
더 이상은 드릴 말씀이 없습니다. 저는 말솜씨가 서툴고
말투도 유쾌하거나 매끄럽지 못합니다.
일곱 살이 된 후부터 아홉 달 전까지만 해도
이 팔뚝 힘만으로 막사로 뒤덮인 전장을 누볐습니다.
저는 다툼이나 전쟁에서 겪은 일은 말씀드릴 수 있지만
이 거대한 세상에 대해서는 드릴 말씀이 거의 없습니다.
그러니 제 명분을 포장해서
제 입장을 변호하지는 않겠습니다.
하지만 너그러운 마음으로 참고 들어 주신다면
어떻게 사랑에 빠지게 되었는지,
무슨 약을 먹였으며 어떤 마술을 부렸는지,
어떤 주문을 읊고 얼마나 강력한 마법을 사용했는지
가감 없이, 있는 그대로 말씀드리겠습니다.
제가 의원님의 따님을 얻기 위해
그런 범죄를 저질렀다고 주장하시니까요.

브러밴쇼 처녀가 그리 대담할 리는 만무하오.
말수도 적고 조용한 편이라 자기 몸짓 하나에도
얼굴을 붉히는 아이입니다. 그런 성품과
나이, 태생, 평판, 모든 것을 뒤로 한 채

쳐다보기만 해도 꺼림칙한 놈과 사랑에 빠지다니요?
얼토당토않습니다. 나무랄 데 없는 우리 딸이
순리를 거슬러 타락할 수도 있다는 판단은
나사가 반쯤 풀린 놈이나 할 테지요.
이는 분명 교활한 악귀의 농간입니다. 장담컨대 저 자가
욕정을 다스리는 약물이나 그런 효능의 묘약을 만들어
제 딸에게 먹인 것이 분명합니다.

공작 장담만으론 증명할 수 없소.
시대에 역행하는
가능성이 희박하거나 허무맹랑한 반론이 아닌,
명백하면서도 모든 사실을 아우르는 증거로만
오셀로 장군을 고발할 수 있소.

의원 1 한데, 오셀로 장군, 대답해 보시게.
자네 정녕 속임수나 힘으로 제압해서
젊은 처녀의 애정을 검게 물들인 것인가?
아니면 영혼이 영혼에게 건넬 수 있는
요구와 정당한 질문으로 얻어낸 것인가?

오셀로 청하건대,
쌔지터리 여관에서 그녀를 데려와 주십시오.
그런 후 그녀가 부친 앞에서 직접 말하게 하십시오.
그녀의 진술을 들어 본 후에도 제 불찰이라 여기시면
저에 대한 신뢰와 제게 내리신 직위를 박탈하시고

형을 내려 제 목숨을 거두어 가셔도 좋습니다.

공작 데스데모나를 이리로 데려오라.

오셀로 기수, 자네가 위치를 잘 아니 안내해 드리게.

(이아고와 시종들 퇴장)

그리고 데스데모나가 올 때까지,

여기 계신 존귀하신 분들께

부덕한 제 열정을 진심으로 인정하는 바

아름다운 그 여인과 어떻게 사랑에 빠지게 되었고

그녀도 저를 어떻게 사랑하게 되었는지

솔직하게 말씀드리겠습니다.

공작 말씀해 보시게, 오셀로.

오셀로 데스데모나의 부친께서는 저를 총애하시어

댁으로 자주 초대하셨습니다.

제가 일생 동안 겪은 일들,

여러 전투와 포위 작전, 운이 좋았던 일까지도

끊임없이 궁금해 하셨습니다.

저는 어린 시절부터 의원님과 얘기를 나누고 있던 그 순간까지 겪은

일을 모두 말씀드렸지요.

가장 참담했던 일도,

바다와 육지에서 겪은 가슴 뭉클한 일도,

죽음의 문턱에서 탈출했던 아찔한 순간들도,

오만한 적에게 붙잡혀서

노예로 팔려 갔다가 빠져나온 일도,

거대한 동굴과 황량한 사막에서,

거친 돌밭과 수많은 바위들, 하늘과 맞닿은 산에서

어떤 마음가짐으로 역경을 견뎠는지

말할 수 있는 기회였습니다. 일이 그렇게 된 것입니다.

앤드로포파자이족이라는

동족을 잡아먹는 식인종과 머리가

어깨 아래로 자라는 부족 얘기도 했지요.

데스데모나는 유독 그 이야기에 관심을 보이더군요.

하지만 그때 집안일로 자리를 비워야만 했지요.

그래도 어찌나 제 이야기가 고팠던지

금세 돌아와서 귀를 쫑긋 세우고는

제 이야기에 푹 빠지더군요. 그래서 저는

데스데모나에게 이야기를 들려 줄

적당한 때를 기다리고 있었지요.

때마침 그녀가 제 일생에 걸친 순례기와

귀 기울여 듣지 못한 부분을 들려 달라고

애원하더군요. 저는 데스데모나의 청에 응했습니다.

어릴 적 겪은 고통스러운 사건을 이야기할 때면

더욱 비통해 하며

공감대를 끌어내어 눈물짓게 했습니다.

이야기를 모두 들려주자

데스데모나는 제가 겪은 고충에 숨이 넘어갈 듯
한숨을 몰아쉬었고
힘을 주어 또박또박 "묘하지요, 정말 묘해요.
안타까워요. 측은해서 이를 어째." 하고 말했지요.
데스데모나는 제 모험담을 듣지 않고
남자가 되어 직접 겪어 봤다면 좋았을 뻔했다고 했지요.
제게 감사를 표하면서 말하더군요. 저에게
자기를 흠모하는 친구가 있다면,
제 모험담을 들려주는 법을 가르쳐 주면
자기 마음을 얻게 될 것이라고요.
그녀의 귀띔에 저는 고백했습니다.
데스데모나는 제가 모면한 여러 위기로 인해
저를 사랑하게 되었고
저는 그녀가 제 삶의 순례에 공감해 주었기에
사랑에 빠졌지요.
이것이 제가 부린 유일한 마술입니다.

(데스데모나, 이아고, 시종들 등장)

공작 그 여인이 도착했으니 그녀의 이야기를 직접 들어 보지요.
그 정도 모험담이라면 내 딸의 마음을 얻고도 남겠구려.
마음 좋은 브러밴쇼 의원,

불리한 상황이지만 최선을 다해 보오.
전장에 나간 대장부에게 맨손보다는
부러진 검이라도 있는 것이 낫지 않겠소.

브러밴쇼 딸아이 말부터 들어보기를 청합니다.
딸아이도 구애한 책임이 있다고 실토한다면
무고한 사람에게 죄를 물었으니 제 머리에
벼락이라도 맞을 테지요.
우리 점잖은 숙녀분, 이리 좀 와 보시지요.
여기 계신 귀족 여러분 가운데 그대가 가장 충실하게
순종하고 있는 사람이 누군지 알아보겠는지요?

데스데모나 고결하신 아버지,
제게 주어진 순종의 의무는 이제 둘로 나뉘어졌습니다.
저는 아버지로부터 낳아 주시고 길러 주신
은혜를 입었습니다.
삶을 살아가고 성장하면서 저는
아버지를 존경하는 법을 배웠습니다.
저는 아버지를 주군으로 모셨고,
이제까지 당신의 딸로 살았습니다.
하지만 여기 저의 지아비가 계십니다.
어머니께서 당신의 부친보다 아버지를 더욱 아끼고
순종하시는 모습을 보여주신 것처럼,
저 또한 저의 지아비인 무어인을 순종하게 해 달라고

요구하는 바입니다.

브러밴쇼 신의 가호가 있기를. 어쩔 도리가 없군.

공작님, 부디 계속해서 정사를 논하십시오.

자식새끼를 직접 낳느니 차라리 입양을 하겠습니다.

이리 오라, 무어인.

그대가 취하지 않았다면

전력을 다해 갖지 못하도록 막았을 테지만

이제는 거침없이 내어 주노라.

보배 같던 딸아, 덕분에 다른 자식새끼들이 없다는 사실이 다행스럽기만 하구나.

이렇게 달아나 버린 너를 보고 폭군으로 변해

다른 딸년들에게 족쇄를 채웠을지도 모르니까.

어쩔 도리가 없습니다, 공작님.

공작 의원께 이 연인들에게 호의를 베풀게 해줄

층계 삼아 금언 한마디만 올리겠소.

옛말에 못 고치는 병이면 슬퍼할 필요도 없다고 했소.

희망이 최악의 상황으로 치닫는 것을 보고서도

이미 엎질러진 물 때문에 슬픔에 잠긴다면

없던 근심도 다시 생겨나는 법이요.

빼앗길 수밖에 없는 운명이라면

인내로 그런 운명의 부당함을 조롱할 수 있소.

도둑맞고도 미소 짓는 자는 훔친 놈보다 한 수 위지만

분통만 터뜨리는 자는

오히려 자기 시간을 도둑질해 버리지요.

브러밴쇼 그렇다면 터키가 사이프러스를 앗아 가도

미소만 잃지 않는다면야 그리 나쁠 것도 없겠군요.

잃은 게 없는 사람은 그런 진부한 말들도

아무렇지도 않게 가슴에 새겨지나 봅니다.

소중한 것을 잃은 저로선

좋지 못한 인내심으로 상실감뿐만 아니라

그런 진부한 말까지 감내해야 하는군요.

금언이란 달기도 하지만 쓰기도 하지요.

어떤 맛이 더 강한지 우열을 가릴 수가 없을 정도지요.

허나, 말은 말에 불과할 뿐. 제가 이제껏 살면서

멍든 마음을 귀로 다스린다는 말을 못 들어 보았습니다.

정중히 청하건대, 보시던 정사나 계속 보시지요.

공작 터키군이 강력한 군대를 이끌고

사이프러스로 향하고 있다고 하오.

오셀로 장군,

그대는 사이프러스의 지리적 강점을

가장 잘 아는 사람이오.

물론 그곳에도 출중한 자질을 가진 자를 대신 앉혀 두었지만 모두들

한 목소리로

그대가 최고의 결과를 낼 수 있을 것이라 하오.

그러니 새로이 얻은 행운의 빛은 접어두고
이 험난하고 거친 여정에 합류해 줘야겠소.

오셀로 고귀하신 의원 여러분,
저는 오랜 기간 혹독한 시련을 겪어온 터라
전장에 깔린 돌무더기와 강철도 제게는
보드라운 솜털로 된 침상처럼 느껴집니다.
타고난 근성으로 위기에도 민첩하게 대처할 수 있으니
코앞에 닥쳐온 오토만 제국과의 전쟁을
반드시 치르겠습니다.
대신 고개 숙여 간청 드리건대,
제 아내에게 적절한 처우를 해 주십시오.
격에 맞는 지위를 부여하고 생계비를 지원해 주시고,
지위에 맞는 거처와 아내의 수준에 맞는
말벗도 붙여 주십시오.

공작 부친과 함께 머물면 되지 않는가?

브러밴쇼 불가합니다.

오셀로 그건 저도 허락하지 않겠습니다.

데스데모나 저 또한 부친과 함께 머물 생각은 없습니다.
계속 눈에 띄면 부친의 마음을 어지럽게만 할 것입니다.
자비로우신 공작님, 공작님의 호의적인 귀를 빌어
한 말씀 올린 후 의견을 청해도 되겠습니까?
그러면 수고를 좀 덜 수 있을 듯합니다.

공작 원하는 것을 말해 보시오, 데스데모나 양.

데스데모나 기존의 관념 따윈 아랑곳하지 않고

폭풍 같은 운명을 맞게 된 일로

온 세상이 떠들썩하지만 저는 이 무어인과의 삶을

포기하지 않을 만큼 그를 사랑합니다.

이분이 하시는 일까지도 겸허히 따르고자 합니다.

저는 이분의 얼굴을 통해 마음을 들여다보았습니다.

그리하여 오셀로 장군님의 정직함과 용맹스러움에

제 영혼과 운명을 다 바치기로 했습니다.

그러니 공작님, 남편이 전쟁을 치르는 동안

이 적막한 침묵 속에 남겨진다면

지아비와 사랑을 나눌 권리도 빼앗길 뿐더러

그 사이 홀로 남아, 남편의 부재까지

힘겹게 감당해야 합니다. 그러니 그와 가게 해 주세요.

오셀로 그리하도록 허락해 주십시오.

하늘에 맹세코, 욕정을 채우거나 열정에 사로잡히거나

적당한 선에서 욕구를 채우려고

이런 부탁을 드리는 것이 아닙니다.

젊은 날의 왕성한 혈기는 사라졌습니다.

다만 데스데모나의 마음에

자유와 너그러움을 베풀고 싶습니다.

그녀와의 동행으로 제가

이 중차대한 일에 소홀할 것이란 생각은

하느님께서도 허락치 않으실 것입니다. 절대 안 되지요.

큐피드가 날갯짓하며 치는 사소한 장난에 휘말려

제 눈과 강철 같은 몸뚱이에 힘이 빠지거나,

욕정에 놀아나서 일을 망치고 오명을 남긴다면,

부녀자들이 제 투구를 솥으로 만들고

온갖 수치스럽고 비천한 재난이

제 평판을 덮쳐도 좋습니다.

공작 부인이 여기에 머물게 하든 함께 가든

알아서 결정하시오.

일이 시급하니 쏜살같이 처리해야 할 것이오.

의원 1 오늘 밤 당장 떠나야 하오.

데스데모나 오늘 밤이요?

공작 오늘 밤.

오셀로 여부가…… 있겠습니까.

공작 동이 트고 9시경에 여기서 다시 만납시다.

오셀로 장군, 몇몇 사병을 남겨 두고 가시오.

우리의 명령과 그대의 직급에 부여된 소임을 전하고

경의를 표하게 할 것이오.

오셀로 그리하십시오. 기수가 남을 것입니다.

정직과 신뢰를 겸비한 사람입니다.

이 사람이 제 아내도 데려오고

공작님께서 요구하시는 다른 일들도

제게 전해 줄 것입니다.

공작 그리하시오.

모두들 안녕히 주무시오. 그리고 고결한 브러밴쇼,

미덕만 놓고 본다면

사위 되는 사람이 시커먼 게 아니라 아주 새하얗군요.

의원 1 잘 가시게, 용맹스런 무어인.

데스데모나를 잘 보살피게나.

브러밴쇼 무어인, 저 아이를 잘 지키시게. 눈이 있다면

저 아이가 자기 부친을 어찌 속였는지 똑똑히 보았겠지. 다음은 그대 차례네.

(공작과 브러밴쇼, 의원들, 장교들 퇴장)

오셀로 그녀의 정절에 내 목숨을 걸겠소. 정직한 이아고,

자네에게 나의 데스데모나를 맡기고 떠나야겠네.

부디 자네 처가 내 아내를 돌봐 주다가

가장 좋은 시기에 함께 데려오도록 하게.

데스데모나, 갑시다. 사랑도 나누고

속세의 일도 돌보고 명령도 내릴 시간이

한 시간밖에 남지 않았소. 주어진 시간에 순종해야 하오.

(오셀로와 데스데모나 퇴장)

로더리고 이아고!

이아고 귀하신 분[5]께서 뭐 할 말이라도 있습니까?

로더리고 난 이제 어쩌면 좋단 말인가?

이아고 뭘, 가서 주무셔야지요.

로더리고 바로 물에 빠져 죽을까 보네.

이아고 그리하면 내가 선생을 더 이상 아껴 주지 못할 텐데.

뭐가 문제라고, 이 어리석은 양반!

로더리고 삶이 고통인데 사는 게 어리석지.

죽음으로 치유할 수 있다면 죽을 약을 처방 받아야지.

이아고 어허, 참 지랄맞네! 일곱 해가 네 번 지나는 동안

세상 구경도 하고 손익을 따지는 법도 알게 되었지만

단 한 번도 자신을 사랑할 줄 아는 사람은

못 보았소. 교태나 부리는 암탉을 사랑한답시고

물에 빠져 죽겠다고 말할 바에는

사람 안하고 개코 원숭이로 사는 게 낫겠군요.

로더리고 어떡하면 좋은가? 내가 바보라서 부끄럽다고 고백한들

내가 무슨 능력이 있어 나 자신을 바로잡겠나?

이아고 얼어 죽을, 능력은 무슨!

결국 이런 식이든, 저런 식이든

살아가게 되는 것은 자기 자신에서 비롯될 뿐.

인간의 몸이 정원이면 그 의지는 정원사라 할 수 있지요.

쐐기풀도 심고 상추랑 히솝 풀도 심고,

---

5) 지위가 올라간 이아고가 거들먹거리며 하는 말. 여기서 "귀하신 분"은 비아냥거리는 말에 가까움.

백리향도 뽑고 허브를 한 종이든 여러 종이든 심어 놔도,
나태하면 황폐하게도,
성실하면 가꿔 나갈 수도 있지 않겠어요?
능력이건 바로잡을 수 있는 힘이건
모두 의지에 달려 있지요.
삶의 저울에서 이성의 무게가
육욕의 무게 때문에 균형을 잃으면
인간의 본성인 성욕과 천박함 때문에
우리 삶은 결국 뒤죽박죽이 되어 버릴 겁니다요.
허나 우리에겐 이성이 있지 않습니까?
불끈거리는 충동도, 성적인 자극도, 참을 수 없는 욕정도
모두 꺼뜨릴 수 있는. 선생이 사랑이라 부르는 것도
그저 욕정에서 뻗어 나온 잔가지일 뿐입니다.

로더리고 그럴 리가.

이아고 그저 왕성한 혈기로 몸이 달아서,
의지가 꺾여서 그렇다니까요.
남자답게 구십쇼! 물에 빠져 죽다니?
고양이나 개새끼나 그러라지요.
내가 선생 친구가 되겠다고,
절대 끊어지지 않는 단단한 밧줄로
선생 곁에 꼭 붙어 있겠노라고 말하지 않았습니까?
지금이야말로 내가 선생을 도울 수 있는 최적기입니다.

재산을 팔아서 주머니에 돈이나 채워 두십쇼.

그런 뒤에 전쟁에 따라가서 어슬렁거리세요.

가짜 수염으로 얼굴을 좀 흉측하게 만들고요.

다시 말하지만 주머니에 돈은 꼭 채우고. 데스데모나가 무어 놈에게

그리 오래 빠져 있지는 않을 겁니다.

그러니 돈을 마련해야죠.

무어 녀석도 내내 아내만 바라보진 않을 겁니다.

너무 갑작스럽게 사랑에 빠졌잖습니까?

응당 그에 따른 결과가 나오게 되어 있습죠.

그러니 주머니만 채워 두면 됩니다.

이 무어인들은 변덕이 심하거든요.

그러니 땅 팔아서 현금이나 마련해 두어야지요.

지금은 구주콩나무처럼 달콤한 열매도,

머지않아 콜로신스 오이처럼 쓴맛이 날 겁니다.

데스데모나 부인도 더 젊은 놈을 찾아 헤매겠지요.

오셀로의 몸을 충분히 맛보고 나면

아차 하며 후회할 겁니다.

그러니 돈을 마련해 두어야지요.

이왕 지옥에 뛰어들 거라면

물에 뛰어드는 것보다 좀 더 우아한 방법을 택하십쇼.

돈은 최대한 많이 끌어 모으고요.

소름끼치는 야만인과

부서질 듯 섬세한 베니스 여인 사이에 이뤄진 맹세는
겉으로만 독실해 보일 뿐 깨지기 쉬우니
나와 악귀들이 충분히 해치울 수 있습니다.
선생은 부인의 맛이나 보십쇼. 그러니 돈이 있어야지요.
물에 빠져 죽겠다는 헛소리는 집어치우고!
왜 엉뚱한 놈한테 헛발질을 하느냐는 거지요.
데스데모나를 포기하고 자살하느니,
그녀를 손에 넣으려고 애라도 써 보다가
교수형 당하는 게 낫지 않습니까요?

로더리고 일이 어찌 될지 자네만 단단히 믿고 있으면 되겠나?

이아고 여지없이 저는 선생 편입니다. 가서 돈이나 마련하십쇼.
선생에게 자주 털어놓았잖습니까?
거듭 말하지 않았습니까?
무어 그 녀석, 싫어 죽겠다고. 저는 명분을 굳혔습니다.
선생 마음 못지않습니다.
합심해서 그에게 복수합시다. 오쟁이진 남편으로 만들어
그놈 얼굴에 먹칠만 할 수 있다면
선생의 욕정도 충족시키고 저도 즐길 수 있겠지요.
시간에게 자궁이 있다면 앞으로 무수한 사건을 낳겠군요.
앞으로이- 갓! 가서, 죄다 돈으로 바꿔 두십시오.
동이 트면 그때 더 이야기하시지요. 잘 가십쇼.

로더리고 아침에 어디서?

이아고 저희 집에서.

로더리고 아침 일찍 움직이겠네.

이아고 어서 가세요. 안녕히. 명심하십쇼, 로더리고 선생!

로더리고 뭘 말인가?

이아고 물속으로 뛰어들면 아니 됩니다요, 명심하십시오!

로더리고 생각이 바뀌었어. 땅은 죄다 처분할 것이야.

(퇴장)

이아고 안녕, 잘 가세요. 돈은 아주 넉넉히 마련해 두시고요.

그래야 하던 대로 멍청한 놈을 내 금고로 쓸 수 있지.

딱히 재미도 없고 이득도 안 되는데

저런 멍청한 놈과 시간을 보내려면

익혀둔 기술이라도 써먹어야지. 무어 그놈도 미워 죽겠고,

내 이부자리까지 들추고

아내와 놀아났다는 소문도 들리잖아.

사실인지는 몰라도,

아니 땐 굴뚝에 연기 날까라고 생각하면

소문만으로도 충분하잖아? 그놈이 날 좋게 보니

내 의도대로 잘 움직여 주겠지?

캐시오는 풍채가 훤하니까, 어디 보자,

그 녀석 자리도 빼앗고 잘 이용해서

내 의지대로 일을 치르려면?

어떻게 하지? 어떻게? 어디 보자.

조금 기다렸다가,

캐시오가 자기 마누라랑 너무 가까이 지낸다고

오셀로에게 거짓을 흘려야겠구먼.

캐시오는 풍채도 좋고 말주변도 좋으니

아녀자들이 넘어갈 만큼 매력적이지.

무어 녀석은 자유분방하고 반응도 즉각적이라,

사람이 정직해 보이면 정말 정직한 줄 알더라고.

그런 부류들은 바보 다루듯

마음대로 쥐고 흔들기에 딱 좋지.

그래. 이제 감이 잡히는군! 악마여, 밤이여!

부디 이 무시무시한 계획이 세상의 빛을 보도록 돕기를.

(이아고 퇴장)

제2막

제1장

사이프러스 섬의 항구 마을. 부두 근처의 공터

(몬타노와 두 시종 등장)

몬타노 곶에서는 뭐가 좀 보이더냐?

시종 1 아무것도 안 보입니다. 파도가 높아서

하늘과 대양 사이의

배 한 척도 분간해낼 수 없습니다.

몬타노 육지 쪽도 바람이 심하네.

강풍이 요새를 뒤흔들고 있어.

강풍의 횡포로 바다도 들썩이는데

산과 같은 파도에 오크나무로 만든 배가

어찌 버티겠는가? 폭풍이 미칠 영향은?

시종 2 터키 해군이 박살이 나겠지요.

가서 저 거품이 이는 바다 앞에 서 보십시오.

사납고 거대한 파도가

구름을 향해 맹렬히 치솟는 것 같습니다.

바람에 일렁이는 거센 파도는

무시무시하고 깎아지른 갈기를 세운 채

타오르는 곰에게는 물을 퍼붓고

양 옆에 타오르는 두 별빛도 꺼뜨리는 듯합니다.

이처럼 광포하게 불어나는 물난리는

본 적이 없습니다.

몬타노 터키 군대가

피하지도, 만에 닿지도 못한다면 모두 익사하겠구나.

버틸 수 없을 것이네.

시종 3 새 소식입니다, 총독님. 전쟁이 끝났습니다.

터키군이 무자비한 폭풍을 만나

멈춰 섰다고 합니다. 위대한 베니스 함선에 따르면

터키 함대는 대부분

극심하게 난파하거나 부서졌다고 합니다.

몬타노 뭐라고? 사실인가?

시종 3 베로네사로부터 배가 막 당도했습니다.

무어인 오셀로 장군의 부관인

마이클 캐시오란 사람이 해안에 와 있습니다.

무어인 장군께서는 바다에 계시며

이곳 사이프러스를 지키기 위한 전권을 위임받으셨습니다.

몬타노 참으로 다행이오.

총독을 맡으실 만한 자격이 있는 분이시오.

시종 3 터키의 패배 소식을 접하고 캐시오 부관께서

(캐시오 등장)

안도의 말씀을 하시면서도 엄숙한 태도로

무어인께서 무사하길 기도했습니다.

사납게 몰아치는 폭풍이 두 분을 갈라놓았다고 합니다.

몬타노 하늘이 그분을 돕기를.

장군님을 모신 적이 있는데,

군인으로서의 지휘 솜씨가 전혀 빈틈이 없는 분이지.

자, 해안으로 가보세. 입항한 군함도 맞이하고

바다와 푸른 하늘 사이가 희미해지며

하나로 이어질 때까지

용감한 오셀로 장군님도 찾아보세.

시종 3 그리 하시지요.

매 순간 더 많은 배가 당도하기를 기대해 보지요.

캐시오 섬을 지켜 주시고 오셀로 장군님을 칭송해 주시는

훌륭하신 여러분께 감사드립니다. 부디, 하늘이

혹독한 폭풍으로부터 장군님을 보호해 주기를.

몬타노 장군님이 오르신 배는 튼튼합니까?

캐시오 단단하게 잘 만들어졌습니다. 조타수도

뛰어난데다 경험도 많습니다.

그래서 희망을 가져 봅니다.

지나치게 높은 기대는 하지 않지만

끝까지 긍정적으로 기다리겠습니다.

목소리 (안에서) 배다, 배, 배가 보인다!

캐시오 웬 소란이냐?

전령 마을이 비었습니다. 모두 해안가로 나가

"배가 보인다!"고 외치고 있습니다.

캐시오 장군님의 배이기를.

(외치는 소리)

시종 2 예포를 쏜 걸 보니

적어도 아군이라는 뜻입니다.

캐시오 직접 가서

정확히 누가 왔는지 확인해 주시오.

시종 2 제가 가보겠습니다.

(시종 2 퇴장)

몬타노 헌데, 충직하신 부관님, 장군님께 처가 있으신지요?

캐시오 운 좋게도, 처녀 한 분을 얻으셨지요.

말도 못하게 아름다우시고

아주 떠들썩하게 혼인을 알리셨지요.

웬만큼 화려한 문장가도 묘사하기 힘든 분이십니다.
겉옷 속에 숨겨진 내면도 무척 아름다워서
거룩한 창조주께서도 기진맥진할 정도지요.

(시종 2 등장)

시종 2 장군님의 기수인 이아고가 도착했습니다.
캐시오 흡족할 만큼 빨리 당도하는 데 성공했군요.
높게 치솟는 파도와 휘몰아치는 바람,
풍파로 움푹 팬 바위와 모래톱,
한 치 앞을 못 보던 용골을 막으려고
물 아래에서 매복하고 있던 역적 놈들 모두
미적 감각은 있어서, 목숨을 앗는 본성도 버리고
고결하신 데스데모나 양이
폭풍 속에서도 무사히 바다를 건너게 해 주었군요.
몬타노 그 사람이 누구인가요?
캐시오 말씀드린 분입니다. 훌륭하신 장군님의 장군님이십니다. 용감한 이아고가 데스데모나 양의 인솔을 맡았습니다.
예상보다 무려 이레나 일찍 도착했지요.
지존하신 하늘이시여, 오셀로 장군님을 보호하시고
그의 배에 숨을 불어넣으시어
돛대를 높이 치켜세운 채 입항하여

이 만을 축복하게 하소서.
데스데모나 양의 두 팔 안에서
사랑으로 가쁜 숨을 몰아쉬며
꺼진 우리의 영혼에 다시금 불꽃이 일게 하시고
사이프러스 전역이 안심하고 살게 하소서.

(데스데모나와 이아고, 로더리고와 에밀리아 등장)

오, 보시오.
귀한 분들이 배에서 내려 해안가로 오십니다.
모든 사이프러스인들이여, 무릎을 꿇고
환영합니다, 부인. 하늘이시여,
부인의 앞과 뒤, 그리고
온 사방을 은총으로 감싸 안아 주시기를 빕니다.

데스데모나 훌륭하신 캐시오 님, 고맙습니다.
장군님에 관한 소식은 있나요?

캐시오 아직 도착하지 못하셨습니다. 무사하시고
곧 당도하시리라고 생각합니다.

데스데모나 오, 그래도 걱정스럽군요. 두 분은 어찌 헤어지셨나요?

캐시오 하늘과 바다 사이에 큰 다툼이 일어나
장군님과 저를 갈라놓았습니다.

(안에서 들리는 어떤 목소리, '배다, 배야!')

들어 보시오. 다른 배가 입항했다고 합니다.

(총소리)

시종 2 예총을 쏘았습니다.

저 배도 역시 아군의 배입니다.

캐시오 기다려 봅시다.

(시종 2 퇴장)

환영하네, 유능한 기수. (에밀리아에게) 환영하오, 부인.

마음씨 좋은 이아고, 너무 애태우지 말게나.

자라며 배운 것이 이렇게 극진하게 예의를 갖추는 일이라

이를 실천하는 것일 뿐이네.

(캐시오가 에밀리아에게 키스한다)

이아고 부관님, 저 여편네가 제게 그리했듯이

부관님께도 자주 혀를 놀린다면

질려 버리실지도 모르겠습니다.

데스데모나 그렇지 않아요.

에밀리아는 수다스러운 사람이 아니랍니다.

이아고 사실은 그렇지 않습니다. 말이 많아요.

잠만 자려고 하면 재잘거립니다.

물론 인정합니다.

부인 앞에서는 혀를 마음속에 채워 두고

잔소리는 생각으로만 하겠지요.

에밀리아 근거 없는 얘기네요.

이아고 오, 제발, 사실이잖아.

집 밖에 나가면 그림 속의 한 장면처럼,

거실에서는 종처럼 울려대고,

부엌에 들어가면 들고양이,

수치스러울 땐 성자처럼 굴고,

기분이 나쁘면 표독스레 굴고,

집안일 할 때는 놀기만 하다가,

마누라 대접은 받으려 하잖아.

침대에서는!

데스데모나 오, 부끄러운 줄 아세요, 이 험담꾼!

이아고 사실이라니까요. 아니면 절 터키 놈이라 해도 좋습니다.

잠자리에 들 때 일 시작하잖아.

에밀리아 칭찬은 한 마디도 않는군요.

이아고 부디 그런 짓은 않기를.

데스데모나 제 칭찬을 꼭 해야 한다면 혹시 할 말이 있을까요?

이아고 오, 점잖으신 마님, 어찌 그런 부탁을 하시는지.

쓴소리를 빼면 전 시체랍니다.

데스데모나 어서요, 해 보시라니까요.

헌데, 누가 항구에 나가 있긴 한 건가요?

이아고 그렇습니다, 부인.

데스데모나 마음이 썩 좋진 않지만 겉으로 보기에

괜찮은 척이라도 해야겠군요.

자, 어떤 식으로 제 칭찬을 하는지 들어 봅시다.

이아고 시도는 해 보겠습니다만,

끈끈이 새덫을 떠 장식으로 만들듯

기발한 발상도 제 머리통으로 짜내지요.

골통 따위에서 뽑아내는 것이지요.

그래도 뮤즈가 산고 끝에 분만을 하는군요.

여인이 미와 지혜를 모두 갖춘다면

미는 지혜를 활용하고, 지혜는 미를 활용할지어다.

데스데모나 멋진 칭찬이군요! 여인이 검지만 지혜가 있다면요?

이아고 여인이 검은데다 지혜롭다면

시커먼 자신에게 맞는 흰색을 찾겠지요.

데스데모나 갈수록 가관이군요.

에밀리아 아름답지만 어리석은 여인은 어떨까요?

이아고 예쁜 사람은 어리석지 않지요.

백치 같은 여인네는 남자들에게는 매력이 있으니까요.

데스데모나 사내들이 술집에서 나누는 낡고 멍청한 농담이군요.

못생기고 어리석은 여인네에게는

도대체 어떤 망측한 말을 건넬지 궁금하군요.

이아고 아무리 못생기고 멍청한 여인이라 해도

똑똑하고 어여쁜 여인네들이 하는

더러운 수법은 쓰지 않겠지요.

데스데모나 세상에, 이런 무지한 분을 보았나요. 최악의 여인에게 최고의 칭찬을 늘어놓다니.

그렇다면 진정한 품격을 지닌 여인에 대해서는

뭐라고 칭찬하겠습니까? 자신의 가치를 확신해서

타인이 극악한 말로 공격할까 봐 전혀 염려치 않는

그런 여인에게 말입니다.

이아고 아름답지만 으스대지 않고

말을 술술 잘해도 시끄럽게 왕왕거리지 않고

황금이 남아도 지나치게 꾸미지 않고

바랐던 일에서 한발 물러나며,

"그렇게 할지도 몰라요."라고 말하며,

화가 나도 되갚아 주지 않고

받은 상처를 마음에 오래 담아 두지 않고

불쾌함은 쉽게 털어 내며,

대구 머리를 연어 꼬리와 바꿔 먹지 않을 정도로 지혜롭고

생각은 하되 속마음을 절대 털어놓지 않고

구혼자가 줄을 이어도 절대 돌아보지 않는 여인

그런 사람이 실제로 존재한다면, 아마도…….

데스데모나 아마도, 무엇을 할까요?

이아고 젖이나 먹이고 사소한 일에 신경을 쓰겠지요.

데스데모나 지독하게 한심하고 말도 안 되는 결론이군요!

에밀리아, 저자가 당신의 부군이라는 이유로

말을 들어 줄 필요는 없어.

캐시오 님 생각은 어떤가요? 조언자로서 이보다 더 상스럽고 거리낌 없는 사람이 있을까요?

캐시오 이아고가 너무 직설적으로 말했군요, 부인.

그는 학자가 아니라 군인이라 그렇습니다.

(캐시오가 데스데모나의 손을 잡는다)

이아고 (혼잣말로) 손을 잡네. 그래, 옳거니.

속삭여 봐! 이렇게 작은 거미줄을 놓아

캐시오 같은 큰 파리를 잡아야지.

옳지, 데스데모나에게 웃음도 치고. 잘한다.

네놈이 말하는 예의라는 것에 족쇄를 채워야겠다.

네놈 말이 맞구나. 그래, 네 말이 맞고말고.

그런 수작을 부린 탓에 부관 자리를 잃으면

자기 세 손가락에다 열심히 키스를 해댄 걸

후회하게 될게다.

또 신사인 양 예의 지킨답시고 폼을 한껏 잡으시네.

아주 좋아, 키스 한번 잘하네.

예의 한번 멋들어지게 지키는구먼. 그렇지, 그렇고말고.

자기 손가락에 입을 갖다 대는구먼.

저 손가락으로 궁둥이에 관장이나 하라지.

(안에서 나팔 소리)

무어 님입니다! 그분 나팔 소리는 제가 압니다.

캐시오 그분의 나팔 소리가 맞습니다.

데스데모나 모두 그분을 환영으로 맞도록 하지요.

캐시오 장군님께서 행차하십니다.

(오셀로, 몇몇 시종과 함께 등장)

오셀로 나의 아름다운 전사여!

데스데모나 사랑하는 오셀로 님!

오셀로 당신이 먼저 여기에 당도했다니 몹시 놀라우면서도
만족스럽소. 아, 내 영혼에 환희가 이는구려!
폭풍이 잠잠해지고 밀려오는 이 평온함은 늘 경이롭군.
죽은 자들을 깨울 정도로 바람이 불어
고군분투하는 배가
올림포스 산처럼 큰 파도 위로 치닫다가
천국에서 지옥으로 떨어지듯 고꾸라져도 좋소!
지금 죽어도 여한이 없을 정도로 행복하오.
앞날은 내다볼 수 없지만
이토록 만족스럽게 영혼의 위안을 받는 일은
다신 없을 것 같소.

데스데모나 다른 일은 다 막으실지언정
세월이 흘러도 사랑과 행복만큼은 더욱 키워 가도록
하늘이 우리를 도우실 것입니다.

오셀로 자비로우신 신들께, 아멘!

이루 말로 다 할 수 없을 만큼 흡족해서
숨이 막힐 지경이오. 기뻐서 몸 둘 바를 모르겠소.
이 키스가, 또 한 번의 이 키스도 (서로 키스한다)
우리가 함께 내는
가장 소란스러운 불협화음이 되길 바라오.

이아고 (혼잣말로) 오, 지금은 선율이 그럴듯하지만
네놈이 이 이아고가 정직하다고 믿는 만큼
저 음악 소리를 내는 악기의 줄 조리개를
모조리 풀어버리겠다.

오셀로 이리 오시오, 성으로 갑시다.
동지들, 새 소식이오! 전쟁이 끝났소.
터키 군이 모두 익사했소.
이 섬에서 만났던 오랜 지인 여러분,
그간 어떻게 지내셨습니까?
내 사랑, 사이프러스인들도 당신을 좋아하게 될 것이오.
사람들이 나를 무척 좋아해 주었거든.
오, 내 사랑. 내가 너무 긴장이 풀리는 바람에
실없이 재잘거렸구먼.
친절한 이아고, 만으로 가서 내 짐 좀 내려줄 수 있겠나.
선장도 성으로 데려와 주게. 훌륭한 사람이야.
많은 존경을 받을 만한 자격이 충분한 사람이야.
이리 와요, 데스데모나.

다시 말하지만, 사이프러스에서 그대를 만나 무척 기쁘오.

(오셀로, 데스데모나, 시종들 퇴장)

이아고 조금 있다가 항구에서 만납시다.

이리 좀 와 보세요.

선생이 용감해지려면, 그러니까, 사람들 말로는

아무리 못난 놈도 사랑에 빠지면

타고난 본성보다 더욱 고결해진다고들 하지요.

제 말 잘 들으세요.

부관이 오늘 밤 궁의 경호를 맡기로 했어요.

우선 이 말부터 선생에게 전해야겠군요.

데스데모나 부인이 부관한테 완전히 빠졌어요.

로더리고 그놈한테? 세상에, 말도 안 돼.

이아고 요 입을 손가락으로 막고

이 가르침을 영혼 깊이 새기도록 하세요.

무어 놈이 뻐기고 상상해서 만들어 낸 거짓부렁을 듣고

데스데모나 부인이 그를 격렬하게

사랑하게 된 일을 떠올리세요.

그놈이 수다 좀 잘 떤다고 변함없이 좋아한다고요?

분별력을 왜 그런 곳에다 쓰십니까?

못생겨서 싫증이 난 겁니다.

그 시커먼 악마 녀석을 무슨 낙으로 보겠습니까?

침대에서 뒹구는 욕정이 소진되고 나면

분명 그 육욕에 불을 붙이고, 새로운 욕구를 채우고,
더욱 매력적인 상대를 찾고,
비슷한 나이와 예의와 용모를 갖춘 이를
찾으려 할 것입니다.
무어 녀석하고는 거리가 멀지요.
그렇게 필요한 대응물을 찾아 헤매다가
데스데모나 양은 마침내 자신이 속았다고 생각하고
역겨움을 토하고 무어 놈에게 질려 버리거나
그놈을 증오하게 되겠지요. 본능적으로 깨닫고 나서는
새로운 선택을 하라고 자신을 몰아붙일 겁니다.
자, 선생. 이쯤 되면,
가장 그럴듯하고 자연스러운 상황에서,
이 행운에 이르는 계단에서,
가장 높은 층에 서게 될 사람 중에
캐시오만한 사람이 어디에 있겠습니까?
입담도 뛰어나고 교활하기까지 한 사기꾼입니다.
상류층인데다 끔찍하게 공손한 척, 예의 갖추는 척하지만
모두 자신의 색욕이나 굳게 감춰 둔 욕정을 채우려는
수작일 뿐입니다.
저런 놈이 없지요, 아무렴!
미꾸라지 같고 교활한 건달이지요.
눈을 요리조리 돌려 기회를 낚아채고서는

진정으로 원하는 것을 절대로 드러내지 않고도

제 이익을 뚝딱 찍어내지요. 악마 같은 자식.

그뿐입니까? 저놈은 잘생기고 젊은데다,

어리석고 순진한 여인네가 찾아 헤매는 조건은

죄다 갖췄잖습니까? 악질이지만 흠 잡기도 힘든 놈.

저놈이 이미 데스데모나 부인 눈에 들었단 말입니다.

로더리고 그녀에게 그런 면이 있다니 믿을 수 없어.

성스러운 면은 누구보다도 타고난 여인이라고.

이아고 엿이나 먹으라지!

데스데모나 부인이 마시는 포도주도 포도로 만들었지요.

성스럽다면 무어 녀석을 사랑했을 리가 없습니다.

그놈 소시지나 깨끗이 만들라지요!

캐시오의 손을 만지면서 노닥거리는 거 못 봤습니까?

정말 못 봤냐고요?

로더리고 보긴 했지만 그냥 예의를 갖춘 게지.

이아고 손을 마주하고 음욕을 저지른 겁니다.

욕정이나 음탕한 생각을 다룬 역사책 앞의 목차나,

한눈에 알기 힘든 서두에 나올 법한 행실입니다.

서로의 입술이 너무 가깝게 닿아서

숨결을 주고받을 정도였다고요.

생각만 해도 몹시 불쾌합니다, 로더리고 선생.

둘의 친밀한 관계가 이어지고

조만간 중요하고도 가장 큰일을 치를 테지요.
결국 둘은 하나가 될 거에요. 쳇!
하지만 선생, 내가 이끌어 드리겠습니다.
베니스에서 선생을 데려온 것도 저입니다.
오늘 밤 보초를 서세요. 제가 배치해 주겠어요.
캐시오는 선생을 모릅니다.
제가 멀지 않은 곳에 있을 테니
캐시오를 열 받게 할 구실을 만드십쇼.
큰소리로 떠든다거나 그의 군율에 찬물을 끼얹는다든가,
시간도 유용하게 써먹을 수 있고
마음에 드는 다른 방법을 동원해도 좋습니다.

로더리고 알았어.

이아고 캐시오는 경솔한데다 화를 잘 내는 편입니다.
우연한 계기로 제 부하 병사와 함께
선생에게 덤비겠지요. 그놈 기질에 맞춰 화를 돋우세요.
그런 사소한 일만으로도 전 사이프러스를
폭동으로 몰고 갈 수 있어요. 캐시오를 파면하지 않고는
절대 잠잠해지지 않을 정도로 약을 바짝 올려야지요.
선생의 욕정을 채우기 위한 짧은 여정입니다.
그런 방향으로 저도 일을 진행하면
우리에게 가장 유리한 쪽으로
장애물을 없앨 수 있습니다.

그놈을 제거하지 않으면

이 일은 절대 성공할 수 없습니다요.

로더리고 하겠어. 자네가 기회만 잘 만들어 준다면야.

이아고 제가 장담하지요. 조금 있다가 요새에서 만납시다.

전 무어 녀석 짐을 날라야겠어요. 이만 가 보시지요.

로더리고 안녕히.

(로더리고 퇴장)

이아고 캐시오가 데스데모나를 정말 좋아하면 그녀도

당연히 캐시오를 좋아하겠지. 신빙성이 있어.

무어 녀석을 견딜 수 없지만

그가 한결같고 애정도 깊은데다가

고귀한 품성까지 지녔으니

데스데모나에게 더없이 다정한 남편이 되리라

내 감히 추측을 해보지. 나도 그녀가 좋아질 참이라니까.

욕정에 사로잡히지는 않았지만, 어쩌다 보니

엄청난 죄에 대한 책임을 떠맡게 되었고,

부분적으로는 내 복수심을 배불려 줄 테니까.

그놈이 내 처를 덮쳤다는 의혹도 있어. 그 생각을 하면

독약처럼 뭔가 내 안을 갉아먹는 것 같아.

그놈과 비기기 전에는

그 무엇으로도 내 영혼을 채울 수 없어.

아내에는 아내로 갚아 주지.

혹여 실패라도 하면,

최소한은 그놈이 질투심에 눈이 멀어

판단력을 죄다 잃고 회복하지 못할 정도로 만들겠어.

저 베니스에서 온 쓸모없는 놈의

왕성한 사냥 본능을 식힌 후에

놈을 디딤돌로 쓸 수만 있다면,

마이클 캐시오를 불리한 입장에 몰아넣고

무어 녀석이 오해해서

욕정에 사로잡힌 것처럼 보이도록 만들어야지.

캐시오 녀석도 내 취침용 모자를 썼을지도 모르니까.

무어 녀석이 내게 고마워하고

호감을 가지고, 보답할 게야.

자기를 지독한 바보로 만들고,

자신의 평화와 고요를 깨고,

광기까지 돌게 하도록 음모를 꾸민 대가로 말이야.

머릿속으로는 다 그려져도 좀 헷갈리긴 하구먼.

악당의 민낯은 악을 행하기 전에는

절대 보여 주지 않는 법이지.

(이아고 퇴장)

제2장

어느 거리

(오셀로의 전령이 공문을 들고 등장)

전령관 고귀하시고 용맹스러운 우리의 장군님이신 오셀로님께서
터키 군대의 전멸을 알리는 소식을 듣고 기뻐하셨으며
승리를 축하하기 위해 모든 분을 초대하기로 하셨습니다.
춤을 추든, 모닥불을 피우든 어떤 식으로든
각자 원하는 방식으로 이를 기념하라고 말씀하셨습니다.
이는 승리뿐만 아니라
장군님의 혼인을 축하하는 자리도 될 것입니다.
기쁨이 넘쳐흘러 이를 널리 알리기로 하셨습니다.
식료품 창고는 모두 열려 있으며
현재 시각인 다섯 시를 기점으로

열한 시를 알리는 종이 울릴 때까지

축제를 벌일 자유를 허락합니다.

사이프러스 섬과 고귀하신 오셀로 장군님을

축복해 주시길!

(퇴장)

제3장

성안의 집회장

(오셀로, 캐시오, 데스데모나, 시종들 등장)

오셀로 충직한 캐시오, 오늘 밤 보초를 서 주게.
선을 넘어 분별력을 잃지 않고
자제해서 부끄러운 일도 만들지 않도록 하게나.

캐시오 이아고에게 할 일을 지시했습니다만
저는 저대로
두 눈을 부릅뜨고 지키겠습니다.

오셀로 이아고는 아주 정직한 사람이지.
좋은 밤 되시게, 마이클. 자네에게 할 말이 있으니
내일 일찍 자네가 편한 시간에 와 주게.
내 사랑, 이리 와요.

당신을 얻었으니 그에 따른 결실도 맺어야지요.

우리 둘 사이에 얻을 기쁨이 더 남아 있으니.

좋은 밤 되시게.

(오셀로와 데스데모나, 시종들 퇴장)

(이아고 등장)

캐시오 이아고, 왔는가? 우리가 보초 설 시간이네.

이아고 아직은 아닙니다, 부관님. 열 시가 안 되었습니다.

데스데모나 부인과 사랑을 나누시려고 장군님께서

우리를 일찍 파하신 게지요. 그렇다고 원망은 않습니다.

아직 함께 음탕한 밤을 못 보내셨으니.

데스데모나 부인은 주피터의 놀이 상대에 버금가니까요.

캐시오 부인께서는 이루 말 못할 정도로 아름다우시지.

이아고 밤일도 잘 하시리라 믿어 의심치 않아요.

캐시오 정말 그분만큼 생기 넘치면서 우아한 분도 없으시지.

이아고 그런 눈을 가졌다니! 도발적이지 않습니까?

캐시오 매력적이지. 얌전하고 숙녀답기도 하지.

이아고 말을 할 때에도 욕정을 건드리는 것 같습니다요.

캐시오 흠잡을 데 없는 분이야.

이아고 두 분의 이부자리가 행복하시기를! 부관님, 이리 오십쇼.

제가 포도주 한 항아리를 대령했습니다. 여기,

거무스름한 오셀로 님의 건강을 위해 기꺼이 건배하려는
사이프러스 사내 두어 명이 밖에 와 있습니다.

캐시오 충직한 이아고, 오늘 밤은 안 되겠어. 술을 마시면
정신이 아득해지고 기분도 안 좋아지는 편이라.
예법에 오락을 즐기는 다른 관습이 생겼으면 하고
얼마나 바라는지 모르겠어.

이아고 아, 그렇지만 여기 우리 동지들도 왔는데 한 잔만 하시죠.
제가 부관님 대신 많이 마시지요.

캐시오 오늘 밤 벌써 한잔했어. 속임수로 물도 타서 마셨는데
얼굴색이 확 달라져 버렸잖아. 술이 약한 것도 속상한데
약점을 시험하면 안 되지.

이아고 부관님도 참. 오늘 밤은 한바탕 축제를 벌여야지요.
사내들이 기다리잖소?

캐시오 어디서 기다려?

이아고 문 앞에 있지요. 어서 들어오라고 해 주시지요.

캐시오 썩 내키지는 않지만 그리하지.

(캐시오 퇴장)

이아고 오늘 밤 이미 한잔했다고 하니
딱 한 잔만 더 마시게 할 수 있다면
젊은 마누라 강아지마냥
난폭해져서 싸움질만 해댈 텐데.
사랑으로 속병을 앓다가

못난 모습만 보이는, 나의 덜떨어진 로더리고도
오늘 밤 데스데모나를 위해 건배하며
술 한 단지를 거하게 다 비웠잖아.
녀석도 야간 보초를 서겠지.
사이프러스 사내 녀석들 셋뿐만 아니라
이 섬에서 필히 만날 법한,
싸움 좋아하면서도 명예에 목을 매는
고상하고 잘난 녀석들도
오늘 밤 술잔이 넘치도록 잔뜩 먹여 놓았지.
마침 캐시오도 보초를 서니까
취한 그 녀석들 앞에서 사이프러스 섬을
욕보이게 해야지.

(캐시오와 몬타노, 신사들 등장)

헌데 놈들이 오는구먼.
앞으로 내가 상상한 대로만 일이 풀린다면
내 배는 바람과 해류를 따라 미끄러지듯 항해하겠지.

캐시오 세상에, 그들 때문에 벌써 취해 버렸어.

몬타노 작은 잔으로 주시오. 넘치지 않게 따르고.
그래도 군인인데.

이아고 어이, 포도주를 더 대령하라. (노래한다)

그리고 작은 잔을 부딪치자, 쨍, 쨍

또 한 번 작은 잔을 부딪치자, 쨍.

군인은 사내대장부.

아, 사내 인생 살아봤자 삼만육천 일.

술 한잔 마신들 어떠하리.

동지들, 포도주 더!

캐시오 세상에, 노래 한 번 끝내 주는군!

이아고 영국에서 배웠습지요. 술독이라면

게 눈 감추듯 비워 내는 사람들이지요.

덴마크 사람도, 독일 사람도,

배불뚝이 네덜란드 사람도 —어이, 어서 마셔!—

영국 사람들에 비하면 새 발의 피지요.

캐시오 정말 그렇게 술을 잘 마신단 말이오?

이아고 그럼요, 덴마크 사람이 취해 쓰러질 정도로 잘 마시지요.

땀 한방울 안 흘리고 독일 사람들을 이기고,

술독을 다시 채우기도 전에 네덜란드 사람이

구역질을 해 댈 정도입니다.

캐시오 우리 장군님의 건강을 위하여!

몬타노 부관, 나도 한잔 할까요? 공평하게 마셔야지요.

이아고 아, 기분 좋은 잉글랜드! (노래한다)

스티븐 왕은, 랄랄라-훌륭한 분이기에

겨우 1크라운짜리 반바지를 입으시고

6펜스가 너무 비싸다며
재봉사를 촌뜨기라 욕하시네.
그분은 지체가 높지만
댁들은 지체가 낮디 낮으니,
과시하다가 나라를 망치지 않도록
누더기 망토를 걸쳐라.
어이, 포도주 한 잔 더!

캐시오 맙소사, 첫 번째 노래보다 훨씬 낫군.

이아고 한 번 더 부를까요?

캐시오 아니, 그런 짓을 하면서 한자리 꿰찬 놈들이라면 쓸모가 없어.
그러니까 흠……. 하느님께 맡겨야지.
구원받아 마땅한 영혼도 있고
구원받지 못할 영혼들도 있을 터이니.

이아고 맞습니다, 부관님.

캐시오 장군님과 높으신 분들 마음을
불편하게 할 의도는 없지만, 나도 구원받고 싶어.

이아고 저도 그렇습니다, 부관 나리.

캐시오 그래, 허나 미안하지만 나보다 앞서 받지는 마.
자고로 부관이 기수보다 먼저 구원받아야지. 이 얘기는
이제 그만하고 일 얘기나 하지. 하느님께서 우리 죄를
용서하시길! 여러분, 각자 임무로 돌아갑시다.
내가 취했다고는 생각 마시게들.

여기 이 사람은 내 기수, 이 손은 오른손, 이 손은 왼손.

안 취했군. 똑바로 설 수도 있고 말도 똑바로 하는군.

모두들 그렇습니다. 멀쩡하십니다!

캐시오 그래, 아주 좋아. 내가 취했다고 오해하기 없소이다.

(퇴장)

몬타노 제군들, 포좌로 돌아-가! 각자 배치 받은 곳으로 이동!

(신사들 퇴장)

이아고 방금 나간 사람을 보셨지요?

카이사르의 오른팔이 되어

지휘를 해도 될 명장입지요. 헌데 잘 살펴보면

춘분에 낮과 밤의 길이가 정확히 같듯이,

저자도 결점이 장점만큼 많은 사람이지요. 안쓰러워서, 원.

오셀로 장군님께서 저자를 믿으시다가

뼛속 깊이 잠재된 그 결함이 혹시라도 드러나서

이 섬에 동요가 일어날까 봐 염려됩니다.

몬타노 자주 그런단 말인가?

이아고 그분은 매일 밤 취침 전에

술로 의식을 치르다시피 합니다요.

술로 요람을 흔들지 않으면 말똥말똥한 눈으로

시계가 두 번 돌아가는 모습을 지켜보겠지요.

몬타노 장군님께서 미리 알고 계시는 편이 낫겠군.

아마 아직 눈치채지 못하셨을지도,

장군님의 어진 품성 때문에

캐시오의 외양에 드러난 미덕만 평가하시고

해로운 면은 보지 못하셨을 수도 있으니까.

그렇지 않은가?

(로더리고 등장)

이아고 (낮은 목소리로) 어찌된 겁니까, 로더리고 선생?

장교님을 뒤따라가세요, 어서!

(로더리고 퇴장)

몬타노 고결하신 무어 님께서 그런 고질적인 결함이 있는 자를

부관으로 삼는 모험을 하시다니 안타깝기 그지없군.

무어 님께 말씀드리는 것이 적절한 처사라고

생각되는구먼.

이아고 저라면 이 아름다운 섬을 통째로 준다고 해도

입을 다물겠습니다. 캐시오 님을 무척 아끼는 터라 차라리

그 결점을 고치도록 도우려고 하는데…….

("사람 살려! 사람 살려!")

헌데, 들리십니까? 무슨 소리지요?

(캐시오 등장, 로더리고를 쫓는다)

캐시오 엿 먹어라, 이 사악한 놈아, 불한당 같으니라고!

몬타노 무슨 일이오, 부관?

캐시오 어떤 멍청한 녀석이 날 가르치려 들지 않겠소?

고리버들로 짠 술병으로 패 주겠어!

로더리고 절 때린다고요?

캐시오 이 사악한 자식, 어디 주둥이를 놀려? (로더리고를 친다)

몬타노 부관, 그를 때리지 마시오.

글쎄 좀 참으시오. (캐시오를 말린다)

캐시오 이거 놓지 않으면 대갈통을 날리겠소.

몬타노 자, 그만하시오. 취했소.

캐시오 취하다니?

(몬타노와 캐시오가 싸운다)

이아고 (로더리고에게 방백)

가세요, 가.

가서 폭동이 일어났다고 소문을 내요.

(로더리고 퇴장)

아니, 충직한 부관님! 세상에, 신사님께서도.

어이, 도와줘! 부관님, 몬타노 경, 병사들, 도와 달라니까! 야간 보초

한번 끝내주게 서네! (종이 울린다)

누가 종을 울리나? 이런 젠장!

마을이 소란스러워질 겁니다. 저런, 저런, 부관님.

이 일은 두고두고 오명으로 남을 거예요.

(시종과 함께 오셀로 등장)

오셀로 무슨 일이오?

몬타노 여전히 피를 흘리잖아.

치명상을 입었어. 내 저놈을 죽여 버리겠어!

오셀로 살고 싶으면 당장 멈추시오!

이아고 부관님, 몬타노 경, 신사 여러분, 모두 멈추십시오!

체통에 맞는 예의와 의무를 모두 잊으셨습니까?

그만들 하시지요! 장군님 명령입니다.

그만. 낯부끄러워서, 원!

오셀로 아니, 무엇 때문에 벌어진 일이란 말이오?

다들 터키 인으로 돌변하신 게요?

오토만족이 못하도록 하늘이 막은 것을

우리가 저지른단 말이오?

기독교인의 수치요. 이 야만스러운 싸움을 멈추시오.

화를 참지 못해 가장 먼저 칼날을 휘두르는 자는

제 목숨을 가벼이 여기는 것으로 알겠소.

꼼짝했다간 목이 달아날 거요.

저 소름끼치는 종소리를 멈춰라.

사람들이 겁을 먹을지도 모르니.

제군들, 뭐가 문제인지 말해 보라.

정직한 이아고, 자네 표정이 어찌 그리 침통해 보이는가?

말해 보라, 누가 분란을 일으킨 것인가?

날 아껴 주는 자네에게 묻겠네.

이아고 모르겠습니다. 방금, 아주 방금 전까지만 해도

한데 어울려 서로 벌거벗은 신랑, 신부처럼

얘기를 나누고 있었는데

갑자기 하늘의 행성이 사람들의 혼을 쏙 빼놓더니

칼을 빼 들고 서로의 가슴에 들이밀면서

혈투를 벌였습니다. 이 무모한 싸움을

처음 시작한 자가 누구인지는 밝히지 못하겠습니다.

차라리 이 싸움에 끼어들게 한 두 다리를

전장에서 잃고 명예를 지키는 편이 낫겠습니다.

오셀로 마이클 부관, 어찌 그렇게 자제력을 잃을 수 있단 말이오?

캐시오 죄송합니다, 장군님. 말씀드릴 수가 없습니다.

몬타노 고결하신 오셀로님, 저는 치명상을 입었습니다.

기수인 이아고가 장군님께 말씀드릴 수 있습니다.

저는 말을 할 때마다 통증이 느껴져서

말을 아껴야겠습니다.

제가 아는 바로는 오늘 밤 저의 언행에는

잘못된 바가 전혀 없습니다.

누가 사납게 덤벼들 때 방어를 한 죄밖에는 없습니다.

오셀로 이거 정말 큰일이군.

내 피가 방어벽을 뚫고 치솟아 오르려 하오.

남아있는 판단력이 모두 아득해지고

온통 분노로 휩싸일 듯하오. 망할!

내가 검을 휘두르거나 이 팔뚝을 들어 올리기라도 하면

여러분 모두가 내 힐책에서 벗어나지 못할 것이오.

이 추한 싸움이 어떻게 시작되었는지, 누가 일으켰는지,

혐의가 있다고 밝혀진 자는 한 배에서 난 내 쌍둥이라도

개의치 않고 관계를 끊어 버리겠소.

세상에, 전쟁이 막 끝나서 아직 혼란스러운 이 섬에서,

두려움이 남은 마당에 사사로운 일로 싸움을 벌이다니?

그것도 밤에, 궁중에서,

야간 보초를 선 사람들이 말입니까?

터무니없습니다. 이아고, 싸움을 시작한 자가 누군가?

몬타노 자네가 직무상 가까이 지낸다거나 얽혀 있다고 해서

진실을 과장하거나 축소해서 말한다면

진정한 군인이 아닌 줄 알게.

이아고 너무 그리 바짝 몰아붙이지 마십시오.

마이클 캐시오 님에게 해를 끼치느니

차라리 혀를 입 밖으로 꺼내 싹둑 잘라 버리겠습니다.

허나 사실을 말한다고 해서

그분께 해가 될 일은 전혀 없을 겁니다.

상황은 이러합니다, 장군님.

몬타노 경과 제가 얘기를 나누고 있었는데

어떤 녀석이 큰 소리로 도움을 청했고
캐시오 님은 칼을 휘두르며 그를 죽이려고
쫓아가지 않겠습니까?
이 신사께서 캐시오 님을 막아서며 그만하라고 말리셨고
저는 도와달라고 소리치던 녀석을 쫓아갔습니다.
그 녀석 때문에 마을 사람들이 놀랄까 봐,
결국은 그리되고 말았지만 막으려 했습죠.
어찌나 줄행랑을 치던지
따라잡지 못하고 급히 돌아왔습니다.
칼이 위아래로 부딪히는 소리가 났거든요.
부관께서 큰 소리로 욕을 내뱉으셨어요.
부관님이 욕하시는 것을 단 한 번도 들어 보지 못했어요.
돌아오니 아주 잠깐 사이에 두 분이 딱 붙어서는
검을 주거니 받거니 하는데, 두 분을 떼어 놓으려는데도
딱 붙어서 안 떨어지시더라고요.
이 이상은 더 이상 아뢸 수가 없습니다.
우리는 한낱 인간인지라
화가 나면 자신이 가장 아끼는 이도 때리지요.
부관님이 실수로 오로지 자신을 돕고자 했던 몬타노 경을 해쳤지만
제 생각에는 도망친 그놈이
캐시오 님을 지독히도 불쾌하게 한 탓에
그냥 넘어가지 못하신 게 아닐까 합니다.

오셀로 이아고,

자네가 정직함과 정으로 캐시오의 죄를 덜어 주려고

이 일을 가벼이 평하는 것으로 알겠네.

캐시오, 나도 그대를 아끼지만

앞으로 내 부관 일은 두 번 다시 할 수 없을 것이네.

(데스데모나, 시종과 함께 등장)

보시게, 다정한 내 사랑이 깨버렸구먼!

그대를 본보기로 삼겠네.

데스데모나 무슨 일인가요?

오셀로 모두 잘 해결되었소, 내 사랑.

침소로 들어가요. (몬타노에게) 경, 부상은

내 주치의에게 치료받을 수 있도록 해 주겠소.

이분을 모셔라.

(몬타노가 실려 나간다)

이아고, 가서 마을 사람들을 진정시키고

이 사악한 싸움으로 소란스러웠던 이들도 조용히 시키게.

데스데모나, 갑시다. 군인의 삶이 이렇소.

골칫거리 탓에 곤하게 들었던 잠을 깨워야 하지요.

(이아고와 캐시오만 남고 모두 퇴장)

이아고 아니 부관님도 다치셨습니까?

캐시오 그렇소만 치료는 물 건너갔구려.

이아고 세상에 그럴 리가요!

캐시오 명예, 명예, 명예! 오, 내 명예를 잃고 말았어.
영원히 죽지 않을 내 일부를 잃다니.
이제 난 짐승에 불과해. 내 명예는, 이아고, 내 명예는!

이아고 저는 순진한 사람입니다. 부상을 입으신 줄 알았어요.
명예보다는 상처가 더 아프실 터인데.
명예는 그저 쓸모도 없고 잘못 얻어진 것일 뿐입니다.
업적이 없어도 쌓이고
합당한 실책을 저지르지 않았는데도 잃게 되지요.
스스로를 낙오자라고 자책하지만 않는다면
명예를 잃지 않은 셈이지요.
보세요, 장군님 마음을 되찾을 방법이 있어요.
기분이 상하셔서 파직된 것뿐입니다.
방침에 따라 그리한 것이지
악의가 있어 그러신 게 아니잖습니까?
위협적인 사자를 겁주려고
죄 없는 자기 개를 때리는 꼴에 불과하지요.
가서 다시 빌어 보십쇼.
그분 마음을 얻을 수 있을 것입니다.

캐시오 나처럼 주정뱅이에다 쓸모없고 분별력 없는 사람을
받아 달라고 장군님을 속이며 청하느니 차라리

나를 경멸해 달라고 빌겠어.
취하다니? 생각 없이 함부로 입을 놀려? 싸움질을 해?
게다가 허풍을 떨며 활보까지? 욕지거리에
내 그림자에다 대고 목에 핏대를 세우며 고함치다니!
오, 보이지 않는 포도주의 정령이여,
그대에게 붙여진 이름이 아직 없다면 악마라 부르리라!

이아고 칼을 들고 쫓아간 그 사람이 도대체 누굽니까?
당신에게 무슨 짓을 한 겁니까?

캐시오 몰라.

이아고 말이 됩니까?

캐시오 전체적으로는 기억이 나는데 구체적으로 생각이 안 나.
싸운 기억만 나고 왜 싸웠는지는 모르겠어. 오, 사람들은
왜 원수를 입에다 넣고 정신을 잃는지 모르겠어!
즐기고 좋아서 실실대고 흥청거리고 박수를 쳐 대면서
왜 스스로 짐승이 되려는지 모르겠다고!

이아고 그것 참! 이제 좀 괜찮아 보이네요.
어찌 이리 나아지셨습니까?

캐시오 빌어먹을 분노가 치밀어 오르는 바람에
빌어먹을 취기가 사그라졌지.
결점 하나에 또 다른 결점이 엉겨 붙다니,
내 자신이 죽도록 싫어지는구먼.

이아고 진정하세요. 그리 심한 도덕적 잣대를 들이대시다니요.

시기나 장소, 이 나라가 처한 상황을 감안했을 때
당신에게 이런 일이 벌어지지 않았으면 하고
내 진심으로 바라지만.
이게 현실이니 자신을 위해서라도 바로잡는 수밖에요.

캐시오 다시 복직시켜 달라고 부탁드려도 장군님께서는
나를 주정뱅이라 부르실 게야.
내가 히드라처럼 입이 많아도
그런 대답 앞에서는 입을 틀어막을 수밖에.
한때 이성적이었던 나도,
바보가 되고 급기야 짐승이 되다니!
오, 기묘한 일이야! 넘치는 술잔은 모두 저주 받았다.
술을 빚는 재료에도 마귀가 들린 게야!

이아고 자, 자, 잘만 활용하면 포도주는
좋은 벗이 되어 줄 수도 있지요.
술 탓은 이제 그만 하십시오. 헌데 충직한 부관 나리,
알다시피 저는 부관께 아주 호의적인 사람입니다.

캐시오 익히 잘 알다마다. 내가 주정뱅이처럼 굴다니!

이아고 원 사람도, 누구든 살면서 취하기 마련이지요.
뭘 해야 할지 제가 알려 드리지요.
이제는 우리 장군님의 부인께서 진짜 장군이십니다.
이렇게 말하는 이유는
장군님이 넋을 잃고 부인을 바라보기도 하고

인품과 미덕을 살피고 표징을 남기는 일에
헌신하시기 때문이지요.
부인께 털어놓고 복직하도록 도와 달라고 졸라 보십쇼.
부인은 참으로 관대하시고, 어질고,
선의를 베푸는 일에 적극적이시고,
천성이 성스러운 분입니다.
심지어 자신이 부탁받은 일 그 이상을 베푸는 것을
미덕으로 여기시지요. 부관님과 장군님 사이에
금이 간 관계에 부목을 대어 달라고 간청하세요.
두 사람의 호의에 생긴 금이
전보다 단단하게 굳어질 것이라는 패에 제 운을 걸지요.

캐시오 훌륭한 조언이야.

이아고 부관님을 좋아하고 존경해서 돕는 것입니다.

캐시오 그 말은 굳게 믿지. 아침 일찍,
고결한 데스데모나 부인을 찾아뵙고 애원해 보리다.
운명이 나를 막아서면 절망만 남을 테지.

이아고 그러십시오. 안녕히 주무십시오, 부관님.
전 보초를 서야겠습니다.

캐시오 좋은 밤 되구려, 정직한 이아고.

(캐시오 퇴장)

이아고 누가 나더러 악마라고 부를 수 있을까?
이토록 허심탄회하고 정직하고 그럴듯한데다,

무어 녀석의 마음까지 다시 얻을 수 있는
조언을 해 주는데? 순수한 간청으로
데스데모나를 굴복시키는 일보다 쉬운 건 없을 거야.
자유로운 성품만큼 선의도 하염없이 베풀 테니까.
게다가 무어 녀석은
죄로부터의 구원을 봉인하고 상징하는
세례에 등을 돌릴 정도로
그 영혼이 사랑이라는 족쇄에 단단히 채워졌으니,
데스데모나도 이랬다저랬다 마음대로 할 수 있을 테고,
정력이 떨어진 오셀로는 본능의 노예가 되어
그녀를 향한 욕망을 신이라도 되는 양 떠받들겠지.
캐시오도 이득을 보고
다른 일도 나란히 진행할 방법을 알려 주는데
어찌 날 악마라 부르겠어? 이것이 지옥 신학이야!
마귀가 엄청난 죄를 저지를 때는
처음에는 나처럼 천사의 가면을 쓰겠지.
저 순진한 바보가 데스데모나에게
팔자를 고쳐 달라고 빌고,
데스데모나는 저 무어 놈에게 열심히 청하는 동안
나는 자기 욕정을 채우려고
캐시오의 일을 열심히 부탁한다고
무어의 귀에 독을 들이부어야지.

그녀가 호의를 베풀려고 안간힘을 쓰면 쓸수록
무어 녀석에게 신뢰를 잃겠지.
그런 식으로 데스데모나의 미덕을
시커먼 송진으로 만들고,
그녀의 선의로 저들 모두가 걸려들게 할
올가미를 짜는 거야.

(로더리고 등장)

어찌되신 것이요, 로더리고 선생?
로더리고 내 여기까지 쫓아오기는 했지만
사냥하는 개 한 마리가 아니라
사방이 떠들썩해지도록 짖으러 온 게지.
돈은 바닥이 났고 오늘 밤 내내 아주 심하게
몽둥이로 두들겨 맞았다고.
결론은 아팠던 만큼 견문은 많이 넓혔네.
그래서 베니스로 돌아가려는데, 내 비록 거지 신세지만
교훈은 좀 얻고 가네.
이아고 인내심이 그 정도밖에 안되다니 참으로 딱하시군요!
상처란 자고로 서서히 낫는 법이지요.
우리가 머리로 일하지 무슨 마술을 부린답니까?
머리로 해결하려면 당연히 시간이 걸릴 수밖에요.

일이 잘 안 풀린다고요? 캐시오한테 조금 얻어맞고

그리 작은 희생을 치르고도

캐시오를 파면할 수 있었잖습니까?

모든 일들이 태양빛을 받아 잘 자라고 있어요.

그래도 가장 먼저 핀 꽃이 결실도 먼저 맺는 법이지요.

당분간 좀 쉬시지요. 세상에, 벌써 아침입니다.

뭐든 즐기면서 하면 시간이 훨씬 빨리 흐르지요.

쉬세요. 배치 받은 숙소로 돌아가세요.

어서 가시라니까요.

차후에 어찌 되었는지 알게 되실 겁니다.

글쎄, 빨리 가시라니까요.

(로더리고 퇴장)

할 일이 두 가지 생겼군.

캐시오가 데스데모나에게 갈 수 있도록 도와야겠어.

마누라를 미리 준비시켜야지.

그사이 나는 무어 녀석을 따로 떼어 놓았다가

그가 자기 마누라에게 간청하는

캐시오의 모습을 발견할 만한 자리에

정확히 데려가는 거야. 그래, 그럼 되겠군.

관심을 늦추거나 지체하다가 일을 굼뜨게 하지 말자고.

(퇴장)

제3막

제1장

사이프러스 섬, 성 앞

(캐시오와 몇몇 악사들 등장)

캐시오 악사 여러분, 여기에서 연주하도록.
고생한 대가는 치르겠네.
간단한 음악으로 해 주시게.
"아침 인사 여쭙겠나이다."라고 하면서.

(연주한다. 광대 등장)

광대 거 참 이보시오들, 댁들 악기는 나폴리 출신[6)]이라

---

6) 나폴리는 음란하고 성병이 퍼진 도시. 광대는 악사들의 연주를 성병 환자의 코맹맹이 소리에 빗대어 조롱하고 있다.

코로 연주하나 보우?

악사 네, 선생? 뭐라 하셨습니까?

광대 이게 관악기냐 묻는 게지요.

악사 아, 네 그렇습니다, 선생.

광대 어허, 그래서 거시기가 덜렁거렸구먼.

악사 무엇 때문이라고 하셨습니까, 선생?

광대 거 참. 방귀 뀌는 악기 근처에

웬만하면 달려있는 것 말이오.

여기 돈 받으쇼. 헌데 장군님이

음악이 아주 좋아서 계속 듣고 싶지만,

사랑하는 분을 생각하셔서 연주를 멈추라 하셨소이다.

악사 아. 그리하지요, 선생.

광대 혹시 안 들리는 음악이 있으면 연주해도 좋소.

허나 내 말했다시피 지금 장군께서는

영 음악 들을 기분이 아니시거든.

악사 그런 음악이 어디 있소?

광대 그럼 악기를 가방에 넣으시오. 난 가 보겠소.

댁들도 가쇼, 공기 중으로 사라지시오, 훠이!

(악사들 퇴장)

캐시오 들리시오, 정직한 내 친구?

광대 정직한 친구 목소리가 아니라,

당신 목소리가 들리는구먼.

캐시오 부디 투덜대지 마시오.

얼마 안 되지만 여기 금화 받으시오.

장군님 부인을 모시는 분이 깨면

캐시오가 얘기를 좀 나누고 싶어 한다고 전해 주시오.

해 주시겠소?

광대 부인은 깨셨소, 선생.

부인이 이쪽으로 오시면, 말을 전하지요.

(광대 퇴장, 이아고 등장)

캐시오 이 사람, 착한 내 동무. 마침 잘 만났소, 이아고.

이아고 침소에는 아니 드셨습니까?

캐시오 아니, 안 들었습니다. 우리가 헤어지기도 전에

동이 텄잖소. 이아고, 내 대담하게

자네 부인에게 부탁했소.

고귀하신 데스데모나 부인을 뵐 수 있도록

자네 부인이 주선해 달라고 부탁했소이다.

이아고 제 처에게 당장 전하지요.

그리고 무어 님도 모실 수 있도록 수를 써 보겠습니다.

그러면 그 일을 더욱 공개적으로 논할 수 있겠지요.

캐시오 이것 참 황송하고 고맙구먼.

(이아고 퇴장)

에밀리아 안녕하세요, 부관님. 불미스러운 일을 겪으셔서

유감이어요. 그래도 다 잘 되리라 믿어요.

장군님과 부인께서 얘기를 나누고 계십니다.

아주 강하게 호소하고 계신답니다.

무어 님은 부관님께서 부상을 입힌 분이

사이프러스에서 명성이 자자하신데다

가까운 분들도 많아서,

여러 정황상 부관님의 복귀를

거절할 수밖에 없다고 답하셨어요.

하지만 부관님을 여전히 아끼시고,

별도의 청이 필요 없을 정도로

부관님을 아무 문제없이 복귀시키려고

때를 기다리고 있다고 하십니다.

캐시오 허나, 부탁입니다.

폐가 안 된다면, 가능하다면

짧게나마 데스데모나 부인과

단 둘이서 얘기를 나눌 수 있게 해 주시오.

에밀리아 어서 들어오세요.

마음 편히 얘기를 나눌 만한 곳으로

안내해 드리겠습니다.

캐시오 당연히 말씀대로 해야지요.

(퇴장)

제2장

성안의 방

(오셀로와 이아고, 신사들 등장)

오셀로 이아고, 나를 여기로 데려다 준 선장에게
이 서신들을 전하고 베니스에 계신 의원님들께
나 대신 경의를 표해 달라고 전해 줘.
이제 다 되었군. 성벽을 둘러봐야겠어.
거기서 다시 만나지.

이아고 그리 하겠습니다, 장군님.

오셀로 경, 이쪽 요새를 둘러봅시다.

신사 예, 명을 따르겠나이다.

(모두 퇴장)

제3장

성 앞

(데스데모나와 캐시오, 에밀리아 등장)

데스데모나 충직한 캐시오,

최선을 다해 당신을 도울 테니 걱정 마세요.

에밀리아 관대하신 마님, 부탁드려요. 남편이 캐시오 님의 일로

마님의 비난을 받을까 봐 혼란스러워합니다.

데스데모나 오, 정직한 사람이군. 염려 마세요, 캐시오.

장군님과 당신이 예전처럼 잘 지내도록 힘써 보겠어요.

캐시오 덕이 많으신 부인,

이 마이클 캐시오에게 무슨 일이 일어나든

부인의 충직한 종이 될 것입니다.

데스데모나 알지요. 고맙습니다. 장군님을 많이 아껴 주시잖아요.

두 분이 오래 알고 지냈잖아요. 분명 장군님은
그저 정치적인 이유로
캐시오 님과 거리를 두는 것뿐입니다.

캐시오 그럼요, 하지만 부인.
그런 지혜란 것이 지속될 수도 있지만
얇고 축축한 것만 먹다가 없어질 수도 있고,
그때그때 다른 상황의 흐름만 따를 수도 있지요.
제가 자리를 비운 사이 다른 이가 그 자리를 채우면
장군님께서 제 애정과 경의를 잊으실지도 모르고요.

데스데모나 의심의 여지를 두지 마세요. 에밀리아 앞에서
당신의 복직을 보장하지요. 명심하세요.
저는 우정을 약속하면 할 수 있는 일은
다하는 사람입니다. 부군을 잠시도 내버려 두지 않고
인내심이 바닥날 때까지 계속 길들이고 말하겠어요.
침실은 학교처럼, 탁자는 고해소처럼 느껴지겠죠.
캐시오 님에 관한 사안이라면 빠짐없이 참견할 것입니다. 기운 내세요, 캐시오 님.
당신의 변호인은 간청을 포기하느니
차라리 죽는 편이 낫다고 여기니까요.

(오셀로와 이아고 등장)

에밀리아 마님, 부군께서 오십니다.

캐시오 부인, 저는 이만 물러가겠습니다.

데스데모나 아니, 여기 있다가 제가 하는 말을 들어 주세요.

캐시오 부인, 지금은 힘들겠습니다. 제가 꾸민 일 때문에
마음이 무척 편치 않습니다.

데스데모나 그럼, 편한 대로 하세요.

(캐시오 퇴장)

이아고 아, 마음에 안 드는구먼.

오셀로 뭐라 했는가?

이아고 아닙니다, 장군님. 알아도, 저는 모르는 일로 해야지요.

오셀로 내 아내와 있다가 물러간 자가 캐시오인가?

이아고 캐시오 님 말입니까, 장군님? 모르겠습니다. 제가 알기로
캐시오 님은 장군님이 오시는 모습을 보면서도
저리 죄 지은 얼굴로 달아나 버릴 분이 아니지요.

오셀로 그가 분명 맞아.

데스데모나 어쩐 일이세요, 장군님?
방금 여기서 한 청원자와 이야기를 나누었습니다.
장군님의 노여움을 사서 버림받은 분이지요.

오셀로 누구 말씀이오?

데스데모나 부관인 캐시오 님이요. 어지신 장군님,
제게 당신을 움직일 수 있는 덕과 힘이 있다면
그와 당장이라도 화해하게 할 것입니다.

그는 당신을 진정으로 위하는 사람입니다.

잘 몰라서 저지른 실수지 교활해서 저지른 것이 아닙니다.

순수한 얼굴을 보면 알 수 있습니다.

부탁이니 그를 복귀시키세요.

오셀로 방금 나간 사람이 캐시오인가?

데스데모나 네, 정말이지 심하게 기가 죽어서

그 침통한 기분에 저도 덩달아 슬퍼졌어요.

사랑하는 여보, 그를 복직시키세요.

오셀로 다정한 데스데모나, 지금은 안 되오. 나중에 그리 하지요.

데스데모나 조만간 그리 해 주실 거죠?

오셀로 조만간, 여보, 당신을 생각해서.

데스데모나 오늘 저녁 식사 때요?

오셀로 아니, 오늘 밤에는 안 될 거요.

데스데모나 그럼 내일 저녁 식사 때는 어떠세요?

오셀로 내일은 집에서 저녁을 먹지 않소.

요새에서 몇몇 지휘관을 만나야 하오.

데스데모나 그러면 내일 밤이나 화요일 아침은요.

화요일 정오나 밤도 좋고 수요일 아침도 괜찮아요.

제발 날만 정하세요. 그래도 사흘은 넘기지 마세요.

정말이지, 그는 반성하고 있어요.

상식적으로 생각해 보면 그가 저지른 짓은,

물론 전시에는 누구보다 훌륭한 병사도

본보기 삼을 필요가 있지만,
사사로운 문책도 필요 없는 일이었어요.
언제 복직시켜 주실 건가요?
오셀로, 말해 줘요. 정말이지 당신이 부탁한 일을
제가 거부하거나 고민하느라 머뭇거리는 일은
상상조차 할 수 없어요. 뭔가요?
당신이 제게 구애하러 왔을 때
마이클 캐시오 님도 거기 있었잖아요.
게다가 제가 당신에 대해 인색한 평가를 할 때에도
그는 정말 수도 없이 당신 편을 들어줬다고요.
그를 복직하는 데 제가 이리도 소란을 피워야 하나요?
맹세컨대, 전 훨씬 더 심하게-

오셀로 아, 제발 그만하오. 그가 원하면 언제든지 복직할 수 있소.
내 어찌 당신 부탁을 거부하겠소.

데스데모나 아니, 이건 부탁이 아니에요.
이건 마치, 장갑을 끼세요라든가,
영양가 있는 식사를 하세요, 몸을 따뜻하게 하세요,
자신에게 이득이 되는 일을 하라고
간청을 하는 것과 같지요. 당신의 애정을
시험이라도 할 작정이라면
중대하면서도 생각하기도 힘든 일이나
받아들이기도 끔찍한 일을 잔뜩 청하겠지요.

오셀로 당신 부탁인데 무엇인들 거절할 수 있겠소.

그러니 내 청도 들어주시구려.

아주 잠깐 혼자 있도록 허락해 주시겠소?

데스데모나 어찌 거절하겠어요? 당연히 청을 들어드려야죠.

그럼, 이만 물러가겠습니다, 장군님.

오셀로 잘 가요, 나의 데스데모나. 내 곧장 그대에게 가겠소.

데스데모나 에밀리아, 가자. 마음대로 하세요.

무얼 하시든지 저는 순종하겠나이다.

(데스데모나와 에밀리아 퇴장)

오셀로 깜찍하기가 하늘을 찌르는구먼! 영혼까지 아스러져.

그래도 그대가 너무 좋구먼! 그대를 사랑하지 않으면

다시 혼란스러워질 게야.

이아고 고결하신 장군님.

오셀로 무슨 할 말이 있는가, 이아고?

이아고 데스데모나 마님께 구애를 하실 때 마이클 캐시오 님도 장군님이 사랑에 빠진 사실을 알았습니까?

오셀로 그랬지. 처음부터 끝까지 쭉.

그건 왜 묻는가?

이아고 그저 궁금해서 여쭤 보았습니다.

아무 일도 아니옵니다.

오셀로 그것이 왜 궁금한가, 이아고?

이아고 캐시오 님이 마님과 아는 사이인 줄은 몰랐습니다.

오셀로 오, 아는 사이지.

데스데모나와 나 사이를 자주 오고 갔으니까.

이아고 정말입니까?

오셀로 정말이냐고? 그럼, 정말이지! 뭐 잘못되기라도 했는가?

그 사람 정직하지 않은가?

이아고 정직하다고요, 장군님?

오셀로 정직하지, 그럼. 정직하고말고.

이아고 제가 아는 한에서는 그렇습니다.

오셀로 무슨 생각을 하는가?

이아고 생각 말입니까, 장군님?

오셀로 '생각 말입니까, 장군님?'이라니?

세상에, 마치 너무 끔찍해서

보여줄 수 없는 괴물이라도 자네 머릿속에 들어있는 양

내 말을 그대로 메아리치는가? 분명 뭔가 있어.

바로 방금 전에도 캐시오가 내 아내에게서 물러날 때

별로 좋지 않다는 둥 자네가 뭔가 말하지 않았나?

뭐가 안 좋은 건가?

게다가 내가 구애를 하는 내내

캐시오가 자문해줬다고 말했을 때도

"정말입니까?"라고 고함을 질렀잖아?

그리고선 마치 뭔가 소름끼치는 생각을 뿌리치려는 양

눈썹을 찡그리고 한데 오므리면서 주름을 그었어.

내게 호의가 있다면 자네 생각을 말해 주게.

이아고 장군님, 제가 장군님께 충성한다는 건

장군님이 아십니다요.[7)]

오셀로 자네를 알지.

정도 많고 아주 정직하고

입 밖으로 말 한마디 꺼내기 전에 심사숙고하는 걸 알지.

그러니 말해 주지 않는 자네가 더욱 두려울 수밖에.

올곧지 못하고 불충한 녀석이 그랬다면

늘 부리던 수작이려니 했겠지만,

공명정대한 자라면 전립선 비대증처럼 어찌할 바를 몰라 속으로만

끙끙대며 숨기지 않겠는가?

이아고 마이클 캐시오는

감히 맹세컨대, 그러니까 제 생각엔, 정직한 사람입니다.

오셀로 나도 그리 생각하네.

이아고 자고로 겉모습이 곧 그 사람을 말해 주지요.

부정직한 사람은 절대 정직해 보이지 않습니다.

오셀로 물론이지. 자고로 겉과 속은 같은 것이야.

이아고 고로 캐시오는 정직한 사람인 것 같습니다.

오셀로 어허, 뭔가 더 할 말이 있는데?

제발 자네 본심을 말해 주게나.

곰곰이 생각해서 최악이다 싶은 것을 말해 봐.

---

7) 베드로가 예수님에게 한 말과 같다. (요한복음 21장 15-17절 중에서)

가장 추잡한 말이라 하더라도.

이아고 덕망 높은 장군님. 송구합니다만

다른 모든 임무는 부여받았지만

노예라면 누구나 부여받은 자유만은 제게 없습니다.

제 생각을 말해요?

아니, 사악하고 그릇된 생각이면 어쩝니까?

추잡한 것들도 이따금씩 궁을 뚫고

들어오지 않습니까? 불결한 생각 없이

관직 후보 채택이며 법정 회의며 회기를 지킨답시고

정당하게 쌓은 명성으로

자리를 꿰찬 사람이 어디 있겠습니까?

오셀로 이아고, 자네의 벗을 계략에 빠지게 할 셈인가.

벗이 잘못을 저지르고 있는데도 그의 귀를

생전 처음 보는 것처럼 속마음을 귀띔하지 않을 것인가?

이아고 청컨대, 제가 혹시라도 사악한 짐작을 하더라도

고백컨대, 저는 악행을 찾아다니거나

너무 열심히 찾는 바람에 잘못이 없는데도 잘못을 만드는

타고난 고질병이 있는 것이니,

장군님의 지혜로 온전치 못한 추측들은

무시하시고 저의 어지럽고 불확실한 관찰 때문에

괜한 고충만 늘리지 마십시오.

제 생각을 아뢰는 것은 장군님의 평온과 안위에도,

제 용기와 정직과 지혜에도 득 될 것이 하나도 없습니다.

오셀로 무슨 소린가?

이아고 친애하는 장군님, 명성이란 남녀 누구에게나

아주 가까이서 영혼을 보석처럼 빛나게 합니다.

지갑은 도둑맞으면 쓰레기에 불과합니다.

그저 시시할 뿐이지요.

내 것이었다가, 저 사람 것이었다가,

노예처럼 수천 명을 거쳤겠지요.

하지만 명성을 도둑맞으면

훔친 자는 부자가 되진 않지만

도둑맞은 자의 삶은 궁핍해지겠지요.

오셀로 원, 세상에! 자네 속마음을 알아내고야 말겠네.

이아고 알아내실 턱이 없지요. 제 심장을 손에 쥐고 계셔도

관리는 제가 하는 한 알아낼 방도가 없으실 겁니다.

오셀로 하!

이아고 장군님, 질투가 무엇인지 아셔야 합니다!

제 먹이를 장난감처럼 괴롭히는

탐욕스러운 괴물이지요.

오쟁이진 남편도 행복하게 살 수는 있습니다.

왜냐하면 마누라랑 잔 놈과는

살아생전 가깝게 지내진 않을 테니까요.

하지만, 오! 마누라를 끔찍이 사랑하지만 믿지는 못하고,

의심하면서도 열렬히 사랑하는 자에게
그 더딘 세월은 고통스러울 것입니다.

오셀로 오, 비참하겠지!

이아고 가난하지만 만족하며 사는 사람은 부자입니다.
큰 부자이지요.
허나 무한한 부를 누리는 사람은 겨울만큼 가난합니다.
가난해질까 봐 두려움에 떨기만 하니까요.
선하신 하늘이여, 우리 인간의 영혼을
질투로부터 보호해 주소서.

오셀로 아니, 왜 그런 소릴 하는가?
달이 조금씩 기울 때마다
내가 의심에 의심을 거듭하기라도 한단 말인가?
아니야. 내가 조금이라도 그랬다면
의심을 풀어야지. 자네의 추리를 조목조목 맞춰 보면서
터무니없고 부풀려진 추측에 내 정신을 팔 바에는
차라리 염소가 되겠네.
내 아내가 예쁘고, 잘 먹고, 사교적이고, 언변도 좋고,
노래와 연주, 춤에도 소질이 있다고
자네가 말해도 샘나지 않아.
이미 정숙한데다 재주까지 있으면 더욱 덕이 쌓이겠지.
내 자격지심으로 그녀가 변심할까 봐
두려워하고 의심하진 말아야지.

데스데모나가 나를 택할 때 정신을 바짝 차렸을 테니.
아니야, 이아고. 의심을 하려면 직접 본 후에 하겠네.
의심이 들면 증거를 찾아야지.
증거를 찾으면 남은 일은 하나.
사랑이고 질투고 죄다 당장 거두어 버릴 테다.

이아고 그 말을 들으니 기쁩니다. 저도 더욱 숨김없이
호의를 베풀고 의무에 임할 수 있으니까요.
고로 본연의 임무로 돌아가, 한 말씀 아뢰옵니다.
증거가 없는 이야기입니다.
마님을 잘 보십시오.
캐시오와 함께 있는 모습을 눈여겨보십시오.
그 눈에 질투심도 담지 말고 온전한 믿음도 담지 마십시오.
저는 장군님의 타고난 선의에서 비롯된
너그럽고 고결한 성품이 이용당하길 원치 않습니다.
그 점을 조심하십시오.
저는 베니스인의 기질을 잘 알지요.
베니스인이 음란한 장난을 치면, 하느님께는 고백해도
남편에게는 절대 침묵하지요. 그들에게 양심이란
들키지 않으려 애쓰는 것이지,
죄짓지 않으려 애쓰는 것이 아니지요.

오셀로 그게 정말 사실인가?

이아고 마님은 장군님과 혼인할 때도 아버지를 속였지요.

장군님의 모습을 보고 부들부들 떨며
두려워하는 것 같았지만 실은 무척 좋아하셨잖아요.

오셀로 그랬지.

이아고 거 보세요. 그러셨다니까요.
마님께서는 어리지만 그럴듯한 모습으로
부친의 눈을 오크나무로 감싼 듯 봉인해서는
주술로 착각하게 했지요. 이제 저를 나무라셔도 좋습니다.
장군님을 끔찍이 아끼는 마음에
이리 무례를 범하였으니 부디 용서해 주십시오.

오셀로 내 자네에게 평생 갚지 못할 빚을 졌어.

이아고 기분이 조금 상하신 듯합니다.

오셀로 전혀, 전혀 그렇지 않아.

이아고 분명합니다. 기분이 상하셨어요.
모두 장군님을 아끼는 마음에 드린 말씀이라
여겨 주십시오. 허나 힘겨워 보이십니다.
청하옵건대, 제 얘기를 지나치게 왜곡하거나
원래의 의혹을 크게 부풀리진 않으셨으면 좋겠습니다.

오셀로 그러지 않겠네.

이아고 장군님, 혹시라도 그러시면
제 의도와는 관계없이 일이 안 좋게 풀릴 수도 있습니다.
캐시오 님은 저의 훌륭한 벗입니다.
장군님, 기분이 나쁘시군요.

오셀로 아닐세, 그리 나쁘진 않아.

그저 데스데모나가 정직하리란 생각뿐이네.

이아고 정직하고말고요. 그리 생각하시고 오래오래 사십시오.

오셀로 허나 본성이 있어도, 벗어날 수도 있으니-

이아고 옳지, 바로 그겁니다. 툭 털어놓고 말씀드리자면,

부인께서는 고향도, 피부색도,

지위도 같은 사내들의 구혼을 여지없이 모두 마다했지요.

본성대로라면 끌릴 법한 조건입니다.

푸! 그런 음탕한 욕구와 역겨운 모순과 기괴한 생각에서

무슨 냄새가 날 법도 한데요.

허나 송구스럽게도, 제가 마님에 대해 구체적으로

말씀드릴 입장은 아니지요. 그래도 혹시

부인의 현명한 판단력이 욕망에 자리를 내주고,

장군님과 고향에서 온 사내들을 비교하게 될까 봐

염려가 되어 말입니다.

오셀로 어서 가보게나. 어서.

혹시 더 알게 되면 귀띔해주게.

자네 마누라에게 잘 살피도록 지시하고.

날 혼자 내버려두게, 이아고.

이아고 그럼 저는 이만 가 보겠습니다, 장군님.

(이아고 퇴장)

오셀로 (방백) 결혼을 뭐하러 했을꼬?

이 정직한 사람은 분명 내게 말해준 것보다

더욱 많이, 훨씬 많이 보고, 또 알고 있어.

이아고 (재등장) 장군님, 청하건대 부디

그 일을 곱씹지 마십시오. 시간에 맡기십시오.

캐시오의 복귀는 적절한 처분입니다.

능력이 뛰어나니까요.

허나, 당분간 그를 멀리 하시고 캐시오가 어떤 사람인지,

본래의 목적은 무엇인지 알아보십시오.

부인께서 아주 열렬하게 매달리며

얼마나 복귀를 청하는지 눈여겨보십시오.

그러면 많은 것을 파악할 수 있을 것입니다. 그동안

저는 겁을 잔뜩 먹은 상태라 여겨 주세요.

당연히 겁먹을 수밖에 없지요.

그리고 부디, 마님이 결백하다는 생각은 잃지 마시고요.

오셀로 내가 어찌 처신할지는 걱정 말게나.

이아고 그럼 한 번 더, 이만 가 보겠습니다.

(이아고 퇴장)

오셀로 저 친구는 무척 정직한 데다

동태만 살펴봐도 모두 파악할 정도로

사람을 꿰뚫어 본다니까.

그녀의 발목 끈이 내 소중한 마음의 끈에

이어져 있긴 하지만

그녀가 사나운 매처럼 길들여지지 않는다면

저 멀리 떨어뜨려 운명에 내던져서

그 희생양으로 만들어 줄 테다.

아마도 내가 흑인이고,

궁중 신하들처럼 멋진 예법도 몸에 배지 않은데다,

점점 나이가 들어서 그런 것일까?

하지만 내가 그 정도로 많이 늙진 않았어.

그녀는 가 버렸어. 난 배반당했고.

마음의 위안을 찾으려면 그녀를 증오하는 수밖에.

오오, 빌어먹을 결혼!

남편들은 이 섬세한 창조물들이 제 소유가 된 줄 알지만

아내들의 정욕은 갖지 못하는구나!

지하 감옥이 뿜어대는 연무 속에 사는 두꺼비가 될지언정 내가 사랑하는 물건을 다른 놈이 쓰는데도

한쪽 구석을 지키며 살 순 없지.

허나 우리 비범한 사람들은

바람맞고 뿔을 달 저주를 타고나니,

비천한 이들이 누리는 특혜만도 못한 운명이로구나.

허나 이는 죽음처럼 어찌할 수 없는 운명.

뱃속에서 태동하는 순간, 그 저주는 곧

우리의 운명이 되었다. 저기 그녀가 오는군.

(데스데모나, 에밀리아 등장)

나를 속인 것이 사실이라면 하늘도 거짓인 셈이니

더 이상 믿지 않을 테다.

데스데모나 아니, 내 사랑 오셀로 님. 어찌된 일인가요?

초대하신 이 섬의 귀하신 분들께서

저녁 식사에 오셔서 장군님을 기다리고 계세요.

오셀로 미안하군.

데스데모나 왜 이리 힘없이 말씀하세요?

몸이 안 좋으신가요?

오셀로 머리가 아프군. 여기 이마 쪽이.

데스데모나 잠을 못 주무셔서 그래요. 금방 가라앉을 거예요.

머리를 단단히 감싸드릴게요.

한 시간이면 나아질 거예요. (손수건을 꺼낸다)

오셀로 손수건이 너무 작아.

그냥 내버려 둬.

(손수건이 떨어진다)

이리 와요. 함께 갑시다.

(오셀로와 데스데모나 퇴장)

에밀리아 (손수건을 줍는다)

손수건을 발견해서 다행이지 뭐야.

무어 님이 부인께 준 첫 기념물이지.

내 유별난 남편이 훔쳐 달라고

수백 번은 졸라댔지만 마님이 아끼시는 징표라서,
무어 님께서 영원히 간직해 달라고
애절하게 청하셨으니까, 입도 맞추고 말도 건네면서
항상 가까이에 지니고 다니실 정도잖아.
자수 모양만 베껴다가 이아고에게 줘야지.
남편이 손수건으로 뭘 할지 하늘만이 아시겠지.
낸들 알겠어? 나야 그 사람 망상만 채워 주면 되니까.

(이아고 등장)

이아고 어째서! 여기 혼자 있는 거야?

에밀리아 잔소리 좀 그만해요. 당신에게 줄 게 있다고요.

이아고 내게 줄 것이라니? 누구한테든 다 주는 것이겠지.

에밀리아 뭣이 어째요?

이아고 마누라가 멍청하다고.

에밀리아 오, 말 다했지요? 그럼 손수건 대신 뭘 줄 수 있는데요?

이아고 무슨 손수건?

에밀리아 무슨 손수건이라니?
아니 글쎄, 무어 님이 데스데모나 부인께
처음으로 준 손수건이요.
당신이 훔쳐 달라고 수도 없이 졸랐잖아요.

이아고 훔쳤어?

에밀리아 아뇨. 마님이 무심코 떨어뜨려서 기회를 잡았지요.

내가 여기 있었으니 주울 수 있었다고요. 자, 보세요.

이아고 잘했어. 어서 줘.

에밀리아 뭘 하시려고 이걸 훔쳐 달라고 그렇게 간청을 했을까?

이아고 (낚아채며) 글쎄 그게 당신이랑 무슨 상관인데?

에밀리아 중요한 일 아니면 도로 내놔요.

가엾은 마님, 잃어버린 것을 아시면

어찌할 바를 모르실 텐데.

이아고 아는 척 말아. 써먹을 일이 있어. 이제 가봐.

(에밀리아 퇴장)

이 손수건을 캐시오 집에다 슬쩍 놔두고

캐시오가 보게 만들어야지.

공기처럼 가볍고 하찮은 단서도, 시기하는 자에게는

성서처럼 강력한 증거가 되지. 쓸모가 있을 거야.

무어 녀석이 내 독에 중독되어 변하기 시작했으니까.

위험한 생각이란 자고로 독과 그 본질이 같아.

처음 입에 넣을 때는 살짝 쓰던 것이

아주 조금의 양만 핏속을 파고들어도

뜨거운 용암처럼 타오르기 시작하지.

(오셀로 등장)

내가 말한 대로야.

봐, 저기 오네. 아편도 맨드레이크 수면제도,

잠깨나 재워 준다는 세상의 그 어떤 약재도

두 번 다시 어젯밤처럼

녀석을 곤히 잠들게 하진 못할 테지.

오셀로 이런! 이런! 그녀가 날 배신한 게야?

이아고 장군님, 어째서 그러십니까? 이제 그만하십시오.

오셀로 저리 가! 꺼져! 나를 고통스러운 고문대에 올려 놓다니.

제대로 알지 못할 바에는

차라리 철저하게 속는 편이 나아.

이아고 왜 이러십니까, 장군님!

오셀로 은밀한 욕정이 아내를 앗아 가는 동안

전혀 눈치채지 못했어.

보지도 못했고 의심도 안했으니

이렇게 가슴 아프지도 않았지.

다음 날 밤엔 잠도 잘 잤고, 잘 먹고 속 편하고 행복했어.

아내의 입술에서 캐시오의 입맞춤도 못 느꼈어.

도둑맞았지만 이를 눈치채지 못했다면

그 사실을 알리지 말지어다.

그러면 도둑맞지 않은 것과 다름없으니.

이아고 그리 말씀하시다니 유감입니다.

오셀로 한 부대의 졸병 나부랭이들이 모두

아내의 달콤한 육체를 맛보았다고 해도
그 사실을 내가 모르기만 했다면 행복했겠지.
오, 이제 평온한 마음과는 영영 작별이다. 행복이여 안녕!
야망에 덕을 실어 주었던 깃털로 장식한 군대여,
치열한 전쟁이여, 안녕. 오, 잘 가거라.
히힝 우는 말과 쩡쩡하게 울리는 트럼펫 소리,
영혼을 뒤흔드는 북소리, 귓전을 때리는 피리 소리,
왕족의 문장이 그려진 깃발,
전쟁을 의미하는 모든 것들이여.
우월감, 화려한 행렬, 영광스런 승전보를 알리는
의식들이여, 작별을 고하노라!
오오 불멸의 주피터 신이 토해 내는
무시무시한 아우성에 버금가는
울퉁불퉁한 목구멍이 달린 죽음을 부르는 화포들이여,
작별을 고한다. 군인으로서의 오셀로는 이제 없어.

이아고 그게 가능하기나 한 소리입니까, 장군님?

오셀로 사악한 놈. 분명히 네놈이 내 사랑을 창녀로 만들었어.
명심해. 눈으로 볼 수 있는 증거를 대라.
(이아고의 멱살을 잡으며)
불멸의 영혼을 두고 맹세하건대
네놈이 증거를 대지 못하면,
분노에 눈뜬 나를 감당하느니

개로 살아가는 편이 낫겠다는 생각이 들게 해 주마.

이아고 이렇게 되고 만 것입니까?

오셀로 직접 봐야겠어. 아니면 입증해 봐.

빼걱대거나 흔들거리는 그 어떤 의혹도 있어서는 안 돼.

입증하지 못하면 화를 면치 못하리라.

이아고 고결하신 우리 장군님.

오셀로 내 아내를 중상하고 나를 괴롭히기라도 하면

기도도 후회도 모두 부질없게 될 것이다.

그 대갈통 위로 참혹한 일을 쌓고 또 쌓아도,

네놈이 저지른 일보다 더 소름끼치는 죄는 없을 테니

차라리 하늘이 슬피 울고

온 세상이 경악할 만한 일을 저지르는 편이 나을지도.

이아고 오, 자비를! 오 하늘이시여, 저를 용서하소서!

정녕 사람이 맞으십니까? 넋이나 이성을 잃으셨습니까?

신께서 함께하시길. 저를 파직하십시오.

오, 정직으로 부덕을 범한 가엾은 바보 같으니라고!

오, 세상이 이리도 극악무도할 수가!

세상 사람들, 여기. 내 말 좀 들어보세요,

올곧고 정직한 사람은 무사하지 못합니다.

가르침에 감사합니다. 이제부터 저는 벗에게

그 어떤 호의도 베풀지 않겠습니다.

호의는 불명예를 낳을 뿐이니까요.

오셀로 아니, 잠깐. 자네는 분명 정직한 사람이지.

이아고 현명한 사람이 되어야지요. 정직은 곧 어리석음입니다.

정직하게 대하면 벗을 잃고 말테니까요.

오셀로 하늘에 맹세코,

아내가 정직하다고 생각했는데 그렇지 않은 듯하고.

자네가 지조 있다고 생각했는데 아닌 듯하고.

증거가 있어야 해.

달의 여신 다이애나만큼 순결했던 아내의 평판이

이젠 내 얼굴처럼 더럽고 시커멓게 변해 버렸어.

노끈이나 칼, 독, 불, 뛰어들 개울만 있다면

참지 못해 일을 저질렀을 거야.

진실을 제대로 알 수만 있다면!

이아고 알겠습니다, 장군님. 격정에 사로잡히셨군요.

넌지시 귀띔해 드려서 정말 송구합니다.

증거를 원하신다고요?

오셀로 원하느냐고? 원하고말고! 포착하고 말 테다.

이아고 그럼 그러시지요. 그런데 어떻게?

어떻게 포착하시려고요, 장군님?

구경꾼처럼 야만스럽게 멍하니 입을 헤 벌린 채

마님을 덮치는 장면이라도 포착하시게요?

오셀로 죽음과 저주를! 오!

이아고 그런 광경을 포착하려고 하다가는

지쳐서 뻗으실지도 모릅니다. 누구라도 그 두 사람이
서로를 떠받치고 있는 광경을 봤다면
그때 그들을 저주하시지요.
그럼 이제 무엇을, 어떻게 하느냐?
글쎄, 뭐라고 말씀드릴지. 증거는 어디 있냐면,
절정에 이른 염소나 달아오른 원숭이가 되어도,
한창 기름이 오른 음란한 늑대나,
취해서 세상모르는 멍청이가 되어도
그 장면을 포착하기는 하늘의 별따기지요.
하지만 한 말씀 올리자면,
진실의 문으로 이어지는 허점이나 강력한 정황이 있어
입증할 수만 있다면, 증거를 포착할 수 있겠지요.

오셀로 그녀가 정절을 지키지 않았다는 뚜렷한 이유를 대봐.

이아고 그런 직무를 맡고 싶지는 않습니다.
하지만 이왕지사 이 일에 깊이 관여하게 되었으니,
어리석게도 정직과 호의를 베풀다가 이리 되었습니다만,
계속 맡지요. 근래에 캐시오 님과 한 침대를 썼는데
저는 이가 아파서 잠을 이루지 못했지요.
왜 하도 방탕하게 놀아나서,
자면서도 정사를 나누는 것처럼 웅얼거리는 놈들이 있지 않습니까?
캐시오 님이 그렇더군요.
그가 자면서 말하더군요. "사랑스러운 데스데모나,

경계를 늦추지 말고 우리 사랑을 비밀로 간직해요."라고.
장군님, 그러더니 글쎄 내 손을 꼭 쥐고 비틀고는
큰 소리로 "오 사랑스러운 여인!"이라고 말하더니
내 입 속에서 자란 뿌리라도 뽑으려는 듯
내게 거칠게 키스를 하고 허벅지를 올리더니,
숨을 내쉬며 키스하고, 급기야
"그대를 무어 녀석에게 내주다니
저주받은 운명이로구나!" 하고 소리치지 뭡니까!

오셀로 오, 망측하도다! 망측해!

이아고 아니, 그저 캐시오 님의 꿈일 뿐이지요.

오셀로 하지만 이미 끝났다는 의미도 되지.

이아고 예리한 추측이십니다. 고작 꿈에 불과하지만,
아주 빈약해 보이는 다른 증거에
힘을 실어 주기도 하지요.

오셀로 내 이년을 찢어 버릴 테다!

이아고 어허. 현명해지셔야지요.
아직 아무것도 확인하지 못했습니다.
지조를 지켰을 수도 있습니다. 한 가지만 확인하지요.
이따금씩 마님이 딸기 문양이 수놓인 손수건을
쥐고 계신 모습을 본 적이 있는지요?

오셀로 그 비슷한 손수건을 내가 줬지. 첫 정표였어.

이아고 그랬는지는 몰랐습니다만 마님이 가진 손수건이

분명 그렇게 생긴 것이었지요. 캐시오가 그 손수건으로

수염을 닦는 모습을 오늘 제가 똑똑히 보았지요.

오셀로 그 손수건이 같은 손수건이라면…….

이아고 같은 손수건이든, 마님의 물건 중 그 어떤 것이든

다른 증거와 함께 놓고 볼 때

마님의 결백을 입증하지 못합니다.

오셀로 오, 그 노예 자식의 목숨이 사만 개는 돼야 할게야!

한 개로는 턱없이 부족해. 죄다 되갚아 주기에는 부족해.

이제야 진실이 보이는구나. 이봐, 이아고.

이제 내 빌어먹을 사랑은 바람을 타고

저 하늘로 날아가 버렸어. 사라졌다고!

분노로 들끓는 복수여, 저 깊은 지옥에서 몸을 일으켜라.

오, 사랑이여, 물러나라. 왕관과 부동의 왕좌 대신

그대에게 포학한 증오를 내리리라! 작은 독사의 혀로

그대의 가슴은 근심으로 부풀어 오를지니!

이아고 진정하십시오.

오셀로 오, 피, 피, 피를 원해! (무릎을 꿇는다)

이아고 참으십시오. 마음이 변하실지도 모릅니다.

오셀로 절대 바뀌지 않아, 이아고.

얼음처럼 차고 격동적인 폰틱 해[8)]처럼,

절대 사그라지지 않고

---

8) 지금의 흑해

프로폰티스 해[9]와 헬레스폰트 해협[10]으로
일정하게 흘러가는 썰물처럼,
격렬하게 움직이는 내 피 끓는 마음도
드넓고 크나큰 복수가 그들을 삼켜 버릴 때까지
절대 돌아보거나 겸허한 사랑에 휩쓸려 가는 일은
없을 것이다. 저 대리석 같은 하늘을 두고
성스러운 다짐에 경의를 표하며,
이곳에서 이 약속을 지킬 것을 맹세하노라.

이아고 아직 그대로 계십시오. (이아고도 무릎 꿇는다)
저 하늘 위에서 불타는 빛이시여,
증인이 되어 주십시오.
우리를 둘러싸며 돌고 있는 별들이여,
똑똑히 봐 두십시오.
여기 이 이아고가 마음과 손과 심장의 본분을 저버리고
불행을 맞은 오셀로 장군님을 위해 일할 것을 맹세합니다.
장군님이 명을 내리시면 그 어떤 잔혹한 일이라도
제 의무로 받아들여 복종하겠나이다.

오셀로 자네의 충심을 환영하네.
빈말이 아니라 온 마음으로 충심을 받아들이겠네.
지체 없이 자네를 시험해 봐야지.

---

9) 지금의 마르마라 해
10) 지금의 다르다넬스 해협

사흘 내로 캐시오가 이 세상 사람이 아니라는 말을

자네를 통해서 듣고 싶네.

이아고 제 벗은 죽었습니다.

분부하신 그대로 이루어질 것입니다.

하지만 마님을 죽이진 마십시오.

오셀로 그 사악한 탕녀에게는 저주를. 저주받아라. 저주를!

이리 오게. 같이 가지. 난 그 눈부신 악녀를

단숨에 죽일 궁리를 하면서 칩거하겠네.

이제 자네가 내 부관이네.

이아고 당신의 영원한 부관이 되겠습니다.

(퇴장)

제4장

성앞

(데스데모나, 에밀리아, 광대 등장)

데스데모나 이봐, 부관 캐시오 님이 어디서 자는지 알아?

광대 어디서 주무시는지 감히 말씀드리지 않겠습니다.

데스데모나 왜?

광대 그분은 군인이신데 거취를 말씀드리면
전 칼에 맞아 죽을지도 모릅니다요.

데스데모나 어서 말해줘. 그분이 자는 곳이 어디야?

광대 그분 숙소를 입에 담는 것은
거짓을 아뢰는 것과 다르지 않아요.

데스데모나 알아듣게 얘기 좀 해봐.

광대 전 그분 숙소를 모르니 얘기를 꾸며 대면서

"여기요, 저기요."라고 말씀드리면

이 목구멍으로 거짓을 고하는 꼴이 되지요.

데스데모나 물어서 알려줄 수는 없니?

광대 그분 행방에 대해 사람들에게 문답해 보지요.

질문하고, 질문에서 답을 구하고.

데스데모나 찾아서 이리 좀 오시라고 해. 그를 대신해서

장군님께 독촉했으니 일이 다 잘 될 것이라 전해줘.

광대 그 일이라면 인간의 머리로는 할 수 있겠군요.

한 번 시도해 보겠습니다.

(광대 퇴장)

데스데모나 에밀리아, 내가 그 손수건을 어디서 잃었을까?

에밀리아 잘 모르겠습니다, 마님.

데스데모나 정말이지 차라리 금화가 가득 들어 있는

지갑을 잃는 편이 낫겠어. 우리 고결한 무어 님이

마음이 진실하시고 질투심에 찌든 동물처럼

천박하진 않으시지만,

좋지 않은 생각을 품고도 남을 물건이니.

에밀리아 질투를 안 하신다고요?

데스데모나 누구요, 그분이? 그분이 태어나신 곳의 태양 별이

질투를 만드는 체액을 모조리 빨아들였을걸?

에밀리아 보세요. 장군님이 이쪽으로 오시네요.

(오셀로 등장)

데스데모나 캐시오에게 복직을 명하실 때까지 장군님 곁을

지킬 테야. 여보, 어떠세요?

오셀로 괜찮소, 부인. (방백) 오, 괜찮은 척하려니

꽤 힘들군! 별 일 없소, 데스데모나?

데스데모나 별일 없고말고요, 여보.

오셀로 손을 이리 주시오. 손이 축축하구려, 부인.

데스데모나 제 손은 늙지도 않고 슬픔도 못 느끼나 봐요.

오셀로 그 소린 아이도 가지기 쉽고 자유분방하단 말 같소.

이처럼 화끈화끈 달아오르고 축축한 손은

방종과 단식, 기도, 교정 수련과 신앙 수련과는

거리를 두어야지.

이처럼 젊고 땀에 젖은 악마는 대개 일을 치고야 말거든.

예쁜 손이군. 정직한 손이야.

데스데모나 그렇고말고요.

이 손으로 당신께 제 마음을 전했잖아요.

오셀로 아낌없이 내어 주는 손이군.

옛 사람들은 손으로 마음을 전했다지.

헌데 요즘은 손만 내어 주고 마음은 안 준다더군.

데스데모나 이런 얘기는 그만 하자고요. 자, 약속하셨잖아요.

오셀로 무슨 약속 말이요, 부인?

데스데모나 캐시오 님과 얘기를 나눠 보시라고 청했잖아요.

오셀로 성가시고 불쾌한 감기 때문에 힘들군.

손수건 좀 이리 주시오.

데스데모나 여기, 여보.

오셀로 내가 준 손수건을 주시오.

데스데모나 지금 없어요.

오셀로 없다고?

데스데모나 네, 여보.

오셀로 그것 참 안타깝소. 그 손수건은

내 어머니께서 한 이집트 여인에게 받았지요.

무녀였는데 사람 마음을

거의 꿰뚫어 보는 사람이었다오. 그녀가 말하길

어머니가 그 손수건을 지니면 사랑스럽게 보이고

아버지의 사랑을 차지할 수 있지만,

잃거나 다른 사람에게 선물로 줘 버리면

어머니를 보는 아버지의 눈이 증오로 바뀌고,

그 영혼도 새로운 사랑을 찾아 헤맬 것이라고 했소.

돌아가시면서 어머니는 그 손수건을 주시며 부탁하셨지.

운명이 이끌려 아내를 얻으면 그 손수건을 주라고.

그래서 줬던 것이오. 그러니 조심하시오.

손수건을 당신의 눈처럼 소중히 하시오.

그 손수건을 잃어버리거나 다른 이에게 줘 버리면

다른 일과는 비교도 못할 엄청난 파멸을 불러올 것이오.

데스데모나 정말 그럴까요?

오셀로 정말이오. 손수건 천에 마법이 걸려 있다니까.

그 무녀는 하루하루를 헤아리면서

태양 둘레를 200바퀴나 돌 동안에

예언의 무아지경에 사로잡혀 그 손수건을 짰소.

그 명주실도 성스러운 누에고치가 뽑아냈고

그 숙련공이 처녀의 심장으로 만든 체액으로

염색한 것이지.

데스데모나 정말이요? 사실인가요?

오셀로 확실하오. 그러니 잘 보관하시오.

데스데모나 그런 물건이라면 차라리 보지 않았더라면 좋을 뻔했군요.

오셀로 하! 무슨 이유로?

데스데모나 왜 그리 화를 내며 말씀하시나요?

오셀로 잃어버린 것이오? 없어졌냐고?

대답하시오. 없애 버린 거요?

데스데모나 어머나, 세상에!

오셀로 뭐라고 했소?

데스데모나 잃어버리지 않았어요. 하지만 만약 잃어버리면요?

오셀로 이것 참!

데스데모나 말했잖아요. 잃어버리지 않았다고.

오셀로 그럼 가져와 보오. 직접 봅시다.

데스데모나 그럴 수도 있지만 장군님. 지금은 싫어요.

제가 부탁한 일을 신경 쓰지 못하게 하려는 속임수죠?

부탁이에요. 캐시오 님에게 복직을 명하세요.

오셀로 손수건을 가져오라니까. 마음이 온통 의혹투성이군.

데스데모나 제발요, 제발. 더 적합한 사람을 못 구하실 거예요.

오셀로 손수건을!

데스데모나 일생 동안 당신의 총애로 자수성가한 사람이에요.

위험할 때도 함께 있어 줬잖아요.

오셀로 손수건을 가져오라잖소!

데스데모나 정말이지 잘못하시는 거예요.

오셀로 제기랄! (퇴장)

에밀리아 질투가 아닐까요?

데스데모나 이런 적이 한 번도 없었어.

그 손수건에 정말 신비한 뭔가가 있나 봐.

그걸 잃어버리다니 정말 속상해.

에밀리아 남자는 한두 해만 지나도 본색을 드러내지요.

그들은 뱃속이고 우린 그저 음식일 뿐이에요.

우리를 배불리 먹고 배가 부르면 토해 버리죠.

보세요. 캐시오 님과 제 남편이 오네요.

(캐시오와 이아고 등장)

이아고 다른 방도가 없습니다.

이 일을 해결할 사람은 오직 마님이세요.

오, 때마침 잘되었군요. 부인께 가서 부탁해 보세요.

데스데모나 안녕하세요, 선량한 캐시오 님. 별일 없으시죠?

캐시오 부인, 일전에 드렸던 부탁 말입니다. 청하건대

자비를 베풀어 주시어 제 직분을 수행하고

장군님의 총애를 얻고 싶습니다.

충성을 다해서 그분을 온전히 존경하겠습니다.

더 이상 지체하고 싶지 않습니다.

지은 죄가 너무 치명적이라

지난날의 업적과 현재의 비통함,

앞으로 헌신하겠다는 약속으로도

총애를 되찾을 수 없다면,

그런 사실을 그저 확인만 해도 만족하겠습니다.

그렇게라도 억지로 미련을 버리고

다른 일을 찾아서 제 운명을 구해야지요.

데스데모나 세상에. 참 점잖기도 하셔라.

제가 지금은 캐시오 님을 잘 변호하고 있지 못해요.

장군님이 평소답지 않으세요. 만약 장군님의 외모가

지금의 감정 상태처럼 변한다면 알아보지 못할 거예요.

정령들은 알 테지요.

제가 최선을 다해 캐시오 님을 변호했고,

너무 과하게 청하는 바람에

장군님의 기분을 상하게 했다는 사실을요.
당분간은 참으셔야 해요.
제가 할 수 있는 일, 아니 그 이상의 일도 시도해 볼게요.
얘기는 이 정도로 해 두지요.

이아고 장군님이 화나셨다고요?

에밀리아 그냥 획 나가 버리셨어요.
분명 평소답지 않게 초조해 하셨어요.

이아고 장군님이 화를? 아니 아군이 대포에 맞아
갈가리 찢겨도 평정을 지키셨고,
마치 악마처럼 제 팔을 휘둘러
형을 날려 버리시던 분이, 화를 내셨다고?
그렇다면 정말 중요한 일이 생겼나 봐. 찾아뵈어야지.
분명 무슨 일이 있을 거야. 화까지 내셨다면.

데스데모나 부디 그리해 주세요.

(이아고 퇴장)

분명 베니스에서 보낸 나랏일 때문이거나
이곳에서 진행 중인 음모가 드러나서
그분의 맑은 정신을 흐려 놓은 거야.
이런 경우 남자들은 대개 훨씬 중요한 일을 두고도
사소한 일로 속이 뒤틀리곤 하지. 다 그런 식이지.
손가락 하나만 아파도 건강했던 다른 부위가 아프잖아.
아니야. 남자가 신은 아니니까.

결혼식 때 신부를 대하듯 모든 일을 신사적으로

처리하는 것도 아니지. 망할 내 잘못이야, 에밀리아.

이런 일을 겪어 보지 못한 난 속으로

장군님의 평소답지 못한 행동을 원망했어.

하지만 이제 내 마음의 증인이 매수당했고

그를 원망했던 것도 모두 오해 때문임을 알았어.

에밀리아 부디 하늘께서 도우시어 마님 생각처럼 나랏일이길 바래요.

단순한 망상이나 질투는 아니길.

데스데모나 그럴 리가! 난 질투하실 만한 빌미를 준 적이 없어.

에밀리아 하지만 투기 어린 영혼은 그런 식으로 반응하지 않아요.

무슨 이유가 있어 질투하는 게 아니랍니다.

질투가 나니까 질투하는 거예요. 질투란

스스로 생기고 태어나는 괴물이지요.

데스데모나 하늘이여, 오셀로 님의 마음에

괴물이 생겨나지 않게 해 주세요!

에밀리아 마님 말씀에 아멘.

데스데모나 그를 찾아봐야지. 캐시오 님, 이 주변을 좀 거닐고 계세요.

저는 적당한 때를 봐서 장군님께 다시 청해서

최선을 다해 끝장을 보렵니다.

캐시오 고개 숙여 부인께 감사드립니다.

(데스데모나와 에밀리아 퇴장. 비앙카 등장)

비앙카 살아계셨네, 캐시오 이 양반!

캐시오 집에서 여기까지 어쩐 일이야?

잘 지냈어, 세상에서 제일 예쁜 우리 비앙카?

우리 예쁜이, 사실은 막 자기한테 가려고 했어.

비앙카 헌데 난 자기 숙소로 가고 있었겠지, 캐시오.

뭐야, 일주일이나 안 나타나? 이레 밤낮동안?

여덟 시간을 스무 번, 게다가 또 여드레를?

애인 없는 나날은 시계보다 더 지루하단 말이야,

여덟 곱하기 이십 배나! 오, 셈은 너무 힘들어!

캐시오 미안해, 비앙카. 그동안 중압감에 시달려서 그래.

대신 그간 그렇게 오래 자리를 비운 만큼

오래오래 발길 끊지 않을 테야. 사랑스러운 비앙카.

(데스데모나의 손수건을 건네며)

날 위해 이 문양의 본을 좀 떠줘.

비앙카 오, 캐시오. 이건 어디서 난거야?

새 여자한테 받은 정표인 거야!

왜 자리를 비웠는지 이제 알 것 같아.

그런 거였어? 그럼, 그렇지.

캐시오 이제 가봐, 이 여자야.

악마가 들려준 그런 나쁜 짐작이랑은

다시 악마가 씹어 먹게 해. 지금 질투 나서

다른 정부한테 받은 정표라고 우기는 거잖아.

그게 아니라고. 맹세해, 비앙카.

비앙카 그럼. 누구 물건이야?

캐시오 나도 몰라. 내 방에 있더라고.

문양이 참 마음에 들어. 누가 돌려 달라기 전에,

문양을 똑같이 베껴 둬야지. 그러고도 남아.

가서 그리해 줘. 날 잠깐 혼자 내버려 둬.

비앙카 혼자 내버려 두라니! 왜?

캐시오 여기서 장군님을 기다리는데

신뢰가 떨어질 수도 있으니까

여자랑 함께 있는 모습을 보여주기 싫어.

비앙카 왜?

캐시오 사랑하지 않아서 그러는 게 아니야.

비앙카 사랑하지 않잖아.

나랑 조금만 걸어 주면 좋잖아.

오늘 밤에 만날지 얘기도 좀 해 주고.

캐시오 기다리는 중이니 조금만 걷자. 하지만 곧 만날 거야.

비앙카 좋아. 당신 말대로 해야지.

(비앙카 퇴장)

제4막

제1장

사이프러스섬, 성 앞

(오셀로와 이아고 등장)

이아고 정말 그렇게 생각하신단 말입니까?

오셀로 그렇게라니, 이아고?

이아고 뭐 그러니까, 은밀하게 키스 좀 나눴기로서니.

오셀로 관례에 어긋나는 키스야!

이아고 홀딱 벗고 친구와 침대에서 한두 시간 함께 있었다고

나쁜 짓을 저질렀다고 할 수는 없지 않습니까?

오셀로 침대에서 벗고 있는데 나쁜 짓을 하지 않았다니, 이아고!

악마 앞에서 위선을 떠는 거야.

그 의도가 고결하다고 해도

악마가 그들의 선함을 시험케 하고,

하늘이 그들을 시험하는 게지.

이아고 아무 일도 안 저질렀다면 그저 가벼운 실수 정도지요.

내 마누라한테 손수건을 줬다 해도 그건…….

오셀로 그게 어쨌다고?

이아고 그럼 그때부터는 마누라 물건이니까, 장군님.

마누라가 주인이니까 다른 놈에게 줘도 될 것 같은데요.

오셀로 자신의 명예도 제 소유지.

그러니 명예 역시 내줘도 된단 말인가?

이아고 마님의 명예는 눈에 보이지 않는 본질이지요.

사람들은 그런 것쯤은 없는 것처럼 여기지요.

하지만 손수건은…….

오셀로 오, 세상에. 그 손수건을 잊을 수 있다면 정말 좋을 텐데.

자네가 자꾸 얘기를 하니. 오, 전염병이 퍼진 집 주변을 돌며

불길한 징조를 전하는 갈까마귀처럼

손수건에 대한 기억이 엄습하는구나.

그놈이 내 손수건을 가졌어.

이아고 네, 그게 어때서요?

오셀로 지금으로선 아주 좋지 않아.

이아고 그놈이 장군님께 나쁜 짓을 했다고 말씀드리면 어쩌시려고요?

혹은 그놈이 말하는 걸 들었다면요?

왜 세상에는 성가시게 졸라서 넘어갔다거나

적극적으로 구애하는 여인네들 욕구를 채워줬다고

분별력 없이 꼭 지껄이고 다녀야 하는
그런 놈들이 있잖습니까?

오셀로 그놈이 뭐라 했단 말이냐?

이아고 했지요, 장군님. 하지만 명심하십시오.
그놈이 자기가 한 말을 취소하면 그뿐이지요.

오셀로 뭐라고 하더냐?

이아고 사실, 그가 말하길……. 모르지요. 그놈 말이…….

오셀로 뭐? 뭐라 했냐고?

이아고 잤다고.[11]

오셀로 아내와?

이아고 잤거나, 올라탔거나 내키는 쪽으로 생각하십쇼.

오셀로 잤다고? 올라탔어? 그녀를 욕보일 때
거짓을 지껄였다는 뜻이겠지. 잤으면, 제기랄.
음란해! 손수건! 실토를! 손수건!
실토만 하면 교수형에 처해 버릴 테다.
화가 치밀어서 부르르 떨리는군.
인간의 본성이란 진실 앞에서만
깊고 어두운 격정에 자신을 내어놓는 법.
내가 부르르 떠는 건 그저 말 때문이 아니야.
젠장! 코, 귀, 그리고 입술까지 비벼. 가당키나 해?
실토를 받아낼 테다! 손수건도!

---

11) 원문은 "lie". lie는 '거짓말하다' '눕다' 두 가지 뜻을 지니고 있다.

오오, 젠장! (정신을 잃고 쓰러진다)

이아고 먹혔다. 약발이 받았나 봐!

어수룩한 멍청이를 드디어 잡았어.

고결하고 정숙한 그 많은 숙녀들도,

아무 잘못이 없는데도 오명을 쓰겠지.

어휴, 세상에! 장군님!

우리 장군님, 접니다! 오셀로 님!

(캐시오 등장)

어쩐 일이세요, 캐시오 님!

캐시오 무슨 일인가?

이아고 우리 장군님께서 발작으로 쓰러지셨습니다.

이번이 두 번째 발작입니다. 어제도 발작하셨어요.

캐시오 관자놀이를 좀 문질러 보게.

이아고 아니, 안 됩니다.

이 무기력증에도 나름 진행 순서가 있어요.

건드렸다가는 입에 거품을 물다가 곧

사나운 광기를 터뜨리십니다.

보세요. 약간 움직이시네요. 잠깐 저리 물러나 계세요.

곧 회복하실 것입니다. 장군님이 자리를 비우시면

함께 중대사를 논하지요.

(캐시오 퇴장)

좀 어떠신지요, 장군님? 머리를 다치진 않으셨는지?

오셀로 날 놀리나 지금?

이아고 하느님 맙소사. 놀리다니요.

좀 남자답게 운명에 맞닥뜨리셨으면 좋겠습니다!

오셀로 오쟁이진 남자는 한 마리의 괴물이요 짐승일 뿐.

이아고 그러면 북적대는 도시에는 그 짐승이 많이도 살겠습니다.

교양 있는 괴물들도 많겠군요.

오셀로 캐시오가 실토를 했어?

이아고 고귀하신 장군님, 남자답게 구셔야지요.

결혼도 하고 수염도 난 양반은 모두

장군님과 같은 처지입니다. 밤마다 온전히 제 잠자리가

아닌 곳에서 자는 양반들이 수백은 될 겁니다.

모두 자기만 드나드는 잠자리라 장담할 테지만요.

그래도 장군님은 낫지요.

아아, 지옥이 원한을 품고

악마가 신나서 조롱하는 꼴입니다.

아무런 근심 없이 침대에서 탕녀에게 입맞춤하면서도

아내가 순결하다고 믿다니. 싫습니다. 알아내야지요.

내가 어떤 사람인지 알듯, 아내가 어떤지도 알아야지요.

오셀로 오오, 현명한지고! 물론 그래야지.

이아고 잠시 물러나 계십시오.

장군님이 여기서 비통함에 압도당하더라도
인내의 영역 안에 자신을 가두세요.
비록 참으로 남자다운 장군님과는
어울리지 않는 격정입니다만.
캐시오가 여기 들렀다 갔어요. 저는 그를 쫓아 버렸고,
장군님이 실신한 이유를 그럴듯하게 둘러댔지요.
그리곤 잠시 후에 돌아오면 할 말이 있다고 했고,
그는 곧 오겠다고 했어요. 부디 몸을 숨기시고
그의 표정 구석구석에 서려 있는
비웃음과 조롱과 선명한 냉소를 눈여겨보십시오.
그에게 그 얘기를 다시 해 달라고 할 테니.
어디서, 어떻게, 얼마나 자주, 얼마나 오래전부터, 언제
캐시오가 마님과 만났고 만날 예정인지.
다시 한 번 말하지만 몸짓을 주의 깊게 보세요.
맙소사, 참으세요.
참지 못해서 분노에 휩싸이면 대장부가 아니랍니다.

오셀로 내 말 들리나, 이아고?
인내에 있어서는 둘째가라면 서러울 정도로
잘 참을 테니 두고 보게.
내 말 듣고 있는가? 아주 제대로 참아 주겠다고.

이아고 좋습니다.
하지만 모든 일에는 때가 있는 법. 자, 숨으세요!

(오셀로가 숨는다)

이제 캐시오에게 비앙카에 대해 물어야지.

제 욕망을 팔아 빵도 사고

옷도 사 입는 매춘부. 캐시오라면

사족을 못 쓰는 년이지. 그게 바로 창녀에게 내린 저주야.

여러 놈을 꾀도 자기는 한 놈한테만 끌리지.

그년 얘기를 들을 때 캐시오는 웃음을 참지 못해.

이리 오는군.

(캐시오 등장)

캐시오가 웃으면 오셀로가 미쳐서 펄쩍 뛰겠지.

질투심을 다루는 데 미숙하니

칠칠치 못한 캐시오의 미소며, 행동이며, 사소한 행실도

분명 악랄하다고 해석할 거야. 안녕하십니까, 부관 나리?

캐시오 그 직함으로 부르다니 더 속상하네.

되찾고 싶어 죽을 지경이야.

이아고 데스데모나 부인께 조르시면 분명 복직할 수 있어요.

비앙카에게 그 청을 했으면

단숨에 들어줬을 텐데요.

캐시오 세상에, 가엾은 계집!

오셀로 저놈이 벌써부터 웃다니!

이아고 자기 남자를 그리 좋아하는 여자는 못 봤다니까요.

캐시오 오, 불쌍한 년. 정말 날 좋아하는 것 같아.

오셀로 이제 슬쩍 거부하면서 웃어넘기려고 하는군.

이아고 들으셨습니까, 캐시오 님?

오셀로 이제 그 이야기를 다시 해 달라고

조르는군. 옳지, 잘한다. 잘해.

이아고 그녀 말로는 부관님이 자기와 결혼을 한다던데,

정말이십니까?

캐시오 하하하!

오셀로 승리라도 했느냐, 로마 놈이라도 된 양!

이기기라도 했냐고?

캐시오 결혼을 해? 누구랑? 그 창녀 계집이랑?

내 판단력을 너무 과소평가하진 말게나.

조금 덜떨어진 생각이 아닌가? 하, 하, 하!

오셀로 옳거니, 맞구나. 맞아.

그럼 그렇지! 이긴 자가 웃는 법이지!

이아고 아니, 캐시오 님이 그 계집과 결혼한다고

소문이 파다하던데.

캐시오 농담하지 말게나!

이아고 아니면 절 악당이라 부르셔도 좋습니다.

오셀로 나한테 혼외자식이라도 안길 셈인가? 좋아.

캐시오 원숭이처럼 어린놈들이 퍼뜨린 소문이겠지. 그 계집이

내게 푹 빠진 데다 듣기 좋으니까 내가 자기와 결혼할 거란 소문에

홀라당 넘어간 게야. 난 약속한 게 없다네.

오셀로 이아고가 신호를 보내는군.

이제 녀석이 얘기를 꺼내는구나.

캐시오 방금도 여기에 있었잖아.

어딜 가든 내 주변을 배회한다니까.

요전에 내가 해안가에서 어떤 베니스인들과

얘기를 나누는 사이 떡 하니 나타났지 뭔가.

맹세컨대 그 계집이 자기 팔로 나를 요렇게 감싸더니―.

오셀로 몸동작을 보니 "아아, 캐시오."라고 말하는 모양새군.

캐시오 서성대고 매달리고 울고불고,

나를 당기고 잡아끌고 그러는 거야! 하하하!

오셀로 이제는 데스데모나가 내 침소로

자기를 끌고 들어갔던 얘기를 하는군.

아아, 저놈의 코는 보이는데

저 코를 먹어 치울 개새끼는 안 보이는구나.

캐시오 허허, 이제 그 계집한테서 떨어져야겠군.

이아고 어허, 저런! 조심, 비앙카가 옵니다.

(비앙카 등장)

캐시오 다른 창녀들과 다르지 않아.

염병할, 향수 뿌린 창녀랄까—

왜 자꾸 내 주위를 맴도는 거야?

비앙카 마귀와 그 어미나 당신 주변을 맴돌라지!

방금 줬던 그 손수건, 도대체 무슨 의미야?

그걸 받은 내가 바보지. 본을 뜨라고?

말 한번 그럴듯하게 잘 꾸며 대네. 뭐?

당신 방에서 주운 것 같은데 누가 거기 뒀는지 모른다고!

다른 추잡한 년이 정표로 주고 갔잖아.

그런데 나보고 그 본을 떠 줬으면 좋겠다니? 가져가,

그 음탕한 계집한테 돌려줘. 어디서 주워 왔든

난 손수건을 베끼는 짓은 안할 테니까.

캐시오 진정해, 우리 예쁜 비앙카! 뭣 때문에 그래?

화 좀 가라앉히고.

오셀로 이런 맙소사, 내 손수건이 분명해!

비앙카 저녁 식사에 올 테면 오라지. 만약 안 오기라도 하면,

내가 밥 차려 주는 그날까지 영영 기다리게 될 줄 알아! (퇴장)

이아고 쫓아가세요, 어서!

캐시오 정말 그래야겠어.

안 그러면 저잣거리에서 고함을 지를 테니.

이아고 가서 저녁 드실 겁니까?

캐시오 그럴 것 같네.

이아고 그럼, 아마도 거기서 만나야겠군요.

부관님과 꼭 얘기를 나누고 싶거든요.

캐시오 부디 와 주게나. 알았지?

이아고 어서 가 보세요. 말은 그만 하시고.

(캐시오 퇴장)

오셀로 저 자식을 어떻게 죽여 버릴까, 이아고?

이아고 녀석이 악의에 차서 비웃는 모습을 보셨습니까?

오셀로 아아, 이아고!

이아고 손수건도 보셨지요?

오셀로 내 것이었나?

이아고 이 손에 맹세코 장군님 손수건입니다.

저 녀석이 마님을 얼마나 우습게 여기는지 보셨지요?

마님이 주신 물건을 자기 매춘부에게 주다니.

오셀로 저 자식을 죽이는 데

아무리 긴 시간을 써도 모자랄 판이야.

고결하고, 아름답고, 사랑스러운 여인인데!

이아고 그렇지 않아요. 이제 모두 잊으셔야 합니다.

오셀로 맞아. 오늘밤 죽어 문드러져서 지옥에나 떨어져라.

곧 죽을 테니까. 이럴 수가, 내 심장이 돌덩이로 변했어.

때려도 내 손만 아파.

아아, 그렇게 사랑스러운 여인이 세상에 또 있단 말인가?

황제 곁에 누워서도 그를 종처럼 부렸을 법한 여인이야.

이아고 아니, 그리 생각하시면 안 된다니까요.

오셀로 죽일 년! 난 단지 있는 그대로의 그녀를 묘사할 뿐이야.

바느질 솜씨도 정교하고,

음악에 대한 재능도 혀를 내두를 정도라네.

아아, 노래로 포악한 곰도 잠재울 정도라니까!

재치도 넘쳐흐르고 독창적인 감각까지!

이아고 게다가 이렇게 비열하다니.

오셀로 오, 수천 배는 더 비열하지. 그런데다가 성격은 얼마나 상냥한지!

이아고 상냥함이 조금 과한 편이지요.

오셀로 물론이지. 딱하구먼, 이아고! 오, 이아고!

딱해서 어쩌나, 이아고!

이아고 마님의 불륜보다 마님이 더 좋으시다면

계속 부정한 일을 저지르도록 내버려 두세요.

장군님만 괜찮다면 다른 사람도 개의치 않을 겁니다.

오셀로 산산조각 낼 테다! 날 오쟁이지게 해?

이아고 아아, 추잡하기 그지없지요.

오셀로 그것도 내 부관과 붙어먹어!

이아고 설상가상입니다.

오셀로 오늘 밤 독을 좀 가져다 줘, 이아고.

내 일일이 문제 삼지 않겠어.

데스데모나의 몸과 아름다움에 넋이 나가면 안 되지.

오늘 밤이네, 이아고!

이아고 독을 쓰지 말고, 침상에서 목을 조르십시오.

부정한 일을 저지른 바로 그 자리에서.

오셀로 좋군. 좋아. 그래야 공평하지! 아주 좋아!

이아고 캐시오는 제가 처리하겠습니다.

자정이면 소식을 전하겠습니다.

오셀로 훌륭해. (안에서 나팔 소리) 무슨 나팔 소린가?

이아고 분명 베니스에서 온 소식입니다.

(로도비코, 데스데모나, 시종들 등장)

로도비코입니다. 분명 공작님이 보냈을 겁니다.

보세요. 마님이 함께 오셨네요.

로도비코 무고하신지요, 훌륭하신 장군님!

오셀로 진심으로 환영합니다.

로도비코 공작님과 의원님들께서 안부를 전하셨습니다.

(서신을 건넨다)

오셀로 그분들의 뜻을 기꺼이 따르겠소.

데스데모나 헌데 로도비코 사촌, 무슨 소식이야?

이아고 뵙게 되어 매우 영광입니다, 경.

사이프러스에 오신 걸 환영합니다.

로도비코 고맙소. 캐시오 부관은 안녕하십니까?

이아고 살아 계시지요, 경.

데스데모나 사촌, 부관님과 오셀로 님 사이가 틀어졌어.

유감스러운 불화가 있었지만 사촌이 잘 해결할 거야.

오셀로 확신하오?

데스데모나 네, 장군님?

오셀로 (읽으며)

"이 일을 꼭 성공하시오. 그대는 앞으로—"

로도비코 아무 말도 안하셨어. 서신을 읽느라 정신없으시군.

장군님과 캐시오 사이에 불화가 있었다고?

데스데모나 참 유감스러운 일이었어.

두 분을 원래 사이로 되돌릴 수만 있다면 뭐든 하겠어.

캐시오 님을 정말 좋게 생각해.

오셀로 젠장!

데스데모나 네, 장군님?

오셀로 진정 슬기로운 여인이 맞소?

데스데모나 어머, 화가 나신 걸까?

로도비코 서신에 적힌 내용 때문에 언짢아지셨군.

아마 장군님은 본국으로 복귀하고 지금 맡은 직무는

캐시오 부관에게 인계하라는 명일 거야.

데스데모나 정말이지 반가운 소식이야.

오셀로 그러시겠지!

데스데모나 네?

오셀로 제정신이 아닌 걸 보니 참으로 기쁘구먼.

데스데모나 아니, 다감하신 우리 오셀로님.

오셀로 염병할! (데스데모나를 때린다)

데스데모나 아! 이런 대우를 받을 만큼 잘못한 일이 없는데…….

로도비코 장군님, 베니스인 누구도 이 일을 믿지 못할 겁니다.

제가 똑똑히 보았다고 맹세해도 소용없을 정도입니다.

과하십니다. 사과하십시오. 울지 않습니까?

오셀로 아아, 빌어먹을! 젠장!

저 여자의 눈물로 온 세상이 가득 차도

그 한 방울, 한 방울은 그저 악어의 눈물에 불과해.

내 눈앞에서 썩 꺼져!

데스데모나 여기 있으면서 당신 기분을 상하게 하진 않겠어요.

로도비코 진정, 순종할 줄 아는 여인입니다.

장군님, 간절히 청하옵건대 그녀를 다시 부르십시오.

오셀로 어이, 첩!

데스데모나 장군님?

오셀로 자 이제 어쩔까요, 경?

로도비코 누구. 저 말입니까, 장군님?

오셀로 그렇소. 다시 뒤돌아보게 해 달라고 청하지 않았소?

경, 저 여자는 몸을 돌리고, 뒤튼 다음

또 뒤틀어 버릴 수 있소. 울 줄도 알지요, 경. 울다마다.

순종적이지요. 말씀하셨다시피 고분고분합니다.

아주 순순히 잘 넘어가지요. 계속 울어 보시지.

이걸로 말할 것 같으면, 경.

오오, 감정을 어찌나 잘 감추는지!

본국으로 돌아오라는 명을 받았소.

썩 꺼져. 곧 사람을 보내주지.

경, 나는 명을 받들어 본국으로 돌아갈 것이오.

어서 꺼져, 이 마녀야!

(데스데모나 퇴장)

캐시오에게 이 일을 인계하겠소.

또한 오늘 저녁 식사에 경을 초대하지요.

사이프러스에 오신 것을 환영하오.

달아오른 염소랑 원숭이라니!

(오셀로 퇴장)

로도비코 저분이 진정 원로원에서 한 목소리로 유능하다고 하는

그 고결한 무어 님이란 말인가?

격정에도 흔들리지 않는 성품을 가진 그분이란 말인가? 어떤 갑작스런 사건이나 재난의 화살도 그 대쪽 같은 미덕을 스치지도 뚫지도 못한다는?

이아고 많이 변하셨지요.

로도비코 정신은 멀쩡하신 겁니까? 살짝 실성하신 건 아닙니까?

이아고 지금 보이는 그대로가 장군님이시지요. 혹평 따윈 섣불리 내뱉지 않겠습니다. 그런 분이라 여겼지만 그런 분이 아니면, 그런 분이길 하늘에 빌어야지요.

로도비코 아니! 부인을 때리기라도 합니까?

이아고 정말이지 좋은 행동은 아니었지요.

하지만 그때가 최악의 일격이었다는 걸

알 수 있다면 좋으련만!

로도비코 습관입니까?

아니면 서신이 장군님의 기분을 상하게 해서

우발적으로 실수한 것이오?

이아고 세상에, 이걸 어쩌나!

제가 보고 아는 것을 말씀드리는 것은

명예로운 행동이 아닙니다.

어떤 분인지는 보시면 아실 겁니다.

장군님 평소 행동이 모두 말해 줄 테니

저는 말을 아끼겠습니다.

그냥 쫓아가서 무슨 행동을 하는지 지켜보십시오.

로도비코 내가 그를 잘못 알고 있었다니 유감이군요.

(로도비코와 이아고 퇴장)

제2장

성안의 방

(오셀로와 에밀리아 등장)

오셀로 그렇다면 아무것도 보지 못했느냐?

에밀리아 들은 바도 없고 의심해 본 적도 없어요.

오셀로 그래. 캐시오는 본 적이 있지? 그러니까 그녀와 함께 있는.

에밀리아 그렇지만 어떤 부정한 일도 본 적이 없습니다.

게다가 두 분이 하시는 말씀은

토씨 하나 빠뜨리지 않고 들었습니다.

오셀로 아니, 그 둘이 속삭이며 얘기한 적도 없다고?

에밀리아 단 한 번도 없습니다, 장군님.

오셀로 밖에 나가 있어 달란 적도?

에밀리아 전혀 없습니다.

오셀로 부채나 장갑, 가면을 가져다 달란 적도 없느냐?

에밀리아 없지요, 장군님.

오셀로 거 참 이상하군.

에밀리아 장군님, 감히 제 영혼까지 걸고 맹세하건대

마님은 순결한 분입니다. 그렇지 않으리라 생각하신다면

그 의심 접으십시오. 뭣에 단단히 속으셨어요.

어떤 망할 녀석이 장군님 머릿속을 어지럽혔다면

하늘이 뱀에게 내린 저주를 그에게도 그대로 내리길.

마님께서 순수하고, 정숙하고, 진실하지 않다면

행복할 남자가 대체 어디 있겠습니까?

가장 순결한 아내조차

모략을 일삼는 자만큼 추잡하겠지요.

오셀로 그녀를 불러줘. 어서. (에밀리아 퇴장)

그럴듯한 얘기들이야.

하지만 에밀리아는 순진한 뚜쟁이처럼 많은 얘기를 털어놓진 않을

테니까.

데스데모나는 교묘한 창녀야.

밀실과 자물쇠와 열쇠를 만들어 놓고

악랄한 비밀을 숨겨두지.

그러고는 무릎 꿇고 기도를 하지. 그러는 걸 봤다고.

(에밀리아와 함께 데스데모나 등장)

데스데모나 장군님, 무슨 일이십니까?

오셀로 당신 이리 좀 와 보시오.

데스데모나 무엇을 원하십니까?

오셀로 눈 좀 봅시다.

내 얼굴을 보시오.

데스데모나 무슨 끔찍한 상상을 하시는 거예요?

오셀로 (에밀리아에게)

너는 네가 잘하는 일이나 해라.

우리끼리 정을 통하려고 하니 문을 닫도록 해라.

누가 오면 기침을 하거나 "험" 하고 소리를 내.

그런 게 네 본업이지, 본업이야! 어서, 빨리!

(에밀리아 퇴장)

데스데모나 무릎 꿇고 빌 테니

무슨 뜻으로 그런 말을 하는지 알려 줘요.

굉장히 분해서 하신 말씀인 것 같지만

무슨 뜻인지는 알 수 없군요.

오셀로 아니, 뉘신지?

데스데모나 아내지요, 장군님. 당신의 진실하고 성실한 아내지요.

오셀로 계속해 봐. 맹세도 해 봐.

거짓말한 죄로 지옥에 떨어지겠지.

아니면 마귀가 당신을 천사로 착각하는 바람에

무서워하며 당신을 못 잡을지도 몰라.

그렇게 되면 저주가 배로 늘 거야.

어디 한 번 당신이 순결하다고 맹세해 보라고!

데스데모나 하늘은 진실을 아시지요.

오셀로 하늘은 아시지.

당신이 끔찍한 잘못을 저질렀다는 사실을.

데스데모나 누구에게 그랬다는 겁니까, 장군님?

누구랑? 어떤 잘못을 했습니까?

오셀로 오오, 데스데모나. 관둡시다, 관두자고, 이제 그만!

데스데모나 아아, 침통한 날이군요. 왜 우십니까?

저 때문에 눈물을 흘리십니까, 장군님?

혹시 저희 아버지 때문에

베니스로 복귀하라는 명령을 받으셨다면

절 탓하지 마세요. 당신이 제 아버지께 존중받지 못하듯

저도 더 이상 존중받지 못하니까요.

오셀로 하느님께서 나를 괴롭히며 시험하시는 일을

기꺼워하신다면, 그래서 내 맨머리 위로

쓰라림과 수치심을 쏟아붓고,

내 몸 구석구석까지 가난을 느끼게 하고,

포로로 만들어 희망의 끝에 서게 하셔도

난 영혼 어딘가에서 한 자락의 인내심이라도 찾았겠지.

아아, 하지만 나를 웃음거리로 만들고

그 조롱의 시간 동안 손가락을 더디 움직여

나를 가리키시다니.

하지만 그래도 참을 수 있어. 그럼, 잘 참을 수 있고말고.

하지만 내 온 마음을 맡겨둔 곳, 내 생사가 걸린 그 곳,

후손을 볼지 자손의 씨가 마를지 결정되는 그 샘물이,

결국 나를 거부하다니!

더러운 두꺼비와 붙어먹어 새끼를 치게 될

웅덩이로 만들어 놓다니.

여린 장밋빛으로 물든 입술을 가진 인내의 천사여,

바로 그곳에서 그대의 낯빛이 변하리라.

아아, 그 곳에서 지옥처럼 소름끼치는 광경을 보리라.

데스데모나 고결하신 장군님이 제 정절을 믿어 주시길 바랍니다.

오셀로 아아! 도축장에서 여름날 파리 떼가

바람이 불자 서로 교미하는 것과 같은 정절이겠지.

아아, 당신은 그저 잡초에 불과하지만,

너무나 사랑스러우면서도 아름답고

그 향기마저 너무 달콤해서 아픔이 느껴질 정도야.

차라리 세상에 나지 않았다면 좋았으련만!

데스데모나 아아, 제가 미처 모르는 사이 무슨 죄를 저질렀나요?

오셀로 새하얀 종이, 가장 훌륭한 이 책에는

'창녀'라는 글자가 찍힐 운명이었던가?

무슨 짓을 저질렀냐고? '저질렀냐'고 물었느냐?

오, 이 흔해 빠진 매춘부 같으니라고!

네년의 행실을 입에 담는 순간

화로처럼 달아오른 내 두 볼이

수치심으로 활활 타서 재가 되고 말 텐데.

지은 죄를 말해 달라?

하늘이 코를 막고 달이 눈을 찡그리고

스쳐 지나는 것마다 입을 맞추는 음탕한 바람마저

저 움푹 파인 땅굴로 들어가 입을 막고

귀를 막을 판에. 저지른 죄를 물어!

이 파렴치한 화냥년아!

데스데모나 하늘에 맹세코, 저를 오해하고 계십니다.

오셀로 그럼 네년이 창녀가 아니더냐?

데스데모나 아닙니다. 저는 그리스도를 믿는 사람입니다.

제 부군을 위해 가증스럽고 허락받지 못한 이가

저를 손대지 못하도록 제 몸을 지키려 한다면

창녀가 아니지요. 절대 아니지요.

오셀로 뭐라? 창녀가 아니다?

데스데모나 하늘에 맹세코 아닙니다.

오셀로 가당키나 한 소린가?

데스데모나 오, 하느님, 저희를 용서하소서!

오셀로 그렇다면 자비를 구하겠소.

내 당신을 그 오셀로라는 자와 결혼한

교활한 베니스 창녀와 착각했소.

밖에 당신! 에밀리아 여사!

(에밀리아 등장)

성 베드로를 등지고 지옥문을 지키는 일을 맡은,
이봐 당신, 그래 당신 말이야!
우리는 이제 끝이야. 고통에 대한 값은 여기 지불하지.
문을 잠그고 나눈 얘기에 대해 입도 뻥긋하지 말도록.

에밀리아 세상에. 이분이 도대체 무슨 상상을 하시는지?
괜찮으세요? 좀 어떠세요, 고결하신 우리 마님?

데스데모나 정말이지 넋이 반쯤 나간 것 같아.

에밀리아 마님, 장군님께 무슨 일이 생긴 걸까요?

데스데모나 누구?

에밀리아 아니, 마님의 부군 되시는 분 말입니다.

데스데모나 누가 부군이라는 거야?

에밀리아 마님의 부군이요, 착한 우리 마님.

데스데모나 내게 남편은 없어. 아무 말도 마, 에밀리아.
울지도 못하겠고 어떤 답도 해 줄 수 없는데
눈물 없는 답을 할 수가 없는걸. 오늘 밤은 부디
신혼 첫날에 썼던 이불을 침대에 깔아 줘. 기억해 두고,
네 남편을 이리로 불러 줘.

에밀리아 정말 무슨 변고가 생긴 거야!

(에밀리아 퇴장)

데스데모나 난 그에게 이런 대접을 받을 만할거야. 아주 당연한 거야.

그간 행실이 어땠기에 극히 사소한 실수를 두고 내린

미미한 불만에 집착하게 된 것일까?

(에밀리아, 이아고와 함께 등장)

이아고 무엇을 도와 드릴까요, 마님? 무고하신지요?

데스데모나 잘 모르겠어요. 어린아이를 가르치는 사람들은

다정하고 쉽게 하잖아요.

저도 고작 그런 대우를 받은 것일 테죠. 하지만 정말이지

전 아이처럼 야단 맞는 일에는 익숙하지 않나 봅니다.

이아고 무슨 문제라도, 부인?

에밀리아 원 세상에, 이아고. 장군님이 마님을 창녀 취급했다고요.

무척 노하셔서 차마 마음이 버텨낼 수 없는

막말을 마님께 쏟아 내시지 뭡니까?

데스데모나 제가 그런 소리까지 들어야 하나요, 이아고?

이아고 무슨 소리요, 아름다운 마님?

데스데모나 장군님이 나를 그렇게 불렀다고 에밀리아가 말했잖아요.

에밀리아 창녀라 부르셨다고요. 술 마시러 간 거지도

자기가 상대하는 창녀를 그렇게 부르진 않지요.

이아고 장군님이 왜 그러셨을까요?

데스데모나 저는 모르지요. 전 분명 그런 사람이 아닙니다.

이아고 울지 마십시오. 울지 마세요. 오늘은 운이 없으시군요!

에밀리아 집안 좋은 신랑감도 수도 없이 거절하고,

마님의 아버지도, 나라도, 친구들도 모두 저버렸는데

창녀라니요? 누가 안 울겠어요?

데스데모나 불우한 운명을 타고난 게지.

이아고 그런 말을 입에 담으시다니 저주나 받으라지요.

어쩌다 그런 거짓말에 속으신 걸까요?

에밀리아 평생 악랄한 짓만 일삼을 어떤 놈의 모함임에

내 목을 걸겠어요.

참견이나 좋아하고 아부하느라 몸이나 꼬는 사기꾼이나

하찮고 속임수나 부리는 노예 자식이

한 자리 얻으려고 그런 헛소문을 퍼뜨린 것이 아니면

내 목을 매다셔도 좋다고요!

이아고 어허, 그런 사람이 어디에 있단 말이오? 가당키나 한가?

데스데모나 그런 자가 있어도 하늘만은 용서하시겠지요.

에밀리아 목을 조르는 밧줄이 돕고 지옥이 그놈의 뼈를

잘근잘근 씹어 먹겠지요!

왜 "창녀"라고 하십니까?

누가 마님 옆을 졸졸 따라다녔는데?

어디서? 언제? 어떤 식으로?

그럴 가능성은 어디 있답니까?

무어 님이 분명 지독히도 악독한 놈에게 속으셨어요.

천박한데다 천하의 악당에, 쓸모없는 개자식에게요.

오, 하느님, 그 악질이 누군지 밝혀서

녀석을 벗겨다가 동에서 서로 온 세상을 돌면서

정의로운 사람들에게 채찍을 쥐어 주고

사정없이 휘갈기게 하면 원이 없겠어요.

이아고 말소리 좀 낮춰.

에밀리아 오, 그런 악질들 저주나 받으라지!

당신 정신이 회까닥 돌아서

내가 무어 님과 정을 통했다고 의심하게 만든

그놈들과 뭐가 다르겠어?

이아고 멍청해 가지고선. 입 다물어.

데스데모나 오, 하느님. 이아고,

장군님의 마음을 다시 얻으려면 무얼 해야 할까요?

선량한 벗이여, 그를 만나 보세요.

오직 하늘을 두고 맹세하지만

무엇 때문에 그분 마음이 돌아섰는지 모르겠어요.

이렇게 무릎을 꿇겠어요.

생각을 품었다든지 실행을 했다든지

그의 사랑에 어긋나는 일을 한 적이 있다면,

혹은 내 눈과 귀와 어떤 감각으로

다른 육체를 취하는 쾌락을 범했다든지,

혹은 그분을 사랑한 적도, 사랑하지도,

사랑하게 되지도 않을 것이라면,

위안을 모두 빼앗겨도 좋습니다. 장군님이

저를 뿌리치고 초라한 이혼녀로 남을지라도 말입니다.

무정함은 큰 힘을 발휘합니다.

장군님이 저를 무정하게 대한다면 내 삶은 망가지겠지만

내 사랑에 흠집을 내지는 못할 거예요.

"창녀"라는 말은 차마 입에 담지 못하겠어요.

그 말을 내뱉은 제 자신이 경멸스러울 따름입니다.

세상의 보석을 모두 주어도

그런 말을 들을 만한 행동은 절대 하지 않을 겁니다.

이아고 부디, 진정하십시오. 그저 기분 탓이지요.

나랏일로 속이 상하셔서 마님을 책망하신 것뿐입니다.

데스데모나 정말 그게 다라면—

이아고 단지 그 이유뿐입니다. 제가 장담하지요. (나팔소리)

들어보세요. 저녁 만찬에 참석하라는 명입니다.

베니스에서 온 전령들이 식사하려고 기다리겠습니다.

안으로 들어가십시오. 울지 마시고요. 다 잘 될 것입니다.

(데스데모나와 에밀리아 퇴장)

안녕하신가요, 로더리고!

로더리고 자네가 날 대하는 방식은 적절치 못해.

이아고 적절치 않다니, 거 무슨 소리요?

로더리고 매번 비열한 수법으로 나를 따돌리잖아, 이아고.

자네 가만히 지켜보니까

내게 낙관할 만한 최소한의 좋은 기회를 주기는커녕

되레 멀리 떨어뜨려 놓잖아.

이젠 정말 못 참아.

순진한 나를 속이고 곤욕스럽게 한 일도

조용히 넘어갈 줄 아나?

이아고 제 얘기 좀 들어 보십시오, 로더리고.

로더리고 너무 많이 들었다네.

자네 말이랑 행동은 앞뒤가 맞지 않아.

이아고 저를 너무 부당하게 몰아붙이십니다.

로더리고 모두 사실일 뿐이야.

공을 들이느라 재산을 너무 탕진해 버렸어.

데스데모나 양에게 전달해 주겠다고 한 그 보석들이면

수녀도 반쯤 넘어오게 할 수 있었다고.

자네는 그 보석들을 그녀에게 전달했다고 말했어.

그래서 그녀도 보답으로 호의도 약속하고 독려도 하고,

생각해 보고 보상하겠다는 눈치를 보냈다고 했지만

나는 전혀 아는 바가 없네.

이아고 좋습니다. 알겠습니다. 잘됐네요.

로더리고 잘됐다느니 알겠다느니, 이 사람아. 난 아는 바도 없고

잘된 일도 없어. 그보단 내 자신이 초라해지고
몽땅 속았다는 생각이 드는구먼.

이아고 잘됐네요.

로더리고 잘된 일이 없다니까 그러네. 내 데스데모나 양에게
직접 찾아가서 말하겠네. 그녀가 내 보석을 돌려주면
내 청을 거두고 내 불온한 간청에 대해 사과하겠네.
돌려받지 못하면 내 자네에게 그 보상을 요구할 테니
명심하게나.

이아고 말 한 번 제대로 하셨네요.

로더리고 물론이지. 난 앞으로 어떻게 처리할지
세상에 엄숙하게 알리는 바이네.

이아고 원, 이제야 배짱을 보여 주시는군요. 이제부터는
전보다 더욱 높게 평가해 드릴 수 있겠군요.
제게 손을 내미세요, 로더리고 선생. 제게 품은
불만에 대해서는 충분히 납득이 갑니다만, 저는 분명
당신을 돕기 위해 모든 일을 다 했습니다.

로더리고 그렇게 보이지 않네만.

이아고 겉으로 그리 보이지 않았다는 점, 인정합니다.
지혜와 판단력 없이는 그런 의심도 불가능하지요.
하지만 로더리고 선생, 진정 그런 면모를 가지셨다면,
덕분에 훨씬 믿음직스러워 보이십니다그려.
그러니까 제 말은 그런 결단력과 두둑한 용기를 가졌다면

오늘 밤에 당장 보여 주십시오.

내일 밤에도 데스데모나 양을 취하지 못하면

사기죄로 저를 곧바로 저승으로 보내거나

제 목숨을 앗아갈 음모를 꾸며도 좋습니다.

로더리고 그럼……. 계획이 뭔가? 합리적이고 가능한 해결책인가?

이아고 선생, 베니스에서 오셀로의 직무를

캐시오에게 인계하라는 특명을 내렸소.

로더리고 사실인가? 아니 그럼, 오셀로와 데스데모나 양이

베니스로 다시 복귀하겠구먼.

이아고 오, 아니지요. 마우레타니아[12]로 아름다운 데스데모나 부인을 데리고 돌아가겠지요. 갑작스런 일로 여기에서 더 오래 묵을 일만 없다면 말입니다. 무어 놈의 일정을 늦추려면 캐시오를 제거하는 방법이 제일이지요.

로더리고 제거하다니? 무슨 뜻이야?

이아고 그거야 물론 오셀로의 직무를 인계받지 못하도록

캐시오의 대갈통을 날려 버려야지요.

로더리고 그래서 나보고 그 일을 해치우라고?

이아고 그렇지요. 이득을 보고 권리도 찾으려면 그리 하셔야죠.

오늘 밤 캐시오는 매춘부와 식사를 할 겁니다.

저도 동행할 예정이지요.

그는 아직 자기가 영예로운 행운을 얻게 된 것을

---

12) 고대 북아프리카 지역. 현재의 알제리 서부에서 모로코의 대서양 연안을 포함.

모르고 있어요.

캐시오 녀석이 여길 지나가는 것이 보이면,

그러니까 자정에서 한 시 사이,

그자가 이 자리를 딱 지나도록 내가 조치를 취하겠소.

그럼 그때, 선생이 캐시오 녀석을

마음 내키는 대로 처리하십시오.

저는 근처에 있다가 선생을 돕겠소.

그러면 우리 둘이 그자를 해치울 수 있소.

자, 자, 놀라서 가만있지만 말고 함께 움직입시다.

선생이 그자를 왜 꼭 죽여야 하는지

내 그 이유를 세세히 알려 주리다.

마침 약속한 저녁시간이 다 되었군요.

이 밤이 얼마 남지 않았으니 어서 행동을 개시합시다.

로더리고 더 자세한 얘기를 듣고 싶네.

이아고 듣게 될 겁니다. 원하는 것은 모두 듣게 될 거예요.

(로더리고와 이아고 퇴장)

제3장

성안의 다른 방

(오셀로, 로도비코, 데스데모나, 에밀리아, 시종들 등장)

로도비코 장군님, 너무 무리하지 마십시오.

오셀로 아, 무리라니요. 걸으면 제 건강에도 좋겠지요.

로도비코 부인, 안녕히 주무십시오. 정말 고맙습니다.

데스데모나 모시게 되어 무척 영광입니다.

오셀로 저와 좀 걸으시겠습니까? 오, 데스데모나.

데스데모나 네, 장군님?

오셀로 곧바로 침실로 가시오. 나도 금방 가겠소.

시녀들을 모두 내보내시오. 내 말 명심하시오.

데스데모나 말씀대로 하겠습니다, 장군님.

(오셀로, 로도비코, 시종 퇴장)

에밀리아 이제는 좀 어떠세요?

아까보다 좀 부드러워지신 것 같지요?

데스데모나 장군님이 곧 돌아갈 테니 침실로 가되,

에밀리아는 내보내라고 명하셨어.

에밀리아 저를 내보내라고요?

데스데모나 그렇게 명하셨어. 그러니 친절한 에밀리아,

내게 잠옷을 가져다주고 가 봐.

장군님 심기를 건드리면 안 되니까.

에밀리아 그러지요.

마님이 장군님을 알지 못했더라면 좋을 뻔 했어요.

데스데모나 난 그렇게 생각하지 않아.

장군님에 대한 내 사랑은 몹시 깊어.

거칠어져도, 꾸짖어도, 찡그려도 말이야.

머리핀 좀 빼 주겠어?

우아하고 매력이 넘쳐 보이는걸.

에밀리아 깔아 달라고 부탁하신 이불로 준비했어요.

데스데모나 무엇이든 좋아. 오! 하나님 아버지,

인간의 마음이란 참 우스워!

내가 에밀리아보다 빨리 죽게 되면

꼭 이 중 한 장으로 내 몸을 감싸줘.

에밀리아 어머 세상에! 그런 말씀을 하시다니!

데스데모나 어머니에게는 바바라라는 하녀가 있었어.

바바라는 사랑에 빠졌지만

상대는 야만스러운 사람이었어.

그는 결국 바바라를 떠나 버렸지.

바바라는 '버들'이라는 옛 노래를 알았는데

그 가사가 마치 자기가 처한 운명 같았던 거야.

결국 그 노래를 부르면서 죽었지.

오늘 밤 그 노랫가락이 내 머릿속을 떠나지 않아.

절망한 채 고개를 숙이고

가엾은 바바라처럼 그 노래를 부르지 않는 것이

내가 할 수 있는 전부야. 부탁이야, 이제 가 봐.

에밀리아 잠옷을 가져다 드릴까요?

데스데모나 아니야, 머리핀만 뽑아 주면 돼.

로도비코는 참 멋지지.

에밀리아 아주 잘 생겼어요.

데스데모나 말도 참 잘하고.

에밀리아 이런 분에게 키스를 받을 수 있다면

맨발로도 팔레스타인까지 걸어올 법한

베니스 처녀를 한 명 알지요.

데스데모나 (노래한다)

그 가엾은 영혼이 무화과나무[13] 아래에 앉아 노래하네.

---

13) 무화과나무를 의미하는 'syc-amore'는 가슴 아픈 사랑을 의미하는 'sick amour'와 동음이의어이다. 이를 이용한 언어유희.

모두들 푸른 버들을 노래해요.

가슴에 손을 얹고 얼굴을 무릎에 기대고선

버들, 버들, 버들을 노래해요.

맑은 시냇물이 여인 곁을 지나

그렁그렁 흐느끼며 흘러가네.

버들, 버들, 버들을 노래해요.

짠 눈물이 흐르고 또 흘러 바위를 녹이네.

버들, 버들, 버들을 노래해요.

(말한다)

이 물건들은 저쪽으로 치워줘.

(노래한다)

버들, 버들을.

(말한다)

서둘러. 장군님이 곧 오실지도 모르니.

(노래한다)

모두들 노래해요. 푸른 버들은 나의 화환.

그 누구도 그를 원망하지 않아요.

날 싫어하는 건 당연하니.

(말한다)

아니야, 가사가 틀렸군.

들어봐! 누군가 문을 두드리지 않아?

에밀리아 바람이에요.

데스데모나 (노래한다)

날 사랑하지 않는다고 그에게 말했더니 그가 대답해요,

버들, 버들, 버들을 노래해요.

“내가 구애하는 여인이 많아질수록

당신도 더 많은 남자와 잠자리에 들라고”

이제 가 봐. 잘 자. 눈이 따끔거려.

곧 울게 될지도 모른다는 징조일까?

에밀리아 그 어떤 징조도 아니랍니다.

데스데모나 그렇다고 들었어.

아아, 그런 사람들이 있다니, 그런 사람들이!

정말 그렇다고 생각해? 말해줘, 에밀리아.

그렇게 역겨운 짓을 하며

남편을 속이는 여자들이 있다고?

에밀리아 그런 여자들이 있고말고요. 말이 필요 없지요.

데스데모나 세상을 다 준다면 너도 그런 짓을 할 거야?

에밀리아 아니, 왜 안하겠어요?

데스데모나 하늘에 맹세코 절대 안 해!

에밀리아 저도 안 해요. 하늘에 맹세코는.

하늘이 못 보는 캄캄한 곳에서라면 모를까.

데스데모나 세상을 다 얻으려고 그런 짓을 하겠다고?

에밀리아 세상이 얼마나 큰데요.

죄는 그렇게 작은데 보상은 어마어마하잖아요.

데스데모나 진짜 그런 짓을 하진 않겠지.

에밀리아 진짜 그럴 거예요.

일단 일은 저지른 후에 무효라고 하면 되지요.

원, 세상에나! 고작 예쁜 반지나 고급 리넨,

멋진 드레스나 페티코트,

모자나 작은 선물 따위를 얻겠다고

그런 짓을 하진 않겠지요. 하지만 세상을 전부 주면요?

아니, 하룻밤만 다른 놈이랑 자고

남편을 왕으로 만들 수 있다는데 누가 안하겠어요?

그리 할 수만 있다면 연옥이라도 감수하겠어요.

데스데모나 날 원망해도 좋아. 세상을 다 줘도

그런 나쁜 짓은 하지 않을 테야.

에밀리아 어머나! 지금 이 세상에서는 나쁜 짓일지 몰라도

마님이 세상을 얻으면 마님이 주인인 세상에서의 일이니

그때 가서 바로잡으시면 되죠.

데스데모나 그런 여자가 정말 있진 않을 거야.

에밀리아 있지요. 한 뭉치는 될 겁니다.

알고 보면 훨씬 많을 테지요.

놀아나서 낳은 자식으로 세상도 채울 만큼이요.

하지만 우리 아내들이 타락한다면 그건 분명

남편들 탓이라 생각해요.

예를 들면, 남편의 의무를 저버리고

다른 여자에게 우리 보물들을 안겨 주잖아요.

혹은 질투심에 심술이 나서

아내를 가둬 버리지요.

우리 아내들을 때리질 않나,

악의로 자금줄을 끊어 버리질 않나.

여자들도 분한 감정을 느낀다고요.

물론 자비를 베풀 수도 있지만

복수심도 분명 느끼지 않겠어요?

우리 여자들도 남자들처럼

시각에, 후각에, 쓴맛, 단맛까지 다 느끼는

혀도 달려 있는지라. 왜 남편들은 우리 아내들 대신

다른 여자로 갈아 치울까요? 재미로 그러나요?

맞을 겁니다. 정욕 때문에요?

네, 그럴 거예요. 나약해서 실수하는 것이라고요?

그렇고말고요. 헌데 우리는 남자들처럼

정욕이고, 재미고, 나약함이 없답니까?

그러니 아내한테 잘해야지요.

잘하지 않으면 그 나쁜 짓을

아내들이 남편들 행실을 보고 배웠다는 걸

알려 줄 수밖에요.

데스데모나 잘 자요. 잘 자요.

부디 신께서 저에게 그런 여인을 통해

가르침을 베푸시길 빌어요.

악행을 보고 배우기보단 피하라는 뜻이길!

(퇴장)

제5막

제1장

사이프러스 섬, 어느 거리

(이아고와 로더리고 등장)

이아고 여기, 이 불룩한 벽 뒤에 서 있으세요.
곧 그가 나타날 것입니다.
선생의 훌륭한 쌍날칼은 뽑아 두셨다가
최대한 깊이 찔러 넣으세요.
어서, 어서! 두려워 마십시오.
팔꿈치에 제가 딱 붙어 있겠습니다.
성공하지 못하면 우리 둘 다 망하는 겁니다.
명심하시고 마음을 단단히 먹으세요.

로더리고 딱 붙어 있게나. 망칠지도 모르니.

이아고 자, 붙어 있습니다. 자신감을 가지고 자리를 잡으세요.

(이아고가 옆으로 물러선다)

로더리고 이 일에 엄청난 노력을 쏟아 부으려는 건 아니지만

이아고가 흡족할 만한 이유를 말해주었지.

고작 한 명이야. 검을 앞으로 쭉 뻗으면 녀석은 죽는 거야.

이아고 (방백) 한창 부풀어 오른 뾰루지를 문질러

감각을 일깨워 주었더니 결국은 곪아 터지고 말았구나.

이제 저놈이 캐시오를 죽이건,

캐시오가 저놈을 죽이건,

서로가 서로를 죽이건, 어느 쪽이든 내게 이득이구나.

로더리고가 목숨을 건지면

데스데모나에게 선물로 바친답시고 내가 가로챈

그 많던 금이고 보석이고 죄다 돌려 달라고 할 테지.

절대 안되지. 캐시오가 살아남으면

잘생긴 외모와 뛰어난 언변술 덕에

내가 뒤떨어져 보일지도 몰라.

게다가 무어 놈이 캐시오에게 내가 한 말을 폭로하겠지.

그러면 난 위태로워질 거야.

안 되지. 캐시오는 죽어야 해. 그리 되도록 해야지.

녀석이 오는 소리군.

(캐시오 등장)

로더리고 그놈 걸음걸이를 내 알지. 그놈이 맞아.

이 사악한 놈, 죽어라!

(캐시오를 찌른다)

캐시오 쑤셔 넣은 칼이 나를 해칠 뻔했다만

내 갑옷은 네놈 예상보다 훌륭하다.

네놈 갑옷은 어떤지 어디 확인해 보자.

(칼을 뽑아 로더리고를 찌른다)

로더리고 아아, 죽는구나.

(이아고, 뒤에서 나와 캐시오의 다리를 찌르고 퇴장한다)

캐시오 평생 절름발이가 되겠구나.

살려주시오, 이보게들! 살인이요! 살인!

(오셀로 등장)

오셀로 캐시오의 목소리군. 이아고가 약속을 지켰어.

로더리고 오오, 난 참으로 사악한 놈이야!

오셀로 그렇고말고.

캐시오 오오, 도와주시오. 이보시오!

불을 켜시오! 의사를 부르시오!

오셀로 그놈이야. 오오, 용감한 이아고. 정직하고 정의로운지고.

벗의 불행한 처지를 이토록 생각해 주다니!

내게 깨우침을 주는구나.

천한 년, 거짓말은 끝났어.

네년의 저주받은 운명도 끝으로 치닫는구나.

창녀야 내가 간다.

내 마음에서 그토록 매력적인 눈도 모두 지워지는구나.

너의 침상이 정욕으로 얼룩졌듯이,

그 정욕의 유혈로 얼룩지게 해 주마.

(오셀로 퇴장, 로도비코와 그라시아노 등장)

캐시오 아니, 이보게들! 보초도, 지나가는 사람도 없소?

살인이요! 살인!

그라시아노 변고가 생긴 모양입니다. 몹시 겁에 질린 목소리군요!

캐시오 아아, 도와주십시오!

로도비코 들어 보시오!

로더리고 아아, 고약한 짓을 저질렀어!

로도비코 신음하는 사람이 두어 명쯤 되는 것 같소.

밤이 깊었으니 함정일지도 모르오.

도움 줄 사람이 나타날 때까진

소리가 들리는 쪽으로 가는 건 위험합니다.

로더리고 아무도 없어? 그렇다면 피를 흘리다가 죽겠구나.

로도비코 보시오!

(이아고, 불을 들고 등장)

그라시아노 누군가 양초와 무기를 들고 잠옷을 걸친 채 이리로 오고 있소.

이아고 거기 누구십니까? 살인이라 소리치는 자가 누구요?

로도비코 우리도 모르겠소.

이아고 고함 소리는 들으셨소?

캐시오 여기, 여기요! 하늘이시여 저를 도우소서!

이아고 무슨 일입니까?

그라시아노 제가 보기에 이 사람은 오셀로 장군님의 기수인 것 같군요.

로도비코 그렇군요. 아주 용감한 분이지요.

이아고 (캐시오에게) 어째서 그렇게 처절하게 소리치십니까?

캐시오 이아고 자넨가? 부상을 입었네. 악랄한 녀석이 날 해쳤어. 좀 도와주게나.

이아고 아니, 세상에! 부관님! 어떤 사악한 놈이 이랬습니까?

캐시오 한 놈은 근처에 있을 거야.

멀리 가진 못했을 것이네.

이아고 오오, 지독한 악당이로구나!

거기 계신 분들은 뉘신지? 와서 도와주시지요.

로더리고 아아, 날 좀 도와줘!

캐시오 저놈이 그 중 한 놈일세.

이아고 오오, 천한 살인마 녀석! 오오, 사악한 놈!

(로더리고를 찌른다)

로더리고 오오, 빌어먹을 이아고! 이 잔혹한 개자식!

이아고 캄캄한 데서 사람을 죽여?

이 잔인한 살인마들은 어디에 있을까?

그 마을 한번 참 조용하구먼!

누구 없소! 살인이요! 살인이 일어났다니까!

누구시오? 무고한 시민이요, 악당이요?

로도비코 직접 보면 아실 테니 보고 판단하시지요.

이아고 로도비코 경이십니까?

로도비코 그렇소, 선생.

이아고 자비를 베풀어 주십시오.

캐시오 님이 악당에게 부상을 입었습니다.

그라시아노 캐시오라고!

이아고 벗이여, 좀 어떠십니까?

캐시오 다리가 두 동강났어.

이아고 세상에, 당치 않습니다!

여러분들, 불을 좀 가져다 주세요.

제 셔츠로 상처를 감싸겠습니다.

(비앙카 등장)

비앙카 무슨 일이람, 세상에? 소리친 사람이 누구랍니까?

이아고 소리친 사람이 누구냐 하면?

비앙카 오오, 내 사랑 캐시오!

다정한 나의 캐시오! 아아 캐시오, 캐시오, 캐시오!

이아고 추잡하기로 소문난 매춘부 같으니라고!

캐시오 님, 부관님을 해칠 만한 놈 중

짐작 가는 놈이 있으십니까?

캐시오 없어.

그라시아노 하필 변을 당한 가운데 마주치다니 유감이오.

부관을 찾아다니던 참이었소.

이아고 저기 양말대님을 좀 빌려주시지요.

아아, 캐시오 님을 실어 나를 들것이 있으면 좋을 텐데.

비앙카 맙소사, 기절했어요! 오오! 캐시오, 캐시오, 캐시오!

이아고 신사 여러분, 저는 이 쓰레기 같은 계집이

부상을 입힌 일당과 관련이 있다고 생각합니다.

조금만 참으십시오, 선량한 캐시오 님. 어서요, 어서.

불을 좀 빌립시다. 이 얼굴을 알아보시는 분이 계십니까?

이럴 수가, 내 친구이자 고향 사람인 로더리고잖아!

그럴 리가……. 아니, 확실해! 맞아, 로더리고가 맞아.

그라시아노 세상에, 베니스의 그 로더리고란 말이오?

이아고 틀림없이 그 사람입니다. 그를 아십니까?

그라시아노 아냐고요? 알다마다요.

이아고 그라시아노 경, 죄송합니다.

경을 무심하게 대한 제 태도는

이 잔혹한 사건으로 대신 설명하지요.

그라시아노 만나서 반갑네만.

이아고 어떠세요, 캐시오 님? 오오, 들것, 들것이 필요해!

그라시아노 로더리고?

이아고 그자, 그자가, 바로 그자입니다. (들것을 들여온다)

오, 잘됐군. 들것이야!

힘 좋은 사람이 캐시오 님을 데려가 주시오.

난 장군님의 주치의를 모시러 가겠소.

(비앙카에게) 이 창녀 계집! 너무 애쓰지 마라.

캐시오 님, 살해당한 사람은 제가 아끼는 친구입니다.

두 분간에 무슨 원한이 있었던 겁니까?

캐시오 전혀 없어. 그가 누군지도 모른다고.

이아고 (비앙카에게)

아니, 창백해져?

오오, 캐시오 님은 다른 곳으로 옮겨 주시오.

선량하신 신사님들은 여기 계십시오.

창백해 보이는구먼, 아가씨.

저년의 눈이 공포에 질린 것을 보셨습니까?

그러니 뚫어지게 보시면 더 많은 얘기를 듣게 될 겁니다.

눈여겨보십시오. 부디 잘 들여다보세요.

여러분 보이십니까? 아닙니다.

혀를 놀리지 않아도 죄책감은 소리가 나는 법이지요.

(에밀리아 등장)

에밀리아 세상에, 무슨 일이랍니까?

여보, 무슨 일이에요?

이아고 캐시오 님이 어두컴컴한 곳에서 로더리고 선생과

도망간 다른 놈들에게 공격당했어.

캐시오 님은 거의 죽을 뻔했고

로더리고 선생은 돌아가셨어.

에밀리아 착한 신사님에게 신의 가호를!

선량한 캐시오 님에게도 신의 가호가 있기를!

이아고 모든 일이 사창가를 돌아다니다 벌어졌어. 에밀리아,

캐시오 님이 오늘 밤 어디서 저녁을 드셨는지

여쭤 봐 주겠어?

(비앙카에게) 아니, 왜 부들부들 떠는 거지?

비앙카 저희 집에서 식사하셨어요.

하지만 그래서 떠는 건 아니에요.

이아고 오호, 그러셨단 말이지? 명령이다. 나와 함께 가자.

에밀리아 어머머, 지옥에나 떨어져라, 이 창녀야!

비앙카 난 창녀가 아니야. 날 욕하는 당신만큼이나

정절을 지키며 살았다고.

에밀리아 나만큼이라고! 빌어먹을 년!

이아고 친절하신 신사님,

캐시오 님이 상처 치료를 잘 받았는지 보러 가시지요.

매춘부 아가씨도 가지. 다른 얘기도 털어놔야지.

에밀리아, 요새로 급히 가서

장군님과 부인께 무슨 일이 일어났는지 말씀드려.

당장 출발해.

(혼잣말로) 오늘 밤이야말로 내가 성공할지

철저하게 파멸하게 될지 결판이 나겠구나.

(모두 퇴장)

제2장

성안의 침실

(오셀로, 촛불을 들고 등장. 데스데모나, 침대에 잠들어 있다)

오셀로 내 영혼아, 그럴만한 명분이 있어. 명분이 있다고.

순결한 별들이여, 그 명분이 무엇인지

입 밖으로 내뱉지 않게 해주오.

그럴만한 명분이 있으니.

눈보다 희고 석고로 된 비석만큼 매끈한 그녀의 피부에

피가 흐르게 하거나 상처 입히진 않겠어.

하지만 죽여야만 해.

그렇지 않으면 더 많은 남자를 배신할 테니.

촛불을 끄자. 그리고 저 빛도 꺼야지.

타오르는 촛불, 너를 끄면

애석한 마음이 들 때 다시 그 불을 밝힐 수 있겠지만

교묘하게 짜인 문양처럼 탁월한 성품을 지닌 그대,

그대의 빛을 꺼뜨리면

그 빛을 다시 밝혀 줄 프로메테우스의 불을

어찌 찾을 수 있으리오. 이 장미를 꺾어 버리면

두 번 다시 피어날 생명을 얻지 못하고 시들어 버리겠지.

나무에 있는 동안만이라도 향기를 맡아 봐야지.

아아, 너무도 아득한 이 향기에 넘어가

정의의 여신도 칼을 부러뜨리겠구나!

한 번 더, 한 번만 더.

죽더라도 이 아름다움 변치 않았으면.

그대를 죽여도 내 사랑은 변하지 않을 테니.

한 번 더, 마지막으로 한 번만 더.

(향기를 맡더니 그녀에게 키스한다)

이리도 향기로운데 그토록 치명적이라니!

눈물이 흐를 수밖에.

허나 이것도 잔인한 눈물이며 하늘의 슬픔일 뿐이로다.

사랑하는 이를 내리칠 눈물. 그녀가 깨는구나.

데스데모나 거기 누구세요? 오셀로 님?

오셀로 그렇소, 데스데모나.

데스데모나 침상으로 드시겠어요, 장군님?

오셀로 오늘 밤 기도는 드렸소이까, 데스데모나?

데스데모나 네, 장군님.

오셀로 아직 하늘과 신의 은총에

고백하지 않은 죄가 있다고 생각되면

속히 용서를 구하시오.

데스데모나 아아, 장군님. 무슨 뜻으로 하는 말씀인가요?

오셀로 글쎄, 어서 하라고. 서두르시오.

난 한쪽으로 물러나 있을 테니.

준비도 못한 넋을 저 세상으로 보낼 순 없지.

그러면 안 되지. 당치 않아. 영혼마저 죽일 순 없어!

데스데모나 죽인다고 하셨나요?

오셀로 그리 말했소.

데스데모나 그렇다면 하늘이시여, 저에게 자비를 베푸소서!

오셀로 진심을 다해 아멘.

데스데모나 그리 답하신다면 부디 절 죽이지 말아 주세요.

오셀로 어헛!

데스데모나 당신이 두려워요.

그렇게 눈동자를 굴리실 때는 겁이 나요.

제가 알기론 잘못한 일이 없는데도

왜 겁이 나는지 모르겠어요. 아직도 무섭군요.

오셀로 당신이 저지른 죄를 생각해 봐.

데스데모나 당신에게 품은 사랑이 죄라면 죄지요.

오셀로 그렇지. 그래서 당신은 죽어야 해.

데스데모나 사랑한 죄로 죽이다니 가당치 않군요.

아아, 왜 그렇게 아랫입술을 물고 계시나요?

피비린내 나는 분노가 당신의 육체를 뒤흔들었군요.

불길한 징조군요. 하지만 제게 닥칠 일은

아니길 바라고 또 바랄 뿐이에요.

오셀로 시끄럽소. 조용히 하시오.

데스데모나 네, 그러지요. 뭐가 문제인가요?

오셀로 내가 무척 소중히 간직하다가 그대에게 준

그 손수건을, 그대는 캐시오에게 줘 버렸어.

데스데모나 아니에요. 내 목숨과 영혼을 걸고 맹세해요!

그를 불러 물어보세요.

오셀로 선량한 이여, 조심하시오.

위증을 저지르지 않도록 조심하시오.

당신은 임종을 맞았으니.

데스데모나 아니, 아직 죽진 않았어요.

오셀로 지금은 그렇지.

그러니 이제 거침없이 죄를 털어놓으시오.

당신은 각각의 죄목에 대해 맹세하며 부정했지만

내면에서 신음하는 이 강력한 의혹들을

없애거나 침묵하게 할 수 없소. 당신은 죽어야 해.

데스데모나 그렇다면 하늘이시여, 제게 자비를 베푸소서.

오셀로 나도 아멘으로 답하지.

데스데모나 당신에게도 자비를 베푸시기를.

난 일생 동안 단 한 번도 당신을 욕되게 한 적이 없어요.

캐시오 님을 사랑한 적도 절대 없어.

그래봤자 하늘이 언제나 허락하는

그런 인정에 불과한 사랑이었을 뿐.

정표 따위를 준 적도 없었다고요.

오셀로 하늘에 맹세코, 내 손수건을 들고 있던 그를 보았소.

오오, 거짓을 내뱉는 여인이여,

내 마음을 돌처럼 굳게 만드는구려.

내가 하려는 일을, 희생이라 여겼던 그 일을

그저 살인으로 만들 셈인가?

나는 그 손수건을 보았단 말이오.

데스데모나 그렇다면 그가 주운 것이지

저는 절대 준 적이 없어요. 그를 여기로 불러들이세요.

사실을 털어놓으라고 하라고요.

오셀로 그는 실토했소.

데스데모나 무엇을요, 장군님?

오셀로 그가……. 죽일 놈이, 당신을 욕보였다고!

데스데모나 어떻게요? 부정을 저질렀다고요?

오셀로 그렇소.

데스데모나 그리 말했을 리 없어요.

오셀로 없지. 입이 멈춰 버렸으니까.

정직한 이아고가 그에 맞는 조치를 취했거든.

데스데모나 아아! 최악의 상황이 그려지는군요. 아아, 죽었습니까?

오셀로 그의 목숨이 머리털만큼 많았어도

내 거대한 복수심이 그 목숨을 모두 삼켜 버렸을 것이요.

데스데모나 아아, 그는 배반당했고 나는 파멸을 맞았군요.

오셀로 첫, 창녀 계집! 내 면전에서 그를 위해 눈물을 흘려?

데스데모나 오, 장군님. 저를 추방하시되 죽이지만은 말아 주세요!

오셀로 누워, 이 창녀야!

데스데모나 내일 죽여 줘요. 오늘 밤만이라도 살려 주세요!

오셀로 안되지. 아무리 몸부림을 쳐도.

데스데모나 단 반 시간이라도!

오셀로 이미 시작한 일을 멈출 순 없는 법.

데스데모나 기도라도 한 번 하게 해 줘요!

오셀로 너무 늦었어. (목을 조른다)

에밀리아 (안에서) 계세요? 장군님! 장군님!

오셀로 밖에 누군가?

에밀리아 (안에서) 오오, 선량하신 장군님, 드릴 말씀이 있어요.

오셀로 그래. 에밀리아구나. (에밀리아에게) 잠깐이면 돼. 죽었구나.

목소리가 커진 걸 보니 캐시오가 죽은 일을 전하러 왔군.

그렇군! 더 이상 움직이지 않는구나?

무덤처럼 고요하군. 들어오라고 할까? 그래도 괜찮을까?

데스데모나가 다시 움직이는 것 같아. 아니야, 어쩌지?

에밀리아가 들어오면 분명 내 아내에게 말을 걸 텐데.

내 아내! 내 아내라고! 누가 아내야? 내겐 아내가 없지.

아아, 견딜 수 없어! 아아, 괴롭구나!

지금쯤이면 엄청난 일식이나 월식이 일어나겠지.

잔뜩 겁에 질린 세상이 입을 헤 벌릴지도 몰라.

에밀리아 (안에서) 제발 부탁입니다.

드릴 말씀이 있어요! 오오, 선량하신 장군님!

오셀로 깜박했구나. 오, 에밀리아, 들어오너라.

조용조용히, 잠깐. 침대 커튼을 내려야지.

어디 있느냐? 무슨 일이라도 생겼더냐?

(문을 열어준다)

에밀리아 오, 존경하는 장군님. 끔찍한 살인이 벌어졌습니다!

오셀로 뭐라, 지금?

에밀리아 방금 벌어진 일이에요, 장군님.

오셀로 보름달이 저지른 실수구나.

달이 평소보다 지구에 더 가까이 오면

사람들을 미치게 하지.

에밀리아 장군님, 캐시오 님이 로더리고라는 베니스 청년을

살해하고 말았어요.

오셀로 로더리고가 살해당했다? 캐시오도?

에밀리아 아니오, 캐시오 님은 살해당하지 않았어요.

오셀로 캐시오는 죽지 않았다고?

그렇다면 잘못된 살인이군.

순조로운 복수는 물 건너갔구나.

데스데모나 아아, 부당하게, 부당하게 살해당했어!

에밀리아 하느님 맙소사! 무슨 소리지?

오셀로 소리라니? 무슨?

에밀리아 어머나, 세상에. 마님의 목소리였어요.

(커튼을 걷는다)

도와줘요, 도와줘, 어머나, 좀 도와주세요!

오오 마님, 다시 말씀해 보세요.

다정한 데스데모나 님, 오오 다정다감하신 주인마님,

말씀하세요!

데스데모나 무고한 죽음을 맞는구나.

에밀리아 오오, 누가 이런 일을 저질렀나요?

데스데모나 누구도 아냐. 내 스스로 그랬어. 안녕.

착한 우리 장군님께 내 사랑을 전해줘.

아아, 잘 있어! (죽는다)

오셀로 이럴 수가, 살해당하다니 어찌된 영문인가?

에밀리아 오, 하느님, 누가 알겠어요?

오셀로 내가 죽인 것이 아니란 말 들었으렷다.

에밀리아 그렇게 말씀하셨어요. 사실을 알려야겠어요.

오셀로 지옥에 떨어지면서도 거짓말을 해대는구나.

저년을 죽인 건 바로 나야.

에밀리아 오, 천사도 마님보다 선하진 않을 겁니다.

악마도 당신만큼 사악하진 않다고요!

오셀로 저년은 어리석음에 빠져 버렸어. 창녀라고.

에밀리아 마님을 능멸하다니 당신은 악마야.

오셀로 저년은 물처럼 변덕이 심해.

에밀리아 마님이 변덕스럽다고 말하다니

당신은 불처럼 성질이 급해.

아, 마님은 전적으로 진실하신 분이라고!

오셀로 캐시오 자식이 저년 위에 올라탔다고.

못 믿겠으면 네 남편에게 물어봐.

오, 깊은 지옥 구덩이에 처박혀도 좋아.

하지만 난 정당한 명분이 있어서

이런 극단적인 일을 행했다고.

네년의 남편이 모두 알아.

에밀리아 내 남편이!

오셀로 네 남편이.

에밀리아 마님이 혼외정사를 벌였다고 그가 말했다고?

오셀로 그래. 상대는 캐시오지. 그녀가 내게 진실했다면

다른 세상만큼 거대한 감람석을

하늘이 내게 준다고 했어도

그녀와 바꾸는 일은 없었을 거야.

에밀리아 우리 바깥양반이?

오셀로 이 여편네야,

여러 번 말할 필요 없잖아. 네 남편이라고 말했잖아.

에밀리아 오오 마님, 사악한 놈이 사랑을 조롱해 버렸군요.

남편이 마님을 부정하다고 말했다니!

오셀로 네 남편, 이 여편네야.

내 분명 네 남편이라 했어. 알아먹었어?

내 친구이자 네 남편인 정직하고 또 정직한 이아고.

에밀리아 그 사람이 그리 말했다면 그 악의에 찬 영혼이

하루하루 조금씩 썩어 문드러지길!

새빨간 거짓말을 한 것입니다.

마님은 더없이 추잡한 결혼 생활을

너무도 사랑했을 뿐이에요.

오셀로 뭐라!

에밀리아 어디 한번 최악의 짓을 저질러 보세요.

이런 짓을 저지른 당신은 마님을 가질 자격도 없거니와

천국에 가지도 못할 테니.

오셀로 그 입 다무는 게 좋을 게야.

에밀리아 난 당신이 가할 수 있는 고통보다

훨씬 가혹한 고통도 견딜 수 있어.

오, 이 머저리! 멍청한 바보 자식!

먼지만도 못한 아둔한 새끼! 당신은 끔찍한 일을 저질렀어.

네 검 따위는 두렵지 않아.

내 목숨을 스무 번 잃는 일이 있어도
네놈이 한 짓을 사람들에게 알리고 말겠어.
도와줘! 누구 없어! 도와줘!
무어 놈이 우리 마님을 죽였다고! 살인, 살인이야!

(몬타노, 그라시아노, 이아고 등장)

몬타노 무슨 일이오? 무슨 일이 벌어졌단 말이오, 장군?
에밀리아 오오, 납셨네, 이아고 선생? 참 잘도 해냈어.
저 사람들이 네 목에 살인죄를 걸어 마땅해.
그라시아노 무슨 일이란 말이오?
에밀리아 당신이 진정 사람이면
이 악마에게 당신이 틀렸다고 말해.
마님이 부정을 저질렀다고 당신이 저놈에게 말했다며?
당신이 그런 게 아니잖아.
당신은 그렇게 사악한 인간이 아니야.
말해 봐. 내 심장이 터져 버릴 것 같아.
이아고 난 그저 내 생각을 들려줬을 뿐. 장군님 스스로가
타당하고 진실이라 깨닫게 된 그 이상은 말하지 않았어.
에밀리아 하지만 마님이 부정을 저질렀다고 말한 적이 있냐고?
이아고 그랬지.
에밀리아 그럼 넌 거짓을 지껄였어. 고약하고 염병할 거짓을.

내 영혼을 걸고 그건 거짓이야. 사악한 거짓말이라고.

마님이 캐시오 님과 정을 통했다고? 캐시오라고?

이아고 그래 마누라, 캐시오와 그랬다고. 이젠 입 닥치고 있어.

에밀리아 입 닥치지 않겠어. 말해야 한다고.

우리 마님이 살해당해서 침대에 이렇게 누워 계시잖아.

모두들 아니, 이럴 수가!

에밀리아 게다가 당신이 입을 멋대로 놀려서 살인이 벌어진 거야.

오셀로 어허. 그만들 보시지요, 여러분.

실제로 일어난 일이 분명하니.

그라시아노 실제 치고는 괴이하군.

몬타노 오오, 소름끼치는 짓이오!

에밀리아 악랄해, 악랄해, 악랄하기 그지없어!

감이 안 좋았어. 낌새가 이상했다고.

오오, 이리도 악랄할 수가!

혹시나 그럴지도 모른다는 생각이 들었건만.

슬픔에 허덕이다가 죽어 버려야지.

오, 사악해, 사악하기 짝이 없어!

이아고 아니, 이년이 미쳤어? 명령이야. 어서 집으로 가.

에밀리아 신사 여러분, 제가 진술할 수 있도록 허락해 주세요.

지아비를 따르는 것이 옳지만 지금은 아닙니다.

이아고, 난 집으로 절대 돌아가지 않겠어.

오셀로 오오! 오오! 오오!

에밀리아 그래. 쓰러져서 신음해 봐.

당신은 눈으로 세상을 본 사람들 가운데

가장 착하고 순수한 사람을 죽였으니.

오셀로 오오, 저년은 저속한 계집이었어!

그라시아노 숙부님, 저는 당신을 잘 알지 못합니다.

당신의 조카딸이 저기 누워 있군요.

진정 이 손으로 당신 조카의 숨을 멎게 했지요.

이런 짓이 소름끼치고 광폭하다는 사실을 저도 압니다.

그라시아노 가엾은 데스데모나! 네 아비가 돌아가셔서 다행이구나.

네가 맺은 가약은 그를 파멸해 버렸어.

비탄에만 잠겨 있다가

네 아비의 긴 명줄이 두 동강 나 버렸어.

혹여 살아서 이 광경을 보셨다면

극심하게 돌변하셨을지도 몰라.

그래 맞아. 그를 지키던 수호천사에게 저주를 퍼붓고

지옥에서 영원히 형벌을 받게 되었을지도 모르지.

오셀로 안됐군요. 허나 저 여인이 캐시오 녀석과

수천 번이고 수치스러운 일을 저질렀다는 사실을

이아고가 압니다. 캐시오도 자백했지요.

데스데모나도 자신의 정욕을 만족시켜 준 대가로

내가 처음으로 준 사랑의 맹세가 담긴 정표를

그놈에게 줘 버리고 말았지요.

녀석이 손에 들고 있는 걸 봤습니다.

그건 바로 손수건입니다.

저희 부친께서 어머니께 선물한 오래된 정표이지요.

에밀리아 오, 하느님! 오오, 전능하신 신이시여!

이아고 제기랄, 입 닥치래도.

에밀리아 진실은 밝혀지는 법. 밝혀지고말고. 입 닥치라고?

안 되지. 매서운 북풍처럼 거리낌 없이 말하겠어.

하늘이건 사람이건 악마건 그들 모두가

날 수치스럽게 한다 해도 말하고야 말겠어.

이아고 현명하게 굴어야지. 집으로 가라니까!

(이아고가 칼을 뽑는다)

에밀리아 싫어.

그라시아노 부끄러운 줄 아시오! 여인에게 칼을 들이대다니!

에밀리아 아아 이 얼빠진 무어 자식! 당신이 말한 그 손수건은

내가 우연히 발견한 후에 남편에게 전해 준거야.

남편은 거듭거듭, 아주 집요하게

그런 사소한 물건에 도가 넘친다 싶을 정도로,

그 손수건을 훔쳐 달라고 조르고 또 졸라댔어.

이아고 이 고약하고 천한 여편네가!

에밀리아 마님이 캐시오에게 줬다고?

아니야, 하느님 맙소사. 내가 주웠어.

그리곤 남편에게 건네줬다고.

이아고 추잡하고 천한 년, 거짓말을 하다니!

에밀리아 하늘에 맹세코 거짓이 아닙니다. 아니에요, 신사님!

오오 덜떨어진 살인마! 어째서 저런 바보가

그토록 훌륭한 아내를 얻었을까?

(오셀로, 이아고를 향해 돌진한다. 이아고, 자기 아내를 찌른다)

오셀로 하늘은 번개 대신 떨어뜨릴 만한

바위가 없단 말인가? 이 우라질 악마 자식!

그라시아노 여인이 쓰러졌다. 저자가 분명 자기 아내를 죽였소.

에밀리아 그래요, 그래. 아아, 저를 우리 마님 옆에 눕혀 주세요.

(이아고 퇴장)

그라시아노 그가 가 버렸소. 게다가 그의 아내는 살해당했소.

몬타노 사악하고 잔혹한 악당이군. 이 검을 받으시오.

무어 님으로부터 수거한 검이오.

어서, 밖에서 문을 지키시오. 이 문을 나가게 하느니

차라리 죽이시오. 나는 이아고를 쫓겠소.

빌어먹을 범죄자가 되었으니.

(몬타노와 그라시아노 퇴장)

오셀로 용기가 없어졌어.

작고 약하고 보잘 것 없는 자에게 내 검을 빼앗기다니.

진실한 마음보다 명예가 오래갈 필요는 없어.

모두 없어져 버려.

에밀리아 부르던 노래가 무얼 의미했나요, 마님?

들어 보세요, 제 말이 들리나요?

백조가 되어 노래하며 이승으로 가렵니다.

(노래한다)

버들, 버들, 버들을…….

무어인이여, 마님은 순결한 분이세요.

잔혹한 무어인, 당신을 사랑하셨어요.

진실을 말했으니 내 영혼에 은총이 깃들리라.

제 생각을 그대로 밝혔으니, 오 하느님, 저는 죽습니다.

(에밀리아, 죽는다)

오셀로 이 방에는 검이 하나 더 있지.

스페인 검이야.

얼음처럼 차갑고 길고 뾰족한 실개천을 닮았지.

오오, 여기 있군. 숙부님, 나갑니다.

그라시아노 (안에서) 나오기만 해 봐, 엄청난 희생을 치르게 해 주겠다.

무기가 없으니 고통을 당하는 쪽은 너일 테니까.

오셀로 들어와서 날 보고 말씀 좀 나눠 주시오.

아니면 맨몸으로라도 당신을 해칠 것이오.

(그라시아노 등장)

그라시아노 무슨 일이냐?

오셀로 보시오. 내겐 무기가 있소.

군인의 가랑이에 달린 것들 중에

이보다 더 좋은 검은 없소.

이 시시한 팔뚝과 훌륭한 검으로

당신보다 수십 배도 더 무시무시한

훼방꾼들을 뚫으며 이날까지 살아남았소.

하지만 아아, 자랑 따위 모두 부질없소이다.

그 누가 운명을 지배할 수 있겠소?

이제는 돌이킬 수 없지요.

내 비록 검을 들었지만 두려워 마시오.

이제 내 여정은 끝났소. 여기가 끝이오.

내 항해의 목적지를 알려 주던 고지에 이르렀소.

겁이 나서 물러나는 게요? 부질없는 두려움이요.

이 오셀로의 가슴을 향해 달려들기만 해도

뒷걸음질 칠 테니. 이 오셀로는 어디로 가리요?

이제, 이제는 어떤 모습을 하고 있을까?

오오, 불운을 타고난 여인이여.

잠옷 빛깔처럼 창백해졌구려!

심판의 날에 그대를 만나면 당신의 창백한 얼굴이

내 영혼을 천국에서 지옥으로 내동댕이칠 테지.

마귀들은 내 영혼을 낚아챌 테고. 싸늘해진 내 여인이여.

그대가 지킨 정절처럼 차가워라.

아아, 빌어먹을 악마여! 나를 채찍질해 다오.

이 천상의 모습에 사로잡힌 나를 데려가라!
바람이 되어 나를 휘감아 유황에 태워 버려라.
가파른 협곡 아래 불바다로 휩쓸어 보내다오!
오오, 데스데모나! 데스데모나! 죽어버리다니!
오오! 오오오!

(로도비코, 몬타노, 들것에 실려 온 캐시오, 장교들에게 끌려온 죄수 이아고 등장)

로도비코 이 조급하고도 비참한 사람은 어디 있는가?
오셀로 한때 오셀로였던 그 사람. 바로 여기 있소.
로도비코 그 독사 같은 놈은 어디 있느냐?
그 사악한 놈을 앞으로 데려와라.
오셀로 네 두 발이 악마처럼 생겼는지 궁금했지만
그런 건 동화에나 나올 뿐.
네놈이 악마라면 죽여도 죽지 않겠지.
(이아고를 찌른다)
로도비코 저 자의 검을 빼앗아라.
(장교들이 오셀로의 검을 가져간다)
이아고 피만 봤지 날 죽이진 못했구나.
오셀로 그리 섭섭하진 않구나. 살아남기를 바란다.
내게 죽음은 곧 행복이니.

로도비코 오오 그대 오셀로,

한때 당신은 참으로 훌륭한 사람이었는데

이 빌어먹을 악마의 농간에 빠져 버렸구려.

내 그대에게 뭐라 할 말이 없소.

오셀로 뭐든 말하시오.

괜찮다면 날 명예로운 살인마라 부르시오.

증오로 저지른 일은 없소. 모두 명예를 위해서 한 일이오.

로도비코 이 비열한 놈이 자신의 악행에 대해 일부 고백했소.

당신과 이아고는 캐시오의 죽음을 공모했소?

오셀로 그렇소.

캐시오 친애하는 장군님,

전 그럴만한 짓을 한 적이 전혀 없습니다.

오셀로 그 말을 믿네. 날 용서해 주게.

부탁이네. 왜 내 영혼과 육체를 함정에 빠뜨렸는지

저 절반은 악마인 놈에게 물어봐 주겠나?

이아고 내게 아무것도 묻지 마시오.

당신이 아는 건 당신도 알잖소.

지금 이 순간부터 난 한 마디도 않겠소이다.

로도비코 아니, 기도조차 안할 참인가?

그라시아노 고문을 하면 입을 열겠지.

오셀로 부디 최선을 다해 주시오.

로도비코 장군, 벌어진 일들에 대해 모두 밝혀 주겠소.

아마도 당신은 몰랐던 것 같소.

여기 살해된 로더리고의 주머니에서 발견된 서신이 있소.

그리고 이 한 통 더 있소만. 한 통은 로더리고가

캐시오를 죽이는 일을 맡은 내용을 담고 있소.

오셀로 오, 이 사악한 놈!

캐시오 더없이 야만적이고 역겨운 놈!

로도비코 마찬가지로 그의 주머니에서 발견된 불만조로 쓴

또 한 통의 서신이 있소. 이 서신은 짐작컨대

로더리고가 이 망할 악당에게 전하려고 했던 것 같소.

하지만 그러려던 찰나에 이아고가 나타나서는

그의 불만을 덜어 주었소.

오셀로 오오, 이 사악한 악당!

캐시오, 내 아내가 들고 다니던 손수건은 어찌된 것이냐?

캐시오 제 방에서 주웠습니다.

그리고 이아고가 방금 고백했는데

특별히 자신이 의도했던 방향으로 일을 꾸미려고

일부러 그곳에 떨어뜨려 놨다고 합니다.

오셀로 오오 어리석구나! 어리석어! 어찌 이리도 어리석었을까!

캐시오 게다가 로더리고의 서신에는

보초를 서는 동안 저를 노하게 만들어

파직을 유도하라고 지시한

이아고를 비난한 내용도 있습니다.

잠시 로더리고가 죽은 줄 알았지만

방금 깨어나 자백했습니다.

이아고가 그를 속이고 그 일을 하도록

강하게 요구했다고요.

로도비코 (오셀로에게) 당신은 이 방에서 나와

우리와 함께 가야 하오.

그대는 권한과 명령권을 상실했으며

대신 캐시오가 사이프러스를 통치할 것이오.

이 악랄한 놈은

몹시 고통스럽게 하면서도 목숨은 살려 두는

노련하고 잔인한 방법만 있다면 그리 할 것이오.

당신은 베니스 의회에 그 죄상이 전해질 때까지

죄수로 수감될 것이오.

자, 그를 끌어내라.

오셀로 진정하시오. 당신이 가기 전에 내 한두 마디만 하리다.

나는 베니스 의회에 도움을 꽤 주었습니다.

그들도 그건 아실 겁니다.

그에 대해서는 말을 아끼겠습니다.

하지만 청하건대, 서신에 이 불행한 일을 기록할 때

있는 그대로의 제 모습을 써 주십시오.

과장하거나 적의를 품은 채

그 어떤 일도 비하하진 말아 주십시오.

이렇게 기록해 주십시오.

지혜롭진 못하지만 지나친 사랑을 했고,

쉬이 질투에 사로잡히지 않는 대신

꼬임과 농간에 휘말려 광기에 이른 사람이라고.

또한 무지한 인도인처럼

부족이 소유한 땅보다 더 값비싼 진주를

제 손으로 멀리 던져 버린 사람이라고.

마음을 녹이는 감정에는 쉬이 사로잡히지 않았지만

효험이 있다는 아라비아 고무나무 수액만큼

눈물이 많은 사람이라고. 그렇게 기록한 뒤,

알레포 전장에서 터번을 쓴 터키 놈 하나가 적의에 차서

베니스인을 때리고 나라를 욕보이고 있을 때

내가 그 할례 받은 개자식의 목을 쥔 후

죽여 버렸노라고 기록해 주십시오. 이렇게 말입니다.

(자신을 찌른다)

로도비코 오오, 피비린내 나는 종말이로구나!

그라시아노 전해 들은 모든 이야기가 흉측하도다.

오셀로 당신을 죽이기 전에 당신에게 키스했었지.

내겐 오직 이 길 뿐이오.

자결을 택하고 당신에게 키스하며 죽음을 맞겠소.

(데스데모나에게 키스한 뒤, 죽는다)

캐시오 장군님은 고결한 마음을 지닌 분이기에

혹여 이런 일을 저지르지 않으실까 염려했지만

무기가 없으리라 생각했소.

로도비코 (이아고에게) 오오, 피에 굶주린

스파르타 사냥개 같으니라고.

비통함과 굶주림, 바다보다 더 잔혹한 놈아.

비극을 맞은 자들이 이 침대에 누워 있는 모습을 보아라.

바로 네놈이 저지른 짓이다.

저 물건이 내 눈을 더럽히는구나.

치워 버려라. 그라시아노 경, 이 집을 지키고

저 무어인의 재산을 몰수하십시오.

모두 당신이 물려받게 될 터이니.

총독, 이 빌어먹을 악마의 처벌은 당신 손에 맡깁니다.

시간과 장소, 고문 방법을 결정한 후에

부디 여지없이 이행해 주시오!

나는 곧바로 승선한 후에 비통한 심정으로

이 비극적인 일을 베니스 의회에 보고하겠소.

(모두 퇴장)

리어 왕
King Lear

| 등장인물 |

리어(영국의 왕)
거너릴(리어의 큰딸)
리건(리어의 둘째 딸)
코딜리어(리어의 셋째 딸)
올버니 공작(거너릴의 남편)
콘웰 공작(리건의 남편)
프랑스 왕
버건디 공작
켄트 백작
글로스터 백작
에드거(글로스터 백작의 아들)
에드먼드(글로스터 백작의 서자)
리어의 광대
오스왈드(거너릴의 집사)
큐런(궁내관)
노인(글로스터 백작의 소작인)
의사
대장
전령들
병사들
리어를 수행하는 기사들
신사들, 병사들, 시종들, 전령들, 하인들

제1막

제1장

리어 왕의 궁전

(켄트, 글로스터, 에드먼드 등장)

켄트 국왕께서는 콘월 공작보다 올버니 공작을
더 아끼시는 것 같더군요.

글로스터 우리에게도 그렇게 보였습니다. 하지만 이제
왕국의 영토를 분할하려는 지금 국왕께서 어느 공작을 더 총애하고
계시는지 알 수 없게 된 것 같군요. 양쪽의 배분이 똑같아 무게를
달아 소소한 항목을 재어도 우열을 가리기 어려우니 말입니다.

켄트 이 사람은 자제분이 아닙니까?

글로스터 제가 길렀지요. 하나 이 아이를 내 자식이라 할 때마다
부끄러움에 얼굴을 붉히지 않을 수 없었는데, 이제는 그마저도
익숙해져 얼굴을 붉히지 않게 되었습니다.

켄트 무슨 말씀이신지 알아들을 수가 없군요.

글로스터 이 아이의 어미는 잘 알아들었습니다.

하도 잘 알아들어 이 녀석을 배고 배가 점점 불러 오더니,

침상에서 남편을 맞이하기도 전에 요람에서 아이를 맞이하게

되었답니다. 이제 무슨 잘못이 있었는지 아시겠지요?

켄트 이렇게 늠름한 아들을 얻으셨으니,

저라면 그 잘못을 되돌리고 싶지 않을 것 같습니다.

글로스터 그렇지만 제게는 적법하게 낳은 아들이 하나 있거든요.

이놈보다 한 살 더 많습니다. 물론 어느 한쪽을 더 귀히 여기는 것은

아닙니다. 이 녀석은 불러내기도 전에 세상에 나왔지만,

그래도 이 녀석의 어미는 정말 미인이었지요. 이놈을 만드는 동안

즐거웠으니, 서자라도 자식으로 인정을 안 할 수 없지요.

에드먼드야, 이 귀한 어르신이 누구신지 아느냐?

에드먼드 모르겠습니다. 아버님.

글로스터 켄트 경이시다. 내가 존경하는 친구이니

앞으로 잘 모셔야 한다.

에드먼드 앞으로 잘 모시겠습니다.

켄트 나도 자네를 아끼겠네. 앞으로 가깝게 지내도록 하자꾸나.

에드먼드 마음에 드시도록 노력하겠습니다.

글로스터 이 녀석은 지난 구 년간 외국에서 생활해 왔는데,

곧 다시 나갈 겁니다. 아, 국왕께서 나오시는군요.

(나팔 소리, 왕과 콘웰, 올버니, 거너릴, 리건, 코딜리어, 시종들 등장)

리어 글로스터, 프랑스 왕과 버건디 공작을 모셔 오게.

글로스터 네, 폐하.

(글로스터와 에드먼드 퇴장)

리어 자, 이제 내가 그동안 마음속에 숨겨 왔던 계획을 말하겠네.
저기 지도를 다오. 과인은 이 왕국을 삼등분하여 나누었으며,
확고한 결의로 모든 근심과 나랏일을 이 늙은 몸에서 떨쳐 버리고,
젊고 힘이 있는 이들에게 나눠 주어, 홀가분한 마음으로
죽을 때까지 느긋이 여생을 보내려 하오.
사위인 콘웰 경. 그리고 그에 못지않게 사랑하는 사위 올버니 경.
과인은 딸들에게 나눠 줄 재산을 지금 공개하는바,
미래의 불화를 미연에 방지하고자 한다네.
프랑스 왕과 버건디 공작은 지금 나의 막내딸 코딜리어에게
구혼하는 경쟁자로서 이 궁전에 머물러 있는바,
그들도 이 자리에서 그 대답을 듣게 될 것이오.
말해 보아라, 나의 딸들아! 과인은 이제 이 나라의 통치 및
국토방위와 국정에 대한 부담에서 벗어나고자 하니,
너희들 중 누가 가장 나를 사랑한다 말하겠느냐?
나에 대한 사랑과 효심이 제일 깊은 딸에게 제일 큰 몫을 주겠다.
거너릴, 네가 맏딸이니 먼저 말해 보아라.

거너릴 아버님, 저는 말로는 도저히 표현할 수 없을 만큼

아버님을 사랑합니다.
폐하는 저의 눈보다, 이 넓은 천지보다, 자유보다 더 소중하시며,
값지고 희귀한 그 어떤 것보다 더욱 귀중하시며,
은총과 건강, 아름다움과 명예로 충만한 목숨만큼 사랑하며,
지금껏 자식이 보여 드린 혹은 아버지가 받은 어떤 사랑보다
더 사랑합니다. 아버님에 대한 사랑으로 저는 숨조차 쉬기가
어렵고 말문이 막힙니다.
제 사랑은 어떠한 수식어로 형언할 수 없을 만큼 큽니다.

코딜리어 (방백) 코딜리어는 뭐라고 말해야 하나?
그저 사랑할 뿐, 침묵해야지.

리어 이 모든 영토 중에서 여기서부터 저기까지,
울창한 숲과 비옥한 들이 있는,
풍성한 강과 넓은 목장이 수없이 펼쳐진 이 땅을 너에게 주겠노라.
이는 너와 올버니의 자손들에게 대대손손 전해질 것이다.
자, 이제 나의 둘째 딸이자 콘웰의 아내,
사랑스러운 리건이 말해 보아라.

리건 아버님, 저도 언니와 꼭 같은 마음이니,
꼭 같은 값어치를 매겨 주십시오.
언니가 이야기하는 사랑은 정말이지 모두 다 제 마음속에 있습니다.
다만 언니의 말에 부족한 것이 있으니, 저는 가장 섬세한 감각을
가진 인간도 빠져 버릴 수 있는 모든 쾌락을 저버리고,
오로지 아버님을 사랑하는 일에서만 기쁨과 행복을 찾겠습니다.

코딜리어 (방백) 이제 불쌍한 코딜리어 차례로구나!

하지만 꼭 그런 것만은 아냐.

나의 사랑이 나의 말보다 크다는 것을 난 믿으니까!

리어 너와 네 자손에게 이 아름다운 왕국의 비옥한 땅 삼분의 일을

물려주겠다. 이 땅은 넓이로 보나, 가치로 보나, 기쁨으로 보나

거너릴이 받은 것에 못지않다.

자, 이제 가장 어리고 작지만 과인의 기쁨이요,

너의 사랑을 얻고자 프랑스 왕의 포도밭과 버건디 공작의 목장이

서로 경쟁하는 나의 딸, 너는 어떤 말로 언니들의 것보다 더 비옥한

땅을 갖겠느냐. 말해 보아라.

코딜리어 할 말이 없습니다. 폐하.

리어 할 말이 없다고?

코딜리어 할 말이 없습니다.

리어 할 말이 없다면 받을 것도 없을 것이다. 다시 말해 보아라.

코딜리어 불행히도 저는, 제 마음속에 있는 것을 말로 다 할 수 없습니다.

저는 자식 된 도리에 따라 아버님을 사랑합니다.

그 이상도 이하도 아닙니다.

리어 어떻게 이럴 수가, 코딜리어! 말을 좀 고쳐 해 보아라.

아니라면 네가 받을 재산을 잃게 될 것이다.

코딜리어 훌륭하신 아버님!

아버님은 저를 낳아 주시고, 길러 주시고, 사랑해 주셨습니다.

그 은혜에 보답하려는 의무를 지고 저는 아버님께 순종하고,

아버님을 사랑하며, 무엇보다 아버님을 진정으로 공경하고 있습니다.
언니들은 아버님만을 사랑한다고 말하면서 어째서
남편을 얻었는지요? 만약 제가 결혼을 한다면
제 맹세를 받는 그분이 제 사랑의 절반을, 그리고 제 관심과 의무의
절반을 가져가실 겁니다. 아버님만을 사랑하기 위해서라면,
저는 결코 언니들처럼 결혼하지는 않을 겁니다.

리어 너의 마음이 정말 그러하냐?

코딜리어 네, 훌륭하신 폐하.

리어 그렇게 어리면서, 그렇게 완고할 수가?

코딜리어 어리지만, 폐하, 진실합니다.

리어 좋을 대로 해라. 너의 진실이 너의 지참금이다!
태양의 성스러운 광채, 지옥의 여신 해카티와 밤의 신,
인간의 생과 사를 관장하는 별들의 모든 운행에 걸고 맹세하건대,
과인은 이 자리에서 저 아이의 아버지로서의 책임을 모두 부인하겠다.
핏줄도 천륜도. 지금부터 너는 영원히 내게 낯선 사람이다.
차라리 야만인 스키타이인이나 부모를 먹는다는 식인종을
가깝게 여기고 동정하며 도와주는 정도로만
한때는 내 딸이었던 너를 대하겠다.

켄트 폐하.

리어 그 입 다물게, 켄트! 용과 그의 분노 사이에 끼어들지 말라.
나는 저 아이를 누구보다 사랑했고, 저 아이의 다정한 보살핌 속에서
생을 마감하려 했네.

(코딜리어에게) 썩 꺼져라, 내 눈앞에 띄지 마라.
내 무덤만이 내 안식처로구나,
이토록 아비의 마음을 저버리는 딸 앞에선!
프랑스 왕을 불러라! 뭣들 하느냐? 버건디 공작을 불러라!
콘웰과 올버니, 내 두 딸의 지참금에 세 번째 땅을 덧붙여 주마.
저 아이는 스스로 진실이라고 부르는 그 오만함과 함께 결혼하라지.
너희 두 사람에게 내 권리와 통치권과 왕위에 따른 모든 효력을
넘겨주겠다. 나는 매달 그대들이 부양하는 백 명의 기사와 함께
그대들의 집에 머물 것이다.
그 증거로, 이 왕관을 나눠 가지도록 해라.

켄트 리어 왕이시여, 제 평생 국왕 폐하를 존경하고,
아버지로서 공경하며, 나의 주인으로 섬겨 왔고,
관대한 후원자로 기도해 왔습니다만,

리어 활은 이미 휘어졌고, 활시위는 당겨졌으니, 본론만 말하라.

켄트 차라리 화살을 제게 쏘십시오. 그 화살이 제 심장을 관통한대도!
이 켄트가 무례한 것은 리어가 미쳤기 때문입니다.
무슨 짓을 하시는 겁니까, 노인이여?
권력이 아첨에 굴복할 때 충신이 말하기를 두려워할 줄 아셨습니까?
군주가 어리석음에 빠졌을 때에는 충신은 직언하는 법입니다.
폐하의 왕권을 보존하십시오. 그리고 숙고하시어
이 무모하고 경솔한 행동을 멈추십시오.
감히 제 목숨을 걸고 한 말씀드리면,

막내 공주님께서 폐하를 사랑하는 마음이 덜한 것이 아닙니다.

낮은 목소리가 빈 공간을 울리지 못한다 해서

그 마음까지 비어 있는 것은 아닙니다.

리어 켄트, 목숨이 아깝거든, 그 입을 다물게.

켄트 제 목숨은 오로지 폐하의 적과 싸우기 위해 있는

담보에 지나지 않으니, 잃는다 해도 두려울 것이 없습니다.

폐하의 안전만이 제겐 중요합니다.

리어 내 눈앞에서 당장 꺼져라.

켄트 눈을 뜨고 잘 보십시오. 폐하.

그리고 항상 저를 폐하의 눈동자로 삼으십시오.

리어 아폴로 신에 걸고 맹세컨대—

켄트 아폴로 신에 걸고 맹세컨대, 폐하, 지금의 맹세는 헛된 것입니다.

리어 저런 고약한 놈! (칼에 손을 댄다)

올버니, **콘웰** 참으십시오, 폐하.

켄트 폐하께서는 지금 의사를 죽이시고, 질병에 상을 내리시는 겁니다.

영토의 상속을 철회하십시오. 그러지 않으시면,

제 목구멍에서 소리가 나오는 한 폐하가 잘못된 일을 하고 계시다고

외쳐 댈 겁니다.

리어 들어라, 이 변절자야! 네가 맹세한 충성심을 걸고 들어라!

네놈은 과인이 한 맹세를 깨도록 부추기지만,

이 몸은 아직까지 그리한 일이 없다.

오만하게도 과인의 말과 행동 사이에 끼어들려 하니,

과인의 천성과 지위로 보아 참을 수 없는 일.

과인의 실권이 어떠한 것인지 똑똑히 알게 해 주마.

세상의 고난을 이겨 낼 수 있도록 채비를 차리도록 해라.

닷새의 말미를 주마. 엿새째 되는 날,

네놈의 꼴도 보기 싫은 등을 돌려 이 왕국을 떠나라.

만일 열흘째 되는 날에도 네놈의 추방된 몸뚱이가

이 영토 안에서 발견될 시에는 즉각 사형에 처하겠다.

꺼져라! 주피터 신에 맹세코 결코 이 명령을 철회하지 않을 것이다.

켄트 폐하의 뜻이 그러하시다면, 안녕히 계십시오.

이제 이곳은 자유란 없고 추방만이 남아 있군요.

(코딜리어에게) 온당하게 말씀하신 공주님께 신의 가호가 있기를.

(거너릴과 리건에게) 두 분의 호언장담이 행동으로 입증되고

두 분의 사랑의 말씀에 따라 좋은 결과가 있기를 기원합니다.

여러 제후들에게도, 켄트는 작별을 고합니다.

새로운 나라에서도 늘 같은 마음으로 살아갈 것입니다.

(퇴장)

(나팔 소리. 글로스터, 프랑스 왕과 버건디 공작 및 시종들 등장)

글로스터 프랑스 왕과 버건디 공작입니다, 폐하.

리어 버건디 공작, 내 딸을 얻으려 지금껏 프랑스 왕과

경쟁해 오지 않았소.

이제 묻노니 저 아이의 지참금으로 요구하는 금액의 최소한이

어느 정도요? 그 정도가 되지 않으면 구애를 포기하겠소?

버건디 높으신 폐하, 저는 폐하가 내리시는 몫 이상을 바라지 않습니다.

그보다 적게 주실 리도 없으실 테지요.

리어 친애하는 버건디 공작, 내가 저 애를 귀여워했을 때는

그러려 했으나, 이제 저 아이의 가치는 떨어졌소.

저기 그 애가 서 있소. 저 보잘것없는 애의 무언가 또는 전부가—그

외엔 아무것도 없어도—경의 마음에 든다면, 저 애는 당신의 것이오.

버건디 뭐라 대답해야 할지 모르겠습니다.

리어 저 애는 결점도 많고 의지할 친구도 없는 데다가

나의 미움까지 받고 있으니, 나의 저주를 지참금으로 삼고

내가 이방인 취급을 하리라 맹세한 저 애라도 좋다면, 데려가시오.

아니면 떠나시겠소?

버건디 용서하십시오, 폐하. 그런 조건으로는 선택할 수 없습니다.

리어 그럼 그만두시오.

국왕의 이름을 걸고 맹세컨대 내가 말한 것이 저 애가 가진 전부요.

(프랑스 왕에게) 친애하는 프랑스 왕, 평소의 우정을 저버리고

내가 미워하는 아이를 배필로 만들어 드리고 싶지 않구려.

그러니 바라건대 자연이 내린 천륜을 저버리는 저 몹쓸 년보다는

더 훌륭한 여자에게 사랑을 주도록 하시오.

프랑스 왕 참으로 이상한 일이군요.

조금 전까지도 지극한 총애의 대상이자,

노년의 낙이며, 가장 훌륭하고 소중했던 그분이
이처럼 눈 깜빡할 사이에 그 어떤 엄청난 죄를 저질러
이토록 겹겹의 총애를 잃었단 말입니까.
그분의 죄가 아주 사악하고 끔찍한 것이 분명한가 봅니다.
아니라면, 앞서 맹세하신 폐하의 애정이 식은 것이겠지요.
그러나 그 같은 죄를 공주님이 저질렀다고 믿기에는
기적이 아니고서야 이성으로는 믿기 어려운 일입니다.

코딜리어 (리어 왕에게) 폐하께 간청드리오니—
소녀가 마음을 먹으면 말이 아닌 행동을 먼저 하며,
마음에 없는 말을 매끄럽고 번지르르하게 하는 재주가
없기 때문이라면, 그렇다면, 이것만은 말씀해 주세요.
제가 아버님의 총애를 잃은 것은 제가 저지른 품행의 오점이나 살인,
정숙하지 못한 행동 또는 명예롭지 못한 몸가짐 때문이 아니라,
그저 없는 것이 더 나을 어떤 점이 부족했기 때문이라는 것을요.
저는 애걸하는 눈과 혀를 갖지 못한 것이 언제나 자랑스럽습니다.
비록 그것이 없어 아버님의 마음을 잃긴 했으나.

리어 차라리 너는 태어나지 않는 것이 좋았겠구나.
이렇게 나를 불쾌하게 만드니.

프랑스 왕 단지 그 이유 때문입니까?
마음으로 하고자 하는 일을 입에 올리지 않은 그 과묵함 때문이란
말입니까? 버건디 공작, 공작은 공주님을 어떻게 생각하십니까?
사랑이 그 본질을 떠난 문제들과 뒤얽힌다면,

그것은 더 이상 사랑이 아니지요. 공주를 받아들이시겠소?
공주는 그녀 자체가 지참금이오.

버건디 국왕 폐하, 폐하께서 약속하신 몫만이라도 주십시오.
그러면 이 자리에서 코딜리어의 손을 잡고 버건디 공작의 부인으로
선포하겠습니다.

리어 아무것도 줄 수 없소.
과인은 이미 맹세를 했고, 내 결심은 확고하오!

버건디 (코딜리어에게) 그러하면 유감이오나
아버님을 잃으신 공주님은 남편감도 잃으셨습니다.

코딜리어 버건디 공작은 걱정하지 마십시오.
지위와 부를 사랑하는 분이라면,
전 그런 분의 아내가 되지 않겠습니다.

프랑스 왕 가장 아름다운 코딜리어, 공주는 가난하나 가장 부유하고,
버림을 받았으나 가장 소중한 사람이며, 모멸을 받으나
동시에 가장 사랑받는 사람이니 그대의 미덕을 이제 내가 붙잡겠소.
버려진 것을 취했으니 법에 어긋나지도 않소.
신들이시여! 저들의 냉대가 오히려 내 사랑의 불꽃을 이토록
존경으로 활활 타오르게 하니 기이한 일입니다.
폐하, 우연히 제게 던져진 그대의 지참금도 없는 딸이
이제부터 저의 아내이자 프랑스의 왕비입니다.
버건디 공작 같은 사람들이 떼도 몰려도 이 소중한 여인을
내게서 사 갈 수는 없을 거요.

코딜리어, 매정한 저들에게 작별 인사를 하시오.

이곳을 떠나지만 더 나은 곳을 알게 될 것이오.

리어 당신은 그 애를 가지시오. 프랑스 왕.

그 애는 이제 당신의 것이오. 내게는 그런 딸이 없으니,

다시는 그 얼굴을 볼 일도 없을 것이오.

그러니 물러가시오. 은총도, 애정도, 축복도 바라지 말고.

자, 갑시다. 버건디 공작.

(나팔 소리, 리어, 버건디, 콘웰, 올버니, 글로스터와 시종들 퇴장)

프랑스 왕 언니들에게 작별 인사를 하시오.

코딜리어 아버님의 보석이신 언니들,

눈물 어린 눈으로 코딜리어는 작별 인사를 드립니다.

언니들의 됨됨이를 잘 알지만, 동생으로서 차마

그 결점들을 꼬집어 말씀드리고 싶진 않군요.

부디 아버지를 잘 보살펴 주세요. 언니들이 공언하신

그 사랑을 믿고 아버님을 맡깁니다.

오, 아직도 제가 아버님의 사랑을 받고 있다면 더 좋은 곳으로

모실 텐데. 두 언니들, 안녕히 계세요.

리건 우리가 할 일을 지시하지 마.

거너릴 네 남편이나 잘 모셔라.

운명의 여신의 자비로 너를 거둬 주셨으니.

너는 순종할 줄 모르니 모든 것을 빼앗기는 것이 마땅해.

코딜리어 시간이 지나면 계략은 탄로 나고,

감춰진 허물은 드러나 조롱당할 겁니다.

부디 두 분에게 좋은 일이 있으시기를!

프랑스 왕 자, 갑시다. 나의 아름다운 코딜리어.

(프랑스 왕과 코딜리어 퇴장)

거너릴 동생, 우리 둘 모두에게 관련된 중요한 이야기들이 적지 않구나.

아버지께선 오늘 밤 이곳을 떠나실 거야.

리건 그러시겠지. 오늘은 언니와 함께 가고,

다음 달엔 우리에게로 오시겠지.

거너릴 늙은이의 변덕이 얼마나 심한지 방금 보지 않았니.

지금까지 우리가 봐 온 것만 해도 그래.

항상 막내를 가장 사랑하시더니, 무슨 망령이 드셨는지

저렇게 내쫓는 것 좀 봐.

리건 나이 드셔서 망령이 든 거지. 하긴 아버지야,

원래 언제나 자기 자신에 대해 잘 모르시는 분이셨어.

거너릴 가장 왕성하고 건강하던 시절에도 아버지는 늘 경솔하셨어.

그러니 이제 늙은 아버지에게 받을 것이라곤 고질적인

성격적 결함에 더해진 병약하고 성미 사나운 노인의

외고집뿐이라고.

리건 아까 켄트를 내쫓으실 때처럼

발작적인 행동을 우리에게 하실지도 모르지.

거너릴 아버지와 프랑스 왕은 아직도 공식적인 작별 인사 중이실 거야.

우리는 같이 대비를 하자꾸나.

만약 아버지께서 평소에 하시던 대로 권력을 휘두르려 하신다면,

방금 받은 상속이 우리를 괴롭히게 될 거야.

리건 앞으로 신중히 생각해 봐요.

거너릴 늦기 전에 뭔가 조치를 취해야 돼.

(리건과 거너릴 퇴장)

제2장

글로스터 백작의 성

(에드먼드 등장)

에드먼드 자연이여, 그대는 나의 여신,

이 몸은 그대의 법칙만을 따르겠다. 그런데 어찌하여 나는

관습이라는 병폐의 제물이 되어, 나의 상속을 가로막는

국법을 참아야 한단 말인가?

그것도 형보다 열두어 달 더 늦게 나왔다는 이유만으로?

서자라서? 비천한 출신이라?

내 육체는 균형이 잡혀 있고 정신은 신사처럼 고상하니,

정실부인 소생에 견주어도 전혀 손색이 없는데도?

누가 나를 천하다 말하는가? 천하다니? 천출이라니?

천하고 천하다니?

자연의 욕망을 은밀히, 격렬히 즐기다 만들어진 내가 오히려
지루하고, 맥 빠지고, 싫증난 침대 속에서
잠결에 잉태된 멍청한 족속에 비해 더 낫지 않은가?
그러니 적자인 에드거 형. 형의 재산은 내가 차지해야겠어.
아버지의 사랑은 서자인 나에게나 적자에게나 같다.
적자는 멋진 말이지! 나의 적자님,
이 편지가 성공을 거두고 나의 뜻이 이루어진다면,
서자 에드먼드가 적자 에드거 위에 올라설 것이다.
나는 가지를 뻗고 번성할 것이야.
자, 신이시여! 서자들을 위해 일어나소서!

(글로스터 등장)

글로스터 켄트가 그렇게 추방되다니? 프랑스 왕도 분개하여 떠나고?
전하께서도 오늘 밤에 가 버리신다니? 대권을 이양하시고
명목상 왕이 되시다니? 이 모든 일이 이리 급히 이뤄지다니?
에드먼드야, 웬 일이냐? 무슨 소식이냐?

에드먼드 아닙니다, 아버님. 아무것도 아닙니다.

글로스터 왜 황급히 그 편지를 감추는 게냐?

에드먼드 아무것도 아닙니다. 아버님

글로스터 읽고 있던 것이 무엇이냐?

에드먼드 아무것도 아닙니다, 아버님.

글로스터 아니라? 그렇다면 무엇 때문에

그토록 급히 주머니에 숨기느냐?

아무것도 아니라면 굳이 감출 필요가 없지 않느냐.

어디 보자! 자! 아무것도 아니라면 내가 안경을 낄 필요도 없겠지.

에드먼드 제발, 아버님, 용서해 주십시오.

형님에게 온 편지인데, 저도 아직 다 읽진 못했습니다.

이미 읽었던 부분까지만 해도 아버님이 보시기엔

적절하지 않은 듯싶습니다.

글로스터 그 편지를 이리 내놓아라.

에드먼드 제가 드려도, 드리지 않아도 화를 내실 겁니다.

그 내용이, 일부만 읽은 바로는 화를 돋울 만한 내용입니다.

글로스터 어디 보자. 어서.

에드먼드 형님을 두둔하는 것은 아닙니다만,

이 편지는 제 마음가짐을 시험하기 위해서 쓴 것이 아닐까 싶습니다.

글로스터 (읽는다) "노인을 공경하는 지금의 정책이야말로

젊은 우리의 한창때를 비참하게 만들고,

우리가 늙어 즐길 수 없을 때까지 상속받을 재산을 묶어 놓고 있다.

우리가 이렇게 늙은 아버지의 횡포에 시달리는 이유는

우리가 나태하고 어리석기 때문이야.

노인의 지배는 그들이 힘이 있어서가 아니라

우리가 그렇게 하도록 내버려 두고 있기 때문이다.

나를 찾아와 함께 이 문제에 대해 더 논의해 보도록 하자.

내가 깨울 때까지 우리의 아버지가 잠들어 계시기만 한다면,
아버지 재산의 절반은 영원히 너의 것이 될 것이고,
너는 영원히 형의 사랑을 받게 될 것이다. 에드거."
흠! 음모인가? "내가 깨울 때까지 아버지가 잠들어 계시기만 한다면,
아버지 재산의 절반은 영원히 너의 것이 될 것이다"라니.
내 아들 에드거가? 그의 손으로 쓰인 것인가?
그놈이 이런 생각이 자라날 마음과 심장을 가졌던가?
언제 이것을 받았느냐? 누가 가져왔던가?

에드먼드 누가 가져온 것이 아닙니다. 아버님.
그것이 묘한 것이, 제 방 창틀에 올려져 있었습니다.

글로스터 형의 글씨체인 것은 알아보겠느냐?

에드먼드 좋은 내용이라면, 아버님, 서슴지 않고
형님의 글씨체라 말하겠으나,
내용을 보아 형의 것이 아니라 여기고 싶습니다.

글로스터 이것은 네 형의 글씨다!

에드먼드 형의 글씨체는 맞지만, 아버님,
형의 마음은 이 편지와는 다를 것입니다.

글로스터 이 문제로 너를 떠본 일은 없는가?

에드먼드 없었습니다. 아버님, 하지만.
아들이 성년이 되고, 아버지가 노쇠하게 되면,
아버지는 아들의 보호를 받아야 하고
아들이 아버지 재산을 관리해야 마땅하다는 소리는

여러 차례 들었습니다.

글로스터 오, 그 괘씸한, 괘씸한 놈!

편지에 쓰인 것이 그놈의 생각이구나! 더러운 악당 같은 놈!

자연에 어긋나고 무도하여 소름이 끼치는구나! 짐승 같은 놈!

짐승만도 못한 놈! 가서 그놈을 찾아오너라. 그놈을 붙잡아야겠다.

가증스러운 놈! 그놈은 어디에 있느냐!

에드먼드 잘 모르겠습니다. 그러나 아버님께서 노여움을 참으시고

형의 의도를 확실히 보여 줄 증거를 찾고자 하신다면,

이 일을 확실하게 처리하실 수 있으실 겁니다.

그러시지 않고 형의 뜻을 오해하시고 함부로 형을 다루시면

아버님의 명예에도 큰 흠이 생길 뿐 아니라

형님의 효심도 사라지게 할 것이니,

저의 목숨을 걸고 감히 말씀드리건대, 형의 편지는

아버님을 행한 저의 애정을 시험하고자 쓴 것이지,

다른 속셈이 있어 쓴 것은 아니라고 생각합니다.

글로스터 그렇게 생각하느냐?

에드먼드 괜찮으시면, 자리를 마련해 제가 형과 함께

이 문제에 관해 상의할 때 아버님께서 들으시고

귀를 통해 확인하실 수 있도록 하겠습니다.

그것도 지체할 것 없이 바로 오늘 밤에 말입니다.

글로스터 그놈이 이런 배은망덕한 놈이 되다니!

에드먼드 그럴 리가 없습니다.

글로스터 그토록 다정하게 정을 쏟던 아비에게. 이럴 수가.

하늘이여, 땅이여! 에드먼드, 그놈을 찾아내라.

그놈을 압박해 봐라. 부탁이다. 네 판단에 따라 일을 꾸며 보아라.

내 지위와 재산을 내걸고서라도 이 일의 진상을 밝히겠다.

에드먼드 신속히 찾아보겠습니다.

형님을 만나 방법을 찾는 대로 일을 처리하고

아버님께 알려 드리겠습니다.

글로스터 최근의 일식과 월식은 우리에게 좋지 않은 징조였던 게야.

과학은 이러저러 설명을 하겠지만, 인간 세계는 그에 따라 재앙을

입기 마련이다. 사랑은 식고, 우정은 깨지고, 형제는 갈라서니,

도시에는 폭동이, 시골에는 불화가, 궁중에는 반역이 일고,

부자간의 연도 끊어진다. 내 못된 자식이 그 같은 징조에 따라

나타났으니. 아들이 아비를 거역하다니.

왕이 천륜을 거스르고, 자식을 적대하는 아버지라니.

우리의 좋은 시절은 다 갔다.

음모, 공허, 배신과 모든 파괴적인 불화만이 무덤까지 우리 뒤를

따를 게야. 이 악당 놈을 찾아오너라.

에드먼드, 네게는 아무 일도 없을 테니.

신중하게 움직여라. 고결하고 충직하던 켄트가 추방당하다니!

그의 죄라면 정직함뿐인데! 이상한 일이다.

(퇴장)

에드먼드 이것이야말로 기막히게 어리석은 세상이다.

우리가 불행에 처하면,

흔히 우리의 행동이 그 원인인데도, 그 재앙을 해와 달,

별의 탓으로 돌리니. 마치 우리가 필연에 의해 나쁜 놈이 되고,

하늘의 뜻에 따라 바보가 되며,

별들에 의해 악당, 도둑, 반역자가 되고, 행성의 운행에 복종해

주정뱅이, 거짓말쟁이, 난봉꾼이 되기라도 한다는 듯이 말이다.

다 하늘의 탓이라 이거지. 내 아버지가 용의 자리인 별들 아래에서

어머니와 함께 뒹굴었고 내가 큰곰자리 별 아래에서 태어났기에

이렇게 난폭하고 음탕하다는 거지. 흥.

내가 태어날 때 아무리 순결한 처녀별이 반짝였대도,

나는 지금의 내 모습 그대로 여전했을 것이다.

(에드거 등장)

때마침 그가 오는군. 마치 희극의 결말처럼.

나의 역할은 우울한 표정으로 미친 거지 톰처럼 한숨을 쉬는 데서

시작하지. 오, 이번 일식과 월식은 이 모든 불화의 전조였구나.

파, 솔, 라, 미.

에드거 무슨 일이냐, 에드먼드. 뭘 그리 심각하게 생각하고 있어?

에드먼드 일전에 읽은, 이번에 일어난 일식과 월식에 관해

언급한 예언서에 대해 생각하던 중입니다. 형님.

에드거 왜 그런 생각에 몰두하고 있느냐?

에드먼드 생각건대, 불행하게도 그 예언서에 쓰인 일이
계속해서 일어나고 있기 때문입니다.
부모 자식 간의 불화, 죽음, 기근, 오랜 우정의 붕괴, 나라의 분열,
왕과 귀족에 대한 위협과 저주, 근거 없는 불신, 친구의 추방,
군대의 해산, 파혼, 그 밖에 여러 가지 일들이요.

에드거 언제부터 네가 점성술의 신봉자가 되었느냐.

에드먼드 아버지를 마지막으로 만난 것이 언제였어요?

에드거 지난밤이었지.

에드먼드 얘기를 나누셨나요?

에드거 그래, 두 시간가량.

에드먼드 기분 좋게 헤어지셨나요?
아버지의 말씀이나 안색에 화난 기색은 없으셨고요?

에드거 전혀 그런 기색은 없으셨는데.

에드먼드 혹시 무슨 일로 아버님의 기분을 상하게 하지 않았는지
잘 생각해 보세요.
그리고 간청하니, 아버님의 노여움이 수그러들 때까지
조금만 참으시고 곁에 가까이 가지 않도록 하세요.
지금은 하도 노기가 등등하시니 형님께 해를 끼치는 것에
그치지 않으실 듯합니다.

에드거 어떤 악당 같은 놈이 날 모략했구나.

에드먼드 저도 그리 염려하고 있었습니다. 제발,
아버님의 노여움이 가라앉을 때까지 꼭 참고 계세요.

괜찮으시면, 제 숙소에서 지내시면서 적당한 때에

아버님이 말씀하시는 것을 엿듣을 수 있도록 해 드릴게요.

자, 어서 가세요. 여기 제 방의 열쇠입니다.

혹 외출을 하실 때에는 무기를 들고 다니세요.

에드거 무기를 들고 다니라니?

에드먼드 네, 저는 형님을 위해서 말씀드리는 겁니다.

형님에 대해 긍정적으로 보는 사람이 한 명이라도 있다면

제가 거짓말쟁이죠. 제가 말씀드린 것은 제가 어렴풋이

보고 들은 것뿐, 진상은 끔찍하여 도무지 말씀드릴 정도가 아닙니다.

자, 어서 가세요!

에드거 곧 소식을 보내 줄 거지?

에드먼드 형님 일은 제게 맡겨 주세요.

(에드거 퇴장)

잘 속는 아버지에 곱게 자란 형님이라.

천성이 남에게 해를 끼칠 줄 모르니 의심할 줄도 모르는 구나.

그 어리석은 정직은 내 계획의 순풍에 돛을 다는 격이다!

이제 할 일은 분명해졌다. 태생 때문에 재산을 차지하지 못한다면,

지략으로 차지할 테다.

목적에 부합한다면 무엇이든 정당화할 수 있어.

(퇴장)

제3장

올버니 공작의 성

(거너릴과 집사 오스왈드 등장)

거너릴 아버지의 광대를 꾸짖었다는 이유로
내 가신들을 때리셨다는 거냐?

오스왈드 그렇습니다, 마님.

거너릴 밤낮으로 내 속을 썩이시는구나.
매 시간 이런저런 어처구니없는 소동들을 연달아 일으키시니
집 안이 온통 아수라장이야. 더는 참을 수 없어!
아버지의 기사들은 난폭하게 날뛰고,
아버지는 사사건건 우리를 나무라시니.
사냥에서 돌아오시기만 해 봐라, 내 상대도 하지 않을 테니.
아버지께는 내가 몸이 아파 누웠다고 전해라.

자네도 이제부턴 소홀히 대접해 드려도 괜찮네.

잘못이 있다면 내가 책임지지.

(나팔 소리)

오스왈드 돌아오시는 모양입니다. 나팔 소리가 들립니다.

거너릴 지쳐서 태만한 태도로 응대해 드리게. 자네도 다른 하인도.

시비를 거시면 그걸 빌미로 삼을 테니까.

그게 못마땅하시면 동생에게 가시겠지.

내 맘이나 그 애 맘이나 똑같을걸.

맘대로 휘두르게 두진 않을 거란 말이야. 노망난 늙은이 같으니라고.

아직도 넘겨 버린 권력을 휘두르려 하시다니!

정말이지, 늙은 바보들은 도로 갓난애가 되어 버린다니까.

그러니 비위를 맞출 게 아니라 벌로 다스려야 돼.

내 말 잘 기억해 둬라.

오스왈드 네, 마님.

거너릴 그리고 아버님의 기사들한테도 더 냉담하게 대하도록.

그로 인해 무슨 일이 생겨도 상관없으니. 동료들에게도 전해 두게.

그걸 구실 삼아 속내를 내보일 테니까. 아니 그렇게 하고 말겠어.

동생에게 곧장 편지를 써서 나와 같은 행동을 취하게 해야겠다.

저녁을 준비해라.

(모두 퇴장)

제4장

올버니 공작의 성

(변장한 켄트 등장)

켄트 여기에 다른 사람의 말투를 빌려 말씨까지 감춘다면,
내 목적을 성취할 수 있을 테지. 자, 추방당한 켄트여.
네게 저주를 내린 그분을 다시 섬길 수 있다면,
주인께선 언젠간 이 충정 어린 노고를 인정해 주실 게다.

(나팔 소리, 리어와 그의 기사들 등장)

리어 지체하지 말고 저녁을 대령해라!
빨리 준비하라고 전하게.

(시종 한 명 퇴장)

이건 뭐냐, 너는 누구냐?

켄트 사람입니다. 폐하.

리어 뭘 하는 사람이냐? 내게 어떤 볼일이 있어 왔느냐?

켄트 보시는 바와 같이, 저를 믿어 주시는 분께는 충직하게 봉사하고 정직한 분을 사랑하며 지혜롭고 말수가 적은 분과 사귀며, 하늘의 심판을 두려워하지 않고 어쩔 수 없을 경우에만 싸우고, 생선은 먹지 않는 그런 사람입니다.

리어 대체 뭐 하는 놈이냐?

켄트 매우 정직하고 왕처럼 가난한 사람입니다.

리어 왕에 비해 신하가 가난한 만큼, 네가 신하에 비해 가난하다면 너는 매우 가난한 자로구나. 그래, 무엇을 원하느냐?

켄트 섬기는 일입니다.

리어 누구를 섬기고 싶으냐?

켄트 당신입니다.

리어 네놈이 나를 아느냐?

켄트 모릅니다. 그러나 당신의 풍모에는 제가 기꺼이 주군으로 모시고 싶은 데가 있습니다.

리어 그것이 무엇이냐?

켄트 위엄입니다.

리어 무슨 일을 할 줄 아느냐?

켄트 충언을 드릴 수 있고, 말을 타거나 달리거나, 복잡한 이야기는 엉망으로 만들겠지만, 단순한 전갈은 있는 그대로 전달할 수 있습니다.

평범한 사람들이 할 수 있는 일이 제게 적합합니다.

저의 가장 큰 장점은 부지런하다는 점이지요.

리어 몇 살이나 되었느냐?

켄트 노래를 잘 부른다고 여자에게 반할 만큼 젊지도 않고,

그렇다고 아무 이유나 대고 여자에게 빠질 만큼 늙지도 않았습니다.

제 등에 마흔 여덟의 세월을 지고 있지요.

리어 따라오너라. 시중을 들게 해 주마.

저녁 식사가 끝나고 나서도 계속 마음에 든다면 말이야.

아직은 너를 쫓아내지 않으마.

저녁 식사는 어떻게 된 거냐? 저녁 식사! 내 광대는?

이놈은 어디에 있느냐, 가서 광대를 불러오너라.

(시종 한 사람 퇴장)

(오스왈드 등장)

여봐라, 내 딸은 어디에 있느냐?

오스왈드 글쎄요. (퇴장)

리어 저놈이 뭐라는 거냐? 가서 저놈을 다시 불러와라.

(기사 한 명 퇴장)

내 광대는 어디에 있느냐? 세상이 온통 잠이 든 것 같구나!

(기사 다시 등장)

어찌 된 거냐, 그 종놈은 어디 있느냐?

기사 폐하, 그자의 말이 따님께서 몸이 편찮으시다고 합니다.

리어 내가 불렀는데도 그 종놈은 왜 오지 않은 게냐?

기사 그자는 아주 무례한 태도로 오지 않겠다고 대답했습니다.

리어 오지 않겠다고?

기사 네, 폐하. 어찌된 영문인지는 모르겠사오나 제 판단으로는,
요즘 예전에 받으시던 존경과 호의를 받지 못하고 계신 것 같습니다.
폐하의 따님과 공작뿐 아니라 이 댁의 시종 전체가 다
친절함이 크게 줄어든 듯싶습니다.

리어 허! 그렇게 생각하는가?

기사 제가 잘못 생각했다면, 폐하, 용서하십시오. 저는 다만 폐하께서
부당한 대접을 받고 계시다 생각되어 제 의무를 다한 것뿐입니다.

리어 아니다. 너는 내가 생각하던 바를 상기시켜 주었을 뿐이다.
나도 요즘 들어 대접이 소홀해짐을 느끼고 있었으나, 그것이
어떤 의도나 목적에서 나온 것이 아니라 그저 내가 까다롭고
의심이 많은 탓이라 생각해 왔지. 좀 더 자세히 따져 보아야겠네.
그런데 내 광대는 어디를 갔느냐?
이틀 동안이나 보지 못했구나.

기사 막내 공주님께서 프랑스로 떠나신 후로
광대가 무척 상심하고 있는 줄로 압니다.

리어 그 얘기는 이제 그만두게. 나도 잘 알고 있으니.
넌 가서 내 딸에게 내가 할 말이 있다고 전하라.

(기사 한 사람 퇴장)

너는 가서 내 어릿광대를 데려오너라.

(시종 한사람 퇴장)

(오스왈드 등장)

오, 너, 너 이놈, 이리 와 보아라. 내가 누구더냐?

오스왈드 주인마님의 아버지시죠.

리어 '마님의 아버지'라, 이런 썩을 종놈 같으니!

이 후레자식! 거지 같고 똥개 같은 놈이!

오스왈드 실례지만, 나리, 저는 그런 놈이 아니옵니다.

리어 네놈이 감히 나를 노려보아? 이 불한당 같은 놈!

(오스왈드를 때린다)

오스왈드 가만히 맞고만 있진 않겠습니다. 폐하.

(켄트가 나와 그의 발을 걸어 넘어뜨린다)

켄트 그럼 이렇게 걸려 넘어지고만 있지도 않겠지.

이 천한 공놀이 선수야!

리어 고맙네, 내 시중을 잘 드니 앞으로 자넬 아끼겠네.

켄트 (오스왈드에게) 자, 일어나 썩 꺼져라!

신분의 차를 좀 더 가르쳐 주랴?

네 둔한 몸의 길이를 재어 보고 싶으면 계속 누워 있든지, 아니라면

빨리 꺼져! 자, 어서, 네놈이 제정신 박힌 놈이냐?

(그를 밀어 내보낸다)

리어 암, 그래야지.

좋아. 마음에 드는군. 고맙네.

여기 너의 노고에 대한 사례금을 주지.

(켄트에게 돈을 준다)

(어릿광대 등장)

광대 어디 나도 그 친구 좀 써먹어 봅시다.

자, 이 광대 모자를 받아라. (켄트에게 모자를 준다)

리어 아니, 그래. 요 꼬마야. 어찌 된 것이냐?

광대 내 모자를 잘 모셔라.

켄트 왜, 광대야?

광대 왜냐니? 눈 밖에 난 사람 편을 드니 그렇지.

바람이 부는 대로 가지 않으면 감기에 걸리니 십상이니.

여기, 내 모자나 받아라! 여기 있는 양반은 딸을 둘이나 내쫓고

셋째에게는 마음에도 없는 축복을 내렸거든

저 양반을 쫓아다니려면 이 광대 모자가 꼭 필요하다 이 말씀이야.

어때요, 아저씨? 나에게도 광대 모자가 둘이고,

딸도 둘이 있으면 좋으련만!

리어 그건 왜냐, 꼬마야.

광대 재산을 모두 딸들에게 주어도,

이 광대 모자만은 내가 가질 수 있으니까요!

이건 내 것이니, 당신 딸에게 가서 하나 더 얻어 보시지.

리어 이놈, 조심해라. 매를 맞고 싶지 않으면.

광대 진실은 개와 같으니 개집으로 가야 해.

그놈은 언제나 매만 맞고 쫓겨나니까.

암캐 마님은 난롯가에서 냄새나 풍기는 데 말이야.

리어 염병할, 아픈 곳만 콕콕 찌르는구나!

광대 한마디 가르쳐 드릴까요?

리어 해 봐라.

광대 잘 들어 봐요, 아저씨.

가진 것을 다 보여 주지 말고

아는 것을 다 말하지 말고

가진 것을 다 빌려 주지 말고

걷는 것보다는 말을 타며

듣는 말은 다 믿지 말고

내기에는 다 걸지 말며

술과 계집은 뒤로하고

집 안에만 머무르면

열의 두 곱인 스물이 넘는

이득을 볼 수 있을 거야.

켄트 쓸데없는 소리구나, 광대야.

광대 그렇담 이건 변호사의 무료 변론 같은 거지.

그 대가로 나한텐 아무것도 안 오니.

아무것도 없는 것을 이용하지 않을 수 있을까요, 아저씨?

리어 아니, 없지. 꼬마야. 아무것도 없는 것에선

아무것도 생기지 않는 법이니.

광대 (켄트에게) 대신 말해 줘.

자기 땅에서 나오는 소작료도 그 모양이 되었다고.

저 아저씨는 광대의 말은 듣질 않으니 말이야.

리어 광대의 말이 몹시 쓰구나!

광대 이봐요, 쓴 말을 하는 광대와 달콤한 말을 하는 광대의

차이를 알아요?

리어 모른다. 가르쳐 다오.

광대 당신에게 땅을 내어 주라고 조언한 그분을

여기 내 옆에 데려와 봐요.

그 사람 역을 당신이 해.

쓴 말을 하는 광대와 달콤한 말을 하는 광대가

그 즉시 나타날 테니까.

광대 옷을 입은 놈이 여기,

또 다른 놈은 저기에 있구먼.

리어 그럼, 이놈아, 내가 바보라는 거냐?

광대 다른 이름은 다 주어 버렸지만, 그것만은 타고 태어난 거니까요.

켄트 이자가 전적으로 바보 광대는 아니군요, 폐하.

광대 아니지. 고귀하고 지체 높으신 분들이

나 혼자 바보짓하게 두진 않을걸.

내가 독차지하려 들면, 제 발로 나서서 바보짓에 끼어드신단 말이야.

아저씨, 계란 하나만 줘요. 그럼 내가 왕관 두 개를 줄게요.

리어 어떤 왕관이 둘이란 말이냐?

광대 계란을 반으로 나눠 속을 먹으면,

두 개의 계란 껍데기 왕관이 남지요.

당신이 왕관을 둘로 쪼개 나눠줬으니,

타야 할 나귀를 등에 지고 걷는 셈이죠.

황금 왕관을 건네줄 때 당신의 대머리 속에 지혜란 게 없었나 보지.

내가 하는 말이 바보의 말로 들린다면

그 생각을 한 사람이 먼저 매를 맞아야 해.

(노래한다)

광대들이 설 자리가 없다네.

똑똑한 것들이 바보가 되고

가진 지혜를 쓸 줄 모르니

그들이 하는 짓이라곤 바보 흉내뿐이라.

리어 언제부터 그렇게 많은 노래를 부를 줄 알았느냐?

광대 아저씨. 당신이 딸들을 어머니로 삼았을 때부터 연습해 두었죠.

당신이 딸들에게 회초리를 주고 바지를 내렸으니까.

(노래한다)

그래 그들은 놀라 기뻐 울었고

나는 슬퍼하며 울었으니

왕이란 작자가 술래잡기나 하면서

바보와 함께 어울려 있으니.

(노래를 멈추고)

아저씨, 제발, 이 바보에게 거짓말을 가르쳐 줄 선생 하나만

붙여 줘요. 거짓말 하는 법을 배우고 싶으니까.

리어 거짓말만 했단 봐라. 매질을 당할 테니.

광대 당신과 당신의 딸은 정말 친척인 모양이죠.

따님은 내가 참말을 하면 때린다 하고,

당신은 내가 거짓말을 하면 때린다 하고,

가끔은 내가 말을 안 한다고 때리니,

아, 이제 광대 노릇은 집어치우고 뭐든 좋으니 다른 일을 해야겠어.

그렇다고 당신같이 되는 건 더 싫어요. 아저씨.

당신은 지혜를 반으로 잘라 버려 가운데에 남은 것이 없잖아요.

저기 그 잘라 낸 반쪽이 오네요.

(거너릴 등장)

리어 어찌 된 일이냐, 딸아?

왜 그리 이맛살을 찌푸리고 있느냐?

요새 줄곧 얼굴을 찡그리고 있는 것 같구나.

광대 딸이 얼굴을 찌푸려도 걱정할 필요가 없었을 때는

당신도 꽤 괜찮은 사람이었는데 말이죠.

지금은 앞에 아무것도 붙지 않은 숫자 0이란 말씀이야.

당신보다는 내가 낫지. 나는 바보지만, 당신은 아무것도 아니잖아.

(거너릴에게) 그래, 잘 알았어요.

입 다물지요. 말씀 안 하셔도 표정이 그리 명령하니.

음, 음!

(노래한다)

세상만사 싫증 나서 빵 조각도 빵 껍질도 버리고 나면

언젠가는 그마저도 아쉬워지리.

(리어를 가리키며) 저이는 알맹이 없는 콩깍지요.

거너릴 무슨 짓을 해도 용서받는 이 광대뿐만 아니라,

데리고 계신 기사들도 하나같이 오만불손하여 수시로 트집을 잡고

시비를 거니 제가 도저히 참을 수가 없네요.

아버지께 말씀드려 바로잡아 보려 했으나 도리어 아버지께서

말씀으로도 행동으로도 이를 용인하시고 일을 더 키우시니,

그렇게 나오신다면, 비난을 면치 못할 것이고 저희도 뭔가

조치를 취할 것입니다. 그런 조치가 평소의 아버지께 무례로

비친다고 하더라도 그것은 불가피한 상황 때문에 취해진

분별 있는 처사라고 인정하셔야 될 겁니다.

광대 아시잖아요, 아저씨.

바위종다리가 뻐꾸기 새끼를 먹여 키웠더니

다 큰 뻐꾸기 새끼에게 머리를 뜯어 먹혔네.

그리하여 촛불은 꺼지고, 우리는 어둠 속에 남았네.

리어 네가 내 딸이 맞느냐?

거너릴 제발, 아버지. 가지고 계신 그 훌륭하신 분별력을 좀
발휘해 주세요. 그리고 요즘 보이고 계신
그 괴팍한 행동들은 좀 버리시고요.

광대 어떤 바보라도 수레가 말을 끌면 알아볼 거야.
와우, 조그, 나는 당신을 사랑해!

리어 여기 나를 알아보는 자가 있느냐? 이것은 리어가 아니다.
리어가 이렇게 걷더냐? 그의 눈은 어디로 갔지?
그의 지각이 약해진 건가, 분별력은 마비되었나?
하! 깨어 있느냐? 그럴 리 없다!
내가 누구인지 말할 자 아무도 없느냐?

광대 리어의 그림자.

리어 그것이 알고 싶구나. 권위와 지식과 이성으로 판단해서,
나에게 딸자식들이 있었던 것 같은데, 내가 잘못 알고 있느냐?

광대 그 따님들이 아버지를 고분고분하게 만들려는 거죠.

리어 당신의 이름이 무엇인가요, 귀부인?

거너릴 그런 놀란 척하시는 것도 요새 아버지가 하시는
망령된 장난이십니다.
제발 부탁이니, 제 의도를 올바로 이해해 주세요.
아버지는 연로하신 데다 존경도 받고 계시니 현명하게 구셔야죠.
아버지가 부리시는 백 명의 기사와 시종들은
무도하고 방탕한 데다 거만스러워 이 저택마저 그들에 의해

더렵혀지니 여기는 완전히 여인숙이 되어 버렸어요.
향락과 욕정으로 이 저택이 우아한 궁이 아니라
선술집이나 사창가 꼴이 되어 버렸다고요.
이 창피스러운 일은 당장에 시정될 겁니다.
만약 이 요청을 들어주시지 않으시면, 제가 임의대로 다루겠어요.
수행원들의 수를 줄이시고, 남아서 아버지의 시중을 들 자들은
노령하신 아버지께 알맞고, 분별이 있으며,
아버지의 처지를 잘 이해하는 자들이어야 합니다.

리어 이 어둠의 악마 같은 것!
내 말에 안장을 얹어라! 내 시종들을 불러라!
이 막돼먹은 애비 없는 년 같으니! 네 신세는 지지 않겠다!
내게는 또 다른 딸이 있다.

거너릴 아버지는 저의 가신들에게 손찌검을 하시고,
아버지의 난폭한 시종 무리들은 윗사람을 아랫사람 취급한다고요.

(올버니 등장)

리어 뒤늦게 후회하는 이에게 비통함이 있으라!
오, 올버니 경 왔는가? 이것이 자네의 뜻인가? 이야기해 보게.
—내 말을 준비해라! 배은망덕한 것, 너는 돌로 만든 심장을 가진
악마다. 네가 자식의 탈을 쓰고 나타나니
바다 괴물보다 더 흉악하구나!

올버니 폐하, 참으십시오.

리어 (거너릴에게) 징그러운 솔개야, 거짓말 마라!

내 부하들은 엄선된 자들로 신하의 본분을 잘 알고,

만사에 소홀함이 없으며, 자기의 명예를 소중히 하는 이들이다.

오, 코딜리어의 사소한 잘못을 내 얼마나 추악하게 보았던가.

마치 기계처럼, 내 본성을 원래의 장소에서 떼어 내고

내 심장에서 애정을 끊어 내고 증오심만 덧붙였구나.

오, 리어, 리어, 리어!

(자신의 머리를 때리며) 소중한 판단력을 내쫓아 버리다니!

가라, 가, 나의 부하들아!

올버니 저는 전혀 죄가 없습니다.

무엇 때문에 이토록 역정을 내시는지요?

리어 그럴지도 모르지.

들어라, 자연아. 들어라! 경애하는 여신이여, 들어라!

만약 저년에게 자식을 갖게 할 요량이라면 당장 그 뜻을 거둬라.

그녀의 자궁을 불임으로 이끌고, 생식기관을 말려 버리며

타락한 몸으로 어미의 자랑이 될 자식을 낳지 못하게 하라!

행여 자식을 낳더라도 가증스러운 것을 낳아

자라면 부모를 배반하고 부도덕해 일생의 골칫거리가 되게 하라!

하여 어미의 이마에 주름살이 지고 흐르는 눈물로

뺨 위에 고랑이 파이며 어미로서의 노고와 보람이 비웃음을 사고

경멸받게 하여 배은망덕한 자식을 두는 것이 독사의 이빨보다

무섭다는 것을 깨닫게 하라!

비켜라, 비켜!

(퇴장)

올버니 신이시여, 이게 다 어찌 된 영문이오?

거너릴 당신은 모르셔도 되요.

노망이 나셔서 저러시니 실컷 떠드시게 두세요.

(리어 재등장)

리어 뭐, 내 부하를 단번에 오십 명으로 줄여? 이 주도 채 못 되어?

올버니 무슨 일이십니까, 폐하?

리어 내 자네에게 말해 주지.

(거너릴에게) 사는 것이 죽는 것만 못하구나!

네가 이리 대장부의 마음을 흔들어,

참아도 부득이 뜨거운 눈물이 흐르게 할 힘이 있다니

수치로구나. 광풍과 독기 찬 안개가 널 싸고돌 것이다!

아비의 저주가 불치의 상처가 되어 네 감각을 찌를 것이다!

늙고 어리석은 눈아, 두 번 다시 이로 인해 울면,

너를 뽑아 헛된 눈물과 함께 땅바닥으로 던질 것이니.

끝내 이렇게 되고 마는 것인가?

하! 상관없다. 내게는 또 하나의 딸이 있다.

그 애는 틀림없이 친절하게 나를 맞아 줄 거다.

너의 만행을 들으면, 네 늑대 같은 낯짝을 할퀴어 놓을 거야.

네가 영원히 던져 버렸다고 여기는 위엄을 되찾을 것이니,

두고 봐라.

(리어, 켄트, 시종들 퇴장)

거너릴 글쎄, 저 말 좀 들어 보세요.

올버니 일방적으로 당신 편만 들을 순 없소, 거너릴.

내 당신을 무척 사랑한데도—

거너릴 당신은 가만 좀 계세요. 거기, 오스왈드, 이리 와 보게.

(광대에게) 광대라기보단 악당 같은 놈아,

너도 네 주인을 따라 가거라.

광대 리어 아저씨, 리어 아저씨, 기다려요! 광대도 데려가요.

여우를 잡으면,

저런 딸을 잡으면,

확실히 도살장으로 보내야 해.

내 모자를 팔아 밧줄을 산다면—

광대도 뒤쫓아 가야지.

(퇴장)

거너릴 하여간 아버지는 아주 좋은 조언자를 두셨다니까.

백 명의 기사라고? 그야 안전은 하시겠지. 그래,

악몽을 꾸시거나 뜬소문, 변덕, 불평, 불만이 있으면

언제든지 그들을 방패 삼아 노망기를 보호하고

우리의 목숨을 좌지우지하실 심산이지.

오스왈드, 어떻게 됐느냐?

올버니 글쎄, 그건 좀 지나친 게 아닌가—

거너릴 지나치게 믿는 것보다야 안전하지요.

당할까 봐 내내 걱정하느니 걱정거리는 미리 제거하는 게

상책이에요. 아버지 속셈이야 뻔하지. 아버지가 하신 말씀을

동생에게 보낼 편지에 적었어요.

그렇게 말해 줘도, 걔가 아버지와 백 명의 기사를 부양한다면…….

(오스왈드 등장)

어찌 되었느냐, 오스왈드. 동생에게 보낼 편지는 준비됐느냐?

오스왈드 네, 마님.

거너릴 동행을 데리고 말을 타고 떠나거라.

내가 염려하는 바를 동생에게 낱낱이 전하고,

그럴듯하게 전하기 위해 네 나름의 이유를 덧붙여 보충해도 좋다.

어서 갔다가 서둘러 돌아오너라.

(오스왈드 퇴장)

아니, 아니에요. 당신의 미지근하고 친절한 방식이 나쁜 건 아니지만

그러나 미안하게도, 당신의 온화함은 칭송받기보다는

분별없다고 비난받기 십상이에요.

올버니 당신이 얼마나 멀리 앞을 내다보는지는 모르겠거니와

잘하려던 것이 나쁘게 되는 일도 있다오.

거너릴 아니, 그러면—

올버니 알겠소, 알겠소, 그럼 두고 봅시다.

(모두 퇴장)

제5장

올버니 성의 뜰

(리어 왕, 켄트, 광대 등장)

리어 너는 이 편지들을 가지고 글로스터에게 가라.

내 딸에게 아는 것 이상으로 말하지 말고, 묻는 말에만 답하라.

빨리 가지 않으면, 내가 먼저 도착할 거다.

켄트 편지를 전하기 전까지 한잠도 자지 않겠습니다.

(퇴장)

광대 사람의 뇌가 발꿈치에 있었다면, 동상에 걸리지 않겠어요?

리어 그렇겠지.

광대 그럼 아저씨는 걱정이 없으시겠네요.

이미 비어 버린 뇌이니 갈라 터질 염려는 없으니까요.

리어 하, 하, 하!

광대 다른 딸이 아저씨에게 친절하게 대하는 걸 봐야지.

능금이 사과를 닮은 것처럼 두 자매는 똑같이 닮았으니까.

적어도 난 내가 말할 수 있는 것을 말할 수 있지요.

리어 네가 뭘 말할 수 있다는 게냐?

광대 이 능금의 맛이 저 능금의 맛과 같듯이

그 딸이 이 딸과 똑같을 거라는 거요.

그런데 코가 왜 인간 얼굴의 가운데인 줄 아세요?

리어 모른다.

광대 그야, 코 양쪽에 눈을 두기 위해서죠.

냄새를 못 맡을 땐 봐야 하니까.

리어 내가 그 애에게 잘못했지.

광대 굴은 껍데기를 만드는지 아세요?

리어 모른다.

광대 저도 몰라요. 하지만 달팽이가 왜 집을 가지고 있는지는 알아요.

리어 왜 그렇지?

광대 머리를 넣어 두려고 그렇죠.

딸들에게 넘겨주어서 제 뿔을 넣을 곳이 없으면 안 되니까.

리어 아비로서의 정은 잊어야지. 그토록 다정한 아비였건만!

말은 준비되었는가?

광대 당나귀 같은 이들이 준비하러 갔죠.

일곱 개의 별은 왜 일곱 개인가 하는 것은 참으로 재미있거든요.

리어 여덟 개가 아니니까?

광대 거 명답이네. 이제 아저씨도 괜찮은 광대가 되겠는걸요.

리어 그걸 강제로라도 도로 찾아야 해! 배은망덕한 괴물 같으니!

광대 아저씨가 내 광대라면 때가 되기도 전에

늙은 죄로 좀 때려 줄 텐데.

리어 그건 무슨 소리냐?

광대 현명해지기 전에 늙어선 안 되니까.

리어 오, 날 미치지 않게 해 주십시오. 미치지 않게! 하늘이시여!

분노를 참게 해 주십시오. 난 미치고 싶지 않다!

(기사 등장)

어떻게 되었느냐, 내 말은 준비되었느냐?

기사 준비되었습니다. 폐하

리어 가자, 이놈아.

광대 내가 떠나는 것을 보고 웃는 처녀도

머지않아 처녀가 아니게 될 거야. 그게 더 짧아지지 않는다면.

(모두 퇴장)

제2막

제1장

글로스터 백작의 성

(에드먼드와 큐란 반대편에서 등장)

에드먼드 안녕하시오. 큐란.

큐란 안녕하시오. 지금 막 아버님을 뵙고,
오늘 밤 콘웰 공작과 리건 부인께서 이곳으로 오신다는
소식을 알려 드린 참입니다.

에드먼드 무슨 일인가요?

큐란 저는 잘 모르겠습니다. 세간의 소문을 들으셨습니까?
쑥덕거리는 뜬소문 정도입니다만.

에드먼드 아직 듣지 못했소. 무슨 소문이요?

큐란 콘웰 공작과 올버니 공작 사이에 전쟁이 날지도 모른다는
소문인데, 못 들으셨소?

에드먼드 전혀 듣질 못했소.

큐란 그럼 차차 듣게 될 거요. 안녕히 계시오.

(퇴장)

에드먼드 공작이 오늘 밤 이곳에 온다고? 잘됐다! 최고야!

이거야말로 내가 벌이는 일에 안성맞춤이군.

아버지는 형님을 잡으려 보초를 세워 두셨고,

내게는 꼭 해야 할 까다로운 문제가 하나 남았는데

신속히 처리하면 행운이 날 도와줄 거야.

형님, 할 말이 있습니다! 내려오세요! 형님!

(에드거 등장)

아버지가 감시하고 계세요. 오, 형님, 어서 이곳을 뜨세요!

형님이 여기 숨어 계신 것이 탄로 났어요.

지금은 밤이니 몸을 숨기시기에 좋아요.

혹시 콘웰 공작께 험담을 하신 일이 없으신가요?

그가 이 밤중에 이곳으로 급히 오고 있답니다. 리건 부인도 함께요.

그분 편을 들어 올버니 공작 험담을 하신 일은 없나요?

잘 생각해 보세요.

에드거 전혀 그런 적이 없는데.

에드먼드 아버님이 오시나 봅니다. 절 용서하세요!

형님을 향해 칼을 빼든 척을 해야겠어요.

형님도 칼을 들어 방어하는 척하세요, 잘하시네요.

항복하라! 아버지께 가자. 횃불! 여, 여기야!

가세요, 형님. 횃불, 횃불을 가져와! 잘 가세요.

(에드거 퇴장)

내가 피를 좀 흘리면 격렬히 싸운 줄 알겠지.

(자기 팔을 찌른다) 주정꾼들은 이보다 더한 장난도 하더군.

아버지, 아버지!

멈춰라, 멈춰라! 거기 아무도 없느냐!

(글로스터와 하인들, 횃불을 들고 등장)

글로스터 에드먼드야, 그놈은 어디 있느냐?

에드먼드 여기 어둠 속에 서서 칼을 빼 들고

사악한 주문을 외며 달이 수호해 주시길 빌더군요.

글로스터 그래서 어딜 갔느냐?

에드먼드 보세요. 여기 피가 흐릅니다.

글로스터 그 나쁜 놈은 대체 어디에 있느냐, 에드먼드?

에드먼드 이쪽으로 달아났어요. 아무래도 안 되겠던지—

글로스터 그를 쫓아라, 어서! 따라가!

(몇 명의 하인들 퇴장)

아무래도 안 되겠다니?

에드먼드 아버님을 살해하자고 저를 설득하는 일이요.

제가 형님께 부친을 살해하는 자에게는 복수의 신들이

천둥을 내리친다고 말하고,

부모와 자식 간의 깊은 유대에 대해서도 말했으나,

결국 그의 무도한 계획에 반대하는 저를 보고는,

갑자기 돌격해 와 제 팔을 찔렀습니다.

제가 정당하게 맞서서인지, 큰 소리를 질러서인지,

형은 곧장 달아났습니다.

글로스터 도망치게 둬라.

이 땅 안에선 반드시 잡히고 말 것이니.

발견 되면—죽이겠다.

나의 주군이자 후원자이신 공작님이 오늘 밤 이곳에 오신다.

그분의 권한으로 포고령을 내

이 못된 놈을 끌고 오는 자에게는 포상을 내리고

숨기는 자에게는 사형을 내릴 것이야.

에드먼드 형의 계획을 중지시키고자 설득했으나,

결심이 확고한 것을 보고 계획을 폭로하겠다 협박했습니다.

그가 답하길, "상속도 받지 못할 서자 놈이, 네놈이 반대한다 하여

누가 네 말을 곧이듣거나 미덕을 칭찬할 줄 아느냐?

이번 일도 내가 아니라고만 하면 될 일이야.

네가 내 필적을 증거로 낸다 해도,

나는 이 모든 일이 네가 꾸민 일이라고 주장할 테니까.

내가 죽으면 너에게 이득이 가는 것을 사람들이 모를 줄 안다면

그거야 말로 세상을 너무 얕본 거야."라고 하더군요.

글로스터 지독하고 철저하게 악한 놈이구나!

그놈이 자신의 편지를 부인하겠다고 해?

그런 놈은 내 자식도 아니다.

(안에서 나팔 소리)

저기, 공작이 오시는군. 왜 오시는지 이유는 모르겠다만.

모든 항구를 봉쇄하라 일러라. 놈이 도망치지 못하게 하겠다.

그리고 가서 그놈의 초상화를 사방에 보내

왕국의 모든 사람들에게 알려라.

그리고 내 귀한 자식, 순리에 따르는 네가

내 땅을 물려받을 수 있게 조취를 취해 놓아야겠다.

(콘웰, 리건, 시종들 등장)

콘웰 어찌 된 일이오, 내 소중한 친구?

내가 이곳에 도착하자마자 이상한 소식이 들리니.

리건 그게 사실이라면, 그 죄인에겐 엄벌을 줘야 마땅해요.

어떠세요, 백작?

글로스터 오, 부인, 지금 이 늙은이의 가슴은 터져 버릴 것만 같습니다.

리건 아니, 정말 우리 아버지를 대부로 둔 아이가

백작의 목숨을 노렸다는 건가요?

내 아버지가 이름을 준 그 애가? 당신의 에드거가?

글로스터 오, 부인, 부인. 숨기고 싶은 수치입니다.

리건 혹시 그 애가 아버지의 시중을 들던 방종한 기사들과
한패인 것은 아닌가요?

글로스터 그건 모르겠습니다. 부인, 이건 정말 나쁜, 나쁜 일이에요.

에드먼드 맞습니다, 부인. 형님은 그 사람들과 한패였어요.

리건 그렇다면 그 애가 그리 흉악해졌다고 해도 이상할 게 없군요.
그 패거리에요. 노인을 죽이라 충동질하는 것들이.
그리고 재산을 가로챌 속셈이죠.
오늘 저녁 언니가 보내온 편지에 자세히 적혀 있었어요.
그들이 우리 집에 온다면 집을 비우라고 충고하더군요.

콘웰 그래서 이렇게 집을 비우고 온 것이요.
에드먼드, 자식으로서의 도리를 극진히 하고 있다고 들었다.

에드먼드 당연한 도리를 다한 것뿐입니다.

글로스터 저 애가 그놈의 흉계를 알아냈습니다.
그리고 그놈을 잡으려다 팔에 상처까지 입었지요.

콘웰 그놈을 추격 중이시오?

글로스터 예, 그렇습니다.

콘웰 잡히기만 하면, 다시는 해악을 끼치지 못하게끔 하겠소.
그대의 목적을 달성하기 위해 나의 권위를 이용해도 좋소.
에드먼드, 자네가 보인 미덕과 순종이 마음에 드니
자넬 내 수하로 삼겠네.
이런 신뢰할 만한 부하가 앞으로 필요하게 될 테니.

그러니 먼저 자넬 잡아 두겠네.

에드먼드 부족한 소인이지만 충성을 다하겠습니다.

글로스터 자식을 대신해 감사드립니다.

콘웰 왜 우리가 이리 찾아왔는지 아는 이 없겠지?

리건 이렇게 밤의 어둠을 타고 찾아온 것은, 글로스터 백작,

그대의 충고가 필요한 중요한 일 때문이라오.

아버님도 언니도 서로 간의 불화에 대해 적은 편지를 보내왔는데

나로서는 집을 떠나 답장을 하는 것이 좋을 듯하여,

두 군데로 갈 전령들을 준비시켜 두었지요.

우리의 벗 백작님, 자식으로 인한 상심은 잠시 잊으시고

우리의 위해 충고해 주세요.

당장 실행에 옮길 수 있도록.

글로스터 분부대로 하겠습니다. 부인.

진심으로 두 분의 방문을 환영합니다.

(나팔 소리. 모두 퇴장)

제2장

글로스터 백작의 성 앞

(켄트와 오스왈드 반대편에서 등장)

오스왈드 안녕하시오. 당신은 이 댁 사람이오?

켄트 그렇소.

오스왈드 그럼 보통 어디에 말을 매어 두시오?

켄트 진창 속에 두게.

오스왈드 그러지 말고 좀 가르쳐 주시오.

켄트 난 자네가 마음에 안 드네.

오스왈드 흥. 그럼 나도 마음대로 하지.

켄트 당신을 립스베리 외양간에 처박아 두면 마음대로 못 할걸.

오스왈드 왜 내게 이리 심하게 구는 거요? 나는 당신을 모르는데.

켄트 나는 자넬 알지.

오스왈드 나에 대해 뭘 아는데?

켄트 불한당, 날건달, 고기 찌꺼기나 뒤져 먹는 놈이지.

비열하고 오만하고, 천박하고, 거지 같은 놈에

일 년에 옷은 세 벌밖에 못 얻어 입고, 연 수입은 백 파운드에,

더러운 털양말을 신은 놈이지. 겁쟁이라 소송이나 걸고,

후레자식에, 거울이나 들여다보는, 주제넘게 참견하는 사기꾼이지.

겉치레나 하고, 가진 것으론 가방 하나인 종놈인 데다

주인을 위한답시고 뚜쟁이 노릇이나 할 놈이지.

악당, 거지, 겁쟁이, 뚜쟁이를 섞은 잡종,

잡종 암캐의 맏아들 놈이란 말씀이야.

내가 네놈에게 붙인 이름 하나라도 아니라고 부인하면,

두들겨 패서 요란하게 짖게 해 주겠다.

오스왈드 별 괴상망측한 놈이 다 있네!

서로 알지도 못하는 사람에게 욕을 퍼붓다니.

켄트 이 뻔뻔스러운 종놈아. 나를 모른다니!

겨우 이틀 전에 내가 네 다리를 걸어 넘어뜨리고

폐하 앞에서 두들겨 패 주었거늘! (칼을 뽑는다) 칼을 뽑아라.

밤이래도 달밤이니 알맞다. 네 피에 달을 비춰 보겠다.

진종일 치장이나 하는 이 비열한 후레자식아!

칼을 빼 들어!

오스왈드 비켜라! 나는 네놈과 볼일이 없다.

켄트 칼을 뽑아라. 이놈! 네놈은 폐하에게 위해를 가하는

편지나 가져오는, 저 허영의 꼭두각시 편이 아니냐.

칼을 뽑아라! 악당아!

그렇지 않으면 내 정강이의 살코기를 저며 버리겠다!

뽑아라! 이놈아! 덤벼!

오스왈드 사람 살려! 살인이다! 사람 살려!

켄트 덤벼라! 이 노예 놈아! 맞서라! 이 악당아!

서라고. 이 치장이나 하는 노예 놈아!

(켄트가 오스왈드를 때린다)

오스왈드 사람 살려! 살인이다! 살인!

(에드먼드, 글로스터, 콘웰, 리건과 시종들 등장)

에드먼드 무슨 일이냐? 떨어져라! 어서.

켄트 젊은이, 자네가 대신 싸울 텐가? 덤비게!

자, 피 맛을 보여 주마! 어서! 젊은이!

글로스터 무기라니, 칼을 다 빼 들고 무슨 일이냐?

콘웰 목숨이 아깝거든 진정해라! 계속 싸우는 놈은 사형시키겠다!

대체 무슨 일이냐?

리건 언니의 전령과 아버님이 보내신 전령이군요.

콘웰 웬 싸움질들이냐, 말해 봐라.

오스왈드 숨이 차서 말입니다. 공작님

켄트 그야 그럴 테지. 없는 용기를 끌어내시느라.

비겁한 악당아, 네놈은 자연이 만들어 내신 게 아니라
양복장이가 만든 놈이야.

콘웰 이상한 놈이로군. 양복장이가 사람을 만든다니?

켄트 예. 양복장이지요. 석공이나 화가라도 이 년만 배우면
저렇게 못생긴 놈은 만들려야 만들 수 없었을 테니까요.

콘웰 이제 말해라, 어째서 싸움이 난 게냐?

오스왈드 저 늙은 놈의 허연 수염을 봐서 살려 줬더니…….

켄트 저 빌어먹을 놈, 쓸모없는 글자 같은 놈아!
공작님이 허락만 하신다면 이 버르장머리 없는 놈을
짓밟아 회반죽을 만들어 변소의 벽에 발라 버리겠습니다.
내 수염을 보고 살려 주었다고? 이 할미새 같은 놈아?

콘웰 닥쳐라. 이 짐승 같은 놈아! 여기가 어딘 줄 알고!

켄트 네, 잘 압니다만. 분노가 먼저인지라.

콘웰 왜 화가 났느냐?

켄트 저런 정직함을 모르는 노예가 검을 차고 있어섭니다.
저리 히죽거리는 놈들은, 끊으려야 끊을 수 없는 혈육의 연도
쥐새끼처럼 갉아 끊어 놓을 놈들입니다. 저런 놈들은 주인에게
아첨이란 아첨은 다 하고, 불난 데 기름을 붓고, 얼음 언 곳에
눈을 던집니다. 아니랬다가 그랬다고 하고, 바람 부는 대로
물총새 아가리처럼 방향을 바꾸며,
개처럼 따라만 다니는 놈들입니다.
(오스왈드에게) 그 염병할 낯짝에 염병이나 옮아라!

이놈이 나를 광대로 알고 웃고 있구나! 이 거위 같은 놈,
내 너를 세이럼 벌판에서 만났다면 꽥 소리 나게 패면서
캐멀롯까지 몰고 갔을 것이다.

콘월 이 늙은 놈이 미쳤나?

글로스터 왜 싸우기 시작했느냐. 그걸 말해라.

켄트 그 어떤 상극도 저 나쁜 놈과 나 사이 같지 않을 것입니다.

콘월 왜 저놈이 나쁜 놈이란 말이냐? 무엇을 잘못했기에?

켄트 저놈이 생긴 게 마음에 안 듭니다.

콘월 그럼, 내 얼굴도, 저분 얼굴도, 내 처의 얼굴도
모두 네 맘엔 안 들겠구나.

켄트 공작님, 정직하게 말하게는 것이 제 일이니 말씀드리면,
지금 바로 제 눈앞에 보이는 어깨 위의 얼굴보다
더 훌륭한 얼굴들을 그동안 많이 보아 왔습니다.

콘월 이런 별놈을 봤나. 솔직하다 칭찬받으니 오만방자하게
짓궂게 거친 태도를 보여 도리에서 벗어나는구나.
아첨을 못 한다고, 허!
정직하고 솔직한 사람이라 세상이 받아들이든 못 받아들이든
솔직히 할 말은 하겠다 이거냐. 내 이런 종류의 악당이라면
잘 알고 있는데 솔직함을 내세워 뱃속엔 흉측한 계획을 숨기고
고분고분한 하인 스무 명이 있어도 못 당하는 간악한 놈이야.

켄트 공작님, 진심을 다해 성의와 진실을 담아 말씀드리면,
거룩하신 용모의 공작님의 후광은 태양신의 이마에서 반짝이는

찬란한 불꽃 화관과 같으니 허락을 얻어…….

콘웰 이건 무슨 수작이냐?

켄트 공작님 마음에 안 드시는 것 같아 제 말투를 고쳐 보고자
그리 한 것입니다. 저는 진정 아첨을 할 줄 모릅니다.
솔직한 말투로 남을 속이는 놈이야 말로 악한 놈이지요.
저는 그런 자가 될 수 없습니다. 비록 공작님이 노하셔서
그런 놈이 되라고 하신다 해도 말입니다.

콘웰 그런데 자네는 저자에게 무슨 잘못을 했는가?

오스왈드 아무 잘못도 하지 않았습죠. 얼마 전에
저자의 주인이신 임금님께서 오해를 하시고 저를 때린 적이
있었는데, 그때 저놈이 합세하여 임금님의 역정에 비위를 맞추고
뒤에서 제 다리를 걸어 넘어뜨렸습죠. 그러고는 제게 모욕과
욕설을 퍼붓고는 영웅이나 된 양 으스대고 뽐내며 임금님의
칭찬을 받았습니다. 제 딴에는 일부러 져 준 건데 말입니다.
그러더니 맛이 들었는지 여기서도 칼을 뽑지 뭡니까요.

켄트 이런 악하고 비겁한 자들의 말을 들으면
영웅 아이아스조차 놀림감이 될 수밖에.

콘웰 가서 족쇄를 가져오너라!
이 고집 센 악독한 늙은이가 버릇을 고치도록 내 친히 가르쳐 주마.

켄트 공작님, 무얼 배우기에는 이미 늙은 놈입니다.
족쇄를 가져오게 하지 마십시오.
저는 국왕 폐하의 시중을 드는 몸이고 그분의 전갈을 가져왔으니,

그분의 전령인 제게 족쇄를 채우시는 것은

저의 주인이신 분의 위엄과 인격에 손상을 가하는 일이며,

지나치게 적의를 보이시는 일입니다.

콘웰 족쇄를 가져오라 하지 않았느냐!

내 목숨과 명예를 걸고 말하니,

이놈을 정오까지 족쇄에 채워 묶어 둬라!

리건 정오라니요? 밤까지, 아니 밤새도록 채워 두게 하세요.

켄트 부인, 제가 아버님의 개라 해도 이렇게 처사하시면 안 됩니다.

리건 아버님의 종놈이니 더욱 그래야지.

콘웰 이놈이 바로 처형이 이야기한 부류 중의 하나로다.

자, 족쇄를 들여와라.

(하인들이 족쇄를 가져온다)

글로스터 공작님, 바라건대 그만두시는 것이 좋겠습니다.

저자의 주인이신 국왕 폐하께서 꾸중하실 것입니다.

공작께서 내리신 처벌은 가장 비열하고 천한 좀도둑과

상놈들에게나 내리는 것이니 왕께서 당신의 전령이

이리 취급받는 것을 보시면 진노하실 것입니다.

콘웰 그 책임은 내가 지겠소.

리건 제 언니야말로 기분이 나쁠 겁니다.

자신의 전령이 이토록 모욕당하고 습격을 받았으니.

저 다리에 족쇄를 채워요.

(켄트에게 족쇄가 채워진다)

자, 공작님. 갑시다.

(글로스터와 켄트를 제외하고 모두 퇴장)

글로스터 미안하게 되었네. 공작의 뜻이라 어쩔 수 없네.

그분의 성질은 잘 알려져 있듯이 말리거나 막을 수 없으니.

그러나 내 가서 간청해 보리다.

켄트 그러지 마십시오. 밤새 뜬 눈으로 달려왔으니,

잠이나 한숨 자고, 깨면 휘파람이나 불겠습니다.

착한 이도 운이 기우는 때가 있는 법이지요.

안녕히 주무십시오.

글로스터 이건 공작님이 잘못하시는 거야.

왕께서 노하실 텐데.

(퇴장)

켄트 폐하는 이 속담을 몸소 겪으시겠구나.

하늘의 축복을 버리고 뜨거운 태양 아래 나선다는.

어서 오라, 지상을 비추는 달이여. 그대의 반가운 빛으로

이 편지를 읽어 볼 수 있게. 기적은 비참한 처지에 놓인 자에게나

나타나는 법. 이 편지는 코딜리어 공주님이 보내신 것이 분명해.

다행스럽게도 변장한 나의 사연을 알고 계시나 보군.

(편지를 읽는다)

"이 엄청난 상황에 맞서 상실을 치유할 방법을 모색하기 위해 시간을 내겠다."

밤샘에 지치고 피로하여 눈꺼풀이 무거우니 내 수치스러운 꼴을 보

지 않아도 되겠구나.

운명의 여신이여, 안녕히 주무시오.

다시 한 번 미소 지으시고, 운명의 수레바퀴를 돌려 주시게.

(켄트 잠든다)

제3장

벌판

(에드거 등장)

에드거 내게 내려진 수배령을 들었다만,
다행히도 나무 구멍에 숨어 잡히는 것은 면했구나.
항구는 봉쇄되고 나를 잡으러 삼엄하게 경계서고 감시하니
멀리 달아나 목숨만은 보전해야지.
그러기 위해 가장 천하고 궁색한 차림을 해야겠다.
궁핍함으로 짐승이나 다를 바 없어 보이는 모습으로.
얼굴에는 숯 검댕을 바르고 허리에는 누더기를 걸치며
머리는 헝클어뜨리고, 헐벗은 모습으로 비바람을 맞아야겠다.
이 나라에는 미치광이 거지들의 선례가 있는바,
소란스럽게 떠들며 무감각하게 마비된 자신의 팔에

바늘, 꼬챙이, 못과 가시를 찔러 대더군.

이런 흉측한 몰골로 초라한 농가나 가난한 마을과 양 우리, 물방앗간을 찾아다니며

미친놈처럼 저주하고 기도하며 동냥을 얻어 내더군.

"불쌍한 털리기, 불쌍한 거지 톰!" 이렇게 불러야겠다.

에드거는 이제 없는 거야.

(퇴장)

제4장

글로스터의 성 앞

(켄트는 족쇄를 차고 있다. 리어 왕, 광대, 기사 등장)

리어 이상하군. 이렇게 갑자기 집을 비우고,

내 전령은 돌려보내지 않으니.

기사 제가 들은 바로는, 어젯밤까지도

집을 비우신 이유가 없으셨답니다.

켄트 안녕하신지요, 주인어른?

리어 아니, 이런 치욕을 재미로 하고 있는 게냐?

켄트 아닙니다. 폐하.

광대 하, 하! 지독한 양말을 신고 있네.

말은 대가리가, 개와 곰은 모가지가, 원숭이는 허리가,

사람은 다리가 묶이는구먼.

다리를 함부로 놀리면 나무 양말을 신기는 법이야.

리어 네 신분을 몰라보고 이렇게 만든 놈이 누구냐?

켄트 두 분입니다. 폐하의 사위와 딸이십니다.

리어 그럴 리 없다.

켄트 맞습니다.

리어 아니다.

켄트 맞습니다.

리어 아니다, 아니야. 그럴 리 없다.

켄트 아니요, 그들이 그랬습니다.

리어 주피터에 걸고 맹세하건대, 아니다.

켄트 주노에 걸고 맹세하건대, 맞습니다.

리어 그들이 감히 그럴 리 없다.

그럴 수도 없고, 그러려고도 하지 않았을 거야.

국왕의 전령에게 감히 이런 방자하고 난폭한 일을 하다니,

이건 살인보다 더 악랄한 짓이다.

서둘러 자세한 내용을 고하라.

내가 보낸 전령인 네가 이런 대접을 받을 까닭이 있느냐,

아니면 네가 자초한 일이냐.

켄트 제가 공작 댁에 도착해 폐하의 편지를 전달하고자

꿇었던 무릎을 채 펴기도 전에,

땀으로 범벅을 한 전령이 도착하더니,

숨을 헐떡이며 여주인 거너릴의 인사를 전하고는

저를 제치고 편지를 내놓았습니다.
두 분은 그 자리에서 그걸 읽으시고는
별안간 급히 하인을 모아 말을 타고 떠나셨습니다.
그리고 저를 보시곤 싸늘한 눈초리로 노려보시며
따라오면 한가한 때에 답을 주겠다고 하셨습니다.
그리고 이곳에서 다른 전령을 만났는데,
제가 환영받지 못한 것이 그놈의 탓이라 여겨지지만,
그놈이 일전에 폐하께 무엄하게 굴었던 바로 그놈이기에
분별심을 잃고 혈기가 앞서 칼을 빼 들었습니다.
그러자 그 겁쟁이가 큰 소리로 집 안을 깨웠고
폐하의 사위와 따님께서 제가 한 일에 대해
이런 수치를 당해야 한다고 하셨습니다.

광대 겨울이 아직 끝나지 않았구먼.
들기러기가 저쪽으로 날아가는 걸 보니.
넝마를 걸친 아비는
자식들이 외면하고
돈주머니 찬 아비는
자식들이 다 효자네.
운명의 여신은 이름 높은 창녀라
가난뱅이에겐 문을 닫는다네.
하지만 당신은 따님들에게 일 년이 걸려도
셀 수 없을 많은 슬픔을 느끼실 거요.

리어 아, 가슴속에 불덩이가 치솟는구나!

울화여! 내려가라, 이 북받치는 슬픔이여.

네가 있을 곳은 바닥이다! 나의 딸은 어디에 있느냐?

켄트 백작과 함께 계십니다.

리어 너는 따라오지 말고 여기 있어라.

(퇴장)

기사 지금 말씀하신 것 외에는 다른 잘못은 없소?

켄트 없소. 그런데 어찌하여 이리 적은 수의 기사만이 폐하를 모시는 거요?

광대 그런 것을 묻다가 족쇄를 찼다면, 그런 벌은 받아 싸지.

켄트 어째서냐, 광대야?

광대 너는 개미 학교에 가 겨울에는 일하지 않는다는 걸 배워야겠구나.

코만 믿고 가는 놈도 장님 아닌 바에야 눈에 보이는 건 보기 마련.

썩는 내가 진동하는 데 맡지 못하는 코는 없지.

큰 수레가 언덕을 굴러 내려가려면 수레를 잡은 손을 떼야 하는 법,

붙잡고 있으면 목이 부러질 테니 말이야.

하지만 그 큰 수레가 언덕을 올라간다면 뒤에서 끌려가야 하지.

나보다 더 좋은 것을 가르쳐 주는 현자가 있다면, 내 건 돌려줘.

이것은 악당이나 따르게 해야지. 바보가 하는 충고니까.

이득을 좇아 섬기고

겉으로만 좇는 자는

비가 오면 짐을 싸고

폭풍우 오면 널 버리고 달아난다네.

나는 바보라 이대로 남겠으니

똑똑한 놈들은 달아나라지.

달아나는 악당은 바보가 되지만

바보는 악당이 못 되지.

켄트 광대야, 너는 어디서 그런 것들을 배웠느냐?

광대 족쇄를 차고 배운 것은 아닐세, 바보야.

(리어, 글로스터를 데리고 등장)

리어 나와 대화를 하지 않겠다고? 그들이 병이 났다고? 피로하다고?

밤새 여행을 했다고? 뻔한 핑계로구나.

아비를 배신하고 벗어나려는 수작이야.

더 좋은 대답을 받아 오너라.

글로스터 폐하.

아시다시피 공작은 불같은 성미를 지녀,

한번 말하면 요지부동입니다.

리어 복수! 염병! 죽음! 혼란이구나!

불같다고? 성미가 어쩌고 저째? 이런, 글로스터, 글로스터!

내가 콘웰 부부를 만나겠다고 말하고 있다.

글로스터 예, 이미 그렇게 말씀 전했습니다.

리어 전했다고! 자네는 내 말을 알아듣고 있는 건가?

글로스터 네, 폐하.

리어 국왕이 콘웰과 할 이야기가 있다지 않는가.

아비가 딸하고 할 이야기가 있다고.

그러니 명령하고 있는 거다. 그렇게 둘에게 전했느냐?

숨이 차고 피가 거꾸로 솟는구나!

불같다고? 불같은 성미? 불같은 공작에게 전하라.

아니, 아니지. 혹시 정말 몸이 불편한 건지도 모르지.

건강한 사람이라면 당연한 의무도 몸이 아프면 태만해지는 법.

몸이 아프면 마음도 함께 고통받는 것이 자연의 법칙이니

몸이 아프면 제정신을 잃는 법이다.

내가 참을 것이야. 아프고 병든 이의 발작은 건강한 사람의 태도로

여기다니 나의 왕국도 끝이로구나!

그런데 이자는 왜 이렇게 족쇄를 차고 앉아 있는가?

이것만 봐도 공작과 딸이 나타나지 않은 것은 수작을 부리는 것이

분명해. 내 하인을 족쇄에서 풀어 줘라.

공작 부부에게 내가 이야기 좀 하잔다고 전하라.

지금 당장! 어서 나와 내 말을 들으라고 해라. 그렇지 않으면

침실 문 앞에서 북을 울려 잠을 쫓아내겠다.

글로스터 부디 서로 화해하시길 빕니다.

(퇴장)

리어 오, 내 심장아, 북받치는 심장아! 진정해라!

광대 소리쳐요, 아저씨.

요리사가 살아 있는 장어를 밀가루에 처박아 버릴 때처럼.
그녀는 막대기로 장어의 머리를 때리며
"내려가, 이 말썽쟁이들아, 내려가!" 하고 소리친다죠.
그녀의 오빠는 말이 귀엽다고 건초를 버터 범벅으로 만들었네.

(콘웰, 리건, 글로스터, 하인들 등장)

리어 두 사람은 밤새 안녕했는가?

콘웰 폐하께 인사드립니다.

(켄트가 풀려난다)

리건 폐하, 뵈오니 기쁩니다.

리어 리건, 그러리라 생각한다.
그리 생각하는 이유도 잘 알고 있고.
네가 기쁘지 않다면, 무덤 속의 네 어머니가 간통을 한 것이니
죽은 부인하고 이혼하겠다. (켄트에게) 오, 풀려났느냐?
그 문제는 다음 기회에 이야기하고.
사랑하는 리건, 네 언니는 악독한 년이다.
오, 리건, 네 언니는 불효라는 날카로운 이빨로
독수리처럼 여기를 물어뜯었다. (가슴에 손을 얹는다)
내 너에게 일일이 말하기가 힘들 지경이다. 믿어지지가 않을 게야.
얼마나 비열한 수작으로, 오, 리건아!

리건 진정하세요, 아버님.

제 생각엔 언니가 의무를 소홀히 했다기보단

아버지가 언니의 노고를 알아주지 않으신 게 아닌가 싶은데요.

리어 아니, 그게 무슨 말이냐?

리건 언니가 조금이라도 의무를 게을리했다고는 생각할 수 없어서요.

만약 언니가 아버지의 시종들이 보이는 행패를 막았다면,

언니로서는 어떤 타당한 이유와 근거가 있어서 그리 한 것일 테니

언니에게는 잘못이 없다고 보이는 데요.

리어 그년은 나의 저주를 받을 거야.

리건 아, 아버님은 늙으셨어요.

자연의 이치에 따라 아버님의 천수도 다하는 때가 온 거라고요.

그러니 아버지도 아버지 사정을 잘 아는 분별 있는 사람에게

모든 것을 맡기시고 시키는 대로 하세요. 그러니 말씀드리건대,

언니에게도 돌아가셔서, 잘못을 비세요.

리어 그년에게 용서를 빌라고?

이런 일이 우리 가문에 가당키나 하냐? (무릎을 꿇는다)

"사랑하는 딸아, 내가 늙었다는 것을 고백한다.

늙은 것들은 쓸모가 없지. 내 이렇게 무릎을 꿇고 비니

내게 입을 것과 잠자리와 먹을 것을 다오."

리건 이제 그만 좀 하세요! 그건 정말 보기 싫은 장난이에요.

어서 언니에게로 돌아가세요.

리어 (일어나며) 결단코 안 가겠다. 리건!

그년은 내 부하들을 반으로 줄였고,

나를 노려보고, 독설을 퍼부어 독사처럼 내 가슴을 물어뜯었다.

하늘에 있는 모든 복수가 그년의 머리 위로 쏟아지리라!

하늘의 독기여, 그년이 아직 낳지 않은 자식에게 가 불구로 만들어라.

콘웰 세상에, 아버님도, 참!

리어 민첩한 번개여, 눈을 멀게 하는 그 불꽃으로 그년의 오만한 눈을

찔러라! 강렬한 태양에 뿜어 오르는 늪의 독기여, 내려와서

그녀의 얼굴에 옮아 붙어 미모가 썩어 문드러지게 하라!

리건 오, 하느님, 맙소사!

화가 나시면 제게도 그런 저주를 퍼부으시겠군요.

리어 아니다, 리건.

네가 이렇게 저주받을 리 없을 게다.

너는 상냥하고 부드러운 성품을 지녔고 몰인정하지 않을 것이니.

그년의 눈은 사납지만, 너의 눈은 상냥하며 이글거리지 않잖니.

내가 좋아하는 것을 불평하고, 내 수행원을 줄이거나

함부로 말대꾸를 하거나, 내 용돈을 줄이고,

내가 들어오지 못하도록 문을 잠그지는 않겠지.

너는 천륜에 따라 인간의 본분과 자식 된 책임과 예의와

은혜를 잘 알고 있을 게다.

내가 왕국의 반을 네 몫으로 준 것을 잊지 않았겠지.

리건 폐하, 요점만 말씀해 주세요.

리어 누가 내 시종에게 족쇄를 채웠느냐?

(밖에서 나팔 소리)

콘월 밖에 무슨 소리냐?

리건 틀림없니 언니가 오는 소리일 거예요.

편지에서 곧 이리로 오겠다고 했는데, 벌써 왔군요.

(오스왈드 등장)

마님이 오셨느냐?

리어 아니, 이자는 제 여주인의 변덕스러운 은총을 입고

거드름을 피우던 종놈이 아니냐.

내 눈앞에서 썩 꺼지어라. 이놈아!

콘월 무슨 말씀이십니까?

리어 내 시종에 족쇄를 채운 자가 누구냐?

리건, 너는 정녕 모르는 일이겠지?

(거너릴 등장)

리어 누가 온 것이냐? 오, 하늘이여!

늙은이를 가엾게 여기신다면, 그 어진 힘에 복종하길 원하신다면,

당신들도 늙으셨다면, 그런 명분으로 사자를 보내시어

저를 도와주소서! (거너릴에게) 네년은 이 수염을 보고도

부끄럽지 않느냐? 오, 리건! 너는 저년의 손을 잡으려는가?

거너릴 왜 손을 잡으면 안 되나요? 제가 뭘 잘못했길래요?

분별없고 노망난 자가 말하는 무례나 죄는 죄가 아니지요.

리어 오, 내 심장이 이토록 질기단 말이냐!

이래도 아직 버티느냐! 어찌하여 내 시종에게 족쇄를 채웠느냐?

콘웰 제가 채웠습니다.

그러나 그놈이 부린 무례한 언동에 비하면

가벼운 처벌을 내린 겁니다.

리어 자네가, 자네가 그랬단 말인가?

리건 제발, 아버님, 연로하시니 연로하신 분답게 처신하세요.

아무튼 이제 돌아가셔서 한 달을 채울 때까지 언니 집에 계시다가

시종들을 반으로 줄여 가지고 제게 오세요.

저는 지금 집을 떠나와 있는 처지라,

아버지를 모시려 해도 준비가 되어 있지 않습니다.

리어 저년에게로 돌아가라고? 오십 명을 내보내고?

싫다. 그러느니 모든 지붕 밑을 버리고,

비바람을 적으로 맞아 싸우며

늑대와 올빼미와 친구가 되며

궁핍의 고통을 맛보겠다. 저년에게 돌아가라고?

어림없다. 차라리 맨몸의 막내딸을 데려간 정열적인 프랑스 왕을

찾아가 그 앞에 무릎을 꿇고 종자처럼 구차한 목숨을 부지하기 위해

연금을 구걸하겠다. 저년한테로 돌아가라고?

(오스왈드를 가리키며) 차라리 나더러 이 역겨운 종놈의 종이 되거나

짐을 끄는 노새가 되라고 해라.

거너릴 그럼 마음대로 하세요.

리어 (거너릴에게) 얘야, 제발 나를 미치게 만들지 마라.

나는 이제 너를 괴롭히지 않겠다. 나의 딸아, 잘 있어라.

우리는 더 이상 만나거나 얼굴을 마주할 일도 없을 게다.

하지만 그래도 너는 나의 살이요, 피요, 내 딸이니—

아니 내 살 속에 파고든 병이니, 내 것이라 아니할 수가 없구나.

너는 종기이고, 역병의 상처이며, 퉁퉁 부은 염증이니,

나는 이제 너를 꾸짖지 않겠다.

내가 부르지 않아도 언젠가는 네게도 오욕이 찾아올 것이니.

네게 벼락이 떨어지길 바라거나 조브 신(제우스)께 심판을 구하지도

않겠다. 할 수 있을 때 마음을 고쳐먹고,

기회를 봐서 좋은 사람이 되어라. 나는 참을 수 있다.

리건에게 머물 수 있으니, 나를 수행하는 백 명과 함께.

리건 그렇게는 안 됩니다.

아직은 아버지가 오시리라 생각지 않았고,

아직 맞을 준비도 되어 있지 않습니다. 언니의 말을 들으세요.

아버지의 격정을 보아도 사람들은 아버님의 연세를 생각해

참을 테니까요.

언니는 자기가 하는 일을 잘 알고 있습니다.

리어 지금 진심으로 말하는 게냐?

리건 진심입니다. 그런데 아버님.

아니, 오십 명의 시종들이라고요?

그만하면 되지 않으세요? 그 이상 둘 필요가 있을까요?
아니, 그것도 많지요. 그 수에 따른 비용이나 위험을 생각하면.
어떻게 한 집에서 그 많은 하인들이 두 주인을 섬기며
화목하게 지낼 수 있답니까? 어려운 일이지요. 불가능해요.

거너릴 아버님께서 동생의 하인이나 제 하인에게 시중을 받으시면
안 될 이유라도 있습니까?

리건 왜 안 되시죠? 만약 하인이 불손하게 군다면,
저희가 얼마든지 단속하지요. 만약 아버님이 지금 저희 집에
오시려면—지금도 위험해 보이니—하인들을 스물다섯 명으로
줄여서 오세요. 그 이상에게는 내줄 방도 없고
돌보아 줄 수도 없습니다.

리어 나는 너희들에게 모든 것을 주었는데—

리건 아주 알맞은 때에 주셨지요!

리어 그리고 나는 너희를 나의 후견인으로 일체의 권력을 맡겼다.
대신 일정한 수의 시종을 둔다는 조건이었지.
그런데 네게 올 때는 스물다섯만 데려오라고—
리건, 네가 정녕 그리 말했느냐?

리건 다시 한 번 말씀드리지만, 폐하. 그 이상은 안 됩니다.

리어 사악한 짐승들이 어여삐 보일 지경이구나.
다른 것들이 더욱 사악하니. 최악이 아닌 것이 그래도 낫구나.
(거너릴에게) 너에게 가겠다. 오십 명이면 그래도
스물다섯의 곱절이니 네 애정이 저년의 곱절이다.

거너릴 제 말 좀 들어보세요, 폐하.

스물다섯 명이고, 열 명이고, 다섯 명이고 간에,

왜 시종을 둘 필요가 있으세요?

집에는 그 갑절이나 되는 하인들이 언제든지 부르시기만 하면

아버님의 시중을 들 텐데 말이에요.

리건 한 명도 필요 없을 것 같은데요?

리어 필요를 논하지 마라! 아무리 비천한 거지도 형편없는 물건일망정

여분을 가지고 있는 법이다. 자연이 인간에게 필요 이상의 것을

허용치 않는다면 인간의 삶이 짐승의 삶과 다를 게 있겠느냐.

너는 귀부인이다. 추위를 막아 주는 것만이 옷이라면

네가 입고 있는 화려한 옷은 따뜻하게 해 주지도 못하니

쓸모가 없는 것이 아니냐. 내가 정말로 필요한 것은—하늘의

신들이여, 내게 인내를 주소서!—내게는 인내가 가장 필요하니!

신들이여! 보시는 바와 같이 이 불쌍한 늙은이는

노쇠하고 슬픔으로 가득하여 비참하나이다!

이 딸년들이 제 아비를 배반하도록 부추기는 것이

당신의 뜻일지라도 내가 이것을 가만히 참고 견딜 만큼

바보가 되게 두지 마소서!

내게 의로운 분노를 주시어, 여자들의 무기인 눈물이

대장부의 뺨을 적시지 않도록 해 주소서!

아니다, 이 시악한 마녀들아!

내 너희 둘에게 복수할 것이다!

온 세상이 알도록—내 꼭 할 것인데—

어떤 것이 될지는 아직 모르지만, 지상을 공포에 떨게 할 것이야!

내가 눈물을 흘릴 거라 생각하느냐. 아니, 나는 울지 않겠다.

울어야 하는 이유야 많다만.

(폭풍우와 태풍이 휘몰아치는 소리)

하지만 이 심장이 수만 갈래로 갈라지기 전엔 울지 않겠다.

오, 광대야, 나는 미칠 것 같구나!

(리어, 글로스터, 켄트, 광대, 기사 퇴장)

콘월 자, 안으로 들어갑시다. 곧 폭풍우가 올 모양이요.

리건 이 집은 비좁아서 노인네랑 시종들을

모두 머무르게 할 수는 없어요.

거너릴 다 자업자득이지. 스스로 편안함을 버리셨으니

어리석은 행동을 결과를 맛보셔야지 뭐.

리건 아버님 한 분이라면 모르겠지만, 시종은 한 사람도 안 되겠어요.

거너릴 나도 같은 생각이야.

글로스터 경은 어디에 있느냐?

콘월 노인네를 따라 나갔소. 저기 돌아오는군.

(글로스터 등장)

글로스터 폐하께서 몹시 진노하셨습니다.

콘월 어디로 가신 게요?

글로스터 말을 부르셨는데, 어디로 가실지 모르겠습니다.

콘웰 가시게 두는 게 낫겠소. 원체 고집대로 하시는 분이니.

거너릴 백작, 성에 머무르라 만류하지 마세요.

글로스터 이제 곧 밤이 오는 데다 바람까지 사나워집니다.
수 마일을 가도 인근에는 수풀조차 없습니다.

리건 백작, 옹고집에게는 스스로 자초한 고난이야말로
좋은 가르침이 될 겁니다.
문을 닫으세요. 오늘 밤은 날씨가 정말 사납군요.

콘웰 리건의 말이 옳소. 어서 폭풍우를 피합시다.

(모두 퇴장)

제3막

제1장

황야

(폭풍우. 천둥과 번개 계속. 켄트와 한 명의 기사가 반대편에서 등장)

켄트 누구냐, 이 험한 날씨에?

기사 날씨만큼 심란한 마음을 가진 사람이오.

켄트 누군지 알겠군. 폐하는 어디에 계시오?

기사 날뛰는 비바람과 싸우고 계십니다.

바람더러 더욱 거세져 대지를 바다에 처넣어라,

파도더러 더욱 솟아 대지를 덮어라,

만물이 변하거나 사라지라고 명령하고 계십니다.

백발을 쥐어뜯으시니 맹렬한 돌풍이

그 머리칼을 휘어잡고 무엄하게 희롱합니다.

인간이라는 소우주 속의 폭풍우로 미쳐 날뛰시는 그분은

앞뒤에서 몰아치는 외부의 폭풍우를 압도하고 계십니다.
이런 밤에는 새끼에게 젖을 물려 허기진 곰도 굴속에 숨고
사자와 굶주린 늑대도 비에 젖지 않으려는 하는 법인데
모자도 쓰지 않으시고 뛰어다니시며
닥치는 대로 외치고 계십니다.

켄트 누가 곁에서 모시고 있습니까?

기사 광대밖에는 없습니다. 가슴이 찢어질 듯한 폐하의 고통을
익살로 없애 드리려 애를 쓰고 있지요.

켄트 이보시오. 나는 자네가 어떤 사람인지 잘 알겠소.
그렇기에 그대를 믿고 감히 한 가지 중요한 부탁을 하려 하오.
실은 올버니 경과 콘웰 경 사이에는 분열이 일어나고 있다오.
아직 서로의 교활한 꾀에 가려 드러나진 않았지만,
별이 점지한 운명에 따라 높이 오른 자들이라면 이런 일도 없겠지만,
그들의 곁에는 겉으론 충직하나 비밀히 프랑스의 첩자로서
이 나라의 기밀을 낱낱이 보고하는 이가 있다오.
그들은 눈에 띄는 대로, 두 공작의 불화와 음모,
인자하신 노왕을 잔혹하게 박대한 것, 어쩌면 여기에 숨겨진
더 심각하고 비밀스러운 일까지 모두 알려 주고 있다오.
그래, 프랑스 군대가 이 분열된 왕국에 쳐들어온다는 것이 사실이오.
우리가 소홀한 틈을 타, 은밀히 중요한 항구에 상륙하여
공개적으로 깃발을 올릴 준비를 마쳤다 하오.
그러니 부탁이오.

그대가 나를 믿고 도버 항구까지 급히 간다면
그대를 맞아 줄 분이 계실 거요. 그분께 폐하가 지금
얼마나 무지비한 학대를 받고 미칠 듯이 슬퍼하고 계신지
보고해 주시오. 나는 가문 있고 교육받은 신사이며,
그대를 잘 알고 확신을 가지고 있어 이 일을 맡기는 거요.

기사 좀 더 자세한 얘기를 들어 보고 싶습니다.

켄트 아니, 아니오. 내가 겉보기보다는 나은 사람이라는 증거로
이 돈주머니를 열어 보시고 그 안의 것을 가지시오.
코딜리어 공주를 만나면—틀림없이 만나게 되겠지만—
이 반지를 보이시오. 그러면 당신이 알아보지 못하는
이 사람이 누구인지 말씀해 주실 거요.
폭풍우가 정말 심하게 몰아치는군.
난 가서 폐하를 찾아보겠소.

기사 그럼 악수합시다. 더 하실 말씀은 없습니까?

켄트 한마디만 더. 무엇보다 중요하는 것은
폐하를 발견하거든—당신은 저쪽에서 나는 이쪽에서 찾을 것이니—
먼저 발견한 사람이 큰 소리를 지르는 거요.

(각자 반대편으로 퇴장)

제2장

황야의 다른 곳

(폭풍우 계속. 리어와 광대 등장)

리어 불어라, 바람아, 나의 뺨이 불어터져 찢어지도록 불어라!
하늘의 폭포수와 바다의 태풍이여, 첨탑도 물에 잠기고
풍향계가 침수되도록 쏟아져라.
상념처럼 빠른 유황불 번개여,
참나무도 쪼개는 벼락의 파발꾼이여,
이 백발을 태워 버려라!
천지를 뒤흔드는 천둥이여,
지구의 만삭처럼 둥글게 부푼 배를 쳐 납작하게 만들어라!
생명을 낳는 자연의 모태를 박살내어
배은망덕한 인간을 만들어 내는 모든 씨를 쓸어 버려라!

광대 아저씨, 비 안 맞는 집 안에서 아첨하는 것이
밖에서 비 맞고 있는 것보다는 나아요. 그러니 아저씨, 돌아가요.
가서 따님께 자비를 청합시다. 이런 밤은 현자에게나 바보에게나
인정사정없어요.

리어 배가 터지도록 울려라! 번갯불을 뿜어라! 비를 쏟아라!
비도, 바람도, 천둥도, 번개도 내 딸은 아니다!
그러니 너희 자연은 불친절하다 나무라지 않으마.
너희에게는 왕국을 물려준 적도 자식이라 부른 적도 없으니
너희가 내게 순종할 이유가 없다. 그러니
마음껏 끔찍한 시련을 내려 보내라.
나는 여기 너희의 노예가 되어 서 있으니.
나는 헐벗고, 병약하고, 무력하고, 천대받는 노인이다.
하지만 너희를 비열한 앞잡이라 부르마.
사악한 두 딸년과 한패가 되어
백발노인을 상대로 하늘의 대군을 몰고 왔구나.
오, 오, 고약하다!

광대 머리를 넣어 둘 집이라도 있는 자는 머리가 좋은 거야.

머리를 넣을 집도 없이
거시기를 넣을 바지만 가지면
머리나 거시기나 이가 들끓지
그래서 거지들이 결혼한다네.

심장이어야 할 것을
발가락으로 만드는 자는
발 대신 심장에 티눈에 생겨
고통에 우느라 밤을 지새우지.

왜냐하면 아무리 미인이라도 거울 앞에선
입을 비쭉여 보지 않는 이가 없거든.

(켄트 등장)

리어 아니, 나는 모든 인내의 귀감이 되겠다.
이제 아무 말 않겠다.

켄트 거기 누구요?

광대 여기요, 은총받은 분과 거시기 가리개. 현자와 바보요.

켄트 아, 폐하, 여기에 계셨습니까?
밤을 즐기는 짐승도 이런 밤은 좋아하지 않습니다.
성나 날뛰는 하늘이 두려워 어둠을 배회하는 동물들마저
굴에 숨는 밤입니다. 저리 온 천지를 밝히는 번갯불,
저리 무섭게 울리는 천둥, 저리 으르렁거리는 비바람 소리를
제가 태어나고 지금껏 들어 본 적이 없습니다.
인간의 천성으로는 이러한 육신의 고통과 무서움은
견디질 못합니다.

리어 우리의 머리 위로 이런 무시무시한 소동을 일으키는
위대한 신들이 지금 당장 자신의 적들을 찾아내리라.
벌벌 떨어라, 범죄를 가슴속에 숨겨 두고도 아직 처벌받지 않은
이들이여. 어서 숨어라, 살인하고 위증하고 근친상간하고도
미덕을 가장한 자들이여, 사지가 떨어져 나가게 떨어라.
은밀하고 교묘히 사람의 눈을 속이고 남의 목숨을 농락한 자,
마음속 깊숙이 숨겨 둔 죄악들아, 은신처가 발각되어
너희를 불러낸 이 무시무시한 신들께 자비를 빌어라.
나는 죄를 짓기보다 남이 나에게 진 죄가 더 많은 자이다.

켄트 아니, 모자도 쓰지 않으시고?
폐하, 이 근처에 오두막이 하나 있습니다.
거기라면 이 폭풍우를 잠깐 피하실 수 있으실 겁니다.
거기에서 휴식을 취하십시오. 그사이에 저는 그 냉혹한 집—
그 집을 쌓아 올린 돌보다도 더 차가운 그 집에 가 보겠습니다.
좀 전에도 폐하를 찾던 제가 집에 들어가는 것을 막아서던
그 집에 다시 가서 그들에게 부족한 인정이나마
억지로 짜내 보겠습니다.

리어 내 머리가 도는 것 같구나.
이리 오너라. 꼬마야. 어떠냐? 추우냐?
나도 춥구나. 그 짚으로 만든 오두막은 어디 있느냐?
궁핍이란 놈은 신묘한 재주가 있어,
하찮은 것을 소중한 것으로 바꿔 주는 구나.

자, 네 오두막으로 가자. 불쌍한 바보 녀석.

내 마음 한구석엔 아직도 너를 불쌍히 여기는 구석이 남았구나.

광대 (노래한다)

지혜가 조금이라도 있는 자라면

바람 부는 날도 비 오는 날도

팔자소관이다 생각하고 만족해야지

허구한 날 주구장창 비가 내리더라도.

리어 옳은 말이다, 얘야.

자, 그 오두막으로 안내해라.

(리어와 켄트 퇴장)

광대 오늘 밤은 창녀의 욕정을 식혀 줄 만큼 대단한 밤이로구나.

가기 전에 한마디 예언을 해야겠군.

사제가 행동보다 말이 앞서면

양조업자가 누룩에 물을 섞으면

귀족이 재봉사를 가르치려 들면

이교도가 아니라 난봉꾼을 화형하려 들면

그때는 이 알비온 왕국(영국)에

큰 혼란이 오리라.

모든 재판이 법에 따라 공정히 판결나면

가난하고 빚진 기사도, 시종도 없으면

비방하고 모략하는 사람이 없으면

소매치기가 무리 사이에서 사라지면

고리대금업자가 드러내 놓고 돈을 세면

뚜쟁이와 창녀가 교회를 세우면

그때는 살아 있는 자는 누구든 보게 될 거야.

두 발이 걷는 데 사용되는 것을.

이 예언은 멀린이 하게 될 거야.

나는 그보다 앞선 시대를 살고 있으니.

(퇴장)

제3장

글로스터 백작의 성

(글로스터와 에드먼드 등장)

글로스터 아, 슬프구나, 에드먼드.

이렇게 자연의 이치에 어긋나는 일을 좋아할 수가 없구나.

폐하를 불쌍히 여겨 돕고자 허락을 구했더니,

공작 부부가 도리어 내 성을 몰수하고

폐하에 관한 이야기를 꺼내는 것은 물론,

폐하를 위해 간청하거나, 보살피려 들면

평생 그들의 미움을 살 것이라 불호령을 내리셨다.

에드먼드 참으로 잔인하고 몰인정한 처사입니다!

글로스터 아니, 그만. 아무 말도 하지 말하라. 양 공작 사이에

불화가 있는데, 그보다 더 나쁜 일이 일어나고 있다는구나.

오늘 밤 편지 한 통을 받았는데
그것이 입에 담기에도 위험한지라 벽장 속에 넣고 잠가 두었다.
폐하께선 지금 당하신 모욕을 철저하게 복수하게 되실 거야.
이미 군대의 일부가 상륙했고, 우리는 폐하의 편을 들어야 한다.
나는 폐하를 은밀히 찾아가 도움을 드릴 것이니 너는 가서
공작과 대화를 나누어 나의 도움을 알아차리지 못하도록 해라.
그가 나를 찾거든 몸이 아파 자리에 누웠다고 전하고,
내 비록 이 일로 죽는 한이 있더라도—지금 그런 위협을
받고 있지만, 오랫동안 모시던 폐하를 돕지 않을 수 없지.
이상한 일들이 벌어질 것이다. 에드먼드, 부디 너도 조심하여라.

(퇴장)

에드먼드 아버지가 이런 금지된 일을 저질렀다는 것을
공작께 알려야겠다. 편지도 함께. 이건 큰 상을 받을게 분명해.
아버지가 잃은 것은 내가 얻게 될 거야. 하나도 남김없이 모조리.
노인이 쓰러지면 젊은이가 일어나는 법.

(퇴장)

제4장

황야의 오두막 앞

(리어, 켄트, 광대 등장)

켄트 여기입니다. 폐하, 안으로 드시지요.
거센 폭풍우가 치는 허허벌판에서 밤을 보내는 것은
인간의 몸으로는 감당할 수 없습니다.

(폭풍우 계속)

리어 날 혼자 내버려 두게.

켄트 폐하, 이리로 들어가시지요.

리어 내 가슴을 찢어 놓으려 하느냐?

켄트 차라리 제 가슴을 찢어 놓고 싶습니다. 폐하. 부디 들어가시지요.

리어 자네는 이 휘몰아치는 폭풍우가 우리의 살갗을 파고드는 것이
그리 유별난 것인가 보구나. 자네에겐 그럴 테지.

그러나 더 심각한 병에 걸려 있으면 작은 병은 느껴지지 않는 법이다.
곰을 만나면 피하려 할 테지. 그러나 달아날 길이 분노하는
바다뿐이라면 곰과 맞서 싸워야 하는 법. 마음이 편하면
육체의 아픔을 느끼기 쉽다.
허나 내 마음 속에 부는 태풍이 내 모든 감각을 빼앗고 오직
남긴 것이라곤 가슴을 치는 고통뿐이라네. 배은망덕한 자식이라는!
이건 입이 음식을 먹여 준 손을 물어뜯는 것과 같지 않은가?
철저히 갚아 줄 것이다! 이제는 더 이상 울지 않겠다!
이런 날씨의 밤에 나를 문밖에 내쫓다니!
비야, 억수같이 퍼부어라. 나는 견디겠다.
오늘 같은 이런 밤에! 오, 리건, 거너릴!
이 늙고 인자한 아비를, 기꺼이 모든 것을 준 나를!
오, 이렇게 생각하다간 미쳐 버리겠구나.
그것만은 말아야지. 더 이상 말을 말자!

켄트 폐하, 여기로 들어가십시오.

리어 부디 자네나 들어가게. 가서 휴식을 취하게.
이 태풍은 마음을 아프게 할 것을 숙고하도록
나를 내버려 두지 않을 걸세. 하지만 들어가겠다.
(광대에게) 들어가라, 아이야. 먼저 들어가.
집도 없는 가난이라니. 아니, 들어가라.
나는 기도를 올리고, 그리고 자겠네.

(광대 퇴장)

헐벗고 불쌍한 자들이여, 어디에서 머물면서
이 냉혹한 폭풍우에 시달리고, 머리 누일 집도 없이,
굶주려 배를 쥐고, 구멍 뚫린 넝마를 걸치고
이 사나운 날씨를 어찌 견디어 내는가?
오, 나는 여태 이들에게 너무 무심했도다.
약으로 삼을지어다. 부귀영화를 누리는 자들이여.
스스로 비바람에 노출되어 불쌍한 자들이 느끼는 바를
몸소 느낄지어다. 그리하여 남는 것은 그들에게 나눠 주고
하늘이 공평하다는 것을 보여 주어라.

에드거 (안에서) 한 길 반, 한 길 반. 불쌍한 톰!

(광대 등장)

광대 들어오지 마세요, 아저씨. 여기 유령이 있어요!
사람 살려! 사람 살려요!

켄트 내 손을 잡아라. 거기 누구냐?

광대 유령, 유령이야. 이름은 불쌍한 톰이래.

켄트 지푸라기 속에서 중얼대고 있는 네놈은 누구냐? 이리 나와라!

(미치광이로 변장한 에드거 등장)

에드거 꺼져라! 고약한 마귀가 나를 쫓아오네!

날카로운 가시나무 사이로 찬바람이 불어온다고.

엇 추워! 얼른 잠자리로 들어가 몸을 녹이라고.

리어 너도 네 딸들에게 모든 것을 주어 버렸는가?

그래서 이 지경이 된 것이냐?

에드거 누가 불쌍한 톰한테 뭘 준다는 거야? 악마가 나를 끌고

화염과 진창과 늪지대와 여울과 소용돌이 속으로 끌고 다녔어.

그놈은 내 베게 밑에 칼을 숨겨 두고,

의자에 목매달 밧줄을 매어 두고 죽 그릇 옆에는 쥐약을 두었지.

우쭐해진 그는 갈색 말을 타고 사 인치 너비의 다리를

건너서 내 그림자를 배신자로 알고 쫓아가기도 했다오.

당신의 멀쩡한 제정신에 축복이 있으라!

톰은 추워요. 오, 덜, 덜, 덜, 덜.

회오리바람과 별이 내리는 재앙, 염병으로부터

신의 가호 있길 빌어요! 불쌍한 톰에게 자선을 베푸세요!

비열한 악마가 괴롭혀요. 방금 저기에서 놈을 붙잡을 수 있었는데.

저기, 다시 저기, 그리고 저기서!

(폭풍우 계속)

리어 저자도 딸들이 저 지경으로 만들었단 말이냐?

자신에게 아무것도 남기질 못했느냐? 모조다 다 주어 버린 것이야?

광대 아니, 담요는 한 장 남겨 뒀지.

그러지 않았으면 창피해서 볼 수도 없었겠네요.

리어 대기 속을 떠돌며 죄를 진 인간을 덮치는 온갖 염병이란 염병은

다 네 딸년들 머리 위에 떨어질지어다!

켄트 이자에게는 딸이 없습니다, 폐하.

리어 죽어라, 반역자야! 불효하는 딸년들이 아니고서야

인간을 이토록 비참하게 만드는 것이 무엇이란 말이냐!

버림받은 아비들의 육신이 이토록 무참한 취급을 당하는 것이

유행이더냐? 지당한 처벌이구나!

바로 이 육신이 그 펠리컨[1] 같은 딸년을 낳았으니!

에드거 필리콕은 필리콕 언덕에 앉아 있었지.

얼로우, 얼로우, 루, 루!

광대 이렇게 추운 밤은 우리 모두를 바보와 미치광이로 만들 거야.

에드거 비열한 악마를 조심세요. 부모의 말에 순종하세요.

약속은 꼭 지키고, 함부로 맹세하지 말며,

남편 있는 여자와는 사귀지 말며,

연인을 화려하게 치장하지 말라. 톰은 추워요.

리어 너는 전에 무엇을 하였느냐?

에드거 오만한 정신과 마음을 한 하인이었죠.

머리는 곱슬곱슬하게 말고 모자에는 장갑을 달고

주인마님의 욕정을 채워 주고, 함께 못된 짓거리도 했죠.

입만 열면 맹세하고, 하늘에 대고 그 맹세를 깼다오.

---

1) 중세 시대에는 펠리컨을 사랑이 많은 동물이라 하여, 어미 새가 자신의 피와 살로 새끼를 먹여 키운다고도 하고 새끼가 부모 새의 가슴을 쪼아 그 피를 빨아 먹어 부모 새를 죽게 한다고 보았다. 따라서 어미 펠리컨은 자신의 몸을 희생하여 자식을 돌보는 부모를 상징하며, 리어 왕은 자신이 딸들에 의해 피가 빨리고 그들을 위해 희생당하고 있다고 보고 있다.

잠들 때는 욕정을 채울 생각을 하고 잠에 깨면 실행했죠.

술을 좋아하고 도박을 즐겼으며 여자는 터키 왕보다 더 좋아했죠.

마음은 비뚤어지고, 귀는 얇고, 손에서는 피비린내가 나며,

게으르기는 돼지 같고, 교활하기는 여우 같고, 욕심 많기는 늑대 같고,

미쳐 날뛰기는 들개 같고, 물어뜯는 데는 사자 같은 망나니였다오.

구두 딸깍이는 소리나 비단옷 스치는 소리에 여자에게 마음을

빼앗겨선 안 되지. 사창가엔 가지 말고, 치마 사이에 손을 넣지 말고,

빚 장부엔 이름을 올리지 말며, 악마는 몰아내야 해요.

아직도 날카로운 가시나무 사이로 찬바람이 불어와요,

숨. 문, 헤이, 노, 노니. 돌핀, 얘야, 얘야, 저리 가!

그놈이 지나가게 둬.

리어 너는 맨몸으로 이 심한 비바람을 맞고 섰느니,

무덤 속에 누워 있는 게 낫겠구나.

인간이란 이것밖엔 안 되는가? 저 사람을 잘 보아라.

너는 누에한테 비단도 못 얻고, 짐승한테 기죽도, 양한테 털도,

고양이한테 사향도 얻지 못했단 말인가?

하! 여기 세 사람은 치장을 하고 있지만 너만은 타고난 그대로구나.

문명의 이기에서 제외된 사람은

너처럼 그저 불쌍하고, 헐벗고, 두 다리가 달린 짐승뿐이다.

벗자. 어서. 이 빌린 옷들을! 자, 여기 단추를 끌러 다오.

(리어가 자신의 옷을 찢는다)

광대 제발, 아저씨. 참으세요.

오늘 밤은 수영하기엔 험악한 날씨라고요.

아니, 이런 황량한 벌판에 불빛이 꼭 늙은 난봉꾼의 심장 같구나.

작은 불씨일 뿐 나머지 몸통은 식어 가니. 저것 봐!

불이 이쪽으로 걸어와요.

(글로스터, 횃불을 들고 등장)

에드거 저것은 비열한 악마 플리버디지벳이야.

저놈은 저녁 종이 칠 때부터 첫닭이 울 때까지 돌아다니지.

사람 눈에 백내장을 옮기고 사팔뜨기와 언청이를 만들며

밀가루에 곰팡이를 피우고 땅 위의 불쌍한 생명체들을 괴롭힌다네.

(노래한다)

성자 위홀드가 들판을 세 바퀴 돌다가

악몽과 악몽의 아홉 자식을 만나니

그만두라 명하고 진실을 맹세케 했네.

그러니 꺼져라, 마녀야, 꺼져라!

켄트 괜찮으십니까, 폐하?

리어 저 사람은 누군가?

켄트 거기 누구요? 무엇을 찾고 있소?

글로스터 당신들은 누구요? 이름이 뭐요?

에드거 불쌍한 톰이지. 헤엄치는 개구리, 두꺼비, 올챙이, 도마뱀,

도롱뇽도 다 먹는. 악마가 화가 나 나대면 푸성귀 대신 소똥을 먹고

늙은 쥐나 하수구에 빠진 개도 먹고, 고여 있는 웅덩이 물을
이끼 채 마시지. 이 마을에서 저 마을로 매를 맞고 다니며,
족쇄에 묶이고, 감옥에 갇히지. 그래도 윗도리는 세 벌,
몸에는 여섯 벌 옷을 걸치지. 말을 타고 칼도 차고 다니지.
생쥐와 쥐와 작은 동물이 지난 칠 년간 톰의 음식이었지
나를 따라다니는 놈을 조심해! 조용히 해, 스멀킨! 닥쳐, 이 악마야!

글로스터 아니, 폐하를 모시는 사람이 이런 자밖에 없습니까?

에드거 어둠의 왕자는 신사야! 모도와 마후라 불리지.

글로스터 폐하, 혈육인 자식 놈도 어찌나 악독해졌는지
자신을 낳아 준 어버이를 미워하는 세상이 되었습니다.

에드거 불쌍한 톰은 추워.

글로스터 저와 함께 안으로 드시지요. 폐하의 신하 된 도리로서
저는 따님들의 잔혹한 명령에 따를 수 없었습니다.
그들의 명령은 제 집의 문을 걸어 잠그고 이 사나운 밤의 비바람이
폐하를 맞이하게 두는 것이었으나, 폐하를 위해
불과 음식이 있는 곳으로 모시고자 이렇게 찾아왔습니다.

리어 먼저 이 철학자와 이야기를 나누게 해 다오.
(에드거에게) 천둥의 원인이 무엇이오?

켄트 폐하, 이분의 말씀을 따라 안으로 드시지요.

리어 이 현명한 테베 학자와 이야기를 좀 하고 싶구나.
(에드거에게) 무엇을 공부하시오?

에드거 악마를 퇴치하고 이를 잡아 죽이는 방법이지.

리어 은밀히 한마디만 물어보겠네.

켄트 한 번 더 들어가자고 간청하시지요.

폐하의 정신이 불안정해지셨습니다.

글로스터 그것도 무리는 아니지요.

(폭풍우 계속)

따님들이 폐하를 죽이려 하고 있으니. 아, 그 훌륭한 켄트!

이렇게 되리라고 그가 말했는데. 가엾게도 추방되었답니다!

폐하가 미쳐 간다고 하셨소? 내 말 좀 들어 보시게. 친구여.

나 자신도 거의 미칠 지경이라오. 내게 아들이 하나 있는데,

지금은 혈육의 인연도 끊었다네. 그놈이 최근에,

아주 최근에 내 목숨을 노렸다오.

세상의 어떤 아비보다도 그 애를 사랑했는데, 친구여. 사랑했어.

정말이지, 그 슬픔으로 나는 머리가 돌아 버릴 지경이라오.

참, 이 무슨 밤이란 말인가! 폐하, 간청드리니—

리어 오, 용서하게. 제발.

(에드거에게) 고귀한 철학자여, 함께 가시지요.

에드거 톰은 추워요.

글로스터 들어가게. 저기, 오두막으로. 가서 몸을 녹이게.

리어 자, 모두들 들어가자.

켄트 이쪽입니다. 폐하.

리어 저 사람도 함께 가자.

나는 저 철학자 선생과 항상 함께 지낼 거야.

켄트 말씀대로 해 드리지요. 저 사람을 데려가게 하세요.

글로스터 당신이 그자를 데려오시오.

켄트 여보게, 가자. 우리와 함께 가자고.

리어 어서 가자, 아테네 선생.

글로스터 말은 그만, 더 이상 말은 말고. 쉿!

에드거 어린 롤랑이 어두운 탑에 도달해

암호는 언제나 "파이, 포, 펌

영국인의 피 냄새가 물씬거리는구나"

(모두 퇴장)

제5장

글로스터의 성

(콘웰과 에드먼드 등장)

콘웰 이 성을 떠나기 전에 기필코 이 원수를 갚겠다.

에드먼드 공작님, 자식 된 도리를 저버리고

공작님께 충성을 바친 것이 알려지면

세상으로부터 어떤 비난을 받을지 생각만 해도 두렵습니다.

콘웰 이제 보니, 자네 형이 아비를 죽이려 한 것이

그의 악한 마음 때문이 아니라,

자네 아비가 가진 사악한 성품이 자네 형을 자극한 것이로구먼.

에드먼드 제 운명은 참으로 기구합니다.

옳은 일을 하고도 자책을 해야 하니!

이것이 아버님이 말씀하신 편지인데,

보시면 아버지가 프랑스의 첩자였다는 사실이

드러날 겁니다. 오, 하늘이시여! 이런 반역의 음모가 없었다면!

이를 고발하는 자가 내가 아니었다면!

콘웰 나와 함께 공작 부인에게로 가세.

에드먼드 이 편지의 내용이 사실이라면,

공작께서는 큰일에 대비하셔야 할 겁니다.

콘웰 사실이건 아니건, 자네는 이제부터 글로스터 백작이 되었네.

자네 아버지를 찾아내게. 당장 체포하겠네.

에드먼드 (방백) 아버지가 왕을 돕고 있는 현장이 발견되면

공작의 의심이 굳어질 게다.

(큰 소리로) 혈육의 정으로 고통받을지라도

끝까지 충성의 길을 걷겠습니다.

콘웰 자네를 믿네. 나의 총애로 아버지의 사랑보다

더한 사랑을 받게 될 걸세.

(모두 퇴장)

제6장

글로스터 성 부근의 농가

(글로스터, 리어, 켄트, 광대, 에드거 등장)

글로스터 여기가 들판보다는 낫습니다. 감사하게 여깁시다.

폐하를 편안히 모시기 위해 내가 할 수 있는 것을 찾겠네.

오래 걸리지 않을 것이오.

켄트 폐하께서는 울화로 분별력을 잃으셨습니다. 그러나

이리 정성을 다하시는 당신께 신의 가호가 있을 것입니다!

(글로스터 퇴장)

에드거 악마 프라테레토가 나를 불러 말하네.

네로 황제는 지옥에서 호수에서 낚시를 하고 있다더군.

기도해. 순진한 녀석아. 비열한 악마를 조심하라고.

광대 아저씨, 맞춰 봐요. 미치광이는 신인지 자유농민인지.

리어 왕이지, 왕이야.

광대 틀렸어. 신사를 자식으로 둔 자유농민이야. 자기보다 먼저 아들을 신사로 만들었으니 미친 농민이지.

리어 천 마리의 악마가 붉게 달궈진 쇠꼬챙이를 들고 쉭쉭 소리를 내며 그년들에게 달려들었으면!

에드거 비열한 악마가 내 등을 물고 있네.

광대 늑대를 길들이고
말이 병에 안 걸리고
어린애들 사랑이 오래가고
창녀의 맹세를 믿는 것은
모두 미친 짓.

리어 그렇게 만들겠다. 그년들을 재판장에 앉히겠어.
(에드거에게) 자, 이리와 앉게. 박식한 재판관 나리.
(광대에게) 그대 현자도 여기 앉게. 자, 너희 암여우들아.

에드거 봐요. 저기 악마가 서서 노려보네요!
재판의 방청객이 필요치 않으세요, 부인?

(노래한다)
냇가를 건너 내게 오라. 베씨, 내게로.

광대 (노래한다)
그녀의 배는 물이 샌다오.
그래도 그녀는 말을 못 해.
왜 그대에게 건너가지 못하는지.

에드거 나이팅게일의 목소리를 한 악마가 불쌍한 톰을 쫓아와요.

악마 호프댄스가 청어 두 마리만 달라고 톰의 배 속에서 외쳐 대요.

꽥꽥대지 마, 이 시커먼 악마야. 네게 줄 음식은 없어.

켄트 좀 어떠신지요, 폐하?

그렇게 멍하니 서 계시지 마시고,

푹신한 자리에 좀 누우셔서 쉬시지요.

리어 먼저 재판을 해야겠다. 증인들을 불러와라.

(에드거에게) 법복을 입은 재판관 나리는 자리에 앉으시오.

(광대에게) 그대는 동료 재판관이니 그 옆에 앉으시죠.

(켄트에게) 그대도 위임받은 재판관이니 함께 앉으시오.

에드거 공정하게 처리하지.

자느냐, 깨었느냐, 즐거운 목동아?

양 떼가 옥수수밭을 망치고 있네.

작은 입으로 한 번만 피리를 불면

양들이 작물을 해치지 않으리.

야옹! 고양이는 회색이야.

리어 저년을 먼저 끌어내라. 거너릴 말이다.

나는 여기 모인 존경하는 여러분 앞에서 맹세컨대,

저년은 불쌍한 국왕이자 아버지인 나를 발로 차 내쫓았다오.

광대 이쪽으로 오시오. 부인 이름이 거너릴이오?

리어 아니라곤 못할 게다.

광대 어이구, 이런. 난 당신이 의자인 줄 알았소.

리어 그리고 또 한 명, 그 찌푸린 얼굴만 봐도

심사가 어떻게 뒤틀려 있는지 알 수 있지. 저년을 붙잡아라!

무기, 무기를 들어라! 칼을 뽑고 불을 켜라! 이곳도 부패했구나!

부패한 재판관아, 왜 저년이 도망치게 내버려 둔 거냐?

에드거 제정신을 차리시도록 축복을.

켄트 오, 가여우신 폐하. 그토록 자랑스러워하시던 참을성은

어디에 두고 이러십니까?

에드거 (방백) 흐르는 눈물이 내 변장과 거짓 역할을 망쳐 놓겠구나.

리어 기르던 강아지까지—트레이, 블랜치, 스위트하트—

저것들도 나를 보고 짖는구나.

에드거 톰이 제 머리를 저들에게 던져 줄게요. 꺼져라, 들개들아!

네놈의 주둥이가 검든 희든 이빨에 물리면 독이 오르든

마스티프, 그레이하운드, 더러운 잡종 개

사냥개, 애완견, 암캐, 수캐, 꼬리가 짧은 개, 꼬리가 늘어진 개,

톰이 낑낑대며 울게 해 주겠다.

내가 머리를 이렇게 던지면 개들은 울타리를 넘어 달아나지.

도, 데, 데, 데. 세세! 자, 철야 축제와 장터로, 시장통으로 나가자.

불쌍한 톰, 불로 만든 동냥 그릇이 비었구나.

리어 그놈들에게 리건을 해부하게 시켜서

그년의 심장에서 뭐가 자라는지 보게 하여라.

자연은 어찌하여 이토록 냉혹한 심장을 만들어 내는가?

(에드거에게) 여봐라, 자네를 내 백 명의 기사 중에

한 사람으로 맞아들이겠다. 다만 그 옷차림이 마음에 들지 않으니,

너는 그걸 페르시안 옷이라 하겠지만, 바꾸도록 하게.

켄트 폐하, 이제 여기에 누워 잠시 쉬도록 하십시오.

리어 떠들지 마라. 떠들지 마. 커튼을 쳐 다오. 그래, 그래, 그래.

저녁은 아침에 먹도록 하지. 그래, 그래, 그래.

광대 그럼 나는 대낮에 잠자리에 들 거야.

(글로스터 등장)

글로스터 여보게. 이쪽으로 오시게, 친구. 왕께선 어디에 계신가?

켄트 여기에 계십니다. 하지만 깨우지는 마십시오.

제정신이 아니십니다.

글로스터 여보게. 제발 폐하를 안아 일으키게.

폐하를 시해하려는 음모를 엿듣고 왔다네.

들것을 준비해 왔으니 거기에 모시고, 도버로 급히 가세.

그곳에 가면 환영과 보호를 받을 것이야. 어서 폐하를 안아 일으키게.

반시간만 지체해도 폐하의 목숨은 물론, 자네의 목숨과

폐하를 지키려는 모든 사람들의 목숨까지 위험해지네.

들어 올리게. 어서. 자, 나를 따라오게. 필요한 차비를 차리도록

서둘러 안내하겠네.

켄트 지칠 대로 지치셔서 잠에 드셨군.

이 휴식으로 폐하가 잃어버리신 기력을 되찾는다면 좋으련만.

그나마 여의치 않으면 치유되시기 어려울 것이야.
(광대에게) 자, 와서 도와 다오. 폐하를 옮겨 드려야지.
뒤에 남아 있지 말게.

글로스터 자, 어서 빨리 갑시다!

(에드거만 남고 모두 퇴장)

에드거 신분이 높으신 고귀한 분도 우리와 같은
고난을 겪고 계신 걸 보니 우리의 비참함이 대단치 않게 보이는구나.
홀로 고통스러워하는 자는 마음이 괴로워 자유롭고 행복했던 삶은
잊어버리지. 하지만 슬픔을 나눌 벗이 있으면 마음의 괴로움도
한결 덜하게 된다. 이제 보니 내가 가진 괴로움은 얼마나 가볍고
견딜 만한 것인지. 나의 허리를 숙이게 한 괴로움이 왕의 허리마저
굽히게 하고 있구나. 내가 아버지 때문이듯 왕께서도 딸들 때문에
고통받고 계시니. 톰, 가자! 때가 되면 정체를 밝혀야지.
언젠가는 나의 명예를 더럽힌 오해가 사라지고 나의 무고함이
드러나 부자간에 화해할 날이 오게 될 것이야.
오늘밤은 무슨 일이 있어도 폐하께서 무사히 피신하시길!
숨어서 때를 기다리자!

(퇴장)

제7장

글로스터의 성

(콘웰, 리건, 거너릴, 에드먼드와 하인들 등장)

콘웰 (거너릴에게) 남편인 올버니 공작께 사람을 보내어

급히 이 편지를 전달케 하시오.

프랑스군이 상륙했소.—반역자 글로스터를 찾아라.

(몇 명의 하인들 퇴장)

리건 그자를 당장 교수형에 처하세요.

거너릴 그자의 눈알을 뽑아 버리세요.

콘웰 그자의 처리는 내게 맡겨요.

에드먼드. 자네는 우리 처형과 동행하게.

반역자인 자네 아버지에 대한 우리의 보복은

자네가 보기엔 적합지 않을 듯싶네.

올버니 공작을 만나면 준비를 서둘러 달라고 이르게.
우리도 서두를 것이니.
우리 사이의 연락은 신속하고 정확히 해야 하네.
잘 가시오, 처형. 잘 가게, 글로스터 백작.

(오스왈드 등장)

그래, 어찌 되었느냐. 왕은 어디 계시냐?

오스왈드 글로스터 백작께서 모시고 가셨습니다.
왕을 모시던 서른대여섯 명의 기사들이 혈안이 되어 찾다가
대문에서 왕을 만나 백작의 하인 몇 사람과 함께 도버로 떠났답니다.
그곳에는 무장한 동지들이 있다고 자랑했습니다.

콘웰 가서 주인마님이 타실 말을 준비해 놓도록 해라.

(오스왈드 퇴장)

거너릴 그럼 안녕히 계시지요, 공작. 그리고 동생아.

콘웰 에드먼드, 잘 가게.

(거너릴과 에드먼드 퇴장)

어서 가서 반역자 글로스터를 찾아라.
도둑놈처럼 묶어 내 앞에 대령하라.

(하인들 퇴장)

재판 절차도 따르지 않고 사형을 선고할 수는 없으나
이 분노를 달래기 위해 권력을 행사할 것이니,

사람들이 비난은 하겠지만, 감히 어쩌지는 못할 것이다.

(글로스터가 두세 명의 하인들에 의해 끌려온다)

거기 누구냐? 반역자냐?

리건 배은망덕한 여우 같은 그놈이군요.

콘웰 저놈의 늙은 팔을 묶어라.

글로스터 왜 이러십니까? 공작님?

두 분은 저의 친구이시자, 제 집의 손님이십니다.

이런 무도한 짓을 멈추십시오.

콘웰 저자를 묶어라.

(하인들이 글로스터의 손을 묶는다)

리건 더 세게! 더 세게 묶어라! 이 추잡한 반역자 놈!

콘웰 이 의자에 그자를 묶어라. 악당, 이제 알게 될 게다—

(리건이 글로스터의 수염을 뽑는다)

글로스터 오, 자비로운 신들에 맹세코, 이런 잔인한 짓을 하다니!

리건 이런 백발로 반역을 기도해?

글로스터 이 악독한 부인이여, 당신이 뽑은 내 수염이 한 올 한 올

되살아나 당신의 죄를 물을 것이오. 나는 이 집의 주인이오.

주인의 환대를 이토록 무자비한 강도 짓으로 짓밟다니.

어쩌시려는 거요?

콘웰 자, 프랑스에서 무슨 편지를 받았는지 말하라.

리건 솔직히 말해라. 우리는 이미 사실을 다 알고 있다.

콘웰 이 왕국에 상륙한 반역자들과 무슨 음모를 꾸미고 있느냐?

리건 그 미친 왕은 어디로 보낸 거냐? 말해라!

글로스터 내가 받은 것은 추측에 근거한 편지 한 통이오.

그나마도 중립적인 사람에게 온 것이지,

결코 반대편에서 온 것이 아니오.

콘웰 교활하구나.

리건 거짓말이다.

콘웰 왕은 어디로 보냈느냐?

글로스터 도버로 모셨소.

리건 왜 도버로 보냈지? 네 목숨은 잃을 각오는 됐겠지?

콘웰 왜 도버로 보냈느냐? 대답하라.

글로스터 기둥에 묶인 신세이니, 이를 참아야 한다.

리건 왜 도버로 보냈느냐 묻지 않느냐?

글로스터 왜냐하면,

당신의 잔인한 손톱이 불쌍한 노왕의 두 눈을 뽑아 버리거나

부인의 악독한 언니가 그 멧돼지 같은 이빨로

폐하의 몸을 물어뜯는 꼴을 볼 수가 없어서였소.

지옥같이 캄캄한 밤에 험한 폭풍을 맨머리의 그분이

견디시는 모습에 바다마저 솟아올라 별빛을 가리려 할 정도였고

하늘에서 더 많은 비가 쏟아질 정도였소.

그 무서운 시간에 늑대가 그대의 문 앞에 서서 짖는다면

당신은 이렇게 말했어야 했소.

"착한 문지기야. 열어 주어라. 아무리 잔인한 짐승이지만 불쌍하지

않은가.”

내 날개 달린 복수의 신이 당신들을 덮치는 꼴은 꼭 보고야 말겠소.

콘웰 네놈은 그걸 결코 보지 못할 것이다! 여봐라!

의자를 단단히 붙잡아라.

내 이놈의 두 눈깔을 발로 밟아 주겠다.

글로스터 늙을 때까지 살기를 바라는 자는 부디 나를 도와주시오!

오, 잔혹하도다! 오, 신이시여!

(콘웰이 글로스터의 한쪽 눈알을 뽑는다)

리건 한쪽 눈이 다른 쪽을 비웃을 테니, 나머지 눈알마저 뽑아 버려요!

콘웰 복수의 신을 만나거든—

하인1 멈추세요, 공작님. 저는 어릴 적부터 공작님을 모셔 왔으나

지금 그만두시라 말씀드리는 것보다 더 충성된 말을

드린 적이 없습니다.

리건 뭐가 어쩌고 어째? 이 개 같은 놈이?

하인1 만약 그 턱에 수염이 나 있거든 이 손으로 뽑아 버렸을 거요.

리건 뭐라 했나?

콘웰 이 악당 같은 놈이!

(하인1에게 달려들어 싸운다)

하인1 그렇다면 할 수 없죠. 자, 덤비시죠.

리건 내게 당신의 검을 주세요. 농사꾼 주제에 대들어?

(리건이 하인의 등을 찔러 죽인다)

하인1 오, 죽는구나! 백작님.

남은 한쪽 눈으로 제가 그에게 입힌 상처를 봐 주세요. 오!

(죽는다)

콘웰 더는 볼 수 없게 만들어 주마.

나와라, 이 더러운 젤리 같은 눈알아!

(글로스터의 다른 쪽 눈알을 뽑는다)

이제 빛이 사라졌지?

글로스터 온 세상이 캄캄하고 고통스럽구나!

내 아들 에드먼드는 어디에 있는가?

에드먼드, 너의 효심의 불꽃을 피워 이 끔찍한 일을 멈춰 다오!

리건 꺼져라, 이 반역자 놈아!

네가 부르는 사람은 너를 미워한다.

네가 저지른 반역을 고한 사람이 바로 그 사람이니,

너를 동정하기엔 너무 선한 사람이다.

글로스터 오, 내가 어리석었구나!

그렇다면 에드거는 모함을 당한 거야!

신이시여! 저를 용서하시고, 에드거를 축복하소서!

리건 가서 저놈을 대문 밖으로 내쫓아라!

도버까지 냄새나 맡으며 찾아 가라고 해!

(한 명의 하인이 글로스터를 데리고 퇴장)

어떠세요, 공작님? 괜찮으세요?

콘웰 상처를 입었소. 따라오시오, 부인.

저 눈깔 빠진 악당은 쫓아내시오.

이 하인 놈은 쓰레기 더미에 던져 버리고.

리건, 출혈이 심하오. 좋지 않은 때에 상처를 입었구려.

날 좀 부축해 주오.

(두 사람 퇴장)

하인2 이 따위 인간이 잘된다면,

내가 어떤 사악한 일을 저지른들 상관없겠구나.

하인3 저런 여자가 오래 살아 천수를 누린다면

여자들은 모두 괴물로 변할 거야.

하인2 우리도 늙은 백작을 따라가세.

그 미친 거지에게 백작께서 가고자 하시는 데까지

모셔다 드리게 부탁하자고.

그는 미치광이니 무슨 짓을 한들 탓할 사람이 없겠지.

하인3 자네가 가 봐. 나는 아마포와 계란 흰자를 구해 오겠네.

저분의 피투성이가 된 얼굴에 발라 드려야겠어.

하늘이 저분을 도와주시기를!

(모두 퇴장)

제4막

제1장

황야

(에드거 등장)

에드거 그래도 이렇게 멸시받고 있다는 것을 아는 게 낫지.
멸시받으면서도 아첨받아 모르고 있는 것보다야.
최악의 상황에 가장 비참하게 밑바닥까지 떨어져 있어도
여전히 희망은 있으니 두려울 것 없다.
최고의 자리에 있는 자는 굴러떨어질 일만 남아 있지만
밑바닥에 선 자는 웃을 일이 남아 있지. 기꺼이 오라.
실체도 없는 바람이여, 너를 반겨 주마!
너의 강풍으로 밑바닥까지 떨어진 나이니
네가 아무리 불어도 이젠 두려울 게 없다.

(글로스터가 노인의 부축을 받으며 등장)

저기 오는 이가 누구지?

아버님이 아닌가? 부축을 받으며? 세상아, 세상아, 오, 세상아!

이토록 기이한 운명의 격변은 세상 너를 혐오하게 만드니

삶이 세월에 굴복하게 두지 않을 것을.[2)]

노인 오, 백작님.

소신은 팔십 평생 나리와 나리 아버님의 하인이었습니다.

글로스터 이제 가게, 가 보라고! 착한 친구여, 그만 가 보게.

자네의 위로는 내게 아무 소용없으니.

그들에 알게 되면 자네마저 다치게 될 걸세.

노인 하지만 앞을 못 보시지 않습니까?

글로스터 가야 할 길이 없는데 눈이 무슨 소용이 있겠는가.

눈이 보였을 때도 자주 넘어졌었지. 흔히들 보지 않는가.

다 가진 인간은 오만해진다면, 다 잃은 인간은 오히려

얻는 법이라네. 오, 사랑하는 에드거.

속아 넘어간 아비의 노여움의 제물이 되었구나!

살아서 너를 이 손으로 만져 볼 수만 있다면

내 다시 눈을 떴다고 말할 것인데.

노인 누구시오? 거기?

에드거 (방백) 오, 신이시여! 누가 '지금이 최악'이라고

---

2) 원문은 "Life would not yield to age."로 이를 의역하면 (세상이 싫어서) '사람들은 늙기도 전에 죽으려 할 것이다.' 정도의 의미이다.

감히 말할 수 있겠는가. 나는 지금껏 이토록 비참한 적이 없었다.

노인 불쌍한 미친 거지 톰이구나.

에드거 (방백) 여기서 더 나빠질 수도 있다. 지금이 최악이라

말할 수 있는 동안은 아직 진짜 최악은 아니야.

노인 이보게, 어디를 가나?

글로스터 그자는 거지인가?

노인 미치광이에 거지입니다.

글로스터 그자는 조금은 정신이 남아 있는 모양이구나.

그렇지 않다면 구걸도 하지 못할 터이니.

간밤의 폭풍우 속에서 그 비슷한 자를 만났는데

그자는 인간이란 벌레 같다는 생각을 들게 하더군.

아들놈도 떠올랐는데 그때는 그 애를 다정하게 대할 수 없었지.

그 뒤에야 진실을 알게 되었다네.

장난꾸러기 애들이 파리를 다루듯

신들이 인간을 다루고 장난 삼아 죽인다네.

에드거 (방백) 어쩌다 이리 되었단 말이냐?

슬픔에 빠져 있는 분께 광대 노릇을 해 드려야 하다니.

자신이나 남까지 화나게 하면서 말이야.

(큰 소리로) 안녕하세요, 나리!

글로스터 벌거벗은 친구인가?

노인 네, 맞습니다.

글로스터 그렇다면 자네는 이쯤해서 그만 떠나게. 나를 위해

도버로 향하는 길을 몇 마일 더 안내하겠다면
옛정을 생각해 말리진 않겠네. 그리고 이 벌거벗은 친구에게도
걸칠 것을 좀 가져다주시게.
이자에게 길을 안내해 달라 간청해 볼 테니까.

노인 아이고, 백작님. 이놈은 미친놈입니다.

글로스터 미치광이가 장님을 인도하는 것이
이 시대가 가진 병이 아니겠는가. 내가 하라는 대로 해 주게.
아니면 자네 마음대로 하든가. 아무튼, 이제 어서 가 보게.

노인 제가 가지고 있는 옷 가운데 가장 좋은 옷을
저자에게 가져다주겠습니다.
그 때문에 무슨 일을 당하더라도.

(퇴장)

글로스터 여보게, 벌거벗은 친구!

에드거 불쌍한 톰은 추워요.
(방백) 더 이상은 속일 수가 없구나.

글로스터 이리 오게, 친구.

에드거 그러나 속이지 않을 수 없지.
(큰 소리로) 아니, 눈이 왜 그래요? 눈에서 피가 나요.

글로스터 자네는 도버로 가는 길을 아는가?

에드거 그럼요.
층계나 관문이나 말 타고 다니는 길이나 걸어서 가는 길을 알죠.
불쌍한 톰은 겁에 질려 정신을 잃어버렸지만,

착한 사람의 아들, 당신에게는 축복이 내려 악마에게서 벗어나기를!
한번은 다섯 놈의 악마가 한꺼번에 톰의 몸 안으로 들어왔어요.
욕정 어린 오비디컷, 어리석은 호비디던스, 도둑질하는 마후,
살인하는 모도, 걸레질과 풀을 베다 하녀를 홀리는 플리버디지벳.
신이 축복하시길, 나리!

글로스터 여기 이 돈 주머니를 받아라.
너는 하늘의 재앙을 겸허히 받는구나.
내가 이리 비참한 신세가 되니 네가 더 행복해 보이는구나.
하늘은 언제나 그리하시지! 가진 것이 많고 욕정을 탐하는 인간은
하늘의 뜻을 업신여겨 스스로 불행하지 않다고 없는 자들을
보려 하지 않으니. 하늘의 힘이여. 그들이 당장 느끼게 해 주소서!
그리하면 모두가 공평히 나눠 골고루 풍요로워지리라.
자네는 도버를 아는가?

에드거 네, 알지요.

글로스터 거기에는 벼랑이 하나 있는데,
아찔하게 높고 구불거리는 꼭대기는 까마득히 보이는 바다에
둘러싸여 있지. 바로 그 가장자리로 나를 안내해 다오.
그러면 자네가 처한 비참한 처지에서 벗어날 수 있도록
값진 보상을 해 주겠네. 거기서부터는 더 이상 안내할 필요가 없네.

에드거 팔을 이리 주세요. 불쌍한 톰이 안내해 드릴게요.

(모두 퇴장)

제2장

올버니 공작의 성 앞

(거너릴, 에드먼드 등장)

거너릴 백작님, 어서 들어오세요.

그런데 어쩐 일이지, 얌전한 남편이 마중도 않고.

(오스왈드 등장)

그래, 주인어른은 어디 계시냐?

오스왈드 마님, 안에 계십니다. 하지만 사람이 아주 변하셨습니다.

적군이 상륙했다고 말씀드리니 그냥 웃으시고

마님이 오시는 중이라 말씀드리니 "더 나쁜 소식이군." 하셨습니다.

글로스터의 역모와 그 아들의 충직한 행동을 말씀드리니

저를 어리석은 놈이라 부르시고는 제가 거꾸로 알고 있다고

하시더군요. 싫어해야 할 일을 좋아하고,

좋아할 일을 싫어하시는 듯 보였습니다.

거너릴 (에드먼드에게) 그렇다면, 경은 그만 가시지요.

그는 비겁하고 소심하여 감히 무슨 일든 하질 못한답니다.

마땅히 갚아야 할 모욕도 모르는 체하시는 분이에요.

우리가 오는 길에 나눈 계획은 잘될 겁니다.

에드먼드, 제부에게로 돌아가세요.

그리고 병사를 모집해 군대 지휘를 맡으시고요.

나는 남편이 되어 무기를 들고, 남편에게는 집안일을 시켜야겠어요.

그리고 이 충직한 하인이 우리 사이를 오갈 겁니다.

머지않아 당신이 출세를 위해 과감하게 행동하실 용기가 생기면,

여군주의 명령을 듣게 될 거예요. 이것을 받으세요. (키스한다)

말을 아끼세요. 머리를 낮추세요. 감히 말하건대,

이 키스가 당신의 기운을 하늘 높이 치솟게 해 드릴 거예요.

잘 생각해 보시고, 조심히 가시길.

에드먼드 죽어서도 나는 당신의 것이오!

거너릴 나의 사랑하는 글로스터!

(에드먼드 퇴장)

오, 같은 사내라도 어쩜 이리 다를까!

당신 같은 남자야말로 여자의 사랑을 받을 만해.

멍청한 남편은 내 몸만 차지하고 있을 뿐이야.

오스왈드 마님, 공작께서 오십니다.

(퇴장)

(올버니 등장)

거너릴 전에는 저를 맞이하며 휘파람을 부시더니.

올버니 오, 거너릴. 당신은 무례한 바람이 당신의 얼굴을 향해 날리는
티끌만도 못한 사람이오. 난 당신의 기질이 두렵소.
자신을 낳아 준 부모를 모독하는 그 천성은
제 본분을 지킨다고 할 수 없소.
자신을 길러 준 줄기에서 스스로를 잘라 내어
수액을 제공하는 가지를 끊는 여자는 반드시
시들어 죽어 땔감으로 사용될 것이오.

거너릴 멍청한 설교는 그만두세요!

올버니 악한 자의 눈에는 지혜도 선도 악하게 보이고,
추악한 것은 추악한 것만 탐하는 법. 도대체 왜 그런 거요?
딸들이 아니라 호랑이들이지. 도대체 무슨 짓을 저지른 거요?
그토록 인자한 노인이자 아버지를, 목줄 매인 곰조차
그 손을 핥을 분을, 가장 잔인하고 비인간적인 처사로
미치게 만들었소. 착한 콘웰이 그걸 보고도 가만히 있었단 말이오?
인간으로서, 군주로서, 그리 은혜를 입은 자로서?
하늘이 눈에 보이는 정령을 즉시 내려보내

이 사악한 죄인들을 다스리지 않는다면

반드시 무서운 일이 벌어질 게요.

인간들이 깊은 바닷속 괴물처럼 서로를 잡아먹게 될 테니.

거너릴 이 겁 많고 소심한 인간아!

빰은 맞으려고 달고 있고 머리는 모욕당하라고 달고 다니나?

이마에 눈이 달려도 명예와 치욕도 분간 못 하는 인간아.

죄를 짓기 전에 미리 벌을 받는 자를 동정하는 것은

바보나 하는 짓인 걸 모르시네. 당신의 북이나 내놔요.

프랑스 왕이 조용한 우리 영토에 깃발을 휘날리며

깃털 달린 투구로 무장을 하고 당신의 나라를 위협하고 있는데,

당신은 설교나 일삼으며 앉아서

"아, 저 사람이 왜 저러나?" 하고 징징대니.

올버니 당신 꼴을 보시오, 이 악마 같은 여자야!

여자가 악마의 탈을 쓴 것보다 더 무서운 것이 없지.

거너릴 오, 저 든 것 없는 멍청이!

올버니 제 모습을 감추고 있는 악마여, 부끄러운 줄 알라!

스스로를 괴물로 만들지 마라! 내 격정적인 기분에 따르자면

당신의 몸을 찢어 놓고 뼈를 부러뜨리고 싶지만,

네가 아무리 악마래도,

여자의 모습을 하고 있으니 손대지 않는 것뿐이다.

거너릴 어머나, 남자답기도 하셔라.

고양이 같은 놈 주제에!

(전령 등장)

올버니 무슨 소식이냐?

전령 오, 공작님. 콘웰 공작께서 돌아가셨습니다.

글로스터 백작의 남은 눈알을 마저 뽑으려다

하인의 칼에 맞아 돌아가셨습니다.

올버니 글로스터의 눈을?

전령 그분을 모시던 하인 하나가 가책을 느껴

그 행동을 막으려고 칼을 뽑아 주인에게 대들었답니다.

이에 격노하신 공작님이 그놈에게 달려들어 죽였습니다.

하지만 공작께서도 치명상을 입으셔서

뒤따라 사망하셨습니다.

올버니 이야말로 정의의 신이 아직 하늘에 계심을 보여 주는구나.

지상의 죄악이 이렇게 신속히 처벌받으니.

하지만, 오, 불쌍한 글로스터!

그가 남은 한쪽 눈마저 잃었느냐?

전령 양쪽 모두 잃으셨습니다. 공작님.

이 편지는, 마님, 신속히 답장을 주셔야 합니다.

마님의 동생께서 보내신 겁니다.

거너릴 (방백) 한편으론 잘되었다.

하지만 동생이 과부가 된 데다 나의 글로스터와 함께 있으니

어쩌면 내가 상상으로 쌓은 성이 무너져 내리고

내겐 지겨운 나날들만 남을지 몰라.

하지만 다시 보면 그리 나쁜 소식만은 아니야.

(큰 소리로) 읽어 보고 답장하겠네.

(퇴장)

올버니 글로스터가 눈을 잃을 때

그의 아들 에드먼드는 어디에 있었느냐?

전령 마님과 함께 이리로 오셨습니다.

올버니 그는 여기 없다.

전령 네, 공작님. 오는 길에 되돌아가시는 그분을 만났습니다.

올버니 그는 이 사악한 사건을 알고 있는가?

전령 그렇습니다. 공작님.

애초에 아버지를 고발한 것이 그분입니다.

그리고는 편안히 아버지를 벌할 수 있도록

자리를 비워 준 것도 그분입니다.

올버니 글로스터, 그대가 왕께 보인 충정에 감사하네.

내 살아서 반드시 그대의 두 눈을 위해 복수하겠네.

여보게. 따라오게. 더 아는 것이 있으면 상세히 얘기해 주게.

(모두 퇴장)

제3장

도버 근처의 프랑스군 진영

(켄트와 신사 등장)

켄트 프랑스 왕이 무엇 때문에

그리 갑작스럽게 본국으로 돌아갔는지 그 이유를 아시오?

신사 본국에 마무리 짓지 못하고 남겨 두신 일 있는데,

이곳에 오셔서 생각나셨다 합니다.

그 일이 왕국에 큰 걱정과 위험을 주는지라

국왕의 직접적인 처리를 요하니 귀국하지 않을 수 없었다 합니다.

켄트 누구를 지휘관으로 남겨 두셨소?

신사 프랑스의 대장군이신 라 파르 장군이십니다.

켄트 당신이 전한 편지를 보시고 왕비께서 슬퍼하셨소?

신사 네. 받으신 편지를 제 앞에서 읽으셨는데,

하염없이 눈물을 그 고운 뺨 위에 흘리셨습니다.

왕비다운 위엄으로 슬픔을 억누르려 하셨으나

슬픔이 반역자나 왕처럼 그녀 위에 군림하는 듯이 보였습니다.

켄트 오, 그러시다면 편지에 감동하셨군요?

신사 분노는 아니었습니다.

인내와 슬픔이 경쟁하듯 나타나

왕비님의 선함을 드러내 주었습니다.

햇빛과 빗줄기가 동시에 나타나듯이,

그보다 아름답게 웃으면서 눈물을 흘리셨습니다.

그분의 도톰한 입술에 어린 행복한 미소는

그분의 눈에 찾아온 손님이 어떤 이인지 알지 못하는 듯 보였습니다.

눈에서 손님이 떠날 때는 다이아몬드에서 진주가 떨어지는 듯

보였습니다. 간단히 말해, 누구에게나 슬픔이 그토록

어울리는 것이라면, 슬픔은 가장 사랑받는 보석이 될 겁니다.

켄트 왕비께선 질문은 하지 않으셨소?

신사 사실, 두어 번 아버님 하고 숨 가쁘게 부르셨는데,

그 단어가 가슴을 짓누르기라도 하는 듯 흐느끼셨습니다.

"언니들! 언니들! 여성의 수치예요! 언니들! 켄트! 아버님! 언니들!

뭐라고요? 폭풍우 속으로! 한밤중에?

자비가 있다고 누가 믿겠는가!"

하시고는 천상의 눈에서 성스러운 눈물을 뚝뚝 흘리시며

혼자서 비통함을 견디시려고 자리를 뜨셨습니다.

켄트 별들의 탓이요. 하늘 위의 별들이
우리의 본성을 다스리지요. 그러지 않고서야
어찌 같은 부부 사이에 이리 다른 자식이 나올 수 있단 말이오.
그 후로 왕비님과 이야기를 나눠 보셨습니까?

신사 아닙니다.

켄트 그것이 프랑스 왕께서 귀국하시기 전입니까?

신사 아니요, 그 뒤였습니다.

켄트 그런데 그 가엾게도 실성하신 리어 왕께서
이 마을에 와 계십니다.
이따금 상태가 좋으실 땐, 우리가 왜 여기에 와 있는지 기억하시고,
한사코 따님을 만나지 않겠다고 우기십니다.

신사 왜 그러시는 거지요?

켄트 견딜 수 없는 부끄러움이 그분을 찌르기 때문입니다.
자신의 매정함이 딸에게 내릴 축복을 박탈하고
이국땅에 살게 한 데다 그 딸이 가질 권리를 들개의 심장을 가진
딸들에게 주어 버렸으니 말입니다. 이런 일들이 맹독처럼
왕의 마음을 찌르고 수치심에 불타게 만드니
코딜리어 공주님을 만나려 하지 않으시는 겁니다.

신사 아, 가여우신 분!

켄트 올버니와 콘웰 공작의 군대에 대해서는 들은 바가 없소?

신사 있습니다. 그들도 출정하였다 합니다.

켄트 자, 그러면 당신을 주군이신 리어 왕께로 데려갈 테니

그분을 돌봐 주시오. 나는 중대한 사유가 있어

잠시 신분을 감추고 있어야겠소.

후일에 내가 누군지 밝혀지면,

나와 알게 된 것을 후회하지는 않을 거요.

자, 그럼 나와 함께 갑시다.

(모두 퇴장)

제4장

프랑스군의 진영

(북과 깃발을 앞세우고 코딜리어, 의사, 병사들 등장)

코딜리어 아아, 그분은 아버님이세요!
지금 그분을 뵌 분에 의하면
거친 바다처럼 날뛰시고, 악을 쓰고 노래하며, 머리에는 왕관 대신
무성한 현호색, 밭이랑의 잡초, 우엉, 독당근, 쐐기풀, 황새냉이,
독보리, 그리고 곡식 사이에 나는 모든 쓸모없는 잡초를
머리에 이고 계셨다 합니다.
(병사들에게) 백 명을 보내, 잡초가 무성한 들판을 샅샅이 뒤져
그분을 내 앞에 모셔 오너라.

(병사들 퇴장)

(의사에게) 인간의 지혜를 다 짜내어

아버님의 잃어버린 정신을 되찾는 것이 가능할까요?

그분을 고쳐 주는 분께 제 모든 재산을 드리겠어요.

의사 방법이 있습니다. 왕비님.

인간을 보살피고 돌보는 것은 휴식인데,

그분께는 그것이 부족합니다.

그분을 자극하여 효과를 볼 약초가 많습니다.

그 약효가 괴로움에 찬 눈을 잠재울 겁니다.

코딜리어 모든 비밀스러운 축복이여,

아직 알려지지 않은 대지의 미덕들이여,

나의 눈물을 받아먹고 급히 자라라!

그리하여 선한 사람의 고통을 덜어 주고 치유해 다오.

찾아라, 가서 그분을 찾아오너라. 걷잡을 수 없는 격분으로

스스로 목숨을 끊으시는 일이 없도록.

(전령 등장)

전령 소식이 있습니다. 왕비님.

영국 군대가 이곳으로 진격해 오고 있습니다.

코딜리어 이미 알고 있네.

우리의 병사들이 그들을 맞을 준비를 하고 있네.

오, 사랑하는 아버님. 제가 하려는 일은 아버님을 위한 일입니다.

프랑스 왕도 저의 비탄과 간청과 눈물을 가엾게 여기셨지요.

부풀어 오른 야심으로 군대를 일으킨 것이 아닙니다.

사랑, 소중한 사랑과 연로하신 아버님의 권리 때문입니다.

어서 빨리 아버님을 만나 뵈었으면!

(모두 퇴장)

제5장

글로스터의 성

(리건과 오스왈드 등장)

리건 형부인 올버니 공작의 군대는 출정했는가?

오스왈드 예, 마님.

리건 본인이 직접 출전하셨느냐?

오스왈드 예, 그러나 소동이 있었습니다.

언니분이 공작보다 더 훌륭한 군인이십니다.

리건 에드먼드 경이 그 집에서 올버니 공작과 이야기를

나누지는 않았느냐?

오스왈드 아닙니다, 마님.

리건 언니가 그에게 보내는 편지에는 무슨 용건이 들어 있는가?

오스왈드 저는 잘 모릅니다, 마님.

리건 실은, 그분은 중요한 일로 급히 떠나셨네.

글로스터의 눈을 뽑아 놓고 살려 둔 것은 큰 실수였어.

그는 가는 곳마다 사람의 마음을 움직여 우리의 적을 만들어

내고 있다네. 내 생각엔, 에드먼드 경이 간 것은 제 아비의 비참함을

동정해 그의 캄캄한 인생을 끝내 주기 위해서야.

더불어 적의 병력도 파악할 겸.

오스왈드 그렇다면 이 편지를 들고

그분의 뒤를 쫓아가야겠습니다. 마님.

리건 우리의 군대가 내일 출발하니 우리와 함께 가게.

가는 길은 위험하다네.

오스왈드 그럴 수 없습니다, 마님.

저의 주인마님께서 엄명을 내리셔서요.

리건 언니가 왜 에드먼드 경에게 편지를 보내는 거지?

자네가 언니의 뜻을 말로 전할 수 있지 않은가.

뭔지는 몰라도, 무언가가 있구나.

내 너를 총애하겠으니, 어디 그 편지 좀 뜯어보자꾸나.

오스왈드 마님, 그것은 좀—

리건 내 자네 마님이 남편을 사랑하지 않는다는 것쯤은 다 아네.

그건 확실해. 그리고 일전에 이곳에 왔을 때도 언니는

에드먼드에게 수상한 눈길을 보내고 노골적인 표정을 지었지.

자네가 언니의 신임을 받는다는 것을 아네.

오스왈드 제가요, 마님?

리건 알고서 하는 말이야. 자네가 그렇다는 걸 말이야.

그러니 내가 충고로 말해 주니, 명심하게.

내 남편은 죽었어. 에드먼드는 나와 이야기가 다 되어 있고.

그러니 그분의 손을 잡는 것은 네 주인마님이 아니라 내가 될 게다.

나머지는 짐작이 가겠지. 네 주인마님이 이 얘길 듣게 되면

정신을 차리라 일러 주게. 그럼 잘 가게.

어쩌다 그 눈 먼 반역자를 만나게 되면

그놈의 목을 베어 출세할 생각을 하라고.

오스왈드 제가 그놈을 만나기만 하면요, 마님!

제가 어느 분을 따르고 있는지 확실히 보여 줄 겁니다요.

리건 잘 가게.

(모두 퇴장)

제6장

도버 근처의 시골

(글로스터와 농부 차림을 한 에드거 등장)

글로스터 언제쯤 그 언덕의 꼭대기에 이를 수 있겠나?

에드거 지금 올라가고 있습니다.

보세요, 우리가 얼마나 힘들게 가는지.

글로스터 내가 생각하기엔 평지인 것 같은데.

에드거 엄청 가파른 길입니다.

쉿, 저 바다 소리가 들리세요?

글로스터 아니, 전혀 안 들리네.

에드거 아니, 그렇다면 눈에 통증이 심하셔서

다른 감각까지 둔해지셨는가 봅니다.

글로스터 정말 그런지도 모르지.

내 생각엔 어쩐지 자네 목소리도 달라진 것 같네.

예전보다 조리 있고 내용도 그럴듯하게 말하는 듯하니.

에드거 잘못 아셨습니다.

제가 변한 것이라곤 입은 옷밖에 없는걸요.

글로스터 틀림없이 말하는 게 더 나아졌는데.

에드거 자, 영감님. 여깁니다. 가만히 서 계세요.

이렇게 내려다보니 어찌나 무섭고 아찔한지!

중간쯤 되는 공중을 나는 까마귀와 갈까마귀도

딱정벌레만 해 보이는 군요. 벼랑 절반쯤 아래로는

미나리를 따는 사람이 매달려 있는데, 참 위험한 직업도 다 있네요.

그 사람 몸집이 머리만큼도 안 되어 보이는걸요.

해변을 걷는 어부는 생쥐만 해 보이고,

저 멀리 정박해 있는 큰 배는

조각배만 해 보이는군요. 조각배는 부표처럼 작아 보이지도 않네요.

무수한 조약돌이 부딪혀 중얼대는 파도 소리도 이렇게 높은 곳까진

들리지 않네요. 아니, 더 이상은 보지 않겠어요.

머리가 빙빙 돌고 눈앞이 아찔하니 거꾸로 곤두박질칠까 무서워요.

글로스터 네가 선 곳에 날 세워 다오.

에드거 손을 잡아 드리지요. 자, 이제 한 발짝만 옮기시면

벼랑 끝입니다. 달 아래 있는 온 세상을 다 준대도

저는 여기서 뛰어내리지 않을 겁니다.

글로스터 내 손을 놓게. 친구.

여기 돈 주머니가 하나 더 있다네. 그 안에 든 보석이면

가난한 이들에겐 큰 몫이 될 거네.

요정들과 신들이 자네가 번창하도록 도울 것이니!

저쪽으로 가게. 작별 인사를 하고,

떠나는 자네의 발걸음을 듣게 해 다오.

에드거 그럼 안녕히 계세요. 영감님.

글로스터 진심으로 고맙네.

에드거 (방백) 아버님의 절망을 이렇게 우롱하는 것도

다 그것을 고쳐 드리고 싶어서야.

글로스터 (무릎을 꿇고) 오, 전능하신 신들이여!

저는 이제 이 세상을 등집니다. 그리고 당신들이 보시는 앞에서

커다란 제 고통을 조용히 털어 버리려 합니다.

제가 이 고통을 오래 참아 견디고, 거역할 수 없는 당신들의

큰 뜻에 순응한다 하더라도, 내 무가치하고 혐오스러운 삶을

스스로 태워 버릴 겁니다. 에드거가 살아 있다면,

오, 그 애를 축복하소서! 자, 그럼 잘 가게. 친구.

(그가 앞으로 몸을 내던진다)

에드거 갑니다. 영감님. 안녕히—

그러나 삶을 끊길 원하셨으니 공상만으로도

소중한 목숨을 잃는 것이 가능하다면 어쩌나.

아버님이 계실 것이라 여겼던 곳에 계셨으니.

지금쯤 돌아가시어 생각할 힘조차 없으시다면—

살았소? 죽었소?

어이, 여보쇼, 영감님! 여기요! 들리시오, 영감님? 말해 보시오!

정말로 돌아가신 건가. 아냐, 아직 살아 계신다.

당신은 누구요, 영감님?

글로스터 꺼져라. 날 죽게 내버려 둬.

에드거 당신이 거미줄, 깃털, 공기가 아닌 바에야

천 길 낭떠러지에서 거꾸로 떨어져 내려왔으니

계란처럼 으깨져야 마땅한데, 당신은 숨도 쉬고, 몸도 그대로고,

피도 안 나고, 말도 하고, 멀쩡하시구려.

돛대 열 개를 이어 붙여도 당신이 수직으로 떨어진 높이보다

못할 게요. 당신이 산 게 기적이구려. 다시 말해 봐요.

글로스터 내가 떨어진 건가, 아닌 건가?

에드거 저 무시무시한 흰 절벽 꼭대기에서 떨어지셨죠.

저 높이를 한번 봐요. 날카로운 목소리의 종달새가 저 멀리 울어도

들리지 않고 보이지도 않으니. 올려다봐요.

글로스터 아아, 내겐 눈이 없어!

이 비참한 인간은 죽음으로 이 삶을 끊을 권리도 없다는 것인가?

비참한 처지에 있었어도 자살로 폭군의 분노를 꺾고

그 오만한 뜻을 꺾겠다 생각하던 전에는 그래도 위안이 있었건만!

에드거 팔을 주세요. 일어나세요. 그래, 다리는 좀 어떠세요?

일어서시는군요.

글로스터 거뜬하네. 거뜬해.

에드거 정말 이상한 일이네요.

절벽 꼭대기에서 당신하고 헤어진 자는 도대체 누굽니까?

글로스터 불쌍한 거지였네.

에드거 여기 아래에 서서 보니, 제 생각엔 그놈의 눈은

두 개의 보름달 같고, 코는 천개나 되고, 뿔은 바다처럼 일렁이며

비틀거리고 꼬여 있습디다. 분명히 악마였어요.

그러니 운이 좋으신 어르신, 인간이 불가능한 일들을 하시고

공경받는 결점 없는 신들께서 당신을 구했다고 생각하세요.

글로스터 이제 기억이 나네. 이제부터 고통을 좀 참아 보겠네.

고통이 "이제 그만, 그만"이라고 외치고 사라질 때까지.

당신이 이야기한 그 녀석을 나는 사람으로 알았구려.

그자가 가끔 "악마, 악마"라 말하곤 했지.

그자가 나를 그곳으로 데려다 주었다네.

에드거 이제 자유롭고 편안히 생각하세요.

(야생초로 장식한 미친 리어 왕 등장)

에드거 한데 누가 오는군요?

제정신이라면 저렇게 옷을 입을 리 없는데.

리어 아니야. 내가 화폐를 만들어 내도

내게 손끝하나 댈 수 없다. 나는 왕이니까.

에드거 오, 가슴이 터질 것 같은 광경이다!

리어 그 점에서 자연이 기술보단 낫지.

자, 여기 네 선불금[3)]이다.

저놈은 활 다루는 게 꼭 허수아비 같구나. 활을 끝까지 당겨라.

봐라, 봐라, 저 쥐새끼! 쉿, 쉿, 구운 치즈 한 조각이면 충분할 거야.

자 여기 내 장갑이 있다. 나는 거인과 결투할 거야.

갈색의 긴 창을 가져와. 오, 잘 나는구나. 새야!

명중이다! 명중이야! 휘유! 암호를 대라.

에드거 향기로운 마요람.

리어 통과.

글로스터 저 목소리를 아는데.

리어 하! 거너릴이 흰 수염을 달았네?

그들이 내게 개처럼 아양을 떨고 나서

내 턱에 검은 수염이 나기도 전에 흰 수염이 났다고 말했지.

내가 무슨 말을 해도 "예" 하고 "아니요" 하고 맞장구치더니!

"예" 하고 "아니요"는 좋은 하늘의 가르침이 아니었어.

비가 와 나를 적시고, 바람이 불어 이가 덜덜 떨리고,

천둥이 내 명령에도 그치지 않을 때, 그때 나는 알았지.

---

3) 여기서 리어의 말은 이 주제에서 저 주제로 종잡을 수 없이 건너뛰고 있어 착란 상태에 빠진 리어의 모습을 잘 드러내고 있다. 그러나 여기에도 무의식적인 연결점들이 눈에 띄는데, 그는 왕으로서 화폐주조권을 가지고 있으면서도 자신이 화폐위조범으로 몰리고 있다고 착각 중이다(원문은 "coming"이나 다른 판본(Q)에선 "coining"으로 나오며, 번역은 이를 따랐다). 이때 화폐라는 단어는 "입대 선금(press money)"을 연상시키고, 리어로 하여금 신병을 모집하는 대장의 역할을 하게 한다. 이러한 환상은 쥐의 등장으로 잠시 방해받다가 다시 원수와 싸워 이기고자 하는 리어의 소망을 보여 주는 환상으로 넘어가고 있다.

그놈들 냄새를 맡은 거야.

가 버려, 그들은 말은 다 거짓이었어.

그들은 내가 모든 것이라 말했지만, 그건 거짓말이야.

나는 오한도 못 견디는걸.

글로스터 저 목소리의 특징을 너무나 생생히 기억해.

폐하가 아니신가요?

리어 그렇다. 어딜 봐도 왕이지!

내가 이렇게 노려보면 신하들이 얼마나 벌벌 떠는지 봐라.

저자의 목숨은 살려 주지. 저자의 죄목이 뭐냐?

간통이라고?

저자는 죽이지 않겠다. 간통 때문에 죽다니? 안 되지.

굴뚝새도 하고, 작은 금파리도 내가 보는 앞에서 하는데.

맘껏 하게 하라.

간통으로 낳은 글로스터의 서자가

합법적인 부부관계에서 나온 내 딸년들보다

제 아비에게 더 다정하더라.

계속하라. 음탕하고 난잡하게! 군인이 부족하니.

저 바보처럼 웃는 여자를 보게.

얼굴로 봐선 다리 사이도 눈처럼 흴 것 같고,

정숙하게 시미치 떼고 음탕이란 말만 들어도 고개를 내젓지만

음란한 짓을 할 때에는 족제비보다 발정 난 말보다 더 열정적이거든.

그것들은 허리 아래로는 말이고, 그 위로만 여자지.

다만 허리까지는 신들이 다스리고

그 아래부터는 악마가 다스린다네.

거기가 지옥이고, 암흑이고, 유황 구덩이라네.

불타고, 데이고, 악취에, 썩어 문드러진!

퉤, 퉤, 퉤! 나에게 사향을 조금 주게.

착한 약사여, 내 상상을 향기롭게 바꿔 다오.

여기 네게 돈을 주마.

글로스터 오, 그 손에 입맞춤을 하게 해 주소서!

리어 먼저 손을 닦아야 하오. 죽음의 냄새가 나니.

글로스터 오, 파괴된 자연의 걸작이여! 이 거대한 세계도

닳고 닳아 소멸되고 말리라! 저를 알아보시겠습니까?

리어 네 눈은 잘 기억하고 있지. 나를 흘겨보는 게냐?

아니, 아무리 그래도, 이 눈 먼 큐피드야!

나는 널 사랑하지 않을 것이다. 이 결투장을 읽어 봐라.

그 글씨를 잘 보라고.

글로스터 그 글자들이 태양처럼 빛나더라도, 저는 볼 수가 없습니다.

에드거 (방백) 이것을 전해 들었더라면 믿지 못했을 것이다.

이것은, 정말 나의 심장을 찢어 놓는구나.

리어 읽어라.

글로스터 눈알이 없는 빈 껍데기로요?

리어 허어, 그렇다면 너도 나와 같구나?

네 머리에는 눈이 없고, 네 지갑에는 돈이 없구나.

네 눈은 구멍이 나 있고, 주머니는 비어 있다 이거냐?
그래도 너는 이 세상이 어찌 돌아가는지는 잘 알겠지.

글로스터 느낌으로 압니다.

리어 아니, 미쳤구나? 세상이 어찌 돌아가는지는 눈이 없어도 보이는 것. 귀로 보는 거다. 저기 있는 재판관이 저 좀도둑에게
호통 치는 것을 보아라. 네 귀로 잘 들으라고. 자리를 바꾸면,
어느 쪽이 재판관이고 어느 쪽이 도둑인지 알겠느냐.
농부의 개가 거지를 보고 짖는 것을 본 적이 있느냐.

글로스터 네, 폐하.

리어 그렇다면 그 거지가 개를 피해 달아나는 것도?
거기에서 권위의 위대한 모습을 볼 수 있을 것이다.
개라도 감투를 쓰면 사람이 복종하니까.
이 악독한 순경아. 그 포악한 손을 치워라!
왜 그 창녀를 매질하느냐, 네놈의 등을 쳐야지.
그녀를 매질을 하면서도 네놈이야 말로 그녀를 두고
욕정을 불태우지 않았느냐.
고리대금업자가 재판관이 되어 사기꾼을 목매다네.
누더기를 걸치면 작은 죄도 커다랗게 보이지만,
법복과 모피 옷은 모든 것을 감춰 주지.
죄악에 금칠한 갑옷을 걸치면 아무리 강력한 정의의 창도
상처 하나 못 내지만, 죄악에 넝마를 두르면 난쟁이의 지푸라기로도
꿰뚫는 법. 아무도 죄를 짓지 않아, 아무도, 아무도. 내가 보장하지.

이것을 받게나. 친구여. 이것은 고발자의 입술을 봉하는
힘을 가졌다네. 자네도 안경을 구해 보게. 그리고 야비한 정치인처럼
보지도 못하면서 보는 척 행동하라고. 자, 자, 자, 자!
내 장화를 벗겨 주게. 더 세게, 세게! 그래.

에드거 (방백) 오, 이치에 맞는 말과 그렇지 않은 말이 섞여 있구나.
광기 속에 이성이 있어!

리어 내 불행을 위해 울어 준다면, 내 눈을 가지게.
나는 자네를 잘 아네. 자네의 이름은 글로스터야.
자네는 참아야만 하네.
우리 모두 울면서 여기까지 오지 않았나.
우리가 태어나 처음으로 공기를 마시면서
앙앙 울어대었던 것을 자네도 잘 알지 않는가.
내 자네에게 설교를 하나 할 테니, 들어 보게.

글로스터 슬프도다. 슬픈 날이다!

리어 우리가 태어날 때 우는 것은 이 거대한 바보들의 무대에
나왔기 때문이다. 이건 좋은 모자야. 이걸로 기병의 군마의 신발을
만들어 주면, 좋은 계략이 될 텐데. 그래서 내 사위 놈들을 몰래
습격하고, 그리고 나선, 죽이는 거다.
죽여라, 죽여라, 죽여라, 죽여라, 죽여라, 죽여라!

(신사가 시종과 함께 등장)

신사 아, 여기 계시는군요. 꼭 붙잡아라.

폐하, 폐하의 귀한 따님께서—

리어 구조가 아니라, 뭐, 포로라고?

나는 운명의 장난감이 되었구나. 나를 잘 모시라고.

몸값을 받을 테니까. 의사를 불러 다오.

내 뇌가 쪼개진 것 같다.

신사 뭐든 분부대로 하겠습니다.

리어 도와줄 사람은 없느냐? 나 혼자 뿐인가?

이거야, 사람을 소금 인간으로 만드는구먼.

내 눈을 정원의 물뿌리개로 써 가을 먼지를 잠재우려는 거야.

신사 폐하.

리어 내 용감하게 죽어 주마, 말쑥한 새신랑처럼. 뭣이!

나는 쾌활하게 굴겠다. 자, 자, 나는 왕이다.

제군들, 그걸 아는가?

신사 폐하께서는 국왕이십니다.

저희는 당신의 말에 복종할 것이고요.

리어 그렇다면 아직 사는 거구만. 아니, 날 잡아가려면

달릴 테니 쫓아와서 잡아 봐라. 자, 자, 자, 자!

(리어 뛰어나간다. 시종들이 뒤쫓으며 퇴장)

신사 아무리 천한 자라로 저 지경이 되면 가련해 봐 줄 수 없겠거늘

하물며 왕이 이리되시니! 그래도 딸 한 분이 두 사람이 만들어 낸

저주에서 이분을 구하실 것입니다.

에드거 여보시오, 신사 양반.

신사 안녕하시오, 무슨 일이시오?

에드거 곧 전쟁이 일어난다고 하던데, 혹시 들으셨습니까?

신사 대부분이 듣고 있지요.

소리를 듣는 자면 누구나 다 듣고 있습니다.

에드거 그런데 실례지만,

저편의 군대가 얼마나 가까이 있답니까?

신사 아주 가까이까지 빠른 속도로 오고 있다고 하오.

주력 부대가 여기에 나타나는 것도 시간문제인 것 같습니다.

에드거 고맙습니다. 그거면 됩니다.

신사 특별한 이유가 있어 왕비님께서 이곳에 머물러 계시지만

그녀의 군대는 이미 이동하였소.

에드거 고맙습니다.

(신사 퇴장)

글로스터 언제나 자비로우신 신들이 제 목숨을 거두시길.

제가 다시 나쁜 생각의 유혹을 받아 허락도 없이

스스로 목숨을 끊으려는 일이 없게 하여 주소서!

에드거 좋은 기도입니다. 어르신.

글로스터 여보시오, 당신은 누구요?

에드거 운명의 매질에 길들여진 불쌍한 자요,

슬픔을 속속들이 맛보고 느껴 온 자입니다.

그래서 남을 동정하길 잘하는 자이지요. 손을 이리 주십시오.

쉬실 수 있는 곳으로 안내해 드리겠습니다.

글로스터 진심으로 고맙네.

하늘의 풍족한 축복이 자네에게 내리시길.

(오스왈드 등장)

오스왈드 현상금이 붙은 수배자구나! 이거 정말 운수가 좋은걸!

저놈의 눈 없는 대가리는 나의 출세를 위해 예정된 것이었어.

이 늙어 빠지고 불행한 반역자야, 마지막 기도나 짧게 해라.

이 검이 네놈을 베기 위해 대기 중이시다.

글로스터 자네의 친절한 손에 힘껏 힘을 주어 찌르시오.

(에드거가 끼어든다)

오스왈드 이런 겁 없는 촌놈이, 감히 반역자를 감싸려 드느냐?

썩 꺼져라! 그렇지 않으면 저자의 운명이 네놈에게로 옮겨갈 것이니.

그놈의 팔을 놓아라.

에드거 내는 못 놓겠구먼. 다른 이유가 없이는!

오스왈드 놔라, 이 노예야, 아니면 네놈은 죽어!

에드거 신사 양반, 가시던 길이나 가시고, 이 불쌍한 분은 보내 주쇼.

그런 위협으로 뒈질 거면 내 이 주 전에 뒈졌을 거니. 안 되지.

이 노인네 옆에는 얼씬도 말랑께. 비키라니께. 알아듣겠는감.

당신 골통하고 이 작대기하고 어느 쪽이 더 단단한지 시험해 봐야

쓰겠네. 분명히 말했네.

오스왈드 닥쳐라, 이 똥 같은 놈이!

(둘이 싸운다)

에드거 이놈의 이를 왕창 뽑아 버릴 꺼니께.

덤벼 보랑께! 찔러 볼 테면 찔러 봐!

(오스왈드가 쓰러진다)

오스왈드 이 노예 놈이 날 죽이네. 이 악당아. 이게 내 지갑이다.

앞으로 잘 살고 싶으면 날 잘 묻어 다오.

그리고 내 몸에서 발견되는 편지를 글로스터 백작 에드먼드 님에게

전해라. 영국군 진영에 가서 찾으면 알 것이다.

오, 이런 때에 죽다니! 이렇게 죽다니! (죽는다)

에드거 난 네놈을 잘 안다. 시키는 대로 다 하던 악당이었지.

네놈의 안주인이 저지르는 죄악에 순종해 뭐든 하는 놈이었어.

글로스터 아니, 그자가 죽었는가?

에드거 앉으세요. 어르신. 편히 쉬세요.

그의 주머니를 뒤져 보자. 놈이 말한 편지가 내게 도움이

될 수 있으니. 놈은 죽었네. 이놈의 죽음을 지켜볼 이가

나뿐인 것이 아쉽구나. 어디 보자. 미안하지만, 봉인을 뜯지.

예의를 차릴 때가 아니니 탓하진 말게.

적의 마음을 알기 위해 그들은 남의 심장마저 찢지 않던가.

편지 정도야 합법적이지. (편지를 읽는다)

우리가 주고받은 맹세를 잊지 마세요.

당신이 그를 해치울 기회는 얼마든지 있으니.

당신이 의지만 있으시다면, 시간과 장소는 충분히 있을 겁니다.
그가 전쟁에서 승리해 돌아오면 만사는 끝장입니다.
그러면 나는 죄수가 되고, 그와의 잠자리는 내게 감옥이 될 겁니다.
그 역겨운 잠자리에서 저를 구해 주시고,
그 대가로 그의 자리를 차지하세요.
당신의 아내라 말하고 싶은, 사랑하는 종, 거너릴.
오, 여자의 욕심이란 끝이 없구나!
덕망 있는 남편의 목숨을 노리고 내 동생을 바라다니!
여기 이 모래 속에 살인자들의 전령인 네놈을 파묻어 주마.
적당한 때가 오면 이 역겨운 편지를 보여 주고
목숨이 위태로운 공작의 눈을 뜨게 하겠다.
네놈이 죽음과 이 용무를 내가 알릴 수 있게 되어
그에게는 정말 잘된 일이다.

글로스터 왕께서는 미치셨다. 내 천한 감각은 얼마나 무디기에
아직도 이렇게 버티고 있으면서 이 거대한 슬픔을
모두 느낀단 말이냐. 차라리 미치는 게 낫겠다.
그러면 내 생각이 슬픔에서 벗어나고 괴로움이
헛된 망상으로 스스로를 알아보지 못할 것이 아닌가.

(멀리서 북소리)

에드거 손을 이리 주십시오. 멀리서 북소리가 들립니다.
이리 오시지요. 어르신. 제 친구에게 묵으실 곳을 청해 보겠습니다.

(모두 퇴장)

제7장

프랑스군의 진영

(코딜리어, 켄트, 의사, 신사 등장)

코딜리어 오, 어지신 켄트 백작님,

그대가 보여 주신 선의에 보답하려면

제가 어떻게 살고 행동해야 할까요? 그러기엔 제 인생은

너무나 짧아 아무리 노력해도 다 갚지 못할 것 같습니다.

켄트 알아주시는 것만으로도, 왕비님, 과분한 보답을 하셨습니다.

코딜리어 좀 더 나은 옷으로 갈아입으세요.

그 넝마 옷은 힘들었던 지난날을 생각나게 할 뿐이니

제발 벗어 버리세요.

켄트 용서하세요, 왕비님.

지금 제 신분이 밝혀지면 저의 계획에 차질이 생기게 됩니다.

간청하건데, 적당한 때가 올 때까지 저를 모르시는 것으로 해 주십시오.

코딜리어 그렇게 하세요, 백작님.

(의사에게) 아버지는 좀 어떠세요?

의사 아직 주무시고 계십니다.

코딜리어 오, 자비로운 신들이시여!

학대당한 그분의 몸과 마음에 남겨진 큰 상처를 치유해 주소서!

오, 아이처럼 변한 아버지의 풀어지고 헝클어진 감각의 줄을 다시 조여 주소서!

의사 왕비님, 어떠십니까? 원하신다면,

폐하를 깨워 드리겠습니다. 오래 주무셨습니다.

코딜리어 그대의 의술에 맡기겠으니 뜻대로 하세요.

옷은 갈아입히셨나요?

(시종이 운반하는 의자에 앉은 리어 등장)

신사 예, 왕비님. 깊이 잠드신 동안

새 옷으로 갈아입혀 드렸습니다.

의사 곁에 계십시오, 왕비님. 지금 폐하를 깨울 것이니.

틀림없이 맑은 정신을 되찾으셨을 겁니다.

코딜리어 좋습니다.

(음악 소리)

의사 좀 더 가까이 오시지요. 밖에 음악 소리를 키워라.

코딜리어 오, 사랑하는 아버님. 회복의 묘약이
제 입술에 매달려 있어, 이 키스로 두 언니가 지엄하신
아버님께 입혀 드린 무참한 상처를 치유하게 해 주소서!

켄트 다정하고 어지신 공주님!

코딜리어 비록 언니들의 아버지가 아니었다 하더라도,
이 성성한 백발만 봐도 동정심이 절로 솟아났을 텐데.
이 얼굴로 사나운 비바람을 모두 맞으셨단 말인가?
두려운 천둥이 소리 내고 무시무시하게 하늘을 가르는 번개가
내리치는 가운데 서 계시고? 이렇게 몇 안 남은 머리카락을
드러내고 가엾은 보초병처럼 서 계셨단 말인가?
그런 험한 밤에는 나를 문 원수의 개라도
따뜻한 난롯가에 두어야 하는 법이거늘.
가여운 아버님을, 돼지나 비렁뱅이들과 일행이 되어
곰팡내 나는 짧은 지푸라기를 덮고 계시게 했단 말이냐?
아, 슬프다, 슬프다! 아버님이 정신이 아니라 목숨마저
끝장내시지 않은 것이 놀라울 정도구나.
아, 깨어나셨다. 아버님께 말을 걸어 보세요.

의사 왕비님이 직접 하시지요. 그게 더 좋겠습니다.

코딜리어 아버님, 좀 어떠신지요? 괜찮으십니까, 폐하?

리어 나를 무덤에서 꺼내다니 잘못된 일이다.
너는 축복받은 영혼이지만, 나는 불타는 수레에 묶인 몸이니

내 눈물은 녹아내리는 납처럼 내 몸을 태운다.

코딜리어 아버님, 저를 알아보시겠습니까?

리어 너는 유령이구나. 내가 알지. 언제 죽은 게냐?

코딜리어 아직도, 아직도, 한참 멀었구나!

의사 아직 잠이 덜 깨셨습니다. 잠시 이분을 혼자 놔두십시오.

리어 내가 그동안 어디에 있었지? 지금 내가 어디 있는 게냐?

화사한 햇살 아래? 나는 몹쓸 짓을 당했었어. 또 그런 일을 당하다간

불쌍하게 죽어 갈 테지. 뭐라고 말해야 좋을지 모르겠구나.

이것이 내 손이라 확신할 수 없구나. 어디 보자.

이 핀으로 찌르는 것은 느끼겠구나.

내 상태가 어떤 지 확실하게 알고 싶다!

코딜리어 오, 저를 봐 주세요. 폐하.

손을 들어 제게 얹으시고 저를 축복해 주세요.

아니요, 폐하가 무릎을 꿇으시면 안 됩니다.

리어 제발, 날 놀리지 마시오.

난 아주 어리석고 못난 늙은이일세.

더도 말도 덜도 말고 여든인데, 솔직히 말해,

내 정신이 온전치 않은 것 같아 두렵다네.

생각하니, 내 당신을 알 것 같고, 이 사람도 알 것 같은데

확실치가 않아. 그리고 도무지 여기가 어딘지 모르겠네.

이 옷들도 전혀 기억이 안 나고,

내가 어젯밤 어디에 묵었는지도 모르겠네.

제발 날 비웃지 말게. 내가 사람이라면, 내 생각엔

이 숙녀분은 나의 딸 코딜리어 같은데.

코딜리어 네! 저예요, 저예요!

리어 눈물이 나는 거냐? 그래, 맞구나.

내 울지 않으마. 네가 나에게 독약을 준다면, 내 기꺼이 마시마.

네가 날 사랑하지 않을 것을 안다. 너의 언니들이,

내 똑똑히 기억하는데, 참으로 못되게 굴었단다.

너는 날 미워할 이유가 있지만, 그들은 그럴 이유도 없었는데 말이다.

코딜리어 없지요, 없지요.

리어 내가 지금 프랑스에 있는 거냐?

코딜리어 아버님의 왕국에 계십니다. 폐하.

리어 날 놀리지 말게.

의사 이제 안정을 취하십시오. 왕비 마마.

폐하가 가지고 계신 엄청난 분노는 보시다시피 사라졌습니다만,

아직은 잃어버린 시간을 돌이켜 보도록 해 드리는 것은 위험합니다.

부디 안으로 드시도록 청하시지요.

좀 더 안정을 취하시기 전까지는 성가시게 해 드려서는 안 됩니다.

코딜리어 폐하 조금 걸어 보시겠습니까?

리어 나를 참아 주어야 한다.

제발, 모든 것을 잊고 나를 용서해 다오.

나는 늙었고 어리석다.

(켄트와 신사를 제외하고 모두 퇴장)

신사 콘웰 공작이 살해되었다는 것이 사실입니까?

켄트 사실입니다.

신사 누가 그의 병사들을 지휘하고 있답니까?

켄트 사람들이 말하길, 글로스터의 서자라 하더군요.

신사 들리는 말로는, 그분의 추방된 아들 에드거가 켄트 백작과 함께 독일에 머물고 있다 합니다.

켄트 소문은 믿을 수가 없지요. 지금은 조심해야 할 때입니다. 왕국의 군대가 바짝 다가오고 있소.

신사 이 분쟁은 피투성이 싸움일 것 같군요. 안녕히 계십시오.

(퇴장)

켄트 오늘의 전투로 판가름이 나겠구나.

좋건 나쁘건 내 목적과 삶이 결판이 나겠지.

(퇴장)

제5막

제1장

도버 근처의 영국군 진영

(북과 깃발을 앞세우고 에드먼드, 리건, 신사들, 병사들 등장)

에드먼드 공작께 가서 지난번 계획을 유지하실 것인지
아니면 조언에 따라 마음을 바꾸셨는지 여쭤 보아라.
그분은 변덕이 심하고 자책하시기 일쑤이니,
확실한 뜻을 알아 오너라.

(신사 퇴장)

리건 언니의 하인에게 무슨 일이 생긴 것 같습니다.

에드먼드 그런 것 같습니다, 부인.

리건 그런데 백작님.
제가 당신에게 품은 마음은 잘 알고 계시지요.
그러니 진실만을 말해 주세요. 솔직히요.

제 언니를 사랑하지 않으시지요?

에드먼드 명예로운 방식의 사랑입니다.

리건 그러면 형부에게만 허락된

금단의 장소에 발을 들여놓으신 적이 없으세요?

에드먼드 그런 생각으로 스스로를 괴롭히시다니.

리건 걱정이 되어 그래요. 당신이 언니와 가슴을 맞대고

스스로를 그녀의 것이라 부르신 것은 아닌지.

에드먼드 아닙니다, 부인. 제 명예를 걸고 맹세하지요.

리건 전 결코 언니를 가만두지 않을 거예요.

사랑하는 백작님, 그녀와 가까이하지 마세요.

에드먼드 걱정 마십시오.

그녀와 남편인 공작이 오시는군요!

(북과 깃발을 앞세우고 올버니, 거너릴, 병사들 등장)

거너릴 (방백) 동생이 그와 나 사이를 갈라놓느니

차라리 이 전쟁에서 지는 게 낫겠다.

올버니 사랑하는 처제. 만나서 반갑소, 백작.

내가 들으니 여기에 폐하와 막내 따님이

우리의 폭정을 원망하는 자들과 함께 계시다고 하오.

나는 내가 떳떳할 수 없는 곳에선 결코 용감했던 적이 없소.

그러나 이번 일은 프랑스가 우리의 영토를 침범하는 일이기에

국왕 폐하와 그 일행의 일과는 별개요. 물론 그들에게는

정당하고 중대한 이유가 있어 우리에게 대항하는 것이지만은.

에드먼드 지당하신 말씀입니다, 공작님.

리건 그런 걸 따져서 뭘 해요?

거너릴 적에 맞서 우리도 힘을 합쳐야 해.

이런 사소한 집안싸움은 지금 여기서 물을 때가 아니다.

올버니 그렇다면 노련한 참모들과 함께

우리의 진격에 대해 결정합시다.

에드먼드 곧 공작님의 막사로 가겠습니다.

리건 언니도 우리와 함께 가실 거죠?

거너릴 아니.

리건 그게 편할 거예요. 같이 가세요.

거너릴 (방백) 아하, 네 속셈을 알겠다.

그래, 나도 가지.

(이들이 나가려는데, 농부로 변장한 에드거 등장)

에드거 이처럼 천한 사람과 말씀을 나누실 마음이 있으시다면

한마디 드릴 말씀이 있습니다.

올버니 내 곧 뒤따라가리다. 말하게.

(에드거와 올버니만을 남기고 모두 퇴장)

에드거 전투를 시작하기 전에 이 편지를 읽어 봐 주십시오.

만약 승리를 하시거든 나팔을 부시어 편지를 가져온 자를

찾아 주십시오. 비천한 몰골을 한 저지만 이 내용을 증명할

용사가 되어 보이겠습니다.

만약 패하신다면, 공작님의 세상사도 음모도 함께 끝날 것입니다.

행운을 빕니다!

올버니 내가 편지를 다 읽을 때까지 기다려라.

에드거 그렇게는 안 됩니다.

때가 되거든, 전령을 시켜 부르십시오.

그럼 다시 나타나겠습니다.

올버니 그렇다면, 잘 가게. 네 편지는 읽어 보겠네.

(에드거 퇴장)

(에드먼드 등장)

에드먼드 적군이 보입니다. 전투태세를 갖추세요.

여기 적군의 전력과 병력을 정찰한 내용이 있습니다.

그러나 지금은 공작께서 서둘러 주셔야 합니다.

올버니 내 얼른 준비토록 하지.

(퇴장)

에드먼드 나는 두 자매 모두에게 사랑을 맹세해 두었다.

이 둘은 마치 독사에 물린 자가 독사를 보듯 서로를 질투하고 있어.

누구를 택해야 하지? 둘 다? 한 명만? 둘 다 버릴까?

두 명이 모두 살아 있는 한, 두 명 다와 함께 즐길 수는 없어.
과부를 택하면 언니인 거너릴이 격분하여 미쳐 버릴 텐데.
그렇다고 남편이 살아 있으니 그쪽에선 내 목표를 이룰 수 없고.
상황이 이러니, 전쟁에서 그의 권위를 이용하되, 전쟁이 끝나면
신속하게 그를 처치할 방법을 강구해 봐야겠다.
그는 리어와 코딜리어에게 자비를 베풀려 하는 모양인데
전쟁이 끝나, 그 부녀가 우리 손에 들어오면 사면이란 없을 거다.
내 지위는 오로지 내 행동으로 지킬 뿐, 말로 해서 될 일이 아니다.

(퇴장)

제2장

양군 진영 사이의 들판

(안에서 나팔 소리, 북과 깃발을 앞세우고 리어와 그의 팔을 잡은 코딜리어가 무대 한쪽 끝에서 등장한 후 퇴장)

(에드거와 글로스터 등장)

에드거 여깁니다. 어르신. 이 나무 그늘 아래에서 편히 쉬세요.
그리고 정의로운 편이 이길 수 있도록 기도해 주세요.
만약 제가 이곳에 다시 돌아올 수 있다면,
어르신께 좋은 소식을 가져올게요.

글로스터 하느님의 은총이 당신과 함께하시기를!

(에드거 퇴장)

(나팔 소리와 퇴각하는 소리, 에드거 등장)

에드거 어서요, 어르신! 제게 손을 주세요! 갑시다!

리어 왕께서 패하셨어요! 그분과 그분의 따님이 포로가 되셨고요.

손을 주세요, 어서요!

글로스터 아니, 난 가지 않겠네. 젊은이.

어차피 죽어 썩어질 몸, 여긴들 어떻겠나.

에드거 아니, 또 죽을 생각을 하시는 겁니까?

인간은 모름지기 세상을 뜰 때는 나올 때와 마찬가지로

참고 기다려야 되는 법입니다.

모든 것에는 다 때가 있으니. 어서 가시지요.

글로스터 그 말도 맞구나.

(모두 퇴장)

제3장

도버 근처 영국군의 진영

(승리의 북소리와 깃발을 앞세우고, 에드먼드 등장. 포로가 된 리어와 코딜리어를 데리고 병사와 장교 등장)

에드먼드 장교 몇 사람은 저 포로들을 데려가라.
곧 저들을 어떻게 처리할지 상부의 명령이 떨어질 테니
그때까지 잘 감시하게.

코딜리어 최선의 의도를 가졌으나 최악의 결과를 맞이한 것이
우리가 처음은 아니지요. 하지만 박대를 받으신 아버님을 생각하면
마음이 몹시 아픕니다. 제 자신만의 문제라면,
변덕스러운 운명의 찌푸린 얼굴쯤은 넘겨 버릴 수 있으련만.
딸이자 자매인 언니들을 만나 보아야 하지 않겠습니까?

리어 아니, 아니다. 아니야. 아니야! 그냥 감옥으로 가자꾸나.

우리 둘이라면 감옥도 새장 안에서처럼 노래 부를 수 있으니.

내가 나의 축복을 바란다면, 기꺼이 무릎을 꿇고 네게 용서를 비마.

그렇게 우리가 살아서 기도하고 노래하고 옛 노래를 부르며

도금한 나비처럼 차려입은 사람들을 보고 웃고,

가엾은 작자들이 지껄이는 궁정 소식이나 듣자꾸나.

우리는 그들과 얘기 나눌 수 있을게다.

누가 지고 누가 이겼는지. 누가 들어왔고 누가 쫓겨났는지.

마치 우리가 신이 보낸 첩자인 것처럼, 사물의 신비를 알아보자.

감옥의 벽에 둘러싸여 달이 지고 뜨는 것처럼

기울고 흥하는 권력자들을 바라보며 조용히 지내자꾸나.

에드먼드 저들을 데려가라.

리어 코딜리어야, 신들은 그런 희생에 향을 피워 주실 거다.

내가 너를 잡고 있는 것이 맞느냐? 우리를 갈라놓으려면

하늘에서 횃불을 가져와 불을 들고 여우를 몰 때처럼

우리를 모는 것밖에는 없을 것이다. 눈물을 닦아라.

앞으로는 그들이 우리를 울게 만들기 전에

그들이 먼저 썩어 없어질 것이다.

우리는 그들이 굶어 죽는 것을 먼저 볼 것이야. 가자.

(리어와 코딜리어가 호송되어 퇴장)

에드먼드 이리 오게, 대장. 내 말을 잘 듣게.

(서류를 준다) 이 서류를 들고 저 포로들의 뒤를 쫓게.

내가 지금 자네를 한 계급 진급시켰으니, 여기 지시된 대로

일을 처리한다면 자네는 곧 출세하게 될 거야. 이걸 알아 두라고.

사람은 시류를 잘 따라야 하는 법이야.

연약한 마음은 칼을 쓰는 군인에겐 어울리지 않네.

네게 맡긴 이 중요한 임무에 질문을 받지 않겠네.

하겠다고 하든지 아니면, 다른 출세 방도를 찾게나.

대장 하겠습니다, 백작님.

에드먼드 그럼 그리하게나. 일이 끝나면 팔자가 필 걸세.

내가 '즉시'라 한 것을 잊지 말게.

그리고 내가 적은 대로 실행하게.

대장 저는 마차를 끌거나 말린 풀을 먹지는 못하지만,

인간이 할 수 있는 일이라면, 하겠습니다.

(퇴장)

(나팔 소리. 올버니, 거너릴, 리건, 병사들 등장)

올버니 백작, 오늘 그대는 용맹한 가문의 출신임을 보여 주었고,

운명의 여신도 그대에게 미소를 지었소. 오늘의 전투에서

두 명의 중요한 포로를 잡았으니, 그 둘을 내게 넘겨주시오.

그들의 가치와 우리의 안전을 고려해 그들을 활용할 것이오.

에드먼드 공작님. 저 늙고 불쌍한 왕은 어딘가에 유폐시켜

감시인을 붙이는 것이 좋을 것 같습니다.

그분의 연륜은 사람을 끄는 구석이 있고,

왕의 칭호마저 갖고 계시니 민심을 그의 편으로 끌어당겨
우리가 징집한 병사마저 그 창끝을 우리에게 돌리게 할
위험이 있습니다. 왕과 함께 프랑스 여왕도 함께 보냈는데,
그 이유도 위와 같습니다. 그리고 내일이건 후일이건
공작께서 심문하시려는 장소에 그들을 출두시킬 준비를
갖춰 놓았습니다. 이번에 우리는 피와 땀을 흘렸고,
친구는 그의 친구를 잃었습니다. 최선의 전쟁도 그 열기가
자욱할 때는 사람들이 전쟁을 저주하기 마련입니다.
코딜리어와 그의 아비를 심문하기 위해서라면
더 나은 장소가 필요하라고 판단했습니다.

올버니 백작, 미안하지만,
나는 이번 전쟁에서 자네를 내 부하로 삼은 것이지,
내 형제로 삼은 것이 아니네.

리건 제가 그에게 그런 자격을 드리면 되지요.
제가 생각하기엔 공작께서 그리 말씀하시기 전에
우리의 뜻을 먼저 물었어야 하지 않습니까.
그분은 저의 군대를 지휘하였고,
나의 지위와 신분을 위임받고 있었으니 말이죠.
이렇게 직접적인 대리자로 서 계시니 스스로 형제라 부를 만하지요.

거너릴 그렇게 흥분할 것 없다.
네가 그분께 보태 드리지 않아도 그분은 본인의 장점으로도
충분히 고귀하시니.

리건 내가 준 권리로 인해 그분은 최고의 자리에 오르실 거야.

거너릴 그가 너의 남편이었다면 더 좋았겠구나.

리건 농담이 진담이 되기도 하지.

거너릴 저런, 저런!

네게 그리 말해 준 사람은 필시 눈깔이 삔 놈이었을 게다!

리건 언니, 나 몸이 좀 안 좋아. 그렇지만 않았으면

분명 울화를 터뜨려 맞받아쳤을 텐데. 장군,

당신이 제 병사와, 포로들, 그리고 전 재산을 가지세요.

그것들과 저를 마음대로 사용하세요. 이 성벽도 당신의 소유예요.

이 자리에서 당신을 나의 주인이자 남편이라 공표합니다.

거너릴 그분을 가지고 놀 생각이냐?

올버니 둘의 사이는 당신의 뜻에 달린 게 아니지.

에드먼드 당신의 뜻에 달린 것도 아니고요, 공작님.

올버니 이 서자 놈아, 그렇게 할 수 있어.

리건 (에드먼드에게) 북을 울려서 나의 지위가

당신 것이 되었음을 알리세요.

올버니 잠깐 멈춰라. 그 이유를 말하마.

에드먼드, 내 자네를 반역죄로 체포하겠네. 그리고 여기 공범자,

(거너릴을 가리키며) 이 금칠한 독사도 함께 말이야.

처제의 요구는, 나의 부인 때문에 반대하오.

여기 이 여자는 벌써 백작과 결혼을 약속했소.

그러니 나, 그녀의 남편이 당신의 결혼을 반대하는 바이니,

정 결혼을 해야겠거든 나와 하시오.

부인이 말해 보시오.

거너릴 이건 말도 안 되는 연극이야!

올버니 네놈은 이미 무장하고 있지, 글로스터.

나팔을 불게 하라.

그 소식을 듣고도 네놈을 저지른 사악하고 명백한

수없이 많은 대죄에 맞서 결투를 신청하는 이가 없다면,

내가 도전하마! (장갑을 던진다) 내가 악당인 네놈의 정체를

네 가슴팍에 새겨 넣기 전까지는 음식을 입에 대지 않겠다!

리건 아, 어지러워, 아프구나!

거너릴 (방백) 흥, 네가 아프지 않다면,

내 다시는 독약을 믿지 않을 것이야.

에드먼드 정 그렇다면. (장갑을 던진다)

나를 반역자라 부르는 놈이 세상천지에 누구냐?

그 악당 같은 놈이 거짓말을 한 것이다.

나팔을 불어라. 감히 나오는 놈은 그놈이건, 당신이건,

당당히 맞서 내 명예와 진실을 지킬 것이다.

올버니 전령을 불러라.

에드먼드 전령! 전령!

올버니 자네 혼자 힘을 믿게, 자네의 군사들은

나의 이름으로 모집되었으니 나의 이름으로 해산시켰다.

리건 통증이 점점 더 심해지는구나.

올버니 많이 아픈 모양이군. 그녀를 내 막사로 모셔라.

(부축을 받으며 리건 퇴장)

(전령 등장)

올버니 전령은 이쪽으로 오너라.

나팔을 불고, 이것을 읽어라.

(나팔 소리)

전령 (읽는다)

우리 부대에 이름을 올린 자 가운데

글로스터 백작이라 사칭하는 에드먼드가

수많은 반역을 저질렀음을 고할 자는

지위고하를 막론하고

나팔이 세 번 울리기 전에 앞으로 나오라.

그는 대담하게 변호할 준비가 되었다.

에드먼드 불어라!

(첫 번째 나팔 소리)

전령 다시!

(두 번째 나팔 소리)

전령 다시!

(세 번째 나팔 소리)

(안에서 응답의 나팔 소리가 들린다. 무장한 에드거가 나팔수를 앞세우고 등장)

올버니 그의 목적을 묻게. 왜 이 나팔 소리에 응답했느냐?

전령 너는 누구냐? 이름과 신분을 밝히고,

이 부름에 왜 응하였는지 밝혀라.

에드거 나의 이름은

반역자의 이빨에 물어뜯기고 벌레에 파먹혀 잃었소.

하지만 나는 내가 맞서는 상대만큼 고귀한 태생이요.

올버니 네 상대가 누구냐?

에드거 글로스터 백작이라 사칭하는 자가 누구요?

에드먼드 나다. 무슨 말이 하고 싶은 게냐?

에드거 칼을 뽑아라.

내 말이 고결한 너의 마음을 화나게 만들었다면,

칼이 시비를 가려 줄 것이다. 여기 내 칼이 있다.

봐라. 이것은 나의 명예, 나의 맹세, 나의 소명이자 특권이다.

내가 선포하니, 너의 힘과 지위, 젊음, 벼슬에도 불구하고

승리자의 검과 새롭게 얻은 행운과 너의 용감한 심장에도 불구하고

너는 반역자다. 신들을 배반하고 너의 형과 너의 아버지를 배반하고

군주를 배반하는 네놈은 머리끝부터 발에 묻은 먼지까지 속속들이

점박이 두꺼비처럼 흉측한 반역자란 말이다.

'아니'라고 부인해 봐라. 이 검이, 내 팔이, 내 용맹이

너의 가슴팍에 대고 증명할 것이니, 내가 말하노니,

네놈은 거짓말쟁이다.

에드먼드 격식대로 하면 너의 이름을 물어야 할 것이나,

너의 외관이 늠름하니 용감해 보이고 말씨도 배운 티가 나니

기사도의 규칙을 따라 이 결투를 미루는 것이 안전하고 좋을지라도

무시하고 일축하겠네. 내 반역자의 죄목을 네놈의 머리에 고스란히

돌려주고 저 지옥처럼 가증스런 거짓말을 네 가슴팍에

되돌려 주겠다. 하지만 네 거짓말이란 스쳐 지날 뿐

내게 상처를 입히지 못하니 내 검을 들어 즉시 그 거짓말이

영원토록 네 가슴팍 위에 머물도록 새겨 주마.

나팔을 불어라!

(나팔 소리. 싸운다. 에드먼드가 쓰러진다)

올버니 아직 그놈을 죽이지는 말아라!

거너릴 이건 음모예요, 글로스터!

예법에 따라 정체를 밝히지 않는 상대와는 싸우지 않는 것인데,

당신을 패한 것이 아니라 속아서 당하신 거예요.

올버니 그 입 다무시오. 부인.

그렇지 않으면, 이 편지로 그 입을 막아 놓을 거요.

(그녀의 편지를 에드먼드에게 내보인다. 에드먼드에게) 이 편지를

알아보겠느냐? (거너릴에게) 어떤 죄목보다 더 추악한 년아,

자신의 죄를 읽어라. 찢지 마라. 확실히 편지를 알아보는군.

거너릴 알아본다면 어쩌실 거예요.

법은 내 편이지, 당신 편이 아니에요.

누가 날 고발하겠어요?

올버니 저 괴물 같은 것! 이 편지를 알고 있지?

거너릴 내가 뭘 아는지 묻지 마세요.

(퇴장)

올버니 저 여자를 쫓아라. 자포자기의 상태니, 가서 감시하라.

(장교 한 사람 퇴장)

에드먼드 당신이 고발한 그 죄를 내가 지었고,

그보다 더 많은 많은 일들을 저질렀소.

때가 되면 아시게 될 거요. 그러나

그것들은 지나간 일이고, 나 또한 그렇게 되어 버렸소.

그러나 날 이렇게 만든 당신은 누구요?

당신이 고귀한 태생이라면, 내가 용서하겠네.

에드거 그렇다면 자비심을 주고받지.

나의 가문도 너의 것 못지않다. 에드먼드.

만약 더 좋다면, 그만큼 네 죄가 더 무거운 것이다.

내 이름은 에드거, 네 아버지의 아들이다.

신들은 공정하셔서 인간이 악행을 탐닉할 때

그것을 연장 삼아 우리를 벌하신다.

너를 잉태한 어둡고 죄 많은 자리가 아버지의 눈을 앗아 간 게다.

에드먼드 옳은 말이오. 진실이야.

운명의 수레바퀴가 한 바퀴 돌아, 내가 여기 섰구나.

올버니 자네 거동이 왠지 당당하고 귀족다운 데가 있다 보았지.

자넬 이렇게 포옹해야겠네.

내 자네와 자네 부친을 미워한 일이 있다면,

내 가슴은 슬픔으로 쪼개질 것이네.

에드거 어지신 공작님, 저도 잘 압니다.

올버니 그동안 어디에 있었던가?

자네 부친의 모진 상황은 어찌 알고 있었는가?

에드거 보살펴 드리며 알았지요, 공작님. 간추려 말씀드리면,

아, 말씀을 다 드리면, 제 가슴이 터져 버릴지도 모릅니다!

저를 잡으라는 포고령이 제 뒤를 바싹 쫓아왔기에

—오, 목숨이란 달콤하여, 단번에 죽지도 못하고

죽음의 고통을 느끼면서도 그리 살아남으려 하지요.—

미치광이의 넝마로 갈아입고 개조차 업신여기는 몰골로

다닐 수밖에 없었습니다. 그런 차림으로 아버님을 만나 뵈었으나

그때는 이미 소중한 두 눈을 잃으시고 피를 흘리고 계셨습니다.

그때부터 아버님의 길잡이가 되어 길을 안내해 드리고,

간청하며, 절망에서 구해 드렸지요. 약 반시간 전까지만 해도,

아버님께는 제 정체를 숨겼는데—오, 얼마나 큰 실수였는지!—

무장을 하고 나서 이 일이 성공할지 확신이 없었기에,

아버님의 축복을 받고자, 처음부터 끝까지 고하니

그분의 약한 심장이—슬프다. 충격을 견디기엔 지나치게

약해지셨으니!—감정의 두 극단, 기쁨과 슬픔 사이에서

미소와 함께 터져 그만 돌아가시고 말았습니다.

에드먼드 형님의 말씀이 제게 감동을 주네요.

저에게 좋을 것 같습니다. 좀 더 말해 주세요.

뭔가 더 하실 말씀이 있으신 것 같습니다.

올버니 더 할 말이 있다면, 더 슬픈 일일 테지.

그만두게나. 이 이야기로도 충분하니.

눈물이 흘러 견딜 수가 없네.

에드거 슬픔을 좋아하지 않는 이에게는

이것이 끝이었으면 하겠지만 그러나 아직도

슬픔을 키워 극단까지 몰고 갈 일이 남아 있습니다.

제가 크게 울고 있을 때, 한 분이 찾아오셨습니다.

그분은 제가 비참한 몰골을 하고 있을 때

함께 있는 것을 기피하던 분이셨는데,

제가 누군지 알아보시고는 그 튼튼한 팔로 제 목을 껴안고

하늘이 떠나가라 큰 소리로 울부짖으시더니 아버지께 몸을

던졌습니다. 그리고는 리어 왕과 자신에 대한 가장 슬픈 이야기를

해 주셨습니다. 그것은 여태껏 들어본 중 가장 슬픈 이야기였기에,

말씀을 하시던 중 북받치는 슬픔이 그분의 생명줄을 갈라놓기

시작했습니다. 바로 그때 두 번째 나팔 소리가 울려

기절하신 그분을 두고 이곳으로 온 것입니다.

올버니 그분이 누구시오?

에드거 켄트, 추방당한 켄트 백작이셨습니다.

변장을 하시고 적이 되신 왕에게 충성을 다하며

노예조차 마다할 온갖 시중을 드셨습니다.

(신사가 피 묻은 칼을 들고 등장)

신사 도와주십시오, 오, 제발 도와주세요!

에드거 무슨 일이냐?

올버니 말을 해라, 어서.

에드거 이 피 묻은 칼은 어찌된 거냐?

신사 아직 뜨겁고, 김이 나는 이 칼을 이제 막 가슴에서

뽑아낸 것입니다. 오, 부인은 돌아가셨습니다!

올버니 누가 죽어? 말하라. 어서.

신사 공작님의 부인입니다. 공작님의 부인!

부인께서 동생을 독살하셨습니다. 그분이 자백하셨어요.

에드먼드 나는 그 둘과 언약을 하였소.

이렇게 우리 셋이 함께 결혼하게 되겠군요.

(켄트 등장)

에드거 여기 켄트 백작님이 오십니다.

올버니 시신을 이리로 옮겨오너라.

살아 있든 죽었든 간에.

(신사 퇴장)

이 하늘의 심판은 우리를 떨게 하지만, 동정심이 들지는 않는구나.

오, 이분인가?

때가 때이니 만큼, 시간이 격식에 찬 칭찬을 허락지 않는구려.

켄트 저는 여기에 저의 주군이시자 왕이신 분께

영원한 작별 인사를 드리고자 왔습니다.

여기 그분이 안 계십니까?

올버니 아, 아주 큰일을 잊고 있었구나!

말하라, 에드먼드. 왕은 어디 계시냐? 그리고 코딜리어는?

(거너릴과 리건의 시체가 들려 나온다)

이 광경이 보이십니까, 켄트 백작?

켄트 이것이 어찌 된 일입니까?

에드먼드 그래도 에드먼드는 사랑을 받았구나.

나를 위해 한쪽이 다른 쪽을 독살하고

그녀 스스로도 목숨을 끊었으니.

올버니 그렇겠지. 저들의 얼굴을 덮어 줘라.

에드먼드 숨이 가빠 온다.

내 나쁜 본성을 거슬러 좋은 일을 하고 싶구나.

빨리 사람을 보내 성으로 가시오.—지체하지 말고—

리어와 코딜리어의 목숨을 앗으라는 명령을 보냈으니.

어서, 늦기 전에 보내시오.

올버니 뛰어라, 뛰어가라, 오, 어서!

에드거 누구에게로요, 공작님? 누가 책임자입니까?

집행을 멈출 증표를 보내야 합니다.

에드먼드 잘 생각하셨습니다.

여기 이 칼을 가져가 대장에게 주세요.

올버니 목숨을 걸고 서두르라.

(에드거 퇴장)

에드먼드 그자는 감옥에 갇힌 코딜리어가

절망에 빠져 스스로 목을 매단 것처럼 꾸미도록

당신의 아내와 나로부터 명령받았소.

올버니 신들께서 그녀를 보호하시길.

이자를 끌어내라.

(에드먼드가 끌려 나간다)

(리어가 팔에 죽은 코딜리어를 안고 등장. 에드거와 장교도 뒤따라 등장)

리어 울어라, 울부짖어라. 울부짖어라!

오, 너희 돌로 만든 인간들이여!

너희의 혀와 눈을 내가 가졌더라면,

하늘의 천장이 무너지도록 울부짖는 데 썼을 것이다.

이 아이가 영영 가 버렸다! 나도 사람이 죽었는지 살았는지는 안다.

이 아이는 죽었다. 찬 흙덩이처럼. 거울을 다오.

이 아이의 숨으로 거울이 흐려지거나 얼룩진다면,

내 딸은 살아 있는 거다.

켄트 이것이 약속된 세상의 종말인가?

에드거 아니면 그 참상의 환영인가?

올버니 무너지고 끝장나리라!

리어 깃털이 움직인다. 이 애는 살아 있다! 만약 그렇다면,

내가 평생 겪은 모든 슬픔이 이것으로 전부 보상받을 것이거늘.

켄트 오, 폐하.

리어 저리 가라!

에드거 폐하의 벗, 고귀한 켄트 백작이옵니다.

리어 염병이나 걸려라. 너희 살인자들. 반역자들 모두!

이 애를 살릴 수도 있었는데. 이제 영원히 떠났구나.

코딜리어야. 코딜리어야. 잠깐만, 조금만 더 머물러 다오.

하! 뭐라고 말했느냐. 이 애의 목소리는

항상 부드럽고 다정하고 나직해 천생 여자다웠지.

너를 목매단 노예 놈은 내가 죽였다.

장교 사실입니다. 폐하께서 하셨습니다.

리어 내가 했지, 안 그런가?

나도 한때는 멋지게 날선 검으로

놈들을 펄쩍 뛰게 만들던 날들이 있었지.

이제는 늙고 고생해 그 솜씨들이 망가졌구나.

자네는 누구냐?

눈이 나쁘지 않았더라면, 네가 누군지 즉시 말했을 터인데.

켄트 운명의 여신이 사랑하고 미워한 두 사람이 있다면,

그중의 한사람을 우리가 마주 보고 있습니다.

리어 시야가 흐릿하구나. 자네는 켄트가 아닌가?

켄트 그렇습니다. 폐하의 신, 켄트입니다.

그런데 폐하의 하인인 카이어스는 어디에 있습니까?

리어 그는 좋은 친구였지. 정말이다.

그라면 잘 해치웠을 거다. 그것도 재빨리.

허나 그는 죽어서 썩어 버렸어.

켄트 아닙니다. 폐하, 제가 바로 그자이옵니다—

리어 그것도 곧 알아봐 주겠네.

켄트 폐하의 위치가 바뀌고 쇠락하시던 처음부터 지금껏

폐하의 슬픈 발걸음을 따라왔습니다.

리어 이곳에 온 것을 환영하네.

켄트 다른 이는 없었지요. 모두가 기쁨이 없이 어둡고 죽은 듯합니다.

폐하의 두 큰따님들은 스스로 목숨을 끊고, 절망 속에서 죽었습니다.

리어 그래, 나도 그런 줄 알았다.

올버니 폐하는 지금 자신이 무슨 말씀을 하고 계시는지

모르시는 것 같습니다.

더 이상 우리가 누구인지 밝혀도 소용없을 겁니다.

(전령 등장)

전령 에드먼드 경이 돌아가셨습니다, 공작님.

올버니 그건 여기선 하찮은 문제네.

대신과 귀족 친구들. 나의 뜻은 이것이오.

나는 이 위대하신 노왕께 위로가 되는 일이면

무엇이든 할 작정이오. 노왕께서 살아 계시는 동안은

모든 절대적인 권력을 그분께 양도하겠소.

(에드거와 켄트에게) 두 분께는 두 분의 권리와

두 분이 쌓은 공덕에 합당한 영예를 안겨 드리고

두 분의 권한에 이익을 더해 주겠소. 우리의 모든 친구들은

공로에 따른 포상을 받게 될 것이며, 적들은 그 죄에 상응하는

처벌을 받게 될 것이오. 오, 보시오, 저걸 좀 보시오!

리어 내 불쌍한 바보[4]가 교살되다니.

이제는 더 이상, 영영, 생명이 없구나!

저기 개도, 말도, 쥐도 다 생명이 붙어 있는데

왜 너만은 숨을 쉬지 않느냐? 이제 다시는 돌아오지 않는 것이냐?

다시는, 다시는, 다시는, 다시는, 다시는!

이 단추를 좀 풀어 주게. 고맙네.

이것이 보이는가? 이 아이를 좀 보게. 보라고! 이 애의 입술!

여기를 보게! 여기를 봐!

---

4) 원문은 "my poor fool"로 교살된 코딜리어를 지칭하는 것이라 보이지만, 이 말은 극 초반에 등장하던 광대(fool)를 연상케 한다. 엘리자베스 시대에 당시 연극은 어린 딸 코딜리어의 역할과 광대의 역할을 모두 어린 소년이 맡았을 것이고, 둘 다 리어 왕이 사랑하고 의지하던 상대였으므로, 정신이 혼미한 리어 왕이 둘 다를 부르고 있다고도 볼 수 있다.

(죽는다)

에드거 기절하셨다! 폐하, 폐하!

켄트 터져라, 가슴아. 제발 터져 버려라!

에드거 눈을 떠 보십시오, 폐하.

켄트 그분의 혼을 괴롭히지 말게. 오, 편안히 보내 드립시다.

그분은 이 냉혹한 세상이라는 형틀 위에서

자신을 더 오래 묶어 두려는 이를 반기지 않으실 겁니다.

에드거 정말로 돌아가셨습니다.

켄트 이토록 오래 견뎌 내신 것이 용하지요.

그분께서 스스로 목숨을 내놓으신 겁니다.

올버니 두 분의 유해를 모시고 나가라.

우리가 맞은 이 일은 모두의 슬픔이다.

(켄트와 에드거에게) 내 영혼의 친구인 두 분은

이 왕국을 다스리시며, 이 상처 입은 나라를 치유해 주십시오.

켄트 저는 머지않아 곧 세상을 떠날 몸입니다.

제 주인이 부르시니 거절할 수가 없습니다.

에드거 이 슬픈 시대의 무게를 감내하지 않을 수 없습니다.

우리가 해야 하는 말이 아니라 우리가 느끼는 바를

말해야 할 것입니다. 가장 연로하신 분이 가장 괴로움을 겪으셨으니,

젊은 우리들은 그렇게 많이 겪지도, 그렇게 오래 살지도

못할 것입니다.

(장송곡과 함께 모두 퇴장)

맥베스
MacBeth

| 등장인물 |

맥베스(스코틀랜드의 장군)
맥베스 부인(맥베스의 아내)
세 명의 마녀들(세 명의 미스터리한 늙은 여자들)
밴쿠오(용감하고 고귀한 장군)
덩컨 왕(스코틀랜드를 다스리던 왕)
맥더프(스코틀랜드의 귀족)
맬컴(덩컨 왕의 아들)
헤커트(마법의 여신)
플리언스(밴쿠오의 아들)
레녹스(스코틀랜드의 귀족)
로스(스코틀랜드의 귀족)
자객들(밴쿠와와 플리언스 등을 살해하라는 명령을 받은 악한들)
문지기(맥베스의 성문을 지키는 수위)
맥더프 부인(맥더프의 아내)
도널베인(덩컨 왕의 아들이자 맬컴 왕자의 남동생)
노인(글로스터 백작의 소작인)
의사
대장
전령들
병사들
리어를 수행하는 기사들
신사들, 병사들, 시종들, 전령들, 하인들

제1막

제1장

스코틀랜드의 황야

(천둥과 번개, 세 마녀 등장)

마녀 1 우리 셋은 언제 다시 만나우?

천둥 칠 때, 번개 칠 때, 비가 올 때?

마녀 2 떠들썩한 소동이 지나면,

싸움에 이기거나 지면.

마녀 3 그건 해 지기 전일 거야.

마녀 1 어디서 만날까?

마녀 2 황야에서.

마녀 3 거기서 맥베스를 만나자고.

마녀 1 (자신의 고양이에게) 곧 갈게, 회색 고양이야.

마녀 2 두꺼비가 부르네.

마녀 3 곧 갈게!

세 마녀 아름다운 것은 추한 것, 추한 것은 아름다운 것.

날아가자, 안개와 탁한 대기 속으로.

(모두 퇴장)

제2장

포레스 부근의 진영

(안에서 경종. 덩컨 왕, 맬컴, 도널베인, 레녹스가 시종들과 함께 등장해 피를 흘리는 장교와 만난다)

덩컨 피를 흘리는 저 사람이 누구냐.
몰골을 보니, 반란군의 근황을 보고해 줄 수 있겠구나.
맬컴 이 장교가 바로 용감하게 달려들어
포로가 될 뻔한 저를 구해 준 분입니다.
반갑네, 용감한 친구여! 폐하께 말씀드리게.
자네가 본 전투의 모습을 그대로.
장교 승패는 판가름하기 어려웠습니다.
마치 수영하다 지친 두 사람이 서로 엉겨 붙어
서로 허우적거리며 재주를 쓰지 못하는 것과 같이.

저 무자비한 맥도날드가 역적이라는 이름에 걸맞게
세상의 악이란 악은 모두 한 몸에 지니고 다니는 놈이죠.
서부의 여러 섬으로부터 용병과 기마병을 지원받은 데다,
운명의 여신마저 그놈의 저주받을 싸움에 추파를 던져
역적의 창녀인 것마냥 보였습니다.
그러나 이 모두를 합쳐도 역부족인 것을.
우리의 용감한 맥베스 장군은 그 명성에 걸맞게
운명의 여신 따위는 무시하고, 피비린내 나는 응징으로
김이 서린 칼을 휘두르며 용맹의 화신처럼
적진을 뚫고 앞으로 돌진해 그 몹쓸 놈과 마주했지요.
그러고는 악수나 작별인사도 없이
당장 그놈을 배꼽에서 턱까지 한 칼에 베고
그 목을 우리의 성벽에 걸어 놓았습니다.

덩컨 오, 용맹스러운 나의 사촌, 훌륭한 신하로다!

장교 그러나 태양이 빛나는 곳에
선박을 부수는 폭풍과 무서운 천둥이 함께 있듯,
안심이 샘처럼 솟아오르던 곳에 불안이 홍수처럼
쏟아져 들어왔습니다. 들어 보십시오, 폐하.
용기로 무장한 정의의 군대가 도주하는 패잔병 무리를
물리치자마자, 지금껏 기회만 엿보던 노르웨이 왕이
무기를 정비하고 신병을 보충해 새로이 공격하기 시작했습니다.

덩컨 그로 인해 우리의 장군인 맥베스와 밴쿠오가 당황하고

겁먹지는 않았더냐?

장교 독수리가 참새를 보고 놀라듯이,

사자가 토끼를 보고 놀라듯이,

두 분도 놀라시긴 했습니다.

사실대로 말씀드리면, 두 분은

화약을 두 배로 장전한 대포와 같이

적에게 두 배, 세 배의 공격을 퍼부었습니다.

그분들께서 상처에서 뿜어 나오는 피로

목욕을 하려는 것인지, 또 다른 골고다를 만들어

기억에 남기시려는 것인지 저로서는

분간하기 어려울 정도였습니다.

그런데 어지럽고 기절할 듯하여

이제 제 상처를 좀 돌보았으면 합니다.

덩컨 자네의 말은 자네가 입은 상처만큼이나

자네의 인품을 말해 주니 명예로운 일이다.

자, 누가 저자를 의사에게 데려가도록 해라.

(부축을 받으며 장교 퇴장)

(로스와 앵거스 등장)

덩컨 저기 오는 자는 누구인가?

맬컴 로스 영주입니다.

레녹스 조급한 기색이 눈에 선연합니다.
심상치 않은 소식을 전하려는가 봅니다.

로스 국왕 폐하 만세!

덩컨 자네는 어디에서 오는 길인가, 로스 영주?

로스 파이프에서 오는 길입니다, 폐하.
그곳에는 노르웨이 깃발이 하늘을 비웃듯 나부끼며
우리 병사들의 간담을 서늘하게 만들고 있었지요.
노르웨이 왕은 몸소 엄청난 대군을 이끌고
저 가증스러운 반역자, 코더 영주의 협력을 받아
불길한 싸움을 시작하였습니다. 그러나
전쟁의 여신 벨로나를 아내로 삼은 우리의 맥베스 장군은
무적의 갑옷을 차려입고 단신으로 맞서
칼에는 칼로, 완력에는 완력으로 대응하여
적의 사기를 꺾어 버렸고,
마침내 승리를 우리 편으로 만들었습니다.

덩컨 참으로 경사로다.

로스 그리하여 지금 노르웨이의 왕 스웨노는
휴전을 간청하고 있습니다. 그러나 저희는
그가 세인트 코메즈 인치에서 1만 달러를
지불하기 전까지는 적군의 시체를 매장조차
허락하지 않을 작정입니다.

덩컨 코더 영주는 다시는 짐을 배반하지 못할 것이다.

가서 그자에게 즉각 사형을 선고하고,

맥베스 장군을 그의 작위로 맞아들이도록 하라.

로스 분부대로 시행하겠습니다.

덩컨 그 역적이 잃은 것을 맥베스가 얻었도다.

(모두 퇴장)

제3장

포레스 부근의 황야

(천둥소리. 세 마녀 등장)

마녀 1 언니는 어딜 갔다 왔수?

마녀 2 돼지를 죽이러 갔다 왔지.

마녀 3 언니는?

마녀 1 한 선원의 마누라가 앞치마에 밤을 싸 가지고
오도독오도독 먹고 있기에, '나 좀 줘!' 그랬더니
그 뒤룩뒤룩 살찐 엉덩이에 다 늙어 빠진 년이
"저리 꺼져, 마녀야!"라고 소리치는 거야.
그년의 남편이 타이거 호 선장인데, 알레포에 가 있거든.
내가 체를 타고 바다를 건너가서
꼬리 없는 쥐로 둔갑해 그놈을 혼내 줄 거야.

혼내 줘야지. 혼낼 거야.

마녀 2 내가 바람을 일으켜 줄게.

마녀 1 고마워.

마녀 3 나도 한 번 해 줄게.

마녀 1 나머진 모두 다 내가 할 거야.

바람 부는 바로 그 항구로,

선원의 나침반이 가리키는 곳으로,

어느 곳이든 마음대로 바람을 불러 보낼 수 있지.

그년의 남편을 마른 풀처럼 바싹 말려 버려야지.

밤이고 낮이고 잠 못 자게 괴롭혀서

말라비틀어지게 해야지.

그놈을 저주에 묶어 일곱 밤, 일곱 낮의

아홉 곱의 아홉 곱을 더해서, 시달려

쪼그라들고, 빼빼 마르고, 지치도록 할 거야.

그놈의 배를 침몰은 못 시켜도

폭풍우로 마음껏 흔들 수는 있지.

내가 가진 것을 보라지.

마녀 2 어디 좀 보여 줘, 보여 줘.

마녀 1 귀국 도중에 파선당한 키잡이의 엄지 손가락이라우.

(안에서 북소리)

마녀 3 북소리다, 북소리!

맥베스가 온다!

세 마녀 운명의 세 자매, 손에 손을 잡고

바다와 육지를 떠도는 나그네.

돌자, 돌자, 돌아라, 돌아라.

너도 세 번, 나도 세 번

또다시 세 번, 아홉 번을 돌고 나면

쉿! 마법이 걸렸다.

(맥베스와 밴쿠오 등장)

맥베스 이렇게 추하고도 아름다운 날은 내 처음 보는구려.[1]

밴쿠오 포레스까지는 얼마나 남았겠소? 아니,

이것들은 무엇인가.

이렇게 늙어 빠지고 괴상한 옷차림을 하고 있으니

이 세상 사람들이 아닌 듯하면서도

땅 위에 발을 딛고 있는 이것들은

살아 있는 것들인가?

인간의 질문에 대답할 수 있는 것인가?

내 말은 알아듣는 듯하구나. 각자

말라붙은 입술에 갈라진 손가락을 가져다 대는 걸 보니

여자임이 분명하다. 하지만 수염이 있는 걸 보니

---

1) 맥베스가 극 중 최초로 한 말안 "So foul and fair a day I have not seen."인데, 이는 마녀들의 "아름다운 것은 추한 것, 추한 것은 아름다운 것."이라는 대사를 상기시킨다. 몇몇 비평가는 이를 두고 맥베스가 마녀들을 만나기 이전부터 그의 영혼은 이미 마녀들과 어떤 관계가 있었다고 보기도 한다.

그렇다고 말하지 못하겠구나.[2)]

맥베스 할 수 있다면 말해 보아라. 너희들은 무엇이냐?

마녀 1 맥베스 만세! 글래미스 영주 만세!

마녀 2 맥베스 만세! 코더 영주 만세!

마녀 3 맥베스 만세! 앞으로 국왕이 되실 분!

밴쿠오 장군, 어째서 이리 기쁜 말을 듣고도

그리 놀라고 두려운 표정을 지으십니까?

진실로 묻노니, 너희들은 환영인가?

아니면 겉으로 보이는 그대로인가?

너희가 현재의 작위뿐 아니라 앞으로의 작위와

왕이 될 희망의 예언으로 내 동료를 맞으니

그는 어리둥절 넋이 나가 있구나.

그러나 너희는 나에 대해서는 말하지 않고 있다.

만약 너희가 시간의 씨앗 속을 들여다보고

어느 싹은 자라고, 어느 싹은 자라지 않을지

말해 줄 수 있다면, 나에게 말해라.

그러나 나는 너희들에게 호의를 구걸하거나

저주를 두려워하는 사람은 아니다.

마녀 1 만세!

---

2) 밴쿠오는 마녀들이 실제로 눈앞에 존재하는 인간인지 아닌지 의심하며, 그들의 성별이 모호하다는 점을 언급한다. 입술에 손가락을 가져다 대는 것을 보니 여자인데, 수염이 나 있는 것을 보니 그렇다 할 수 없고, 그들이 하는 말은 모호하고 애매할 뿐이다. 이는 마녀들이 초자연적인 영역과 인간의 영역의 경계에서 활동한다는 일반적인 믿음을 반영하며, 이 극에 나타나는 선과 악의 '모호성'을 상징한다.

마녀 2 만세!

마녀 3 만세!

마녀 1 맥베스보다 못하지만, 위대하신 분.

마녀 2 맥베스보다 못하지만, 더 운 좋으신 분

마녀 3 왕은 아니지만, 여러 왕을 낳으실 분.

그러니 만세! 맥베스와 밴쿠오!

마녀 1 맥베스와 밴쿠오 만세!

맥베스 멈추어라, 말이 미흡하구나. 더 말해다오.

아버지인 사이넬께서 돌아가셨으니,

내가 글래미스의 영주인 사실은 안다.

그러나 코더 영주라니 웬 말이냐?

코더의 영주라면 지금 잘 살고 계시며,

왕이 된다는 것은 코더 영주가 되는 것보다

더 가망이 없는 일. 너희들은 어디에서

이리 괴이한 소식을 얻어들었단 말이냐?

게다가 왜 이 황량한 황야에서 길을 막고

그런 예언으로 우리에게 인사를 하는 거냐?

너희에게 명령하노니, 말해라.

(마녀들이 사라진다)

밴쿠오 땅 위에도 물속처럼 거품이 있는 모양입니다.

저것들이 꼭 거품 같으니. 어디로 사라졌죠?

맥베스 대기 속으로. 형체를 갖춘 것처럼 보이더니 입김처럼 바람

속으로 녹아들었군요. 좀 더 머물러 있었으면!

밴쿠오 우리와 말하던 그것들이 정말

우리 앞에 존재했던 거요, 아니면 우리 두 사람이

모두를 미치게 하는 독초라도 먹은 거요.

맥베스 장군의 자손이 왕이 될 것이라 했소.

밴쿠오 장군은 왕이 될 것이라 했소.

맥베스 그리고 코더의 영주도. 그렇게 말하지 않았습니까?

밴쿠오 똑같은 의미를 똑같은 가락에 맞춰 했지요.

이게 누군가?

(로스와 앵거스 등장)

로스 맥베스 장군, 국왕께서는

장군의 승전 소식을 들으시고 대단히 기뻐하셨습니다.

장군께서 반란군과의 전투에서 몸을 던져 보여 주신

공헌을 읽으셨을 때, 경탄하는 마음과 칭송하는 마음이

서로 앞을 다투어 말문이 막히실 정도였습니다.

곧이어 나머지 보고도 들으시고는 장군께서

그 견고한 노르웨이 진영에서도 추호의 두려움 없이

적군의 시체를 쌓아 올려 기이한 죽음의 장관을

만드셨음을 아셨습니다. 꼬리를 물 듯

전령들이 속속 도착해 도착하는 전령들마다

왕국을 지키고 위대한 공을 세우신 장군에 대한
찬사를 품고 와 폐하 앞에 쏟아부었습니다.

앵거스 저는 장군께 감사하는 폐하의 뜻을 전하고,
장군을 궁으로 모시기 위해 왔을 뿐,
포상 절차는 따로 준비될 것입니다.

로스 폐하께서는 보다 큰 영광에 대한 보증으로
장군을 코더의 영주라 부르도록 저에게 지시하셨습니다.
그러니 그 칭호로 축하드립니다. 코더의 영주님.
그 칭호는 이제 장군님의 것입니다.

밴쿠오 뭐라! 악마가 진실을 말할 수 있단 말인가?

맥베스 코더의 영주께서는 아직 엄연히 살아 계신데,
어찌하여 그의 옷을 저에게 입히십니까?

앵거스 영주였던 자가 아직 살아 있기는 합니다만,
엄중한 판결을 받고 처형을 앞두고 있습니다.
그가 노르웨이군과 결탁했는지,
비밀리에 반란군에게 원조와 편의를 제공했는지,
아니면 두 편 모두와 결탁해 이 왕국을 파멸시키려 했는지는
저로서는 알 수 없으나, 대역죄를 자백하고
증거가 드러났으니 그는 이제 파멸입니다.

맥베스 (방백) 글래미스와 코더의 영주라,
가장 큰 것이 남았구나.
(로스와 앵거스에게) 수고해 주셔서 감사합니다.

(밴쿠오에게 방백) 코더를 제게 준 자들이 약속했으니,
장군은 장군의 후손들이 왕이 되길 바라지 않으십니까?

밴쿠오 (맥베스에게 방백) 그 말을 곧이곧대로 믿으신다면,
장군께서는 코더의 영주만이 아니라 왕관까지
바라시겠소. 허나 이상한 일입니다.
악마의 앞잡이들은 우리를 유혹해
해를 끼치기 위해 흔히 진실을 말한답니다.
사소한 일에는 정직하게 굴어 우리를 사로잡고,
중대한 일에는 배반해 치명적인 결과를 초래하지요.
두 분, 잠깐 할 말이 있소.

맥베스 (방백) 두 가지는 실현되었구나.
왕위에 오르는 찬란한 극에
알맞은 서막이야. 고맙소, 두 분.
(방백) 이 괴이한 충동은 좋을 수도 나쁠 수도 있다.
나쁘다면, 왜 내게 진실을 알려 성공의 시작을 보증했을까?
이제 나는 코더의 영주다.
만일 이게 좋은 일이라면, 왜 나는 이 유혹에 넋을 잃고,
그 무시무시한 환영에 머리칼이 쭈뼛 서며,
평소엔 동요할 줄 모르던 심장이 갈비뼈를 두드리는가?
눈앞의 공포는 상상 속의 공포보다는 덜 무서운 법.
살인은 아직 상상에 불과하건만,
그 생각은 이 몸을 뒤흔들어 분별력이 억측으로 마비되고,

환영 외에는 아무것도 보이질 않는구나.

밴쿠오 보시오. 우리의 동료가 넋을 잃고 있군요.

맥베스 (방백) 만일 나의 운명이 왕이 되는 것이라면,

애쓰지 않아도 왕관이 내 것이 될지도 모르지.

밴쿠오 새로운 명예를 얻었으니,

낯선 옷처럼 자꾸 입어 버릇해야

익숙해지는 법이지요.

맥베스 (방백) 될 대로 되라지.

아무리 궂은 날씨라도 시간이 흐르면 끝나기 마련이다.

밴쿠오 맥베스 장군, 모두 장군을 기다리고 있습니다.

맥베스 용서하십시오. 잊었던 일들이 떠올라

잠시 이 둔한 머리가 혼란스러워서요.

두 분의 수고는 마음에 적어 두고

매일 읽어 가며 되새기리다.

자, 폐하께로 갑시다.

(밴쿠오에게 방백) 오늘 있었던 일은 좀 생각해 봅시다.

시간을 두고 숙고한 뒤 후에 시간을 내

서로 속마음을 터놓고 이야기해 보지요.

밴쿠오 좋습니다.

맥베스 그러면, 오늘은 이만하고. 자, 모두 가시지요.

(모두 퇴장)

제4장

포레스 궁전

(나팔 소리. 덩컨, 맬컴, 도널베인, 레녹스, 시종들 등장)

덩컨 코더의 처형은 집행되었는가?
집행관은 아직 돌아오지 않았느냐?

맬컴 폐하, 그들은 아직 돌아오지 않았습니다.
그러나 그자의 처형을 본 사람들이 말하길,
그가 반역을 꾀했음을 솔직하게 고백하고
깊이 뉘우치며 폐하께 용서를 구했다고 합니다.
그는 일생 동안 보여 준 것 중에 가장 훌륭한 태도로
죽음을 맞이했고, 마치 죽음을 연습이라도 해 온 양
자신이 소유한 가장 귀한 목숨을
마치 하찮은 물건처럼 미련 없이 버리고 갔다 합니다.

덩컨 사람의 얼굴만 봐서는

그 마음속을 알아낼 재주가 없구나.

그는 내가 절대적으로 믿었던 사람이었건만…….

(맥베스, 밴쿠오, 로스, 앵거스 등장)

아, 내 자랑스러운 사촌 맥베스!

장군의 공에 보답하지 못해 지금 이 순간에도

나의 마음이 무겁다네. 자네의 공이 너무도 앞서

나의 보상에 빠른 날개를 달아도 따라잡기에는

느린 듯하니, 자네의 공적이 좀 적었더라면

나의 감사와 보상이 균형을 맞추었을 텐데!

내가 할 말은 이것뿐이라네. 자네에게 줄 수 있는

모든 포상을 합쳐도 자네의 공에 비하면

부족할 따름이라네.

맥베스 폐하께 충성을 바칠 수 있도록

허락하신 것이 제게는 포상입니다.

폐하께서 하실 일은 저희의 충성을 받으시는 것입니다.

저희는 백성이나 신하로서 직분을 다할 뿐,

폐하의 왕권과 왕위에 경의를 표하고,

사랑하고 존경하는 폐하의 안전을 위해

마땅히 해야 할 일을 할 뿐입니다.

덩컨 잘 왔소. 장군.

내 그대를 나무처럼 심어 두었으니,

충분히 자랄 수 있도록 힘쓰겠네. 밴쿠오 장군,

자네의 공적 또한 맥베스에 못지않으며,

못하다 알려져서는 아니 될 것이네.

자, 장군, 안아 봅시다. 이 가슴에 힘껏.

밴쿠오 저도 폐하의 품 안에서 자란다면,

그 열매는 폐하께 바치겠습니다.

덩컨 내 기쁨이 넘쳐 올라 눈물 속으로

그 모습을 감추려 하는구나. 왕자, 친척, 영주들,

그리고 가장 가까이에 있는 경들에게 선포하네.

나의 왕위는 장차 맬컴에게 계승하니,

이제부터 그를 컴벌랜드 공이라 부르도록 하시오.

이 명예는 그에게만 주어지는 것이 아니라,

영예의 표식이 모든 공신 위에 별처럼 빛날 것이오.

(맥베스에게) 이제 장군의 성 인버네스로 갑시다.

맥베스 장군께 좀 더 폐를 끼쳐야겠소.

맥베스 제게 폐하를 위해 쓰이지 않는 휴식이란

노동과 같습니다. 제 스스로 전령이 되어 폐하의

행차 소식을 제 아내에게 알려 기쁘게 듣도록 하겠습니다.

이만 물러가겠습니다.

덩컨 참으로 훌륭한 코더의 영주로다!

맥베스 (방백) 컴벌랜드 왕자라!

내가 걸려 넘어지던가, 아니면 뛰어넘어야 할

산이로구나. 내 가는 길목에 놓여 있으니.

별들이여, 빛을 감추어라!

이 검고 깊은 야망을 보지 마라.

눈은 손을 보지 못한 체하라. 그러나 해치워야 한다.

눈이 보기를 두려워하는 그 일을.

(맥베스 퇴장)

덩컨 밴쿠오 장군. 듣던 대로

그는 정말 용감무쌍한 사람이네.

그에 대한 칭찬을 듣는 것은 내게 마치

향연에서 배부르게 먹고 즐기는 것과 같네.

자, 뒤따라갑시다. 우리를 환영하려 앞서 간 그를.

그는 정말 비길 데 없는 친척이오.

(나팔 소리. 모두 퇴장)

제5장

맥베스의 성, 인버네스

(맥베스 부인이 편지를 읽으며 등장)

맥베스 부인 (소리 내어 읽는다)

그들을 전투에서 승리한 날 만났다오. 나는 확실히 그들이 인간의 지식을 넘어서는 것을 알고 있음을 깨달았소. 내가 더 물어보고 싶은 욕망에 불탈 때, 그들은 공기가 되어 공중으로 사라졌다오. 내가 놀라움에 넋을 잃고 서 있자니, 왕의 전령이 와서 나를 '코더 영주'라 부르며 축하해 주더군요. 운명의 자매들이 앞서 나를 같은 이름으로 부른 데다가 나를 두고 '만세! 앞으로 국왕이 되실 분!'이라 인사했다오. 부인이 앞으로 우리가 약속받은 이 영광스러운 일을 나와 함께 기뻐할 수 있도록 나의 가장 소중한 반려자인 당신에게 이 일을 폐하는 것이 좋을 것이라 생각했다오. 이 일을 잘 생각해 보시오. 그럼, 이만 줄이오.

당신은 글래미스 영주님, 그리고 코더 영주님.

다음은 약속받은 신분이 되실 거예요.

그러나 나는 당신의 성격이 걱정되는군요.

일을 처리하는 가장 빠른 길을 선택하기에는

당신은 너무 나약하고 인정이 넘치는 분이죠.

당신은 위대해지고 싶어 하죠. 그러나 당신에겐

야망이 아니라, 야망을 성취하게 할 사악한 마음이 없어요.

높은 포부를 성스럽게 이루려 하죠. 이는

부정한 수단은 쓰지 않으면서도 부정한 것을 얻으려 하는 것.

글래미스 대영주님, 당신이 가지시려는 그것은

'반드시 해야 한다.'고 외치고 있어요. 그런데 당신은

그걸 실행하길 두려워하시고 있군요.

그러나 결국은 그 일을 하시게 될 겁니다.

일단 하시면, 후회하지 않으실 거고요.

어서 이리로 오세요. 제 기운을 당신에게 퍼부어 드리지요.

운명과 초자연적인 힘의 도움으로

당신이 쓸 황금의 왕관을 방해하는 모든 것을

내 용감한 혀끝의 힘으로 내쫓아드리지요.

(전령 등장)

무슨 소식이냐?

전령 폐하께서 오늘 저녁 이곳으로 오십니다.

맥베스 부인 정신 나간 소릴 하는구나.

주인어른이 폐하와 함께 계시지 않느냐?

그렇다면 준비하라고 알리셨을 것이다.

전령 죄송하지만 사실입니다.

영주님께서 오시는 중입니다. 제 동료 하나가

주인어른을 앞질러 달려와 숨이 끊어질 듯 헐떡이며

겨우 이 소식만을 전해 주었습니다.

맥베스 부인 그를 보살펴 주어라. 굉장한 소식을 가져왔구나.

(전령 퇴장)

까마귀조차 목이 쉬어 울부짖으며

덩컨의 운명적인 죽음을 알리는구나.

자, 오너라. 악령들이여. 너희들도

사람을 죽이는 이 일에 한몫 끼고 싶지 않느냐?

이 순간 나를 여자가 아니게 해다오.

머리부터 발끝까지 온 몸에 잔인함이 넘치도록 해다오.

내 피를 탁하게 하여 동정심으로 통하는 길목을 막아 버려라.

그래서 측은지심이 나의 잔인한 계획을 흔들지 말게 하며,

나의 목표가 달성될 때까지 평안이 깃들지 못하게 하라!

이 여자의 가슴에 들어와 내 젖을 쓰디쓴 담즙으로 바꿔다오.

캄캄한 밤아, 너도 와서 지옥의 가장 어두운 연기로

자신을 감추어라. 이 날카로운 단검이 만드는 상처를
스스로 보지 못하도록, 하늘도 어둠의 장막 사이로 엿보고
'멈추어라, 멈춰!'라고 외치지 못하도록!

(맥베스 등장)

위대한 글래미스!
훌륭한 코더! 만세의 축복에 따라
그보다 더 위대하게 되실 분!
당신의 편지가 나를 이 무지한 현재를 뛰어넘어
지금 이 순간, 미래의 영광을 느끼게 하는군요.

맥베스 사랑하는 부인!
오늘 밤 덩컨이 이곳으로 온다오.

맥베스 부인 그러면 언제 떠나실 예정이죠?

맥베스 내일, 그의 예정대로라면.

맥베스 부인 아아! 그는 결코 내일의 태양을 보지 못할 거예요!
나의 영주님, 당신의 얼굴은 책과 같아서 사람들이
의심스러운 내용을 쉽게 읽어 낼 수 있다니까요.
세상을 속이시려면, 세상과 똑같은 표정을 지어 보이세요.
당신의 눈동자와 손과 혀로 반가움을 표시해야지요.
순진한 꽃처럼 보이되, 그 꽃 아래 숨은 뱀이 되는 겁니다.
오늘 밤 오실 손님을 위해 접대 준비를 해야겠어요.

오늘 밤 큰일은 저에게 맡기세요.

이 일로 앞으로 우리의 낮과 밤은

국왕의 권력과 위엄을 갖게 될 겁니다.

맥베스 좀 더 의논해 봅시다.

맥베스 부인 당신은 그저 밝은 얼굴만 보이세요.

안색을 바꾸는 것은 불안하다는 증거이니.

나머지 일은 제게 맡겨 주세요.

(모두 퇴장)

제6장

맥베스의 성 앞

(오보에 소리와 횃불. 덩컨, 맬컴, 도널베인, 밴쿠오, 레녹스, 맥더프, 로스, 앵거스 그리고 시종들 등장)

덩컨 이 성은 아주 좋은 곳에 자리 잡고 있구나.
공기는 상쾌하고 향기로워 사람의 마음을
유쾌하고 편안하게 해 주는구나.

밴쿠오 여름의 길손인 제비가 사원에 둥지를 튼 것을 보니
이곳의 공기가 얼마나 향기로운지 알 수 있습니다.
추녀 끝, 기둥 위, 버팀벽, 그 밖에 적절한 곳이면 어디든지
제비들이 둥지를 틀고 새끼를 치니, 제가 보아 온 바로는
제비들이 자주 드나들고 새끼를 치는 곳이면
공기가 상쾌하기 마련이지요.

(맥베스 부인 등장)

덩컨 아, 보시오. 이 댁의 부인이 오시는구먼.

호의도 지나치면 때로는 귀찮아지는 법이지만,

그래도 호의는 그 자체로 감사한 법이지요.

부인께 수고를 끼치게 되었습니다.

수고의 대가로 부인은 신께 짐을 축복하도록 빌어야 하고,

귀찮게 해 준 것에 짐에게 감사해야 하겠군요.

맥베스 부인 왕실에 대한 저희의 봉사를 두 배로 늘리고,

그것을 또다시 두 배로 늘린다 하더라도

폐하께서 베푸신 넓고도 깊은 은총에 비하면

보잘것없는 것이지요.

예전에 내리신 작위에 이번에 내려주신 작위를 더하니

저희는 은둔자처럼 폐하의 안위만을 위해 기도할 뿐입니다.

덩컨 코더 영주는 어디에 있소?

짐은 그의 뒤를 바짝 쫓아 그를 앞지를 생각이었는데,

그가 워낙 승마에 능한 데다가, 충성의 마음을

날카로운 박차처럼 이용하여 서둘러 가니,

우리로서는 도저히 앞지를 수가 없었다오.

아름다운 부인, 오늘 밤 우리는 부인의 신세를 지는 손님이요.

맥베스 부인 폐하의 신하인 저희는

저희 하인이나 저희 자신과 모든 재산을

폐하로부터 위탁받아 가지고 있는 것이니

폐하가 원하실 때 분부만 내리시면

언제라도 폐하께 돌려드릴 것입니다.

덩컨 자, 손을 이리 주시오.

짐을 주인에게로 안내해 주오.

짐은 그를 크게 아끼니, 그에 대한 짐의 총애는

변함없을 것이오. 그럼, 갑시다.

(모두 퇴장)

제7장

맥베스의 성안

(오보에 소리와 횃불. 시종장과 접시와 식기를 든 하인들이 무대를 가로질러 간다. 맥베스 등장)

맥베스 만약 그 일을 해치우고, 그것으로 끝나는 것이라면,

그러면 빨리 해치우는 편이 나을 것이다. 왕의 암살로서

뒤따르는 모든 결과를 옭아매고, 그의 죽음과 함께

성공을 손아귀에 넣을 수만 있다면,

단번의 일격이 모든 일의 시작이자 종말이라면,

그렇다면 여기, 바로 여기서, 이 시간의 여울에서

내세를 걸고 모험을 해 볼 것이다.

그러나 이런 일은 반드시 현세에서 심판을 받는 법.

살생의 교훈은 한 번 가르쳐 주면,

그것을 배운 자에게 거꾸로 되돌아오는 법이지.
공평하신 정의의 신은 독살을 준비하는 자의
입에 독을 퍼부으시는 법이거든.
왕은 나를 이중으로 신뢰하기에 여기에 와 있다.
첫째, 내가 그의 친척이고 신하로서 그런 행위에
강하게 반대해야 하며,
둘째, 이 집의 주인으로서
암살자의 침입을 막아 문을 잠가야 마땅하지,
내 자신이 칼을 들어선 안 되기 때문이다.
더구나 덩컨 왕은 인자한 데다가 청렴하게
왕권을 수행해 왔으니, 그의 미덕은
나팔의 혀를 지닌 천사처럼
그를 암살한 자의 저주받을 악행을
천하에 알릴 것이다. 연민의 정은 벌거숭이
갓난아기처럼 돌풍을 타고, 혹은 하늘의 천사처럼
보이지 않는 바람의 말 위에 올라타
이 끔찍한 행위를 만인의 눈 속에 새겨,
그 눈물로 바람을 잠재울 것이다.
내 음모의 옆구리를 찌르는 박차라곤
오로지 끓어오르는 야심뿐, 그러나 이걸로는
말안장에 뛰어올라 타려다 반대편으로
나가떨어지는 꼴이 될 뿐이다.

(맥베스 부인 등장)

왜, 무슨 일이 있소?

맥베스 부인 왕께서는 거의 저녁식사를 마치셨어요.

왜 방을 나가셨어요?

맥베스 왕께서 나를 찾으셨소?

맥베스 부인 그걸 모르고 계셨어요?

맥베스 우리 이 일을 더 이상 추진하지 맙시다.

그는 이번에 내게 큰 포상을 베풀어 주었고,

나는 뭇사람들로부터 좋은 평판을 받고 있소.

그러니 이를 재빠르게 벗어던질 것이 아니라,

지금의 빛나는 새 옷을 좀 더 입고 있겠소.

맥베스 부인 지금껏 입고 있던 희망이라는 옷은 술에 취해 있었나요?

그 후로 계속 잠들어 있었나요? 그래서 이제 깨어나

꿈속에선 그렇게 마음대로 했던 일을 제대로 보고는

창백하고 시퍼렇게 질린 얼굴을 하고 계신 건가요?

지금부턴 당신의 사랑도 그런 줄로 알겠어요.

당신은 바라는 것을 이룰 행동과 용기를 내길

두려워하시는 건가요? 당신은 인생에서

귀한 장식이 될 왕관을 가지고 싶어 하면서도,

속담 속의 고양이[3]처럼 '갖고 싶다.' 하면서도

---

3) 발을 물에 적시지도 않으면서 생선을 잡아먹으려는 고양이에 대한 속담이다.

‘감히 할 수 없어.’ 하면서

평생 비겁자로 살 생각이에요?

맥베스 제발 그만하시오.

사내대장부가 할 만한 일이라면,

난 무엇이든 과감히 하겠소.

그러나 도가 지나치면 인간이 아닌 거요.

맥베스 부인 그럼, 그 계획을 내게 말할 때

당신은 무슨 짐승이었단 말이에요?

감히 이 일을 하겠다 마음먹었을 때, 당신은 사내대장부였어요.

전보다 더 과감해지면 당신은

더욱 큰 남자가 될 수 있어요. 그땐 시간과 장소가 적당치

않았는데도 당신은 그 둘을 맞춰 보려 하셨죠.

지금은 그 둘이 저절로 맞아떨어지는데도,

이번엔 당신이 나서서 그걸 허물어뜨리는군요.

나는 아기에게 젖을 먹여 본 적이 있어요.

그래서 젖을 빠는 아기가

얼마나 사랑스러운지 잘 알고 있어요.

그러나 만약 제가 당신처럼 맹세를 했다면,

그 어린 것이 나를 보고 방실방실 웃는다 해도

그 말랑말랑한 잇몸에서 젖꼭지를 확 잡아채어

아기의 머리통을 단번에 박살 냈을 겁니다!

맥베스 만약 우리가 실패한다면?

맥베스 부인 우리가 실패한다고요?

당신이 있는 힘껏 용기를 내신다면

실패할 리 없잖아요. 덩컨이 잠들면

오늘의 피곤한 여행이 깊은 잠을 들게 할 테니,

내가 두 명의 침실 당번을 포도주로 취하게 만들겠어요.

그러면 뇌를 지키는 기억은 연기로 변하고

이성이 담겨진 그릇은 증류기처럼 증기로

가득 찰 거예요. 그것들이 술에 절어 돼지처럼 잠들어

죽은 듯이 누워 있으면, 무방비의 덩컨에게

당신과 내가 무슨 짓이든 못하겠어요?

만취한 당번들에게 죄를 뒤집어씌우면,

그들이 우리의 대역죄를 떠맡지 않겠어요?

맥베스 부인은 사내아이만 낳을 거요!

두려움을 모르는 그 기질이

사내아이만을 만들어 낼 수 있을 테니.

그 방에서 자고 있는 두 놈에게 피 칠을 해 두고

그들의 단검을 사용한다면,

그들의 소행으로 받아들여지지 않겠소?

부인 누가 의심하겠어요.

우리가 왕의 죽음을 슬퍼하며 대성통곡하면.

맥베스 그렇다면 결심했소.

이 무시무시한 일을 위해 혼신의 힘을 다하겠소.

자, 갑시다. 가장 아름다운 모습으로 모든 사람을 속입시다.

마음속의 흉악한 거짓은 가면으로 감추고 말이오.

(모두 퇴장)

제2막

제1장

맥베스 성안의 뜰

(밴쿠오와 횃불을 든 플리언스 등장)

밴쿠오 얘야, 밤이 얼마나 깊었느냐?

플리언스 달은 졌는데, 종소리는 듣지 못했습니다.

밴쿠오 달은 자정에 진단다.

플리언스 자정은 지난 것 같습니다, 아버지.

밴쿠오 자, 내 검을 받아라. 하늘도 절약을 하는 모양이다.

그곳의 촛불이 모두 다 꺼진 것을 보니. 이것도.

깊은 졸음이 무거운 납덩이처럼

나를 짓누르는데도, 자고 싶지는 않구나.

자비로운 천사들이여!

잠이 들면 찾아오는 저주받을 망상들을 억제해 주소서!

(맥베스와 횃불을 든 시종 등장)

내 검을 다오.

거기 누구냐?

맥베스 친구요.

밴쿠오 그렇구먼! 아니 여태 안 주무셨소?

왕은 잠자리에 드셨소. 굉장히 만족하신 모양이오.

이 집의 종들에게도 두루 선물을 내리셨지요.

이 다이아몬드는 극진한 대접에 대한 감사의 표시로

장군의 부인에게 내리신 선물이오.

폐하께서는 오늘 하루를 만족스럽게 보내신 듯하오.

맥베스 준비를 하지 못해

마음과 달리 갖추지 못한 것이 많았다오.

여유만 있었으면 마음껏 대접을 해 드렸을 텐데.

밴쿠오 모든 것이 좋았소. 그런데

간밤에 나는 그 세 마녀의 꿈을 꾸었다오.

그들이 장군께 해 주었던 예언의 일부가 적중했지요.

맥베스 나는 그들에 대해 생각하지 않았소만,

적당한 기회를 봐서 우리 함께

그 문제에 대해 논의해 보도록 합시다.

밴쿠오 편하신 어느 때나 좋습니다.

맥베스 장군이 때가 왔을 때 저와 의견을 같이 하신다면,

명예로운 지위를 얻으실 겁니다.

뱅쿠오 명예를 더하려다 오히려 잃지 않고,

결백한 마음과 충성심을 간직할 수 있다면,

그렇게 하겠소.

맥베스 그러면 편히 주무시오.

뱅쿠오 고맙소. 장군도 편히 쉬시오.

(뱅쿠오와 플리언스 퇴장)

맥베스 (시종에게) 가서 마님께 술이 준비되거든

종을 울리시라고 일러라.

그리고 너는 물러가 자거라.

(시종 퇴장)

이것은 단검인가, 내 눈앞에 보이는 이것이?

내 손을 향해 칼자루를 보이는 이것이?

어디 한번 잡아 보자.

잡히지는 않는구나. 하지만 여전히 보인다.

죽음의 환영이여, 너는 볼 수는 있되,

만질 수는 없단 말인가?

아니면 너는 열기에 들뜬 머리에서 나온

마음속의 단검, 헛된 환상인가?

아직도 보이는구나. 지금 내가 뽑아 든

이 단검과 똑같은 모습으로.

너는 내가 가려던 길로 나를 이끄는구나.

그리고 나는 너와 같은 흉기를 사용하려 했고.
내 눈이 다른 감각의 놀림감이 되었든지,
아니라면 나머지 감각을 모두 합친 것보다 낫구나.
아직도 보인다. 칼날과 손잡이에 지금까지 없던
핏방울이 떨어지고 있어.
그런 건 없어. 이건 내가 세운 피비린내 나는 계획이
만든 환상이야. 지금 세상의 절반은
만물이 죽은 듯 조용하고, 악몽이 장막에 가려진
단잠을 어지럽히고 있다. 마녀들은 창백한
헤커트에게 제물을 바치고, 움츠렸던 살인자는
파수꾼 늑대의 울음소리를 신호로 행동을 개시하며,
은밀한 걸음으로, 유부녀를 겁탈하려 가는 타르퀸의
걸음으로, 제물을 향해 유령처럼 움직인다.
확고부동한 대지여,
내 발걸음이 어디로 향하든, 발소리에 귀를 막아다오.
행여 돌들이 내가 있는 곳을 재잘거려, 지금 이 시각에
어울리는 소름 끼치는 적막을 깨뜨릴까 두려우니.
내가 말로만 위협하는 동안은 그는 살아 있다.
말은 실행의 열기를 식혀 주는 냉기에 지나지 않는다.
(종이 울린다)
내가 간다. 그럼 끝나겠지. 종소리가 나를 부르는구나.
듣지 마라, 덩컨이여. 이 소리는 그대를

천국이나 지옥으로 부르는 조종이니.

(퇴장)

제2장

맥베스의 성

(맥베스 부인 등장)

맥베스 부인 그자들을 취하게 만든 이 술은 나를 대담하게 만들고,

그자들을 잠잠하게 만든 이것은 나를 불붙여 놓는구나.

(올빼미 울음소리가 들린다)

저 소리는 뭐지? 쉿!

올빼미 울음소리구나. 잘 자라는 최후의 인사를

음울하게 폐하는 불길한 야경꾼.

지금쯤 그이는 그 일을 하고 계실 테지.

문은 활짝 열려 있고, 만취한 시종들은 코를 골며,

자신들의 임무를 비웃고 있겠구나.

내가 그들의 술에 약을 탔으니,

죽음의 신과 삶의 신이 그들을 죽일까 살릴까

다투고 있을 게다.

맥베스 (안에서) 거기 누구냐? 무슨 일이냐?

맥베스 부인 저런! 그들이 깨어나 일을 그르칠까 걱정이다.

이 일이 성사되지 못하면, 우리는 망하는 거야!

저 소리는! 내가 그자들의 단검을 빼서 그이가 볼 수 있는 곳에 두었으니 그이가 그걸 못 보았을 리 없지. 덩컨의 자는 모습이

나의 아버지를 닮지만 않았더라도 내가 해치웠을 거야.

(맥베스 등장)

여보!

맥베스 해치웠소. 무슨 소리 못 들었소?

맥베스 부인 올빼미와 귀뚜라미가 우는 소린 들었어요.

당신이 뭐라 말하지 않았어요?

맥베스 언제?

맥베스 부인 방금요.

맥베스 내가 내려왔을 때?

맥베스 부인 네.

맥베스 들어봐!

두 번째 방에는 누가 있지?

맥베스 부인 도널베인이요.

맥베스 이 무슨 비참한 꼴인가.

맥베스 부인 바보 같은 소리! 비참한 꼴이라니요.

맥베스 한 놈은 자면서 웃고,

또 한 놈은 "살인이야!"라고 외치더군.

그러더니 서로 깨어나더군. 내가 가만히 서서

얘기 듣자니 그들은 기도를 드리고 다시 잠들었소.

맥베스 부인 둘은 함께 자고 있었죠.

맥베스 한 놈이 "신이여, 자비를 베푸소서." 하자

다른 놈이 "아멘."을 외쳤지.

살인하는 나의 손을 보기라도 한 듯이 말이오.

그들이 "자비를 베푸소서."라 할 때

그 공포에 질린 기도를 듣고도 나는 "아멘."이라 할 수 없었소.

맥베스 부인 그건 그렇게 깊게 생각하지 마세요.

맥베스 그런데 왜 나는 '아멘'이란 말을 하지 못했을까?

나처럼 절실하게 신의 자비가 필요한 자도 없을 텐데

'아멘' 소리가 목에 걸려 나오질 않았소.

맥베스 부인 이 일을 그런 식으로 생각하지 마세요.

그렇게 생각하시다간 미쳐 버리실 거예요.

맥베스 내 생각엔 누가 외치는 소리를 들은 것 같소.

"더 이상 잠들지 못할 것이다!

맥베스는 잠을 죽여 버렸다."라고.

그 순진한 잠을.

엉클어진 근심 걱정을 말끔히 정돈해 주는 잠을.

매일의 삶을 마무리시키는 잠을.

힘겨운 노동의 피로를 씻어 주고,

상처 입은 마음을 진정시키는

대자연이 주는 최고의 음식이자,

인생의 향연에서 가장 영양이 풍부한 잠을.

맥베스 부인 무슨 말씀을 하시는 거예요?

맥베스 여전히 그 목소리가 외치고 있어.

"더 이상 잠들지 못할 것이다!"

온 집안을 울리는군.

"글래미스는 잠을 살해했으니,

코더는 더 이상 잠을 잘 수 없다.

맥베스는 더 이상 잠들지 못할 것이다!"

맥베스 부인 그렇게 외치는 것이 도대체 누구란 말이에요?

당신은 위대한 영주예요.

왜 어리석은 생각으로 당신의 귀한 능력을

헛되이 소비하는 거예요?

자, 물을 떠다가 손에 묻은 증거,

그 더러운 핏자국이나 씻어 내세요!

아니, 단검은 왜 가져오셨어요!

그것들은 거기에 놓아두셨어야죠.

얼른 다시 가져가서 그 두 시종들에게

피를 칠해 놓고 오세요.

맥베스 난 더 이상 그곳에 가지 않겠소.

내가 한 일을 생각하면 두려워

감히 그걸 다시 쳐다보지도 못하겠소.

맥베스 부인 나약한 소리!

그 단검을 이리 주세요! 잠든 자와 죽은 자는

그림에 지나지 않는 것. 그려져 있는 귀신을 보고

두려워하는 건 어린아이들이나 하는 짓이에요.

아직도 그가 피를 흘리고 있다면

그 피로 시종들의 얼굴을 칠해 놓을 겁니다.

그들에게 죄를 뒤집어씌워야 하니까요.

(맥베스 부인 퇴장. 안에서 노크 소리)

맥베스 어디서 문을 두드리는 거지?

내가 왜 이럴까. 소리만 들어도 깜짝 놀라다니?

하! 이 손 꼴이 무엇이란 말인가?

눈알이 잡아 뽑히는 듯하구나.

저 위대한 넵튠의 모든 바닷물을 쓴데도

내 손에 묻은 피가 깨끗이 씻길까?

아니다, 내 손이 오히려 그 무한한 바닷물을

핏빛으로 물들여, 푸른 바다를 붉게 바꿔 놓겠지.

(맥베스 부인 다시 등장)

맥베스 부인 내 손도 같은 색이 되었군요.

그러나 난 당신처럼 창피하게

창백히 질린 심장을 갖지는 않았답니다.

(노크 소리)

남쪽 입구에서 문을 두드리는 소리가 들리네요.

우리는 방으로 들어갑시다.

이 일은 약간의 물이면 깨끗해질 테니, 얼마나 쉬워요?

당신은 굳건한 마음을 잃어 가고 있어요.

(노크 소리)

들어 보세요, 또 문을 두드리네요.

잠옷으로 갈아입어요. 불러 나갈 경우

깨어 있었다는 의심을 받으면 곤란하니.

그렇게 맥없이 생각에 빠져 계시면 안 돼요.

맥베스 내가 한 일을 생각하느니

내 자신을 잊는 것이 낫겠소.

(노크 소리)

그렇게 두드려, 덩컨 왕을 깨워라. 할 수만 있다면.

(모두 퇴장)

제3장

같은 곳

(노크 소리. 문지기 등장)

문지기 정말 심하게도 두드리는구먼. 어떤 놈이 지옥의 문지기였어도 엄청나게 열쇠를 돌려야 했을 거야. (노크 소리) 두드려라, 두드려, 두드리라고. 지옥대왕 바알세불의 이름으로 묻노니, 게 누구냐? 풍년이 들까 봐 목을 매단 농부가 오셨구나. 들어오너라. 이 기회주의자야. 손수건이나 넉넉히 준비해라. 여기선 땀깨나 흘릴 테니. (노크 소리) 두드려라. 두드려. 나머지 악마의 이름으로 묻노니, 게 누구냐? 옳지. 여기 모호한 말재주로 저울 양편에 거짓 맹세를 매어 둔 거짓말쟁이가 오셨구먼. 신의 이름을 팔아 죄는 범했지만, 모호한 말로 하늘을 속여 천국에 가실 수는 없었으렷다! 아! 들어오시게. 이 모호한 말재주꾼아. (노크 소리) 두드려라. 두드려. 거기 누구냐? 옳지. 프랑스식 바지에서 옷감을 떼어 먹은 영국 재단사로구만. 들어오시지. 이 재단사야. 여기선 네 놈의 다리미를 달구기 좋을 게다. (노크 소리) 두드려라. 두드려. 잠시도 조용할 틈이 없구나. 너는 대체 뭐하는 놈이냐? 그런데 여긴 지옥치곤 너무 춥단 말이야. 지옥의 문지기 노릇도 더 이상은 못해 먹겠다. 환락의 길을 더듬다가 영원한 지옥불로 가는 사람은 직업을 불문하고 얼마든지 들여보내 주려 했는데. (노크 소리) 갑니다. 가요! 부디 이 문지기를 잊지 말아 주십쇼. (문을 연다)

(맥더프와 레녹스 등장)

맥더프 여보게. 이렇게 늦잠을 잔 것을 보니,
간밤에 늦게 잠자리에 들었던 모양이구만.

문지기 그렇습니다, 나리. 두 번째 닭이 울 때까지 진탕 마셨습죠. 술은, 나리, 크게 세 가지를 자극시킨 답니다.

맥더프 술이 자극한다는 세 가지가 무어냐?

문지기 아이고, 나리. 딸기코와 졸음, 그리고 소변입죠, 나리. 색욕은 자극시켰다가 안 했다 합니다요. 욕망은 일으키되, 실행 능력은 빼앗으니 말이죠. 고로, 과음은 색욕에 관해서는 애매한 말로 거짓을 일삼는 놈입니다요. 그것은 그놈을 일으켰다가 쓰러뜨리고, 부추겼다가 힘을 빼고, 설득해 놓고는 실망시키고, 착수시켰다가 꽁무니를 빼 버린답니다. 결론적으로, 색욕에게 모호한 말로 속여 잠 속으로 나자빠뜨려 놓고 그대로 내버려 둔다 이 말입니다요.

맥더프 자네도 지난밤 술을 마시고는 나자빠졌나보군.

문지기 그랬습지요, 나리. 목덜미를 잡혀 쓰러졌지요.

하지만 저도 그놈의 술에 앙갚음을 해 줬답니다.

제 생각엔 술이란 놈에겐 제가 너무 강한지라 놈이 때로는

제 다리를 잡아 비틀거리게는 했지만,

결국 제가 그놈을 내동댕이쳐 버렸지요.

맥더프 주인어른께서는 일어나셨느냐?

(맥베스 등장)

맥더프 우리가 문을 두드리는 통에 깨셨구나.

이리로 오시는군.

레녹스 안녕하십니까, 영주님!

맥베스 두 분께서도 안녕하시오.

맥더프 폐하께서는 일어나셨습니까?

맥베스 아직 안 일어나셨소.

맥더프 폐하께서는 제게 아침 일찍 깨우라 분부하셨지요.

까딱하면 늦을 뻔했군요.

맥베스 폐하께 안내해 드리지요.

맥더프 이런 일이 장군께서 즐거운 수고인 줄은 알지만

그래도 수고는 수고지요.

맥베스 즐겨서 하는 일이니 수고랄 것도 없지요.

이 문이오.

맥더프 무엄한 줄 알지만, 들어가 뵈어야겠습니다.

그렇게 명령을 받았으니.

(맥더프 퇴장)

레녹스 폐하께서는 오늘 이곳을 떠나십니까?

맥베스 그렇소. 그럴 예정이시지요.

레녹스 지난밤은 참 사나웠습니다.

저희가 묵은 곳에서는 굴뚝이 바람에 무너지고,

사람들이 말하길 하늘에서 비탄의 소리와

기이한 죽음의 비명이 울렸다 합니다.

거기에 불행한 세상에 닥칠 무시무시한 소동과

혼란을 예언하는 소리가 들리고,

불길한 새소리가 밤새 들렸다고도 합니다.

어떤 이들은 대지가 열병이 걸린 듯

벌벌 떨었다고도 하고요.

맥베스 험한 밤이었지요.

레녹스 젊은 제 기억으로는

이보다 더한 밤은 없었습니다.

(맥더프 재등장)

맥더프 아, 무서운 일! 무섭다! 무서워!

입으로, 아니 마음으로도 품거나 형언할 수 없는 일이!

맥베스, 레녹스 무슨 일이오?

맥더프 끔찍한 일이 벌어졌구나!

가장 신성 모독적인 살인이 발생해

주님이 기름 부으신 신성한 육체를 갈라

그 신전에서 생명을 도둑질해 갔소!

맥베스 도대체 무슨 말이요, 생명이라니?

레녹스 폐하의 생명을 말하는 거요?

맥더프 침실로 가 새로 태어난 고르곤[4] 같은

광경을 보고 두 분의 눈도 멀게 하시오.

나더러 말하라 묻지 마시고,

가서 보시고 직접 말씀해 보시오.

(맥베스와 레녹스 퇴장)

일어나라! 일어나!

경종을 울려라! 살인이다! 반역이다!

밴쿠오, 도날베인, 맬컴, 일어나시오!

죽음의 모조품인 보드라운 잠은 던져 버리고,

진짜 죽음을 보시오! 일어나시오!

일어나 최후의 심판의 날과 같은 이 광경을 보시오!

맬컴! 밴쿠오! 자신의 무덤에서 걸어 나오듯

---

4) 그리스 신화에 나오는 세 자매로, 머리카락이 뱀으로 되어 있으며 거대한 이빨과 추악한 얼굴을 가졌다. 이 괴물을 보는 사람은 누구나 돌로 변했다 한다. 세 자매 중 메두사가 가장 유명하다.

유령처럼 걸어 나와 이 끔찍한 광경을
좀 보시오! 종을 울려라!

(종이 울린다. 맥베스 부인 등장)

맥베스 부인 무슨 일이십니까?
이토록 소란스럽고 불길한 경종을 울려
온 집안의 사람들을 깨우고 계시니?
말씀해 주세요! 말씀을!

맥더프 오, 인자하신 부인.
말씀드릴 수는 있으나
부인께서 들으시면 안 될 것입니다.
부인께선 이런 말을 듣기만 해도
기절하고 돌아가실 테니.

(밴쿠오 등장)

오, 밴쿠오! 밴쿠오!
우리의 주군이신 왕께서 피살되셨소!

맥베스 부인 아니, 그럴 수가!
뭐라고요! 우리 집에서?

밴쿠오 어디에서건 너무도 잔인한 일입니다.
맥더프, 제발 방금 한 말을 부정하고

그렇지 않다고 말해 주게.

(맥베스, 레녹스 재등장)

맥베스 내가 이 참변이 일어나기
한 시간 전에만 죽었던들,
행복한 삶을 살았다 할 것을.
이 순간 이후로 세상의 삶에
중요한 일이라고는 하나도 없게 되었소.
만사는 장난감에 불과하고
명예도, 미덕도 죽었소.
인생이란 술은 마르고
술 창고에 남은 것은 찌꺼기뿐이오.

(맬컴과 도널베인 등장)

도널베인 무슨 일이오?
맥베스 두 분께 변고가 일어났는데,
모르고 계셨군요.
두 분의 혈통의 샘이, 근원이, 원천이 끊어지셨습니다.
맥더프 부왕께서 시해당하셨습니다.
맬컴 네? 도대체 누가?

레녹스 두 호위병의 짓인 듯 보입니다.

그들의 손과 얼굴은 온통 피투성이고,

그들의 단검도 마찬가지인데,

닦지도 않은 채 베게 위에 놓여 있었고,

그자들은 멍하니 쳐다만 보고 있었습니다.

도저히 누구의 생명도

그들에게 맡겨서는 안 될 자들로 보였습니다.

맥베스 아, 격분한 나머지 내가 정신을 잃고

그들을 베었으니, 이제와 후회가 되는군요.

맥더프 왜 그리하셨소?

맥베스 그 누가 당황한 가운데 현명하게,

분노한 가운데 침착하게,

충성심에 불타면서도 냉담할 수 있겠소?

그런 자는 없을 것이오.

의분에 넘치는 내 충정이

서둘러 사리를 분별하는 이성을 앞질렀구려.

이쪽에는 덩컨 왕께서

은빛 피부가 금빛 피로 얼룩진 채

누워 계시고, 칼로 벌어진 상처는

파괴와 파멸이 들어가려고 뚫은

생명의 구멍처럼 보였소. 그런데 저쪽에는

살인자들이 직업에 어울리는 핏빛으로 물들어 있고,

그자들의 단검은 피가 엉겨 있었소.

충정을 가진 자, 충정을 행동으로 바꿀 용기를 가진 자,

어찌 참고 가만히 있을 수 있었겠소?

맥베스 부인 아, 누가 저 좀 부축해 주세요!

맥더프 부인을 돌보아 드리시오.

맬컴 (도널베인에게 방백) 왜 우리는 입을 다물고 있을까?

이건 우리와 가장 관계있는 문제인데 말이야.

도널베인 (맬컴에게 방백) 여기서 무슨 말을 한단 말입니까.

어떤 운명의 신이 어느 송곳 구멍 속에서 달려 나와

우리를 잡을지 모르는 이곳에서? 이 자리를 뜹시다.

아직은 우리가 눈물을 흘릴 때가 아니니.

맬컴 (도널베인에게 방백) 우리의 큰 슬픔을 느낄 새도 없구나.

밴쿠오 부인을 돌봐 주시오.

(부인이 도움을 받으며 퇴장)

그리고 거의 벌거벗어 떨고 있는 우리 몸을 가린 후

다시 만나 이 무도한 시해의 진상을 조사해 알아봅시다.

우리는 공포와 의심에 떨고 있소.

나는 이제부터, 신의 위대하신 손길에 의지해,

밝혀지지 않은 흉악한 반역의 음모에 대항해 싸울 것이오.

맥더프 나도 그럴 것이오.

일동 우리도.

맥베스 그렇다면, 모두 급히 적절한 복장을 갖추고

홀에서 모입시다.

일동 좋습니다.

(맬컴과 도널베인만 남기고 모두 퇴장)

맬컴 어쩔 셈이냐? 저자들과 함께 행동할 수 없다.

마음에도 없는 슬픔을 보이는 건

위선자라면 누구나 할 수 있는 일.

나는 잉글랜드로 가겠다.

도널베인 전 아일랜드로 가겠습니다.

우리가 갈라지는 것이 서로에게 더 안전할 겁니다.

우리가 있는 이곳은 사람들의 웃음 속에 비수가 있어요.

핏줄이 가까울수록 더 우리를 살해하고 싶어 할 테니.

맬컴 시위를 떠난 살기 어린 화살이

아직 땅에 떨어지지 않았구나.

표적에서 벗어나는 것만이

우리에겐 가장 안전한 길이야.

말에 오르자. 이러저러 작별인사 할 것도 없다.

몰래 빠져나가자. 자비가 없는 상황에선

몰래 도망가 자신의 생명을 훔쳐 내는 것이 정당한 법.

(모두 퇴장)

제4장

맥베스의 성 밖

(로스와 노인 등장)

노인 육십 하고도 십 년을 더한 평생을
저는 잘 기억하고 있지요.
한 권의 책과 같은 그 시간 동안
이런저런 끔찍한 시절과 이상한 것들을 보아 왔지만,
무시무시한 지난밤에 비하면 아무것도 아니었습니다.

로스 아, 어르신.
하늘이 인간의 잔인한 행동을 괘씸히 여겨
피비린내 나는 이 무대를 위협하고 있는 듯합니다.
시각은 분명 낮인데, 시커먼 밤의 장막이
운행 중인 태양의 목을 조르고 있습니다.

생기 있는 햇빛이 땅을 비춰야 할 이 시각에
어둠이 대지를 덮고 있으니,
이는 밤의 세력이 권세를 부리는 탓일까요?
아니면 낮이 부끄러워하는 탓일까요?

노인 심상치 않습니다.
누군가가 저지른 행위와 같이 말입니다.
지난 화요일에는 하늘 높이 솟은 매가
쥐나 잡는 올빼미에게 잡혀 죽임을 당했답니다.

로스 그리고 덩컨 왕의 말들은
참으로 기이한 일이지만,
그토록 훌륭하고 빨라 무리 중에서도
총애를 받던 말들이 성질이 사나워져,
마구간을 부수고 뛰쳐나와
인간에게 도전하는 듯 복종을 거부하며 대들었다 합니다.

노인 그들은 서로 물어뜯었다지요.

로스 그랬답니다. 그걸 제 눈으로 보고는 깜짝 놀랐습니다.

(맥더프 등장)

여기 맥더프 경이 오시는군요.
세상이 어떻게 돌아가고 있는 겁니까, 영주님?

맥더프 경은 보지 못하고 계시오?

로스 이 잔인무도한 시해의 주도자가 누군지 알려졌소?

맥더프 맥베스가 죽인 두 놈이지요.

로스 아아, 저런! 도대체

무엇을 바라고 그런 짓을 했을까요?

맥더프 매수되었던 거요.

맬컴과 도널베인이 도망쳤소.

그래서 두 왕자가 범행에 대한 혐의를 받고 있지요.

로스 그 역시 자연의 이치에 어긋나는군요.

절제를 모르는 야심이여,

앞으로 받을 왕위의 근원을 탐식하다니!

그렇다면 왕위는 맥베스에게로 돌아가겠군요.

맥더프 벌써 왕으로 추대되어 스쿤으로 떠났소.

로스 덩컨 왕의 유해는 어디에 모셔졌습니까?

맥더프 선왕 대대로 이어 왔던 묘소이고,

그들의 유골이 안장된 콤킬로 운구하였소.

로스 경은 스쿤으로 가십니까?

맥더프 아니요, 파이프로 갈 겁니다.

로스 저는 스쿤으로 가겠습니다.

맥더프 그곳에서의 모든 일이 잘 되길 바랍니다.

잘 가시오. 상황이 더 나빠지지 않길 빌겠습니다.

로스 어르신, 안녕히 계십시오.

노인 하느님의 축복이 함께하시길.

악을 선으로, 적을 친구로 만드는 분께도 축복이 있기를!

(모두 퇴장)

제3막

제1장

포레스궁

(밴쿠오 등장)

밴쿠오 마녀들이 약속한 대로 왕위, 코더, 글래미스까지

이제 넌 모든 걸 가졌구나.

그리고 나는 네가 부정한 방법으로

이것들을 이룬 것은 아닌지 걱정이다.

그러나 왕위는 네 후손에 계승될 게 아니라,

나라는 뿌리로부터 대대로 이어진다 했지.

그들의 말이 진실로 이뤄진다면,

맥베스 위에 그들의 예언이 빛나듯,

네게 이루어진 좋은 일들이 내게도

이뤄지지 말라는 법은 없지.

나의 예언이 실현되길 바라서
안 될 이유는 없다. 그러나 쉿! 그만하자.

(음악 소리. 왕이 된 맥베스, 왕비가 된 맥베스 부인, 레녹스, 로스, 귀족들과 시종들 등장)

맥베스 여기 가장 중요한 손님이 계셨구먼.

맥베스 부인 이분을 잊었다면 우리의 큰 잔치에 구멍이 난 것처럼
모든 것이 어울리지 않았을 거예요.

맥베스 장군, 오늘 밤 우리가
성대한 만찬을 베풀려 하니, 참석해 주길 바라오.

밴쿠오 폐하께서 내리시는 명령은
저의 의무에 풀 수 없는 매듭으로
영원히 매여 있으니 그리하겠습니다.

맥베스 장군은 오늘 밤 말을 타고 어디에 가신다지요?

밴쿠오 그렇습니다, 폐하.

맥베스 그러지 않으면 짐은 오늘 모임에서
언제나 신중하고 유익한 장군의 조언을 들어 보려 했지요.
그럼 내일 듣도록 합시다.
멀리 가시오?

밴쿠오 지금 떠난다면 만찬까지는 돌아올 수 있는
거리입니다, 폐하. 그러나 만약 제 말이 잘 달려 주지 않으면,

어둠 속을 한두 시간 더 달려야 할 것 같습니다.

맥베스 만찬에 꼭 오시오.

밴쿠오 그리하겠습니다.

맥베스 듣자니 잔인한 나의 두 사촌이 각각

잉글랜드와 아일랜드에 머무르며,

잔인한 부왕의 시해를 고백하지 않은 채

유언비어를 퍼뜨리고 있다고 하오.

그러나 그 일은 내일 우리

두 사람이 함께 처리할 국사와

함께 논의하도록 합시다. 어서 출발하시오.

밤에 돌아올 때까지 몸조심하시오.

플리언스도 함께 갈 예정이오?

밴쿠오 그렇습니다, 폐하. 출발 시간이 다 되었습니다.

맥베스 장군의 말이 빠르고 발이 튼튼하길 바라오.

그럼 어서 말에 오르시오. 잘 가시오.

(밴쿠오 퇴장)

지금부터 저녁 일곱 시까지

자유롭게 시간을 보내도록 하시오.

만찬의 밤을 즐겁게 맞이하기 위해

짐은 만찬 전까지 혼자 있을까 하오.

그럼, 편히 즐기시오.

(맥베스와 시종을 남기고 모두 퇴장)

그 사람들이 나를 기다리고 있느냐?

시종 궁 밖에서 기다리고 있습니다.

맥베스 그들을 불러오너라.

(시종 퇴장)

왕으로 사는 것도,

안전하지 않다면, 부질없는 일.

밴쿠오에 대한 나의 두려움은 깊이 박혀 있다.

제왕과 같은 그의 성품에는 두려운 무언가가 있어.

그는 대담한 데다, 꺾이지 않는 기개가 있고,

자신의 용기를 안폐하게 실행할 지력도 갖췄지.

내가 두려워하는 것은 오로지 그놈뿐이다.

나의 수호신도 그자를 만나면 꼼짝을 못 하니.

마녀들이 처음 나를 왕으로 불렀을 때,

그는 마녀들을 꾸짖고 자기에 관한 것도

말하라 명령했지. 그랬더니

마녀들은 예언하듯 그가 대대손손 왕들의

조상이 될 것이라 했다.

그들은 내 머리 위에 열매 없는 왕관을 씌우고,

내 손에는 남의 자손에게 빼앗길 왕호를 쥐어 준 거야.

그렇다면, 나는 지금까지 밴쿠오의 자손을 위해

내 마음을 더럽혔고, 그들을 위해

인자한 덩컨 왕을 시해한 것이 된다.

그들을 위해 내 평화스러운 마음의 술잔에

원한의 독을 가득 붓고,

영원불멸한 영혼이라는 내 보석을

인류의 적인 악마에게 내주었단 말인가.

그들을, 밴쿠오의 자손들을 왕으로 만들기 위해!

그리 될 바에야 차라리,

자, 운명의 여신이여, 오너라.

끝까지 싸우고 겨뤄 보자.

밖에 누구냐?

(시종이 두 자객을 데리고 재등장)

맥베스 너는 나가 문 밖에서 부를 때까지 기다려라.

(시종 퇴장)

우리가 함께 이야기한 것이 어제가 아니더냐?

자객 1 그렇습니다, 폐하.

맥베스 그렇다면 내가 한 말을 잘 생각해 보았느냐.

지금까지 자네들을 불행에 빠뜨린 사람은

내가 아니라 그자라는 사실을 이제는 알겠느냐?

이 문제는 지난번에 만나 충분히 이야기했다.

증거를 살펴보고 너희들이 어떻게 속았고

배반당했으며 앞잡이는 누구이고

조종한 자는 누구인지, 그 밖에 모든 것을 설명했으니

그러니 아무리 얼빠진 자나 정신이 온전치 못한 자도

'밴쿠오가 한 일'이라 말할 수 있을 것이다.

자객 1 그건 잘 말씀해 주셔서 알고 있습니다.

맥베스 그렇지. 그다음에 이야기한 것이

오늘 만남의 목적이다. 너희는

그 문제를 내버려 둘 정도로 참을성이 강하단 말이냐?

너희를 가혹하게 다루고 무덤으로 끌어내려

너희 가족들마저 굶주리게 만든 그자를 위해,

그자와 그자의 후손들이 잘되라고 기도할 만큼

너희는 성경 말씀을 고분고분 따른단 말이냐?

자객 1 저희도 사내입니다, 폐하.

맥베스 그렇다. 명목상으로는

너희도 사람 축에 들 테지.

사냥개, 그레이하운드, 잡종 개, 스파니엘,

들개, 털개, 땅개, 늑대가

모두 개라는 이름으로 불리듯이.

그러나 감정서에는 빠른 개, 느린 개, 똑똑한 개,

집 지키는 개, 사냥개 등 풍요로운 자연이 각각 부여한

재능에 따라 모두 구별되어 있는 법이다.

그리고 인간도 마찬가지지.

자네들이 명부상 인간의 한자리를 차지하고 있다 해도

명부에 적힌 서열의 밑바닥에 속해 있지 않은가.

아니라면 말해 보아라.

그렇다면, 이제 내가 은밀히 할 말이 있는바,

그 일을 해내기만 하면, 너희의 적을 없애고

짐의 신뢰와 총애를 얻게 될 것이다.

그자가 살아 있으면, 짐의 건강은 병이 드니

그자가 죽어야 완치될 것이다.

자객 2 폐하, 저는 세상에서 수없이 차이고 밟혀 왔기에

울분에 차 세상에 분풀이를 할 수 있다면

뭐든지 할 것입니다.

자객 1 저 또한 온갖 재난과 불운한 운명에

부대끼며 살아온지라 제 목숨을 운에 맡기고

죽든 살든 모험을 하고 싶은 사람입니다.

맥베스 너희 둘은 밴쿠오가 너희의 적이라는 것을 잘 알겠지.

자객들 그렇습니다.

맥베스 그는 나의 적이기도 하다.

그리고 나의 급소에 치명적인 상처를 남길 수 있을 만큼

내 가까운 거리에 머무르고 있지. 물론 왕의 권한으로

그를 쫓아내고 내 뜻대로 정당화시킬 수도 있지만

그렇게 할 수는 없는 일.

그의 친구이자 나의 친구인 몇몇의 호의를 잃지 않으려면

적절한 때에 내가 때려눕힌 그를 위해 직접 슬퍼해야 하니

자네들의 도움이 필요하네.

그 밖에도 여러 이유로 이 일은

사람들의 눈으로부터 숨겨져야 하니 말이다.

자객 2 폐하, 저희는 명령하시는 대로 따르겠습니다.

자객 1 비록 저희의 목숨이…….

맥베스 자네들의 굳은 결심이 빛나는구나.

늦어도 한 시간 내에

자네들이 잠복할 장소를 일러 줄 것이고

정확히 실행할 시간 또한 전해 주겠네.

이 일은 오늘 밤,

궁에서 조금 떨어진 곳에서 해치워야 한다.

내가 털끝만큼도 의심을 사서는 안 된다는 것을 명심해라.

그자와 더불어 어떤 후환도 남기지 않으려면

그와 동행하는 아들 플리언스도 함께 처리해야 할 것이야.

그놈에게도 어두운 암흑의 운명을 맞이하게 하라.

그를 제거하는 일은 그놈의 아비를 제거하는 일만큼 중요하다.

물러가 마음을 단단히 먹도록 해라. 나도 곧 가겠다.

자객들 저희는 이미 결심했습니다, 폐하.

맥베스 곧 부를 테니 안에서 기다려라.

(자객들 퇴장)

모두 결정되었다, 밴쿠오.

그대의 영혼이 날아올라

천국을 찾기 위해선 오늘 밤 안으로 찾아야 할 것이다.

(퇴장)

제2장
포레스궁

(맥베스 부인과 시종 등장)

맥베스 부인 밴쿠오 장군은 궁을 떠나셨느냐?

시종 예, 그러나 오늘 밤 다시 돌아오실 것입니다.

맥베스 부인 폐하께 내가 잠시 드릴 말씀이 있다고 전하거라.

시종 알겠습니다.

(퇴장)

맥베스 부인 허망하구나. 모든 것을 잃고도 얻은 것이 없으니.
뜻은 이루었지만 만족할 수가 없구나.
살인을 저지르고 불안한 기쁨에 전전긍긍하며 사느니
차라리 살해당하는 편이 낫겠다!

(맥베스, 생각에 잠겨 등장)

무슨 일이십니까, 폐하? 어째서 홀로
우울한 생각에 잠겨 계십니까? 그러한 생각은
죽어 사라진 사람과 함께 사라졌어야 마땅한 것을.
돌이킬 수 없는 일은 생각하지 않는 법입니다.
이미 끝난 일은 끝난 일이지요.

맥베스 우리는 뱀에게 상처만 입혔을 뿐, 죽이지는 못했소.
상처가 아물어 원상태로 회복되면, 우리의 서투른 악행은
언제 그 뱀의 독니에 물릴지 모르는 일이오.
불안에 떠는 손으로 세끼 식사를 하고,
밤마다 끔찍한 악몽에 시달릴 바에야,
차라리 우주가 산산이 부서지고
천지가 무너지는 게 낫겠소.
우리가 편하자고 편안한 곳에 보내 버린 덩컨을 따라
차라리 우리도 죽는 게 낫지 않겠소.
덩컨은 무덤 속에 누워 있소.
인생의 온갖 발작과 열병을 겪은 후
이제 조용히 편안히 잠들어 있구려.
우리가 반역이라는 최악의 일을 저질렀으니,
칼도, 독약도, 내란도, 외세의 공격도, 그 어느 것도
이제 더 이상 그를 괴롭히지 못할 것이오.

맥베스 부인 자, 갑시다. 인자하신 폐하.

일그러진 얼굴을 펴세요. 명랑한 기분으로

오늘 밤에 오실 손님들을 맞으셔야죠.

맥베스 그러겠소. 그리고 부인도 그렇게 하시구려.

밴쿠오에게 각별히 신경을 쓰고,

눈빛으로, 말로 그를 극진히 대하시오.

한동안은 안심할 수 없으니, 우리는

우리의 명예를 아침의 냇물로 씻어 깨끗이 두고,

우리의 얼굴을 마음의 가면 삼아 본심을 위장해야 하오.

맥베스 부인 이제 그런 말씀도 마세요.

맥베스 아! 부인.

내 마음은 독충으로 가득하오!

당신도 알다시피 아직 밴쿠오와 플리언스가

살아 있지 않소.

맥베스 부인 그러나 그들 역시 영원히 사는 존재는 아니지요.

맥베스 그 말을 들으니 위안이 되는구려.

그들도 공격을 당할 수 있지.

그러니 당신도 즐거워하시구려.

박쥐가 은신처로 날아가기 전에,

마녀 헤커트의 부름으로 받고

붕붕거리며 날아가는 풍뎅이가

졸리는 소리로 하품과 밤잠을 재촉하는

저녁 종을 울리기 전에 끔찍한 일이 벌어질 테니.

맥베스 부인 무슨 일이 일어나나요?

맥베스 사랑하는 부인은 모르는 척하고 있다가,

일이 성사되거든 박수나 쳐 주시오.

오너라, 세상의 눈을 감기는 밤이여.

자비로운 낮의 부드러운 눈을 가리고,

보이지 않는 그대의 피 묻은 손으로

나를 창백하게 질리게 하는 그 크나큰 보증서를

갈기갈기 찢어 무효로 만들어라.

날이 어두워지고 있구나.

땅 까마귀는 어두운 숲 속으로 날아든다.

낮 동안 선량했던 무리들은

고개를 숙이고 졸기 시작하고,

밤의 흉악한 무리들은 먹이를 찾아 고개를 든다.

당신은 나의 말에 놀랐나 보구려.

하지만 잠자코 있으시오.

악으로 시작된 일은 악으로 다져야 하는 법.

그러니, 자, 함께 갑시다.

(모두 퇴장)

제3장

포레스 궁 근처의 정원

(세 자객 등장)

자객 1 그런데 누가 당신에게 우리와 함께하라 했는가?

자객 3 맥베스 왕께서.

자객 2 이 사람은 의심할 여지가 없는 것 같군.

우리의 임무와 할 일을 지시대로 정확히 말하고 있으니.

자객 1 그럼 함께 일합시다.

서편 하늘에는 아직도 석양빛이 희미하게 남아 있군.

지금쯤 길을 재촉하는 나그네가 여인숙에 닿으려

말에 박차를 가하고 있을 테니, 우리가 노리는 자들도

가까이 다가오고 있으렷다.

자객 3 쉿! 말발굽 소리다.

뱅쿠오 (멀리서) 여봐라, 횃불을 이리 가져오너라!

자객 2 그자다.

초대 명단에 오른 다른 모든 사람은 이미 궁 안에 있으니.

자객 1 그의 말들이 저기로 돌아간다.

자객 3 1마일쯤은 돌아가겠지. 그러나 다른 사람들이 그리하듯,

여기서부터 궁의 대문까지는 걸어서 갈 것이야.

(뱅쿠오와 플리언스가 횃불을 들고 등장)

자객 2 횃불이다, 횃불!

자객 3 그자다.

자객 1 해치우자.

뱅쿠오 오늘 밤엔 비가 올 것 같군.

자객 1 올 테면 오라고 해라.

(자객 1이 횃불을 끄자 다른 자객들이 뱅쿠오를 습격한다)

뱅쿠오 배반이다! 도망쳐라! 플리언스!

달아나라, 달아나, 어서!

이 원수는 갚아야 한다. 이 비열한 놈!

(뱅쿠오가 죽는다. 플리언스는 도주한다)

자객 3 횃불을 쳐서 끈 놈이 누구냐.

자객 1 뭐가 잘못됐나?

자객 3 한 놈밖에 해치우지 못했어. 아들은 달아났네.

자객 2 일의 절반을 놓쳤군.

자객 1 자, 가세. 얼마만큼 끝냈는지 말씀드려야지.

(모두 퇴장)

제4장

궁 안의 연회실

(연회 준비가 되어 있다. 맥베스, 맥베스 부인, 로스, 레녹스, 귀족들과 시종들 등장)

맥베스 경들은 각자의 지위를 아실 테니 앉으시오.
처음부터 끝까지 진심으로 환영하오.

귀족들 감사합니다, 폐하.

맥베스 짐도 경들과 자리를 같이하여
부족하나마 주인 노릇을 할 것이오.
왕비는 옥좌를 지키지만, 적당한 때 환영사를
한마디 하도록 짐이 청하리다.

맥베스 부인 저를 대신하여 폐하께서 여러 친구분께
인사 말씀을 드려 주세요.

진심으로 저는 여러분을 환영하고 있습니다.

(문 앞에 자객 1 등장)

맥베스 보시오. 손님들이 당신에게 진심으로 감사해하고 있소.
양쪽의 인원수가 같으니 나는 여기 중간에 앉으리다.
자, 마음껏 즐기시오. 곧 큰 술잔에 술을 가득 부어
좌중에 축배를 돌리겠소.
(문 쪽으로 가서 작은 소리로 자객에게) 얼굴에 피가 묻어 있지 않느냐.

자객 1 밴쿠오의 피입니다.

맥베스 하긴 그자의 피는 그놈의 몸속에 있는 것보다
쏟아져 나와 네 놈의 얼굴에 묻어 있는 것이 낫지.
해치웠느냐?

자객 1 목을 잘랐습니다, 폐하. 제 손으로 직접 했지요.

맥베스 네놈이야말로 사람 목을 베는 데 선수로구나.
플리언스에게 같은 짓을 한 사람도 훌륭했겠지.
네가 했다면, 너는 천하의 무적이다.

자객 1 황공하오나, 폐하. 플리언스는 도망쳤습니다.

맥베스 (방백) 그렇다면 내 불안이 다시 도지겠구나.
그 실수만 없었다면 나의 안전은
대리석처럼 견고하고, 바위처럼 단단하며,
우리를 감싼 대기처럼 자유롭고 완전했을 텐데.

그러나 나는 지금 다시 의혹과 공포와 두려움에

싸이고, 묶이고, 갇혀 포로가 되어 버렸다.

허나, 밴쿠오는 틀림없겠지?

자객 1 예, 폐하.

머리에 스무 군데나 깊은 상처를 입고

개울가에 처박혔는데, 그중 가장 작은 상처라 해도

목숨을 빼앗기엔 충분한 것이었습니다.

맥베스 그 일은 고맙구나.

(방백) 큰 뱀은 죽었다. 달아난 새끼 뱀은 때가 되면

자라나 큰 독을 품을 것이지만 지금 당장은 독니가 없다.

물러가라, 내일 다시 듣도록 하자.

(자객 퇴장)

맥베스 부인 폐하, 손님 접대를 소홀히 하고 계십니다.

연회란 계속되는 동안 줄곧 환대의 뜻을 밝혀 주시지 않으면

사 먹는 음식과 다를 바 없으니,

먹기로 말하면 자기 집이 제일이지요.

밖에서 하는 식사는

환대가 입맛을 돋우는 식사의 양념이니,

그것이 없는 연회는 무미건조하답니다.

(밴쿠오의 유령 등장, 맥베스의 자리에 앉는다)

맥베스 그것 참 맞는 말이오.

자, 마음껏 드시고 잘 소화시켜 건강하시길.

그 두 가지를 위해 듭시다!

레녹스 폐하께서도 자리에 앉으시지요.

맥베스 고매한 밴쿠오 장군이 이 자리에 있었더라면,

전국의 명문 귀족들이 모두 한 자리에 모였다 할 것인데.

짐은 그에게 어떤 불상사가 일어났는지 걱정하기보다는

무성의한 탓이라 말하고 싶소이다!

로스 약속하고도 오지 않음은 비난받아 마땅합니다.

폐하께서도 동석하셔서 함께 자리하는 영광을

베풀어 주심이 어떠신지요?

맥베스 자리가 다 차 있구려.

레녹스 여기 비워 둔 자리가 있습니다. 폐하.

맥베스 어디 말이오?

레녹스 여기 말입니다, 폐하. 아니, 왜 그렇게 놀라십니까?

맥베스 경들 가운데 누가 이런 짓을 했소?

귀족들 무슨 말씀이십니까, 폐하?

맥베스 내가 했다고 말할 수는 없을 것이다.

나에게 흔들지 마라, 그 피투성이 머리채를.

로스 여러분, 일어납시다. 폐하께서 편찮으십니다.

맥베스 부인 앉으세요, 여러분.

폐하께선 종종 이러시는데, 소싯적부터

그러셨어요. 그러니, 자, 모두 앉아 계세요.
발작은 순간적인 것이라 곧 괜찮아지실 겁니다.
여러분이 너무 주목하면 폐하의 심기를 거슬러
격한 감정을 더 오래 끌게 되실 겁니다.
자, 음식을 드시고 신경 쓰지 마세요.
(맥베스에게) 당신도 사내대장부예요?

맥베스 암, 대담한 대장부지.
악마라도 간담을 서늘하게 만들 저것을
감히 똑바로 바라볼 만큼.

맥베스 부인 아, 참 장하시군요!
이건 틀림없이 폐하의 공포심에 그려 낸 환상에 불과한 것,
그건 당신을 덩컨에게 인도해 갔다 하셨던
그 허공에 나타난 단검과 같은 거예요!
아! 그런 놀람과 비명은 진정한 공포를 사칭하는 것,
아낙네들이 겨울철 불 옆에서 할멈에게 들은 대로
하는 얘기에서나 잘 어울릴 겁니다.
정말 부끄러운 줄 아세요!
왜 그런 얼굴을 하고 계세요?
당신이 보고 계신 것은 빈 의자라고요!

맥베스 제발, 저걸 좀 보시요! 봐요!
(유령을 바라보며) 내가 무서워할 것 같은가?
고개를 끄덕일 수 있다면 말도 해 봐라.

납골당과 무덤이 한 번 매장한 것을 도로 돌려보낸다면,

앞으로는 솔개들의 배 속을 무덤으로 삼아야 할 것이다.

(벤쿠오 유령이 사라진다)

맥베스 부인 뭐라고요? 남자답지 못하게,

그 어리석은 소리 좀 그만하세요!

맥베스 여기 내가 서서 확실하게 그자를 보았소.

맥베스 부인 정말 창피해요!

맥베스 이전에도 피는 흘렸지.

그 옛날 자비로운 법률이 생겨나 사회를 정화하여

평화롭게 만들기 이전의 옛날에도.

그렇지, 그리고 그 후에도 듣기만 해도

몸서리칠 살육이 자행되어 왔다.

한때는 골통이 부서지면 사람이 죽고 거기에서 끝장이 났지만,

지금은 머리에 치명상을 스무 군데나 입고도

또다시 일어나 사람을 의자에서 밀어내는구나.

이것이야말로 그런 살인보다 더욱 괴이한 일이다.

맥베스 부인 폐하, 손님들이 기다리고 계십니다.

맥베스 깜빡 잊었구려.

여러분, 놀라지 마시구려.

짐은 괴이한 병이 있는바,

이미 알고 있던 사람에게는 예사로운 일이라오.

자, 모두에게 우정과 건강을 비는 바요.

그럼 짐도 자리에 앉겠소. 포도주를 가져오너라.

(밴쿠오의 유령이 다시 나타나 맥베스의 자리에 앉는다)

술잔을 가득 채우시오.

좌중에 있는 모든 이들과 여기에 없지만

짐의 친애하는 친구 밴쿠오 장군을 위해 축배를 들겠소.

그가 여기에 있었더라면!

모두에게, 그에게, 그리고 서로를 위해 건배.

귀족들 폐하에 대한 충성을 맹세하며 건배.

맥베스 썩 물러나거라. 꼴도 보기 싫다! 땅속으로 꺼져라!

네 뼈에는 골수가 없고, 네 피는 싸늘하게 식었다.

희번덕거리며 노려보아야 보이지 않는 눈일 뿐이다.

맥베스 부인 경들은 이런 일을 하나의 습관에 지나지 않는다고

여기셔야 합니다. 그저 흥을 깨뜨릴 뿐

그 외엔 아무것도 아닙니다.

맥베스 대장부가 할 일이라면 나는 뭐든지 하겠다.

털북숭이 사나운 러시아 곰이건, 뿔로 무장한 코뿔소건,

히르카니아의 호랑이건, 그 어떤 모습이라도 좋으니

그 모습으로만은 나타나지 마라.

그러면 내 강인한 근육을 절대로 떨지 않을 것이다.

또는 다시 살아나 검을 들고 황야에서 내게 도전해라.

그때에도 지금처럼 내가 두려워 몸을 떤다면

나를 어린 계집애라 불러도 좋다.

꺼져라, 몸서리쳐지는 환영아! 거짓된 허깨비야!

썩 물러가라!

(밴쿠오 유령이 사라진다)

그럼 그렇지. 사라졌으니,

나는 역시 대장부다. 자, 여러분, 그저 앉아들 계시오.

맥베스 부인 폐하께서는 기이한 행동으로 좌중의 흥을 깨뜨리시고,

이 훌륭한 모임을 망쳐 놓으셨어요.

맥베스 그것이 나타나

한여름의 먹구름처럼 밀어닥치는데

어찌 놀라지 않을 수 있겠소? 경들은

내가 가진 용감한 기질마저 의심케 만드는구려.

내가 본 광경을 경들도 함께 봤을 것인데,

공포로 창백한 내 뺨과 달리, 경들의 뺨은 혈색이 여전하구려.

로스 무슨 광경 말씀입니까, 폐하?

맥베스 부인 제발 아무 말씀도 더 이상 하지 마세요.

더 악화되십니다. 질문은 발작을 일으키게 하니,

이만 일어들 나십시오. 나가시는 데 순서를 기다릴 것 없이

한꺼번에 퇴장하세요.

레녹스 안녕히 주무시고, 폐하께서 곧 쾌차하시길 빕니다!

맥베스 부인 모두들 안녕히 돌아가세요!

(맥베스와 맥베스 부인만 남고 모두 퇴장)

맥베스 그 일은 피를 보고야 말 것이오.

흔히 피가 피를 부르고

시체를 감추느라 덮어 뒀던 돌이 움직이고,

나무가 말을 한다고 하오.

길흉을 알리는 까치, 갈까마귀, 땅 까마귀를 통해

점술과 예언으로 깊이 숨은 살인자를 밝혀낸 일도 있었소.

밤이 얼마나 깊었소?

맥베스 부인 밤인지 새벽인지 분간할 수 없는 시각입니다.

맥베스 어떻게 생각하시오?

맥더프가 짐의 초청을 받고도 오기를 거절한 것을?

맥베스 부인 그에게 사람을 보내어 확인해 보셨나요?

맥베스 우연히 들었소. 그러나 사람을 보내 볼 것이오.

내가 매수한 하인이 없는 집은 하나도 없소.

내일, 아니 지금 당장이라도 마녀들에게 가서

좀 더 말해 달라고 해야겠소.

이렇게 된 이상, 최악의 수단을 동원해서라도

앞으로 무슨 일이 벌어질지 알아보아야겠소.

나 자신의 이익을 위해서라면 어떤 희생도 감수해야지.

이미 피바다 속으로 깊숙이 들어왔으니,

더 이상 앞으로 나아가는 건 그만둘지라도

되돌아가는 것은 건너가는 만큼 어려울 것이오.

내 머릿속에 있는 기이한 생각들이

손으로 옮겨 갈 것이니

앞뒤 가릴 것 없이 행동해야겠소.

맥베스 부인 당신께는 만물의 자양분인 잠이 부족해요.

맥베스 갑시다. 잠자리에 듭시다.

내가 본 괴이한 허깨비는 초범의 공포일 뿐이니,

이런 일에는 우리도 미숙한 젊은이에 불과하오.

(모두 퇴장)

제5장

황야

(천둥소리. 마녀 셋이 등장하여 헤커트와 만난다)

마녀 1 웬일이우, 헤커트? 화가 나셨나 보네.

헤커트 화가 안 나게 생겼느냐.

이 뻰뻰하고 건방진 마귀할멈들아?

너희가 어찌 감히 맥베스에게

생사의 문제를 수수께끼로 내걸고 거래하면서,

너희에게 마술을 가르친 여왕이자

모든 악행의 뒤에 선 모사꾼인 이 몸을

부르지도 않아, 가담은커녕 우리의 찬란한

마술을 보여 줄 기회도 주지 않았단 말이냐.

더욱 괘씸한 것은 너희가 해 놓은 일이

모두 심술궂고 성질 급한 고집쟁이를 위한 일이었다는 거다.

그놈도 자기 이익만 챙기기는 다른 놈들과

마찬가지니, 너희를 위하는 게 아니다.

그러나 이제 뉘우치고 돌려놓아야지.

가거라. 새벽녘에 지옥의 아케론 동굴에서 만나자.

그자가 그곳으로 자기 운명을

알아보러 찾아올 것이다.

도구와 주문을 준비해 두어라.

네 마법과 그 밖에 필요한 모든 것도.

나는 하늘을 날아갈 테니.

오늘 밤 무시무시하고 치명적인 일을 벌여야겠다.

정오까진 큰일을 해치워 둬야 한다.

저기 저 달 한구석에 신기한 수증기 방울이

달려 있으니, 땅에 떨어지기 전에 잡아야 한다.

마술로 증류하면 유령들이 만들어지고,

그 유령의 힘을 빌려 그놈을 파멸에 빠뜨릴 거다.

놈은 운명을 걷어차고 죽음을 비웃을 것이며,

지혜도, 미덕도, 공포도 무시하고

헛되이 희망을 품게 될 것이니,

너희들 모두가 잘 알다시피,

지나친 과신은 인간의 적이지.

(안에서 음악 소리가 흘러나오며, '오너라, 오너라'라는 노래를 부른다)

쉿, 나를 부르고 있다. 내 꼬마 정령들이 보이느냐.

안개구름 위에 앉아 나를 기다리는군.

(퇴장)

마녀 1 서두르자, 곧 그녀가 다시 돌아올 거야.

(모두 퇴장)

제6장

포레스궁

(레녹스와 다른 귀족 한 사람 등장)

레녹스 지금까지 제가 말씀드린 것은
경의 생각과 일치하는바,
더 나아가 해석할 수도 있습니다.
단지 제 말은 일이 묘하게 진행되어 간다는 거지요.
맥베스는 자비로운 덩컨 왕의 죽음을 슬퍼했지요.
그가 죽은 뒤에요.
거기다 용감하신 밴쿠오 장군은
너무 늦은 시간에 밤길을 거니셨어요.
생각하기에 따라서는, 플리언스가 그랬다고도 말할 수 있지요.
플리언스가 도망쳤으니까요.

밤늦게 걸어 다닐 수도 없는 세상이오.

맬컴과 도널베인이 자비로운 부친을 살해했다니

이 얼마나 기괴한 일이라 생각지 않는 이가 어디 있겠소?

천벌을 받아도 시원치 않을 일이지요.

그러나 맥베스는 얼마나 애통해하던지!

그가 의로운 분노로 단칼에 죽이지 않았소?

그 태만한 술의 노예이자, 잠의 노예인 두 놈을.

참으로 고귀한 행위가 아니오? 예, 현명도 하고요.

그놈들이 사실을 부인하는 말을 들으면

누구라도 격분하지 않을 수 없었을 테니.

그래서 제 얘기는, 맥베스가 모든 일을 아주 잘

끝냈다는 겁니다. 그리고 제가 생각하기에는

덩컨 왕의 두 아들이 그의 손에 잡히기만 했으면,

하늘이 원치 않으면 그리 되지는 못할 테지만,

그들은 부친 살해의 대가가 뭔지 똑똑히 알게 되었을 겁니다.

플리언스도 마찬가지고요. 하지만, 쉿!

하고 싶은 말을 다하고 폭군의 연회에

나타나지 않았다는 이유로 맥더프는 지금

노여움을 샀다 들었습니다.

그가 어디에 몸을 숨겼는지 아십니까?

귀족 타고난 왕위 계승의 권리를 폭군에게 빼앗긴

덩컨 왕의 아드님께선 잉글랜드의 궁에 머무르며

저 고매하신 에드워드 왕의 환대를 받고 계시니,
그 악랄한 운명 속에서도 존엄성을 훼손받지 않고
계신 답니다. 맥더프는 그리로 가서
그 선하신 왕에게 간청하여, 그의 도움으로
노섬벌랜드의 사람들과 용감한 시워드 백작과
함께 봉기를 일으키려 하는바,
이 일을 승인하실 하느님과 함께
이분들의 도움으로 우리가 다시 한 번 안심하며
식탁에 오르고, 밤에는 잠을 자며,
향연과 잔치에서 피 묻은 칼을 거두고,
신의에 따라 충성을 다하고,
거리낌 없는 명예를 얻을 수 있도록
우리 모두 간절히 바라고 있습니다.
이와 같은 소식을 접하고 맥베스는 격노하여
전쟁을 일으킬 준비를 하고 있답니다.

레녹스 맥베스가 맥더프에게 사신을 보냈다고 합니까?

귀족 보냈답니다. 그런데
"나는 가지 않겠소."라는 확고한 대답에,
사신은 얼굴을 찌푸리고 "이런 대답으로
나를 궁지에 몰아넣은 것을 후회할 날이
있을 것이오."라며 중얼거렸다 합니다.

레녹스 그럼, 그분은 각별히 조심하고

지혜를 다해 멀리 몸을 피하시는 게 좋겠소.

신성한 천사가 잉글랜드 궁으로 날아가

맥더프보다 먼저 그의 용건을 전달해

저주받은 인간의 손아귀에서 고통받는

이 나라에 빨리 하느님의 축복이 돌아오도록 해 주소서.

귀족 나 역시 같은 기도를 천사에게 실어 보내고 싶소.

(모두 퇴장)

제4막

제1장

중앙에 끓어오르는 가마솥이 걸려 있는 동굴

(천둥소리와 함께 세 명의 마녀 등장)

마녀 1 얼룩 고양이가 세 번 울었네.

마녀 2 고슴도치는 세 번 하고 한 번 더 울었고.

마녀 3 하피어가 운다. "때가 왔어, 때가 왔어."라고.

마녀 1 빙글빙글 돌아라. 가마솥 주위를.

독이 든 내장을 던져 넣자.

서른한 번의 낮, 서른한 번의 밤 동안 잠자고

독을 뿜어내는 두꺼비야.

네놈이 맨 먼저 끓어라.

마법의 가마솥 안에서.

세 마녀 고통도 두 배로, 근심도 두 배로,

불꽃아 타올라라, 가마솥아 끓어올라라.

마녀 2 늪에 사는 독사의 살점아,

끓어라, 익어라, 가마솥 안에서.

도롱뇽 눈알과 개구리 발가락,

개 혓바닥과 박쥐 털,

독사의 갈라진 혀와 장님뱀 독침도,

도마뱀 다리도, 올빼미 날개도,

무서운 재앙을 몰고 올 마력을 위해

끓어라. 지옥의 죽처럼, 끓고 끓어라, 끓어올라라.

세 마녀 고통도 두 배로, 근심도 두 배로,

불꽃아 타올라라, 가마솥아 끓어올라라.

마녀 3 용의 비늘, 늑대의 이빨,

마녀의 미라와 바다에 사는 상어 밥통과 아가리,

밤중에 캐낸 독초의 뿌리,

신을 모독한 유태인의 간,

산양의 쓸개, 월식 때 베어 낸 주목 가지,

터키 인의 코와 타타르 인의 입술,

창녀가 개천에서 낳고 목 졸라 죽인

아기의 손가락, 모조리 넣고 끓여라.

진하고 탁하게.

호랑이 내장을 더해, 걸쭉하게 끓이자.

세 마녀 고통도 두 배로, 근심도 두 배로,

불꽃아 타올라라, 가마솥아 끓어올라라.

마녀 2 원숭이 핏물로 식히자.

그러면 마력의 효력이 탁월해.

(헤커트가 다른 세 마녀와 등장)

헤커트 오, 잘 되었다. 수고했다.

여기서 얻은 이득은 모두에게 나누어 주마.

이제 가마솥 주위를 빙 둘러 노래를 불러라.

춤추는 꼬마요정, 큰 요정처럼.

그리고 마력을 불어넣어라.

집어넣은 모든 것에.

(음악이 나오며, '검은 귀신'이라는 노래를 부른다)

(헤커트와 세 마녀 퇴장)

마녀 2 내 엄지손가락이 쑤시는 걸 보니

어떤 못된 놈이 이리로 오는구나.

열어라, 자물쇠를.

그 누가 문을 두드리든.

(맥베스 등장)

맥베스 은밀하게 어두운 한밤중에 음모를 꾸미는 마녀들아.

너희는 무엇을 하고 있느냐.

세 마녀 말할 수 없는 일이지요.

맥베스 내 너희에게 엄숙하게 묻노니,

어떤 수단을 통해 알아내든 나에게 답하라.

너희가 바람을 일으켜 교회를 흔들어 놓든,

거품이 이는 파도가 배를 부수고 삼키든,

익어 가는 곡식과 나무가 비바람에 쓰러지든,

성벽이 파수꾼 머리 위로 무너지든,

궁전과 첨탑이 땅을 향해 고개를 숙이든,

대자연의 모든 종자가 함께 뒤범벅되어

파괴에 싫증 낼 때까지 이르든 말든

상관없으니 내가 묻는 말에 답하라.

마녀 1 말하시우.

마녀 2 물어보시우.

마녀 3 대답해 드릴게.

마녀 1 말하시우. 누구로부터 듣고 싶으시우?

우리? 아니면 우리의 스승들로부터?

맥베스 그들을 불러라. 만나 보겠다.

마녀 1 한 배에 있던 제 새끼

아홉 마리를 처먹은 암퇘지의 피를 부어라.

교수대 위에 땀처럼 흐르던

살인자의 기름도 불속에 던져라.

세 마녀 지위가 높든 낮든,

모습을 드러내 할 일을 다하라.

(천둥소리, 맥베스와 같이 무장한 머리를 한 첫 번째 환영이 나타난다)

맥베스 나에게 말하라.

미지의 힘을 가진 자여.

마녀 1 그는 이미 알고 있으니

아무 말 말고 듣기만 하시우.

환영 1 맥베스! 맥베스! 맥베스!

맥더프를 조심해라.

파이프의 영주를 경계해라.

이만 가겠다. 이것으로 충분하니.

(환영 1이 사라진다)

맥베스 정체가 무엇이든, 너의 경고에 감사하다.

내가 두려워하던 것을 바로 맞췄구나.

그러나 한마디만 더.

마녀 1 그는 명령을 듣지 않는다우.

여기 또 하나, 첫 번째보다 영험한 것이 나타나우.

(천둥소리, 피투성이의 어린이 모습을 한 두 번째 환영이 나타난다)

환영 2 맥베스! 맥베스! 맥베스!

맥베스 내 귀가 세 개여야겠구나. 너희의 말을 들으려면.

환영 2 잔인하게, 대담하게, 결단력 있게 행동하라.

인간의 힘을 비웃어라.

여자의 몸에서 태어난 자는 맥베스를 해치지 못한다.

(환영 2가 사라진다)

맥베스 그렇다면 살아 있어라, 맥더프.

내 너를 두려워할쏘냐.

하지만 확실한 것을 더욱 확실하도록

운명에게 보증서를 받아 놔야겠다.

네놈을 살려 둘 순 없지.

창백한 공포에게 '거짓말'이라고 호통치고,

천둥이 치더라도 마음껏 잠들 수 있도록.

(천둥소리, 왕관을 쓰고 손에 나뭇가지를 든 어린아이 모습의 세 번째 환영이 나타난다)

맥베스 이건 또 무슨 모습이냐?

왕위 계승자의 모습을 하고,

머리에 왕관을 쓰고 나타난 이것은?

세 마녀 듣기만 하고 말은 걸지 마시우.

환영 3 사자의 기백을 가지고 당당하게 행동하라.

누가 화를 내든, 안달하든, 역모를 꾸미든

개의치 말라. 맥베스는 결코 패배하지 않는다.

거대한 버남의 숲이 던시네인의 높은 언덕을 향해

와 그를 공격하기 전까진.

(환영 3이 사라진다)

맥베스 그런 일은 결코 없을 것이다.

그 누가 숲을 징발하고 땅속 깊이 박힌

나무의 뿌리에 명령해 움직이게 할 수 있단 말인가.

유쾌한 예언이다! 좋다!

버남의 숲이 들고 일어서기 전까지는

반역의 망령은 나타나지 말라.

왕좌에 높이 앉은 나, 맥베스는

천수를 누리다가 세월과 함께 늙어 죽는

모든 이의 숙명을 따라 숨을 거둘 것이다.

하지만 내 심장이 고동치는구나.

한 가지만 더 알고 싶다.

너희가 마술의 힘으로 그것까지 알 수 있다면 말해다오. 언젠가는

밴쿠오의 후손이 이 나라를 다스리느냐?

세 마녀 더 이상 알려 하지 마시우.

맥베스 알아야겠다. 이걸 거절한다면

너희는 영원히 저주받을 것이다! 말해다오!

왜 저 가마솥이 가라앉는 것이냐?

이 소리는 다 뭐냐?

(오보에 소리)

마녀 1 보여 줘라!

마녀 2 보여 줘라!

마녀 3 보여 줘라!

세 마녀 눈에 보여 주어 마음을 슬프게 하라.

그림자처럼 왔다가 그림자처럼 사라져라.

(여덟 명의 왕이 등장하여 맥베스의 앞을 지나간다. 마지막 왕은 손에 거울을 들고 있다. 밴쿠오의 유령이 그 뒤를 따른다)

맥베스 너는 밴쿠오의 유령과 너무나 흡사하구나.

꺼져라! 그 왕관을 보니 내 눈알이 불타는 듯하다.

저 왕관을 쓴 너, 너의 머리카락이 첫째 놈과 같구나.

셋째 놈도 앞선 자와 같고.

더러운 마녀들! 왜 이딴 것을 내게 보여 준단 말이냐!

넷째도? 눈알아, 빠져나가라! 뭐!

이 혈통이 최후의 심판의 날까지 계속되는 것이냐?

또 한 명 더? 일곱째도? 더는 못 보겠다.

여덟 번째가 거울을 들고 나타나 더 많은 왕을

보여 주는구나. 몇몇은 두 겹의 보주와

세 겹의 왕홀을 들고 있구나.

끔찍한 광경이다! 이제야 이것이 사실임을 알겠구나.

머리카락에 피가 엉겨 붙은 밴쿠오가 내게 웃으며,

저들이 자신의 자손이라고 손가락질하는 걸 보니.

아니! 이게 사실이냐?

마녀 1 그렇다오. 사실이라우.

그런데 맥베스 왕께선 왜 저렇게 놀라고 계실까?

얘들아, 저분의 기운을 풀어 드리기 위해

우리 다 같이 즐겁게 노는 모습을 보여 드리자.

나는 공기에 마술을 부려 음악을 들려줄 테니,

너희는 원을 그리며 열광적인 춤을 추어라.

그래서 이 위대하신 왕이 우리가

의무를 다해 그의 환대에 보답해 드렸다고

친절하게 말씀하실 수 있도록.

(음악 소리, 마녀들이 춤을 추며 사라진다)

맥베스 이것들이 어디 갔지? 사라져 버렸나?

이 사악한 시간은 영원히 달력에 남아 저주받게 하라!

여봐라, 밖에 누구 없느냐?

(레녹스 등장)

레녹스 무슨 일이십니까?

맥베스 경은 마녀들을 보았소?

레녹스 보지 못하였습니다, 폐하.

맥베스 경의 옆을 지나가지 않았소?

레녹스 아닙니다, 폐하.

맥베스 그것들이 타고 다니는 바람아,

염병이나 걸려라. 그리고 그들을 믿는 자들은

모조리 지옥에나 떨어져라!

분명 말발굽 소리를 들었는데, 누가 왔었소?

레녹스 폐하, 두세 명의 사신이 맥더프가

잉글랜드로 도망쳤다는 소식을 가져왔습니다.

맥베스 잉글랜드로 도망을?

레녹스 그렇습니다, 폐하.

맥베스 (방백) 시간이여, 너는 내가 하려 한

잔악한 행위를 선수 쳐 막았구나.

계획이란 나는 듯이 빨라 즉시 실행하지 않으면

도무지 붙잡을 수 없는 것.

지금부터 내 마음속에 열매가 맺히면

즉시 이 손으로 거두어들이리라.

지금부터 생각을 현실로 만들기 위해

생각과 행동을 동시에 하겠다.

맥더프의 성을 기습하여 파이프를 강탈하고,

그의 처자식과 그의 혈통을 이을 만한 온갖

불운한 놈들을 모조리 베어 버리겠다.

바보처럼 호언장담만 늘어놓을 것이 아니라,

생각이 변하기 전에 이 일을 끝내야지.

그러나 환영은 이제 보기도 싫다!

그 사신들은 어디에 있느냐?

가자, 그들이 있는 곳으로 안내하여라.

(모두 퇴장)

제2장

맥더프 성

(맥더프 부인, 그녀의 아들, 로스 등장)

맥더프 부인 제 남편이 무슨 일을 저질렀기에 도망을 쳤단 말입니까?

로스 침착하셔야 합니다, 부인.

맥더프 부인 침착하지 못했던 건 바로 제 남편이에요.
도망치다니, 미친 짓입니다. 잘못을 하지 않더라도
무서움에 벌벌 떨면 반역자로 몰리는 법입니다.

로스 그분의 도주가 지혜가 있어서인지,
두려워서인지, 부인께서는 모르고 계십니다.

맥더프 부인 지혜라고요? 자기 아내를 버리고,
자식을 버리고, 집도, 전 재산도 모두 버리고
혼자 도망간 것을 말씀하시는 겁니까?

그이는 우리를 사랑하지 않은 거예요.

그에게는 처자식에 대한 천성적인 애정이 없다고요.

새 중에서 제일 작다는 보잘것없는 굴뚝새도

둥지 안에 어린 새끼들이 있으면

올빼미와 맞서 싸울 겁니다.

모두가 두려움일 뿐, 애정이라곤 없는 겁니다.

도망칠 때 지혜가 조금도 없었던 것처럼.

로스 경애하는 부인, 제발 진정하세요.

부군은 고결하고, 현명하고, 사리분별이 분명하신 분이라

지금의 격동하는 시국을 가장 잘 알고 계십니다.

더 이상은 감히 말씀드릴 수 없지만,

세상이 잔인하게 돌아가고 있어요.

우리는 자신도 모르게 반역자가 되어 있고

두려움 때문에 소문을 믿지만,

무엇을 두려워하는지도 모르는 채

거칠고 사나운 바다 위를 떠나는 시절입니다.

이만 가 봐야겠습니다.

머지않아 다시 이곳으로 올 겁니다.

사태가 극에 달하면 종말을 고하거나,

아니면 다시 원상태로 돌아가는 법입니다.

귀여운 녀석, 너에게 하느님의 가호가 있기를!

맥더프 부인 이 아이에겐 아버지가 있었으나,

이제는 아버지 없는 자식이 되었습니다.

로스 저야말로 바보인 모양입니다.

더 이상 지체하면 저에겐 수치이고,

부인께는 폐가 될 것입니다. 곧 가 보겠습니다.

맥더프 부인 얘야, 네 아버진 돌아가셨다.

너는 이제 어떻게 하겠느냐. 어떻게 살아가겠니?

아들 새처럼 살아가지요, 어머니.

맥더프 부인 뭐라고? 벌레나 파리를 잡아먹으며 말이냐?

아들 뭐든 잡아먹으면서 말이에요.

새들도 그렇게 하잖아요.

맥더프 부인 가련한 새! 너는 그물도,

끈끈이도, 함정도, 새덫도 무섭지 않은 모양이구나.

아들 왜 무서워해야 하나요, 어머니?

사냥꾼은 불쌍한 새를 해치지 않아요.

아버지가 돌아가신 것은 아니지요. 그렇게 말씀은 하시지만.

맥더프 부인 아니, 돌아가셨단다.

아버지가 안 계시니 너는 이제 어떻게 할래?

아들 어머니는 남편이 안 계셔서 어떻게 하시겠어요?

맥더프 부인 얘야, 남편감은 시장에 가면 스무 명은 살 수 있단다.

아들 그렇다면 샀다가 다시 되팔면 되겠네요.

맥더프 부인 역시 아이다운 소릴 하는구나.

어린아이치고는 기지가 넘치긴 하다만은.

아들 아버지는 반역자인가요, 어머니?

맥더프 부인 그래, 그렇단다.

아들 반역자가 뭐예요?

맥더프 부인 맹세를 했다가 거짓말을 하는 사람이란다.

아들 그렇게 하는 사람은 전부 반역자인가요?

맥더프 부인 그렇게 하는 사람은 전부 반역자이고,
모두 목을 매달아 죽여야 한단다.

아들 맹세를 하고도 지키지 않는 사람은
모조리 목을 매야 하나요?

맥더프 부인 그렇지. 모두 다.

아들 누가 그들의 목을 매나요?

맥더프 부인 그야 정직한 사람들이지.

아들 그럼 맹세를 하고도 거짓말하는 사람들은 바보들이로군요.
맹세를 하고도 거짓말하는 사람들은 얼마든지 있기 때문에
정직한 자들을 쳐부수고 목매달기에 충분하지 않나요?

맥더프 부인 가련하기도 하지, 불쌍한 원숭이 같은 녀석!
그런데 아버지가 안 계셔서 너는 이제 어떻게 할래?

아들 아버지가 정말 돌아가셨다면 어머니는 우실 테고,
우시지 않는다면 그건 금방 내게 새 아빠가 생긴다는
좋은 징조이지요.

맥더프 부인 가엾은 재롱둥이, 못하는 말이 없구나!

(사신 등장)

사신 안녕하세요, 부인. 부인은 저를 모르시겠지만,
저는 부인의 신분을 잘 알고 있습니다.
부인의 신변에 위험이 다가오고 있으니,
미천한 저의 충고를 들어 주신다면,
즉시 이 자리를 아이들과 함께 피하십시오.
이렇게 부인을 놀라게 해 드리는 것은
너무 무례한 일이라 생각되지만,
더 큰 불행이 다가오는 것을
말씀드리지 않는 것은 더욱 더 잔인한 일.
그런 일이 부인의 눈앞에 가까이 다가왔습니다.
부인께 하나님의 가호가 있기를!
저는 더 이상 지체할 수 없습니다.

(사신 퇴장)

맥더프 부인 어디로 피한단 말인가?
나는 남에게 해를 끼쳐 본 적이 없어.
그러나 생각해 보면 내가 사는 이곳이 속세라는 걸
잊어서는 안 되지. 악한 일은 자주 칭찬받고,
선한 일이 때로는 위험하고 어리석은 일로 치부되니.
아! 그러니 내가 악한 짓을 한 적이 없다고
여자다운 변명을 내세운들 무슨 소용이 있겠는가.

(자객들 등장)

저 사람들은 누구지?

자객 1 네 남편은 어디 있느냐?

맥더프 부인 네놈들이 찾아낼 만큼

그렇게 불경한 곳에 계시지는 않을 게다.

자객 1 그놈은 반역자다.

아들 거짓말이야. 이 털북숭이 악당아.

자객 1 뭐라고, 이 어린놈아?

(그를 찌른다)

반역자의 새끼가.

아들 이놈들이 날 죽여요. 어머니!

어서 도망치세요! 어서!

(아들이 찔려 죽는다. "살인이야!"라고 외치며 맥더프 부인 퇴장. 자객들이 뒤쫓는다)

제3장

잉글랜드, 에드워드 궁

(맬컴과 맥더프 등장)

맬컴 어디 아무도 없는 곳에 가서

서로 슬픔을 달래며 실컷 울어나 볼까요.

맥더프 그보다는 필사적으로 칼을 들어

용감한 사나이답게 쓰러진 조국을 다시 일으키려

싸워야 합니다. 새로운 아침마다 새로운 과부가

대성통곡하고, 새로운 고아들이 운답니다.

하늘 역시 우리 스코틀랜드에 공감하듯,

함께 비탄에 잠겨 슬픈 신음을 내고 있습니다.

맬컴 내가 이 일을 믿을 수 있다면 슬퍼하겠고,

사태에 대해 아는 바가 있다면 믿을 것이며,

내 힘으로 시정할 수 있다면 때에 따라 할 겁니다.
경이 한 말이 맞을지 모릅니다.
그 이름을 입에 담기만 해도 혀에 물집이 생기는 저 폭군도
한때는 충성스럽다 생각되었지요.
당신은 그를 좋아했고, 그도 아직은
당신을 건드리지 못하고 있어요.
나는 어리지만, 당신이 나를 팔아
그에게서 무엇이든 얻어 낼 수 있을 것이니,
약하고 불쌍한 어린양을 제물로 노한 신을
달래는 것도 현명한 일이지요.

맥더프 저는 배신자가 아닙니다.

맬컴 맥베스는 그렇지요.
선하고 덕이 있는 인물도 왕의 엄명에
무너질 수 있답니다. 그러나 용서해 주세요.
내 아무리 의심한데도 경의 본성을 바꿔 놓지는 않을 테니.
가장 빛나는 대천사가 타락했어도 천사는 역시
빛을 발할 것이니, 온갖 더러운 것들이 미덕의 외모를
더럽혀도 참된 미덕은 언제나 제 모습을
보일 게 틀림없어요.

맥더프 저는 희망을 잃었습니다.

맬컴 아마 나의 의심 때문에 그러시는 게지요.
하지만 어째서 경은 삶의 귀중한 동기이자,

강한 사랑의 매듭인 처자식을 작별의 인사도 없이
적의 수중에 두고 떠나왔단 말입니까?
부디 내가 의심한다고 해서 그대를
모욕한다고 생각지는 말고,
다만 나의 안전을 지키기 위한 것이라 여겨 주세요.
내가 무슨 말을 하든 경은
정말 정직한 사람일 테니.

맥더프 피를 흘려라, 피를. 불쌍한 조국이여!
무서운 폭정이여, 기반을 다져서,
정당한 미덕이 감히 네 앞을 막지 못하게 하라.
공공연히 악덕을 쌓아라.
안녕히 계십시오. 왕자님.
저는 왕자님이 생각하시는 그런 악한은
되고 싶지 않습니다. 폭군의 손아귀에 들어간
조국의 모든 땅에 풍요로운 동방의 나라를 더해 준데도.

맬컴 노여워 마세요.
경을 전적으로 믿지 못해서가 아니에요.
나도 조국이 독재자의 멍에에 짓눌려 있다고 생각합니다.
눈물과 피를 흘리며 날마다 묵은 상처 위에
새로운 상처를 입고 있지요. 또한 나를 지지해
일어날 사람들도 있을 것이라 생각하고 있습니다.
거기에 인자하신 잉글랜드의 왕으로부터 수천의

병사를 지원해 주겠다는 약속을 받았지요.
그러나 이 모든 것에도 불구하고, 내가
저 폭군의 머리를 짓밟거나 내 칼로 베어 버리면,
그때는 내 불쌍한 조국은 그다음 군주로 인해
전보다 더 많은 악덕을 겪고, 지금까지보다
더 많은 불행과 고통을 받게 될 것입니다.

맥더프 누가 그런 군주가 된다는 말씀이십니까?

맬컴 바로 나 자신이에요.
모든 악행이 내게 뿌리박혀 있어 그것들이
싹이 터 자라나 세상에 드러나는 날에는
시커먼 맥베스도 순결한 눈처럼 보일 겁니다.
그러면 가엾은 백성들은 나의 끝없는 악덕과
그를 비교하고는 맥베스를 한 마리의 어린양으로
평가할 테지요.

맥더프 저 무시무시한 지옥의 무리 가운데서도
악행에 있어 맥베스를 능가할 악마는 없을 것입니다.

맬컴 나도 인정하지요.
그가 잔인하고, 음탕하며, 탐욕스럽고, 거짓되며,
밥 먹듯 남을 속이고, 성급하고, 악의에 차 있어,
이름을 붙일 수 있는 모든 죄악을 지닌 사람인 것을.
그러나 나의 호색함은 한량이 없어서
남의 아내건, 딸이건, 기혼녀건, 미혼녀건 모조리

몰려와도 나의 욕정의 물통을 채우지는 못할 겁니다.
그리고 내 색욕은 이를 억누르는 다른 모든 자제력을
압도할 것이니, 그런 자가 이 나라를 다스리느니
맥베스가 나을 것입니다.

맥더프 천성적으로 무절제한 방탕도 일종의 폭정이지요.
그로 인해 행복했던 왕좌가 비워지고,
수많은 왕이 몰락했습니다. 그러나
자신의 것을 자신이 차지하는 것을
두려워해서는 안 됩니다. 왕자님은 남모르게
쾌락을 충분히 즐기시면서도 겉으로는
차가움을 가장해 세상의 눈을 피하실 수 있습니다.
기꺼이 몸을 바칠 여인들도 얼마든지 있을 테니,
왕자님을 생각하는 수없이 많은 여인을
모두 편력하실 수는 없을 겁니다.

맬컴 뿐만 아니라, 나의 비뚤어진 성품에는
한없는 탐욕이 자리하고 있어, 만일 내가 국왕이
되는 날에는, 귀족들의 목을 베어 영토를 몰수하고
이자 저자 가릴 것 없이 보석과 저택을 빼앗을 겁니다.
빼앗으면 빼앗을수록 더욱 원하게 되어,
결국 나는 선량하고 충성스러운 사람들에게
부당한 불화를 일으키고, 그들을 파멸시켜
재산을 빼앗게 될 거예요.

맥더프 그러한 탐욕은 여름 한철 같은 색욕보다
뿌리가 더 깊이 박혀 있고 유독한 법, 그래서 그것은
지금까지 수많은 왕을 죽여 온 칼이 되어 왔습니다.
그러나 걱정하지 마십시오. 스코틀랜드에는
욕심을 채우실 만큼 충분한 왕가의 재산이 있습니다.
이에 견줄 만한 다른 미덕들을 가지고 계시니
이 모든 결점은 용납될 수 있을 것입니다.

맬컴 그러나 나에게는 그러한 미덕들이 없어요.
왕에게 어울리는 정의감, 진실성,
절제, 지조, 관용, 인내, 자비, 겸양,
경건, 억제, 용기, 불굴의 정신과 같은 미덕은
내게 조금도 보이지 않고, 갖가지 세분된 죄악만이
다방면으로 번져 있을 뿐입니다.
아니, 내가 왕좌를 차지한다면
달콤한 젖 같은 조화를 지옥에 쏟아 버리고,
세상의 평화를 교란시키며,
지상의 조화를 깨뜨릴 겁니다.

맥더프 아! 스코틀랜드! 스코틀랜드!

맬컴 만일 나 같은 자가 나라를 다스릴 자격이 있다면,
말해 보세요. 나는 말한 그대로의 인간입니다.

맥더프 다스릴 자격 말입니까?
아닙니다. 그런 사람은 살 자격조차 없지요.

아, 불쌍한 조국이여! 피 묻은 왕홀을 쥐고 있는
권한 없는 폭군의 지배를 받고 있으니
언제쯤 다시 태평성대를 맞을 것인가.
왕위의 정통을 이어야 할 왕자가 스스로 권리를 포기하고,
자신을 고발하며, 혈통을 모독하고 계시니.
부왕께서는 비길 데 없는 성군이셨고,
왕비님께서는 서 계신 때보다 무릎을 꿇고 계시는 때가
더 많을 정도로 고행하며 사셨습니다.
안녕히 계십시오. 왕자님께서 거듭 주장하시는
그 악덕들 때문에 저는 스코틀랜드를 떠납니다.
아, 내 가슴이여. 너의 희망도 다 사라졌구나!

맬컴 맥더프 경. 정직으로부터 솟아 나오는
고결하고 격정적인 비탄이 내 영혼으로부터
검은 의혹을 걷어 내고, 당신의 귀한 진심과
명예를 믿게 만들었습니다. 악마 같은 맥베스가
수많은 술책으로 나를 손아귀에 넣으려 하니
나도 신중하고 현명하게, 경솔히 굴지 않으려
주의하고 있는 중입니다. 그러나 하늘에 계시는
신께서 우리 사이를 보살펴 주시길!
지금부터 나는 당신의 인도를 따를 것이고,
나 자신에 관해 늘어놓은 비난을 거두렵니다.
나는 아직까지 여자를 알지 못하고,

거짓 맹세를 해 본 적이 없으며, 남의 물건은
고사하고 나의 물건조차 탐내지 않으며,
신의를 저버린 것은 한 차례도 없었고,
악마라도 배반해 팔아넘기지 않을 것이며,
목숨을 걸고라도 진실로 살기를 선택할 거예요.
방금 나에 대해 한 말이 내 첫 번째 거짓말이니,
진정으로 나 자신을 경과 불행에 처한 조국에
맡기겠습니다. 사실은 경이 이리로 오기 전
노장 시워드 백작께서 이미 만반의 준비를 갖춘
병사들을 이끌고 그리로 출발하셨습니다.
이제 우리가 합류할 차례입니다. 이번 일에
대한 명분이 뚜렷한 것처럼 성공의 가능성도
뚜렷할 거예요. 어째서 경은 아무 말씀이 없으십니까?

맥더프 이렇게 기쁜 일과 나쁜 일이 한 번에 닥치니
어떻게 조화시켜야 할지 모르겠습니다.

(의사 등장)

맬컴 그럼 나중에 좀 더 이야기합시다.
폐하께서 행차하십니까?

의사 예, 왕자님. 한 무리의 불쌍한 사람들이
폐하의 치료를 기다리고 있습니다.

그들의 질병은 아무리 위대한 의술로도
치료할 수 없지만, 폐하께서 한번
손을 대시기만 하면 하늘이 그 손길에
놀라운 신통력을 내려 단번에 그들이
완쾌된답니다.

맬컴 고맙소. 의사 선생.

(의사 퇴장)

맥더프 그가 무슨 병을 두고 말하는 겁니까?

맬컴 연주창이라는 사악한 병입니다.
이 훌륭하신 왕께서 하시는 기적 같은 일을
내 그동안 잉글랜드에 머물면서 자주 보았지요.
그가 하늘로부터 어떻게 그런 능력을 얻었는지는
그분밖에 모릅니다.
그러나 이상하게 무서운 질병에
걸려 온몸이 붓고 곪아 비참한 사람들,
의사들도 손을 대지 못하는 사람들을
그는 낫게 만든답니다. 성스러운 기도를 올리며
금화 한 닢을 목에 걸어 주시면서 말이죠.
듣자하니 왕께선 왕위 계승자들에게
이 치유의 축복을 물려주신다고 합니다.
이러한 놀라운 능력 외에도 왕께서는
하늘이 내려 주신 예언의 능력을 겸비한바,

온갖 축복이 그의 옥좌를 둘러싸고
그분의 높은 덕의 충만함을 일러 주시고 있지요.

(로스 등장)

맥더프 보십시오. 누가 이리로 오고 있습니다.

맬컴 우리나라 사람이긴 한데, 누군지 모르겠습니다.

맥더프 아니, 로스로구만. 어서 오시오.

맬컴 아, 이제야 알겠군. 선하신 신이시여.
우리 동포들 사이를 가로막는 장애물을 제거해 주소서!

로스 동감입니다. 왕자님.

맥더프 스코틀랜드 사정은 여전합니까?

로스 아아, 불쌍한 나라! 자신의 형편을
스스로도 알기를 두려워할 지경입니다.
우리의 모국이라기보다는 우리의 무덤이라
부르는 편이 더 낫겠습니다.
그곳에는 세상물정 모르는 이를 제외하고는
웃음 짓는 일이란 없고, 탄식과 신음과
대기를 찢는 비명이 들려도 누구 하나
거들떠보는 이 없으며, 가슴이 미어지는 슬픔도
흔한 감정처럼 보이는 곳입니다.
그곳에서는 죽음을 알리는 조종이 울려도

누가 죽었는지 묻는 이조차 없으며,
선한 사람들의 목숨이 모자 위에 꽂은 꽃보다
먼저 시들어 버리니,
병이 들기도 전에 죽어 버린답니다.

맥더프 너무 시적인 표현이지만 사실처럼 들리는군요.

맬컴 최근의 소식은 무엇입니까?

로스 단 한 시간 전의 소식만 전해도
남들의 조롱을 받을 겁니다.
시시각각 새로운 참사가 생겨나니까요.

맥더프 제 아내는 어떻게 지내고 있습니까?

로스 글쎄요. 잘 지내시겠지요.

맥더프 아이들도 모두?

로스 잘 있을 겁니다.

맥더프 그 폭군이 아직 그들의 평온을
깨뜨리지 않았다는 말씀입니까?

로스 그렇습니다. 적어도 제가 떠날 때까지는
모두 무사했습니다.

맥더프 말을 아끼지 말고 속 시원히 말하시오.
어떻게 지내고 있습니까?

로스 제가 슬픈 소식을 전하기 위해 이리로 올 때
듣기로는 많은 귀족이 봉기했다고 하더군요.
폭군의 군대가 출동하는 것을 보고 그 소문이

사실이라는 것을 확실히 믿게 되었습니다.
지금이야말로 조국을 구할 때입니다.
왕자님께서 스코틀랜드에 모습을 드러내시기만 하면,
극심한 고통을 벗고자 하는 사람들이 병사로
지원할 것이며, 여자들마저 싸울 겁니다.

맬컴 그들은 안심해도 좋을 겁니다. 우리가
그곳으로 갈 것이니. 인자하신 잉글랜드 왕께서
시워드 장군과 일만의 군대를 지원해 주셨습니다.
그 장군보다 더 노련한 명장은 기독교권에 아직
나오지 않았을 겁니다.

로스 저도 이 기쁜 소식에 기쁜 소식으로
응답할 수 있다면 좋으련만! 허나 제 소식은
황야의 허공에나 외쳐 듣는 이가 없어야 할 소식입니다.

맥더프 누구에 관한 소식입니까?
만인의 소식이요, 아니면 한 사람의 가슴을
아프게 할 개인적인 슬픔이요?

로스 정직한 사람이라면 누구든지 이 소식에
슬픔을 함께하지 않을 자가 없을 겁니다만,
주로 경에 관한 일이긴 합니다.

맥더프 나에 관한 일이라면, 숨기지 말고
빨리 알려 주시오.

로스 지금까지 한 번도 들어 보지 못한

가장 무거운 소식을 전할 것이니 경의 귀가

저의 혀를 영원히 원망하지 않도록 해 주십시오.

맥더프 흠, 짐작이 갑니다.

로스 경의 성은 습격당했고, 경의 부인과

자녀분들은 무참히 살해당했으며,

자세한 묘사를 한다면 죄 없이 죽어 간 가족들의 시체 위에

경의 시체를 더하게 될 것입니다.

맬컴 이럴 수가!

아니, 보시오!

차라리 슬픔을 말로 표현하시오.

슬픔이란 입을 열지 않으면

가슴에 속삭여 터지게 만드는 법입니다.

맥더프 나의 아이들도?

로스 부인, 아이들, 하인들,

눈에 띄는 사람들은 모두 다.

맥더프 그런데도 나는 그곳을

떠나 와야 했단 말인가. 내 아내는?

로스 말씀드린 것과 같습니다.

맬컴 진정하세요.

이처럼 치명적인 슬픔을 치료하기 위해서라도

맥베스에게 복수할 방법을 생각해 봅시다.

맥더프 그에겐 자식이 없습니다.

내 귀여운 것들을 모두? 모두라 하셨소?
오, 지옥의 솔개 같은 놈!
모두? 아니, 그래. 내 귀여운 병아리와 어미 닭을
한 번에 낚아채 갔단 말이오?

맬컴 대장부답게 극복하세요.

맥더프 그래야지요. 그러나
나에게 그처럼 귀중한 것들이 있었음을
잊을 수 없습니다. 하늘이 내려다보고도
그들을 돕지 않았단 말입니까?
죄 많은 맥더프여, 너 때문에 그들이 모두 스러졌다.
나야말로 사악한 인간이다. 본인들의 죄가 아니라,
나의 죄로 인해 그들의 영혼이 참변을 당했으니!
하늘이여, 그들의 영혼을 쉬게 하소서!

맬컴 이 슬픔을 경의 칼을 가는 숫돌로 삼으시고,
슬픔을 분노로 바꾸세요. 낙심하지 말고 격노하세요.

맥더프 아! 나도 눈으로는 여자처럼 울면서
입으로는 호언장담을 할 수 있습니다.
그러나 자비로운 신이시여, 한시도 지체 없이
모든 장애물을 제거하여 스코틀랜드의 악마와
저를 대면시켜 주시고, 이 칼이 미치는 곳에
그를 세워 주십시오. 그러고도 그자가 저의 칼날을
피할 수 있다면, 하늘이시여, 그자를 용서하소서!

맬컴 이제야 대장부다운 말씀을 하시는군요.

자, 잉글랜드의 왕께 갑시다. 우리 군대는 출전 준비를

갖추었으니, 왕께 작별을 고하는 일만 남았습니다.

맥베스는 흔들기만 하면 떨어질 정도 무르익은 과일이고,

하늘의 천사들도 우리와 함께 무장하였으니,

모쪼록 기운을 차리시지요.

밤이 아무리 길어도 결국 아침이 찾아오기 마련입니다.

(모두 퇴장)

제5막

제1장

던시네인. 성안의 한방

(의사와 시녀 등장)

의사 이틀 밤을 그대와 함께 지켜보았으나, 그대의 보고가 사실이라는 것을 입증할 만한 것은 보지 못했소. 왕비께서 마지막으로 배회하셨던 것이 언제요?

시녀 폐하께서 싸움터로 나가신 후, 저는 왕비께서 침대에서 일어나 가운을 걸치시고는, 장롱을 열어 종이를 꺼내 접으시고, 글을 쓰시고 읽으신 후 그것을 봉하시고 난 뒤 침대로 돌아가시는 것을 보았는데, 이 모든 일을 하시면서도 줄곧 깊은 잠에 빠져 있었습니다.

의사 몸에 큰 이상이 생기신 듯하군요. 잠든 상태로도 깨어 있을 때와 똑같은 행동을 하시다니! 수면 상태에서 일어나서 걸어 다니시고, 깨어 있을 때처럼 행동하는 것 외에 왕비께서 말씀하시는 것을 들었습니까?

시녀 그건, 의사 선생님. 말씀드릴 수가 없습니다.

의사 내게는 할 수 있잖소. 게다가 그래야 하고.

시녀 의사 선생님은 물론이고 누구라도 안 됩니다.
제 말을 확인해 줄 증인이 없이는요.

(맥베스 부인, 촛불을 들고 등장)

보세요, 저기 왕비님께서 오십니다. 바로 저 모습입니다.
분명 깊이 잠들어 있습니다. 주의해서 보세요, 몸을 숨기시고.

의사 저 촛불은 어떻게 가져오신 거요?

시녀 곁에 두고 주무시니까요. 왕비님께선 곁에 항상 촛불을
두고 계십니다. 왕비님의 명령이지요.

의사 보시오, 눈을 뜨고 계시잖소.

시녀 하지만 시각은 닫혀 있습니다.

의사 지금 왕비님께서 하고 계시는 일이 무엇이오?
보시오, 저리 손을 비비시는 것 말이오.

시녀 언제나 하시는 행동인데, 저렇게 손을 씻는 듯한 모습을 보이십니다. 저는 왕비께서 십오 분이나 손 씻는 행동을 하시는 것도 본 적이 있습니다.

맥베스 부인 여기 아직도 흔적이 남아 있네.

의사 쉿! 말씀하신다. 하시는 말씀을 기록해 두어 기억력을 확실하게 뒷받침해야지.

맥베스 부인 지워져라, 저주받을 흔적이여! 제발 없어지라니까! 하나, 둘. 아니, 이제 해치울 시간이다. 지옥은 캄캄해. 저런, 폐하. 저런! 군인이시면서 뭐가 두려우세요? 아무도 우리의 권력을 두고 시비 걸 사람이 없는데. 그런데 누가 생각이나 했겠어요. 그 늙은이의 몸 안에 그리도 많은 피가 들어 있을 줄은?

의사 저 말을 들었소?

맥베스 부인 파이프의 영주에겐 아내가 있었는데, 그녀는 지금 어디에 있지요? 뭐, 이 손은 이제 절대로 깨끗해질 수 없단 말인가? 그만, 폐하. 이제 그만두세요. 이렇게 놀라 소동을 피우시면 만사를 망쳐 놓으실 겁니다.

의사 저런, 저런, 알아서는 안 될 일을 아셨군요.

시녀 왕비님께서 말하셔서는 안 될 말씀을 하셨습니다. 분명합니다. 왕비님께서 무슨 일을 알고 계시는지는 하늘만이 아십니다.

맥베스 부인 여기 아직도 피비린내가 나는구나. 온갖 아라비아의 향수를 다 써도 이 작은 손을 다시는 향기롭게 만들지는 못하리라. 아! 아! 아!

의사 저 한숨이라니! 마음에 크나큰 짐이 있으시구나.

시녀 제가 그녀처럼 고귀한 신분이 된다고 해도 가슴속에 저런 짐을 품고 살고 싶지 않아요.

의사 아무렴, 그렇지요. 그래.

시녀 제발 나으시면 좋겠습니다. 의사 선생님.

의사 이 병은 내 의술로도 고칠 수 없는 병이오. 하지만 나는 자면서 걸어다는 병에 걸린 이가 경건하게 그들의 침상에서 편히 운명했던

예를 알고 있지요.

맥베스 부인 손을 씻고 잠옷을 입으세요. 그렇게 창백한 얼굴을 하지 마시고요. 거듭 말씀드리지만 밴쿠오는 묻혔어요. 무덤에서 나올 수가 없다고요.

의사 그 일마저도?

맥베스 부인 자러 가요. 자러. 누가 문을 두드리고 있어요. 자, 자, 자, 손을 이리 주세요. 끝난 일은 돌이킬 수 없어요. 자러 가요, 자러 가요, 자러 가요.

(맥베스 부인 퇴장)

의사 이제 곧장 침대로 가시나?

시녀 예.

의사 좋지 않은 소문이 떠돌고 있어요.

이치에 어긋나는 행위는 기이한 문제를 낳는 법.

병든 마음은 귀먹은 베개에라도 비밀을 털어놓지요.

왕비께는 의사보다 성직자가 필요합니다.

하느님, 우리 모두를 용서하소서!

왕비를 돌보시오. 모든 자해할 수 있는 도구를

치우시고, 항상 지켜보세요. 그럼, 안녕히 주무시오.

왕비께서 내 눈과 마음을 혼란에 빠뜨리셨구나.

생각하는 바는 있으되, 감히 말할 수 없구려.

시녀 의사 선생님도 안녕히 주무십시오.

(모두 퇴장)

제2장

던시네인 부근의 시골

(고수 및 기수를 대동하고 멘티스, 케스니스, 앵거스, 레녹스, 그리고 병사들 등장)

멘티스 맬컴 왕자, 그의 숙부 시워드,
그리고 맥더프 장군이 이끄는 잉글랜드 군이
가까이 와 있습니다. 그들은 복수심에 불타고 있어요.
원한으로 사무친 그들의 명분은 죽은 이마저 깨워
피비린내 나는 전장으로 뛰어들게 할 정도라 합니다.

앵거스 버남 숲 근처에서
우리는 그들과 만나게 될 거요.
그들은 그쪽으로 오고 있으니.

케스니스 도널베인 왕자님이 형님과 함께 계시는지 누구 아시는 분 있습니까?

레녹스 함께 계시지 않은 듯합니다. 저에겐

귀족들의 명단이 있는데, 시워드 장군의 아들을 비롯해

이제 막 성년이 된 새파란 젊은이들이 많습니다.

멘티스 그 폭군은 어떻게 하고 있소?

케스니스 던시네인의 성을 튼튼한 요새로 만들고

있습니다. 어떤 이들은 그가 실성했다고 말하고

그를 덜 미워하는 사람은 그것을 만용이라 부르지요.

그러나 분명한 것은 그자는 이제 이 혼란한 사태를

자제력이라는 허리띠로 졸라 맬 수 없을 거라는 겁니다.

앵거스 이제는 그자도 느낄 겁니다.

남모르게 저지른 살인이 자기의 손에 엉겨 붙어

떨어지지 않음을. 지금 시시각각 일어나는 반역이

자신의 거울이라는 것을. 그의 명령을 받는 자들은

충성심에서가 아니라 명령이니까 움직일 뿐입니다.

지금에야 느낄 거요. 자신이 가진 왕이라는 칭호가

난쟁이 도둑이 거인의 옷을 훔쳐 입은 듯 헐렁하게

걸쳐져 있다는 것을.

멘티스 그렇다면 누가 그자의 정신이 혼미해져

움츠리고 소스라치게 놀란다 해서 비난할 수 있겠소.

스스로가 자신의 존재를 두고 비판할 텐데.

케스니스 자, 진군합시다.

진정 바쳐야 할 곳에 충성을 바치기 위해서.

병든 이 나라를 치료하실 분을 만납시다.

그래서 그분과 함께 이 나라의 병을 정화하는 데

우리의 핏방울을 쏟아 냅시다.

레녹스 또한 그 군주의 꽃에 물을 주고

잡초는 익사시켜 버려야겠지요.

버남으로 진군해 갑시다.

(행군하며 퇴장)

제3장

던시네인, 성안의 한 방

(맥베스, 의사와 시종들 등장)

맥베스 더 이상 내게 보고하지 말라.

모두들 도망치라고 해. 버남의 숲이

던시네인으로 옮겨 오기 전까진,

나는 겁내지 않을 것이다. 애송이 맬컴이 다 뭐냐?

여자의 몸에서 태어나지 않았느냐?

인간의 미래를 환히 알고 있는 환영들이

내 운명을 두고 공언했다.

'맥베스는 두려워 말라. 여자의 몸에서 태어난

자는 그대를 이길 수 없으리라.'고.

그러니 도망쳐라. 멍청한 영주 놈들아.

방탕한 잉글랜드 놈들하고 어울리라고.
나를 지배하는 정신과 내가 품고 있는 용기는
의혹으로 기죽거나, 두려움으로 동요되지 않을 것이다.

(하인 등장)

악마에게 저주받아 시커멓게 되어라,
이 허옇게 겁에 질린 멍청아!
어디서 그렇게 거위 같은 모습을 배웠느냐.

하인 일만 명의…….

맥베스 거위 떼가?

하인 병사들입니다, 폐하.

맥베스 가서 그 얼굴을 찔러 파랗게 질린 얼굴에
붉은 피 칠이라도 해라. 간이라곤 콩알만큼도 없는 놈!
뭐? 병사? 이 광대 자식. 혼 빠진 놈!
백짓장같이 허연 네놈의 얼굴을 보면 멀쩡한 사람도
겁을 먹겠다. 병사라고, 이 겁쟁이야?

하인 잉글랜드군입니다.

맥베스 그 얼굴 보기 싫으니 물러가라.

(하인 퇴장)

시튼! 그 얼굴을 보니 비위가 상하네.
시튼! 거기 있느냐?

이번 전투로 나는 이 자리를 영원히 지키든,

밀려나게 될 것이다.

나도 이제 살 만큼 오래 살았다.

내 인생도 황혼으로 접어들었고

시들 대로 시들어 낙엽이 되어 떨어지려 하니.

그런데 노년에 마땅히 따라야 할 명예, 사랑, 복종,

그리고 수많은 친구를 가질 수 없게 되었으니.

그 대신 크지는 않으나 깊은 원한과

입 발린 아첨과 빈말만을 듣게 되니,

당장에 그것들을 물리치고 싶어도 약해진 마음은 감히

그렇게도 못 하고 있지. 시튼!

(시튼 등장)

시튼 무슨 일이십니까?

맥베스 다른 소식은 없느냐?

시튼 지금까지 받은 보고가 모두 확인되었습니다, 폐하.

맥베스 난 싸울 것이다. 내 뼈에서 살점이 찢겨 나갈 때까지.

갑옷을 이리 다오.

시튼 아직은 그러실 필요 없습니다.

맥베스 아니, 입고 있겠다.

기마병을 더 보내 전국을 순찰케 해라.

무섭다고 말하는 놈들은 목을 매달아 처형해라.

내 갑옷을 다오.

환자는 어떤가, 의사?

의사 왕비께서는 육체적 질병보다는

수시로 엄습해 오는 환영에 시달리시어

제대로 휴식을 취하시지 못하고 계십니다.

맥베스 바로 그걸 고치라는 말이다.

그대는 병든 마음을 다스려서 깊이 뿌리박힌

근심을 기억 속에서 뽑아내고, 뇌수에 새겨진

고통을 지우며, 감미로운 망각제로 답답한

왕비의 가슴과 심장을 짓누르는 위험한 것들을

깨끗이 씻어 낼 수 없냐는 말이다.

의사 그 일은 환자 스스로가 다스리셔야 합니다.

맥베스 의술 같은 건 개에게나 던져 줘라. 그런 건 내겐 필요 없다.

자, 갑옷을 입혀라. 내 창을 다오.

시튼, 기병을 보내라. 의사, 영주들이 도망치고 있다네.

자, 서둘러 입혀라. 의사양반, 만일 자네가

이 나라의 소변을 검사해 질병을 찾아내고

그것을 몰아내어 건강했던 원상태로 되돌릴 수 있다면,

칭찬이 메아리가 되어 돌아와 자네를 다시

칭찬할 때까지 내 그대를 칭찬하겠네. 그것을 벗기라니까.

그 어떤 대황, 하제, 아니면 다른 설사약을 사용해 잉글랜드 놈들을 싹 쓸어버릴 수 없을까? 놈들의 소문을 들었는가?

의사 예, 폐하. 폐하께서 전쟁 준비를 하시니

저희도 들은 바가 있기는 합니다.

맥베스 갑옷은 나중에 가져오거라.

나는 죽음도, 파멸도 두려워하지 않을 것이다.

버남의 숲이 던시네인으로 오지 않는 한.

(의사만 남고 모두 퇴장)

의사 (방백) 내가 던시네인에서 도망칠 수만 있다면,

그 어떤 이득이 생긴다 해도 다시는 돌아오지 않을 것이다.

(모두 퇴장)

제4장

버남 숲 근처의 시골

(고수와 기수를 거느리고, 맬컴, 시워드 장군과 그의 아들, 맥더프, 멘티스, 케이스네스, 앵거스, 레녹스, 로스 및 병사들이 진군하며 등장)

맬컴 여러분, 나는 우리가 안심하고 잠잘 날이
가까이 있다고 믿습니다.

멘티스 믿어 의심치 않는 바입니다.

시워드 이 앞이 무슨 숲입니까?

멘티스 버남 숲입니다.

맬컴 모든 병사로 하여금 가지를 하나씩 잘라
앞에 들어 자신을 가리게 하시오. 그러면 우리 편의
숫자를 감출 수 있을 뿐 아니라, 정찰병이 우리에 대해
제대로 보고하지 못할 것이오.

병사 그리하겠습니다.

시워드 우리가 알고 있는 것은 그 오만방자한 폭군이
던시네인을 지키고 앉아 우리의 포위 공격을 막아 낼
심산이라는 겁니다.

맬컴 그것이 그자의 가장 큰 희망일 테지요.
달아날 기회만 있다면 지위 고하를 막론하고
그에게 반기를 들고 달아나려 할 테니 말입니다.
마음에도 없는 강요를 받고 있을 뿐, 그들은
그자를 섬기지 않으니 말이오.

맥더프 우리의 판단이 정확한지는 결과를 기다려
보도록 하고, 지금은 군인으로서의 임무를 다합시다.

시워드 때가 다가오고 있소.
적절한 판단이 우리가 무엇을 얻고 잃는지
말해 줄 때가. 추측은 불확실한 희망을 안겨 주니
확실한 결과는 실전만이 알려 줄 것입니다.
그러니 실전을 위해 진군합시다.

(모두 행군하며 퇴장)

제5장

던시네인, 성안

(고수와 기수를 거느리고 맥베스, 시튼, 병사들 등장)

맥베스 우리의 깃발을 성벽 바깥에 내걸어라.

여전히 '적군이 몰려온다.'고 외치고들 있구나.

나의 성은 난공불락이니 포위 따위는 가소로울 뿐이다.

놈들더러 여기에 진을 치고 기다리라고 해라.

기아와 역병이 그놈들을 집어삼킬 때까지.

우리 편에 서야 할 놈들이 저놈들에게 합세하지 않았다면

수염을 맞대고 싸워 저놈들을 제 나라로 쫓아 버렸을 텐데.

(안에서 여자들의 비명소리가 들린다)

저건 무슨 소리냐?

시튼 여인들의 비명 소리입니다, 폐하.

(시튼 퇴장)

맥베스 나는 이제 공포의 맛도 거의 잊어버렸다.

밤에 비명 소리를 들으면 오감이 얼어붙어 섬뜩해지던

때가 있었지. 끔찍한 얘길 들으면 살갗의 털이 곤두서

거기에 생명이라도 있다는 듯 꿈틀대던 때도 있었지.

그러나 나는 이제 공포를 한껏 맛보았다.

살기를 품은 내 생각은 이제 남들이 흔히 놀라는

섬뜩함에도 전혀 놀라지 않는구나.

(시튼 재등장)

웬 비명이었느냐.

시튼 폐하! 왕비께서 돌아가셨습니다.

맥베스 지금이 아니라도 언젠가는 죽어야 할 사람이었다.

내일, 내일, 또 내일이 이렇게 작은 걸음으로

하루하루 정해진 시간의 마지막 순간을 향해 기어가는구나.

우리가 지나온 모든 어제는

바보들이 한 줌의 먼지로, 죽음으로 향하는 길을 비추어 준다.

꺼져라, 꺼져라, 덧없는 촛불이여!

인생은 한낱 걸어 다니는 그림자에 불과한 것.

제 시간이 되면 무대 위에서 뽐내며 시끄럽게 떠들지만

어느덧 사라져 더 이상 들리지 않는구나.

그것은 바보가 지껄이는 이야기.

소음과 광기로 가득 차 있으니

아무런 의미도 없구나.

(전령 등장)

네놈은 혓바닥을 놀리려 왔을 테니,

어디 말해 봐라.

전령 자비로우신 폐하.

제가 본 대로 보고드려야겠으나,

어떻게 말씀을 드려야 할지 모르겠습니다.

맥베스 어서 말해 보라.

전령 제가 언덕 위에서 망을 보고 있었을 때,

버남 쪽을 바라보게 되었습니다. 그런데

느닷없이 그 숲이 움직이기 시작했습니다.

맥베스 거짓말이다, 이 노예 같은 놈!

전령 사실이 아니라면 폐하의 노여움을

달게 받겠습니다. 3마일 안에서는 그것이

다가오는 것을 보실 수 있습니다.

움직이는 숲 말입니다.

맥베스 만약 네놈의 말이 거짓이라면,

가까운 나무에 네놈을 매달고 굶겨 죽일 것이다.

만약 네놈의 말이 사실이라면, 네가

나에게 그리 해도 좋다.

결심을 확고하게 해야 할 이때에,

진실과 같은 거짓말을 하는 악마의 모호한 예언이

의심스러워지는구나.

'두려워 말라. 버남의 숲이 던시네인으로 옮겨 오기 전까지.'

그런데 지금 숲이 던시네인으로 다가오고 있다질 않는가.

무장, 무장을 하고 나서라!

저놈이 주장하는 말이 사실이라면

이곳에서 달아날 수도, 머물 수도 없다.

이제 태양을 보는 것도 싫증이 나는구나.

그러니 우주의 질서가 무너져 혼란이 왔으면.

경종을 울려라! 바람아, 불어라!

파멸이여, 오너라!

짐은 적어도 갑옷은 걸치고 죽을 것이다.

(모두 퇴장)

제6장

던시네인, 성 앞의 벌판

(고수 및 기수와 함께 맬컴, 시워드 장군, 맥더프, 다른 장군들과 나뭇가지를 든 군인들 등장)

맬컴 자, 이제 충분히 접근했으니
　잎이 달린 가리개는 던져 버리고, 본래의 모습을
　드러내도록 하시오. 숙부님이신 장군께선
　제 사촌인 아드님과 함께 선봉 부대를 지휘해 주세요.
　맥더프 장군과 짐은 계획에 따라 나머지 일을 맡아
　처리하겠습니다.

시워드 안녕히 계십시오.
　우리가 오늘 밤 폭군의 군대를 만나기만 하면
　죽음을 무릅쓰고 싸울 것입니다.

맥더프 모든 나팔을 불어라. 힘껏.

피와 죽음을 예고하는 요란한 나팔을.

(모두 퇴장)

제7장

같은 곳, 벌판의 다른 지역

(경종. 맥베스 등장)

맥베스 놈들이 나를 말뚝에 붙들어 매어 놓았구나.
도망칠 수 없으니 곰처럼 한바탕 싸울 수밖에.
여자가 낳지 않은 자가 누구냐?
그런 놈이 아니라면, 난 그 누구도 두렵지 않다.

(젊은 시워드 등장)

젊은 시워드 네 이름은 무엇이냐?
맥베스 네놈이 들으면 두려워 떨 것이다.
젊은 시워드 당치 않다. 설사 네가 지옥의

어느 놈보다 더 극악한 이름으로 불린다 해도.

맥베스 내 이름은 맥베스다.

젊은 시워드 악마 자신도 그보다 더 가증스러운 이름을 입에 올리지는 못할 것이다.

맥베스 그래, 그보다 더 두려운 이름도.

젊은 시워드 어림없는 소리다. 이 무도한 폭군아. 내 칼로 나의 용감함을 증명해 주마.

(둘이 싸우고 젊은 시워드가 살해된다)

맥베스 네놈은 여자가 낳은 놈이로구나. 네 칼도 우습고 무기도 가소롭구나. 여자가 낳은 놈이 휘두른다면.

(퇴장)

(경종. 맥더프 등장)

맥더프 저쪽에서 요란한 소리가 들리는군. 폭군아, 얼굴을 내보여라. 내 칼을 받지 않고 네놈이 살해되었다면, 내 아내와 아이들의 망령이 영원히 나를 괴롭힐 것이다. 돈 때문에 마지못해 창을 잡을 불쌍한 용병들을 죽일 수는 없다. 맥베스 네놈이 아니라면, 내 칼을 피로 더럽힐 생각이 없으니, 다시 고스란히 칼집에 넣겠다.

저기 네 놈이 있는 게 분명하렷다.

저렇게 큰 소리가 나는 걸 보니. 누군가 대단히

높은 분이 있는 듯하구나. 운명의 여신이여!

그놈을 찾아내게 해 주소서!

그러면 더 이상 애원하지 않겠습니다!

(퇴장. 공격 신호)

(맬컴과 시워드 장군 등장)

시워드 저쪽입니다, 왕자님.

성을 아무런 저항 없이 내놓았습니다.

폭군의 부하들은 양편으로 갈라져 싸우고 있고,

영주들도 전투에서 훌륭히 싸우고 있습니다.

오늘의 승리는 왕자님의 것임이 확실하니,

남은 일이 별로 없을 듯합니다.

맬컴 적들이 우리를 공격하려 들지 않더군요.

시워드 자, 성안으로 들어가십시오.

(모두 퇴장. 공격 신호)

제8장

전장의 다른 곳

(맥베스 등장)

맥베스 내가 무엇 때문에 로마의 바보들처럼
내 칼에 죽어야 한다는 것인가. 살아 있는 놈들이
눈에 띄는 한, 그놈들을 베는 것이 더 나은데 말이다.

(맥더프 등장)

맥더프 돌아서라, 지옥의 사냥개 같은 놈, 돌아서!

맥베스 다른 모든 놈 중에 너만은 피해 왔다.
그러니 물러서라! 내 영혼은 이미 흘린 네 가족의 피로
짐이 너무 무겁다.

맥더프 네놈과는 할 말이 없으니,

내 칼이 말을 대신할 것이다.

이 말로 할 수 없는 잔인한 악한아!

(둘이 싸운다)

맥베스 네놈은 헛수고를 하고 있다.

네놈의 날카로운 칼은 공기만을 벨 뿐,

내 몸에 상처를 입힐 수는 없을 것이다.

네놈의 칼로는 베기 쉬운 놈들이나 베어라.

나는 마력의 보호를 받는 생명을 지녔으니

여자가 낳은 자에게는 굴복하지 않을 것이다.

맥더프 네놈의 마력이라는 것도 쓸데없는 것.

네가 줄곧 섬겨 온 그 악령에게 물어봐라.

맥더프는 달이 차기 전에 어머니의 배를

가르고 나온 사람이라고 알려 줄 테니.

맥베스 그딴 소리를 지껄이는 그 혓바닥에

저주가 있으라. 그 말이 나의 용기를 꺾어 놓는구나.

이중적인 애매한 말로 우리를 속이는 교묘한

악마들을 믿을 것이 못 되니, 우리의 귀에는 약속을

속삭여 지키는 듯하다가 기대하면 깨뜨린다.

네놈과는 싸우지 않겠다.

맥더프 그럼 항복해라. 이 비겁자야.

목숨을 부지하여 이 세상의 구경거리가 되어라.

우리는 네놈의 그림을 진기한 괴물인마냥

장대에 매달아 아래에 "여기 폭군의 모습을 볼 수 있다."고

써 붙여 놓을 것이다.

맥베스 항복은 하지 않겠다.

애송이 맬컴의 발아래 땅에 입을 맞추고

사방에서 개나 소나 떠드는 욕설을 들어야 할 테니.

비록 버남의 숲이 던시네인으로 오고,

여자가 낳지 않은 네놈을 상대로 싸우고 있지만,

나는 끝까지 있는 힘을 다해 싸울 것이니,

무인의 방패를 앞세우고 도전한다. 덤벼라, 맥더프!

"멈춰라, 그만해라."고 외치는 자는 지옥에나 떨어져라!

(싸우며 퇴장. 경종)

(싸우면서 다시 등장하고, 맥베스가 살해된다)

제9장

던시네인 성안

(공격 중지 신호. 요란한 나팔 소리. 기수 및 고수와 함께 맬컴, 시워드 장군, 로스, 영주들 및 병사들 등장)

맬컴 보이지 않는 친구들이 무사히 이곳으로 오길 바라오.

시워드 전투에서 얼마간의 희생은 어쩔 수 없으나,
이곳에 남아 있는 사람들을 보니 위대한 승리의 대가치고는
치른 값이 적은 듯합니다.

맬컴 맥더프 경이 보이질 않습니다. 장군의 아드님도요.

로스 장군의 아드님은 군인으로서의 의무를 다했습니다.
끝까지 사나이답게 살았을 뿐 아니라
용맹함을 증명하면서 싸우던 자리에서
한 발자국도 물러나지 않고 버티면서

남자답게 죽었습니다.

시워드 그럼 그 애가 전사했소?

로스 예. 시신은 싸움터에서 운구되었습니다.

장군의 슬픔을 아드님의 가치로 측량해서는

안 될 것입니다. 그러자면 끝이 없을 테니까요.

시워드 상처는 정면에서 입은 것이오?

로스 그러했습니다. 이마에 입었더군요.

시워드 그렇다면 신의 곁에서 군인이 되었기를!

내게 머리카락만큼 많은 아들이 있다 해도

그보다 더 훌륭한 죽음을 바라진 못할 것이니,

이로써 그 아이를 애도하는 조종은 울린 것이오.

맬컴 마땅히 더 애도해야 할 것이니,

나머지 애도는 내가 맡겠소.

시워드 더 이상의 애도는 필요 없습니다.

그 애는 훌륭히 죽었고, 군인으로서 의무를

다했으니 말입니다. 신이시여, 그 애를 보살펴 주소서!

저기 새로운 위안의 소식이 옵니다.

(맥더프, 맥베스의 머리를 들고 등장)

맥더프 국왕 폐하 만세!

이제 왕이 되셨습니다. 보십시오.

왕위를 찬탈한 자의 머리가 장대에 꽂혀 있는 것을.
이제 해방입니다. 폐하께선 왕국의 보배들인
귀족들로 둘러싸여 계시며, 그들은 마음속으로
저와 함께 환영 인사를 말하는바, 저와 함께
큰 소리로 외칩시다.
스코틀랜드 국왕 폐하 만세!

일동 스코틀랜드 국왕 폐하 만세!

(요란한 나팔 소리)

맬컴 짐은 지체하지 않고 경들의 공적을 헤아려
공평한 보상을 내릴 것이오. 영주들과 친족 여러분,
이제부터 백작이 되십시오. 스코틀랜드에서는
처음으로 이와 같은 칭호가 주어지는 것입니다.
새 시대가 열리니 처리해야 할 일이 많습니다.
왕위를 찬탈한 폭군의 감시를 피해
국외로 망명한 친구들을 불러들이고,
죽은 이 백정 같은 폭군과 난폭한 손으로
스스로 목숨을 끊은 악마 같은 왕비의 잔인한
앞잡이를 밝혀내는 일, 그 외에 국왕으로서
짐에게 요구되는 일들을 하느님의 보살핌에 따라
법도와 때와 장소에 따라 처리하겠소.
그러므로 여러분 모두에게 두루 감사하오.
모두들 스쿤에서 거행될 짐의 대관식에

참석해 주시길 바라는 바요.

(요란한 나팔 소리. 모두 퇴장)

작품 해설

뒤틀린 시대를 바로잡으려는 근대적 인물 《햄릿》에 대하여

대부분의 사람들은 햄릿을 지나치게 생각이 많은 탓에 정작 실행에는 옮기지 못하는 나약한 인물이라고 알고 있다. 심지어 19세기 비평가 윌리엄 해즐릿(William Hazlitt)은 햄릿을 행동이 마비된 '철학적 사색의 왕자'라 평하기도 했다. 유령이 되어 나타난 아버지로부터 복수를 부탁받은 아들은 철천지원수인 숙부를 해하려는 시도를 극이 끝날 때까지 차일피일 미룬다. 그러다 결국엔 숙부뿐 아니라 어머니, 사랑하는 연인 오필리어, 친구 레어티즈, 로젠크란츠, 길든스턴 그리고 신하 폴로니어스까지 죽음으로 몰고 간다. 그것으로도 모자라 스스로 죽음을 맞는 것으로 끝난다. 셰익스피어의 4대 비극 중 가장 먼저 쓴《햄릿(Hamlet)》의 줄거리만 보았을 때 햄릿은 분명 유약하고 감성적인 인물이다.

그러나 그것은 오해였다. 이번에 번역을 맡아 이 희곡을 꼼꼼하게 다시 읽으면서, 나는 이러한 햄릿에 대한 평가가 지나치게 인색할 뿐 아니라 정확하지 않다는 생각을 하게 되었다.

주체성과 합리성을 갖춘 근대적 인물, 햄릿

햄릿은 우유부단한 인물의 전형이 아니라 오히려 합리적으로 사고하고 판단하는 근대적 인물이었다. 햄릿이 직접적인 복수를 계속해서 뒤로 미룬 것은 그가 '복수'라는 문제를 그리 단순하게 보지 않았기 때문이다. 복수를 단순히 숙부인 클로디어스를 죽이는 문제라고 본다면, 햄릿에게 이는 그다지 어려운 일이 아니었다.

제3막 거트루드의 내실에서 벌어진 폴로니어스의 살해 장면을 보면, 햄릿은 이상한 소리를 듣자마자 한 치의 망설임도 없이 칼을 겨누고 곧장 휘장 뒤를 찌른다. 바로 전 장면에서 기도하는 클로디어스를 두고 칼을 꺼내다 망설이던 것과는 사뭇 다른 모습이다(햄릿은 클로디어스가 회개하는 기도를 올리는 중에 죽으면 천국에 보내 주는 꼴이 된다고 생각하여 복수를 미루기로 한다.). 이는 햄릿에게 클로디어스를 죽이는 행위 그 자체는 그리 큰 문제가 아니었다는 점을 보여 준다. 햄릿은 마음만 먹으면 왕에게 쉽게 접근할 수 있는 신분이었고, 검술 실력이 뛰어나다고 알려진 레어티즈와 비등하게 또는 우월하게 검술 대결을 펼친 것으로 보아 원수를 단칼에 해치울 수 있는 검술 실력도 갖추고 있었다.

그러나 햄릿에게 중요한 것은 단순히 원수 클로디어스를 죽이는 것이라기보다는 오히려 급격하게 변한 자신의 주변 상황과 자신의 위치를 정확하게 파악하여 대처하는 것이었다. 왕을 죽이고 난 후, 사람들에게 자신의 행동을 어떻게 변호할 것인가? 유령의 말을 믿고 저지른 짓이라는 것을 누가 믿어 줄까? 자신이 미치지 않았다는 것을 사람들에게 어떻게 설득시킬수 있을까? 유령의 말이 사실이기는 한 것일까? 나의 주변 사람들은 믿을만한가? 숙부의 편은 누구이며, 내 편은 누구인가? 햄릿에겐 이 모든 상황이 온갖 질문과 혼란으로 가득했을 것이다.

덴마크 왕자의 신분으로서 햄릿은 정치적 암투와 권력 다툼이 가장 저열한 형태로 드러나고 있는(삼촌이 형인 왕을 죽이고 왕위를 빼앗은 것도 모자라 왕비와 근친상간적인 결혼하는) 엘시노어 궁전 한복판에 서 있기에, 그는 이제 누구를 믿을 것인지, 자신의 행동의 준거점은 어디에 두어야 할 것인지, 어떻게 생존할 것인지를 두고 고민해야 한다. 따라서 이 희곡에서 햄릿이 처음으로 하는 대사가 "친척보단 가깝고 혈육보단 멀지(More than kin, and less than kind)."라는 점은 의미심장하다. 이때 친족을 의미하는 단어 'kin'과 같은 종 또는 성질을 의미하는 단어 'kind'는 단한 음절만의 차이를 가질 뿐이다. 그러나 두 단어의 구별은 이러한 작은 차이에 의존하며, 햄릿은 이러한 차이의 중요성을 잘 알고 있다. 반면 형을 죽이고 근친상간적 결혼을 감행한 클로디어스는 이러한 '차이'와 '구별'을 무너뜨리는 존재이다. 클로디어스로 인해 친족(kin) 간의 구별은 삼촌이자 아버지, 어머니이자 숙모, 조카이자 아들로 무너져 버린다.

햄릿은 이처럼 어지러운 사회 속에서 자신이 홀로 서 있다는 것을 깨닫는다. 이 오염되고 부패한 사회에서 햄릿은 어떻게 행동해야 하는지, 또는 행동을 하기는 해야 하는 것인지, 혹은 '행동한다는 것'이 도대체 무엇인지 알아내거나 결정할 수 없다. 이러한 햄릿의 모습과 대조되는 극중 인물이 레어티즈이다. 레어티즈는 자신의 아버지 폴로니어스가 죽었다는 소식을 듣자마자 "천벌도 두렵지 않"으며 "무슨 일이 닥쳐도 내 반드시 아버지의 원수를 갚을 것"이라고 말하며 주저 없이 햄릿에게 복수하려 한다(제4막 제5장). 그와 달리 햄릿은 왕자로서 원수인 숙부의 죽음을 넘어서 이 세상의 법과 도덕 체계에 관해 고민한다. 햄릿은 스스로 이 "뒤틀린 시대"를 "바로잡기 위해 태어났다"고 독백하는데, 이는 그가 단순히 숙부에 대한 복수뿐 만이 아니라 "무언가 썩어 버린" 덴마크 왕실의 질서, 국가의 질서, 나아가 세계의 질서를 바로잡으려 애썼다는 점을 보여 준다.

그러나 옳고 그름을 흩뜨려 스스로 마음대로 법을 만들어 내는 왕 클로디어스와 달리, 햄릿은 자신만의 법을 만들기에는 너무도 무력하다. 극중 햄릿은 왕위를 강탈한 자(클로디어스)의 칙령을 거스르고, 폐지하고, 대체할 방법을 찾는데 골몰한다. 따라서 숙부 살해라는 단순한 복수 행위는 계속해서 지연된다. 그러나 이 복수 지연이야말로, 햄릿이 가진 유약하고 우유부단한 성격을 드러내는 것이 아니라 그가 주체적으로 사고하고 선택하여 행동하는 합리적인 근대인이었음을 보여 주는 것이다.

'응시'의 중요성

주체적이고 합리적으로 사고하기 위해 햄릿이 선택한 방법은 '응시'이다. 특히 햄릿은 미친 척 자신을 가장한 채 타인을 관찰한다. 폴로니어스의 말처럼 엘시노어 궁전은 "신앙심이 두터운 표정에 경건한 척한 행동으로 악마라도 감쪽같이 속이는 일이 다반사"인 곳이기에, 숨겨진 진실을 파악하기 위해서는 "보이지 않는 곳에서 보는"(seeing unseen) 것이 중요하기 때문이다. 따라서 이 극에는 유난히 염탐하거나 감시하는 장면이 많이 등장한다. 햄릿과 마찬가지로 서 있는 클로디어스와 그 일패들 또한 햄릿의 의중을 파악하기 위해 염탐하거나 감시 활동을 벌인다. 제2막 제2장에서 폴로니어스는 햄릿이 미친 원인을 파악하기 위해 햄릿과 만나고 클로디어스는 몸을 숨긴 채 이를 관찰한다.

제3막 제1장에서는 클로디어스와 폴로니어스가 숨어 오필리어와 만나는 햄릿을 염탐한다. 그러나 이러한 타인의 염탐과 응시를 이미 파악하고 있던 햄릿은 광증으로 자신을 위장하며 속내를 드러내지 않을 뿐 아니라 오히려 자신을 염탐하는 자들을 조롱하며 비웃는다.

예를 들어, 햄릿은 자신을 염탐하러 온 길든스턴에게 자신을 악기처럼 마음대로 다룰 순 없을 것이라고 일갈할 뿐 아니라, 폴로니어스에게는 저 구름이 무엇처럼 보이는지 계속 고쳐 대답하게 하거나(제3막 제2장), 말 많은 오즈릭에게는 매우 춥다느니 덥다느니 하며 모자를 썼다 벗었다 하게 만든다(제5막 제2장). 이처럼 햄릿은 자신을 염탐하러 온 사람들을 꾸짖거나 조롱하고 있다. 왜냐하면 누군가를 '응시한다'는 것은 응시당하는 객체에 대해 권력을 갖게 된다는 것을 의미하기 때문이다. 그는 응시의 중요성을 잘 알고 있었다.

보여 주기와 보기의 극적 장치

이처럼 《햄릿》에서 '보여 주기/보기'가 중요한 극적 장치로 등장하는 것은 극이 상연되던 당시의 시대적 상황과 사회 변화를 반영하는 것으로 보인다. 셰익스피어가 작품을 쓰던 때는 상업이 발달하고 무역을 통해 도시가 번성하는 등, 초기 자본주의가 태동하던 영국의 엘리자베스 여왕 통치 시대이다. 이 당시 신분이 고정되어 있던 중세의 장원과 다르게 중간 계층인 상공업 인구가 급속하게 확대되었으며, 다양한 계층이 뒤섞인 도시들이 성장하고 있었다. 특히 도시의 발달은 태생이 다양한 사람들, 즉 여러 계급과 여러 마을 출신의 사람들이 한 공간에 모여 살게 함으로써 전통적인 신분 질서에 약간의 균열을 가져왔다.

누구의 아들이자 딸로 신분과 역할이 고정되어 있던 시골의 마을/중세 장원과 달리, 번잡한 도시에서 서로의 신분을 확인하기 위해서 그 사람의 의복이나 행동거지와 같은 외관을 관찰하는 것에 주로 의존해야 했기 때문이다. 이러한 변화를 통해 사람들은 자신에게 주어진 신분과 고정된 역할에서 벗어나 다른 계급의 역할을 '연기'하는 것이 가능할 수 있음을 배워 나갔다.

따라서 이제 사람들은 자신의 역할에 맞는 행동과 겉모습을 '보여 주는' 것, 자신의 계급에 맞는 혹은 계급과 달리 멋진 겉치레와 행동거지를 '꾸며내는' 것의 중요성을 인식하게 되었다. 그렇기에 폴로니어스는 유학을 떠나는 아들 레어티즈에게 "주머니 사정이 허용하는 한 비싼 옷을 입되 야단스러운 차림은 안 된다. 고급스럽되 천박하지 않게" 입으라고 충고한다. 그의 말처럼 이제 "의복은 인격을 말해 주기 때문"이다(제1막 제3장). 또한 성루에 나타난 유령이 선왕인지 아닌지 알 수 있게 하는 것은 유령이 입고 있던, 선왕의 문장이 새겨진 '갑옷'이라는 외관이었다(그렇지 않으면 굳이 유령이 갑옷 차림으로 나타날 이유가 있을까?).

이처럼 외관의 중요성, 보여 주기와 보기의 역학에 대해 잘 알고 있던 햄릿이, 미친 척 연기를 시작했을 때 가장 먼저 한 행동도 옷매무새를 풀어헤친 차림으로 오필리어 앞에 나타나는 것이었다.

근대인, 변화하는 사회상을 보여 준 최고의 역작

급변하는 사회에서 보이는 것과 보는 것이 중요해짐에 따라 사람들을 '볼 수 있는 능력'은 곧 힘이 된다. 따라서 햄릿은 연기를 통해 자신을 숨긴 채 주변을 응시하고 관찰함으로써 복수를 위함 힘을 키우고자 했다. 이것이 급변하던 권력의 암투 속에서 생존하기 위해 그가 취했던(그러나 실패로 돌아간) 전략이었다. 이처럼 합리적인 이성을 지닌 근대인을 주인공으로 내세우는 이 극《햄릿》은 변화하는 당대의 사회 상황을 충실하게 반영하는 흥미로운 극으로써, 셰익스피어 극 가운데서도 단연 최고의 역작이라 하겠다.

마지막으로, 번역에 많은 도움을 주신 강홍남 선생님, 한경동 선생님께 감사드리며, 본 번역을 위한 원문으로 2008년 옥스퍼드 출판사에서 출간된《햄릿》(G. R. Hibbard ed., New York: Oxford, 2008)을 사용했으며, 1985년 아든판《햄릿》(Prince of Denmark., Ed. Philip Edwards, Cambridge: Cambridge UP, 1985) 초판을 참조했음을 밝혀 둔다.

한우리

이아고와 악의 진화, 《오셀로》

극이 끝나는 순간에도 사람들은 휘몰아치는 감정의 끈을 놓지 않은 채, 무대의 침묵과 암흑 속으로 떨리는 숨을 토해낸다. 이아고의 작전은 대부분 성공하고야 말았다. 감춰진 것이 모두 드러났지만 무슨 소용인가? '악'은 원하던 바를 모두 이뤘고, 무고하고 순수한 영혼들은 세상을 떠났다. '악'이 흩뿌린 피와 치명상과 죽음, 억울한 영혼들의 곡소리만 남았다. '악'은 어째서 이토록 영리하고 교묘하고 간편해서 쉬이 인간을 비극으로 이끄는가?

현대인들은 세상의 '악'이 유난히 풍년을 이루는 시대에 살고 있다. 그리고 올해는 그런 세상의 '악'이 이아고처럼 그 본색을 감추는 일에 엄청난 성과를 이룬 해가 아닌가 싶다. 죄의 진상 규명과 처벌이 이루어지는 《오셀로》의 결말은 현실과는 동떨어져 보인다. 그러나 모두 죽고 나서야 처벌받은 이아고를 보면 극과 현실의 간극이 크지만은 않다. 극

안에서건 극 밖에서건 남은 것은 살인이요, 통곡소리뿐이다. 악은 꼬리에 꼬리를 물고 스스로의 존재를 합리화하고 은폐하며 그 행렬을 이어간다. 많은 이들은, 반복되는 역사처럼, 또 한 번 이 섬뜩한 현실을 실감하고 통탄할 뿐이다.

'악'이란 무엇인가? 이 시대를 사는 이들이 유난히 제멋대로 정의내리고 해석하는 개념이 아닌가 싶다. 어떤 이들은 악을 끊임없이 벗어나야 할 어둠이라 믿고, 어떤 이들은 인간 사회가 굴러가기 위한, 진화에 불가피한 선택이라 믿기도 한다. 이들은 때때로 선과 정의를 믿는 자들을 '순진한 족속 혹은 눈물 흘리는 낙오자'로 여기며, 치열한 삶과 성공을 위해서는 악의 문턱을 넘을 수밖에 없다고들 말한다. 이들에게 이아고의 살인극은 납득할만하고, 영리하고, 정당한 간계이다.

지난 400여년 동안 관객과 비평가들은 《오셀로》에 대해 매우 다양한 반응을 보였다. 우리의 선조 관객과 비평가들은 때로는 지나치게 도덕적이고 종교적인 잣대로, 때로는 사실주의에 매몰되어, 때로는 인종차별처럼 사회문화적인 맥락에 기대어, 때로는 인간이 가진 비극의 기질을 논하며, 그 시대의 사상과 패러다임 속에서 《오셀로》를 새로 쓰곤 했다. 그렇다면 이 시대의 독자와 관객들은 어떨까? 나는 많은 현대인들이 이아고를 비난하기보다 그의 입장에 공감하거나 그를 변호하리라는 불길한 느낌을 떨칠 수 없다. 그렇다. 이아고의 살인극에 정당함을 찾으려는 이들의 노력은 불길하다. 온갖 해체주의와 탈구조주의, 끝을 알 수 없는 '악'에 대한 드넓은 이해가 난무한 21세기에 살고 있을지라도, 악은 '악'일뿐이다. 철저하고 부지런하고 영리한 그 무엇이 결국 누군가의 비극으로 이어진다면, 어떤 식으로든 높이 평가 받거나 동정 받을 이유가 없다.

그러나 다시 한 번 더 물어보자. 《오셀로》에서 셰익스피어가 그린 '악'의 정체는 무엇인가? 단, 악행의 동기보다는 '어떻게'라는 과정을 들여다보자. 선악의 이분법을 탈피해 도덕적 해이를 벗 삼아 사는 현대인에게 '이아고'는 무엇을 상징할까? 이아고가 서슴지 않고 벌인 악행의 동기와 계략에 동조하는 관객과 독자들은 정확히 '무엇'에 동조하는 것일까?

《오셀로》는 진급에 실패해서 속이 뒤틀린 이아고의 투정으로 시작된다. 부당인사, 이것이 그의 반감과 복수를 설명하는 객관적인 근거이다. 또한 "주군을 섬기는 척하면서 잇속도 차리고 부정하게 제 주머니도 채우고 자기도 치켜세우"는 부하가 이아고가 지향하는 인간상이다. 그러나 극 초반에서 이아고는 그저 오셀로의 연애에 "초를 치"거나 베니스 권력의 핵심인 브러밴쇼와의 관계에 찬물을 끼얹으려는 심술궂은 악동에 불과하다. 그의 계획에 살인은 없다. 그는 오직 순간순간 오셀로를 좌절케 할 기회만 엿볼 뿐이다.

극 초반부터 절정에 이르기까지 이러한 이아고의 본심을 아는 이는 관객(혹은 독자)와 로더리고 뿐이다. 이아고는 이 두 대상에게 오셀로에 대한 반감과 음모를 끊임없이 토해낸다. 관객은 모든 음모의 목격자가 된다. 그리고 이아고의 입담과 익살에 관객은 어느새 함께 웃고 즐기며 은연중에 그의 음모에 동조하게 된다.

이아고의 간계는 '보는 이'에게 곧 스릴 넘치는 오락거리가 되고, '보는 이'는 이아고의 음모에 몰입하며 '공범'이 된다. 여기서, 음모를 꾸미고 앞으로의 행보를 독백으로 쏟아내고 실행하는, 그리고 결국 순진하고 우매한 이들이 자신의 계획에 말려들고야 마는 모습을 볼 때마다 이아고는 전지전능함과 희열과 우월감을 느낀다. '영웅'이 된 듯 성취감에 젖어 든 이아고는 어렴풋한 심증만으로 오셀로와 에밀리아의 불륜이라는 명분까지 덧붙이면서 온 열의를 다해 음모의 시나리오를 써내려간다. 그러나 그의 간계가 데스데모나 살해까지 이어지리라고 그 누가 예측할 수 있었을까? 극 초반에 나타난 이아고는 '영악하고 짓궂은 놈'에 불과하지 않았던가?

극이 4막 1장으로 전환되면서 이아고는 음란한 입담으로 오셀로의 살의를 북돋운다. 데스데모나와 캐시오의 낯 뜨거운 행위는 오셀로의 머릿속에서 생생하게 펼쳐진다. 관객은 이 가벼운 외설에 휘파람을 보낼 것이다. "은밀하게 키스"를 나누고 "침대에서 벗고" "잤거나, 올라"타고 "입술을 비비는" 등 이아고는 '외설'을 연출한다. 그리고 목격자이자 공범인 관객들도 이아고가 선사한 퇴폐적인 미학에 흠뻑 젖어든다. "약발"을 받고 발작을 일으키는 오셀로, 이아고의 희열은 극에 달하고 관객도 그의 사악함에 뭐라 표현할 수 없는 신비로우면서도 사악한 즐거움에 빠져든다. 이 음모는 누가 봐도 황홀할 만큼 성공적이다. "아무 잘못이 없는데도" 마음만 먹으면 누구에게나 쉬이 "오명"을 씌울 수 있는 이아고에게 '조작'은 엄청난 권력인 것이다. 참말이든 거짓말이든 말 한마디로 세상 사람을 원하는 대로 뒤흔들 수 있는 권력의 맛, 탐욕에 찌든 이기적인 한 인간에게 이보다 더 달콤한 것이 어디에 있을까?

이아고가 '권력'의 무아지경에 빠져있는 동안 감추어야 할 비밀들도 눈덩이처럼 불어난다. 거짓이 거짓을 낳고 은폐가 또 다른 은폐를 낳으니 그 끝은 극단적일 수밖에 없다. 바로 살인이다. 그는 오셀로와 로더리고가 살인을 저지르도록 유도하는 한편, 자신도 살인을 저지른다. 그리고 급기야,《오셀로》의 절정을 이루는 살인, 아무도 예기치 못했던 이아고의 공개적이고 우발적인 살인이 일어나고야 만다. 자신의 음모를 밝히는 아내를 칼로 찌르고 만 것이다. 악행에 서서히 젖어들던 이아고가 순간 정신을 잃고 말았다. 영리하고 철두철미한 이아고의 악의 마술은 끝이 난다. 이아고의 입장에 동조하고 그를 변호하고픈 관객들의 마술쇼 관람도 끝이 났다. 그러나 우매하고 눈치 없는 낙오자들의 유혈이 무대에 뿌려졌고 복수도 끝이 났으니 사악한 관객들의 한풀이, 복수의 유희, 희생양의 제의도 모두 끝난 셈이다. 이제 남은 건 살짝 뒤로 물러나 이아고를 심판하고 선인의 가면을 쓰는 일만이 남았다. 이로써 셰익스피어의 위대한 비극《오셀로》는 사적인 욕망을 현실에서 채우지 못해 복수심에 들끓는 관객들의 거대한 '오락'극으로 바뀌었다.

이처럼 악의 원동력은 선한 "민낯"으로 음모를 꾸미다가 부지불식간에 반감을 품은 자들의 뒤통수를 내려칠 수 있는 퇴폐적인 즐거움에서 비롯된다. 작은 악행이 잇따라 성공하면서 피어나는 쾌감은 또 다른 명분 찾기와 과대망상증과 같은 자신감, 영웅심리, 달콤한 권력으로 진화하고, '악'은 서서히 그 몸집을 불린다. 관객은 이를 '악'이 아닌 예술과 미학으로 승화시킨다. 세상의 무엇이 이처럼 통쾌하게 복수를 꿈꾸는 이들의 욕망을 해소할 수 있을까?

나는《오셀로》의 이아고를 관찰하면서 지나친 도덕론에 빠지고 싶지 않았다. 그리고 한 인간 이아고가 그려낸 '악'을 심판하고 싶지도 않았다. 그러나 결말로 치달을 때쯤 서서히 밀려드는 생각은 어찌할 수 없는 것일까? 셰익스피어는《오셀로》를 통해 '악인' 자체보다는 '악'의 작용방식을 더욱 세밀하게 그리고 싶었으리라는 확신이 들었다. 친티오의《헤카토미티》 원전이 셰익스피어를 거쳐 현대의 우리에게《오셀로》라는 비극으로 깊이 각인될 수 있었던 것도 더욱 섬세하고 깊어진 '악'에 대한 해석 덕분이 아닌가 싶다. 셰익스피어는 결국 한 개인이나 집단이 자신들의 이익을 위해 어떤 행위도 정당하다고 여기게 되는, 그리고 악을 실현하기 위한 사소한 '조작'이 달콤한 권력이 되고, 살인이라는 비극으로 이어지는 과정을 이아고를 통해 촘촘하게 그리고 싶었던 것은 아닐까? 셰익스피어는 피범벅이 된《오셀로》의 마지막 장면에서 악행에 대한 선고를 아주 짧고 두루뭉실하게 내리면서 펜을 놓았다. 작품《오셀로》에 권선징악 따위의 이상주의를 새기고 싶진 않았던 것일까? 오히려 '악'이 인간의 현실과 더욱 가까이 맞닿아 있다고 말하려던 것은 아닐까?

셰익스피어의 비극을 번역하는 일은 쉽지 않았다. 그러나 무엇보다 가장 힘들었던 것은 셰익스피어가 숙제처럼 던진 '이아고'라는 인물과 '악'이 진화하는 과정을 풀어내는 일이었다. 악인을 단순히 '악인'으로 규정하지 않고, 악인으로부터 '악'을 떼어 내어 '악'이 악인을 조작하고, 악인이 조작을 탐닉하고, 타인을 통제하고 조종하는 권력에 심취해 '악'을 완성하는 일련의 과정을 읽어내는 일이 가장 어려웠다.

이는 작품을 번역하며《오셀로》를 완전히 새로운 방식으로 받아들였기 때문일 것이다. 어린 시절과 청년 시절에 알았던《오셀로》는 이제 온데간데없다. 그래서 독자에게 전하고 싶은《오셀로》에 대한 갖가지 사유를 기록하고 또 기록하고 다시 써야 했다. 하지만 짤막한 글로 독자에게 뭔가 얘기해야 한다면 '악'에 대한 탐구가 이 시대를 사는 독자들에게 가장 적절할 것 같았다. '악'을 포스트모더니즘과 탐미주의의 테두리 안에서 정의내리고자 하는 이들에게 이 논의는 너무 편협하게 느껴질지도 모른다. 지난 세월 동안 여성주의의 숙제를 움켜쥐고 이데올로기적인 선악과 가부장제라는 이분법적인 논리에서 벗어나고자 누구보다도 발버둥 쳤던 나였다. 그런데 돌이켜 보면 그 시절은 '악'을 악하다고 하면 코웃음을 칠만큼, 희생자들을 정치적인 기회주의자로 몰아갈 만큼 세상이 흉측하진 않았다. 그러니 '악'을 모호하거나 지나치게 폭넓은 관점에서 논하는 일은 상식이 통하는 착한 시대에서 해도 좋을 듯 하다. 우리는 지금 '정치적인' 대량학살과 욕망의 과부화로 인간성이 위협받는 시대를 살아가고 있지 않은가?

몸도 마음도 유난히 추운 2014년 12월이다. 이 번역서가 세상의 빛을 보는 내년 즈음에는 이 혹독한 추위가 서서히 물러나고 있을 것이다. 하지만 우리의 마음에 드리워진 저 시커먼 구름은 언제쯤 걷히게 될까?

김민애

우리는 왜 지금 《리어 왕》을 읽어야 하는가

《리어 왕》의 세계는 '없음(nothing)'의 세계이다. 이 세계에는 정의가 부재하고, 신의 섭리도 자비도 없으며, 벌어지는 사건에는 의미가 없다. "장난꾸러기 애들이 파리를 다루듯 신들이 인간을 다루고 장난 삼아 죽인다."라는 글로스터의 절망적인 대사처럼, 《리어 왕》에서 신은 인간사에 무심하고 무관심하다. 악인들은 모두 죄의 대가를 받지만 선한 자들 역시 고통을 받고 죽어 나가며, 악의 힘은 너무나 강력해 보이는 반면 선의 힘은 너무나 무력해 보인다. 이러한 《리어 왕》의 세계는 배은망덕과 배신이 판을 치고 질서가 무너진 어지러운 세상이다. 이 세계에서는 부녀 관계와 부자 관계가 끊어지고 깨지며, 주인과 하인의 관계도, 형제와 자매의 관계도 어그러지고 빗겨 나간다.

이처럼 《리어 왕》은 셰익스피어 비극 가운데서도 가장 고통스러운 분노와 슬픔으로 가득 찬 극이다. 그래서 결말 부분이 코딜리어의 군대가 승리하고 악한 두 딸이 처벌받으며, 리어가 코딜리어와 에드거의 결혼을 축복하며 함께 행복하게 사는 것으로 개작되어 무대에 올려진 역사도 있을 정도다. 실제로 이 개작은 18세기까지 받아들여졌는데, 그 이유는 일부 평자들의 지적처럼 극에 삽입된 몇몇 장면들, 예를 들어 글로스터의 눈알을 뽑는 장면이나 코딜리어와 리어 왕이 죽는 마지막 장면이 불필요하게 폭력적이며 잔인한 처사로 비춰졌기 때문이다. 그러나 이 극에 대한 부정적인 평가와 잔혹함에 대한 지적은 결국 셰익스피어 비극《리어 왕》을 지금 이 시대에 새롭게 다시 읽어야 할 이유를 제시하는 것에 다름 아니다. 우리는 붕괴된 질서와 어지러운 세상에 내던져진 '파리'만도 못한 인간 존재의 무상함을 슬퍼하기 위해서 이 극을 읽는 것이 아니라, 오히려 지금의 시대가 병폐와 어둠에 싸인 이 극의 무대와 다를 바 없음을 자각하고 인정하기 위해《리어 왕》을 읽어야 한다. 사회에 만연한 악에 대항해 어떻게 어렵게 이겨 나가는지《리어 왕》이 절절히 보여 주기에, 우리는 이 한 조각의 날카로운 패러독스와 지혜를 우리 시대의 악과 싸우는 데 사용해야 한다.

여기 늙은 왕이 딸들 앞에 서 있다. 잔인하게 슬픈 드라마《리어 왕》의 시작이다. 노왕 리어는 자신이 국사를 돌보고 나라를 걱정하기에는 늙고 지쳤으니 이 땅과 왕권을 '나누어' 딸들에게 물려주고, 자신은 편안하게 돌봄을 받으며 여생을 보내겠다고 선언한다. 비극의 시작이다. 이 갑작스러운 결정과 신속한 집행은 그의 왕국의 안정과 조화를 한순간에 뒤흔든다. 그가 저지른 실수, 결국은 그를 죽이고 선한 코딜리어마저 죽이게 될 리어의 비극적 실수(hamartia)의 첫 번째는 이 갑작스럽고 불가능한 '나누기'에서 비롯된다. 리어는 자신의 권력을 넘겨주고 대신 호위 기사 백 명을 부양받으며 '명목상' 왕으로 남겠다고 한다. '왕'으로서의 일과 의무는 그만두지만 왕이 가지는 권력과 위엄은 갖겠다는 것이다. 이런 터무니없는 결정과 함께 "너희들 중 누가 가장 짐을 사랑한다 말하겠느냐?"라는 그의 질문은 딸들로 하여금 손쉽게 과장과 허위에 찬 찬사를 바치도록 이끈다. 리어의 첫째 딸인 거너릴과 둘째 딸 리건은 적당히 아부가 섞여 듣기 좋은 대답을 내놓는다. 그러나 자신이 가장 사랑하던 막내딸 코딜리어의 대답은 예상치 못하게도 "(할 말이) 없습니다(nothing)."였다.

리어가 저지른 두 번째 실수는 이 'nothing'의 의미를 파악하지 못하고 잘못된 숫자 놀음에 매달려 있었다는 데에 있다. 리어는 "Nothing can come of nothing."이라고 대꾸하는데, 이는 "할 말이 없다면 받을 것도 없을 것이다." 또는 "아무것도 없음에서 아무것도 없음이 나온다."는 의미로 해석될 수 있다. 어찌되었든 리어가 코딜리어의 'nothing'을 사랑이 없음, 숫자 0과 동일시하고 있음은 확실하다. 이에 코딜리어가 계속해서 단지 "자식 된 도리에 따라" 사랑하겠노라 답하자 리어는 이제 "저 애의 몸값은 떨어졌노라(her price is fall'n)."(제1막 제1장)고 일갈한다. 딸을 버릴 때마저 수치화된 가치를 말하는 노왕은 가장 사랑했던 딸이었으면서도, 그 딸을 이국으로 보내고 다시는 얼굴조차 보지 않겠다고 맹세한다. 이처럼 사랑마저 계량될 수 있다고 믿었던 리어의 어리석음은 그가 거너릴의 집에서 리건의 집으로 옮기려 할 때까지 계속된다. "오십 명은 스물다섯의 곱절이니 네 애정이 저년보다는 크다."라고 말하는 리어는 곧 시종이 스물다섯 명에서 열 명, 결국은 영(0) 명으로 줄어드는 모습을 보게 된다. 결국 시종은 한 명도 둘 수 없다는 딸들의 말에 리어는 가슴이 터질 듯한 분노와 배신감에 휩싸여, 그 길로 폭풍우가 몰아치는 황야로 달려 나간다.

황야로 나간 리어는 말 그대로 스스로 'nothing'이 되어 맨머리와 맨몸으로 대자연의 폭우와 돌풍과 맞선다. 극의 시작에선 존경을 받는 한 나라의 왕이자 세 딸을 둔 아버지였으나, 이제 그는 왕의 자리도, 아버지의 자리도 잃은 채 아무것도 아닌 존재(nothing)가 되어, 의복대신 야생초로 몸을 가린 채 인간 본연의 무(nothing)의 상태로 되돌아가게 된 것이다.

아무것도 아닌 존재가 된 리어의 곁을 지키는 이들 또한 세간의 시선으로 보면, 아무것도 아닌 존재들인 거지와 광인들이다. 배다른 동생의 모략으로 아버지의 군사에게 쫓기는 에드거는 미친 거지 톰으로 변장한 채 미쳐 가는 리어의 곁에 머물고, 에드거의 아버지 글로스터는 맹인이 되어 들판을 떠돌다 리어와 조우한다. 궁정의 어릿광대는 곁에서 리어의 슬픔을 익살로 위로한다. 통상적으로 광인과 비슷한 취급을 받았던 바보 광대와 미친 거지, 맹인에게 위로 받으며 조금씩 정말로 미쳐 가는 노왕의 비참한 상황. 세상이 사람들을 바보나 미치광이, 거지, 맹인으로 몰고 간다면, 그것은 사회 질서가 붕괴되고 비정상이 정상의 자리를 차지해 버렸음을 의미한다. 그러므로 《리어 왕》에 나타나는 인간들의 비정상적인 상태들은 '사회의 분열과 자연의 혼란'을 상징한다고 볼 수 있다. 실제 자연의 혼란은 황야와 왕국을 덮친 폭풍우의 이미지를 통해 극중에 나타나며, 리어의 내부에는 "가슴속의 폭풍우"와 광기로 나타난다.

광인들과 맹인이 상징하는 세상은 무질서하고 어지러운 세상이다. 이곳은 글로스터의 대사처럼 병든 세상이며 그 병증은 "미치광이가 장님을 인도하는 것"(제4막 제1장)으로 나타난다.

그러나 이 극이 놀라운 것은 "미치광이가 장님을 인도하는" 행위에 숨겨진 가치와 가능성에 주목한다는 데에 있다. 바보 광대의 일침과 미친 거지 톰과의 대화, 그리고 바닥까지 추락한 자신의 상황은 오히려 리어에게 깨우침과 자기 성찰의 기회를 제공하기 때문이다. 광기에 빠진 채 들판을 헤매던 리어는 집이 없어 서러운 빈곤층의 현실을 깨닫게 되고 당대의 기득권층을 비판할 뿐 아니라, 자신이 아닌 타인의 처지를 이해하고 공감하며 자비를 베푸는 법을 배우게 된다. 전에는 동료는커녕 같은 인간으로조차 생각지 못했던 광대가 추위에 떠는 모습을 보고 동정심을 보이는 장면은 리어의 의식이 성장했음을 보여 준다. 그는 자신의 분노와 슬픔을 넘어 전 인류의 슬픔을 껴안을 수 있게 된 것이다.

이때 우리가 주목하게 되는 것은 "광기에 내재된 이성(Reason, in madness!)"(제4막 제6장)이다. 정상인이 보기엔 미쳐도 단단히 미친 것 같은 이가, 한참은 모자라 보이는 바보스러운 이가 보여 주는 날카로운 이성과 올바른 판단력, 그리고 타인에 대한 교감 능력과 자비심은《리어 왕》을 읽는 또 다른 키워드임에 틀림없다. 인간에게 가해진 억압적 환경에서 벗어나 자유롭게, 무의식적 본능이 명하는 대로 진실을 말할 수 있는 바보와 광인이 갖는 혜안이라는 패러독스. 리어는 광기에 빠져서야 비로소 현실에 대한 안목을 획득한다. 모든 것을 다 잃고서야 그의 내면의 눈은 외관을 뚫고 사물의 본질 속으로 침투해 들어간다.

본래 모든 비극은 고통받는 인간의 모습과 그 고통의 의미를 구하고자 하는 인간의 의지를 보여 주는 데 그 목적이 있다. 비극의 주인공이 자신이 겪는 고통의 의미를 깨닫게 될 때 인간 자신에 대한 진솔한 이해가 뒤따르기 때문이다. 리어 또한 고통을 통해 자기 인식에 이르고 존재의 의미를 갖게 된다고 볼 수 있다. 비록 이 극이 선한 코딜리어의 죽음과 함께 리어마저 비참한 광기의 늪에서 벗어나지 못한 채 죽음에 이르는 것으로 그치지만, 그들의 뒤에는 선한 무리인 에드거와 올버니 공작이 서 있다.《리어 왕》에 그려진 고통과 악, 그리고 이를 넘어 어렵게 성취되는 선의 승리와 자기 인식은 곱씹어 볼수록 여전히 우리에게 소중한 가치로 남는다.

한우리

피와 밤의 무대, 《맥베스》

비극적 주인공의 탄생 원리

'충성스럽고', '용감하며', '고귀'한 장군 맥베스는 어째서 '살인'을 거듭하는 '폭군'으로, '저주받을', '피투성이의 악마'가 되었을까? 그의 파멸을 기록하는 비극 《맥베스》는 셰익스피어의 비극 중에서도 플롯의 전개가 빠르고 매우 압축적이다. 시종일관 극은 밤의 어둠 속에서 살해 모의와 범죄를 벌이고, 착란과 환청, 환상이 뒤덮고 있으며, 이것들이 제공하는 애매모호함 및 불명확성과 함께 맥베스는 천천히 파국을 향해 나아간다.

고전 비극에 대해 논한 아리스토텔레스에 따르면, 비극적 주인공은 "양극단을 피하여 탁월하게 선량한 것도 아니지만, 그렇다고 해서 그의 불행이 사악함이나 타락에 기인하는 것도 아닌, 어떤 실수나 성격상의 결함(hamartia)에서 비롯되는 인물"이어야 한다. 아울러 주인공의 성격은 "보통보다 나아야" 한다. 말하자면, 그는 도덕적으로는 선과 악 어느 한쪽으로 치우치지 않는 인물이면서, 성격에 있어서는 비범하고 훌륭한 면이 있어야 한다는 것이다. 이와 관련하여 노스롭 프라이(Northrop Frye)는, 비극의 주인공은 우리와 같은 평범한 인간인 동시에 그가 지닌 성격적 강력함과 강렬함으로 우리를 대신해 신이나 운명과 대적해 싸우는 대변자요 챔피언이라고 말한 바 있다. 셰익스피어의 비극《맥베스》는 이러한 고전 비극의 특징을 가장 잘 드러내는 영웅 비극(heroic tragedy)이자 숭고한 비극(high tragedy) 가운데 하나이다. 이러한 비극에서 중요한 것은 외부의 압력에 굴복하거나 수동적으로 당하지 않는, 즉 그에 맞붙어 싸우고, 되받아치는 정념과 열정의 인물이다. 맥베스는 '권력에의 야심'이라는 성격적 결함을 가졌고, '용감'하고 '용맹무쌍'하여 세상 모두가 그에게 등을 돌리는 순간까지 '짐은 갑옷을 입고 죽을 것'이며 '끝까지 싸울 것'이라 외친다.

몇몇 평자들은 맥베스가 덩컨 왕을 살해하는 악한 짓을 저지르게 된 직접적 계기를 마녀들이 제공했다고 본다. 그러나《맥베스》에 등장하는 마녀들은 그가 왕이 될 것이라고 했지만 덩컨을 살해해야 한다고 말하지 않았고, 밴쿠오의 자손이 왕이 되리라고 했지만 맥베스더러 그를 살해하라고 말하지도 않았다. 그들은 애매모호한 말로 맥베스의 앞날을 예언하고 그를 혼란에 빠뜨리지만, 그들이 직접 절대적인 악을 구현하지는 않는다. 마녀들은 맥베스가 죄를 범할 운명이라 말하지 않았으며, 죄를 범하도록 강요하지도 않았다. 따라서 죄에 대한 도덕적인 책임은 모두 맥베스에게 있다. 다시 말해, 이 극은 마녀라는 '운명적 요소'보다는 선과 악의 선택에 있어 '맥베스의 자유의지'가 더 두드러지게 나타난다. 자유의지를 가지고 인간의 선한 면과 악한 면 사이에서 내적 갈등을 일으키는 맥베스의 모습은 관객들에게 강렬한 인상을 남기는데, 특히 자신의 죽음을 예감하며 전장으로 나가기 전에 하는 다음과 같은 독백은 관객들로 하여금 맥베스에게 인간적인 애정과 연민을 갖지 않을 수 없게 한다.

"내일, 내일, 또 내일이 이렇게 작은 걸음으로
하루하루 정해진 시간의 마지막 순간을 향해 기어가는구나.
우리가 지나온 모든 어제는
바보들이 한줌의 먼지로, 죽음으로 향하는 길을 비추어 준다.
꺼져라, 꺼져라, 덧없는 촛불이여!
인생은 한낱 걸어 다니는 그림자에 불과한 것.
제 시간이 되면 무대 위에서 뽐내며 시끄럽게 떠들지만
어느덧 사라져 더 이상 들리지 않는구나.
그것은 바보가 지껄이는 이야기.
소음과 광기로 가득 차 있으니
아무런 의미도 없구나."
-5막 5장

인생을 타오르다 꺼져 버리는 연약한 촛불, 그림자, 그리고 무대 위를 활보하다 퇴물이 되어 사라지는 연극배우에 비유하는 맥베스의 독백은

《햄릿》의 독백 "죽느냐, 사느냐, 그것이 문제로다."에 비견될 정도로, 《맥베스》에서 가장 유명한 대사로 손꼽힌다. 강인하면서도 나약하고, 선하면서도 악한 그의 모순적인 모습과 인간 내면의 본질을 비극적으로 그려 내는 극의 백미가 이 대사에 녹아 있다.

남성적 세계에의 도전

이 극에서 맥베스를 제외하고 주목해야 할 인물이 또 하나 있다면, 그것은 단연 맥베스 부인이어야 할 것이다. 그녀가 가진 강인한 정신력과 목적지향적인 모습은 셰익스피어가 창조한 수많은 극 중 인물 가운데서도 특별히 돋보인다. 특히 극의 초반 맥베스 부인이 보여 주는 냉혹하고 단호한 모습은 남편인 맥베스를 압도하고도 남는다. 그녀 앞에서는 적을 단칼에 베는 '용맹의 총아'인 맥베스도 '남자답지 못하다.'고 비난받는다. 이처럼 당차고 강인한 그녀의 모습에, 몇몇 평자는 그녀야말로 '제4의 마녀'라고 평가하기도 한다. 마녀와 더불어 맥베스 부인은 맥베스의 마음 속 깊숙이 억압되어 있던 무의식적 열망을 표출시키고, 현실화시키는 촉매제의 역할을 맡고 있기 때문이다.

맥베스 부인은 '파괴하는 어머니상'으로, 여성이 가졌다고 여겨지던 연민의 정과 부드러움을 저버리고 생명 창조와 양육의 역할을 포기하는 대신, 남성적 용맹성을 지니고 남성의 세계에 도전한다. 그녀는 남성의 몫인 권력을 탐하며, 남성의 허약함을 꾸짖는다. 덩컨을 살해하는 데 주저하는 맥베스를 두고 그녀는 "지금껏 입고 있던 희망이라는 옷은 술에 취해 있었나요? (……) 지금부턴 당신의 사랑도 그런 줄로 알겠어요.

당신은 (……) '갖고 싶다.' 하면서도 '감히 할 수 없어.' 하면서 평생 비겁자로 살 생각이에요?"(1막 7장)라며 결단과 실행을 재촉하고, 밴쿠오의 유령을 보고 벌벌 떠는 맥베스에게 "당신도 사내대장부예요?"(3막 4장)라며 몰아세운다. 특히 덩컨을 살해하기 전 맥베스를 설득하는 부인의 다음과 같은 대사는 그 생생한 이미지와 단호함으로 지금까지도 현대의 관객들에게 충격을 준다.

"나는 아기에게 젖을 먹여 본 적이 있어요.
그래서 젖을 빠는 아기가
얼마나 사랑스러운지 잘 알고 있어요.
그러나 만약 제가 당신처럼 맹세를 했다면,
그 어린 것이 나를 보고 방실방실 웃는다 해도
그 말랑말랑한 잇몸에서 젖꼭지를 확 잡아채어
아기의 머리통을 단번에 박살 냈을 겁니다!"
-1막 7장

피와 밤의 상징성

붉은 핏빛은 맥베스의 무대를 지배하는 이미저리(imagery)이다. 전쟁터에서 적을 단칼에 베며 가는 곳마다 피를 뿌리는 장군 맥베스는 덩컨을 살해하려는 마음을 품자마자 환상 속에서 단검과 마주한다. 그리고 선혈이 뚝뚝 떨어지는 환상 속의 단검을 따라 덩컨 왕의 피, 밴쿠오의 피, 맥더프의 처자식과 병사들의 피, 결국에는 맥베스의 피마저 무대 위에서 흩뿌려진다. 맥베스의 유명한 대사 —"저 위대한 넵튠의 모든 바닷물을 쓴데도 내 손에 묻은 피가 깨끗이 씻길까? 아니다, 내 손이 오히려 그 무한한 바닷물을 핏빛으로 물들여, 푸른 바다를 붉게 바꿔 놓겠지."(2막 2장) — 를 듣는 관객의 눈앞에 떠오르는 이미지, 푸르게 넘실거리는 바다가 서서히 붉은 핏빛으로 변하는 장면은《맥베스》전체를 관통하는 이미저리이다.

맥베스 부인 또한 피에 사로잡혀 있다. 그녀는 양심의 가책으로 잠든 상태에서 끊임없이 자신의 피 묻은 손을 씻어 내는 동작을 반복하는데, 이러한 기이한 행각은 궁전에 흉흉한 소문이 떠돌게 하고 맥베스와 그녀 자신의 파멸에 일조한다. 특히 그녀의 대사 "여기 아직도 피비린내가 나는구나. 온갖 아라비아의 향수를 다 써도 이 작은 손을 다시는 향기롭게 만들지는 못하리라. 아! 아! 아!"(5막 1장)는 앞서 시각적으로 표현된 맥베스의 대사와 대구를 이루는 후각적 표현으로, 셰익스피어의 탁월한 심리 묘사를 보여 준다.

다음으로,《맥베스》에 나타나는 밤의 이미지를 살펴보자. 이 극에서 밤은 중요한 상징이자 무대장치로 기능하며, 극의 주제를 전달하는 데 기여한다. 밤은 무의식 속에 억압되어 있던 욕망과 짓눌렸던 감정이 활개치고, 인간 내면의 악한 본성이 드러나는 때를 상징한다. 이 극에서 나타나는 주요 장면들, 예를 들면 덩컨 왕과 뱅쿠오의 살해, 맥베스 부인의 몽유병 장면 등 많은 죽음이 앞뒤를 분간할 수 없는 어두운 밤에 벌어진다. 그러기에 등장인물들은 각각 '밤'에 관해 의미심장한 대사를 주고받는다.

"캄캄한 밤아, 너도 와서 지옥의 가장 어두운 연기로
자신을 감추어라. 이 날카로운 단검이 만드는 상처를
스스로 보지 못하도록, 하늘도 어둠의 장막 사이로 엿보고
'멈추어라, 멈춰!'라고 외치지 못하도록!"
-1막 5장 맥베스 부인의 대사 중에서

"얘야, 밤이 얼마나 깊었느냐?
(……) 깊은 졸음이 무거운 납덩이처럼
나를 짓누르는데도, 자고 싶지는 않구나.
자비로운 천사들이여!
잠이 들면 찾아오는 저주받을 망상들을 억제해 주소서!"
-2막 1장 밴쿠오의 대사 중에서

"아, 어르신.
하늘이 인간의 잔인한 행동을 괘씸히 여겨
피비린내 나는 이 무대를 위협하고 있는 듯합니다.
시각은 분명 낮인데, 시커먼 밤의 장막이
운행 중인 태양의 목을 조르고 있습니다."
-2막 4장 로스의 대사 중에서
"오너라, 세상의 눈을 감기는 밤이여.
자비로운 낮의 부드러운 눈을 가리고
보이지 않는 그대의 피 묻은 손으로

나를 창백하게 질리게 하는 그 크나큰 보증서를

갈기갈기 찢어 무효로 만들어라.

날이 어두워지고 있구나.

땅 까마귀는 어두운 숲 속으로 날아든다.

낮 동안 선량했던 무리들은

고개를 숙이고 졸기 시작하고,

밤의 흉악한 무리들은 먹이를 찾아 고개를 든다."

-3막 2장 맥베스의 대사 중에서

이들과 달리, 맥베스의 반대편에 서서 비틀린 스코틀랜드의 질서를 바로 세우고자 하는 왕자 맬컴은 "밤이 아무리 길어도 결국 낮이 찾아오기 마련입니다."(4막 3장)라고 말한다. 그는 죽음, 죄, 악과 연결되는 밤/암흑과 대조를 이루는 낮을 옹호하는 인물이다. 이때 낮/빛은 생명, 덕, 선을 나타내며 밤과는 대조된다. 맬컴과 인자한 잉글랜드 왕 에드워드로 인해 파괴되고 혼란에 빠진 국가의 질서가 회복되는 것은 셰익스피어 극의 미학적 구조의 특징 중에 하나이다.

한우리

1564년 잉글랜드 중부에 위치한 스트랫퍼드 어폰 에이번(Stratford-upon-Avon)에서 아버지 존 셰익스피어(John Shakespeare)와 어머니 마리 아덴(Mary Arden) 사이에서 8남매 중 셋째, 장남으로 태어났다. 당시 셰익스피어의 가정은 비교적 유복해 풍요로운 소년 시절을 보냈다.

1575년 문법 학교에서 문법, 논리학, 수사학, 문학 등을 배웠다. 특히 성서와 더불어 오비디우스의 《변신》은 셰익스피어에게 상상력의 원천이 되었다.

1577년 가운이 기울어 학업을 중단했다.

1582년 여덟 살 연상인 앤 해서웨이(Anne Hathaway)와 결혼했다.

1583년 5월 첫아이 수잔나(Susanna)가 태어났다.

1585년 2월 이란성 쌍둥이 아들 햄닛(Hamnet)과 딸 주디스(Judity)가 태어났다. 1582년 이후 7~8년간 고향을 떠나 떠돌아다녔는데, 이 기간 동안 그가 어디서 무엇을 했는지 명확한 기록으로는 남아 있지 않다.

1593년 장시 '비너스와 아도니스'를 발표했다.

1594년 장시 '루크리스'를 발표했다. '비너스와 아도니스' '루크리스' 이 두 편의 장시로 그는 시인으로서 명성을 확립했다. 런던 연극계를 양분하던 궁내부 장관 극단의 전속 극작가가 되었다.

1595년 《한여름 밤의 꿈》이라는 낭만 희극을 상연하여 호평을 받았다.

1596년 아들 햄닛이 사망했다.

1599년 궁내부 장관 극단이 템스 강 남쪽에 글로브 극장(Globe Theatre)을 신축했다.

1601년 아버지 존 셰익스피어가 사망했다.

1609년 《셰익스피어 소네트》를 출간했다.

1616년 4월 23일 사망했다. 고향의 홀리 트리니티(Holy Trinity) 교회에 안장되었다.

셰익스피어의 작품

셰익스피어는 희곡 37편, 장시 2편, 소네트(14행 시) 154편을 남겼다. 그 중 그의 희곡 작품들은 상연 연대에 따라 4기로 구분된다.

- **제1기**(1590~1594) : 습작기. 주로 사극과 희극 집필.

1590~1591년 《헨리 6세 2부 · 3부》

1591~1592년 《헨리 6세 1부》

1592~1593년 《리처드 3세》《실수의 희극》

1593~1594년 《타이터스 · 앤드로니커스》《말괄량이 길들이기》

- **제2기**(1595~1600) : 성장기. 낭만 희극의 시기.

1594~1595년 《베로나의 두 신사》《사랑의 헛수고》

1594~1595년 《로미오와 줄리엣》

1595~1596년 《리처드 2세》《한여름 밤의 꿈》

1596~1597년 《존 왕》《베니스의 상인》

1597~1598년 《헨리 4세 1부 · 2부》

1598~1599년 《헛소동》《헨리 5세》

1599~1600년 《율리우스 카이사르》《뜻대로 하세요》

1594~1595년 《십이야(夜)》

• **제3기**(1601~1608) : 원숙기. 비극의 시기.

1600~1601년 《햄릿》《윈저의 즐거운 아낙네들》

1601~1602년 《토로일러스와 크레시다》

1602~1603년 《끝이 좋으면 다 좋아》

1604~1605년 《자에는 자로》《오셀로》

1605~1606년 《리어 왕》《맥베스》

1606~1607년 《안토니와 클레오파트라》

1607~1608년 《코리오레이너스》《아테네의 타이먼》

• **제4기**(1609~1613) : 로맨스극(비희극)의 시기

1608~1609년 《페리클리즈》

1609~1610년 《심벨린》

1610~1611년 《겨울 이야기》

1611~1612년 《폭풍우》

1612~1613년 《헨리 8세》.

옮긴이 김민애

계명대에서 영문학을 공부하고 미국 버레아대에서 교환학생으로 드라마와 연극을 공부했다. 서강대에서 영문학 석사를 마치고 연세대에서 박사과정으로 수학했으며 대학에서 강의했다. 이후 수능 콘텐츠 연구원으로 일하면서 교재를 기획하고 집필했다. 현재 꾸준히 번역 활동을 하고 있으며, 전공 분야는 영미희곡과 여성문학이다.

옮긴이 한우리

중앙대학교에서 영어영문학과를 졸업하고 동 대학원에서 비평이론 전공으로 박사과정 중에 있다. 《리어 왕》《맥베스》《로미오와 줄리엣》 등을 옮겼다.

셰익스피어 4대 비극

초판 1쇄 펴낸 날 2020년 4월 10일

지은이 윌리엄 셰익스피어
옮긴이 김민애, 한우리
펴낸이 장영재
펴낸곳 (주)미르북컴퍼니
자회사 더스토리
전 화 02)3141-4421
팩 스 02)3141-4428
등 록 2012년 3월 16일(제313-2012-81호)
주 소 서울시 마포구 성미산로32길 12, 2층 (우 03983)
E-mail sanhonjinju@naver.com
카 페 cafe.naver.com/mirbookcompany

(주)미르북컴퍼니는 독자 여러분의 의견에
항상 귀 기울이고 있습니다.

파본은 책을 구입하신 서점에서 교환해 드립니다.
책값은 뒤표지에 있습니다.